陸奥話記の成立

野中哲照

汲古書院

はしがき

源氏が一二年間かけて安倍氏を追討したとする前九年合戦観も、『平家物語』等に先立つ初期軍記であるがゆえに未熟であるという『陸奥話記』観も、根本的に改められなければならない。

目次

『陸奥話記』の成立論

『陸奥話記』の表現構造論

総括的な論

凡　例

一、『陸奥話記』の使用テクストは、国立国会図書館蔵明和七年伊勢貞丈書写本を底本とする新編日本古典文学全集（小学館、二〇〇二）とし、その訓読文に拠った。ただし、表記や用字については一部変更したところがある（衣川の関→衣川関、河崎の柵→河崎柵、萩の馬場→萩馬場、小松の柵→小松柵、高梨の宿→高梨宿、石坂の柵→石坂柵、衣川の柵→衣川柵、鳥海の柵→鳥海柵、厨川の柵→厨川柵、黒沢尻の柵→黒沢尻柵、右馬の允→右馬允。兵粮→兵糧）。地名等を漢字熟語化して視認性を良くするためである。右の小学館本の訓読文においても、「陸奥国」「栗原郡」と表記してそれぞれムツノクニ・クリハラノコホリと読んでいるので、本書では地名の漢字表記についてはできるだけ「の」を入れないこととした。ゆえに、本書の中で「厨川柵」「営岡」と表記してあっても、クリヤガワノサク、タムロノオカと読まれることを願う。

なお、近年注目されているように尊経閣文庫本のほうが古態性を存していると考えられるので、重要な相違を生じている際にはそのことを行論中で触れることとする。

二、『扶桑略記』の使用テクストは、文政三年刊本を底本として諸本をもって校訂した新訂増補国史大系12『扶桑略記　帝王編年記』（吉川弘文館、一九六五）に拠り、わたくしに訓読して示した。ただし同本は、『陸奥話記』によって校訂してある箇所があるので、それらは元のかたちに戻した。

訓読に際しては、『陸奥話記』と重なる部分については右記新編日本古典文学全集の訓読文に揃え、それ以外の部分についてもその方針に倣って訓読した。訓法による相違をできるだけなくし、文脈の相違を見やすくするためである。

三、『今昔物語集』の使用テクストは、東京大学文学部国語研究室蔵紅梅文庫旧蔵本を底本とする新日本古典文学大系（岩波書店、一九九四）に拠った。『今昔物語集』巻二五―一三話「源頼義朝臣罸安倍貞任等語」を『今昔』前九年話、あるいはたんに『今昔』と略すことがある。

四、それ以外の依拠テクストは、次のとおり。『水左記』…増補史料大成8（臨川書店、一九八九）、『定家朝臣記』（『康平記』）…群書類従25（続群書類従完成会、一九六〇）、『殿暦』…大日本古記録（岩波書店、一九六〇）、『百練抄』『帝王編年記』『本朝世紀』…新訂増補国史大系9（吉川弘文館、一九二九・一九三二・一九三三）、『朝野群載』…新訂増補国史大系29上（吉川弘文館、一九六四）および改定史籍集覧18（臨川書店、一九八四）、『魚魯愚抄』…史料拾遺4（臨川書店、一九七〇）、『古今著聞集』…新潮日本古典集成（新潮社、一九八三・八六）、『十三代要略』…続群書類従29輯上（続群書類従完成会、一九五七）、『諸道勘文』…群書類従26輯（続群書類従完成会、一九六〇）、『新古今和歌集』…新日本古典文学大系（岩波書店、一九九二）。漢文体資料については、わたくしに訓読して示した。

五、見やすさの便宜のために本書の全体を四部構成とし、それぞれ「前九年合戦の実体解明論」「『陸奥話記』の成立論」「『陸奥話記』の表現構造論」「総括的な論」の名称で括った。しかしそれは厳密な区分ではなく、たとえば「前九年合戦の実体解明論」以外の章で歴史の実像を解明したり、「『陸奥話記』の表現構造論」以外の章で《指向》について言及したりしたところがある。

六、本書の中で、「前九年合戦の物語」と述べるところがある。これは、『降虜移遣太政官符』『頼義奏状』『義家奏状』、第一次『奥州合戦記』、『今昔物語集』前九年話の原話（第一次『陸奥話記』）、第二次『奥州合戦記』、『扶桑略記』の前九年合戦関係記事、第二次『陸奥話記』、第三次『陸奥話記』の総称である。

七、現存『陸奥話記』は第三次のもので、そこから最終層を剝がすと第二次も見える。第二次は現存本に近い存在である。ゆえに、第二次・第三次を合わせて「現存『陸奥話記』」と述べたところがある。これにたいして第一次は『今昔』前九年話の原話のことで、現存しない。第一次『陸奥話記』と『扶桑略記』を〈櫛の歯接合〉させたのが第二次である。ゆえに、第一次と第二次・第三次の間には大きな開きがある。巻末の折り込み図でこの物語の形成過程を七段階に整理したが、そのいずれをもって『陸奥話記』と称しうる作品になったかといえば第一次『陸奥話記』(『今昔』前九年話の原話)だと考える。したがって第一次『陸奥話記』を原『陸奥話記』と呼ぶべきなのだが、それとは別に、『陸奥話記』の成立以前の第一次・第二次の『奥州合戦記』、『扶桑略記』の存在もあるので、用語の混乱を避けるため、本来なら原『陸奥話記』と呼ぶべきものを第一次『陸奥話記』と称することにした。

八、事件名称を端的に示すために略称を用いた。冒頭部、阿久利川《あくりがわ》事件、永衡経清離反、黄海《きのみ》合戦、出羽守二代非協力、貞任経清横行、営岡《たむろのおか》参陣、武則来援、小松合戦、仲村合戦、衣川合戦、久清ばなし、鳥海ばなし、厨川合戦、敗者敗走。このうち、永衡経清離反は、正確に言えば永衡は離反したわけではなくその濡れぎぬを着せられたにすぎず、永衡が殺されたのを見て経清が離反したので〝永衡誅伐と経清離反〟とでも呼ぶべきなのだが、それでは略称にならないため、双方をセットにして呼ぶ際は、永衡経清離反と称することにした。事件ではなく物語内の叙述を指す場合は末尾に「〜譚」と付ける。また、大きなまとまりとして、『陸奥話記』前半部を〈頼時追討〉、後半部を〈貞任追討〉と呼び分けたところがある。

九、大きな単位の軍勢を「軍」、小さなそれを「勢」と呼び分けた。頼義勢と武則勢の全体としての「官軍」などである。この場合の「官軍」は、公認を得たものという意を含んでおらず、結果論的な表現を援用したものである。

一〇、前九年合戦は後世の名称であり、実際には九年間ではないのだが、便宜的にこの称を用いることにする。

一一、作品名は通常どおり『陸奥話記』と表記したが、本書の書名にかぎっては『『陸奥話記』の成立』とはせずに、『陸奥話記の成立』とした。これに準じて術語《『後三年記』想起指向》のみ《後三年記想起指向》と表記した。

なお、本書で言う成立とは、成り立ちのこと、つまり形成と構造のことである。

一二、本書の巻末に、『扶桑略記』、『陸奥話記』、『今昔物語集』巻二五―第一三話（『今昔』前九年話と略す）の「付録『陸奥話記』の〈櫛の歯接合〉論のための三書対照表」を設け、行論中はその項目番号1～96によって所在を示した。論述の中での本文の引用は極力短くしてあるので、この三書対照表をご活用いただきたい。

一三、本書のカバー図版には、國學院大學図書館所蔵『前九年合戦絵詞』から二場面を選んで掲出させていただいた。画像をご提供くださった同館に篤く御礼を申し上げたい。

陸奥話記の成立

第一章　前九年合戦における源頼義の資格

本章の要旨

源頼義のことを『陸奥話記』では「将軍」と呼び、『今昔』前九年話では「陸奥守」と表現するなど、頼義が安倍氏を追討した際の資格さえ史資料間で揺れている。頼義の陸奥国での一二年間のうち、永承六年（一〇五一）当初は陸奥守として赴任したこと、その二年後に鎮守府将軍に任じられたことが、『頼義奏状』によって確認できる。一方、合戦終結時には、『定家朝臣記』『水左記』によれば、前鎮守府将軍の資格でいくさを終えている。鎮守府将軍さえ前職であるうえに、現職・前職にかかわらず陸奥守の資格は希薄である。このことから、安倍氏追討を完遂する以前に頼義は鎮守府将軍ですらなかったと考えられる。いくさの大義（正当性）に疑念が生じ、鎮守府将軍を解任されていた可能性がある。そして、それ以前に陸奥守も解任されていたか、陸奥守と鎮守府将軍の兼任であったとしても後者の資格が色濃くなっていたと考えられる。〝勝てば官軍〟の言葉どおり、頼義が安倍氏追討を成し遂げてしまったゆえに、合戦後、朝廷が頼義の正当性にたいする認識の変更をせざるをえなくなったのだろう。

　陸奥守の任期が五年であったことを考えると、頼義は頼時追討、貞任追討のいずれの際も陸奥守でなかった可能性がある。

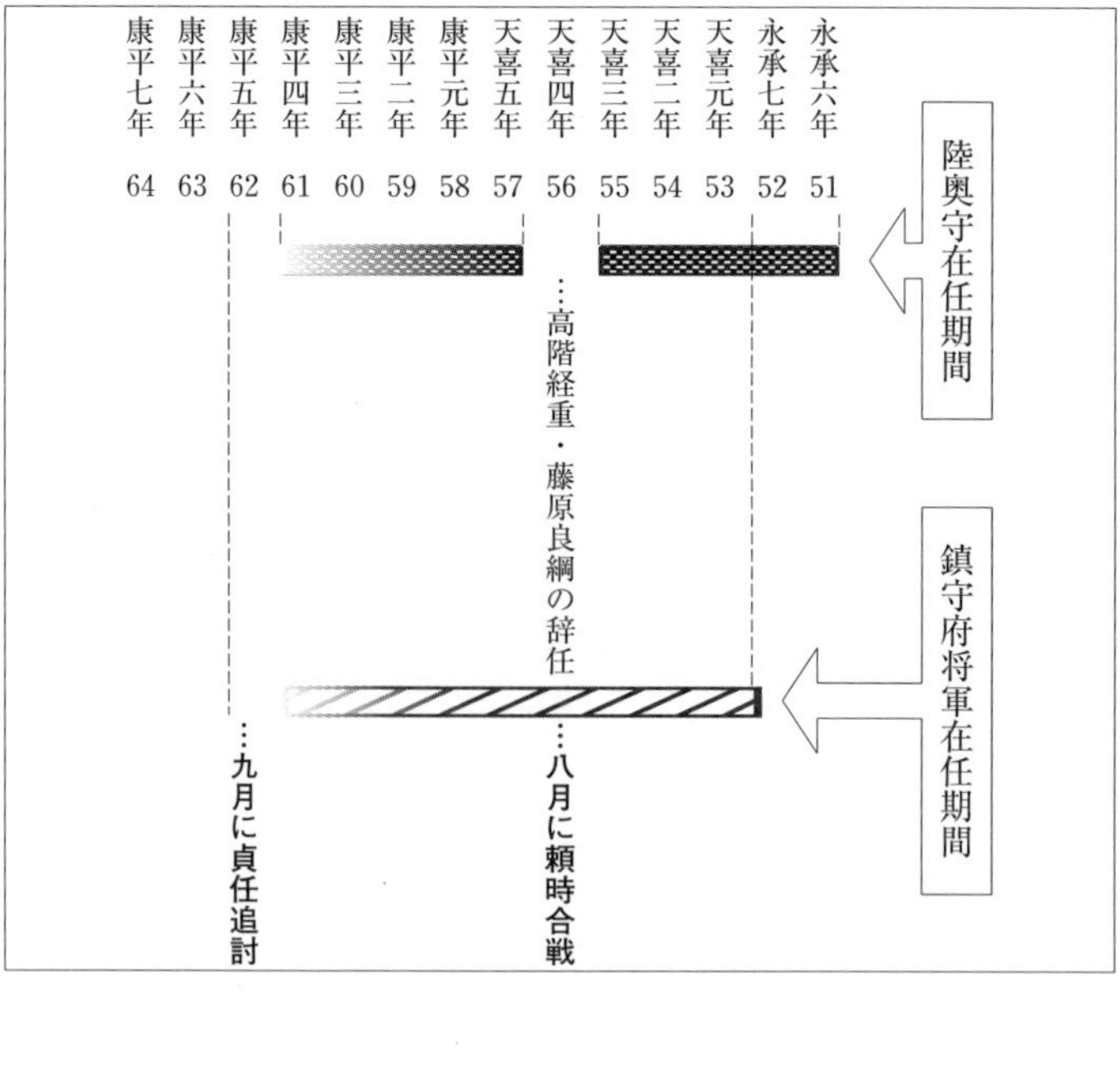

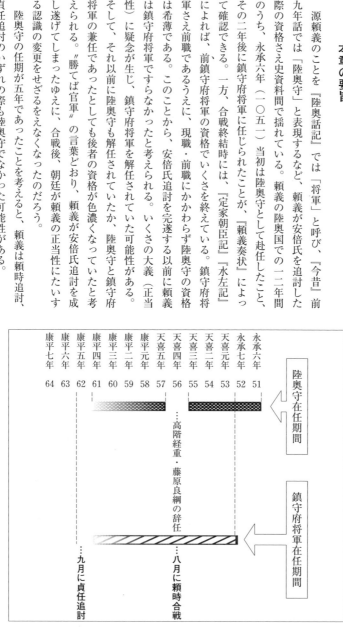

一　問題の所在

『陸奥話記』は、厄介なテクストである。源氏史観の書（源氏を称賛する源氏寄りの立場から書かれた書）だとする研究者もいれば、そこに私戦の匂い（源頼義のいくさを突き放す立場）を嗅ぎ取る研究者もいる。正反対である。そもそも、源頼義は安倍氏を討つべき、どのような大義があったのかが不明瞭なのである。安倍氏を逆賊（朝廷に抵抗する不順の徒）として形象しようとする側面もたしかにあるし、頼義が強引にいくさを起こしたのだと滲ませる表現もある。

論者の見るところ、この問題は、〈櫛の歯接合〉という『陸奥話記』の成立事情（第十一章）ゆえに起きた現象なのだが、もっと根源的な認識を探れば、源頼義の過ごした陸奥国での一二年間の正当化が当時から揺れていたことを示唆している。頼義のことを『陸奥話記』では「将軍」と呼び[1]、『今昔物語集』巻二五―一三話（以下、『今昔』前九年話と略す）では「陸奥守」と表現している。頼義がどのような資格をもって安倍氏を追討したのかさえ、史資料間で揺れているのである。これは、追討資格を頼義にどのように付与しようとしたかということについての揺れがあったということだろう。右の先行研究の『陸奥話記』観の乖離問題と絡めるならば、頼義の起こしたいくさについての正当性も揺れていたということなのではないか。

（1）「将軍」にも三通りある。①鎮守府将軍、②天皇から節刀を授けられて遠隔地に赴く征夷将軍や征東将軍、③軍団の棟梁的な武士にたいする俗称。「将軍」とだけ呼ぶと、どのようにも解釈しうる玉虫色の呼称となる〔佐倉由泰（二〇〇三）〕。

通常、国司の任期は四年間である。陸奥国・出羽国は遠隔地特例によって、五年間であったとされている。平安中期から遥任が一般化したとされるが、陸奥国や出羽国については実質的な統治能力が買われての赴任であったようである。前九年合戦について書かれた一般的な解説では、この合戦は永承六年（一〇五一）に始まり康平五年（一〇六二）

に終結したとされる（源頼義の任陸奥守から安倍氏滅亡まで。このこと自体、捏造された合戦観であるのだが）。陸奥守の五年任期を当てはめると、一二年間という年月は、二期を超えて三期目に入るほどの長期である。全国的に重任の例は少なくないものの、これほどの長期にわたって在任し続けた事例はない。戦時ゆえの特例ということであろうか。もし本当にそうならば、頼義は陸奥守の一期目、二期目を過ごし、三期目に入った二年目に安倍氏を滅ぼしたとの表現が堂々とあってしかるべきである。しかし、それを明示した史料は存在しない。それどころか、『陸奥話記』にみえる「将軍」という呼称は、頼義が陸奥守であったかどうかの検証を遮り、真相を隠蔽ないしは朧化しているようにも見える〔つまり、安藤淑江（二〇一二）のいうとおり私戦の匂いがあったからこその隠蔽・朧化か〕。

つまるところ、当該の一二年間のうち、歴史的実体としての源頼義はいつからいつまで陸奥守であったのか、あるいはまた鎮守府将軍であったのか、両者を兼任した期間があったとすればいつごろのことなのか、そのような問題を解決しなければならない。

二　史資料にたいする向き合い方の再検討

この一一世紀後半は、源氏寄りのプロパガンダやその影響を受けた史資料が蔓延する（第六章）一方で、それとは異質な（清原氏方あるいは平泉藤原氏方の）言説も存在していた（第十章、第十二章）。前九年合戦をめぐる正当性の評価について、せめぎあい、ないしは綱引きが繰り広げられていたようなのである。このころの史資料間の揺れの問題は、せめぎあいや綱引きの中で生じた現象だと考えられる。実体的にいえば、誰か、事実を捻じ曲げようとしていた人物ないしは集団（あるいは時期）が存在し、それへの抵抗勢力（あるいは反動期）も存在したようなのである。

そこが見えてくると、次の段階として、史資料の混乱や不整合のテクスト・クリティーク（史料批判）が必要になってくる。もちろん、異本を対校して祖本を想定するような、従来型の文献学的方法は使えない。ここでいうテクスト・クリティークとは、史資料の言説を支えている複数の指向を見抜き、文献レヴェルではなく指向レヴェルでの古態性と後出性を選り分け、従来型の分析方法（誤写等の見極め）も勘案しつつ、歴史の実相から虚構化された言説への道筋を解明したうえで、再び史資料の価値を判定するような往復型の方法である。

前九年合戦ごろの史資料としては、同時代の史料（一次史料）として『頼義奏状』『義家奏状』『降虜移遣太政官符』『定家朝臣記』（『康平記』）『水左記』がある。同時代と言っても、すべて信頼できるわけではない。『頼義奏状』『義家奏状』には自らの立場を正当化する指向が著しい（しかし、部分的には実相を露呈しているところもある）。やや時代の下る編纂史料（二次史料）としては、『扶桑略記』『百練抄』『帝王編年紀』『十三代要略』『諸道勘文』があり、物語・説話では『陸奥話記』や『今昔』前九年話がある（物語・説話を「資料」と表記し、一次・二次の「史料」と合わせ称する際に「史資料」と呼ぶ）。これらの間に存する混乱・不整合という状況に直面すると途方に暮れそうになるが、幸い『扶桑略記』の史料的価値の危うさについては、ずいぶん明瞭になってきた（第四章、第九章）。『扶桑略記』は貪欲に先行文献を採り込む傾向が強く、そのため虚構化された言説も無批判に流入している玉石混淆的な史料である（ただし、全否定するわけではない）。編纂史料の中でも『扶桑略記』は『百練抄』や『帝王編年紀』より編纂時期が早いため、その一点をもって尊重されてきたのであった。言説の背後に虚構化の意図が存するかどうかの観点なしには、正確なテクスト・クリティークなどできない〔野中（二〇一四b）〕。

従来、『陸奥話記』は、『扶桑略記』との記述の一致によって一定の史料的裏づけをもつ物語と評価されてきた（合戦直後の成立とする説が根強かった）。事情は変わった。土台の『扶桑略記』が揺らいでしまったのである。共倒れというべきか、『扶桑略記』と『陸奥話記』を史資料群の外縁に突き放してみることになる。そして、残された史資料群を見直してみると、従来考えられていたよりも複雑さや混沌はずいぶん軽減される。本章では、このような史資料観のもとに、前九年合戦の実相とそこからの虚構化（歪曲）のプロセスを探る。

三　着任当初の頼義の資格

以下の行論の段取りとして、源頼義の陸奥国での一二年間の資格問題を検討するにあたって、この第三節で着任当初の資格、次の第四節で合戦終結時の資格をそれぞれ明らかにし、その前後両端を押さえたうえで第五節において中間期の資格の推移について分析する。なお、前九年合戦に関する諸記録については、**【表1】**で整理しておいた。『頼義奏状』の信頼性については、一四五頁で述べる。頼義側の立場から自らに有利な主張がなされている点については警戒すべきものの、偽書だとか史料的価値がないというべき類のものではない（従来の歴史学は、虚構の質が多様であることを顧慮しておらず一律に史実と非史実とに分ける単純な二元論であった）。この史料には、赴任時の頼義の資格について、次のように記されている。

仍て去ぬる永承六年、忽ちに頼義を以て征罰せしめんとし、彼の国に任ぜらる。天喜元年、鎮守府将軍を兼ねしむ。頼義、鳳凰の詔《みことのり》を銜《ふく》み、虎狼の俗に向ふ。甲冑を紆《めぐ》らし、千里の路に赴く。

これによると、頼義は永承六年（一〇五一）に陸奥守に任じられ、それから二年遅れの天喜元年（一〇五三）に鎮守府将軍を兼ねたのだということになる。これ以外のほとんどの史資料は、頼義が最初から陸奥守と鎮守府将軍とを兼任したかのように表現しており（『義家奏状』『陸奥話記』など）、このように二年のずれを明示している史料はこれが唯一のものである。論点をより明確にするならば、**頼義が陸奥守に任じられたのは永承六年で動かない**だろうから、任鎮守府将軍がそれと同時かあるいは二年遅れなのかというところが問題となる。

このことについては、間接的ながら裏付けになりそうな史料がある。『扶桑略記』康平七年（一〇六四）三月二十九日条である。

伊予守源頼義、陸奥より参洛せり。使節を奉《うけたまは》りて後、まつたく十一か年を経て帰り来たる。去ぬる年（＝二年前の康平五年）、賊安倍貞任を誅罰せし日（＝九月十七日）に獲る所の生口、同じく宗任・正任等五人、各、其の身を引率す。是に於て、朝議有り。今月二十九日、官符を賜りて、件の宗任等、京中に入れしめずして、伊予国に放ち遣はす。又、去ぬる年（＝二年前の康平五年）、前出羽守源斎頼、捕らへ進《まゐら》せし所の同じき党類、僧良昭、同じく大宰府に遣はす。

頼義が陸奥から都に帰還した際の記事である。傍線部にあるように、この期間を「十一か年」と表現している。『頼義奏状』のいうとおり頼義の任鎮守府将軍が天喜元年（一〇五三）のことだとすると、帰洛した康平七年（一〇六四）までは足掛け一二年になる。前九年合戦のことを一般に「十二年合戦」というがそれは鎌倉初期以降の呼称であるし、ここはそのような合戦の期間ではなく、「十一か年を経て帰り来たる」という文脈なので陸奥国での滞在期間である。文献上の問題として、「二」と「三」の間の互いの誤写はよくあることなのだが、「二」と「一」の間の誤写はさほど多くない。ここで注目すべき表現は、「まつたく～を経て」である。「まつたく」は、『日本国語大辞典』によれば「完全にその状態であるさまを表す」で、『角川古語大辞典』によれば「全面的に。すっかり」とある。一般的には年数を言う場合は〃足掛け〃なのだが、ここでは都を離れて陸奥国で「経た」年数としての実質的な期間、すなわち〃満〃での年数を言っているのだ。たとえば天喜元年の「三月」に頼義が陸奥国に下向したとして、指折り数えて正味一一年後の同じ「三月」に上洛したというような時に、「まつたく十一か年を経て帰り来たる」という表現が出るのだろう。この表現が〃足掛け〃の年数を示すものだとは考えにくい。このように考えると、頼義が天喜元年（一〇五三）に鎮守府将軍の兼任を命じられたとする『頼義奏状』の記述と、それから〃満〃十一年後の康平七年（一〇六四）三月に上洛したとする『扶桑略記』の記事とは、符合することになる。すなわち、**頼義の任鎮守府将軍が任**

【表1　前九年合戦にかんする史料の整理】

	頼義奏状	定家朝臣記（康平記）	水左記	百練抄	十三代要略	諸道勘文	扶桑略記（＝『陸奥話記』）	帝王編年紀
永承六年（一〇五一）	①							
天喜元年（一〇五三）	②							
天喜四年（一〇五六）八月三日条					③			④
天喜四年（一〇五六）十二月十七日条				⑤				
天喜四年（一〇五六）十二月二十九日条				⑥				
天喜五年（一〇五七）八月三日条						⑦		
天喜五年（一〇五七）八月十日条							⑧	⑨
天喜五年（一〇五七）八月二十日条					⑩			
天喜五年（一〇五七）九月二日条							⑪	⑫
天喜五年（一〇五七）九月二十二日条				⑬				
天喜五年（一〇五七）十一月条							⑭	
天喜五年（一〇五七）十二月条							⑮	
天喜五年（一〇五七）十二月二十五日条							⑯	
天喜六年（一〇五八）四月二十五日条				⑰				
康平五年（一〇六二）壬寅春の月							⑱	
康平五年（一〇六二）十月条						⑲		
康平五年（一〇六二）十月二十九日条		⑳			㉑			
康平五年（一〇六二）十一月三日				㉒				
康平六年（一〇六三）二月十六日条			㉓	㉔	㉕		㉖	㉗
康平六年（一〇六三）二月二十七日条				㉘	㉙	㉚	㉛	
康平七年（一〇六四）三月二十九日条	㉜			㉝			㉞	㉟
康平七年（一〇六四）四月十三日条						㊱		

①忽ちに頼義を以て征罰せしめんが為に、彼国に任ぜらる。
②鎮守府将軍を兼ねしめ、頼義、鳳凰の詔を銜み、虎狼の俗に向ふ。
③陸奥守源頼義、俘囚安倍頼時と合戦す。頼時、敗る。
④前陸奥守兼鎮守府将軍源頼義、安倍頼時を追討すべき由、宣旨を下されて合戦す。
⑤諸卿、前陸奥守源頼義、俘囚頼時と合戦の間の事を定め申す。
⑥源頼義、更に陸奥守に任じ、征夷を為すなり。陸奥守良綱、兵部大輔に遷任す。
⑦陸奥守源頼義朝臣、俘囚頼時と合戦し、官軍、力を得て、凶賊、傷有り。
⑧前陸奥守源頼義、俘囚安倍頼時を襲討するの間、官符を東山・東海両道の諸国に給はせ、兵糧を運び充たすべきの事、公卿定め申す。又官使太政官の史生紀成任・左弁官の史生惟宗資行等を下し遣す。
⑨前陸奥守頼義、頼時を追討すべき由、官符を下さる。
⑩陸奥解状に云はく、「俘囚頼時、官符に依て殺戮す」と云々。
⑪鎮守府将軍源頼義、俘囚阿倍頼時と合戦の間、頼時流矢の中る所と為り、鳥海柵に還りて死に了んぬ。但し余党は未だ服せず。仍て、重ねて国解を進らせ、官符を賜りて諸国の兵士を徴発し、兼ねて兵糧を納れ、悉く余党を誅せんことを請ふ。
⑫合戦。頼時、流矢に中りて死す。余党、未だ散ぜず。
⑬諸卿、陸奥守頼義の言上せし「俘囚安倍頼時、去んぬる七月二十六日合戦の間、矢に中りて死去せし事」を定め申す。官使を遣はして実否を実検せらるべしと云々。
⑭将軍頼義、兵千三百余人を率ゐ、貞任等を討たんと欲す。爰に貞任等は精兵四千余人を引率して拒み戦ふ。…（中略）…官軍大いに敗れ、死する者数百人なり。
⑮鎮守府将軍頼義、言上す。「諸国の兵糧・兵士、徴発の名有りと雖も、到来の実無し。当国の人民、悉く他国に赴き兵役に従はず。先に出羽国に移送するの処、守の源兼長、敢て紕越の心無し。裁許を蒙るに非ざれば、何ぞ討撃を遂げん。已上」。
⑯陸奥守藤原良経、兵部大輔に遷任せり。源頼義、更に陸奥守に補せられ、重任の宣旨有り。又、源兼長の任を止めて、源斉頼を以て出羽守と為して、相共に貞任等を撃たしむ。其の後、諸国の軍兵・兵糧も、頻りに官符を賜ると雖も、彼の国に到らず。斉頼亦不次の恩賞を蒙り乍ら、全く征伐の心無し。然る間、貞任等、恣に人民を劫略す。
⑰源斎頼、出羽守に任じらる。征夷の為なり。
⑱高階経重、陸奥守と為す。源頼義の任終るに依てなり。経重、進発し下向す。人民、皆前の司の指揮に随ふ。経重、帰洛す。
⑲前陸奥守頼義朝臣、夷賊貞任等を虜にせし状を言上す。
⑳左大弁、前将軍頼義朝臣、俘囚貞任・宗任等と合戦の由の文を覧ぜらる。即ち、蔵人の弁に付きて、奏せしめ給ふ。
㉑前陸奥守頼義、賊貞任等を斬る状を言上す。
㉒前陸奥守頼義、俘囚貞任等を梟す由を言上す。去ぬる九月十七日、厨川柵に於て首を斬ると云々。朝家、此の由を聞こし食し、叡感有り。
㉓前鎮守府将軍源頼義朝臣、進ぜし所の俘囚貞任・重任・経清等の首、并に降人の交名の解文、右大弁、之を進覧せしむ。殿下、頭の弁を召して、之を給ふ。奏すべき由を仰せらる。頭の弁、解文を給はりて退出せり。余、又、大内に参る。頭の弁、持参し、奏聞を経る。件の解文を以て、治部卿に下す。時に、卿、奥の座に候す。但し、交名は御所に留む。治部卿、頭の弁に下す。頭の弁、大夫史実長を召して之を下す。実長、大夫尉源頼俊を右衛門の陣に召し、宣しく件の首等を請け取るべき由を口ぶ。頼俊、検非違使等を引率し、宣を奉りて退出し了ぬ。余、又、退出せり。抑、件の俘囚の首は、本より騎兵二人（一人は傔仗季俊、一人は軍曹）、歩兵二十余人ばかりに随ふ所なり。各、介冑を被り、殊に武威を耀かす。先づ、粟田山大谷北丘上蜘蛛に於て徘徊し、三の首、各、鋒に挿し之を植う。余、偸に行きて之を見る。漸よ哺刻に及びて、洛を指して持ち入る。検非違使、四条京極の間に於て請け取る。其の儀、本の鋒を抜きて（代わりの鋒と云ふは非なり）、検非違使の鉾を以て之を挿す。即ち、着鈦を以て之を持つ。先づ貞任、次いで重任・経清なり。但し、鉾の緋に、其の姓名を銘す。又、各、看督長二人、（放）免十余人、相従ふ。三級、相別れ、渡り行く。観る者は、或は車にて、或は馬にて、亦は緇、亦は素。粟田の下より始めて、華洛の中まで、駱驛は雑錯たり。人、顧みるを得ず。奔る車の声は晴空に雷と聞こえ、飛ぶ塵の色は春天に霧を払ふ。希代の観、何ぞ之に比する有らんや。戯れに、皇威の今に在るや、更に古に恥ぢざるものか。但し、四条を朱雀大路より西行し、西の獄の樗杆に至り、之を梟すと云々。『中右記』天仁元年正月十九日条、二十九日条に関連記事あり。」
㉔源頼義、俘囚安倍貞任、同じく重任、藤原経清等の首を斬り、京都に伝ふ。

㉕貞任が首、京師に伝ふ。
㉖鎮守府将軍前陸奥守源頼義、俘囚安倍貞任、同じく重任、散位藤井〔藤原〕経清等三人の首を梟し、京師に伝ふ。検非違使等、東河に向かひて受け取る。其の首を西の獄門に繋ぐ。見物の輩、貴賤雲の如し。是より先、頸を献ずる使者、近江国甲香郡に到り、筥を開き首を出して、其の髻を洗ひ梳らしむ。…（中略）…悲哀して忍びず。衆人、皆以て涙を落す。
㉗前陸奥守頼義、梟夷安倍貞任、同じく重任、散位経清三人の首を進らす。勧賞を被むる。
㉘貞任を追討せし賞を行はれ、源頼義を正四位下に叙し、伊予守に任ず。一男義家を出羽守に任じ、二男義綱を右（左？）衛門尉に任じ、散位武則に一階を叙し、鎮守府将軍に任ず。首を献ぜし使の藤原季俊を左馬允に任ず。
㉙除目、賞を頼義に給はせらる。正四位下に叙し、伊予守に任ず。其の外、多く以て賞に預かる。（後略）
㉚康平六　鎮守府将軍従五位上清原真人武則　討俘囚賞
㉛勧賞を行はる。頼義を正四位下に叙し伊予守に任ず。一男義家を従五位下に叙し出羽守に任ず。二男義綱を左衛門少尉に任ず。従五位下清原武則を従五位上に叙し鎮守府将軍に任ず。首を献ずる使藤原季俊を左馬允に任ず。
㉜康平七年三月二十九日付の伊予国司への太政官符、帰降俘囚五人ほかの便所への安置のこと
㉝伊予守頼義、奥州より相具して上洛せし所の降虜宗任等、議有りて入京せしめず。国々に分かち遣はす。宗任・家任、伊予に遣はす。良照、太宰府に遣はす。治暦三（年）、宗任等大宰府の移し遣はす。本国に逃げ帰らんと欲する聞こえ有るに依てなり。
㉞伊予守源頼義、陸奥より参洛す。使節を奉りて後、全く十一箇年を経て帰り来たる。去ぬる年、賊安倍貞任を誅罰せし日、獲る所の生口、同じく宗任・正任等五人、各其の身を引率す。是に於て、朝議有り。今月二十九日、官符を賜りて、件の宗任等、京中に入れしめずして、伊予国に放ち遣す。又去ぬる年、前出羽守源斉頼、捕らえ進せし所の同じき党類僧良昭、同じく大宰府に遣す。
㉟安倍宗任、則任等五人、其の身を引率す。朝議有り。京中に入れしめずして、伊予国に放ち遣はす。同じき類の僧良昭、太宰府に遣す。
㊱『樗嚢抄』伊予守頼義（康平七四十三、陸奥交易、南殿に出御。）

陸奥守より二年遅れであったことは、事実だと考えられるのである。（2）

（2）『扶桑略記』の右の条に「使節を奉《うけたまは》りて後」とあるのが、やや問題となる。長元擾乱《じょうらん》（平忠常の乱）でさえ追討使に節刀は親授されなかった〔野口実（一九八二）〕ので、この表現は、〃鎮守府将軍を拝命して以来〃の程度の意味だろう。つまり、節刀の親授はなかったとみる。なぜならば、康平五年九月の前九年合戦終結時において、すなわち頼義が上洛する間のない時点で「前鎮守府将軍」の表現が出る――その任を解かれている――からである。節刀を親授されての征討ならば、それを返納しないうちに前職になることはない。『扶桑略記』は当時流布していた源氏方プロパガンダ言説の影響を部分的に受けているところがあり、ここも『頼義奏状』『義家奏状』の表現との指向の近似からみて、「使節を奉りて後」などという源氏の立場を強める表現が出されているのだろう（たとえば安倍氏追討の任を帯びていなかった永承六年の赴任段階で「頼義を以て征罰せしめんとし」たのだとする『頼義奏状』の虚構性との近似）。

ただし、節刀親授はなかったものの、鎮守府将軍拝命のために頼義は天喜元年（一〇五三）にいったん上洛したとみる。

なぜならば、右の『扶桑略記』に「まつたく十一か年を経て帰り来たる」とあるからである。頼義が陸奥国に永承六年以来一三年間赴任しっぱなしであったら、このような表現は出ない。頼義の陸奥国での連続滞在期間は一一年間で（しかも天喜五年～六年をまたぐころに一度上洛しているか。七三頁）、最初の二年間を合わせれば計一三年間となる。

四　合戦終結時の頼義の資格

この節では、合戦終結時の頼義の資格について検討する。

『定家朝臣記』（『康平記』）は、尾張守・右衛門権佐などを歴任した平定家の日記である。同時代に逐一記された記録として、信頼性が高い。これの康平五年（一〇六二）十月二十九日条、すなわち九月十七日に前九年合戦が終結してから約一か月後の記録に、

　左大弁、前将軍頼義朝臣、俘囚貞任・宗任等と合戦の由の文を覧ぜらる。即ち、蔵人の弁に付きて、奏せしめ給ふ。

とある。また、『水左記』は左大臣源俊房の日記で、これも信頼すべき一次史料と言えるものである。この康平六年（一〇六三）二月十六日条は、源頼義凱旋以下の前九年合戦の記事である。

　前鎮守府将軍源頼義朝臣、進ぜし所の俘囚貞任・重任・経清等の首、并に降人の交名の解文、右大弁、之を進覧せしむ。

これらの史料の信頼性の高さから見て、鎮守府将軍の前職という〝資格ならぬ資格〟で頼義が前九年合戦を終えたことは、まず間違いないだろう。ざっくりとした総括をすると、**頼義はまず陸奥守として下向してきて、一二年後には前鎮守府将軍の資格でいくさを終えている**ということになる。

ここから読み取るべき問題が二点ある。一点目は、鎮守府将軍が現職ではなく前職だと記されている点である。二点目は、ここに前職・現職にかかわらず「陸奥守」の名称さえ出ていない点である（「前陸奥守」として終えたとする史料が四点あるが、いずれも後世の編纂史書であり、『定家朝臣記』『水左記』の信頼性に及ばない。二五頁）。

まず一点目について検討する。論功行賞によって清原武則が鎮守府将軍に任じられたのは、康平六年（一〇六三）二月二十七日のことである（『百練抄』『扶桑略記』）ので、武則への交替ゆえに頼義が「前鎮守府将軍」となったという考えは成り立たない。前年の九月十七日の合戦終結時点ですでに、頼義は鎮守府将軍でなかった可能性が高いのである。安倍氏追討を完遂する以前に鎮守府将軍ですらなかったということは、**いくさの大義（正当性）に疑念が生じたか何かの事情によって、頼義は鎮守府将軍を解任されていたのではあるまいか**（これは『陸奥話記』の〈空白の四年半〉問題に発展するため第三章で詳述）。

次に二点目の問題だが、右の鎮守府将軍の解任以前に、頼義は陸奥守ですらなくなっていた可能性がある。ただし、『百練抄』天喜四年（一〇五六）十二月二十九日条の「源頼義、更に陸奥守に任じ、征夷を為すなり。陸奥守良綱、兵部大輔に遷任す」は無視しがたい記録であるので、頼義が天喜五年正月から二期目の陸奥守に入っていたことは否定しにくい（次節）。すると、その**二期目の五年間の後半で、頼義の資格が「陸奥守」のままであったとしても——安倍氏追討を強めたゆえか——見た目には「鎮守府将軍」の性格が色濃くなっていった時期があると想定するのがよいのではないだろうか**。そして一点目の問題と絡めると、その鎮守府将軍の資格さえ剝奪されて、合戦終結を迎えたということなのではないか。

微細な表現をもとに推測を重ねたが、これを側面から支える史資料は存在しないのかと言えば、じつはある。それが『陸奥話記』である。『陸奥話記』には、「但し群卿の議同じくせず、未だ勲賞を行はざるの間に」（19、巻末の三書対照表の番号。以下同じ）「朝議、紛紜せるの間、頼義朝臣、頻りに兵を光頼幷びに舎弟武則等に求む」（39）と二度にわたって頼義の正当性を揺さぶる表現がある〔安藤淑江（二〇一一）〕。前者は陸奥守の一期目から二期目への、後者は二期目から三期目への境目にそれぞれ存する表現である。二期目の「更任」（『百練抄』）ですら危うかったのであるから、三期目は事実としてもなかったのだろう。源氏を正当化しようとする指向とは正反対のそのような認識が、『陸奥話記』には見える（これらは一二世紀初頭に後補された表現だと考えられるが、合戦直後には表現できなかった真実が半世紀たって表現できるようになったと考える）。

この事実を踏まえて、『定家朝臣記』『水左記』の表現の問題に立ち戻ると、**合戦終結時の頼義が陸奥守であったことはまったくありえず、鎮守府将軍でさえ前職扱いであったと推定させる「前将軍」「前鎮守府将軍」のニュアンスは、合戦終結時の頼義の危うい立場をそのまま正確に示したものと考えられる**のである。

ところがその後、頼義は強引に陸奥国に留まったまま安倍氏追討を続行し、清原氏の援軍もあって九月十七日に安倍氏を滅ぼしてしまった。**解任されたのに陸奥在国を継続するという無法が許されたのは、高階経重・藤原良綱がすぐに辞任したように後任がなかなか決まらなかったからだろう。**そのような〝書き残せない事情〟ゆえに、『陸奥話記』には〈空白の四年半〉が存在する。〝勝てば官軍〟の言葉どおり、それ以降の朝廷は頼義にたいする認識の変更をせざるをえなくなったのではないか。合戦終結時点で陸奥守でも鎮守府将軍でもなかった頼義の立場が、その後康平七年『頼義奏状』『義家奏状』などの文献上で安倍氏を暴虐な賊徒として形象するという作為を通して、追認的に正当化されるように仕向けられたようだ。

五　頼義任陸奥守の一期目と二期目のはざま

この節では、一二年間の中ほどの頼義の資格がどのように推移したかという問題について検討する。

頼義が最初に陸奥守に任命されたのは、『頼義奏状』によれば永承六年（一〇五一）のおそらく正月のことで〔三宅長兵衛（一九五九）〕、それから五年任期とすると天喜三年（一〇五五）の末までとなる。

これに近い記録として、翌天喜四年ではあるが、『百練抄』同年十二月二十九日条の次の記事がある。

源頼義、更に陸奥守に任ず。征夷の為なり。陸奥守良綱、兵部大輔に遷任す。

天喜四年とあるのは誤りで、天喜三年十二月と修訂すべきである。天喜四年の春に高階経重が後任の陸奥守に任命され陸奥国に下向したのだが、在庁官人や郡司らが頼義の命令にしか従わないという状況であったためにすぐさま上洛してしまった。後任国司が下向してくるまでの間、引き継ぎがあるという名目で、頼義は陸奥国府に居座り続けたのだろう。そして、同年の夏か秋に陸奥守の第二の候補として藤原良綱が任じられたものの、良綱は陸奥下向を渋り、辞退した。こうして約一年間の間に二人の人物が陸奥守を辞退するに至り、結果的に頼義が天喜五年（一〇五七）正月に再任されたようだ（五二頁、九一頁）。一般的に使用される「再任」「重任」と違って、『百練抄』が「更任」（「更に任ず」）と表現しているのは、期間の連続した任命ではなく約一二か月の空白期間（陸奥守不在期間）を経たための特異な表現なのだろう。このように考えると、頼義の二期目の陸奥守としての任期は、一年間の空白を隔てて天喜五年（一〇五七）正月から康平四年（一〇六一）末までの五年間ということになる。

いま想定しているのは、原則論である。有事ゆえにいくらでも任期の延長はありうるなどという異見があるのは、十分に承知している。しかし、有事とする認識自体が、物語（『陸奥話記』）に幻惑された見地なのではないか。『奥州合戦記』の存在（『扶桑略記』）や現存『陸奥話記』の前半部と後半部との甚だしい粗密の位相差からみて、前九年合戦の実態が正味二か月弱であったとする認識が当時存在したことは明らかである（それが反源氏的かつ客観的な認識である）。一方で、頼義が永承六年から康平五年までの一二年間、陸奥守として在任し続けたとする認識がある（これが源氏方の認識）。永承六年から五年ごとに任期を区切ってゆくと、頼義の一二年間は、三期目に入っていたことになる。

陸奥国に遠隔地特例があったとしても、まずありえないことである。

八六頁の【表6】のように、五年に満たずに陸奥守を辞任（任期途中交替）した例として橘則光（四年）、藤原朝元（三年）、藤原兼貞（四年）が推定されるのみで、逆に五年満期を超過した例として平孝義（六年）があるのみで、きっちりと五年程度の任期を全うしたと考えられる守も少なくない（藤原済家、藤原貞仲、藤原頼宣、藤原頼清、藤原登任）。この想定の中には、五年の任期を全うすることなく病気や死去で途中交替した例がさらに存在するかもしれない。そうだとしても、ここに一名程度の守の名が入り、前後の守の任期が短くなるだけなのであって、逆に長期にわたって守を務めた人物がほかに出現することはありえない。少なくとも、源頼義が連続三期も問題なく陸奥守を務めたということは事実としてありえないことであり、そこに信頼性の低い編纂史書とはいえ天喜四年（一〇五六）～同五年ごろに「前守」とする表現が出ることの意味は、軽くはないだろう。

先述のように、頼義は陸奥守二期目の満期（五年間）をまっとうしたのかという疑問が、じつはある。この問題は、『陸奥話記』の前半部と後半部の間に〈空白の四年半〉が存在することと関わっているらしい（第三章）。要するに、その期間に超法規的で強引な、正当化されざる所業が頼義にあり、陸奥守や鎮守府将軍を解任され、それゆえにこそ戦後になって追認的に公戦化する際に書けなかったところが〈空白の四年半〉となって現出したのではないか。

六　前九年合戦時における源頼義の資格の推移（推定復元）

ここまでは、史料的価値の観点からもっとも信頼できる『頼義奏状』『定家朝臣記』『水左記』を中心に据えつつ、補強材料として『百練抄』や『扶桑略記』を用いた推定復元である（四頁の図解参照）。

前節までに述べたことを整理すると、次のようになる（第二章、第四章、第六章で述べることも一部含む）。

1、源頼義の陸奥国下向は、永承六年（一〇五一）の陸奥守としてであった。
2、頼義は二年後の天喜元年（一〇五三）に鎮守府将軍の兼任を命じられた。
3、頼義の陸奥守の一期目と二期目の間に一年間（天喜四年）のブランクがある（ここで二人の陸奥守辞退）。
4、そのブランク時に安倍頼時を追討しているので、その時の頼義は陸奥守ではなかったことになる。
5、頼義の陸奥守の二期目は、天喜五年（一〇五七）～康平四年（一〇六一）の五年間とみられる。
6、二期目の途中で頼義は陸奥守・鎮守府将軍を解任されていた。
7、後任国守がなかなか決まらなかったので、頼義が特例的に陸奥に在国し続けた。
8、合戦終結時に頼義は「前陸奥守」というよりも「前鎮守府将軍」と呼ぶしかないような性格に変質していた。

四頁の図解で示したように、頼義が二期目の陸奥守を解任されていたとすれば、康平二年か三年（一〇五九～六〇）のころではないかと察せられる。当時の武士の実情から考えて、頼義が朝廷の制止を振り切って強引に陸奥国に留まったとは考えにくい（貴族の番犬であったとの観念）との異見はあろうが、高階経重・藤原良綱の二人が連続して陸奥守を辞任するという状況の後であれば、ほかに後任もおらず、やむをえない事態ないしは後任が見つかるまでの暫定的な措置として頼義の滞留を黙認するといった状況だったのではないか。

また、当時の鎮守府将軍は軍事的な要素をほとんど有しておらず、受領官と化していたとする指摘（しかも伊藤博幸（一九八三）、佐久間賢（一九九一）によれば鎮守府胆沢城の機能も一〇世紀末までに終わっていた）によれば、その職務も形式的・名誉職的なもので陸奥守との兼任が慣例であったと考えられる。ゆえに、陸奥守を解任される際に鎮守府将軍も同時に解任されたと考えるのが自然だということになる。しかしそれにしても、両職のうち陸奥守のほうが実質的な意味を当時ももっていたはずだから（公的な意味あいが強いのは第一に陸奥守、第二に鎮守府将軍）、**陸奥守を解任さ**

れたあとまで陸奥国に留まっている頼義は「前鎮守府将軍」としか呼びようのない立場だったのではないか。それが、『定家朝臣記』や『水左記』の表現意識かと推測される。

七　編纂史書のテクスト・クリティーク

前節までに述べたことは、歴史上の事実としての頼義の資格問題である。この節では逆に、現存史料に記された頼義の官職表記の混乱（史料間の不統一）が、たんなる錯誤によるものなのか、あるいはなんらかの捏造意識や虚構化の影響を受けたものなのか、そこについて考えたい。表現主体の仕組んだ捏造性・虚構性ゆえの史実離れと、時間経過に伴う史料の低劣化（誤字・脱字）を混同してはならない。合戦の同時代に、事実とは異なるメッセージを発信しようとする動きもあるのだ。

1　『百練抄』

あらためて複数の編纂史料の側を概観してみると、意外なことに、この推定と矛盾しないものさえ存在することに気づく。それが、『百練抄』である。『百練抄』の記す頼義の資格（官職）は、次のように推移している。

天喜四年（一〇五六）十二月十七日条…「前陸奥守源頼義」

↓一期目の陸奥守の任期が切れ、二期目に入っていないブランクの時期なので「前陸奥守」でよい。

天喜四年（一〇五六）十二月二十九日条…「源頼義、更に陸奥守に任じ」

↓本章中で述べたとおり一年間の混乱期間を経ての「更任」。問題なし。

天喜五年（一〇五七）九月二十二日条…「陸奥守頼義の言上せし」

↓陸奥守としての二期目に入っているので「陸奥守」でよい。

康平五年（一〇六二）十一月三日条…「前陸奥守頼義」

↓伊予守への遷任は翌年二月のことゆえ、ここは合戦終結時に頼義が陸奥守ではなかったことを示すものとみるべき。つまり、三期目に入っていなかったということ。

このように、『百練抄』では頼義の官職がすべて正確に記されているとみられる。

2　『帝王編年記』

『帝王編年紀』は、編纂時期こそ南北朝後期まで下るものの、錯誤や虚構はあまりみられない。頼義の官職を記した記事は三か所しかないが、そのうちの一か所に修訂を施せばすべて矛盾のない流れとなる。

天喜四年（一〇五六）八月三日条…「前陸奥守兼鎮守府将軍源頼義」

↓頼義の一期目は天喜三年（一〇五五）の末までであり、天喜四年（一〇五六）はまだ二期目に入っていないので、「前陸奥守」でよい。また、天喜元年（一〇五三）にすでに鎮守府将軍に任命されている。この時期は陸奥守と鎮守府将軍は兼任が原則であったと考えられるが、結果論的な認識によって後者が現職のように見えていたものか。ただし、この条の中に「宣旨」とあるのも「太政官符」とあるべきで、部分的には不自然なところを含んでいる。

天喜**五年**（四年カ）（一〇五七）八月十日条…「前陸奥守頼義」

↓天喜五年は二期目に入った一年目なので、「陸奥守」とあるべきだが、第二章で指摘するように、この記事の位置は天喜四年であるべきものゆえに、官職表記としては「前陸奥守」のままでよい。

康平六年（一〇六三）二月十六日条…「前陸奥守頼義」

↓頼義が伊予守に任じられるのは同年二月二十七日（『百練抄』『扶桑略記』）なので、それとは無関係。「前陸奥守」の資格のまま合戦終結を迎えているので、この表記でよい。

このように、『帝王編年記』でも、一部の錯誤を修訂すれば、そのほかは官職表記を含めて正確だと考えられる。

3　『扶桑略記』

論者は、『扶桑略記』の史料的価値については、編纂史書の中でももっとも劣るものであることを指摘しているが、例の高階経重問題（『扶桑略記』が高階経重の陸奥守任官→辞退の時期を虚構した。第四章）、および安倍頼時追討時期の問題（第二章）を除けば、意外なほどに推定復元と符合する。

天喜**五年**（四年カ）（一〇五七）八月十日条…「前陸奥守源頼義」

→これを天喜四年八月十日の記事だと修訂すれば『百練抄』『十三代要略』と同じことになり、永承六年から始まった一期目が終了し前職となっていることとも整合し、『今昔』前九年話における高階経重着任時とも齟齬しない（第二章）。この記事の本来の位置が天喜四年八月十日だとすれば、その時点での頼義の官職は「前陸奥守」で問題ないことになる。

天喜五年（一〇五七）九月二日条…「鎮守府将軍源頼義」

→天喜元年（一〇五三）に鎮守府将軍に任じられているので、問題ない。右の天喜五年（修訂して四年）の条で「前陸奥守」ではなく「鎮守府将軍」と表現されていてもよかったのである。ニュースソースの違いによって、頼義の官職表記が異なってしまったのだろう。

天喜五年（一〇五七）十一月条…「将軍頼義」

→右と同様に、問題ない。『陸奥話記』は征夷大将軍とも鎮守府将軍とも解釈できるようなあいまいな表現を意図的に用いているが、それとは違って、ここは「鎮守府将軍」の略称としての「将軍」なのだろう。

天喜**五年**（四年カ）（一〇五七）十二月条…「鎮守府将軍頼義」

↓右と同様に、問題ない。

天喜五年（一〇五七）十二月二十七日条…「源頼義、更に陸奥守に補せられ、重任の宣旨有り」

↓この条の上文に藤原良経（良綱）の陸奥守から兵部大輔への遷任のことがあり、それを受けての頼義の陸奥守「更任」。同内容の記事は、『百練抄』では天喜四年（一〇五六）十二月二十九日条にある。永承六年（一〇五一）から数えて頼義の一期目が天喜三年（一〇五五）に終了していることや、『今昔』前九年話から推測しうる高階経重の陸奥守辞任の時期も同時期のことなので、天喜四年の一年間が、陸奥守の不安定な時期であったと考えられる（高階経重問題）。よって、ここの記事に関しては、天喜四年（一〇五七）の十二月のこととする『百練抄』の位置が正しいとみる（第四章）。

康平五年（天喜四年カ）（一〇六二）春月条…「高階経重、陸奥守たり。源頼義の任終《にんはて》に依てなり。……人民、皆、前司の指揮に随ふ」

↓これが、高階経重問題。本来は、天喜三年の末に頼義の一期目が終了し、翌天喜四年の春に高階経重がいったん陸奥守に任じられたのだと考えられ、その位置の痕跡が『今昔』前九年話にみえる（第四章）。

康平六年（一〇六三）二月十六日条…「鎮守府将軍・前陸奥守源頼義」

↓推定復元のように、前九年合戦終結時の頼義の資格は「鎮守府将軍」としか呼びようがなかったのだろう。ただし、『定家朝臣記』『水左記』のように、鎮守府将軍でさえ前職になっていたというのが正しいのだろう。

このように、史料的価値の危うい『扶桑略記』でも、すべてが無価値なのではなく、安倍頼時追討時期の問題、高階経重問題の絡むところだけが、推定復元と符合しない。

4　『十三代要略』

『十三代要略』は、一二世紀中葉までに編纂された史書だと考えられるので、前九年関係の編纂史書としては『扶桑略記』に次いで古い。性格としては、『扶桑略記』のような物語・伝記類の採り込みを行っていないので、『百練抄』と同じようにおおむね信頼できるものと考えられる。『十三代要略』には、次の三か所がある。

天喜四年（一〇五六）八月三日条…「陸奥守源頼義」

→『百練抄』や『帝王編年記』にあるように、この年の頼義は「前陸奥守」とあるべきだろう。「前」が不用意に脱落してゆく転写過程は想定しやすいが、逆に、転写過程で訳もなく「前」が付加されるとは考えにくい。ゆえに、文献上の単純な脱字と考えておく。

天喜五年（一〇五七）八月二十日条…頼義の官職表記はないが、頼時追討を報告する「陸奥解状」が記されている。

→安倍頼時討伐の報告は、たしかに天喜五年七月（『百練抄』）か八月（『扶桑略記』『帝王編年記』）のことだろう。この時期は頼義が陸奥守の二期目に入っていたので、「陸奥解状」を太政官に送達した主体は、陸奥守頼義だということになる。

康平五年（一〇六二）十月二十九日条…「前陸奥守頼義」

→推定復元のとおり、頼義の二期目の陸奥守も、康平四年末までで終了していたと考えられる。中途解任とすればさらに短い。同日条の『定家朝臣記』も「前陸奥守」なので、やはり康平五年の末まで（前九年合戦終結まで）頼義が陸奥守であったと考えることには無理があるだろう。

このように『十三代要略』でも、「前陸奥守」とあるべきところが一か所「陸奥守」となっている程度の錯誤に留まっている。

5　『諸道勘文』

『諸道勘文』は院政中後期の成立と考えられており（『群書解題』）、大学寮に属する四道（紀伝道・明経道・明法道・算道）、陰陽寮に属する三道（陰陽道・暦道・天文道）、典薬寮に属する一道（医道）の計八道の博士に命じて、提出させた文書である。ゆえに、時代的に見ても、文書の性格から見ても、転写段階の錯誤はありうるとしても、虚構性や捏造はないと考えてよいだろう。『諸道勘文』の長治三年（一一〇六）に含まれるかたちで、次の二条がある。

天喜**五年**《（四年カ）》（一〇五七）八月三日条…「陸奥守源頼義朝臣」

↓記事内容は源頼義と安倍頼時との合戦である。『十三代要略』や『帝王編年記』の天喜四年「八月三日」条にも、ほぼ同じ内容が記されていて、そちらのほうが正しいと考えられる（三八頁）。ただし、二年間の合戦を天喜五年条で概括的に記したとすれば、頼義が「陸奥守」であったとしても矛盾はない。なお、『奥州藤原史料』は「八月三日」を「九月二日」の誤りかと推定する傍記を施している。これは『帝王編年記』によって修訂を試みたものだろうが、その必要はない。『十三代要略』の日付「八月三日」との一致を重視すべきだろう（五五頁）。

康平五年（一〇六二）十月条…「前陸奥守頼義朝臣」

↓貞任らを誅伐したことを報告する内容で、この時点で「前陸奥守」であったことは推定復元（『定家朝臣記』『十三代要略』が根拠）と符合する。

このように、安倍頼時との合戦時期を一年前方に修訂するだけで、『諸道勘文』も推定復元と符合する。

以上を総括すると、**どの記録に信頼がおけてどの記録が危ういというよりも、諸史料に共通する横断的な問題として、安倍頼時との合戦の期間（二年間か一年間か）と、高階経重問題の二点が、おそらく合戦直後から揺れていたのだろう**。前九年合戦直後の康平七年（一〇六四）ごろから、源氏側によるすさまじいプロパガンダ（史資料操作および自らに都合のよい言説の流布）が横溢していた（康平七年の『頼義奏状』『義家奏状』）。しかも一〇七五年から一〇八三年ごろまで、白河帝が源氏を親衛武力として取り立てる動きがあった（野中（二〇一三、二〇一四ａ））。一方で、後三年合戦終結以降は、源氏にたいする風当たりが強くなっていた（『今昔』前九年話における源義家の論功行賞削除など）。**現存**

の編纂史料たる『百練抄』『帝王編年記』『扶桑略記』『十三代要略』『諸道勘文』の混乱状況は、そのように右往左往した歴史認識の振れ幅をはからずも体現してしまったもののようだ。

八　「陸奥守」「鎮守府将軍」のその後の展開

先述のように、前九年合戦終結時の源頼義は鎮守府将軍でも陸奥守でもなかった可能性が強い。そして、両資格のうちどちらかといえば「前鎮守府将軍」としての性格が強かった（『定家朝臣記』『水左記』）。しかし一方で、合戦終結直後に、頼義のことを「前陸奥守」と記した史料も四点ある。『諸道勘文』康平五年十月条、『百練抄』同年十一月三日条、『十三代要略』同年十月二十九日条、『帝王編年紀』康平六年（一〇六三）二月十六日条である。これらを軽視しつつここまで論を進めてきたのは、この四点すべてが後世の編纂史書だからである。史料的価値として、『定家朝臣記』の「前将軍」、『水左記』の「前鎮守府将軍」をしのぐ重きを成すものではない。

ここで考えさせられるのが、『扶桑略記』康平五年春条の高階経重の任陸奥守記事である。「人民、皆前の司の指揮に随ふ。経重、帰洛す」（三書対照表36）は、頼義の立場を正当化しているように見える（第四章）。そのような源氏の立場の正当化は、時代的に見れば一〇七五～八三年ごろのことと考えられる。その時期に、義家が白河帝に重用されて、もっとも勢力を伸張させたのであるから、過去の前九年合戦の功績を高める機運のあったことが推測される（野中（二〇一三、二〇一四a））。つまり、頼義が一二年間ずっと陸奥守であったかのような表現上の正当化が、一〇八一、八二年ごろに行われたのではないか（後述）。実体に即して言うと、解任されていたはずの頼義の任陸奥守が、追認的に復権したのではないか（歴史の再評価に伴う贈位贈官のように）。その影響を受けたのが、右の四点の編纂史書だと考えられるのである（それでも「前陸奥守」だが、途中解任ではなく二期目満了とも読める）。一方で、『今昔』前九年話も頼義を一貫して「陸奥守」「守」と表現している。同書が源氏を正当化しているとは考えられない（第十章）ので、当時の一般的な認識を反映したにすぎないものとみるべきだろう。『今昔』原話は源氏冷遇期の一〇九七年ごろの成立と考えられ、義家の任出羽守が削られたのもその時代相ゆえだろう。

しかしまた、『定家朝臣記』『水左記』以外にも、『扶桑略記』や『陸奥話記』は「鎮守府将軍」としての頼義像を強く押し出している。『扶桑略記』の編纂時期について、論者は承暦五年（＝永保元年、一〇八一）ごろに一度目の区切りを迎えたと考えている(3)。その『扶桑略記』においては、源頼義のことを鎮守府将軍と表現することのほうが優勢なのである。先述のように、陸奥守を前職と表現し、鎮守府将軍の下位におくという点で、『定家朝臣記』『水左記』に近い。ただし、それら二書が鎮守府将軍を前職とするのにたいして、『扶桑略記』は前九年合戦終結時まで頼義が鎮守府将軍の現職であったかのように表現している違いがある（『陸奥話記』はこの認識を受け継いでいる）。

（3）　同年四月条に、『扶桑略記』編者に特徴的な強い末法観の表明がみられるからである。『扶桑略記』の最終記事は寛治七年（一〇九三）三月であるし、堀河帝のことを「当今」と呼ぶのだから堀河治世下（堀河在位は一〇八七～一一〇七。つまり『扶桑略記』は一〇八七～九三年の成立となる。一〇九三年以降とは考えない）の編纂であることは通説どおりなのだが、物理的に考えて、これほど大部な史書の編纂作業が数か月や一、二年程度で完了するはずがない。つまり、数段階の編纂作業を経たものと考えられる。

*　*

このように、一方に「前鎮守府将軍」系統、もう一方に「前陸奥守」系統があって、頼義正当化の方法が揺れていたことが知られるわけだが、単純に整理すれば、この展開は次の三段階で説明することができる。

①　前九年合戦後、とくに康平七年あたりから源頼義・義家の所業を正当化する動きが高まり、まずは「前鎮守府

将軍」から「前」を外す作為が行われた。その流れを汲むのが、『扶桑略記』である。『今昔』前九年話の原話（第一次『陸奥話記』）の成立時期（一〇九七年ごろ）より、『扶桑略記』の第一次編纂時期（一〇八一）のほうがやや早いという根拠もある。

② 次に、鎮守府将軍として一二年間在任したというよりも、陸奥守として在任したほうが、国解の上奏、太政官符の受領などにおいてより公式的で正当性が強いとの判断によって、頼義を「陸奥守」であったとする捏造指向が生じた。

論者の推測だが、これに影響を与えたのが、永保元年（一〇八一）の山門寺門騒動ではないか。園城寺側から延暦寺側への攻撃、延暦寺側の反撃が続く中で、公平な裁きを下しえない白河帝にも彼らの怒りの矛先が向かい、同年十月十四日、白河帝の石清水への行幸に、源義家と弟義綱が兵を率いて護衛するに至る。これは、園城寺の僧徒に備えたものであった（『水左記』『帥記』『為房卿記』等）。その後の賀茂や春日の行幸にも、義家が頼りにされる存在となっている。その際、義家がどのような資格で白河帝の随身として供奉しえたのかが問題になっているのである。当時の義家は、前下野守でしかなかった。これに周囲は苦慮したらしく、源俊房は『水左記』に、次のように記している。

　下野前守義家朝臣・同義綱等、宣旨に依て供奉すと雖も、本官無きに依て各、博陸（関白師実）の前駆と為りて、郎等等の者に至るまで相後《あひしりへ》に候すと云々。

義家・義綱に本官がなく、「下野前守」では形式上供奉に加えることができないので、二人を関白師実の前駆として行列に加え、その郎等たちも行列の後ろに従ったということだ。

歴史認識を変更するには、それ相応の理由があるはずだ。前九年合戦の一二年間の源頼義の資格として、合戦終結直後は「前鎮守府将軍」→「鎮守府将軍」とする程度の作為があったのだろうが、それを現職の「陸奥守」であり続けたとするのは、大きな路線変更である。**朝廷は武力を必要としており、それを正当化するための歴史も必要としていたのだろう**。この一件直後の永保二年、三年あたりが、前九年合戦時の源頼義（義家の父として）の「鎮守府将軍」↓「陸奥守」という形での復権が目論まれた時期ではないだろうか（一〇八八年以降になると源氏は突き放されるようになるので正当化の機運はなくなる）。武士がどのような資格で参陣していたのか、それを議論する機運が永保元年に起こっていたことは間違いない。『今昔』前九年話の原話（第一次『陸奥話記』）は一〇九七年ごろの成立と考えられるが（先述）、それは話末の義家任出羽守記事を削除する最終的な手の加わった時期であって、それを除く部分、すなわち「陸奥守」表現の創出やその認識の出現は、永保二、三年ごろにあったのではないだろうか。(4)

（4）ところで、『今昔』前九年話も、重層的な形成過程を経ている。頼義のことを「陸奥守」で通しつつも、一部に「将軍」と称するところがある。しかも、そこは後次的な付加部分である。ということは、「将軍」号のままで展開・発展していた前九年関係話（『奥州合戦記』のような）が同時並行的に存在していて、そこから「陸奥守」を基調とする新機軸の『今昔』前九年話の原話が影響を受けて、その一部に「将軍」号を含む一節を採り込んでしまったと考えることができる。

③『扶桑略記』も『陸奥話記』も同じ「鎮守府将軍」の系統であるかのようにみえながら、その内実は微妙に異なる。『扶桑略記』のそれは手ばなしで頼義の立場を正当化しようとする意味あいでの「鎮守府将軍」であるのにたいして、『陸奥話記』のそれは、征夷大将軍なのか鎮守府将軍なのか俗称としての将軍であるのかわざと不明瞭なように表現し、そのことによって頼義の正当化を揺さぶる陰湿な表現である。『陸奥話記』（第二次。これが現存本の祖型）が成立したと論者が想定している一一〇五～〇七年ごろは、義家の院昇殿が許されて復権が叶ったとされているものの、武士にたいする警戒感が貴顕の間に根強くあった時期である（『中右記』にみえる義家観など）。少なくとも、手放しで源氏がもてはやされていた一〇八〇年前後の時期（白河院が義家・義綱を扈従させていた）とは明らかに異なる状況におかれていた。

以上のように、**頼義・義家にたいする人物像や社会的認識の転変が、「前鎮守府将軍」**（『定家朝臣記』『水左記』）**→「鎮守府将軍」**（『扶桑略記』）**→「陸奥守」**（『今昔』前九年話）**→玉虫色の「将軍」**（『陸奥話記』）**という呼称の変化として表出した**ものと考えられる。

九　おわりに——後世の前九年合戦観からの照射——

四頁の図解で示したように、安倍頼時と戦った天喜四年（一〇五六）当時も、安倍貞任を討った康平五年（一〇六二）当時も、源頼義は陸奥守ではなかった。『頼義奏状』や『扶桑略記』で、一一年間ないし一三年間の戦いであったなどと連続性を強調するのは、頼義に非陸奥守の時期があったことを隠蔽する意識によるものであるし、そのためには安倍氏を暴虐な賊徒として表現世界で巨大化して源頼義の追討行為を正当化する必要があったからだろう。ただし、それは源氏側の言い分に過ぎないものであった。その後、白河帝周辺では山門寺門の対立が激化し、治安維持のために武門に依存しなければならない状況が訪れた。そこで、歴史捏造の国家的な策略が始動した（張本人は大江匡房だろう）。つまり、**源氏を正当化する機運と言っても、一〇六〇年代後半の状況**（源氏発信）**と、一〇八〇年前後**（国家的発信）**とは意味が異なる**ということである。

このように一一世紀末は、源頼義のことを「鎮守府将軍」と言ったり「陸奥守」と言い換えたりしながらともかくもその正当化をはかり続け、一二年間隙間なく陸奥に在任し続けたとする歴史を捏造した時期である。

その延長線上にあるのが、中世の軍記類にみえる前九年合戦観である。軍記類だけではない。かの有名な『古今著聞集』巻九（三三六話）もある。「伊予の守源頼義朝臣、貞任・宗任等を攻むる間、陸奥に十二年の春秋をおくりけり」

に始まり、例の歌の付け合いが語られる。

年をへし糸のみだれのくるしさに（後・貞任）　衣のたてはほころびにけり（先・義家）

ここにも、捏造された合戦観の影響が二点窺える。一点目は、「衣のたては」とあるように、前九年合戦が衣川の攻防戦（奥六郡の境界線をめぐる攻防戦）であるかのように表現されていることである。歴史的実体の頼義は、鎮守府将軍として何度もその内側に入ったことがあり、少なくとも初期段階では衣川の境界性は希薄であった（三五七頁）。二点目は、「年を経し」とあるように、その境界線をめぐって長期にわたって（「十二年」を想起させる）攻防が繰り広げられていたかのように表現されていることである。自然発生的に生じた説話なのではなく、源氏方（大江広元周辺か）によってつくられた巧妙な説話なのだろう。そして、このような前九年合戦観が、その後の〝日本史〟の中で事実であるかのように定着していくのである。

『陸奥話記』の問題に戻ってみると、三書対照表（5）に、

任終りて上洛し、数年の間を経て、忽ちに朝選に応じて征伐将帥の任を専にす。拝して陸奥守、兼ねて鎮守府将軍と為し、頼良を討たしむ。

とあるように、陸奥守の一期目と二期目の間に「数年の間」があったかのように表現している。これをまともに受けると、頼義の一期目は一〇五一～五五年、二期目は一〇五八～六二年とでも伝えようとしていることになる（一期目と二期目の間の空白を二年間とみたとして）。前九年合戦が終わった康平五年の時点で頼義が陸奥守であったと表現することは、彼に正当性を付与するという意味からすると重要なことである。しかしそのように想定すると、阿久利川《あくりがわ》事件のところで二期目の「任終るの年」ということになり、『陸奥話記』に「天喜五年（一〇五七）秋九月」（18）とある頼時追討の年次とも合わなくなる。それに、高階経重の赴任が『陸奥話記』内部で一〇六二年春のこととするのも浮いてしまう。この冒頭部の表現は、『陸奥話記』形成の最終段階で付加されたもののようだ（三八九頁）。「任終りて上

洛し、数年の間を経て」（5）という表現は、一二年間に及ぶ頼義と陸奥国との関わりにおいて、頼義の資格をどう説明するかに苦慮していたことを如実に表している。

文献

安藤淑江（二〇一一）「征夷の物語としての『陸奥話記』――頼義の「将軍」呼称をめぐって――」「名古屋芸術大学研究紀要」32号

伊藤博幸（一九八三）「史跡胆沢城跡の発掘調査」「日本歴史」419号

佐久間賢（一九九一）「八世紀後半から九世紀の律令支配の強化と蝦夷の抵抗――胆沢城跡・志波城跡・徳丹城跡――」「月刊文化財」335号

佐倉由泰（二〇〇三）「『陸奥話記』とはいかなる「鎮定記」か」「東北大学文学研究科研究年報」53号

野口　実（一九八二）『坂東武士団の成立と発展』東京：弘生書林／再刊　東京：戎光祥出版（二〇一三）

野中哲照（二〇一三）「河内源氏の台頭と石清水八幡宮――『陸奥話記』『後三年記』成立前後の時代背景――」「鹿児島国際大学国際文化学部論集」14巻3号

野中哲照（二〇一四a）「中世の胎動と宗教多極化政策――仏法偏重から仏法・神祇均衡へ――」「古典遺産」63号

野中哲照（二〇一四b）「『後三年記』は史料として使えるか」『後三年記の成立』東京：汲古書院

三宅長兵衛（一九五九）「「前九年の役」の再検討――安倍頼時反乱説をめぐって――」「日本史研究」43号

第二章　安倍頼時追討の真相

――永承六年～天喜五年の状況復元――

本章の要旨

安倍頼時追討については一一点の諸記録が残存しているが、記録によってその伝える内容が異なる。『十三代要略』の「敗る」、『諸道勘文』の「凶賊、傷有り」などの表現から、安倍頼時はただ一度の合戦で敗死したのではなく、一定の紛争期間を経て死去したと読める。諸記録で、「合戦」し頼時が「敗」れ「傷」を受けた「八月三日」を天喜四年とするもの、同五年とするものがあるが、同一事件の記事が史料編纂や転写の過程で天喜四年と同五年に分かれてしまった可能性がある。『百練抄』にある頼時死去の天喜五年七月二十六日の日付を重視すると、その年の八月に源頼義と安倍頼時とが合戦しているということはありえない。よって、「八月三日」は前年のことと確定する。「敗る」「傷有り」の表現、『扶桑略記』の「頼時流矢の中《あた》る所と為り、鳥海柵に還りて死に了ぬ」、そしてこの日付問題を勘案すると、安倍頼時は天喜四年八月三日の合戦で流れ矢に当たって負傷し、鳥海柵に戻り、翌五年七月二十六日にその傷が元で死去したと結論づけられる。二年目の合戦はなかったのである。しかも、一年目の合戦での実質的な戦功は、安倍富忠にあると考えるべきだろう。おそらく天喜三年ごろから衝突が始まったものと考えられる。

天喜3年	天喜4年	天喜5年
源頼義と安倍頼時の衝突（後ろからの逆算式の推定）	八月三日の合戦で、安倍富忠勢によって頼時が負傷（『十三代要略』『諸道勘文』）	右のあと鳥海柵に戻っていた頼時が七月二十六日に死去（『扶桑略記』の地名と『百練抄』の日付）

一　問題の所在

歴史上、前九年合戦ほど実体解明の難しい事件はない。同時代の記録がほとんど伝存しておらず、『扶桑略記』『百練抄』『帝王編年記』など後世の編纂史書に依拠するにしても相互の不整合が著しい。一方で、康平七年の三文書（『降虜移遣太政官符』『頼義奏状』『義家奏状』）のような同時代の史料も存在するものの、これらにも文献上の瑕瑾（誤写や文意不通箇所や成立年次の不明瞭さ）があったり、強烈な源氏寄りの主張が盛り込まれていたりして、前九年合戦の実体を解明する史料としては敬遠されてきた。その結果として、従来の歴史学は、あてにならないことを半ば承知で『陸奥話記』やその影響を受けた後世の歴史叙述によって前九年合戦像を構築せざるをえなかったのである。

本章で問題にするのは、前九年合戦時の安倍頼時追討の真相である。諸記録によってその伝える内容が異なるのは、合戦後に頼時追討の歴史像が歪曲される時代相（おもに一一世紀後半）の影響を受けたためなのだろう。**事実に近い記録と、歪曲された記録とが結果的に並存してしまい、現在みられるような混乱や不整合といった状況**になっているようだ。それを解決するのが、本章の目的である。

本書全体にまたがる問題意識を言えば、前九年合戦の実相を解明することも、『陸奥話記』や『今昔』前九年話の虚構性の質を明らかにすることも、重要なことである。両方を同時に解明する姿勢で臨まなければ――事実を起点として物語へと向かう指向（ヴェクトル）を窺わなければ――、この問題は解決しないのである。もつれた糸を解きほぐしてゆくには、この時代に、どのような指向が飛び交っていたかを窺う必要があるということだ。編纂史料の中でも、『扶桑略記』は伝記・物語類を貪欲に取り込む傾向が強い。それゆえ物語たる『陸奥話記』との共通点も多いのだ。頼時追討事件の真相解明のためには、『扶桑略記』や『陸奥話記』を――全否定するわけではないものの――やや遠ざけて扱う必要がある。そして、錯誤を含んだり虚構化の影響を受けたりしているものとそうでないものとを選り分け、個々の記述ごとに丹念に吟味してゆく必要がある。

二　安倍頼時追討に関する史料の混乱状況とその整理

頼時追討にかんする史料として、**【表2】**に示した一一点の記録が現存している。すべて後世の編纂史料で、同時代のいわゆる一等史料はない。それゆえか、年月日、事件の経緯などの点で、史料間に混乱がみられる。

1　合戦経緯の大局的整理

次項以降で詳細な検討に入るための前提として、まずは一一点の史料を大局的な観点から整理しておきたい。

【表2】の下段欄外に整理したように、⑧『十三代要略』の「官符に依て殺戮す」、⑨『扶桑略記』の「合戦の間、頼時流矢の中る所と為り……死に了ぬ」、⑩『帝王編年記』の「合戦。頼時、流れ矢に中《あた》りて死す」だけをみると、この天喜五年（一〇五七）の合戦のみで安倍頼時が敗死したかのように読める（『陸奥話記』もそうである）。しかし一方で、①『十三代要略』の「敗る」、②『帝王編年記』の「合戦す」、③『百練抄』の「合戦の間の事を定め申す」、④『百練抄』の「征夷の為」、⑤『諸道勘文』の「凶賊、傷有り」、⑥『扶桑略記』の「襲討するの間」、⑦『帝王編年記』の「追討すべき由」をみると、**安倍頼時はただ一度の合戦で敗死したのではなく、一定の紛争期間を経て死去したかのようにもみえる**。とくに、①「敗る」や⑤「傷有り」は、死去を意味するものではない記事として看過できない表現だろう。これら一一点の記録の混乱状況については次項以降で詳細に検討してゆくが、**実際に天喜四年から同五年にかけての二年間の紛争であった可能性が高い**ということだろう。事実として一度の合戦で頼時が敗死したのなら、

【表2　頼時追討にかんする史料の整理】

〔凡例〕◎…日付も内容も正しい　△…内容は正しいが本来は前年のことか（傍線部は、その不審部分）　▽…日付は正しいが内容に虚構や錯誤を含むか

同じ日付、類似の内容（②・⑤）

頼時死去を7.26と明示（⑪）

番号	年月日	史料評価	記事内容	史料名
①	天喜四年（一〇五六）八月三日条	◎	陸奥守源頼義、俘囚安倍頼時と合戦す。頼時、敗る。	十三代要略
②		▽	前陸奥守兼鎮守府将軍源頼義、安倍頼時を追討すべき由、宣旨を下され合戦す。	帝王編年紀
③	天喜四年（一〇五六）十二月十七日条	◎	諸卿、前陸奥守源頼義、俘囚頼時と合戦の間の事を定め申す。	百練抄
④	天喜四年（一〇五六）十二月二十九日条	▽	源頼義、更に陸奥守に任ず。征夷の為なり。陸奥守良綱、兵部大輔に遷任す。	百練抄
⑤	天喜五年（一〇五七）八月三日条	△	陸奥守源頼義朝臣、俘囚頼時と合戦し、官軍、力を得て、凶賊、傷有り。	諸道勘文
⑥	天喜五年（一〇五七）八月十日条	◎	前陸奥守源頼義、俘囚安倍頼時を襲討するの間、官符を東山・東海両道諸国に給はせ、兵糧を運び充たすべきの事、公卿定め申す。又官使太政官の史生紀成任・左弁官の史生惟宗資行等を下し遣す。	扶桑略記
⑦		◎	前陸奥守頼義、頼時を追討すべき由、官符を下さる。	帝王編年紀
⑧	天喜五年（一〇五七）八月二十日条	◎	陸奥解状に云はく、「俘囚頼時、官符に依て殺戮す」と云々。	十三代要略
⑨	天喜五年（一〇五七）九月二日条	▽	九月二日、鎮守府将軍源頼義、俘囚阿部頼時と合戦の間、頼時流矢の中る所と為り、鳥海柵に還りて死に了んぬ。但し余党は未だ服せず。仍て、重ねて国解を進らせ、官符を賜りて諸国の兵士を徴発し、兼ねて兵糧を納れ、悉く余党を誅せんことを請ふ。	扶桑略記
⑩		▽	合戦。頼時、流れ矢に中りて死す。余党、未だ散ぜず。	帝王編年紀
⑪	天喜五年（一〇五七）九月二十二日条	▽	諸卿、陸奥守頼義の言上せし「俘囚安倍頼時、去んぬる七月二十六日合戦の間、矢に中りて死去せし事」を定め申す。官使を遣して実否を実検せらるべしと云々。	百練抄

頼時死去とまで明示していない表現（敗る、追討すべき、合戦、征夷の為、襲ひ討つ）（①〜⑦）

頼時死去の明確な表現（殺戮、死、死去）（⑧〜⑪）

「敗る」や「傷有り」と記した史料が伝存するはずがない。

2　年月日の混乱状況の整理

さてここから本格的に混乱状況を整理してゆくが、まず目につくのが、一一点の記録の多くが八～九月に集中していることである。たとえ二年越しの紛争であったとしても、勃発時も終結時も同じ季節であったなら、後世の記録上の混乱や錯誤が起きやすかろうと思われる。そのことを、まずは想定しておくべきだろう。

日付の中でとくに注目すべきなのが、①②の「八月三日」と⑤の「八月三日」の一致である。前者が天喜四年、後者が同五年の記述であるのだが、記事内容は①②⑤のいずれもが安倍頼時の死去にまで言及するものではなく、ただ「合戦」し、頼時が「敗」れ、「傷」を受けたというもので、類似の内容なのである。このことから、この①②⑤はじつは同一事件の記事であって、文献の主観的・恣意的な編集や数次の転写を挟んで、天喜四年と同五年に分かれてしまった可能性を疑う必要がある。

この事象と合わせて考えるべきことは、⑪『百練抄』に、安倍頼時の死去を天喜五年七月二十六日と明記している点である。この日付は虚構すべき意味（誰かを正当化したり貶めたり）もなさそうであるから、事実と考えてよいだろう。安倍頼時の死を天喜五年（一〇五七）の七月二十六日のことだとすると、その年の八月に源頼義と安倍頼時とが合戦しているなどということはありえないことになる。この考えによって、⑤は天喜五年のことではなく、本来は天喜四年の記事であったのだろうと修訂することになる（⑥⑦も八月だが、この問題については後述）。つまり、**源頼義と安倍頼時が「合戦」し、頼時が「敗」れ、「傷」を受けたのは、天喜四年八月三日の合戦だと考えられる**。

天喜四年の事実が、記録上、翌天喜五年のことに書き換えられてゆくプロセスは、おそらく概括化の意識によるものと考えられる。すべての記録は後世の側から結果論的に記されるわけで、ここでいうと源頼義と安倍頼時の最終決戦（天喜五年）のほうに照準が合わせられやすい。実際には二年間の合戦であったとしても、後者・天喜五年の側に寄せてまとめられる傾向があるだろうということである。中国地方の戦国軍記の例だが、事実では大内義隆を陶晴賢が討ち、陶を毛利元就が討った（二段階）のだが、結果的に毛利の平定が語られればよいので間の陶晴賢の存在を消して、毛利が大内を直接討った（一段階）かのようにまとめて叙述してある軍記もある（『豊筑乱記』）。

また、前項1で述べたように、この戦いが二年間のいくさであったとすると、その二年目に当たる**天喜五年の七月二十六日（日付は⑪『百練抄』による）に頼時が死去したと考えることになる。**これについては、次項3で詳述する。

3　一年目の負傷、二年目の死去

前々項1で把握した二年間の大局的な流れと、前項2で整理した年月日の問題を合わせ、ここでは天喜四年から五年にかけての合戦がどのように展開したのかの復元を試みる。1で注目したように、⑤の「傷有り」の記述の意味は軽くない。表現行為に至る認知・認識を想定してみると、かすり傷程度の負傷を「傷有り」などと記録して都に報告することは、まずありえない。公的な記録に「傷有り」などと記すということは、致命傷かさもなくば後遺障害の残る大けがであった可能性が高いと考えるべきだろう。それに、『諸道勘文』は、史料的価値としてもけっして低くない。『諸道勘文』は平安末期の編集と考えられており（『群書解題』、是沢恭執筆）、大学寮に属する四道（紀伝道・明法道・算道）、陰陽寮に属する三道（陰陽道・暦道・天文道）、典薬寮に属する一道（医道）の計八道の博士に命じて、提出させた文書である。ゆえに、時代的に見ても、文書の性格から見ても、転写段階の錯誤はありうるとしても、虚構性や捏造はないと考えてよいだろう。ただし、『諸道勘文』の長治三年（一一〇六）正月三十日の彗星にかんする勘文に含まれるかたちで当該記述が存在するので、事件から半世紀後の転載的な記録ゆえに、天喜四年→天喜五年の錯誤が生じたのだろう。①の「頼時、敗る」の記述を合わせて考えてみても、天喜四年八月三日の合戦は、安倍頼時が負傷して敗走した内容であったのではないかと考えられる。

ここで二つの考え方を提示する。

その第一（Aの考え方と呼ぶ）は、天喜四年八月三日の合戦で安倍頼時が負傷し、翌五年の七月二十六日（⑪『百練抄』）の合戦で矢に当たって死去したという常識的な考え方である。安倍頼時は、一度目の合戦で負傷、二度目の合戦で討ち死にということで、二戦二敗したと考えることになる。

第二（Bの考え方と呼ぶ）はやや大胆なもので、天喜四年八月三日の合戦で安倍頼時が負傷したとするところまでは変わらないものの、二度目の合戦はなかったとする考え方である。(1) その根拠は、⑨『扶桑略記』の「頼時流矢の中る所と為り、鳥海柵に還りて死に了ぬ」である（『陸奥話記』にも同文あり）。つまり、負傷した戦場と最期の地が別々であるという伝承ないしは情報が根強く伝えられていたのではないか（後述）。この考え方を採るとすれば、**安倍頼時は天喜四年八月三日の合戦で流れ矢に当たって負傷し、鳥海柵に戻り、翌五年七月二十六日にその傷が元で死去した**という流れになる。

（1）実際には二度目の合戦はなかったとして、都への報告では⑨⑩⑪のようにそれがあったかのように作為的に報告したか、あるいは編集・転写の過程で無意識的に概括化がなされたのか、という問題がある。頼義から太政官に向けて発せられた国解で〝昨年八月三日の合戦で負傷していた安倍頼時が、今年七月二十六日に鳥海柵で死去した〟などと報告していたのが、後続史料の概括化の意識によって、『百練抄』「俘囚安倍頼時、去んぬる七月二十六日合戦の間、矢に中りて死去せし事」のような伝わりかたをしたのかもしれない。現実に①「敗る」や⑤「傷有り」のような記録も都に届いているのであるから、頼義自身による隠蔽・捏造説は成り立たないのではあるまいか。そう考えると、史料上の錯誤説（概括化説）を採ることになる。

もう一つの根拠は、頼時に当たった矢を「流矢」（⑨⑩）とか、たんに「矢」（⑪）とのみ記していて、誰それが射たとは明示していない点である。矢を射た者の名が明確であれば、論功行賞が発生する。そのために、後述するような官使の実検も受けなければならない。そこまで嘘を押しとおす自信がなければ、「流矢」に留めておこうとする微妙な判断も働きそうだ。それに、頼時最期の地こそ鳥海柵と明示されるものの、どこで負傷したのかも不明なのである。あるいは、『今昔』前九年話や『陸奥話記』に記すように安倍富忠勢が「矢」を射た主体であったとすれば、源氏の勲功でないゆえに隠蔽する意図があったか、あるいは、結果論的に、頼時死去の天喜五年のほうに照準が合わせられやすいので、天喜五年の合戦で頼時が流れ矢に当たったことにされてしまったという見方ができる。

頼時負傷の戦場も不明、頼時を射た主体も不明で、①『十三代要略』や⑤『諸道勘文』の記述がもし伝存していなければ、一度目の合戦はその存在さえ掻き消されそうなのである（それが、二度の合戦を一度にまとめた現存『陸奥話記』の姿）。それほどに、鳥海柵での頼時死去のほうに概括・一本化されそうな史料上の趨勢が、たしかにある。だからこそ逆に、一本化されずに残ってしまった①や⑤は貴重なものというべきだろう。

以上のようにA・B二つの考え方を提示したうえで、現段階では、Bを是とすべきだと考えている。というのは、先に、〈一度目（天喜四年）は負傷、二度目（天喜五年）は討ち死に〉とまとめたものの、二度目も即死ではなく鳥海柵に戻ってからの死去だとすれば、安倍頼時の負傷という事実が二度あることになるからである。重複感があるのである。それにAだと、わざわざ⑤「傷有り」と記されるほどの重い傷を負っていながら、その翌年も戦場に出て前線（「流れ矢」が当たるような位置）で戦っていたのかという疑問もある。

4　宣旨・太政官符（公認）の時期

源頼義が安倍頼時を討つことについて、宣旨や太政官符のような公認が与えられた時期は、いつのことなのだろうか。史料上の表現としては、②天喜四年八月三日条「宣旨を下され合戦す」、⑥天喜五年八月十日条「東山・東海両道の諸国に官符を給ひ、兵糧を満たすべき事」、⑦同上「頼時を追討すべき由、官符を下さる」、⑧天喜五年八月二十日条「俘囚頼時、官符に依て殺戮す」がある。②のみ「宣旨」で、⑥⑦⑧は「官符」である。この件について「宣旨」（天皇の直断）はありえないだろう。

時期についても、②のみ天喜四年のことで、⑥⑦⑧は天喜五年のことである。②と⑦はいずれも『帝王編年記』の記事で、どちらも八月のことであるから、事実としては同一事案で、それが文献上、天喜四年説のものと天喜五年説のものに分かれ、別々のルートから『帝王編年記』に採りこまれて②⑦というかたちで重出したのではないだろうか。

さて、ここから吟味に入るが、頼時追討の公認が天喜四年八月の段階で出ていたとするのは、早すぎる、その根拠は、③の『百練抄』である。「諸卿、前陸奥守源頼義、俘囚頼時と合戦の間の事を定め申す」とあるように、天喜四年十二月の段階でも、朝廷は方針を確定していなかったふしがある。こちらの「諸卿」による審議のほうが虚構・錯誤で、「宣旨」のほうが事実であるなどということは考えにくい。太政官符ではなく「宣旨」などという非現実的（物語的）な表現からみても、②の「宣旨を下され」は後世の認識が混入したものだろう。

すると残るは、⑥⑦の天喜五年八月十日条、⑧の八月二十日条ということになる。じつは、前者と後者は矛盾しない。⑥⑦（八月十日条）には官符を下されたというところまでの記述しかないのにたいして、⑧は頼時を「官符」によって「殺戮す」るところまで記されているのである。**八月十日に頼時追討の「官符」が陸奥国に向けて発せられ、それと入れ替わりに七月二十六日（『百練抄』）に頼時が死去したとの報が八月二十日に都にもたらされた**ということだろう。

ある想定を試みる。〝太政官符（公認）を得てから頼時追討を行いたい〟という願いが源頼義側にあったため、かりに、七月二十六日の頼時死去を源頼義が知っていながら隠蔽し、頼時追討の官符を要求したとする。その想定が成立するためには、七月二十六日から八月十日までの約二週間で、使者が陸奥国から都に走らなければならない。そのこと自体には、おそらく無理はない（『延喜式』に記されている二五日間という日数は東山道・出羽を経由するもので、参考にならない)。しかし、鳥海柵で頼時が死去したのが七月二十六日であるから、その報が陸奥国府多賀城に届くまで数日かかっただろうし、太政官符を下すまでに審議の時間も必要なのだから、実際に使者が走ることができるのは二週間よりも短くなる。都にこの報がもたらされたのが八月二十日(⑧)であるのは、やや時間的に隔たっているようにもみえるが、それは鳥海柵内で起きた頼時死去という事実が陸奥国府多賀城にもたらされる時間を考えれば、ごく自然だともいえる。そう考えると、頼義が陰謀によって頼時死去を隠し、平気な顔をして太政官符を申請したということはなさそうである。**おそらく頼義は六月ごろまでに頼時追討の太政官符(公的承認)を申請していて、たまたま八月十日にそれが都から発せられたということなのだろう。ゆえに、結果的には太政官符が発遣された八月十日の時点で、安倍頼時はすでに死去していたということになる。**いわゆる、行き違いである。

源頼義が後付けで⑧「俘囚頼時、官符に依て殺戮す」と国解によって報告したとすれば、〝頼時自然死〟を〝頼時追討完遂〟と作為して報告したことになるが、それは考えにくい、ということである。この一件にかんしては頼義の虚偽報告ではなく、たんなる情報の錯綜(行き違い)とみるわけだが、この考えを補強する材料もある。前年の①「敗る」、⑤「傷有り」のような記録が都に伝わっているのであるから、事実を隠蔽して報告するなどということは、難しいと考えられる(表現上の誇張程度はありうるとしても)。

なお、「宣旨」や「官符」の表現以外に④「征夷」、⑤「官軍」「凶賊」のような表現もあるが、これらも結果論的な視座からの決めつけた表現が竄入したものだろう。

5　二度の官使発遣

⑥『扶桑略記』に「官使太政官の史生紀成任・左弁官の史生惟宗資行等を下し遣す」とあり、⑪「官使を遣して実否を実検せらるべしと云々」とある。その記事内容どおり、⑥は天喜五年八月十日に、源頼義と安倍頼時の合戦の

内実を確認するために官使が発遣されたのであろう。八月三日に陸奥国からの合戦の報が都に入ったのは間違いないだろうから（①および修訂した⑤）、それから七日後に官使発遣が決定されたと考えることになり、流れとして自然である。一方、⑪も記事内容どおり天喜五年七月二十六日の安倍頼時の死去を受けてその報告が都に八月中旬ごろもたらされたと考えられ（⑧によれば八月二十日）、それについての官使発遣が九月二十二日に決定されたということになる。

このように**二度の官使発遣が記録上存在するが、事実としても一度目は合戦再発の報を受けての天喜五年八月のもの、二度目は安倍頼時死去の報を受けての天喜五年九月のもので、それぞれ別のものであると考えられる。**

6　鳥海柵での頼時死去の信憑性

安倍頼時の最期の地は、鳥海柵であったのか。これは⑨『扶桑略記』の記すところで、『陸奥話記』も同じである。頼時が別の場所で死去したのに、それを鳥海柵だと虚構する意図（誰かを正当化したり貶めたり）は考えにくいことから、**これについては事実と認めてよい**のではないだろうか。

『陸奥話記』では、頼時死去のところだけでなく、もう一度、鳥海柵がクローズアップされている。康平五年（一〇六二）、小松柵や衣川柵を破って北進し、鳥海柵に入ったのである。そこで頼義と清原武則が会話するのだが、その時、頼義は、「頃年、鳥海の柵の名を聞きて、其の体を見ること能はず」(66)と言う。永年、遠くから想うばかりで実見することはなかった、と語っているのである。この特別な感慨は、前半部の頼時最期の地としての存在感が鳥海柵に染み付いていたからではないだろうか。

鳥海柵は、宗任の本拠地（『陸奥話記』『安藤系図』）だが、次項との関連で、北の安倍富忠勢との交戦で負傷してここに戻ったものと考えられる。厨川柵に留まることなくさらに南下し、衣川にまで逃走することがなかったのは、当時の頼時が北（富忠）にも南（頼義）にも脅威を感じていたためとも読める。**奥六郡の中央に位置する鳥海柵で頼時が死去したという事実は、南北から挟み撃ちされようとしていた実情を反映しているのかもしれない**（負傷ゆえ衣川まで行けなかったとも考えられるが、負傷から約一年間生存しているので、瀕死の重傷ではなかったのだろう）。

なお、『安藤系図』の「頼良」（頼時）に「奥州合戦二日目討死」とある。「討死」の表現は戦場のその場で死去したと感じられるので、鳥海柵に戻ってからの死去とする『扶桑略記』や『陸奥話記』とは合わない。「二日目」については、『陸奥話記』の「大いに戦ふこと二日。頼時流矢の中る所と為り」を受けているのだろう。

7　天喜四年八月三日（一年目）の戦場

頼時が負傷した戦場については、『陸奥話記』を排除するか採用するかで、二通りの考え方ができる。

第一の考え方は『陸奥話記』を排除して編纂史料のみで考えた場合である。頼時最期の地が事実として鳥海柵であった（⑨『扶桑略記』を採用）とすれば、奥六郡の安倍頼時が南下して源頼義と合戦し、そこで負傷して鳥海柵に「還りて」死去したのだろう。すると、天喜四年八月三日の戦場は、鳥海柵よりは南だということになる。『頼義奏状』によれば、頼義は天喜元年（一〇五三）に鎮守府将軍に任じられているので、天喜四年の時点でも、鎮守府胆沢城に日常的に入ることのできる立場にあったと考えられる。『陸奥話記』の天喜三年とおぼしき場面でも、「府務を行はんが為に、鎮守府に入り、数十日経回するの間」（8）とある。この時期の安倍頼時が奥六郡より南の磐井郡・栗原郡まで勢威を振るっていたとも考えにくいので、天喜四年八月三日の合戦は胆沢城周辺で勃発したのではないかとする考え方が、まずは成り立つ。

第二の考え方は、『陸奥話記』の頼時最期の場面に一定の事実が含まれているという立場を採った場合である。『陸奥話記』の頼時追討記事は次のとおりである。

天喜五年秋九月、国解を進《たてまつ》りて頼時を誅伐するの状を言上して称く、「①臣、金為時・下毛野興重等をして奥地の俘囚に甘説せしめ、官軍に与《くみ》せしむ。是に於て、鉋屋《かんなや》・仁土呂志《にとろし》・宇曽利《うそり》、三郡の夷人を合して、安倍富忠を首と為して、兵を発し為時に従はんとす。②而して頼時、其の計を聞きて、自ら往きて利害を陳べんとするも、衆は二千人に過ぎず。富忠、伏兵を設けて之を嶮岨に撃ち、大いに戦ふこと二日。頼時流矢の中《あた》る所と為《な》り、③鳥海の柵に還りて死せり。④但し余党は未だ服せず。請ふ、官符を賜りて諸国の兵士を徴発し、兼ねて兵糧を納れ、悉く余類を誅せんことを。官符を賜ふに随つて兵糧を召し、軍兵を発せん」と。(18)

ここには、次の四か条の事実が記されている（①～④は右の引用文の丸数字と対応している。『今昔』前九年話にも①～③はある。④は『扶桑略記』系）。

①源頼義が、金為時・下毛野興重に命じて北奥三郡の夷人を取り込み、安倍頼時の奥六郡を南北から挟み撃ちしようとした。

②その動きを察知した安倍頼時が「利害」を述べようと（説得しようと）二千の兵を連れて北の安倍富忠のところに赴こうとしたところ、安倍富忠軍が「嶮岨」でこれを攻撃し、二日間の戦いで頼時に矢を負わせた。

③頼時は、鳥海柵に戻って死去した。

④余党（貞任ら）の追討についても、源頼義は太政官符の発給を申請した。

傍線部のように「天喜五年秋九月」と冒頭に記されると、右の四か条はすべて天喜五年九月のことであるかのように読める。しかし、前項2・3で検討したように実際には天喜四年～五年間の二年間のことであったとすれば、①②は天喜四年のこと、③④は同五年のことだと修訂されることになる（ここでは物語の表現主体の意図とは無関係に、物語を起点としてそこから事実を探りうると考えた場合の想定）。すると、①②にあるように、安倍頼時はおそらく北奥（青森県域の東部）の安倍富忠のもとに向かおうとした「嶮岨」で射られたことになる。奥六郡の北部（盛岡市周辺）から

「鉋屋・仁土呂志・宇曾利」[2]に至る途中の「嶮岨」ならば、奥州街道（国道四号線）の青森県二戸郡一戸町あたりがその候補となろう。

（2）「鉋屋・仁土呂志・宇曾利」については、むつ市田名部町・二戸市似鳥・むつ市恐山周辺の説を、それぞれ仮に推しておく。現在のむつ市内の地名が二か所で、二戸市は南に大きく離れているように見えるが、『陸奥話記』の文脈では北の安倍富忠らと南の源頼義が奥六郡を挟み撃ちにするのであるから、現在の二戸市は奥六郡の北に近接していて蓋然性が高い。一方で、「宇曾利」をむつ市恐山周辺とする説は、現在も「宇曽利」の地名が伝えられている点で、強い。この中から北奥三郡についての右の推定のうち修訂が必要だとすれば、「鉋屋」の位置だろう。北の「宇曾利」と南の「仁土呂志」の中間的なところで「鉋屋」を想定したいところである。そうすると、現在の八戸市か十和田市あたりで考えることになる。いずれにしても、現在の盛岡市からみて北から北東にかけての地域である。

このように、安倍頼時が「鳥海柵」に戻って死去したといっても、南の地から戻ったのか、北の地から戻ったのかの違いが生じる。その二案を提示したうえで、後者（北）が妥当だと考える。その根拠は、⑤『諸道勘文』の「官軍、いいい、力を得て、凶族、傷有り」である。「力を得て」とは、援軍や加勢を得たということだろう。その記述と『陸奥話記』の安倍富忠勢の存在は符合する。偶然の一致ではあるまい。そう考えると、右の①②の経緯について、天喜五年とあるのを同四年と修訂して、その内容は事実が伝えられたものと考えることになる。すなわち、**頼時負傷の地（一年目の戦場）は、奥六郡よりも北となる**[3]。こう考えると**実質的な戦功は安倍富忠にあるということになり、それを後になって源頼義が自らのそれであるかのように吹聴した可能性が出てくる**。ただし、この時期に高階経重・藤原良綱の陸奥守辞任があるので、頼義がまったくこの件に無関係ということでもなく、陸奥国内はやはり不穏な状況であったのだろう[4]。

（3）『陸奥話記』のこの記述に一定の事実が含まれているものと考えた場合、安倍頼時が負傷の身で北奥の安倍富忠のもとへ説得のために赴いたとは考えにくい。この観点からも、頼時が富忠のもとに向かったのは一年目のことであったと考えたい。

（4）ここでは、鳥海柵より北か南かと単純化して考えたが、別に東とする考え方もできなくはない。ここで鍵を握っている金為時は経清離反（15）のところで「気仙の郡司」と紹介されていて、もし北の安倍富忠が海路経由で気仙の金為時と合流して気仙沼街道（現在の国道二八四号線）や今泉街道（同三四三号線）から安倍頼時に迫ったのだとすれば、戦場は東となる〔金為時の実在性や彼が気仙郡司であったことは疑いない（四〇八頁）〕。つまり、いま問題にしている文脈で、安倍富忠が「奥地の俘囚」であり「鉋屋・仁土呂志・宇曾利の夷人を合して」安倍頼時に迫ったことを重視すれば戦場は北となるし、その文脈の直下に「安倍富忠と主と為して、兵を発し為時に従はんとす」を重視すれば東となる。ただし、「〜んとす」は合流以前ということであるから、やはり北の富忠が南下し、東の為時は奥州街道へと回り込んで（気仙沼街道経由で東から西へと）南北から安倍頼時を挟撃しようとしたと考えたほうがよいだろう。

三　二年間の合戦の経緯の復元

天喜四〜五年の安倍頼時追討の経緯を、前節に従って年表ふうに復元整理すると、**【表3】**のようになる。最後まで確定しがたいところは、四〇頁で述べた〈一年目の負傷、二年目の死去〉のうちの二年目の実態である。二年間の紛争であることはほぼ間違いないと思われ、一年目の合戦（八月三日）で頼義が負傷したのも確実だろう。問題は、二年目の七月二十六日に実質的な合戦があったのか、なかったのか、そこだけである。現存の編纂史書の混乱状況については、陸奥国府多賀城にいた源頼義が自らの功績を誇大に見せるための作為的な報告をした可能性や、たとえ正確に報告がなされていたとしても、都側で概括化の意識によって二年目のほうに重点を置いたまとめかたをした可能性を考えることによって、解決をはかった。官使が実検するのであるから、いい加減な報告（国解）はできないだろうとの異論もあるかもしれないが、『頼義奏状』『義家奏状』をみると、自らの立場を利するために、大きな

【表3　安倍頼時追討の経緯（復元）】

年	月日	内容	根拠
天喜四年（1056）	一月〜三月ごろ	高階経重が新任国司として陸奥国に下向したが、源頼義と安倍氏の紛争状態を見て上洛し、陸奥守を辞任。	第四章
	四月〜六月ごろか	経重の辞任を受けて、藤原良綱を陸奥守に任じたが、下向せず。さらなる後任選びは、難航したか。	『百練抄』からの推定
	五月〜七月ごろか	源頼義が、北奥の安倍富忠らを味方に引き入れ、南北から挟み撃ちにして奥六郡の安倍氏鎮定を画策したか。	左からの逆算式の推定
	八月三日	安倍頼時が源頼義配下の安倍富忠勢と奥六郡より北の地で合戦し、負傷。その後、鳥海柵に戻る。	『十三代要略』『諸道勘文』『陸奥話記』
	十二月十七日	朝廷で、源頼義と安倍頼時との合戦の取り扱い（正当性）について審議される。	『百練抄』
	十二月二十九日	源頼義を二期目の陸奥守に任じることが決定される。奥六郡の鎮定（安倍氏追討ではなく）の目的で。	『百練抄』
天喜五年（1057）	一月	正月除目において、源頼義が二期目の陸奥守に任命される。	右からの推定
	六月ごろ以前	源頼義が、安倍氏追討を再開させる前に、追討の太政官符を申請する。	左からの逆算式の推定
	七月二十六日	鳥海柵に戻っていた安倍頼時、死去。	『百練抄』
	八月上旬か中旬	安倍頼時死去の報が、陸奥国府多賀城に伝わるか。	右からの推定
	八月十日	安倍頼時追討のために、陸奥国府に応援の兵糧を送達すべき太政官符が、東山・東海両道の諸国に下される。官使が都を出発する。	『扶桑略記』『帝王編年記』
	八月二十日	源頼義、陸奥国の解状によって、安倍頼時を官符に従って追討したと報告。その使者が、陸奥国府を出発。	『十三代要略』
	八月下旬	安倍頼時追討の官符が、陸奥国府に到着。	八月十日条からの推測
	九月二日	安倍頼時追討の報が、都にもたらされる（それを知らせる国解に余党誅伐許可の申請が含まれていた件は『扶桑略記』の虚構か）。	『扶桑略記』『帝王編年記』
	九月二十二日	朝廷で右の件が審議され、実否を確認するために官使を派遣することが決定される。	『百練抄』
	十月上旬	右の官使が陸奥国府に到着。	右からの推定

嘘と言えない程度の表現上の作為なら平然と行われていたようでもある。現段階では、二年目の七月二十六日の合戦はなかったと考えて、**【表3】**を作成した。

四　天喜元年～三年の状況をどう読むか

前節で「二年間の紛争であることはほぼ間違いないと思われ」ると述べたが、それは天喜四年～五年の〝交戦状態〟とも言えるレヴェルの紛争のことである。それ以前に、摩擦や緊張状態の段階もあったはずである。本章で検討対象にしている二年間より少し前の、天喜元年～三年の状況をどのように読めばよいだろうか。

前から時間を追うと、源頼義は永承六年（一〇五一）に陸奥守に任じられ、二年後の天喜元年（一〇五三）に鎮守府将軍の兼任を命じられている（『頼義奏状』）ので、陸奥下向の当初から征夷が目的だったのではないと考えられる（一五二頁）。『陸奥話記』冒頭にある藤原登任と安倍氏との合戦が完全な虚構だとまで言わないが、もし本格的な交戦状態であったのなら『頼義奏状』のような二段階の任命ではなかったはずだ。鬼切部合戦というものが、本当にあったのか、あったとしてもどの程度の規模であったのかを疑ってみる必要がありはしまいか〔樋口知志（二〇一一）も同見解〕。『陸奥話記』は、無能な藤原登任と有能な源頼義という対照構図で語り起こされている物語であることを、忘れてはならない。それに、永承七年（一〇五二）五月六日の大赦によって、安倍頼良が安倍頼時へと改名したという逸話は、都の情勢と結びついているので、いい加減な虚構ではないだろう。このようなことから――着任以前の紛争の激しさの程度については不明だが――頼義着任後の永承六～七年はほぼ平穏であったと考えてよいのだろう。

そして、天喜元年（一〇五三）に頼義が鎮守府将軍に任じられているので、この年に情勢が変化し始めたと考えてよい。『陸奥話記』に「任終るの年、府務を行はんが為に、鎮守府に入り、数十日経回するの間、頼時首を傾けて給仕し」（8）とある部分は、当時の状況を忠実に反映した背景的な表現（嘘をつくことができない非虚構部分）だと考えられる。奥六郡は独立国家のような状況ではなく、頼義は鎮守府に入ることができたということである。『後三年記』〈10正経・助兼の援護〉でも、兵藤大夫正経と伴次郎傔仗助兼の二人が胆沢郡の「検問」のために真衡館《さねひらやかた》（衣川館か）周辺に入っている。ここで考えられる摩擦とは、要するに税収の取り分に関することだろう。『陸奥話記』で、藤原経清が「白符を用ふ可し、赤符を用ふ可らず」（34）と言ったような状況のことである。あるいは、少しのちの時代になるが、藤原基衡が藤原頼長からの年貢増徴要求をはねつけた（『台記』仁平三年（一一五三）七月十四日条）というような類の摩擦だろう。安倍氏の側が勢力を付けて国府の要求に応じなかったとみることもできるし、逆に源頼義が理不尽なほどに要求を増大させたと考えることもできる。康平七年『頼義奏状』『義家奏状』から読み取れる頼義・義家の厚かましいほどの強引さからすると、後者の可能性が高いようにも思われる（三宅長兵衛（一九五九）、庄司浩（一九七七）も安倍氏を被害者的にみる）。都から遠く離れているのを良いことに、頼義が安倍氏に法外な要求を突き付けておいて、それを拒否したら反乱と決めつけ、鎮守府将軍の職を朝廷に願い出て勝ち取ったのかもしれない。ただし、ここまではまだ軍事的衝突ではなく、政治的交渉の段階だと考えられる。

　ここで視点を変えて、頼義の陸奥守としての任期を考えてみる。陸奥守の任期を五年とすると、永承六年（一〇五一）を一年目として、天喜三年（一〇五五）が最終年ということになる。前節で検討したように、翌天喜四年八月十日に、源頼義と安倍頼時の合戦が起こっている。そして、この同じ天喜四年の春に高階経重の辞任、その年の暮れには藤原良綱の辞任があって、この年は正式な陸奥守不在の一年間であったろうと考えられる（一六頁）。頼義と安倍頼時との合戦のさなかであるのだから、高階経重や藤原良綱が尻込みするのは当然だろう。頼義は「前陸奥守」の資格で陸奥国府に留まり続けたのだろう（新任国司が下向してくるまでという名目で）。『今昔』前九年話に、「何況ヤ、守任既ニ満タリ。上ラム日近シ」とあるように、陸奥守の任期はけっして有名無実化していない。そしてまた、任期の最終年は、とくに意識されていたことも窺える。**五年任期の最終年である天喜三年は――翌年は事実として合戦が起こっていることも考え合わせて――源頼義と安倍頼時の何らかの衝突が起こった年であったと推測するのが妥当だろう。**すると、先に天喜四～五年の「二年間の紛争であることはほぼ間違いないと思われ」ると述べたが、それを一部修正して、**天喜三～五年の三年間の紛争状態と考えたほうがよい。一年目は衝突のみ、二年目は頼時の負傷、三年目は頼時の死去**ということである。一年目は勝敗が付くほどの合戦には発展しなかったので、記録に残らなかったと推測しておく。

このように前から後ろから狭めて考えると、残るは天喜二年のみとなる。**天喜元年に頼義が鎮守府将軍に任じられて安倍氏にたいする締め付けを強化し、天喜二年に緊張状態が高まり、天喜三年からの三年紛争に至った**と考えるのが自然な流れだろう。

以上を簡単にまとめると、永承六年～天喜五年の七年間の経緯は、次のようになる。

永承六年（一〇五一）…源頼義の任陸奥守。これ以前に安倍氏と前守との間にどの程度の摩擦があったかは不明。

永承七年（一〇五二）…大赦によって安倍頼良が頼時と改名するなど良好な関係か。

天喜元年（一〇五三）…源頼義が鎮守府将軍を兼任。安倍氏にたいする締め付けを強めたか。

天喜二年（一〇五四）…安倍氏が反発するなどして、緊張状態が高まったか。

天喜三年（一〇五五）…源頼義の任期最終年。『陸奥話記』の語る阿久利《あくり》川《がわ》事件そのものではないにしても、なんらかの軍事的な小競り合いが起こったか。

天喜四年（一〇五六）…高階経重、藤原良綱の相次ぐ陸奥守辞任。この年の八月三日の合戦で安倍頼時が負傷（致命傷か後遺障害の残る傷）。

天喜五年（一〇五七）…源頼義、陸奥守に「更任」される（『百練抄』）。五月か六月ごろに頼義から安倍氏追討の官符を申請したか。この年の七月二十六日に安倍頼時が鳥海柵で死去。安倍氏追討の官符が八月十日に都を出て陸奥国府に到着する以前の八月二十日に、陸奥国府から頼時死去（追討）の国解が発せられた。

五　諸史料個々のテクスト・クリティーク

一一点の史料に混乱があると述べたが、じつは個別に文脈を追うような読み方をすると、きちんと二年間の展開を追うことのできる史料もある。そうでない史料もある。この節では、前節までの検討結果を踏まえて、個別にどの部分がどのように濁っているかを指摘する。以下の引用部分のうち、アミカケ部分が錯誤とみられるところである。また、各引用部分の冒頭の丸数字①〜⑪は、三七頁【表2】の丸数字と対応している。

1　『百練抄』

まず、『百練抄』から検討する。『百練抄』の安倍頼時追討関係記事は、次の三か条である。

③諸卿、前陸奥守源頼義、俘囚頼時と合戦の間の事を定め申す。（天喜四年十二月十七日条）

④源頼義、更に陸奥守に任ず。征夷の為なり。陸奥守良綱、兵部大輔に遷任す。（天喜四年十二月二十九日条）

⑪諸卿、陸奥守頼義の言上せし「俘囚安倍頼時、去んぬる七月二十六日合戦の間、矢に中りて死去せし事」を定め申す。官使を遣はして実否を実検せらるべしと云々。（天喜五年九月二十二日条）

『百練抄』の流れによると、天喜四年十二月十七日の時点で、源頼義と安倍頼時が「合戦」していて（頼時死去のニュアンスはない）、朝廷がその妥当性について審議している。それから十二日後の同年十二月二十九日条で「征夷の為」に源頼義を「更任」した「征夷」とは、貞任ではなく頼時が対象なのだろう。次の「七月二十六日」の日付から見ても、十二月十七日に安倍頼時の追討が完了し、同二十九日の「征夷」が貞任らの余党を意味したとは考えにくい。天喜四年十二月の段階で、頼時はまだ生きていたということである。

また、ここに「征夷の為」とあるが、それが安倍氏追討（滅亡に追いこむことも辞さない）を意味するとまでは考えにくい。なぜならば、翌年の八月十日にようやくそのことが審議されているからである⑥『扶桑略記』、⑦『帝王編年記』）。ここはまだ、奥六郡の秩序を回復し、徴税を円滑にするという意味だろう。陸奥守という職務の性質から考えても、「更任」（更に任ず）と「征夷」という語の間には乖離を認めざるを得ない。後次的なフィルターによって、強めの表現がなされたのだろう。

『百練抄』の三か条の中でもう一つ不自然なのは、天喜五年九月二十二日条のアミカケ部分である。頼時が「七月二十六日」に「死去」したのはたしかだとしても、この日に「合戦」があったとか、「矢に中」ったという点が不審である。後述の②『帝王編年記』や⑤『諸道勘文』からみて、安倍頼時が「矢に中」った「合戦」は、天喜四年の八月三日だろう（四〇頁）。

『百練抄』の不自然なところはそこだけで、それも二年間の出来事を一時のこととして概括化しようとした記録が混入した程度の錯誤だと考えられる。

2　『十三代要略』

『百練抄』に近い認識を見せているのが、『十三代要略』である。次の二か条ある。

①（天喜）四年…（中略）…八月三日、陸奥守源頼義、俘囚安倍頼時と合戦す。頼時、敗る。

⑧（天喜五年）…（中略）…八月二十日、陸奥解状に云はく、「俘囚頼時、官符に依て殺戮す」と云々。

このように、天喜四年の段階では、源頼義と安倍頼時がただ合戦し（追討とは表現しない）、安倍頼時が「敗る」とあるだけで、死去したわけではない。翌天喜五年になると「官符」という公認を得て、源頼義が安倍頼時を追討したことになっている。合戦の日付「八月三日」については⑤『諸道勘文』と一致しており（「年」がずれているが）、頼時追討の報告をした「八月二十日」についても、頼時死去が「七月二十六日」（『百練抄』）だとすれば、合理的である。『十三代要略』には、日付上の錯誤はまったくないとみる（ただし「官符に依て」の表現は依拠史料に存した錯誤か）。

3　『諸道勘文』

意外にも、『諸道勘文』長治三年三月四日条に載せる記事は、『百練抄』や『十三代要略』に近い良質なものかもしれない。『諸道勘文』は、頼時追討にかんしては一か条のみである。

⑤同（天喜）五年八月三日、陸奥守源頼義朝臣、俘囚頼時と合戦し、官軍、力を得て、凶賊、傷有り。

『奥州藤原史料』は『諸道勘文』の「八月三日」に「九月二日」と傍記していて⑨『扶桑略記』による修訂を試みているが、「八月三日」は『十三代要略』の天喜四年条と同じ日付なので、おそらく誤りではなく、天喜五年のことではなく同四年のことと直すべきなのだろう（三八頁）。なぜならば、「傷有り」の表現も、『十三代要略』の「頼時、敗る」と等質的だからである（死去や討ち死にではないという点で）。天喜四年の時点で源頼義を「官軍」、安倍頼時を「凶賊」と決めつける表現（アミカケ部分）は結果論的な認識が覆いかぶさったためと言わざるを得ないが、それ以外のところでは実相に近いようにみえる。「八月三日」が無意味な日付でないとすれば、安倍頼時は天喜四年「八月三日」の戦いで負傷し（⑪『百練抄』の「矢に中りて死去せし事」）、その傷が元で翌年の七月二十六日に死去したというのが実相だった可能性が高い。それが陸奥国の解状によって、「官符に依て殺戮す」などと強く表現されるに至ったのだろう（本当は安倍富忠の功績なのだが）。前年である天喜四年に都に向けて発信・拡散してしまった報告書の「頼時、敗る」「傷有り」の表現が都に伝えられていることから、事実を隠蔽しきれるようなものではなかったのだろう。

4　『扶桑略記』

『扶桑略記』[5]の記事には、混乱を生じているという点においても、恣意的操作が入っているという点においても、問題がある。

（5）この二種類の史実離れは、区別しておくべきである。表現主体の仕組んだ捏造性・虚構性ゆえの史実離れと、時間経過に伴う史料の低劣化（誤字・脱字や概括化による錯誤）を混同してはならない。合戦の同時代に、事実とは異なるメッセージを発信しようとする動きもあるのだ。

⑥前陸奥守源頼義、俘囚安倍頼時を襲討するの間、官符を東山・東海両道諸国に給はせ、兵糧を運び充たすべきの事、公卿定め申す。又官使太政官の史生紀成任・左弁官の史生惟宗資行等を下し遣す。（天喜五年八月十日条）

⑨鎮守府将軍源頼義、俘囚阿倍頼時と合戦の間、頼時流矢の中る所と為り、鳥海柵に還りて死に了んぬ。但し余党は未だ服せず。仍て、重ねて国解を進らせ、官符を賜りて諸国の兵士を徴発し、兼ねて兵糧を納れ、悉く余党を誅せんことを請ふ。（天喜五年九月二日条）

『扶桑略記』には天喜四年の記事はなく、二か条とも天喜五年のこととなっている。天喜五年「八月十日」の時点で源頼義に兵糧を集中せよとの官符が下され、「九月二日」に安倍頼時死去の報が入っているのは、日付の間隔が短すぎるが、先述のように行き違いだろう。「八月十日」に「官符」が出されている点については、⑧『十三代要略』の「八月二十日」とも矛盾せず、問題なしとみる。

九月二日条については、源頼義と安倍頼時の「合戦」や頼時が「流矢の中る所と為」ったことをこの年のこととする点（アミカケ部分）は問題がある（概括化が起きたとみる）が、「鳥海柵に還りて死」んだのは事実だろう。「但し余党は未だ服せず」以下の傍線部についても、〈頼時追討〉と〈貞任追討〉を連続させて〈一二年一体化〉するための虚構だろう（第九章）。

5　『帝王編年記』

『帝王編年記』は、『扶桑略記』に近い。次の三か条ある。

②前陸奥守兼鎮守府将軍源頼義、安倍頼時を追討すべき由、宣旨を下され合戦す。（天喜四年八月三日条）
⑦前陸奥守頼義、頼時を追討すべき由、官符を下さる。（天喜五年八月十日条）
⑩合戦。頼時、流矢に中りて死す。余党、未だ散ぜず。（天喜五年九月二日条）

天喜四年「八月三日」の条でただ「合戦」とあって、頼時の討ち死にまで言わない。そこまでは良いが、この時点で早くも「追討」の「宣旨」が出てしまっているところ（アミカケ部分）は、後次層の認識が覆いかぶさっているのだろう。天喜五年八月十日条で頼時追討の宣旨が出されたとする点は、⑧『十三代要略』の「八月二十日」条と矛盾しない。天喜五年「九月二日」条は、⑨『扶桑略記』と同じく問題なしとみて良い。頼時追討が成ったあとに「余党、未だ散ぜず」（傍線部）とあるのも、いくさの連続性を醸し出そうとしたもので、後次的な認識である。

六　おわりに

安倍頼時追討にかんする一一点の史料をもとにその真相を復元し、前節では再び一一点の史資料にそれをフィードバックして、どこにどのような性質の錯誤が生じているとみることができるかをテクスト・クリティークというかたちで明示した。従来は、ともすれば研究者の歴史像（先入観）が先立ち、史料のうち自らの歴史像に都合の良いものを選び、都合の悪いものはたんに〃信頼のおけない史料〃などと称して遠ざける傾向が強かった。それは、恣意的な史料操作というべきものだろう。本章で気をつけたのは、まさにそこである。史料の一部を修訂しなければ他の史料との整合がとれない場合に限って、最小限の修訂が許されるべきものだろう。しかもその際には、概括化や源氏正当化などという認知・認識論的な立場からの合理的判断も必要である。前節でアミカケを施した箇所はわずかに七か所（「官軍……凶賊」のセットで一か所と数える）で、しかもその七か所は、

（1）二年間のことを最後の一年間にまとめてしまう概括化意識によるもの（⑪⑨および⑤の「同五年」）

（2）安倍氏を凶悪と決めつける後次的フィルターの通過によるもの（②④⑧および⑤の「官軍……凶賊」）

の二種類に整理できる。錯誤の原因についても、シンプルに説明できたということである。研究者が、自らの主観に基づいて史料の解読を行っていては、いつまでも水掛け論から脱することはできない。

さて、源頼義陸奥守着任の永承六年（一〇五一）から安倍頼時死去の天喜五年（一〇五七）にいたる七年間の歴史像を、おぼろげながら復元した。『国史大辞典』「安倍頼時」の項（板橋源執筆）でも、すでにこの追討戦を二年間のこととして「天喜四年（一〇五六）ついに戦端が開かれ、前九年の役が本格化した。翌五年七月、頼時みずから奥地の夷族を味方に誘うべく説得に赴き、流れ矢にあたり、鳥海柵まで還って死んだ」と説いている。ただし、天喜二年・三年の動向、「流矢」の戦いが一年目であったこと、安倍富忠の関与、鳥海であることの意味など細部を詰めることができた。頼時死去と太政官符の行き違いについても、合理的な説明をなしえた。『頼義奏状』や頼義の陸奥守の任期も勘案して、すべてに矛盾の生じないような説明が可能になったということだ。

文献

庄司　浩（一九七七）「阿久利河の変――源頼義挑発説について――」『軍事史学』13巻3号
樋口知志（二〇一一）『前九年・後三年合戦と奥州藤原氏』東京：高志書院
三宅長兵衛（一九五九）「「前九年の役」の再検討――安部頼時反乱説をめぐって――」『日本史研究』43号

第三章　前九年合戦の交戦期間への疑念

――前九年合戦は一二年間か――

本章の要旨

前九年合戦の古称「十二年合戦」は、永承六年（一〇五一）～康平五年（一〇六二）の足掛け一二年間の戦いだとする認識を示したものだが、それは後世に定着したものである。一方で、前九年合戦の内実は清原武則参戦以降の康平五年（一〇六二）七月下旬～九月中旬の二か月弱であったとする『奥州合戦記』が存在し、『陸奥話記』においても前半部（一一年強）と後半部（二か月弱）は著しく異質である。そのことは、後半部が先に成立し、前半部はあとから取って付けられたことを示唆している。安倍氏追討に一二年間もかかったとする認識は、安倍氏の暴虐なさまを強調する指向と通底しており、翻って源氏の労苦や軍功を際立たせるものである。しかしそれほど安倍氏が威勢を振るっていたならば、軍事貴族でもない高階経重や藤原良綱がこの時期の陸奥守に任命されるはずもない。出羽守が二代続けて征夷に非協力的だとする『陸奥話記』の記述も事実ではない。こうしてみると、前半部の一一年間強は、虚構されたものである可能性が高い。『陸奥話記』の前半部と後半部の間には〈空白の四年半〉があるのだが、その接合部は頼義を正当化するには不都合な期間であったために書きようがなかった可能性がある。

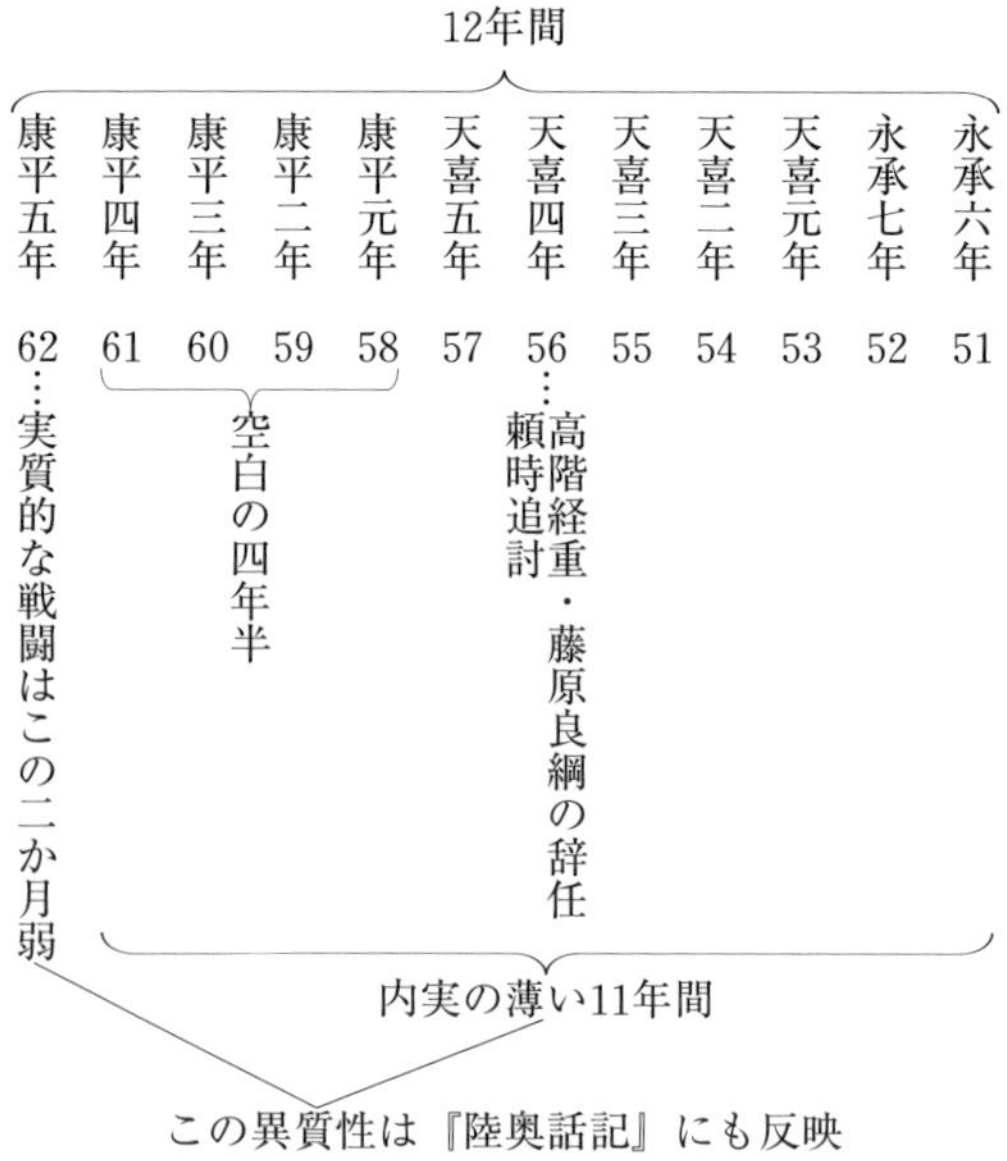

一　問題の所在

前九年合戦の古称は「十二年合戦」である（中世においては「十二年」と「前九年」が並存していた時期があったのだが）。永承六年（一〇五一）～康平五年（一〇六二）の足掛け一二年間の戦いだとする認識を示したものである。『吾妻鏡』承元四年（一二一〇）十一月二十三日条にみえるのが、その早い例である。[1] これは、時の将軍・源実朝が京都から『奥州十二年合戦絵』を取り寄せたという記事である。

（1）野中（二〇一五ab）で、「十二年」の初見を『古事談』としたが、『吾妻鏡』の右の条の年次のほうがやや早い。『吾妻鏡』は数次にわたって段階的に編纂されたものと考えられ、最終的な成立は一二七〇年前後かともされるゆえ、これを〝文献上の初見〟とは言いにくかったのである。しかし、実朝が一二一〇年に『奥州十二年合戦絵』を取り寄せて鑑賞したことを事実として認めれば、それ以前にその呼称は通行し始めていたとみてよい。

それとほぼ同時期成立の『古事談』に「十二年征戦」（三二一話）、「十二年合戦」（同三二四話＝『宇治拾遺物語』六六話）、一二二〇年頃成立の『愚管抄』に「頼義ガ貞任ヲセムル十二年ノタ、カイ」（巻四）、一二五四年成立の『古今著聞集』に「十二年の春秋」（三三六話）、「十二年の合戦」（三三七話・三三八話）、延慶本『平家物語』に「十二年マデセメ給フ」（第二中）、「十二年ガ間ニ、人ノ頸ヲ斬事一万五千人」（第五末。覚一本『平家物語』巻十「維盛入水」にもほぼ同文が存在）、半井本『保元物語』に「奥州ヲ随エテ、十二年禦ク」（鳥羽院旧臣の悲嘆）、「頼義十二年ノ合戦ヲス」（為義出家についての評語）とある。『十訓抄』第六―一七話は（頼義が）「永承の末よりたびたび合戦につかれたりける」と、合戦が一二年間に及ぶものとする「永承」起点の源氏びいきの認識を見せ、さらに「頼義、義家ら忠を天朝につくして、名を遠近にあげける」と『陸奥話記』の影響を受けたらしき文言も見える。『梅松論』には「十二年」の語は出ないものの、「同七十代後冷泉院御宇、永承年中より陸奥守源頼義を以て、安倍貞任等を平げらる」とあって、永承六年から康平五年までの一二年間の戦いであったとする認識と矛盾しない。『源威集』はこの合戦が「永承六年」に始まったことを明示し、「勅ヲ蒙リ、永承六年（辛卯）今年（壬寅）（論者注：康平五年のこと）十二年ニ極」など、一二年間の戦いであったとする認識が何度も出てくる(2)（「将軍、十二年ノ間、誅スル処ノ賊首一万六千人」など『平家』に通じる表現もある）。

（2）ただし、一二五二年成立の『十訓抄』第六には「後冷泉院の御時、陸奥守源頼義、鎮守府の将軍を兼て貞任宗任を責けるに」とあって「十二年」は出ていないし、鎌倉末期の『八幡愚童訓　甲本』も「伊予入道頼義、貞任・宗任ヲ責シカド敵強クシテ、数ケ年ヲ送リ力尽ケレバ」とあるように「十二年」が一般化していたとは言えない。野中（二〇一五b）で推定したように、「十二年」の呼称自体はおそらく鎌倉幕府内部で一二〇〇～〇九年ごろ、大江広元らを中心に発想されたものらしい。曩祖頼義の苦難の「十二年間」を表現上で演出（虚構）し、それによってその功績を強調し、頼朝の奥州征伐と重ねて頼義・頼朝を共に称揚する意図があったのだろう。ただし、鎌倉幕府発のそのようなプロパガンダは、一三世紀初頭に始まったばかりであり、それが社会的に市民権を得るまでには一定の期間が必要だったものと推測される。『十訓抄』や『八幡愚童訓　甲本』の非「十二年」は、そのような事情によるものだろう。

ところが一方で、前九年合戦の内実は、康平五年（一〇六二）七月下旬～九月中旬の二か月弱であったとする認識が存在する（第七章）。それに、頼義が陸奥守として一二年間在任し続けたとすれば、五年任期で三期にまたがるものであり、現実的には考えにくいことである（第一章）。

合戦直後から前九年の戦勝を自らの立場の向上に利用しようとするプロパガンダ（『頼義奏状』『義家奏状』）の存在が顕著であった（第六章）。そのような歪曲性の強い表現指向の嵐が、前九年合戦直後から文書世界に吹き荒れていた。頼義はほんとうに一二年間連続して戦い続けていたのか、その認識をまずは疑う必要がある。

なお、行論を簡明にするために、便宜的ではあるが一二年間のうちの前半戦（約一一年間）を〈頼時追討〉、後半戦

（二か月弱、十二月の国解まで含めると半年）を〈貞任追討〉と呼ぶことにする。前半戦には阿久利川《あくりがわ》事件→頼時追討→黄海合戦が含まれるのだが後半戦の〈貞任追討〉との対応を考えて〈頼時追討〉で代表させることにする。父頼時の代から子貞任の代まで安倍氏が一族として朝廷に反抗し続けたとする構図の捏造が意図されている（それが『今昔』前九年話・『陸奥話記』冒頭部に反映している）との見通しから、前半戦を〈頼時追討〉で代表させることに妥当性がある（むしろ前半部の本質的指向をつかんだ把握の仕方である）と考える。歴史的実体を言う場合は「前半戦」「後半戦」であり、『今昔』前九年話・『陸奥話記』内部の問題として言う場合は「前半部」「後半部」と表記する。

二　『陸奥話記』における前半部・後半部の亀裂発生要因

『陸奥話記』の前半部と後半部が著しく異質であることは、第七章で指摘する。その要点を先取りすると、次のとおりである（『今昔』前九年話は原話（おそらく漢文体）を翻訳したものなので、厳密には『扶桑略記』との比較対照としにくい。よってここでは、『陸奥話記』に代表させて、『扶桑略記』と比較した）。

〈1〉『扶桑略記』では、康平五年七月から十二月にかけての条だけが不可分の記事としてまとまっており、それに『奥州合戦記』と命名されていて、しかも『陸奥話記』の後半部とほぼ対応している。逆に、康平五年七月より前の記事は、『扶桑略記』の中では分散的である。

〈2〉『扶桑略記』の五か所に分散している前九年関係記事のうち、右の『奥州合戦記』に対応する部分の『陸奥話記』（これが『陸奥話記』全体からすると、ほぼ後半部に相当）との表現近似率が約九割の高率であるのに対して、それ以外の『扶桑略記』記事と『陸奥話記』との表現近似率は五〜六割程度である。

〈3〉物語の前半部・後半部という区切りを実時間と対応させると、頼義の陸奥守着任以降の一一年間、はかばかしくなかった戦況が武則参戦によって一気に好転し、武則参戦から二か月ほどで前九年合戦が終結したことになる。『陸奥話記』の前半部の文字数が二四四三字であるのに対して、後半部は三三九四字もある。率にすると、前半部が四二％であるのに対して、後半部は五八％ということになる。実時間としては一二年間（一四四か月）のうちの二か月程度の時間的範囲（約七〇分の一、すなわち〇・〇一四％）の記事が、『陸奥話記』においては全叙述量の六割近くに及んでいるということだ。

〈4〉『陸奥話記』の日時・地名・距離表現についてみても、前半部は一六件しかないのに対して、後半部は六五件もある（ほぼ一対四の割合）。質的に見ても、前半部は、記録類によって日時・地名が確認できるような情報はほとんどみられず、不確かな情報（おそらく一部に捏造を含む）や伝承世界と接するような情報で満たされているのにたいして、後半部は、日時で言えば「午の時」「未の時」「戌の時」「酉の剋」「卯の時」「未の時」と時刻まで記した例が六か所もある（前半部には、時刻表現は一か所もない）。地名表現についても、後半部には、「陣を去ること四十余里」、「三十余町の程」「行程は十余里なり」「相去ること七、八町ばかりなり」などという距離表現が四か所もあるのに、前半部にそのような表現はいっさいみられない。(3)

（3）ここに挙げた「午の時」方式の時刻記述や「陣を去ること四十余里」方式の距離表現の多くは、『陸奥話記』の段階で後補されたものである（三四一頁～三四五頁）。それにしても、前半部と後半部とでは物語の様相が大きく異なることを如実に示した数値であることには変わりない。『陸奥話記』が人名・地名・時刻などを後補する際にも荒唐無稽なものを空想で補うことはなく、取材や合理的推測に基づいてそれが行われたらしい。前半部の阿久利川事件譚、永衡経清離反譚、黄海合戦譚は『今昔』前九年話の原話を元にしたらしいが、そこにでたらめな日時を入れることはしなかったということである。ただし、後半部の一部には、不自然な日時記述が存在する。

このような根拠をもって、『陸奥話記』は、その後半部〈貞任追討〉（長くみて半年）、すなわち『奥州合戦記』と重なる部分が先行成立し、その前半部〈頼時追討〉は後次的に付加されたものと断定した。現存の『陸奥話記』は、その接合痕が残存しているというわけである。

＊　＊

ところで、この一二年間の事件がどの程度、史資料に記されているのかの粗密を年表ふうに整理してみると、**【表4】**のようになる（史資料間で混乱があるが、それについての検討は第二章で述べた。ここでは、ざっくりと大局から粗密を概観する）。もちろんここでは、『陸奥話記』は除外する。

表のうち薄いアミカケ部分が天喜四年（一〇五六）～同五年の〈頼時追討〉にかんする記事で、濃いアミカケ部分が康平五年（一〇六二）の〈貞任追討〉にかんする記事である。両者に挟まれた、黒地に白ヌキのところが高階経重問題で、本来、天喜四年の春のことを六年後ろにずらした虚構部分である（第四章）。薄いアミカケと濃いアミカケに挟まれたところで残っているのは、源斉頼の任出羽守のみとなり、この期間に〈頼時追討〉や〈貞任追討〉についての直接の記事は存在しないということになる。この間、約四年半の時を隔てている。『今昔』前九年話・『陸奥話記』においても、このつなぎ目の部分は〈空白の四年半〉があるとみてよい。つまり、**『今昔』前九年話・『陸奥話記』における前半部と後半部の異質性や、後半部（先出）→前半部（後補）の二段階成立の問題は、前半戦の内実が薄いという歴史の実体を反映したものとみることができる**わけである。

そしてまた、『今昔』前九年話・『陸奥話記』後半部で日時や地名の表記が詳細なのにたいして、前半部にはそれらを記そうとする意識が希薄で、多くの逸話によって埋め合わせがなされていること（先述の〈4〉）を考え合わせると、**『今昔』前九年話・『陸奥話記』前半部に相当する前九年合戦の前半戦、すなわち永承六年から康平四年ごろまでの一一年間に、どれほど実質的な戦闘があったのか疑わしい**と言うべきなのではないだろうか。

【表4　実体上の前半戦・後半戦の断絶感】

年	月日	記事内容	史資料名
永承六年（一〇五一）		頼義の任陸奥守	頼義奏状
天喜元年（一〇五三）		頼義の任鎮守府将軍	頼義奏状
天喜四年（一〇五六）	八月三日	頼義と頼時の合戦	十三代要略、帝王編年記
	八月十日	頼義への頼時追討の公認官符①	扶桑略記、帝王編年記
	十二月十七日	右の件の公卿詮議	百練抄
	十二月二十九日	頼義を陸奥守に更任※	百練抄
天喜五年（一〇五七）	七月二十六日	頼時誅伐完遂の報告	百練抄の九月二十三日条
	八月三日	頼義と頼時の合戦	諸道勘文
	八月二十日	頼時誅伐完遂の報告	十三代要略
	九月二日	同右および**余党追討**の願い出	扶桑略記、帝王編年記
	十一月	頼義、**貞任追討**に向かい大敗	扶桑略記
	十二月	頼義、諸国の兵糧・兵士の未着を訴え	扶桑略記
	十二月二十五日	頼義を陸奥守に更任②　**貞任ら**横行	扶桑略記
天喜六年（一〇五八）（康平元年）	四月二十五日	源斉頼の任出羽守	百練抄
康平五年（一〇六二）	**春月**	**高階経重の任陸奥守と辞任**	**扶桑略記**
康平五年（一〇六二）	九月十七日	頼義、貞任らの追討を報告	百練抄の十一月三日条
	十月	同右	諸道勘文
	十月二十九日	頼義、貞任・宗任との合戦を報告	定家朝臣記、十三代要略

本来の位置は天喜四年春

日付がなく異質

前半戦と後半戦をつなぐ意義を持つ余党追討の記事（第五節）

①天喜五年八月十日の記事だが、前年のことと修正。

②天喜五年十二月二十五日条は正しくは前年十二月。それを一年後ろにずらしてしかも貞任らの横行を記すことによって前半戦と後半戦とのつなぎとしたものか。

三　源頼義以外の陸奥国守たちの顔ぶれから

第六章において、永承六年（一〇五一）に源頼義が陸奥守に任じられたのは征夷目的ではなく（多少の治安の悪化が懸念されていたにしても）、頼義着任後に徐々に安倍氏にたいする圧力が加えられていったことを明らかにする。これは、『頼義奏状』の、任鎮守府将軍が二年遅れることをおもな根拠とした立論である。

これを補強する証拠がある。それは、源頼義以外の同時代の陸奥守およびその候補者たちの顔ぶれである。彼らが軍事貴族といえるような素性なのかどうか、歴任した官職を『国司補任』や『尊卑分脈』をもとに記載すると、**【表5】**のようになる。

【表5　源頼義以外の陸奥守たちの顔ぶれ】

陸奥守・陸奥守候補者	陸奥守以外の歴任官職　『国司補任』	陸奥守以外の歴任官職　『尊卑分脈』	軍事貴族の父祖
藤原登任	出雲守	出雲守、大和守、能登守	ナシ
源頼義（一期目）∨			
高階経重	大和守	大和守	ナシ
源頼義（二期目）∨			
藤原良綱	周防守、伊勢守、但馬守、淡路守、阿波守	但馬守、周防守、阿波守	ナシ

藤原登任の任陸奥守は頼義着任以前のことなので別として、高階経重や藤原良綱は、辺境経営の実績があるとか、坂東諸国に縁が深いというわけでもない。軍事貴族の家柄というわけでもないのである。

このことから読み取れることが二点ある。一点目は、やはり**『陸奥話記』冒頭部に記された安倍氏の暴悪なさまは著しい虚構だろう**ということである。一期目の源頼義の前（藤原登任）と後ろ（高階経重、藤原良綱）をみると、当時の陸奥国に征夷を必要とする状況があったとはとても見えないのである。読み取れることの二点目は、やはり**前半戦〈頼時追討〉と後半戦〈貞任追討〉はその当時として連続的な征討戦ではなかった**ということである。かりに、源頼義が陸奥国で野心をたぎらせていることに朝廷が警戒して彼の陸奥守を一期五年で終わらせようとしたのだとしても、陸奥国での緊張状態が継続していたのなら、頼義の次なる候補は高階経重や藤原良綱などという非力な官吏だということはありえまい。もっと征討にふさわしい人物が推されてしかるべきだろう。

史資料の文脈を追う以前の、**「高階経重」「藤原良綱」という人名からだけでも、前九年合戦と称される一二年間のいくさの前半が、多少の散発的な衝突はあったにしても長期的交戦状態と呼びうるほどのものではなかったことを示唆している。**

このように考えてみると、藤原登任と安倍氏との鬼切部の戦いはほんとうにあったのかというところまで、疑わしくなる。ただ、長元擾乱《じょうらん》（平忠常の乱）を鎮定した源頼信の子息頼義を陸奥守に任じるべき理由が当時あったのだろうから、藤原登任と在地勢力の間で紛争に近い何かがあったと考えるべきなのだろう。それにしても、『陸奥話記』冒頭部の安倍氏の暴虐表現は、大いなる誇張だとみて間違いない。

四　出羽守源斉頼の赴任時期と人物像から

『陸奥話記』の出羽守源斉頼《ただより》は、すこぶる印象が悪い。『陸奥話記』の中の天喜五年（一〇五七）十二月の国解の中で「（出羽）守の源朝臣兼長、敢て糾越の心無し」(29)とされたゆえに朝廷が「兼長朝臣の任を止めて、源朝臣斉頼を以て出羽守と為し」(31)たのである。それなのに、「而るに斉頼不次の恩賞を蒙り乍《なが》ら、全く征伐の心無し」(32)という体たらくであった。しかし『降虜移遺太政官符』によれば、良昭・正任が出羽国に逃げてきた際に、「守源朝

臣斉頼、此の由を聞き、在所を囲みし間」とある。ここから読み取れることは、

①良昭・正任が逃げ込んだ「在所」を囲む斉頼像は、『陸奥話記』が「不次の恩賞を蒙り乍ら、全く征伐の心無し」と表現するような怠慢な人物には見えない。

②良昭・正任が出羽国内に入ってから斉頼が出動しているところからすると、もともと安倍氏追討のいくさに出羽守の参戦が期待されていたようには見えない。

ということである。もし②の読みが正しいとすれば、源頼義による安倍氏追討戦は、国家的軍事ではなく陸奥国内の紛争処理の程度の扱いであったということになる。『扶桑略記』では出羽守二代非協力は、『奥州合戦記』の叙述範囲より前の、天喜五年十二月条および同月二十五日条に記されている。この位置に出羽守二代非協力があると、同じ出羽出身の清原武則の登場が際立つだけでなく、このあとにくる頼義による清原氏への援軍要請がやむをえないものとして理解されることになる。〝出羽の国守が非協力的だったから清原氏への援軍要請もやむをえなかったのだ〟と。つまりは、頼義像の擁護に機能することになる。第九章で述べるように、前九年合戦のこのあたりの経緯は、史料では『扶桑略記』にしか見えないものである（二四七頁、『陸奥話記』はこれを受けたものと考えられる）。貞任や経清が奥六郡を出て南下し、出羽国までも巻き込むほどの大乱に発展していたのが事実なら、その記録が『扶桑略記』にしか残らないということがありうるだろうか。『扶桑略記』の史料的価値の危うさについては、第四章、第九章でも述べるとおりである。

源斉頼の事績を窺う史資料に、『尊卑分脈』と『古事談』がある。一方は系図史料、もう一方は説話集なのだが、両書の背景には目に見えない糸によるつながりがありそうだ。『尊卑分脈』「源斉頼」の傍注には、

康平元（年）四（月）二十五（日）、源頼義朝臣、鎮守府将軍と為《な》りて下向の時、相具せし刻《とき》、出羽守に任ぜらる。鷹飼の為なり。

とある。新訂増補国史大系の校勘者はその頭注に、

康平元（年）四（月）、『（扶桑）略記』『陸奥話記』は天喜五（年）十二（月）に係る。『百練抄』は此れ（『尊卑分脈』）と同じ。

と記している。天喜五年の十二月に翌年正月除目の内示があって、実際の赴任は翌天喜六年、すなわち康平元年の四月だったと考えればよいことなので、『扶桑略記』と『百練抄』『尊卑分脈』の間に矛盾があるわけではない。それよりも、頼義の任鎮守府将軍が康平元年と読めることのほうに問題がある。頼義の任鎮守府将軍は、『頼義奏状』によって天喜元年（一〇五三）であることは間違いない。もし鎮守府将軍の任期を陸奥守と同様に五年間と考えてよいとすれば、その任期は天喜五年末までということになり、翌天喜六年（＝康平元年）から二期目の鎮守府将軍に入ったということになるのだろう。荒唐無稽に見えた『尊卑分脈』の傍注が、史実性を帯びてくるのである。当時の鎮守府将軍がそのような任期に縛られる性質のものであったとすれば、鎮守府は軍府としての機能から陸奥国府の出先機関へと変貌していたとする先行研究の的確さを追認することになる。(4) 表現は同じ「将軍」であっても、征夷大将軍坂上田村麻呂をイメージしてはならないということである。頼義の任鎮守府将軍は、安倍氏追討のための職ではなく、奥六郡の経営のためのそれであった可能性が、ますます高くなる。

（4）　鎮守府の前身は養老年間（七一七～二四）に多賀城に置かれた陸奥鎮所で、将軍の常駐する軍政府となり、その後、陸奥国府がここに併置された（政府と軍府の併置）。八世紀末に坂上田村麻呂が蝦夷征伐の拠点として鎮守府を北進させて胆沢城に置いた（政府と軍府の分離）。そして一〇世紀までに鎮守府将軍が陸奥国府から独立して一定の地域（奥六郡）を国家から委任され「徴税請負人」としての機能を果たすことになった〔熊谷公男（一九九四）〕。軍事的拠点と言うより陸奥国府の出先機関のような政治的拠点であったとする見方である。しかし、一一世紀末に源氏（頼義・義家）が都へと引くにあたって、鎮守府将軍の職は有名無実化し、陸奥国府に吸収されていった〔大石直正（一九七八）、遠藤巖（一九九二）、斉藤利男（一九九四）〕。熊谷らが鎮守府をやや過大評価して陸奥国府からの独立性・自立性を読み取ろうとした

のにたいして、渕原智幸（二〇〇二）は「国府の被官」に過ぎなかったと軌道修正した（ただし「被官」と言っても、朝廷の意向と関わりなく陸奥守の裁量で鎮守府将軍を任命できたということではあるまい）。大局的な流れをそのように把握したうえで、陸奥国府の事務的出先機関とその性格を変えていたはずの鎮守府を、源頼義が前九年合戦の後半、康平四年、五年ごろ再び軍事的拠点として一時的に利用したということなのだろう。いま分析したように、頼義が二期目の鎮守府将軍に任じられた康平元年ごろはまだ、鎮守府将軍は奥六郡の徴税請負人ないしは治安担当者に過ぎなかったとみえる。

『国司補任』によると、鎮守府将軍が五年任期であったと読めるふしもある。平維良は長和三年、四年、五年（一〇一四～一六）は同職にあったことが確実で、後任の平永盛が寛仁二年（一〇一八）からその職に就いていることからみて、寛仁元年（一〇一七）まで維良は鎮守府将軍であったと考えられる。これが五年任期の最終年だとすれば、維良の任鎮守府将軍は長和二年（一〇一三）ということになる。つまり維良が鎮守府将軍であったのは、一〇一三～一七年の五年間と推定することになる。一方、藤原兼光が鎮守府将軍に任じられたのが長徳四年（九九八）だということもわかっている。そこから五年任期だとすれば、兼光は九九八～一〇〇二年の間が鎮守府将軍であったことになる。こうなると、一〇〇三～一二年までの空白期間（誰が鎮守府将軍であったか不明の期間）が一〇年間、すなわち五年任期としてちょうど二期分となる。兼光→某A→某B→維良と四代続けて鎮守府将軍が五年任期で継続されたとみることができる。ただし、維良の次の平永盛は四年間であるし、その次の藤原頼行は六年間であったようにみえる。多少の幅をもちつつも、この時代の鎮守府将軍は陸奥守と同じように五年任期であったと考えても矛盾はないということである。

しかも、『扶桑略記』と『尊卑分脈』を合わせて考えると、**源頼義は天喜五年末から同六年四月までの数か月、**(5)**いったん上洛していることになる**から驚きである。というのは、天喜五年十二月二十五日に頼義の「更任」が決まったとする『扶桑略記』の記事だけなら頼義が陸奥在国のまま二期目を任じられたという解釈もできそうなのだが、頼義が京から陸奥へ「下向」の際に出羽守斉頼を「相具せし」とする『尊卑分脈』とつながることによって、鎮守府将軍の重任を求めるために頼義が年末から在京していたように読めてしまうからである。

(5) 十二月二十五日に二期目続行の内示があって、四月に頼義が京から陸奥に向けて出発していることを押さえた場合、頼義がいつから京に居たのかということが問題になる。内示を得てから正月除目に間に合うように上洛したのだとすれば正月初旬から在京していたと考えられるし、頼義自身が年内から二期目継続の運動（工作）をしていたのだとすれば十二月初旬ごろまでに上洛していたことになる。このあと安倍氏追討へと流れてゆく展開を考えると、頼義が熱心に重任運動をしたと考えたほうがつながりがよい。すると、頼義の在京期間は十二月～四月の約五か月と推定することになる。現場を放棄してそれほど長期にわたって在京できるのかという疑問もなくはないが、前九年合戦後の頼義の伊予国下向が一年半ほど遅れたり、永長二年（一〇九七）に大宰権帥に任じられた大江匡房が翌年になって現地に下向したりするなどの事例がある。実務は、在庁官人によって仕切られていたのである。また、将軍が任を終えて帰京する際に京の一つ前の駅から事前告知して戦場の穢れを払ってから入京するなどの手続きが『儀式』巻十「将軍進節刀儀」にあるが、時代的にみて、そのような形式が守られていたとは考えられない。

頼義が一二年間ずっと陸奥国に「征夷」のため在国していたなどという認識は、いよいよ怪しくなってくる。後世の『尊卑分脈』ごとき不良史料に依拠すべきではないとの異見はあろうが、文字表現の存在だけならまだしも、五年任期の幅というものを介在させると『扶桑略記』『百練抄』のいう天喜六年（康平元年）の源斉頼任出羽守と頼義の二期目の鎮守府将軍赴任時期とが符合することになり、俄然看過しがたい重みを持ってくる。

＊　＊

さらに源斉頼の鷹飼のことは、『古事談』三一六話に出る。斉頼は「鷹を飼ふを以て業と為せり」という人物で、七〇歳を超えて盲目になってからも、信濃・陸奥の鷹と西国の鷹の違いを手探りで判別できるほどであったと語られている。こういう「鷹飼」の点が『古事談』と『尊卑分脈』で一致していることからみても、『尊卑分脈』が根も葉もない情報を取り込んでいるとは考えにくい。〝鷹好きの斉頼〟という認識が当時広まっていて、それが『古事談』や『尊卑分脈』が元にした資料に記されていたのだろう。いうまでもなく鷹飼は鷹狩のためのもので、鷹狩は兎・猪・

狐などの肉を獲得することを目的とする。これを得意とする源斉頼が出羽守に任じられて頼義とともに下向したとするならば、そこに二つの展開を想定しうる。一つには、源頼義が二期目の鎮守府将軍として安倍氏追討を本格化させるので兵糧の一部として動物性蛋白質を出羽国から供給する役（たとえば『後三年合戦絵詞』には男たちが鳥や魚を調理する場面が描かれている）を源斉頼が担っていたとする読み方、もう一つには、源頼義が安倍氏懐柔に本格的に乗り出すために服属儀礼としての饗宴用の食肉を供給する役を源斉頼が担っていたとする読み方である。前者だと、源頼義と安倍氏とが交戦間近であるのに頼義が現場を離れて半年近くも上洛していたことになり、不自然である。それに、『扶桑略記』でも『今昔』前九年話でも『陸奥話記』でも〈空白の四年半〉が存在することは変わらず、康平元年ごろに交戦状態もしくは準交戦状態になっていたならば『奥州合戦記』のような康平五年から書き始める物語は成立していなかったはずだ。このように突き詰めてみると、**鷹飼の上手たる源斉頼の任出羽守は「征夷の為」というより和平的服属儀礼を目的としたものであったことになるし、康平元年の時点ではまだ次なる合戦の気配も立っていなかったと考えられる**(6)のである（そもそも出羽守は陸奥守への協力義務を負っていなかったと考えられる）。

（6）蝦夷の服属儀礼としての饗宴について指摘する論考は多く、とくに今泉隆雄（一九八六）は、饗宴は上位者が下位者に「慰撫や懐柔」のためだけでなく、下位者が上位者に「忠誠の誓約」のために献納することもあったと指摘している。出羽守斉頼のケースは従来型の、蝦夷を「慰撫や懐柔」する目的と考えられるが、主体がどちらであろうと饗宴が和平の重要な手段であったことを窺わせる指摘として、今泉論は興味深い。

以上の推論は、不思議なほど整合的でさえある。これに従えば頼義の鎮守府将軍が陸奥守と同じように一期目、二期目と任期を刻むような性質のものであったという点や、その更新のために半年近くも上洛していたと考えられる点が重要である。このことから、**天喜五年から康平元年にかけてのころ、源頼義が鎮守府将軍の権威を背景にして安倍氏に税の増徴などの圧力を加えようとしていた程度の圧力は想定しえたとしても、交戦状態であったとは考えにくい**

ということになる。それに、鎮守府や鎮守府将軍の性格も軍事的な拠点や役職ではなく、奥六郡経営のための前線的な出張所とその長官にすぎないものであった。『陸奥話記』という物語世界で、鎮守府将軍（あるいは抽象的な「将軍」）は、征夷を帯びた存在として虚構された可能性が高いのである。これまでわれわれが、いかに物語の表現に幻惑されて、史資料を虚心に読めなかったということである。

五　頼義鎮守府将軍職の変質

前節を受けて本節では、歴史的実体としての頼義が、鎮守府将軍に任じられたことの意義を考えたい。

この期間、源頼義が鎮守府将軍に任じられていたとするものが、諸史料の中で六例に及ぶ。量より質だと言うならば、一次資料である『定家朝臣記』『水左記』『頼義奏状』に頼義の「鎮守府将軍」が出る。その意味は重いというべきだろう。当該一二年間のうちのどこかの時点で頼義が「前陸奥守」になったとする史料のほうが、圧倒的に多い（頼義は一期目だけでなく二期目の着任もあったとするのが『百練抄』）。二期目の途中で、頼義の性格は政治的な存在から軍事的なそれへと変質し、その後、頼義のありようが鎮定というより攻撃性の強いものとなっていったことに中央政府が警戒して鎮守府将軍も解任されて前職になっていたという事情が推定される（第一章）。

これは、『陸奥話記』を除外し、史資料の中でも『定家朝臣記』『水左記』を中心に据えて他の史資料をその周辺に置いた場合の推定復元である。当然のことながら、これは『陸奥話記』が語る歴史像と大きく異なる。頼義の資格が「鎮守府将軍」であるのか「陸奥守」であるのかの問題は別として、頼義が康平五年合戦の直前に奥六郡内に入っていたのかどうか、の問題がある。要するに、奥六郡は、安倍氏の独立国のような状態になっていたのか、という問題である。

『陸奥話記』には、三書対照表32〜34の数行分で四年半もの時間が飛んでいるという重大な問題がある。そこに、『今昔』前九年話に存在しない「経清、数百の甲士を率ゐて衣川関を出でて、使ひを諸郡に放ちて、官物を徴し納む」（34）がある。有名な白符・赤符のくだりである。これこそまさに奥六郡の独立国家性を示す表現だろう。貞任も、「益諸郡に横行し、人民を劫略す」（33）と動くが、経清への流れからみて、ここで想定される「諸郡」とは磐井郡・栗原郡など奥六郡より南の地域（〈衣川以南〉）である。こうした、境界を挟んでの攻防戦的様相が、『陸奥話記』の世界で現出している（『陸奥話記』には《境界性明瞭化指向》がある。第十章）。

これに続く部分に営岡《たむろのおか》参陣がある。清原武則が援軍に駆け付けた営岡は栗原郡、すなわち〈衣川以南〉である。この前後の文脈に時間表現はなく、あっという間に〈空白の四年半〉が過ぎているのだが、貞任・経清の南進行動と営岡参陣が連動して、このあと衣川、鳥海、厨川と北進してゆく想念（先入観）と続いてしまえば、安倍氏の独立国家たる奥六郡に外から内へと攻め入るイメージになってしまう。

成立論的に言うと、『奥州合戦記』すなわち『陸奥話記』後半部は、先に成立していた。『陸奥話記』中盤の〈空白の四年半〉は、そこに直接つなげる重要な部分として、後付けされた。そこに、経清の南進行動も後次的に付加されたのである。『今昔』前九年話にそれがないというのが、根拠である。『今昔』前九年話（の原話）（第一次『陸奥話記』）は、前半部・後半部の〈一二年一体化〉を企んだ最初のテクストで、それを受けた『陸奥話記』（第二次）は、後半部の起点が営岡であるのをいいことに、貞任・経清が〈衣川以南〉で横行している表現を増強したのだろう。清原武則の来援を引き立てるために、である（第九章）。

ここからが、本題である。源頼義がこの期間に鎮守府将軍であったということは、まぎれもない事実である。鎮守府胆沢城は、奥六郡の内側たる胆沢郡にある。阿久利川《あくりがわ》事件の冒頭でも、「任終るの年、府務を行はんが為に、鎮守府に入り、数十日経廻するの間」とある（『今昔』前九年話もほぼ同文）。鎮守府将軍たる源頼義が鎮守府胆沢城に入れなかったとは考えられないのである。『陸奥話記』冒頭の、有名な「六郡に横行し、人民を劫略す。子孫尤も滋蔓し、漸く衣川の外に出づ」は後次的に付加された虚構性の強い部分である（第十五章）。中盤の経清の南進行動といい、**後次的に付加された部分に奥六郡を独立王国として形象しようとする指向が窺える**とみて間違いない。

史実としての源頼義が鎮守府将軍であったということは、ある時期までは鎮守府胆沢城に入ることができたということだ。『陸奥話記』は、そのような部分をほとんど消し去っているのである。そこが、〈空白の四年半〉である。第一章で述べたように、頼義は永承六年（一〇五一）に陸奥守に任じられ、二年後の天喜元年（一〇五三）に鎮守府将軍を兼務するに至った。おそらく、安倍氏との摩擦（年貢の増徴に応じないなど）があって、頼義が鎮守府将軍職を望んだのだろう（先述）。そして、天喜の末年か康平の初年に頼義の攻勢が強まり、頼義は、その拠点を陸奥国府多賀城から鎮守府胆沢城に移した。これによって、頼義の資格は、陸奥守よりも鎮守府将軍のほうが色濃くなった（それが『定家朝臣記』『水左記』『扶桑略記』の表現）。さらに次の段階として、**頼義のあまりにも強引な手口が批判を浴びて、鎮守府将軍も解任された。ここに想定した内容が、『陸奥話記』の〈空白の四年半〉である。つまり、情報がなかったために書けなかったのではなく、頼義を正当化するにはきわめて不都合な期間であったために書かなかったのではあるまいか。**『今昔』前九年話も〈空白の四年半〉が存する点については同様である。『今昔』前九年話も頼義を「陸奥守」として正当化する傾向が強いが、その原話（第一次『陸奥話記』）の段階で〈空白の四年半〉がつくられ（鎮守府に入っていた頼義像、強引な頼義像、解任された頼義像が消され）、現存『陸奥話記』（第二次、第三次）でさらにそこに奥六郡が独立王国的であるような表現が付加されたものとみられる。

六　〈空白の四年半〉の現出理由

ここまでに述べてきたことを、本書第二章第四節「天喜元年～三年の状況をどう読むか」（五〇頁）で推定したことをすり合わせておきたい。

第二章では、頼義着任後の永承六年（一〇五一）～七年はほぼ平穏であったが、天喜元年（一〇五三）に頼義が鎮守府将軍に任じられ、翌二年ごろから頼義が安倍氏にたいする締め付けを強化し始め、同三年（阿久利川事件）、同四年（この年の八月三日の合戦で安倍頼時が負傷。高階経重、藤原良綱の相次ぐ陸奥守辞任）、同五年（頼時の死去。頼義が陸奥守に再任）の間は紛争状態にあった（一年目は衝突のみ、二年目は頼時の負傷、三年目は頼時の死去）と推定した。

これに本章第四節で考察した源斉頼の件を勘案すると、時系列的には右とつながる。すなわち、康平元年（一〇五八）四月に鎮守府将軍の重任を勝ち取った源頼義と新たに出羽守に任じられた源斉頼が陸奥国・出羽国にそれぞれ下向した。その段階では逆賊安倍氏を追討する性格の赴任ではなく、むしろ懐柔策を含んだ鎮定を目指したものであった（先述）。結果からみれば康平五年七月に安倍氏追討戦が起こっているので、逆算式に考えて康平三年、四年ごろに源氏と安倍氏の関係悪化が決定的になったということだろう。関係悪化というのは中立的な言い方で、合戦終結時に頼義が鎮守府将軍も陸奥守も前職でしかなかったところからすると、**頼義の側に強引さがあって、朝廷から公職を剥奪されていた（あるいは保留されていた）**と考えるのが適切なのではないだろうか。朝廷が公認した自明の征討戦ならば、源頼義は合戦終結時まで陸奥守や鎮守府将軍の現職であったはずである。康平三年、四年ごろの源氏と安倍氏の正当性をめぐるぶつかりあいは、客観的に見ればおそらく源氏にとって不都合なものであったということだろう。それゆえにこそ、その時期に相当する〈空白の四年半〉は、書こうにも書けなかった、隠蔽するしかなかったということなのだろう。形式的であれ（源氏批判を内に込めていたとしても）安倍氏追討の物語を成すためには、源氏にいくぶんかの公的正当性を与える必要がある。そのような隠微なかたちでの正当性（正確に言い直せば源氏批判）が、『今昔』前九年話・『陸奥話記』に〈空白の四年半〉を現出させたのだと考えられる。

七　おわりに

『奥州合戦記』（『扶桑略記』）にも『今昔』前九年話にも存在しなかった「但し群卿の議同じくせず」（19）「朝議、紛紜せるの間」（39）という語が『陸奥話記』に入れられたのは、それまで数十年間隠蔽されていた歴史の真相を表に出す営為だったのではないか。『水左記』等にみえるように、前九年合戦後に頼義らにたいして恩賞を下されたのは疑いようのない事実である。しかし一方で、その頼義は鎮守府将軍も陸奥守も前職でしかなかったというのも、ほぼ間違いない。このことは、全面的な公認を得て、大手を振って安倍氏追討を果たしたのではないということを、如実に表している。要するに、結果を見て追認したというのが真相らしいのだ（このこと自体は先行研究でも指摘がある）。論者がということは、その途中経過においては多少の理不尽さや強引さがあったのだろうということも推測しうる。論者が推定している『陸奥話記』形成の最終段階は一二世紀初頭だが、前九年合戦から半世紀ほどを経てようやく真相を語れる時代が到来したということなのではないだろうか。

この時期、中央は地方への関心を喪失していた。関心というのは、人の心の動き（〈指向〉）である。これまで歴史学でも文学でも問題にされてこなかったことである。しかし、そこを前提にしないことには、歴史の実相も物語の成り立ちも見えない。先行研究に、かろうじて熊谷公男（一九九二）がある。三八年戦争が終わり、征夷というかたちでの辺境との向き合いかたが挫折し、そこから中央が手を引く中で在地の自立が始まり、その中で争いも頻発するようになった。平安後期の国免荘の出現などは、在地が自立性を持ち始め、中央がそこに関心を持たなくなった好例だろう（不安定な国免荘が安定的な官省符荘や勅免荘への転換を図ろうとしたのは一時的な動きに過ぎない）。前九年合戦は、明らかに〝結果的に追認された公戦〟である。在地へのそのような向き合い方から、オオヤケがいかに無力なものであるかを露呈しているし、また地方に無関心であったかも示しているのである。『陸奥話記』が「但し群卿の議同じくせず」（19）「朝議、紛紜せるの間」（39）を復活させた（朝廷批判のテクストがかつて存在していてそれを復活させたという意味ではなく、隠蔽されていた認識が表に出されたという意味で）のは、一一世紀半ばの優柔不断な朝廷にたいする批判を語れるようになっていたということだろう。言うまでもなくそれは、院政というかたちでの新たな秩序化が始まっていたことと密接な関連がありそうだ。

文献

今泉隆雄（一九八六）「蝦夷の朝貢と饗給」『東北古代史の研究』東京：吉川弘文館

大石直正（一九七八）「中世の黎明」『中世奥羽の世界』東京：東京大学出版会

遠藤　巌（一九九二）「『北の押さえ』の系譜」アジアの中の日本史Ⅱ『外交と戦争』東京：東京大学出版会

熊谷公男（一九九二）「平安初期における征夷の終焉と蝦夷支配の変質」「東北学院大学東北文化研究所紀要」21号

熊谷公男（一九九四）「『受領官』鎮守府将軍の成立」『中世の地域社会と交流』東京：吉川弘文館

斉藤利男（一九九四）「東北の「平泉前史」」『平泉の原像　エミシから奥州藤原氏への道』東京：三一書房

野中哲照（二〇一五ａ）「解説」『後三年記詳注』東京：汲古書院

野中哲照（二〇一五ｂ）「歴史の簒奪――〈清原氏の物語〉から〈源氏の物語〉へ――」『いくさと物語の中世』東京：汲古書院

渕原智幸（二〇〇二）「平安前期東北史研究の再検討――「鎮守府・秋田城体制」説批判――」「史林」85巻3号

前九年合戦の実体解明論

第四章　『今昔』前九年話・『陸奥話記』の高階経重問題

——史料的価値の逆転——

本章の要旨

先行研究で、『陸奥話記』よりも『今昔』前九年話にむしろ実相を伝える側面があるとの指摘がある。『陸奥話記』の史料的価値は『扶桑略記』に裏打ちされた面があるので、『今昔』前九年話に事実性があるとすると、『扶桑略記』までその価値を疑わねばならなくなる。

高階経重の任陸奥守およびその辞退の一件を、『今昔』前九年話では天喜四年（一〇五六）とするが、『扶桑略記』『陸奥話記』では康平五年（一〇六二）とする。六年間もずれている。もともと天喜四年には、藤原良綱の任陸奥守とその辞退がある。高階経重も、同じ年の良綱より早い時期に陸奥守に着任し、すぐに辞任した可能性がある。一年間に二人の陸奥守辞退者が続いたのである。この天喜四年は陸奥守不在の一年間で、頼義が二期目の陸奥守に重任されたのは、天喜五年正月であったと考えられる。

高階経重の推定出生年は九九〇年で、任陸奥守が天喜四年だと六六歳、康平五年だと七二歳となる。経重はこのあと治暦二年（一〇六六）に七六歳で大和守（極官）に任じられているものの、康平五年（七二歳）に遠国であり紛争地域である陸奥国の守に任じられたと考えるのは無理がある。それに天喜四年だと源頼義と安倍頼時との衝突はまだ単発的なものだったので一般官僚である経重が陸奥国に任命されることもありえただろうが、康平五年だと清原氏の援軍を得てまで安倍氏追討を本格化させる年に当たり、そのような不安定な時期に軍事貴族でもない経重が陸奥守に任命されたとは考えられない。こうして周辺から固めてみると、高階経重が陸奥守に任じられてそれを辞退したのは、天喜四年だと考えてまず間違いない。『今昔』前九年話のほうが事実を反映していることになる。『扶桑略記』が経重の任陸奥守と辞退の一件を六年も後ろにずらしたのは、源頼義を正当化するためであった。『扶桑略記』の史料的価値には懐疑的であったほうがよい。

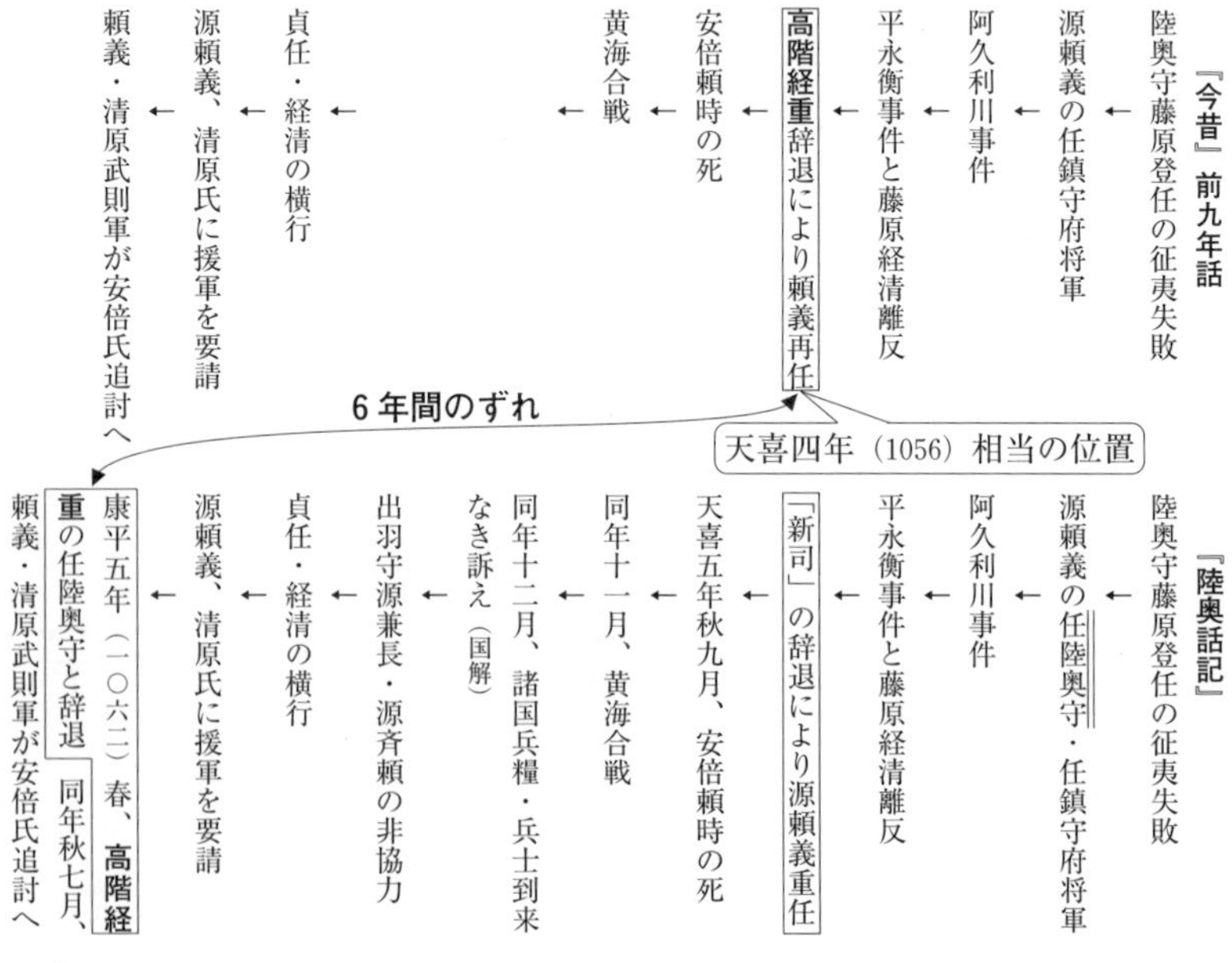

一　問題の所在

研究には、ここぞという要所がある。その謎が解ければ一気に視界が拓けるというポイントである。たとえば、『後三年記』の成立論では「侍り」への着眼がそうであった。『陸奥話記』研究では、高階経重問題がそれに当たる。

　高階経重問題に照準を定めるに至る準備段階があった。高橋崇（一九九一）、伊藤博幸（一九九二）は、笠栄治（一九六六）の文献批判を礎にして従来の『陸奥話記』に依拠した前九年合戦観に疑義を呈し、『今昔』前九年話にむしろ実相を伝える側面があることを指摘した。本章においても、『今昔』前九年話の先行性、『扶桑略記』『陸奥話記』の虚構性・誘導性について指摘する。従来は、編纂史料である『扶桑略記』がまずは信頼され、それとの近似性を示す『陸奥話記』にも若干の虚構性はあるとしても一定の信頼性があるとみられており、相対的に『今昔』前九年話は説話集に収められている言説ゆえに史料的価値の低いものとして軽んじられてきた（『陸奥話記』を翻訳したのが『今昔』前九年話であるとする論調が多かった）。ところが、その史料的価値に逆転が起きそうなのである。

　高階経重問題の解決は、『今昔』前九年話の史料的価値の高さを裏づけるものであり、『陸奥話記』の虚構性をさらに深く解き明かす糸口になるものである。

二　高階経重問題とは何か――当該期の歴代陸奥守とその問題点――

　前九年合戦に関わる時期の陸奥守については、『国司補任』によって、【表6】のように復元することができる。もちろん、『陸奥話記』『扶桑略記』を一級の根拠としての位置から遠ざけて組み立てた場合のことである（「任」は叙任、

【表6　一一世紀前半～中葉の陸奥守】

陸奥守	推定在任期間	推定根拠
藤原済家	一〇〇九～一三	一〇〇九年、一〇一〇年、一〇一二年、一〇一三年に「見」でそれが任期五年の幅に合致。しかも一〇一四年に「前守藤原済家」と見える。
藤原貞仲	一〇一四～一八	一〇一六年、一〇一八年に「見」で、前任との関係から起点を推定し、任期五年とみて終点を推定。
橘　則光	一〇一九～二三	一〇一九年に「見」で、前任との関係から起点を推定。後任との関係から四年間か四年間半で辞したと推定。
平　孝義	一〇二三～二八	一〇二三年、一〇二四年、一〇二五年、一〇二七年、一〇二八年に「見」で、後任との関係から終点を推定。五年間半となるが前任の残任期の調整とみる。
藤原朝元	一〇二九～三二	一〇二九年に「任」、一〇三二年十月に「卒」なので起点と終点は明確。三年間。
藤原兼貞	一〇三二～三六	一〇三四年に「見」で、前任・後任との関係から起点・終点を推定。四年間。
藤原頼宣	一〇三六～四〇	一〇三六年十月は「任」で明確。そこから任期五年とみて終点を推定。前任との間に一人辞退者がいたか。
源　頼清	一〇四一～四五	人名不詳ながらここに五年間の任期を仮に設定。一〇四八年に源頼清が「前守」として「見」えることから、それを当てはめうるところはここしかない。
藤原登任	一〇四六～五〇	頼清に次ぐ時期としての五年間の任期を仮に設定。『陸奥話記』は年月の操作はありえても実在しない人物を登場させるなどの虚構性はないと考えて、「永承の比」の藤原登任の任期をこのように推定。後任との関係から終点は確実。
源　頼義	一〇五一～五五	一〇五一年は「任」で『本朝続文粋』なので起点は確実。任期五年とみて終点を推定。『陸奥話記』は一〇五六年を「任終」とするが不審。この期間中の一〇五三年に「鎮守府将軍」に兼任で、これも『本朝続文粋』なので確実。
藤原良綱	**一〇五六…A**	『陸奥話記』では姓名欠の「新司」、『百練抄』で「藤原良綱」。『扶桑略記』は「藤原良経」としてしかも翌年のこととするが、そうすると前任が六年間となるので、良綱の任陸奥守とその辞退が起きたのは一〇五六年とみたほうが妥当。『百練抄』に従うことになる。ただし源頼義の資格について、一〇五六年の『十三代要略』『百練抄』や一〇五七年の『諸道勘文』『百練抄』は「守」であるが、一〇五六年の『帝王編年記』、一〇五七年の『扶桑略記』や『帝王編年記』に「前守」とある。
源　頼義	一〇五七～六〇?	一〇五七、五八年までは陸奥守であったのだろうが、五九、六〇年のあたりで解官されていた可能性が高い（第一章）。
高階経重	**一〇六二…B**	『扶桑略記』『陸奥話記』に「康平五年の春の月」とある。両書の史料的価値の危うさゆえに、この年次も危うい。
源　頼義	一〇六一?～六二?	ここも不明。『陸奥話記』『扶桑略記』以外に史資料がない。大いに疑問がある（第一章）。

「停」はその任の停止、「見」は在職中であることが史資料に見える（確認できる）の意」。

本章で問題にする箇所は、ゴシック体のAおよびBなのだが、この時期の陸奥国守の流れをおおよそ把握するために、これより前の部分の歴代国守も明らかにした。

次節以降で述べるように、実在の高階経重の任陸奥守はこのAの時期なのかBの時期なのかが不明である。これが、『今昔』前九年話・『陸奥話記』の高階経重問題である。

三　『今昔』前九年話と『陸奥話記』の関係

まず注目しておきたいのが、『今昔』前九年話と『陸奥話記』とで、高階経重の登場位置が大きく異なることである。『今昔』は説話集なので、暦時間の記述（年月日）が原資料に存在していても、それを削除する傾向が強い。そのことをたとえば将門関係話で確認すると、『将門記』では「延長九年を以て」「承平五年十月廿一日を以て」「天慶二年十二月十一日を以て」などと四六か所にもわたって年・月・日のいずれかが明示されているのに、それを翻訳した『今昔』巻二五―第一話「平将門、発謀反被誅語第一」（『今昔』将門話）では冒頭に「朱雀院ノ御時ニ」とあるだけでそれ以降は「初ハ」「其後」「～時ニ」「其後、亦、程ヲ経ズシテ」「～程ニ」「而間」「其時ニ」「而ルニ」「後ニハ」「～間」などという暦時間を排除した時間表現しか出てこない。これは、原資料にあったものを意図的に除いたものと考えてよいだろう。しかしながら、『将門記』と『今昔』将門話とで、記事の順序が異なるところはない。大きな改作は行われていないという点が重要である。これを踏まえて、『陸奥話記』と『今昔』前九年話の、源頼義重任の経緯に関わるところに焦点を当てて比較すると、【表7】のようになる。

『扶桑略記』や『陸奥話記』によれば、高階経重は康平五年（一〇六二）春、陸奥守に任じられ、陸奥国まで下って

【表7　『今昔』前九年話と『陸奥話記』の高階経重任陸奥守のずれ】

『今昔』前九年話

永承の比、陸奥守藤原登任の征夷失敗
← 源頼義、任鎮守府将軍
← 大赦あって安倍頼良、頼時と改名
← 阿久利川事件勃発（「守、任既ニ満タリ」）
← 源頼義による安倍氏追討開始
← 平永衡事件と藤原経清離反
← 頼義の任期終了、**高階経重**辞退により頼義再任
← 安倍頼時の死（国解）
← 黄海合戦にて官軍苦戦
← 貞任・経清ら、ますます横行
← 源頼義、清原氏に援軍を要請
← 頼義・清原武則軍が安倍氏追討へ
← 厨川柵の陥落、安倍氏滅亡

『陸奥話記』

永承の比、陸奥守藤原登任の征夷失敗
← 源頼義、任陸奥守・任鎮守府将軍
← 大赦あって安倍頼良、頼時と改名
← 任期満了の年、阿久利川事件勃発
← 源頼義による安倍氏追討開始
← 平永衡事件と藤原経清離反
← 朝廷「新司」を任命するも辞退し源頼義重任
← 天喜五年秋九月、安倍頼時の死（国解）
← 同年十一月、黄海合戦にて官軍苦戦
← 同年十二月、諸国兵糧・兵士到来なき訴え（国解）
← 出羽守源兼長から源斉頼への交替、斉頼も非協力的
← 貞任・経清ら、ますます横行
← 源頼義、清原氏に援軍を要請
← 康平五年春、**高階経重**に任陸奥守も辞退
同年秋七月、右への裁許が決定しないまま頼義・清原武則軍が安倍氏追討へ
← 同年九月十七日、厨川柵の陥落、安倍氏滅亡

きたものの国人たちが前国守である源頼義に従っていたので、都に戻ったとある（前節のB）。ところが、『今昔』前九年話では、安倍頼時追討や黄海合戦より前の位置（天喜五年（一〇五七）秋よりも前の時期）にそれが置かれている（前節のAに相当）。永承六年（一〇五一）に頼義が陸奥守に任じられたのはまず間違いなく（『頼義奏状』）、それは正月除目によるものだと推定されるので（一六頁、九〇頁）、そこから五年間の任期とみて、天喜三年（一〇五五）の末までが頼義の任期ということになり、高階経重は天喜四年（一〇五六）正月に陸奥守に任じられ辞任したと考えることもできるわけである（次節）。

問題を焦点化すれば、**実際の高階経重の任陸奥守とその辞退は、天喜四年（一〇五六）なのか（A＝『今昔』前九年話）、康平五年（一〇六二）なのか（B＝『扶桑略記』『陸奥話記』）**ということである。『今昔』の「何況ヤ、守任既ニ満タリ。上ラム日近シ」(10)や『頼義奏状』に伊予守について「然る間、四年の任、二稔《年》、空しく過ぐ」とあるように、国守の任期が形骸化していたとは見えない。都合により赴任が遅れたとしても、任期の原則は守られていたのである。

四　高階経重・藤原良綱の連続的辞任

『今昔』前九年話のいうように高階経重の任陸奥守とその辞退を天喜四年（一〇五六）と考えた場合、解決しなければならない問題が出てくる。この年に陸奥守に叙任されたもう一人の人物、藤原良綱との関係である。経重と良綱とは一見すると任陸奥守の時期が重なっているように見えるのだが、史資料を丹念に読み解いてみると、そうではないことが判明する。

『百練抄』天喜四年（一〇五六）十二月二十九日条の記事がある。それによると、はじめは藤原良綱を陸奥守に任命したもののそれを辞退したため、良綱を兵部大輔に移すという形をとって、同日、源頼義を陸奥守に「更任」(重任)するということになっている(第一章)。ここで問題になるのは、十二月二十九日の日付である。通常、受領の除目は正月と八月である。前任者の病気理由の辞任に伴う臨時の除目はいつでもありえたのだろうが、当時の記録類を見ても、春・秋の年二回の除目は守られていたようである。そのことを前提として考えると、十二月二十九日の記事は、翌天喜五年(一〇五七)の正月除目の内定記事なのだろうと察せられる。

一方で、一期目の源頼義の任陸奥守の起点は永承六年(一〇五一)正月であろう。[1] 一般の国守の任期は四年であるが、陸奥守は遠隔地の特例として五年任期であった(『国史大辞典』)。永承六年正月から起算すると、頼義を重任させるかどうかは天喜三年(一〇五五)の暮れに議論されていなければならない。藤原良綱の名が出てくるよりも一年前のことである。その時期に、次期陸奥守として高階経重の名が出ていたと考えることもできるわけである。この想定は、『今昔』の位置とも齟齬しない。

(1)　三宅長兵衛(一九五九)は、同年二月十三日の女御藤原寛子の立后に関わる大赦が行われたものと推測し、それによって安倍頼良→頼時の改名が行われたとすれば、源頼義の任陸奥守は正月中のことであろうと絞り込んでいる。

こうなってくると、天喜四年(一〇五六)八月三日条の『帝王編年記』の源頼義に「前守」とあることは看過できない。ここが『十三代要略』では「陸奥守」となっているのだが、それにしてもなぜ『帝王編年記』に「前守」などという表現が出ているのか、そこを問題にしなくてはならない。翌天喜五年(一〇五七)八月十日条にまで『扶桑略記』『帝王編年記』にも「前守」と出てくるのは史料的な問題があるのかもしれないが(頼義はその正月に陸奥守に「更任」されているゆえ。『百練抄』)、頼義の陸奥守の二期目(重任)は、自明のことではなかったのではあるまいか。頼義がブランクもなく連続して一期目から二期目へと重任されていたなら、この時期の頼義に「前守」などという表現が三例も残されるはずがない。また、頼義の一期目の任期が臨時的に延長されて六年になるような状況があったとしても、同時代史料にかすかながらでも「前守」の表現の出ることが説明できないことになる。文献学的に考えても、「前守」とあった史料から「前」が取れて「守」になる過程は想定しえたとしても、「守」に何の理由もなく「前」が付されて「前守」になることは考えにくい。

このように考えると、高階経重も藤原良綱も、本来は、源頼義の一期目と二期目のはざまに陸奥守の後任として指名された人物だったと考えられる。厳密に想定すると、天喜三年（一〇五五）の暮れに頼義の一期目の任期が終了し、後任の高階経重が翌四年の正月除目で叙任されたものの、何らかの不都合によって辞任したということである（その不都合とは、源頼義と安倍頼時の合戦である。第二章）。経重の辞任によって後任選びは難渋し、約一年間は陸奥守の空白期間が生じてしまった。そこで、『百練抄』天喜四年（一〇五六）十二月二十九日条にあるように藤原良綱を陸奥守に任命したもののそれも辞退されたため、良綱を兵部大輔に遷任し、結局、陸奥守は源頼義を「更任」することになってしまった。**一年間に、高階経重、藤原良綱の二名の辞退者が出たという推定**である。異常事態である。

頼義の陸奥守任期最終年である天喜三年（一〇五五）に――『陸奥話記』の語る阿久利川事件そのものではないにしても――なんらかの軍事的衝突が起こったと考えられる（五二頁）。『後三年記』〈26冬の再来〉の「妻子ども皆、国府にあり」からすると、妻子を帯同しての任国下向がまだ一般的であったようにみえる（『土佐日記』『更級日記』などにあり）。遠隔地であり、かつ治安悪化の情報が中央にもたらされていたとすれば、軍事貴族でもない高階経重や藤原良綱が家族を連れての陸奥下向に尻込みするのも当然だろう。

さて、藤原良綱については『百練抄』という史料的裏づけが存在するのだが、高階経重については、前任の陸奥守（一期目の頼義）の任期が天喜三年（一〇五五）末に終了しているはずであることと、『今昔』前九年話の経重辞任の位置を合わせて得られた推定である。高階経重がその時期に陸奥守に任じられるにふさわしい状況であったのかどうか、裏づけが必要になってくる。

五　高階経重の経歴・出生年の推定復元

1　高階経重の経歴

前節までの推論を裏づけるためには、高階経重の経歴や年齢を復元する必要がある。高階経重は、『陸奥話記』に出てくる以外に、史資料にほとんど登場しない。『尊卑分脈』によれば、高階明順の子で、「大和守従四（位）下」「新古今作者」とある。「大和守」以外に、歴任官職の記載はない。兄に「筑前守正五位下」の成順がいる。「正五位下」の兄よりも「従四位下」の経重のほうが出世したかのように見えるが、兄には法名「乗蓮」の記載もあることから早世（あるいは病弱のための出家）したために極位が低いのだろう。父明順は「正四位下」、伯父助順も「正四位下」、同じく伯父信順は「従四位上」なので、順当に行けば四位にまで昇りうる家柄だったようだ。『国司補任』によっても、『扶桑略記』や『陸奥話記』に記載の「陸奥守」（康平五年）、『尊卑分脈』に記載の「大和守」（時期不明、後述）の記載があるのみである。これ以外に、若いころ「陸奥の介」として赴任したことが『新古今和歌集』によって知られる（後述）。天喜四年（一〇五六）の任陸奥守は、その経験を買われてのことであったろうと察せられる。ほかに、経忠という子を他家に養子に出した時に遠江守であったこともわかっている（後述）。このように経重は、陸奥介、遠江守、陸奥守（辞退）、大和守を歴任したというところまでは判明する。

2　高階経重の推定出生年

高階経重の経歴はほとんど不明ながら、その年齢はある程度推定することができる。経重の祖父成忠は、『尊卑分脈』によれば長徳四年（九九八）に七三歳（異本では七二歳）で没しているので、その生年は延長三年（九二五）となる。世代間隔を二五〜三五年とすれば経重の父明順は、九五〇〜九六〇年ごろの生まれとなる。さらにそこから二五〜三五年の間隔をとると、**経重の生年は九七五〜九九五年ごろとなる。その真ん中を採ると、九八五年前後の生まれと推定することになる**（結果的にこれは世代間隔を三〇年で計算したことになる）。成忠の次男が明順、明順の次男が経重であることを勘案すると、**若干時代を下げて九九〇年前後のほうが蓋然性は高くなる。**

（2）　かりに世代間隔をより短く二〇〜三〇年で計算すると、高階経重の息女が結婚して六歳で藤原行実を出産するという不都合なところが出てくる。よって、世代間隔を二五〜三五年とした。世代間隔は時代によっても家柄によっても傾向が異なってくるので一律に考えることが難しいものの、この時期のこの階層の人々は、おおむね三〇歳前後を平均的な世代間隔と考えてよさそうだ。たとえば、次項の藤原範永の先祖は生没年がよくわかっているのだが、清経（八四五〜九一五年）と元名（八八三〜九六四年）父子の間隔は三八年、その元名と文範（九〇九〜九九〇年）父子の間隔は二六年である。平均すると、三二年となる。長子、次子が女子であれば系図に残りにくいだろうし、実際には生まれた子がいたとしても夭折することもあるだろう。三〇年前後を、この時代のこの階層の世代間隔の平均と考えてよいようだ。

経重が若いころ「陸奥の介」として任地に赴く際、「範永朝臣」と和歌の贈答をしている（『新古今和歌集』巻九「離別歌」八六七番・八六八番）。経重が都に残る範永に、

行く末に阿武隈川のなかりせばいかにかせましけふの別れを

などと再会を期待する趣旨の歌を贈ると、範永は、

君に又阿武隈川をまつべきに残りすくなきわれぞかなしき

と心を共にしていることを伝えて慰めた。同世代の友人であろう。寿命が「残り少なき」の表現から範永の年齢が上ではないかと疑えそうだが、同志的な心の通わせ方からみて、ほぼ同世代と言ってよい範囲内だと考えられる（後述の範永の推定年齢からも）。新日本古典文学大系の脚注も、「地方官の任期は四年なのだが……」と範永の反応が大げさ

であると指摘している。超現実的で観念的な表現指向に支えられた歌（幽玄につながる）であるからこそ、この贈答が『新古今和歌集』に採られたのだろう。この表現を真に受けて、二人の年齢を老境だと考えてはならないということである。[3]それに、経重の職歴から考えても、「陸奥の介」であったのは三十代以前であると考えて間違いない。

（3）範永については千葉義孝（一九七〇）に詳細な考証がある。次項で取り上げるように、その出生年の想定などに異論はない。しかし右の歌について、信頼性の危うい『扶桑略記』やそれに依拠したらしき勘物を根拠にして康平五年（一〇六二）のことと定めたのは残念である。「陸奥の介」という表現を無視して、陸奥守として解釈してしまったところにも問題がある。この歌の贈答は、気心の知れた友人同士の遊び感覚の所産だろう。切迫感のない離別の歌である。

3　藤原範永の推定出生年との整合性

藤原範永の年齢もおおよそ推定できる。範永の曾祖父文範は『公卿補任』によれば長徳二年（九九六）に八八歳で没しているので、その生年は延喜九年（九〇九）となる。そこから世代間隔を二五～三五年とすると文範の子為雅は九三四～九四四年ごろ生まれ、さらに為雅の子中清は九五九～九七九年ごろ生まれ、そして範永は九八四～一〇〇四年ごろの生まれとなる。その真ん中を採ると、範永は九九四年前後の生まれと推定することになる（これも世代間隔を三〇年で計算したことになる）。このような粗い推定と違って、千葉義孝（一九七〇）は範永の系譜をきわめて詳細に復元して、その結論として範永の生年を正暦四年（九九三）ごろと推定している。世代間隔を用いた推定と、結果的に一年しか違わないことになる。先に経重を九九〇年前後の生まれと推定したが、二人はほとんど同年齢なのかもしれない。

また、範永の母は山井三位《やまのいのさんみ》の号で知られた藤原永頼の娘であることが知られている。永頼の生年は延喜二十二年（九二二）で、千葉はこの女性の出生年を応和二年（九六二）ごろと推定している。範永の出生年を正暦四年（九九三）

ごろとする千葉の推定に従えば、この女性が二九歳の時に範永を産んだことになるが、そこにも矛盾や不整合は認められない。間接的にではあるが、この**永頼女―（親子関係）―範永―（友人関係）―高階経重の構図は整合的である**といえる。

4　藤原行実およびその母の推定出生年との整合性

ほかに、藤原行実の存在から経重の年齢に迫る方法もある。『中右記』承徳二年（一〇九八）八月二十七日条や『本朝世紀』康和五年（一一〇三）八月十四日条などによれば、行実は永保四年（一〇八四）に白河帝の蔵人となり、翌年右衛門権少尉に任ぜられ、寛治二年（一〇八八）、従五位下淡路守に進んでいる。応徳二年（一〇八七）に白河院の院判官代、寛治四年（一〇九〇）に従五位上、ついで正五位下と上り、寛治五年（一〇九一）、甲斐守に任じられている。寛治八年（一〇九四）に従四位下、嘉保三年（一〇九六）に従四位上、康和二年（一一〇〇）に正四位下に進んだ。康和五年（一一〇三）の正月除目で、尊勝寺の造宮費寄進の功により武蔵守に任じられたが、その半年後の八月十三日に死去している。

『本朝世紀』同日条の「母従四位上大和守高階経重朝臣女」や『尊卑分脈』の行実の傍注に「母大和守高階経重女」とある点が推計の起点となる。行実の母方の祖父が、経重ということである。一般に、判明している人物の生没年をもとにして不明の人物の生没年を推定する方法は古くから行われていたものであるが、そこに子を儲けた女性が入ると出産適齢期の問題が絡むので、より有効に推定年齢や推定生没年を絞ることができる。

行実の年齢はわからないものの、その祖父邦恒は治暦三年（一〇六七）に八二歳で卒しているので（『尊卑分脈』）、寛和二年（九八六）生まれであることがわかる。するとその子・行房は一〇一一～二一年ごろの生まれと推定することになり、さらにその下の行実は一〇三六～五六年ごろの生まれと推定することになる。行実が武蔵守に任じられ、半年後に急逝した康和五年（一一〇三）には四八〜六八歳あたりということになる。無理のない推定だろう。

かりに、行実を生んだ「高階経重女」を夫行房より五歳下と措定すると一〇一六〜二六年ごろの生まれとなる。その下限である一〇二六年生まれとして、その女性が一〇三六年（行実の推定出生年の上限）、すなわち数え年一一歳で出産することは考えにくい。ということは、経重の息女の推定生年の幅はもう少し上げて、一〇一一〜二一年の生まれと考えたほうがよい。すると一五〜三五歳で行実を産んだことになり、無理のない推定となる（経重息女の生年下限は一〇二一年で、行実の生年上限は一〇三六年なので一五歳での出産を想定する部分が含まれているが、息女の生年が下れば行実の生年も下るという連動性の推定である）。経重息女の年齢についてのこのような微調整により、結果的に彼女は夫行房とほぼ同年齢ということになる。

ここまでは、邦恒―行房―行実の系譜から（つまり経重の生年をここに関わらせないで）、**経重息女の生年を一〇一一〜二一年と推定した。この女性は、九九〇年ごろ生まれの経重にとって、二一〜三一歳ごろの子ということになり、この両者の推定が結果的に矛盾なく符合する**という点が重要である。

5　藤原経忠の養子問題との整合性

経重には、もう一人、子がいる。経忠である。『尊卑分脈』の藤原経忠に「実は遠江守高階経重三男。経任卿、初日より子と成し、姓を改む」とあるように、生まれてすぐ藤原経任の養子になったようだ。経任は治暦二年（一〇六六）に六七歳で没していることから（『公卿補任』）、長保二年（一〇〇〇）の生まれであることがわかる。『尊卑分脈』でも養子経忠以外に子は見えないことから、経任が壮年を過ぎてから子のないことを憂いて、経忠が生まれたらすぐ養子にする約束を高階経重から取り付けていたのだろう。この一件が一〇三〇年ごろだと早すぎる。経任自身がまだ三〇歳ほどなので、自らの子を儲ける可能性は諦めていなかっただろう。逆に、余生少なくなって一〇六〇年ごろとも考えにくい。成長しきった子を引き取ったのではなく、生まれてすぐの子を引き取っているのであるから、その子の成長をある程度見届けるつもりで受け入れたのだろう。また、経重の生年を九九〇年ごろと推定したので、養子の一件が一〇五〇年代に入ってしまうと、経重は六〇歳代で子を儲けたことになり、それも考えにくい。**いちばん整合性の取れそうなのは、一〇三五年ごろである。**経任は三五歳になって自らの子が生まれることを諦めかけていた時期に当たり、経重は四五歳前後でまだ子を儲けることができそうな時期だからである（経重の生年を九九〇年前後と推定したが、たとえばそれを九九五年だとすると四〇歳で経忠を儲けたことになり、蓋然性はもっと高まる）。常識的に考えて、自らの初めての子を養子に出すことは考えにくい。何人もの子に恵まれて、一家の存続が安定的になってきて、末子を養子に出す環境が整うのである。ゆえに、「三男」である経忠が養子に出されたのだろう。このことはまた、経忠以降に子がどんどん生まれたのではないだろうということも想像させる（十人ほどの子供の真ん中あたりなのではなく、末子あたりなのだろうと）。高階経重にとって、最後のほうの子供が経忠であったのだろう。先に検討した経重の娘（武蔵守行実の母）の生年が一〇二一～三一年であることから、この女性が高階経重の長子であって経忠が末子だと仮定すると一〇二一～三五年前後の約五～一五年間が、経重が子を儲けた期間の候補となる。これも、無理のない推定だろう。

6　高階経重の推定出生年からみた任陸奥守の時期

以上のように、経重自身の系譜から、友人範永の系譜から、孫行実の系譜から、子経忠の養子化の時期からとそれぞれに推定してみても、結論は、ずれない。**周囲とのさまざまな角度からの整合性で固めた結論として、高階経重の生年は、九九〇年前後（幅を見て九八五～九九五年）と考えてよいだろう。**

ここからが問題である。**九九〇年ごろ生まれの高階経重が陸奥守に任じられる年齢として、康平五年（一〇六二）**

春だと七二歳（若くみて六七歳）**の高齢になってしまう。**いくら陸奥介の経験があるからといっても、遠隔地である陸奥国に六七〜七七歳の経重を送り出すことを想定するのは、無理があるのではないだろうか。後述のように大和守ならば七十代でも務められようが、陸奥守はそうはいくまい。これが、天喜四年（一〇五六）春だと経重は六六歳前後となり、違和感はいくぶん軽減される（それでも高齢だが）。叙任する側はその年齢でも良しと考えて任命したものの、それを受け止めた側の経重はその負担に耐え切れず辞任することにしたという想定である。

経重の任陸奥守は、その時期が上がるほど可能性は高くなり、下がるほど低くなる。この点が重要である。

六　高階経重の任大和守との関係

高階経重の極位極官は、従四位下大和守である。『本朝世紀』康和五年（一一〇三）八月十四日条の行実死去の記事（先述）に「母従四位上大和守高階経重朝臣」とあったり、『尊卑分脈』の経重の傍注に「大和守従四下」とあったりする。ということは、彼が陸奥守に任じられてそれを辞任した一件は、彼の任大和守より前のことと位置づけられることになる。経重が大和守であった時期は、いつごろのことだろうか。

『国司補任』によれば、一一世紀の大和守はその多くが判明している。一〇二〇年代以降の大和守を列挙すると、**【表8】**のようになる（依拠史料は『小右記』『左経記』『範国記』など。任期の推定にあたっては、病気等による途中交替もありうるが四年任期の原則があることと、正月か八月に定例の除目が行われていることを勘案した）。

【表8】の不明期間**A〜D**の四か所のどこかに、高階経重の大和守在任が入ることになる。任じられた時の推定年齢を当てはめると、**A**は四三歳前後、**B**は五二歳前後、**C**は六五歳前後、**D**は七六歳前後となる。権門の家柄でもない受領クラスの役人が生涯をかけて這いあがった極官が大和守なのであるから、四三歳の**A**は若すぎるだろう。それより前の時期（二十代）に遠江守や陸奥守（たとえ辞退したにしても）の期間が入るとは考えにくいからだ。

陸奥国は遠国で大国、大和国は畿内で大国である。同じ大国だが、たとえば畿内で上国の摂津国、近国で大国の近

【表8　一一世紀前半～中葉の大和守】

大和守	推定在任期間	推定根拠
源　政職	一〇二一～二四	一〇二一年と一〇二四年に「見」。四年任期によって推定。
藤原保昌	一〇二五～二八	一〇二五年の「任」と一〇二八年の「見」から推定。
源　頼親	一〇二九～三二	一〇二九年、一〇三一年、一〇三二年十一月まで「見」。前任の保昌が最終年十月でも「見」なので頼親の任は翌年の正月除目とみる。
不明期間A	一〇三三～三五	前後からの推定。
藤原義忠	一〇三六～四一	一〇三六年の「任」は明示。一〇四一年二月まで「見」で十月か十一月に死去。二期目の任期途中であったか。
不明期間B	一〇四二～四五	前後からの推定。史料的根拠はない。
源　頼親	一〇四六～五〇	一〇四六年、一〇四七年、一〇四八年、一〇四九年に「見」、一〇五〇年正月に流罪。
藤原　某	一〇五〇～五四	名欠で「藤原」が一〇五〇年、一〇五四年十一月二十三日まで「見」。「藤原」であって少なくとも高階が排除される点が重要。
不明期間C	一〇五五～五八	前任の藤原某が一〇五四年十一月まで「見」であるからその後任は翌年の正月除目。
藤原範国	一〇五九～六二	一〇五九年三月に名欠の「藤原」が「見」、一〇六〇年十一月まで範国の名で「見」、任期四年とみて前後の関係から推定。
藤原成資	一〇六三～六五	一〇六六年正月に「前守」として「見」ゆえ、一〇六五年の末まで。三年間だが中途の辞任か。
不明期間D	一〇六六～七一	ここに六年間あるので、二人分の不明期間か。あるいは一人が重任し、二期目の任期途中での辞任か。
源　兼行	一〇七二～七四	一〇七二年七月の「任」。定例の除目より早い時期なので前任者が途中で辞任か。不明期間が五年間あり、Dの期間に二人の国守がいたか。

江国・伊勢国、近国で上国の紀伊国などと比べると陸奥守は見劣りがし、彼の経歴の中での任陸奥守と任大和守とでは雲泥の差があるといえる。『源氏物語』の浮舟の義父は、陸奥守の後に常陸介になっている。形式上の職位よりも少しでも都に近いほうが好まれたことを示している（常陸国は親王任国ゆえもともと国の格が高いということもあるが）。壮年期に早世（あるいは出家）したらしき兄成順が正五位下で筑前守（遠国で上国）どまりであったことを想起すると、弟経重が五二歳で大和守に任じられたと推定することになり、これも若すぎる。

このように突き詰めると、経重が従四位下大和守に叙任された時期は、CかDの可能性が高い。Dはやや高齢だが、周辺の事例を見ると、七十代での受領叙任も珍しいことではない。Cの前後の大和守は「任」や「停」の記録がなく、いずれも「見」ばかりである。ゆえに多少の誤差が生じるわけだが（病気に伴う前任者の辞任など）、経重が天喜四年（一〇五六）春に陸奥守を辞退してその代わりに大和守に任命されたとすると、Cの時期はちょうどそこに当てはまることになる。Dは前守の藤原成資の辞任（一〇六六）と後任の源兼行の着任（一〇七二）がほぼ確実である。

ここで、興味深い資料がある。任じられた官職をいったん辞退すると、四年間は次の官職に任命されないというルールがあった。そのようなルールを設けていないと、望む職でないことを理由に簡単に辞退する、選り好みの風潮が広まるからだろう（『義家奏状』冒頭ではこのルールが徹底されていないと嘆いているが）。これは『江家次第』巻四「除目」やそれを引用した『魚魯愚抄』巻四に出てくるもので、次のようにある（原漢文。括弧内は二行割書）。

陸奥国（公文を済ませずして国司拝任の例有り）
　経重　　基家（人を選ぶに依つてなり。）
国司を辞退せし者、四年間は任ぜず。一任を過ぎて後、任ぜらる。
　巡年を辞して受領の人の、追つて任ぜらるる例（正度、知房）

経重が陸奥守を辞退した時、基家（若年とみられ、この時は陸奥介の辞退か）も一緒に辞退したのだろう。基家は藤原道綱の孫で、『尊卑分脈』に「陸奥守」「寛治七年（一〇九三）七月七日、任国に於て卒す」とあるので、ここでの陸奥介（推定）辞退から二〇年ほど後に陸奥守に任じられたらしい。(4)

（4）　右の記事からすると、高階経重・基家は陸奥国に下っておらず、在京のまま即辞退したようにもみえる。国司の交替にあたっては前任者と後任者との間で交替の手続きをなすべきことが厳格に定められていたし、陸奥国ほどの遠隔地であっても妻子を伴っての赴任が一般的であったらしい（九一頁）ので、当時の任国下向のイメージは、経重が単身で行って現地の人に受け入れられなかったから上洛したとするような簡単なものではなかったはずだ。すると、『扶桑略記』36「経重、進発し下向す。人民、皆前の司の指揮に随ふ。経重、帰洛す」、『陸奥話記』36「鞭を揚げて進発す。境に入り任に着くの後、何も無くして帰洛す。是国内の人民、皆前の司の指撝に随ふが故なり」は虚構か。虚構の目的は、頼義に陸奥国人からの人望があったことを演出するためだろう。高階経重が陸奥国下向を敬遠したのとは、ずいぶんニュアンスが異なることになる。親源氏的指向をもつ『扶桑略記』が頼義による安倍氏追討を正当化しようとしたための虚構で、『陸奥話記』はそれを引き継ぎつつ「鞭を揚げて進発す。境に入り任に着くの後」という具体的表現を入れたのだろう。

さて、この記事からすると、高階経重の陸奥守辞退から大和守叙任まで四年間以上は開けなければならないということになる。Cの一〇五五年に大和守に任じられたとすると、経重が陸奥守を辞退したのが一〇五一年以前となってしまう。これだと、いま問題にしている『今昔』前九年話の位置〔天喜四年（一〇五六）〕とも、『扶桑略記』『陸奥話記』のそれ〔康平五年（一〇六二）〕とも異なってしまう。よってCは採れない。

残るは、Dである。**経重が大和守に任じられたのは一〇六六年だと断定してよい**だろう。そのためには、経重の陸奥守辞退が一〇六二年以前でなければならなくなる。ということは、この段階まで来ても、経重の陸奥守辞退が天喜四年（一〇五六）春か康平五年（一〇六二）春かは決着しないことになる。後者だとぎりぎりの四年間明けになり、前者だと四年間干された後にもう一つの官職を間に挟んだか、あるいは六年間干されたことになる。

七　実体的状況との整合性

ここまでに、懸案事項についてはまだ決着がついていない。しかし、経重の年齢や経歴がずいぶん明瞭になってきた。経重の陸奥守辞退が天喜四年（一〇五六）春か康平五年（一〇六二）春かの問題は、最終的には実体的周辺状況との整合性に拠らざるをえない。

陸奥守に任命するということは、経重のような非軍事貴族が任じられても不自然ではない程度の陸奥国内の状況である必要もあるし、一方でまた、四年間以上干されることを覚悟してでも経重が陸奥守を辞任しなければならないほどの状況である必要もある。紛争は頻発していたものの、合戦勃発の緊迫感まではなかったからこそ、経重のような人物が陸奥守に任じられたと考える必要がある。そこで、第二章の復元が役立ってくる。

天喜四年春だと、源頼義と安倍頼時との摩擦が激しくなっていたころである。その年の八月三日に頼時が合戦で負傷するので、その年の春ごろは摩擦や衝突が始まっていたものと推測される（四九頁【表3】）。ただし、それにしても負傷した安倍頼時が鳥海柵に戻っているところからすると、官軍は追撃戦や殲滅戦を行っておらず、単発の衝突に留まっていたのではないかと推測される。安倍氏の滅亡を企図したいくさではなく、服従を迫る圧力としての武力行使であったと考えられる。その程度の状況ならば、軍事貴族の家柄でもない一般官僚である経重が陸奥国に任命されることもありえただろう（六九頁【表5】）。

しかし、**康平五年春だと、その年の七月に清原氏の援軍を得てまで安倍氏追討を本格化させる半年前に当たり、そのような不安定な時期に高齢の一般官僚である経重が陸奥守に任命されるのかという疑問を、どうしても払拭することができない。**

もう一つの根拠は、『陸奥話記』内部の表現の不自然さである。三書対照表の17で、『今昔』前九年話では「而ル間、頼義一任畢ヌレバ、新司高階経重ヲ被補ルト云ヘドモ、合戦ノ由ヲ聞テ、辞退シテ不下ラ《くだらず》」とあるのだが、『陸奥話記』だと「今年、朝廷、新司を補すと雖も、合戦の告を聞き、辞退して任に赴かず」となっている。**経重の名が消されているように見える**のである。『陸奥話記』を翻訳する際に『今昔』が「高階経重」の名を入れるとは考えにくく、逆に、『陸奥話記』が『今昔』前九年話（の原話）かそれに近い資料を元にして経重の任陸奥守とその辞退を康平元年に移動させたためにここに「新司」としか書けなかったと考えたほうが合理的である。経重の任陸奥守とその辞退を康平元年に移したのは『扶桑略記』が先なので、『陸奥話記』は『扶桑略記』の発想に依拠しつつ、『今昔』前九年話（の原話）の17のような先行資料の表現を操作したと考えられるのである。

以上のことから、**高階経重が陸奥守に任じられてそれを辞退したのは、天喜四年**（一〇五六）**であると考えてまず間違いない**だろう。何よりも、**康平五年とすることには虚構化の意図を説明しうる**（一〇五頁）**のだが、天喜四年だとそれができない**。このことも補強材料である（このように指向を根拠とする論証方法については五二八頁）。

八　高階経重の任遠江守との関係

前節までで本章の目的は達したのだが、高階経重にはもう一つの経歴があるので、それが彼の生涯のどこに相当するのかを推定しておきたい。高階経重自身の経歴では陸奥守・大和守に任じられたことしかわかっていないのだが、『尊卑分脈』「藤原経忠」の傍注「実ハ遠江守高階経重三男」によれば、遠江守であった時期も存在する（先述）。しかも、大和守が経重の極官であることは動かないだろうから、それ以前に陸奥守や遠江守であった時期があったということになる。陸奥国は遠国で大国だが（前節）、遠江国は中国の上国である。距離では遠江国、格では陸奥国のほ

【表9　一一世紀前半の遠江守】

遠江守	推定在任期間	推　定　根　拠
藤原兼成	一〇一九～二二	一〇一九年は正月除目で「任」、そこから任期四年とみて終点を推定。
源　安道	一〇二三～二六	一〇二三年七月に「見」、前任との関係から起点を推定。そこから任期四年とみて終点を推定。
藤原永信	一〇二七～三〇?	一〇二九年に「見」、前任との関係から起点を推定。そこから任期四年とみて終点を推定。ただし病気による早めの交替などがありうるので、このあたり誤差が生じる。一〇二九年前後が永信であったことだけは間違いない。
不明期間E	一〇三一～三四?	ここまで前から順に推定してきたが、次の菅原明任の「任」が一〇四〇年ではっきりしているので、ここまでの不明期間はおそらく二人ではなく三人の遠江守が入っていたものと考えられる。
不明期間F	一〇三五?～三八?	
菅原明任	一〇四〇～四三	一〇四〇年は正月除目の「任」、そこから任期四年とみて終点を推定。
不明期間G	一〇四四～四七	
不明期間H	一〇四八～五一	
不明期間I	一〇五二～五五	
不明期間J	一〇五六～五九	
橘　資成	一〇六〇～六三	一〇六〇年七月に「見」。起点も終点もあいまいだが、この前後に資成が遠江守であったことだけは確実。

うが上ということになり、一長一短あって、どちらに任じられたのが先かはこれだけでは決めがたい。

ここで注意を要するのは、『尊卑分脈』の傍注「実ハ遠江守高階経重三男」という書き方である。通常は極官極位を記すはずなのに（ゆえに一方では経重には「大和守」と記す）、ここでは遠江守と記している点である。これは、経忠が経任の養子に入った時点での実父経重の官職を記したものと考えてよいだろう。九七頁で経忠の生年を一〇三五年前後と推定したが、その時期に経重は遠江守であったということになる。推定年齢四五歳前後で、下積み期間（たとえば陸奥介など）が終わって受領として駆け出したころではないかと考えられる。それより前に陸奥守（任期五年の大役）に任じられた（辞退したとはいえ）とは考えにくいので、**経重の経歴はおそらく〈陸奥介……→……遠江守……→……陸奥守……→……大和守〉であったろうと推測することができる。**

『国司補任』によれば、歴代の遠江守は、【表9】のように推定復元することができる。

このように、G・H・I・Jのようにまとまった不明期間が存在することは残念だが、幸いここではそのことが支障をきたさない。高階経重が遠江守であった時期は、彼が子を儲けられる時期でなければならないからである。そう考えると、EとFがその候補となる。前後の藤原永信期や菅原明任期と重なっていないのを確認できたことが、収穫である。経重が経忠を儲けたのを一〇三五年前後と推定したが、それがちょうどEとFの真ん中に収まっているということである（経任のほうが地位が高いので、その口利きによって経重の任遠江守が実現したのだとすれば、養子の約束もその見返り的な意味をもつものとなろうか）。

高階経重の任遠江守との関係からみても、彼の生年の推定や任陸奥守との関係で矛盾を生じるところがないということである。

九　虚構化の理由

高階経重の任陸奥守の時期については、『今昔』前九年話のほうが事実を反映したものであろうということが明らかになった。同時に、『扶桑略記』『陸奥話記』が、高階経重の任陸奥守およびその辞退の一件を天喜四年（一〇五六）春から康平五年（一〇六二）春へと六年も後ろにずらしたことが判明した。物語全体の視界からすると、実際には同時期に辞退者が二人連続していたのを物語内で二か所に引き離した操作であるともいえる。

その操作自体は『陸奥話記』が行ったというより『扶桑略記』が先なので、『扶桑略記』の問題として考える必要がある。『陸奥話記』は『扶桑略記』の発想を踏襲したのである（一〇三頁）。『扶桑略記』は暦年に沿った記事の羅列であるかのように見えるが、そこにある種の文脈が潜んでいることに気づく。ひと言でいえば、それは**源頼義を正当化する条々が織り込まれている**のである。「但し余党は未だ服せず。仍て、重ねて国解を進らせ……」(18)は安倍頼時誅伐から一か月も経っていない時期の国解の一節なのだが、〈頼時追討〉から〈貞任追討〉へと連続する正当性を示している。これが事実とは考えにくいのである（七〇頁）。29・31の出羽守二代の非協力も、事実ではない。兼長は任期満了での交替であったし、斉頼は征夷の任務を負っていなかったと考えられる（第五章）。この非協力によって、頼義が出羽の清原氏に援軍を求めたことが正当化される。黄海合戦譚は『今昔』のような源氏揶揄の逸話を含まない、純粋に源氏主従や義家を称賛するもので占められている（二一二頁）。しかも、『扶桑略記』の中でも怪しげな、月のみあって日付のない「十一月」(19)、「十二月」(29)はここに集中して出てくるのである（六八頁の【表4】）。ということは、17～33に出てくる黄海合戦譚や複数の国解は、のちに引用する『奥州合戦記』のお膳立てとしての位置にあたり、〈頼時追討〉から〈貞任追討〉への連続性を正当化したり（〈一二年一体化〉）、源頼義が清原氏に援軍を要請したことをやむをえないことであったと説明したりするものであったということがわかる。『陸奥話記』には親源氏・反源氏双方の文脈が混在しているのでわかりにくくなっているのだが（第十二章）、**『扶桑略記』の文脈だけをみると親源氏的な立場に立って編纂されていることが明白**なのである。国解の捏造までしているらしいことから、『扶桑略記』はもはや物語とさえ言ってよい側面をもっていると言える（ただし史料的価値を全否定するものではない）。

そうなると、『扶桑略記』の文脈において高階経重の任陸奥守を天喜四年（一〇五六）春から康平五年（一〇六二）春へと移動させたことの意味が判明する。一度目の重任記事（天喜五年十二月二十五日条。正しくは前年。六八頁【表4】の注②参照）と二度目のそれ（康平五年春）とを二度とも挟もうとしたことになる（ただし、『扶桑略記』の一度目は八月十日条「前陸奥守」を九月二日条「鎮守府将軍」とスライドさせて、官符下給によって公認を与えるもの。『陸奥話記』のほうが二度とも陸奥守として重任されたとする認識。三九三頁）。**頼義の資格を陸奥守ないしは準陸奥守として正当化しようとしているということだ。**そして、「人民、皆前の司の指揮に随ふ。経重、帰洛す」(36)の添えかたからしてみても、源頼義が陸奥守に重任されたとは言えないまでも、**陸奥滞在はやむをえない状況であったのだと擁護するため、すなわち陸奥守に準じる立場で安倍氏を追討したのだとする、頼義の正当化を図るための操作であった**ということがわかる。頼義のやむをえなさを代弁しているという点において、高階経重の任陸奥守とその辞退は、出羽守二代の非協力記事と通底する認識に支えられているとみることができる。

十　おわりに

本章で問題にしたのは、六年間の記事操作問題だけではない。天喜四年正月に高階経重が、そして翌五年正月に藤原良綱が陸奥守に任じられながら二人とも辞退したという点も、きわめて重要である。天喜四年の丸々一年間は、空白の一年間ということになってしまうからである。後任の国守が決まるまでは引き継ぎのために前任者が滞在することはありえたようである（前九年合戦後の頼義が伊予守に任じられたのちも引き続き一年ほど陸奥国に在国している）。この一年間は、源頼義が「前陸奥守」でありながら陸奥国府に滞在しているという玉虫色的な年であった。この天喜四年に安倍頼時との合戦があったのである（第二章）。

これらのこと以上に重要なことがある。高階経重問題は、源頼義の陸奥守在任期間の問題、ひいては前九年合戦観に関わる重大問題なのである。前九年合戦を、清原武則が参戦してからの二か月弱であったとする認識が、一方には存在していた（第七章）。『扶桑略記』所載『奥州合戦記』の存在が、なによりの証拠である。現存『陸奥話記』もその影響下にあるらしく、表現の密（観念的）なる後半部と疎（実録的）なる前半部との著しい位相差を生じている。その『陸奥話記』でさえ、武則参戦の直前には〈空白の四年半〉があったことになっている。一二年間も安倍氏との戦闘が続いていたなどとは、とても言えないということである。頼義のことを『陸奥話記』では「将軍」と称し、『今昔』前九年話では「（陸奥）守」と称しているわけだが、そもそもこの戦いは、頼義が安倍氏を追討したとする結果が先行し、それをどう位置づけるべきかの認識や評価が遅れていたことを如実に物語っている。一一世紀後半にどのような勢力関係が存在し、いかなる綱引きが繰り広げられていたのか、そのような時代相が読めなければ、史資料も物語も読めないということである。

文　献

伊藤博幸（一九九二）「「六箇郡之司」権に関する基礎的考察」『岩手史学研究』75号
高橋　崇（一九九一）『蝦夷の末裔――前九年・後三年の役の実像』東京：中央公論社
千葉義孝（一九七〇）「藤原範永試論――和歌六人党をめぐって――」『国語と国文学』47巻8号／『後拾遺時代歌人の研究』東京：勉誠社（一九九一）に再録
三宅長兵衛（一九五九）「「前九年の役」の再検討――安倍頼時反乱説をめぐって――」『日本史研究』43号
笠　栄治（一九六六）『陸奥話記校本とその研究』東京：桜楓社

第五章　康平七年『降虜移遣太政官符』から窺う前九年合戦の実像

本章の要旨

康平七年（一〇六四）成立の『降虜移遣太政官符』は、史料的価値は高いのに十分に活用されているとはいえない。

この文書から、次のようなことが判明する。前九年合戦後に頼義が軍功を楯に恩賞の加増を認めさせようとしていたこと、そのために伊予国に赴任せず余類追討を口実にして陸奥国に留まっていたこと、合戦後の康平六年二月と康平七年三月の二度、頼義が上洛していること（陸奥国に舞い戻ったことが問題）、そこから清原氏との何らかの交渉を行っていたと推測されること、前九年合戦の最終決戦地が厨川柵でなく嫗戸柵だと推定されること、〈衣川以南〉は戦場でなかったこと、小松合戦譚が事実としては〈衣川以北〉なのに物語世界で〈衣川以南〉に移されたこと、安倍正任一族が出羽の清原氏と特別な関係を持っていたこと、烈女が貞任（『今昔』）の妻ではなく則任（『陸奥話記』）の妻であることなどである。

『降虜移遣太政官符』の史料的価値は、『扶桑略記』、『今昔』前九年話、『陸奥話記』などという虚構にまみれた後世の文献と違って時間的にもっとも前九年合戦に近く虚構性もあまりみられない点、源氏方の言い分に即して書かれた『頼義奏状』『義家奏状』のような歪曲性がみられない点にある。

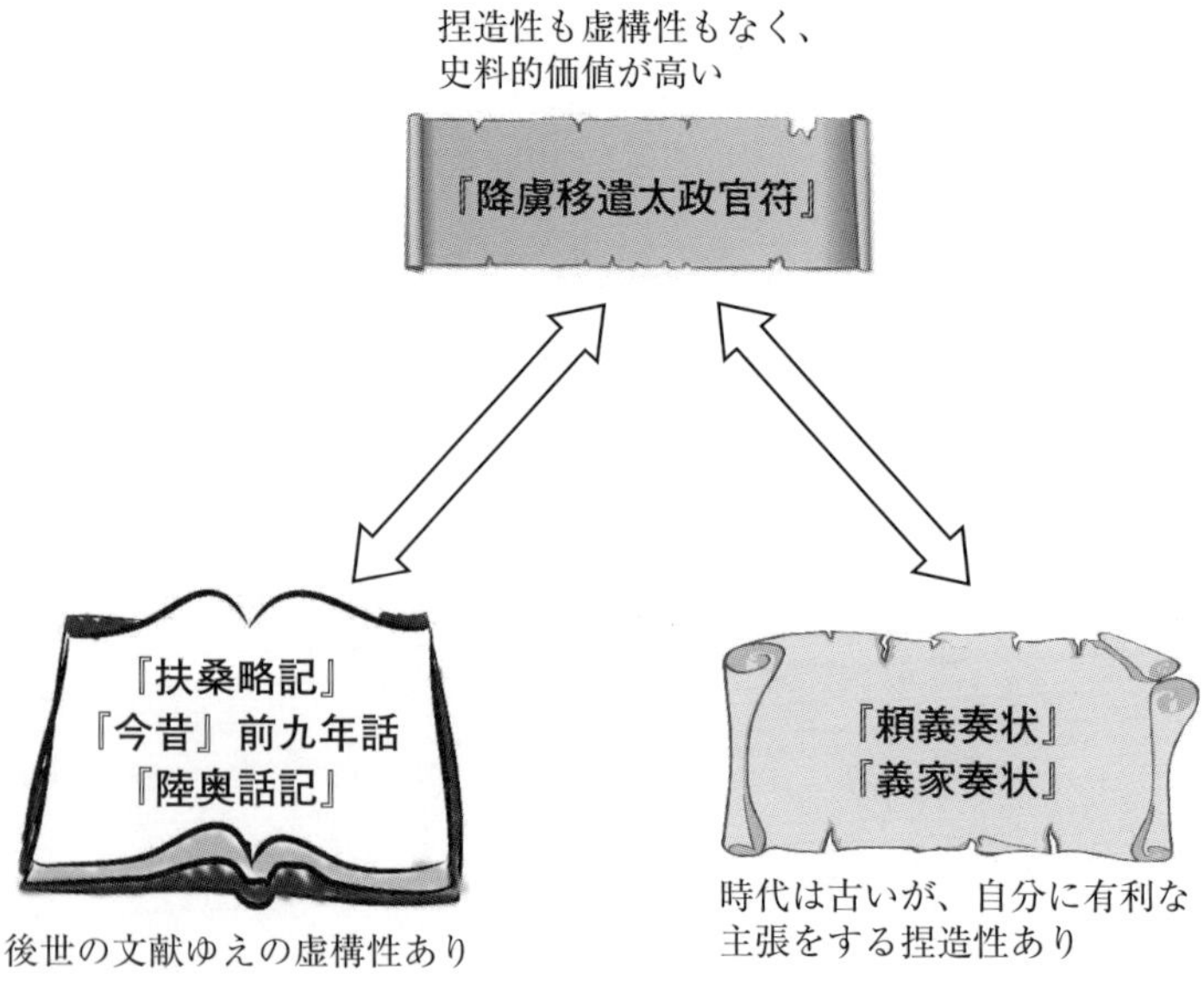

一　問題の所在

本章で問題にするのは、康平七年（一〇六四）三月二十九日成立の、『朝野群載』第十一所収「帰降の俘囚たる安倍宗任、同じく正任、同じく貞任、同じく家任、沙弥良増等五人、従類参拾弐人を応に便所に安置すべき事」（原漢文）である。本書では『降虜移遣太政官符』あるいは『官符』と略すことにする。『朝野群載』に収載されているので、史料的価値は高い。『朝野群載』は、永久四年（一一一六）成立で、それ以降も多少の文書が追補されたと指摘されているが（『国史大辞典』）、それは永久年間以降の年紀をもつ文書について言われていることであるので、この『官符』は永久成立時に含まれていたものとみてよいだろう。次章で述べる康平七年の『頼義奏状』『義家奏状』と合わせて、『官符』は前九年合戦の時代にもっとも近い文書であることは疑いない。『頼義奏状』や『義家奏状』は源氏方の主張が強くなされていて、表現上、史実と異なる方向に進もうとする側面も窺える。それにたいして『官符』は、発給元が太政官であるだけに、信頼性という点では最上位に置かれるべきものといえる。従来の前九年合戦研究は、『陸奥話記』や編纂史書（『扶桑略記』『百練抄』『帝王編年記』など）に依拠しすぎていて、これら三文書を軽視していた。それも無理はない。『陸奥話記』の語る前九年合戦像とこれら三文書から分析できる歴史像とでは、戸惑うほどの乖離があるからである。三文書に依拠して前九年合戦の発端や展開を分析するには、情報量が少なすぎる。それゆえ、ついつい『陸奥話記』に頼ってしまっていたのである。その乖離の部分については、『扶桑略記』や『陸奥話記』の側に捏造性・虚構性の指向が流入していることが明らかになってきた（第四章、第九章）し、それらに依拠せずに編纂史書類から復元できる歴史像もある程度は構築しえた（第一章、第二章）ので、右の三文書の意義が改めて見直されるべき段階に来たということである。なお、一三九頁以降に『官符』の訓読と読解を収めた。

本章は他の章と違って、論述によって一つの結論を導き出そうとするものではなく、『官符』から読み取れる前九年合戦の実像を、羅列的ではあるがいくつか指摘するものである。

なお、岩手県（一九六二）も指摘するところだが、この『官符』には、文献上の問題箇所がある。「貞任」なる人物について、混濁がみられるのである。ただしそれは国史大系（神宮文庫蔵旧林崎文庫本）の『朝野群載』に存する混濁であって、改定史籍集覧（伴信友校本）のそれにはない。注意喚起のために、本章付録の釈文においては、前者の「貞任」のうち後者で「真任」と修訂されている箇所をゴシック体で示した。

二　『降虜移遣太政官符』の概要

この『官符』は、冒頭に「太政官符　伊予国司」とあるように、伊予守に任じられた源頼義に宛てて発給されたものである。これを全四段に分けて把握する。

まず、標題自体を第一段とする。標題に、「帰降の俘囚たる安倍宗任、同じく正任、同じく貞任、同じく家任、沙弥良増等五人、従類参拾弐人を応に便所に安置すべき事」とあるので、この五人および従類三二人の降虜を適切な場所に移すべき内容であることが知られる。その適切な場所については、後文で「国、よろしく承知し、宜に依つて之を行ふべし」とあるので、特定の一国（たとえば伊予国）ではなく複数の国に分散させたのだろうと察せられる（実際に良昭の行き先は『扶桑略記』によれば大宰府である）。しかも、それぞれの受け入れ国に移遣するまでの「路次の国」に「よろしく食馬を給すべし」とあるので、この文書は複数転写されて発給されたものであろうことが察せられる。

第二段は、宗任・正任・貞任・家任・良増の従類の人数を個別に明示した部分である。家任従類の人数が三人なのか内訳の言う二人なのか揺れがある（一四〇頁）。

第三段は、部領使《ことりづかい》藤原則経とその従類三人が頼義の解状（康平七年二月二十二日付）を持参した旨を言上したこと、その内容に降虜の処遇について太政官に伺いを立てたこと、太政官は「後の仰せに随ふべし」（追って沙汰する）と言うばかりで処遇を定めなかったこと、頼義はその回答を陸奥国で待っていたこと、しびれを切らして降虜のうち五人を選び上洛したことを述べている。

第四段はもっとも長文のところで、宗任・正任・真任・家任・良増がどのような経緯で降虜となったのかが詳細に伝えられている。第一段・第二段では、宗任・正任・貞任・家任・良増の順で一致しているのだが、第三段は、宗任・正任・真任・良増・家任となっていて、後ろの二人の順序が入れ替わっている。この中でもっとも遅く出頭してきたのは正任（翌年五月）なので、五人の記名順は出頭順ではない。第一段・第二段で良増の名を末尾に配しているのは彼が「沙弥」すなわち僧侶であったからだろう。すると、第四段にみられる順序が、長幼の順としては正しいと考えられる。『藤崎系図』は「井殿（盲目）、良宗（安東太郎、早世）、貞任、宗任、家任、重任、正任、則任」、『安藤系図』は「官照（井殿、盲目）、貞任、宗任、正任、重任、家任、行任」（いずれも続群書類従7上）の順となっていて系図間でも正任と家任の順序が異なっているが、『官符』第四段の並び順は『安藤系図』に近い。

第五段は、源経長が勅を伝える部分で、宗任らを適切な国に「移住」させ、「皇民」として「衣類」を支給するというもので、これを実行するために道中の各国にも「食」と「馬」の供与を求めている。

三　朝廷と源氏の綱引きが窺えること——武士の増長——

当該文書の第三段は部領使《ことりづかい》藤原則経らが降虜を都に送還するに至った経緯を伝えている部分であるが、この中で、

①太政官が降虜の処遇を決めかねていたこと

②康平七年二月まで頼義が陸奥国にいたこと

③この五人は選ばれたものでしかなくこれ以外にも降虜が数多くいたらしいこと

が重要な点である。①については、関連する文書がある。『頼義奏状』の、

而に、征戦の間、軍功有りし者十余人、抽賞せらるべき由、言上を経《ふ》と雖も、未だ裁許有らず。仍て綸言を相待ち、任国に赴き難し。

である。合戦終結から五か月後の康平六年二月二十七日、源頼義・義家・義綱らは論功行賞に預かっている（『百練抄』『扶桑略記』同日条）が、それに飽き足らず第二弾すなわち家の子や侍大将クラス（「軍功有りし者十余人」）の恩賞を求めたのだ。これについても朝廷の裁可はしばらく決せず、頼義は「任国」たる伊予国に赴任しないというかたちでの実力行使を採ったのであった。源氏側のこのようなコンテクストが背景にあることを考え合わせると、頼義が降虜の処遇を求めたことも、たんに行き先を決めよと迫ったのではなく、軍功を楯にさらなる恩賞の加増を認めさせようとしていたものと考えられる。朝廷もそのことに気づいていたからこそ、なかなか裁断を下せなかったのだろう。もちろん康平六年二月の論功行賞で一定の〝公認〟は与えたのだが、それとて合戦終結から五か月後のことである。その二月の上洛直前まで頼義は陸奥国にいたことが判明する（頼義の最終的な帰洛はさらに一年後）。残留というかたちでの実力行使だったのだろう。公か私かの二元論ではなく、公戦であると認めさせたうえでさらなる恩賞の加増を要求するという態度だったようだ。

保元合戦後に源義朝が右馬権頭では飽き足らず左馬頭への遷任が認められたこと（『兵範記』保元元年七月十一日条→三十日条、『保元物語』）にも似ている。それは前九年合戦より後のことだが、前九年合戦以前においても長元擾乱《じょうらん》（平忠常の乱）直後の事例がある。初めは丹波守を望んだが許されなかったので、朝廷との折衝の末に美濃守に任じられている（『左経記』同年六月二十七日条、『小右記』同年七月一日条、九月十八日条）。朝廷が、頼信の意向を窺わねば恩賞

も決定できなかったということらしい〔野口実（二〇〇七）〕。

承平天慶擾乱後の論功行賞（平貞盛・藤原秀郷などにたいする）が武士の台頭の起点になっているのだろう〔川尻秋生（二〇〇八）〕が、一一世紀に入って、長元擾乱（平忠常の乱）の終結（一〇三一）から三一年後（一〇六二年）に前九年合戦が終結し、それから二五年後（一〇八七）に後三年合戦が終結している。**軍功を楯に恩賞を要求する風潮が常態化しつつあった**ということである。前九年合戦時において朝廷はすでに武士（源氏）への警戒感を滲ませていたのだが、後三年合戦時にはさすがに武士のこれ以上の増長は許容できないとみて、後三年合戦の公戦認定を保留したのである〔合戦の内実にかかわらず武士を抑圧すべきことは朝廷の既定路線であったとみる。野中（二〇一三、二〇一四）〕。大局的に見ればそういう流れなのだが、前九年合戦と後三年合戦の間の一〇七五～八三年ごろは武士の力を利用できるとみた白河帝が、一時的に武士（源氏）の社会的地位の向上に協力してしまった時期である。その時流に乗って、『陸奥話記』の原型から現存本に至る形成過程を経て、一面では源氏を称賛しつつも、もう一方でそれを抑制するような不思議なテクストが現出することになった。そのような重層性は、そのまま一一世紀後葉の対武士認識がたどった軌跡だったようである。

四　前九年合戦後の頼義の二度の上洛
――一一年間、一二年間、一三年間の問題とともに――

前九年合戦終結後に、源頼義は、康平六年二月と康平七年三月の二度、上洛しているらしい。これは、『官符』だけではなく『頼義奏状』や『扶桑略記』など周辺史料類も合わせて、総合的にみて導き出されることである。『頼義奏状』によれば、頼義は前九年合戦の勲功により伊予守に任じられたのだが、すんなりとそれを受け入れたわけではない。まず、頼義が康平五年（一〇六二）九月に安倍氏追討を果たしてから、翌年二月まで上洛が延引してしまったのは、残務処理のためや冬の旅を避けたためではない。「其の年、余類を平らげんが為に奥州に逗留し」とあるが、頼時も貞任も千世童子もいなくなり宗任らも帰降して主だった者は正任を除いてほとんど決着しているはずであるから、「余類」の存在は口実に違いない。頼義が陸奥国に居座ろうとした、ということである。そのために伊予国への赴任が遅れ、「四年の任」のうち「二稔（年）、空しく過ぎ」（足かけ二年）、「彼の国の官物、徴し納むること能はず」という事態になってしまった。

　これについて頼義は、二つの言い訳をしている。一つ目は、恩賞の加増を求めたのに「未だ裁許有らず、仍て綸言を相待つ」ところ、伊予国への赴任が遅れたという（先述）。二つ目は、源頼義が伊予守に任じられたのは康平六年二月二十七日なのだが、『頼義奏状』に「況や去ぬる年九月、任符を賜せられ、下向遅引せり」とあるように、その「任符」を受け取ったのは約半年後の康平六年九月のことだったというのである（康平七年（一〇六四）からみて一年前の一〇六三年の九月を指している。その事情については一七〇頁の『頼義奏状』読解⑦で分析する）。

　形の上では伊予守に任じられていながら、頼義は恩賞のさらなる加増を求め（『官符』によれば、降虜の処遇が決定されるまで待つ形をとって）、伊予国へは下向せずに陸奥国に留まっていた（異例だがおそらく〝非常時〟と称して伊予守の任符は陸奥で受け取ったか）。任符の発給が遅延したのは、頼義の要求どおりに加増すべきかどうかが朝廷内で決しなかったためだろう。そして、伊予守の四年任期のうちの二年が過ぎようとしているので、早々と「重任」を願い出たのが、『頼義奏状』である。その時点（康平七年のおそらく夏ごろ）で、頼義は任伊予守を受け入れたものと考えられる。

　そこまで強引な頼義像を読み取る根拠は、「況や希代の大功を致し、何ぞ常と殊なる厚賞の無からんや」「此れは十三年を経て以て勲を立つ」「征夷の功に依て、重任の宣旨を下さるれば」とあるように、前九年合戦での功績を前面に打ち出して伊予守の重任を願い出ているからである。これは、直接的には伊予守の重任を願い出たものだが、前九年合戦後に「余類」誅伐を理由に陸奥国に居座り続けたのも、陸奥守の重任を望んだものではないかとさえ思えてくる。

そのように強引に頼義が陸奥国に居座り続けたことを踏まえたうえで、本題の二度の上洛について述べる。貞任・重任・経清の三首級が入洛したのは、康平六年二月十六日である（『水左記』『百練抄』『帝王編年記』『扶桑略記』）。『水左記』の表現「前鎮守府将軍源頼義朝臣、進らせし所の俘囚貞任・重任・経清等の首……」だけだと、頼義が陸奥国に在国のまま使者に三首級を進上させたとも解釈できなくはないのだが、そうではなく、実際に頼義はこの時、上洛しているのである。そのことは、『頼義奏状』に「去ぬる年二月、たまたまもつて華に入り」とあることによって判明する。

ところが、『百練抄』康平七年三月二十九日条の「伊予守頼義、奥州より相具して上洛せし所の降虜宗任等……」や『扶桑略記』同年閏三月条の「伊予守頼義、陸奥より参洛す。使節を奉りて後、全く十三年を経て帰り来たれり」とあるのによれば、三首級とともに上洛した翌康平七年にも再上洛しているということになる（しかも傍点部のように「伊予守」として陸奥に在国していたことも）。

これを矛盾なく解釈しようとすれば、**頼義は二度上洛したと考えるほかない**。『官符』に、「陸奥国に於いて、裁下を待つと雖も、既に左右無し。仍つて、宗たる故俘囚首安倍頼時の男五人を抽きて、随身して参上せし所なり」とあることからすると、たしかに頼義は陸奥国から康平七年三月にも上洛しているのだ。

康平六年二月…貞任・重任・経清の三首級を携えての上洛
康平七年三月…宗任・正任・真任・家任・良増ら降虜を引き連れての上洛

このように整理することができる。一度目の上洛時は、残党がまだ横行しているとの理由で任務完了を宣言せず（節刀返納に準ずるような儀式を経ず）すぐ陸奥国に戻ったのだろう。そして康平七年三月に宗任らを連れて上洛した際に任務完了を報告し、伊予国への赴任を受け入れたのだろう。だから『扶桑略記』の康平七年三月のほうに「使節を奉《うけたまは》りて後、まったく十一か年を経て帰り来たる」の表現が出たのに違いない。この間、一度も上洛していないという意味ではなく、鎮守府将軍としての職責が一一年間継続していたという意味なのだろう（それは頼義が自らを正当化する言い分であって、一一年間継続していたとは考えられない。第一章）。

一番の問題は、頼義が陸奥国に戻らねばならなかった理由である。恩賞の加増要求のためだけに陸奥国に下ったのではなく、陸奥国に何か処理しなければならない問題が残っていたのではないか。そこで想起されるのが、『官符』に「去ぬる年五月、『命を公家に奉る』と称ひて、出で来りしなり」とあるように、安倍正任の出頭が康平六年五月だったことである。正任は、陸奥・出羽間の大動脈である平和街道の起点に位置する黒沢尻柵を本拠としていること（『今昔』前九年話、『陸奥話記』）や、出羽国に敗走していること（『官符』『陸奥話記』）や、戦後にもっとも厚遇を受けていること（『官符』、後述第九節）から、安倍氏の中でももっとも清原氏寄りの人物であったと考えられる。それと頼義の再度の陸奥国下向の時期とを考え合わせると、**頼義は清原氏と何らかの決着を付けなければならなかったのではないか。**その折衝か取り引きのために、頼義は陸奥国に再度下向したと考えられる。たとえば、頼義が恩賞の加増を狙ってより大量の降虜を獲得しようとしたとか、陸奥国で源氏の私領（荘園的な）を一定程度確保してから上洛しようとしたとか、などという事情である。康平六年二月二十二日、頼義が伊予守に任じられた同じ日に、清原武則が鎮守府将軍に任じられていることを忘れてはなるまい。**かつての協力者武則は、今度は利害の衝突する交渉相手になっていたのである。**出羽国のおそらく清原氏の元でかくまわれていた安倍正任一族を武則が差し出す代わりに（もちろん正任一族を厚遇する条件を添えて）、頼義が伊予守赴任を受け入れて奥羽から手を引くといったような取り引きがあったのではないか。『官符』に記された**降虜三二人のうち正任一族が二〇人にも及ぶという突出は、出羽から出頭してきた正任一族が丁重に扱われたことを示している**（一三〇頁）。

ただし、正任の出頭が五月なのに頼義はその後も陸奥国に居座り続け、同年九月に陸奥在国のまま伊予守の任符を受けている（推定）。ということは、頼義は正任の出頭で満足せず、さらに次の何かを要求し（清原氏にたいしても朝廷にたいしても）、それが叶わないとみて諦めて翌年三月に宗任らとともに上洛したのではないか。

＊　＊

このことに関連して、前九年合戦の交戦期間を一一年間、一二年間、一三年間とする諸記録の揺れが古くから議論されていることについて、整理しておきたい。

一一年間…「使節を奉《うけたまは》りて後、まつたく十一か年を経て帰り来たる」（『扶桑略記』康平七年閏三月条）

一二年間…永承六年（一〇五一）の任陸奥守（『頼義奏状』）から康平五年（一〇六二）九月終結（諸記録）までの足掛け年数（「十二年合戦」の初見は鎌倉初期、六三頁）

一三年間…「彼（班超）は三十年を送り以て功を彰はし、此（頼義）は十三年を歴て以て勲を立つ」（『頼義奏状』）

「十二年」は起点と終点が明確なので、問題ない。「十三年」は、起点については「十二年」説と同じく永承六年に置き、終点については三首級上洛の康平六年に置くものと考えれば解決する（九頁）。「勲を立つ」は康平六年二月に行われた論功行賞のニュアンスまで含まれているようにみえる。問題は、「十一年」である。これは「使節を奉」ったのが起点で、「帰り来たる」が終点だと考えられる。「使節」という特別な表現は、永承六年（一〇五一）の任陸奥守ではなく二年後の天喜元年（一〇五三）の任鎮守府将軍を意味するものだろう。長元擾乱（平忠常の乱）の際の追討使にさえ節刀は下されていない（野口実（一九八二））ので、ここは節刀の親授に準ずるような任命式が行われたのだろう（天喜元年に頼義が一時上洛したとみる。第一章の注（2））。ここを起点と考えれば、康平七年（一〇六四）三月（合戦後の二度目の上洛）までで足掛け一二年になるが、ここだけは「まつたく十一か年を経て」と経過年数を強調する副詞が添えられている。これによって足掛け年数ではなく満年数とみれば、ちょうど一一年となる（九頁）。頼義が鎮守府将軍に任じられたのは、天喜元年の三月と絞り込める可能性がある。

五　嫗戸合戦・厨川合戦の二段階――前九年合戦の最終局面――

『官符』の第四段は五人の首領の出頭の経緯が詳細に記された部分である。それゆえ前九年合戦の最終局面の様相を伝えているはずなのだが、意外なことにそこには厨川柵の名が見えない。その代わりに、嫗戸柵は見える。『陸奥話記』では、「十五日酉の剋に、厨川・嫗戸の二柵に到着す。相去ること七、八町許《ばか》りなり」とあるので、両柵は八〇〇メートルほどの近さの隣接した城柵であったと考えられる。

『官符』では、第四段の宗任帰降のくだりで、「宗任は、衣河関を破りし日、鳥海楯《(館)》を去り、**兄貞任が嫗戸楯**に籠り、相共に合戦せり」とあるので、嫗戸柵は貞任の持ち城であり、そこが前九年合戦の最後の戦場であったかのように読める。第四段の家任帰降のくだりにも、「家任、**嫗戸楯**に籠り、兄の為に共に合戦せり」とあるので、やはり嫗戸柵は貞任の城柵であり、最終段階ではそこに宗任・家任らが終結して防いだのだろうという事情が察せられる。

周辺記録では、『百練抄』康平五年十一月三日条に、次のように厨川柵が出る。

前陸奥守頼義、俘囚貞任等を梟せし由を言上せり。去ぬる九月十七日、**厨川楯**に於いて、首を斬ると云々。

史料的価値（信頼性）からすれば、『官符』のほうがはるかに上である。ゆえに、前九年合戦の最終戦場は嫗戸柵であった可能性が高い。嫗戸で劣勢になった貞任らが厨川柵に撤退したうえで開城し、そこで斬首されたのではあるまいか。そう考えると、『官符』と『百練抄』の一見相違ともみえる現象を、矛盾のないものとして理解することができる。

より詳細に想定すると、以下のとおりである。安倍氏の本城は厨川柵であったのだろう。そこには貞任らの母や妻たち、それに盲目の兄官照（井殿、『藤崎系図』）らがいたのではあるまいか。そのような場所を戦場にするわけにはいかないので、貞任らは厨川柵の前衛の柵である嫗戸柵を決戦の地と定め、そこに宗任・家任ら兄弟も集結した。奮戦空しく劣勢になったので貞任らは「七、八町許《ばか》り」後方の厨川柵に撤退し、女性たちや官照のいる場を戦場にするわけにはいかないので降伏したという想定である。

『官符』に二度も最終の戦場を記す機会があったのに、その二度とも嫗戸柵の名しか出ていないのは、そこでの戦闘が激烈であったために記録されたのであろうし、厨川柵の名がまったく見えないのは実質的な戦闘が行われなかったゆえと考えられる。**軍事的な意味での〈最終決戦地〉が嫗戸柵であり、政治的な〈最終仕置《しおき》地〉が厨川柵だという見方**である。こう考えると、厨川で貞任が斬首されたとする『百練抄』とも整合的である。

じつは、『陸奥話記』はここで想定したような事情を如実に反映している。先に引用した「十五日酉の剋に、厨川・嫗戸の二柵に到着す。相去ること七、八町許りなり」（68）の直前に、「同十四日、厨川柵に向ふ」（同）とあって、早い段階から最終目的地としては厨川柵を目指している。これ以前にも、官軍が鳥海柵を攻撃した際に、宗任・経清らは「城を棄てて走り、厨川柵を保つ」（64）とあって（『今昔』前九年話も同じ）、厨川柵を本拠としていたことが知られる。同じ鳥海ばなしには、清原武則の言葉として「若し厨川柵を破り貞任の首を得ば、鬢髪悉く黒く、形容肥満せん」（66）ともあって、想定されていた最終目的地が厨川柵であったことはまず間違いない。それでいて『陸奥話記』は『官符』の認識をすくいとる[1]かのように嫗戸も無視することなく、しかも両柵の距離感まで表現して「厨川・嫗戸の二柵」と表現しているのである。『今昔』前九年話は『陸奥話記』の「同十四日、厨川柵に向ふ」に相当する表現がないものの、「次ニ厨河・嫗戸二ノ楯ニ至リ囲テ、陣ヲ張テ終夜護ル。明ル卯ノ時ヨリ、終日終夜合戦フ」（68・71）とあって、両柵が戦場になったかのように読める。しかし、先述のように『官符』のほうがはるかに史料的価値が高いので、**史実としては〈主戦場嫗戸〉〈最終仕置地厨川〉との区別があったのに、安倍氏本拠地としての格式の高さから厨川でも戦闘が行われたかのような認識が、巷説や物語世界で生じたのだろう。**それにしても、後次的編纂物にありがちな概括化の意識からすると厨川に一本化すればよさそうなものだが、嫗戸にも無視しがたい存在感が、一一世紀末にはまだあったということだろう。

（1）現地には厨川柵跡の擬定地が二か所ある。論者は、盛岡市天昌寺町の里館《さたて》遺跡が嫗戸柵跡、同市安倍館町の安倍館跡が厨川柵跡だと考える（『岩手県史』第一巻の説と逆。同書は『陸奥話記』の表現に依拠しすぎている）。①官軍の進軍ルートからみて手前（南）に嫗戸、奥（北）に厨川という位置関係と符合すること、②両遺跡の八〇〇メートルという距離が『陸奥話記』の「相去ること七、八町許りなり」（68）と符合すること、③貞任らが処刑された地こそ在地の人々にとって英霊を祀る聖地となるはずで、安倍館遺跡に厨川八幡（＝格式）があること（嫗戸の天昌寺もその創建以前から戦死者の墓地などがあったか）、④『官符』で厨川を出さずに嫗戸のみを出すのに『陸奥話記』等で厨川こそが本拠地とする表現上のずれから復元しうる戦況の展開（〈主戦場嫗戸〉〈最終仕置地厨川〉）と以上の①②③が総合的に符合すること、がその根拠である。ただし、残念ながら両遺跡とも工藤氏の城館（鎌倉期以降）の遺構とされ、出土品も後世のものしかない。なお、考古学の最新の成果からすると、厨川地区の境橋、赤袰《あかほろ》、大館町、大新町、小屋塚、宿田、上堂頭の各遺跡から一一世紀前葉〜中葉の土器が大量に出土しているうえに地形的にも滝沢台地の縁辺部に立地していることから、これらの遺跡が囲む範囲のどこかに厨川柵、嫗戸柵が存在したと考えられている（盛岡市遺跡の学び館・室野秀文の教示による。樋口知志（二〇一六）もこの説を採用）。ただし論者の立場（戦死者を供養する現地の人々の心情を軽視しない）からすると、厨川八幡や天昌寺という寺社の存在はそう軽くない。安倍館遺跡の東側は比高二〇メートルの崖になっているものの里館遺跡の段丘崖は比高三〜六メートルと低いことが難点とされるが、『陸奥話記』に記された急崖や堀の描写を根拠として史跡を点定することに躊躇をおぼえる。そこに、《安倍氏強大化指向》にもとづく虚構性はないのか。ただし、右の発掘成果を否定するわけではない。白鳥の館（現在のJR前沢駅付近）に「在家四百余家」があって三二〇〇人の人口を想定しうるし（『後三年記詳注』八六頁）、少しのちの時代になるが平泉の秀衡期には人口一〇万人であったという。右の発掘成果は、当時数万人はいたと推測される盛岡市域のうちの、安倍一族の日常的生活空間の一端を明らかにしつつあるものとして尊重されるべきだろう。

以上のように、安倍氏の本拠地ならびに前九年合戦の終結地としては先行研究どおり厨川柵でよいものの、そこは実質的な戦場にはなっておらず、嫗戸のほうが最後の激戦地であったと考えられるのである。事実としての実質的な最終決戦の地が嫗戸柵であったとすれば、放火による決着とは嫗戸のいくさのことであった可能性もある。ただ、『扶桑略記』、『今昔』前九年話、『陸奥話記』の段階ではすでに嫗戸・厨川二柵の記録や伝承はないまぜになっていただろう。ここに関しては『今昔』前九年話がおおむね古態を保存しているようにみえる。付け火によっていくさが動いたとするように、厨川合戦の実相は、ほとんど白兵戦のない様相であったのかもしれない。

厨川合戦の開戦が「卯の時」であること、「終日終（通）夜」の戦闘であったことは三書に共通している。『扶桑略記』や『陸奥話記』はともかくとして、『今昔』前九年話の全体を見渡してみても、時刻が記されているのはここだけである。このことは、やはり**厨川合戦譚が共通原話の中でも根幹的な部分、すなわち物語成立のモチベーションに関わるところであったことを窺わせる。**『陸奥話記』の日付はほとんど後補だと考えられるが、**嫗戸・厨川合戦が康平五年九月十六日から十七日にかけてのいくさであったことは信頼してよい**ようだ。

六　衣川柵の性格

『官符』は短い文書であるため、前九年合戦のすべてを伝えているとは言えないものの、短いだけにとくに印象深いところが摘記されていると考えてよいだろう。その第四段・宗任条および正任条によれば、合戦らしい合戦が行われたのは「衣河関」と「嫗戸楯《（館）》」の二戦のみであるらしい。

（1）抑も、宗任は、衣河関を破りし日、鳥海楯《（館）》を去り、兄貞任が嫗戸楯に籠り、相共に合戦せり。

（2）正任、衣川関を落とされ、小松楯（館）に逃げし時、伯父僧良昭を相具して、出羽国に逃げ走る。

この二か条から共通して読み取れることが二点ある。一点目は、「衣河関を破りし日」「衣川関を落とされ」の表現からすると、**衣川関をめぐる攻防戦が行われたのは事実であろう**ということだ。二点目は、（1）に〈衣川―鳥海―嫗戸〉、（2）に〈衣川関―小松―出羽国〉とあるように**衣川が後の展開の起点になっている**ということである。『官符』に「鳥海楯」「嫗戸楯」「小松楯」「出羽国」「所々の楯」（「嫗戸楯」は二度出る）と地名表現が出てくるが、「関」と表現されるのは衣川だけである。衣川が地理的に奥六郡の最南端に位置することを考え合わせれば、そこに「関」が置かれていたの[2]も当然だろうし、そこが起点となって敗走劇が始まるというのも自然である。『官符』のニュアンスからすれば、衣川は安倍氏勢力の最前線であり、そこでの合戦は前九年合戦の初戦であると読み取れる。**衣川合戦が初戦だとすれば、『陸奥話記』でそれより前に描かれた〈衣川以南〉の小松合戦（萩馬場合戦を含む）、仲村合戦はほとんど虚構であろう**。『扶桑略記』所載『奥州合戦記』でさえ、衣川合戦については、「六日、衣河に攻め入り、重々の柵を焼き了ぬ。殺傷せる者、七十余人」（60・62）しか記述がない。この書きぶりからすると、この場合の「衣河」は河川の名称でも関所でもなくエリアのことで、その域内に安倍氏方の複数の「柵」が存在したということのようだ。

（2）衣川関については、川の北と南で分けて考える議論が古くからあり、現在では、川の北に安倍氏側の、南に国府側の関所が存在したとする折衷案が一般的な考え方になっている。それは〝奥六郡は安倍氏の独立国家で、その南端の胆沢郡と国府側の磐井郡との境界線は衣川である〟という認識が背景にある。『陸奥話記』の阿久利川《あくりがわ》事件に、「関を閉ぢて聴かざるには」「衣川の関を封ぜんことを」（10）という会話があるのも、大きな影響を与えてきたのだろう。『陸奥話記』の「六箇郡」、『後三年記』の「奥六郡」だけでなく、史料的価値の高い『頼義奏状』にさえ「数十年の間、六箇郡の内、国務に従はざること、皇威を忘るるが如し」とあるので、奥六郡が安倍氏の所領のようになっていたとする考えが、研究者の間に染みついてしまったようだ。しかし『頼義奏状』も、頼義が自らの功績をかさ上げするために、表現上で安倍氏を暴悪に仕立てるための虚構に満ちている。衣川関を川の北と南で分ける議論の設定自体が、ずれていたのではないか。たとえば鈴鹿関の場合、関の機能を山の北斜面と南斜面で分ける議論はふつうしない。峠を中心としてその前後も含めた関なのである。〈安倍氏独立国家説という先入観〉が、事実を正しく認識する際に有害だったのではないか。もっと根源を遡れば、〈領地を領域や面積で認識する先入観〉が背景にある。戦国期の事例だが、小田原城を拠点とする後北条氏が、結城氏・小山氏・佐野氏など周辺豪族から圧力を受けながらも街道だけは押さえつつ河越城や鉢形城（埼玉県大里郡寄居町）を経て厩橋城（群馬県前橋市）に至った時期があった。線と面を組み合わせた拡張である。また、近江の小谷《おだに》城の浅井亮政《すけまさ》（長政の祖父）は、美濃の斎藤道三の圧力に抗するため虎御前山《とらごぜやま》城（滋賀県長浜市）—宮部城（同）—横山城（同）と出張《でば》って鎌刃《かまば》城（米原市）を経て関ケ原東方の松尾山城（岐阜県不破郡関ヶ原町）まで至った時期がある。狭隘な不破の関付近を越えて〝向こう側〟まで掌握してこそ内側を守れる意識があったということだろう。先述の後北条氏・浅井氏はそれぞれ滝川一益・織田信長から領内に侵攻されているが、その時の攻防ラインとなったのは神流川・姉川である。両河川とも平時には安全な領内であったが、戦時に防衛ラインと化したのである。同様に、そもそも平時においては、国衙勢力は鎮守府胆沢城かさらにそれより北まで自在に入ることができたし、安倍氏も胆沢城より南の白鳥・衣川まで柵を築いていたと考えてよい（基本的には安倍氏勢力地帯ではあるが、戦時でなければ国衙勢力も通常は自在に通過することができた）。つまり、胆沢城から衣川までの地域は双方の柵や邸宅が共存していた緩衝地帯的なところであっただろう。衣川という一本の川によって南北に仕切られるような領域的概念ではなかったはずだ。関や道筋は時機に応じて遮断されたり開通したりする生き物のようなものであり、固定的に考えるべきではない。関所は、平時は人や荷物の検査を行ったり中世以降は関賃を徴収したりするものだが、非常時には交通を遮断することによって、衣川の北と南を挟むようにして関として機能させる必要がある。衣川関を閉ざすことができるということは、その時だけは衣川の南側まで安倍氏勢力下に収められていなければならない。一時的には衣川より南の萩馬場まで安倍氏勢力が出張っていたと考えてもよいが、それは〝衣川関を守る一環としてその南側も抑えるための行為〟に過ぎなかったのであって、領域や縄張りとして安倍氏の勢力圏がそこまで及んでいたことを意味するものではないだろう。

七　小松合戦譚の虚構性

『扶桑略記』所載『奥州合戦記』や『陸奥話記』だと八月十七日の小松合戦で官軍が勝利して北進し、九月六日に衣川合戦となっているのだが、『官符』正任条では、「正任、衣川関を落とされ、小松楯に逃げし時、伯父僧良昭を相具して、出羽国に逃げ走る」とあって、衣川柵よりも小松柵のほうが北にあると読める。衣川関が陥落すれば、安倍軍が逃げるのは、通常は北の方向である。そのような常識に照らしてこの文脈を解読すると、**小松柵は衣川関よりも北に存在しなければならない**。もちろん、山中の間道を通ったとすれば小松柵が衣川より南にあったとしても不自然ではないなどという理屈は、そこだけを切り取れば成り立つ。しかし、その後のいくさの展開を考えて、どの程度後ろまで官軍のしんがりが続くのかわからないし、あるいは陸奥国府からの第二、第三の援軍が来るとも限らないのに、それでも衣川の南（磐井郡）に向かって〝逃げる〟というのは、どう考えても理屈に合わない。ここはやはり、『官符』の文脈を素直に読み取って、**衣川関より北に小松柵が存在したと考えるべきだろう**。これは、重大な相違点である。

小松柵の所在地について、『岩手県史』第一巻は諸説を四つに整理しているのだが、それらはすべて一関市内であり、『陸奥話記』の文脈に依拠した説である。『官符』でも「小松楯」は僧良昭と結びついている（そこから一緒に出羽に逃げる）し、『今昔』前九年話でも「宗任ガ叔父僧良照ガ小松ノ楯」(43)、『陸奥話記』でも「件の柵（小松柵）は、是れ宗任の叔父僧良昭が柵なり」（同）と説明されるので、小松柵のぬしが良昭であることは間違いないようだ。そのような柵が衣川よりも南、すなわち奥六郡の外側に位置するとは考えにくい。つまり、『官符』正任条の「衣川関を落とされ、小松楯に逃げし時」の表現だけだと説得力が弱いものの、良昭の本拠地であったという意味づけもあることから、衣川よりも北に小松柵が位置していたと考えられるのである。

そして、正任の本拠地が黒沢尻柵であることは『今昔』前九年話の「然テ、武則、正任ガ黒沢尻楯」(67)や『陸奥話記』の「即ち正任が居る所の、和我郡黒沢尻柵を襲ひて之を抜く」(同)に出ている。黒沢尻は現在の北上市の中心街で、横手市へと抜ける平和街道(秀衡街道)の起点でもある。すなわち、黒沢尻の正任がいったんは衣川合戦に参戦したものの敗退して「出羽国」へと敗走する、地理的合理性があるのだ。地理的状況からみて、黒沢尻の地は、もともと出羽国と縁が深かったと考えられる。この考えと『官符』を合わせるならば、本来の小松柵は衣川より北、黒沢尻より南か西と狭められることになろう(3)(【地図1】参照)。

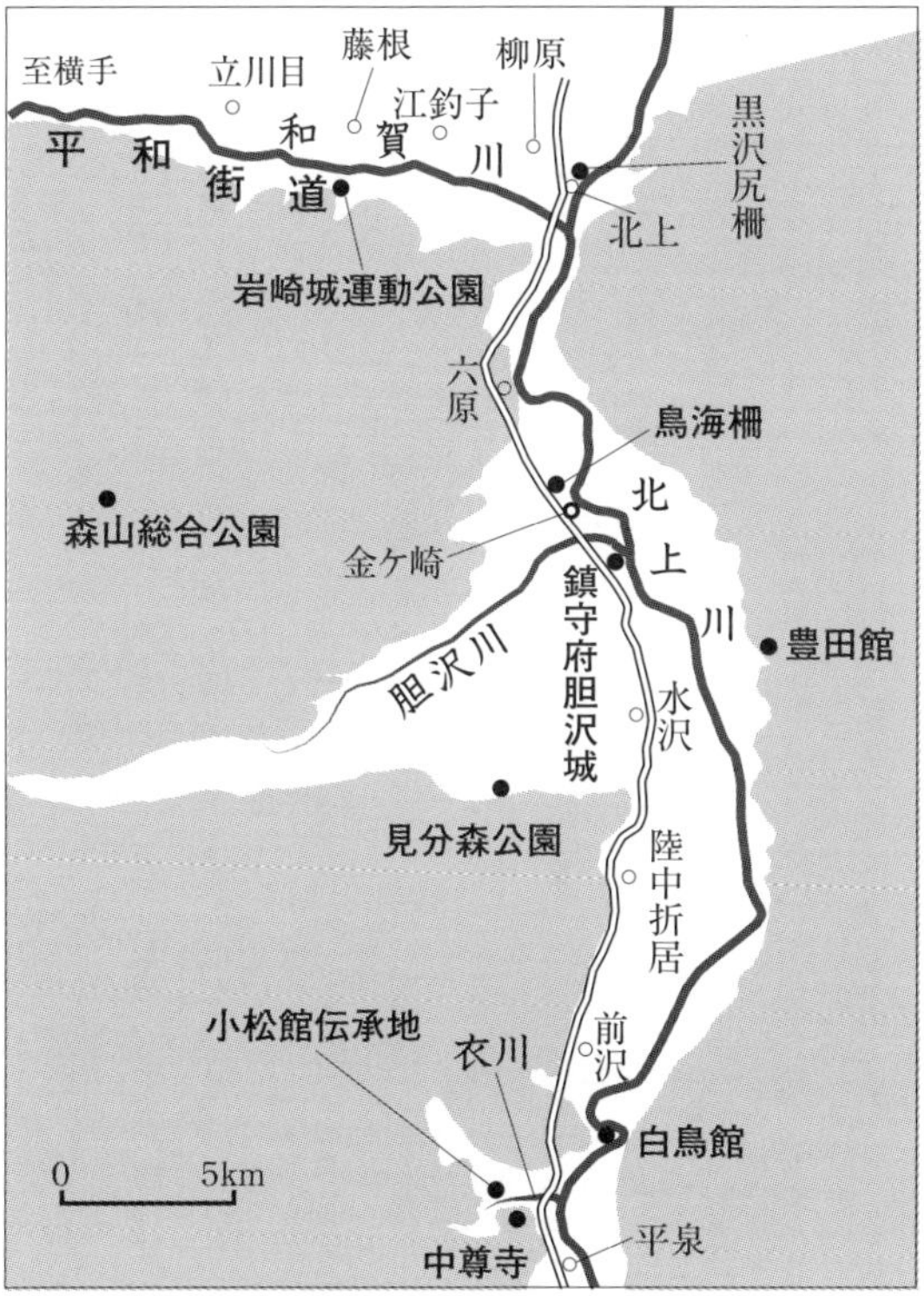

【地図1】 衣 川 以 北
● 本書の論述に関わる地名　○ ＪＲの駅名

(3) 出羽への通路に当たるという立地、微高地ないしは丘陵上に位置するという当時の山城式居館にふさわしい地勢からすると、奥州市胆沢区の見分森公園、金ヶ崎町の森山総合公園、北上市岩崎町の岩崎城運動公園が小松柵の候補地となろうか。それ以上に無視しがたいのは、奥州市衣川区の衣川関推定地の北三五〇メートルに位置する小松館の伝承地である。ここは北館《きたやかた》から続く台地の突端部で、東西六〇メートル・南北一六〇メートルあり、道路工事で破壊されるまでは門跡も北側にあったという。敵が南の衣川関を越えてきたとしても、東の接待館方面から攻めてきたとしても、もっとも奥まったところに当たる。『官符』の「衣川関を落とされ、小松楯に逃げし時」はそんなに近い距離感なのかと疑問に思えなくもないが、もともとその程度の合戦規模だったと理解すべきなのかもしれない。

『扶桑略記』、『今昔』前九年話、『陸奥話記』の三書の、営岡から衣川までの地名だけを拾って対照表にすると、**【表10】**のとおりである（兵糧集めのために出てくる「栗原郡」など進撃ルートと関わりのない地名は除外した）。

一見してわかるとおり、『扶桑略記』と『今昔』前九年話を取り合わせたのが『陸奥話記』の流れである（第十四章の〈櫛の歯接合〉論）。先行二書を採り込んだ結果、『陸奥話記』において〈萩の馬場—高梨宿〉間の地名と経緯が密になっていることは一目瞭然である。『扶桑略記』に磐井川の戦況が描かれているのは、官軍の猛攻のさまを伝えるためであろうし、『今昔』前九年話で小松合戦が語られているのは官軍の一時的な苦境を伝えるためだろう。『陸奥話記』は指向の上では『今昔』前九年話をよく受け継いでいて（第十章）、兵糧不足で苦境に陥って仲村で挽回したとのドラマティックな構成のために「仲村」の地名を後補したのだろう。(4) それぞれに作為的な痕跡があるわけで、前節の考察と合わせて考えると、営岡から衣川までの間、すなわち磐井郡の合戦がすべて虚構である可能性さえ出てくる。三書に共通する萩馬場ですら、衣川関を固めるために安倍氏方が一時的に出張っていた場所と考えるべきかもしれない。

（4）　磐井郡仲村は、『和名類聚抄』に出る「磐井郡仲村　奈加無良《なかむら》」とされ、一関市花泉町中村とされるが、じつは「仲村」は『陸奥話記』には出てくるものの『扶桑略記』や『今昔』前九年話には出てこない地名である。「仲村」が実在の地名であるにしても、後付けで物語に投入されたものである可能性が高いのだ（「河崎柵」「黄海」などこのような地名が『陸奥話記』にはいくつかある）。要するに、このあたりの地名は実際に戦場となった場所なのか、ほとんど確証がない。

【表10　営岡から衣川までの地名の三書対照】

『扶桑略記』	営岡 ← 松山 ← 磐井郡の中山の大風沢 ← 同郡の萩馬場 － － － －（ここで十八日間空く）－ **磐井河** ← 高梨宿・石坂柵 ← 衣河関
『今昔』前九年話	営岡 ← 松山ノ道 ← 盤井ノ郡中山ノ大風沢 ← 其ノ郡ノ萩ノ馬場 ← **小松ノ楯** － － －（ここで十八日間空く）－ － － 高梨ノ宿・石坂ノ楯 ← 衣河ノ関
『陸奥話記』	営岡 ← 松山道 ← 磐井郡中山の大風沢 ← 同じき郡（磐井郡）の萩馬場 ← **小松柵**（萩馬場から五町） ← **磐井郡仲村の地** －（ここで十八日間空く）－ **磐井河** ← 高梨宿 ← 衣河関

八　正任主従二〇人の存在感

この『官符』には、異様なところがある。頼義が陸奥国から連行してきた降虜の数は、棟梁クラスの五人を別にして、「従類」は三二人と記されている。この三二人のうち二〇人は、正任の従類である。しかも、女が含まれているのも、正任のところだけである。これについては、

①正任の周辺だけ生存者が多かった

②正任一族に西国への移住希望者が多かった

のいずれかの考え方ができるだろう。これについては、①は考えにくい。そもそも『官符』の冒頭に、「陸奥国に於いて、裁下を待つと雖も、既に左右無し。仍つて、宗たる故俘囚首安倍頼時の男五人を抽きて、随身して参上せし所なり」とあるように、この五人＋三二人は、降虜のすべてではなく一部を選抜して京へと連行したのであった。それは戦犯としての連行ではなく（女が含まれていることからもそれがわかる）、逆に西国への移住という厚遇を織り込んでの選抜だったのではないだろうか。『官符』の文面が、まさにそうである。これが前九年合戦終結から一年半の時を隔ててのことであることを考え合わせてみても、この三二人が処刑を覚悟で上洛したとは考えられない。そこで、正任一族がなぜ厚遇されたのかが問題になる。

正任は、先述のように黒沢尻柵のあるじである（『今昔』でも「正任ガ黒沢尻楯」）。黒沢尻柵は、ＪＲ北上駅の北東一〇〇メートルほどの安倍館公園周辺が、その擬定地とされている。それが事実でないとしても、当地に「黒沢尻」の地名は古くから根づいているので、北上駅周辺が黒沢尻柵の所在地であることはほぼ間違いない。この地は、陸奥国側と出羽国側とを結ぶいくつかの横断路のうち、もっとも標高差が小さく通行の労の少ない道である。古来、秀衡街

道と呼ばれ、平鹿郡と和賀郡とを結ぶゆえに平和街道とも呼ばれた道である。現在でも国道一〇七号線や秋田自動車道が通る大動脈である。その陸奥国側（岩手県側）の起点が黒沢尻柵付近なのである。出羽国に向けて開いた出口のような土地である（一二七頁の【地図1】参照）。

ところで、『官符』だと正任と良昭は一緒に出羽国に向かっているのだが、『陸奥話記』で良昭は源斉頼が捕縛し正任は自ら出頭したというように二人の動静が描き分けられている。ふつうなら『陸奥話記』の虚構と考えるところである。しかし、そうではあるまい。『扶桑略記』康平七年閏三月条によると、〈正任―伊予国〉〈良昭―大宰府〉と処遇も行き先も異なっていたことが知られる。ここからすると、出頭の仕方もその後の処遇も個別の事情があったと考えるのが実際に近く、『官符』のような短い文書ではそれが概括されてしまったと考えたほうがよい。**上洛した降虜のうち正任の縁者が半数を超えていたように、正任は安倍氏の中でも特別扱いされた可能性が高い。**

さて正任は、『陸奥話記』に「但し正任一人、未だ出で来らず云々」（85）とあり、「正任は初めは出羽の光頼の子、字は大鳥山太郎頼遠の許に隠る。後に宗任帰降の由を聞きて又出で来り了んぬ」（86）とあるように、出羽国から出頭している。しかも『官符』に出頭の時期を「去ぬる年五月」（康平六年五月）とするように、康平五年九月の敗戦から八か月も出羽国に潜伏しえている。『陸奥話記』が「大鳥山太郎頼遠」の名を出すように、たしかに清原氏の特別な配慮なしにはそれほどの長期間にわたって逃げ惑うことはできないだろう。

しかも『官符』の表現に従うと、正任が伯父良昭とともに出羽国に逃げると、出羽国守源斉頼が「在所を囲」んだのであった。にもかかわらず、「在所を囲みし間、狄地に逃げ入る」とあるのは、「在所」のあるじ（『陸奥話記』だと大鳥井山の清原頼遠）が逃亡させたということを示唆しているのではないだろうか。少なくとも、出羽国司と温度差のある、親安倍氏的な勢力が出羽国内にあって、正任一族の敗走を手助けしていたようにみえる（四七三頁）。

そのような敗戦後の正任の出羽行きと、彼がそもそも出羽とのつながりの強い黒沢尻を本拠としていたことが、偶然の一致だとは考えにくい。**もともと出羽の清原氏と関係の深かった黒沢尻の正任一族が、敗戦後、鎮守府将軍となった清原武則の口添えによって格別な計らいを受けた可能性があろう。**

ここで想起されるのが、清原光頼・武則が苦渋の決断をする表現である。『扶桑略記』『陸奥話記』には、「屢《しばしば》（『陸奥話記』は「常に」）甘言を以て」「常に贈るに奇珍を以てす」（35・38）と頼義側の積極性が表現され、清原氏は「漸く以て許諾す」（同）と受動的・消極的である（『今昔』前九年話も同類の表現）。このことと、正任・良昭が出羽国に逃げ込んだり、奥六郡でもとくに出羽国にゆかりが深いとみられる黒沢尻の安倍正任一族が特別の扱いを受けたりしていることが、一本の線でつながっているようにみえる。

以上のような歴史像の復元から推定できることは、**前九年合戦以前の安倍氏と清原氏は盟友関係であって、けっして敵対関係や競合関係ではなかったと考えられる**ということである。陸奥国守源頼義と安倍氏が敵対していたのと同じように、出羽国司源斉頼と清原氏の間に利害の衝突があって、安倍氏と清原氏は同じ境遇にある者同士としてむしろ協力関係にあったとさえ考えられるのではないだろうか。その関係を崩すほどに、源頼義の奥羽への介入が強引だったということでもあるのだろう。

こうして終結後までの処遇を見直してみると、安倍氏が結束を固くして一丸となって源氏と戦ったという合戦像（これは中央側にとって都合のよい虚像）は崩れ、安倍氏の内部にも源氏からの懐柔策に応じた正任ら（宗任もそれか）と、徹底抗戦した貞任とに分かれる可能性がある〔安倍氏の内部分裂という考え方は、安倍富忠がらみの解釈ではあるが大石直正（一九七八）も示している〕。戦後の正任一族にたいする厚遇ぶりを考えると、黒沢尻柵・小松柵から敗走したというより、政治的な取り引きを経て、黒沢尻を明け渡して出羽国に一時避難したということなのかもしれない。

九　烈女は誰の妻か

安倍則任は、『官符』によれば貞任・宗任の弟で、出家して「良増」と名乗った人物である。沙弥良増、俗名則任、最初の戦の庭より追ひ散らされて後、身命を助けんが為に、忽ちに出家せり。即ち、母を以つて先と為し、合掌して出で来たる。

ここで注目したいのは、二重傍線部のように〃助命のための出家〃と〃母を楯にしての出頭〃とがあって、五人の出頭人の中でもっとも醜悪な人物として語られていることである。他の四人は、次のような出頭のさまであった。

宗任…兵仗を棄拋し、合掌して降を請ふ。即ち、陣の前に跪き、前悪を悔う。

正任…「命を公家に奉る」と称して、出で来りしなり。

真任…身を遁るる所無きに依つて、降を請ひて出で来たる。

家任…手を束ね身を露にして軍中に出で来たり。

朝廷に寛大な措置を願い出る文書なので、恭順の意を示したとするのは当然のことである。そのような意味からすると、宗任・正任・真任・家任の出頭の仕方に問題はない。ところが、則任（良増）の出頭のさまだけは恭順の意を表したものとは言えない。

なぜここに拘るかと言えば、烈女と言われたあの女性と関わるからである。『**陸奥話記**』**では**、「但し柵破るるの時、則任の妻、独り三歳の男を抱き夫に語りて言ふ」(80)と**烈女は則任の妻なのだが**、『**今昔**』**前九年話だと**、「楯ノ破ル時、貞任ガ妻、三歳ノ子ヲ抱テ、夫ニ語テ云ク」と**貞任の妻になっている**のだ。

『陸奥話記』でも『官符』と同じように則任は捕縛されている。しかし、次のように国解の人名列挙の中に埋没したかたちである。

同十二月十七日の国解に曰く、「斬獲の賊徒、安倍貞任・同重任・藤原経清・散位平孝忠・藤原重久・散位物部維正・藤原経光・同正綱・同正元なり。帰降の者、安倍宗任・弟家任・則任（出家して帰降す）・散位安倍為元・金為行・同則行・同経永・藤原業近・同頼久・同遠久等なり。此の外、貞任の家族に遺類有ること無し。但し正任一人、未だ出で来らず云々」と。(84)

これに対応する『今昔』は、次のように概括されていて、則任の名がない。

其後幾ヲ不経シテ、貞任ガ伯父安陪為元、貞任ガ弟家任降シテ出来ル。亦数日ヲ経テ宗任等九人降シテ出来ル。

『官符』というもっとも信頼できる史料に描かれた則任像は、自らの助命のみを考える醜悪な姿である。それと、『陸奥話記』の「烈女」は対照を成している。つまり、「君将に歿せんとす。妾は独り生くるを得じ。請ふ、君が前に先に死なん」とまで言って妻が我が子とともに入水したのに、夫である則任はぶざまにも出家して母を先立てて出頭してきたという対照である。おそらく、伝承世界でそのような文脈が発生したのだろう。事実を反映したとみられる『官符』において、五人の降虜のうち唯一醜悪に記された人物ゆえ、それを非難する意味あいを込めて、妻は我が子とともに入水したなどという伝承が発生したのではないだろうか。

一方で、貞任が勇猛であったためにその妻も「烈女」であったとする伝承が発生しえたのではないかとの異論もあろう。しかし、安倍氏が暴悪であるとする表現は、『陸奥話記』形成の最終段階で付加されたものである。それに、あの源義家でさえ、一〇七〇年代、八〇年代という時を経て巨大化されていったのである（二七〇頁）。貞任が勇猛であったとする認識は、後世のものだろう。『陸奥話記』でさえ、貞任の巨体と色白（「其の長は六尺有余、腰囲は七尺四寸。容貌は魁偉にして、皮膚は肥白なり」）、すなわち異形性が強調されるだけで、戦闘そのものは「貞任、剣を抜きて官軍を斬り、官軍、鉾を以て之を刺す」とあるのみで、あっけなく官軍の反撃に討たれたとする。

いま想定しているのは、『官符』の則任像と『陸奥話記』の「烈女」像とを結びつけた場合の伝承発生源である。現存の『陸奥話記』ではすでに伝承が薄れているらしく、則任の出頭のところでは、かろうじて「則任　出家して帰降す」とあるのみである（それでも『官符』と同質の情報を得ていることが窺えるが）。則任の出頭を一〇人の降虜の中に埋没させてしまって、ことさら醜悪に語ろうとしていないところに、『陸奥話記』表現主体が、烈女の逸話との連関をもはや意識できていなかったことを示している。『今昔』だと烈女が「貞任ガ妻」になっていて、則任の出頭も語られていないので、則任の名はまったく出てこないものになっている（『扶桑略記』でも、則任（良増）は出てこない）。**この点に関しては、『陸奥話記』のほうが古態を保存していて、『今昔』前九年話は後次的であると考えられる。**

十　貞任の最期のありさまと享年

ここまでは、『官符』から読み取れる前九年合戦の実像について述べてきた。本節では、『官符』とは直接関係ないものの、貞任の最期のありさまと享年について検討しておきたい。

貞任の最期は、『陸奥話記』では「貞任、剣を抜きて官軍を斬り、官軍、鉾を以て之を刺す。大楯に載せて……将軍、罪を責め、貞任、一面して死せり」(76)とあるので、奮戦の果ての討ち死にに近い様相である。『今昔』前九年話だと「貞任ハ剣ヲ抜テ軍ヲ斬ル。軍ハ鉾ヲ以テ貞任ヲ刺シツ。然テ、大ナル楯ニ載テ」までは『陸奥話記』と同じだが、「守貞任ヲ見テ喜テ其ノ頸ヲ斬ツ」とあって『陸奥話記』のような「貞任、一面して」がないので、虫の息があったのかどうか不明である。『扶桑略記』ではそもそも「貞任、剣を抜きて官軍を斬り」のような奮戦描写がないので、討ち死にのようにはみえない。

史料類では、『百練抄』康平五年十一月三日条に「去る九月十七日に厨河楯（館）に於いて首を斬る」、『十三代要略』康平五年十月二十九日条に「賊貞任らを斬る」とある。これだと、討ち死にした貞任の遺体から首を斬り落としたのか、捕縛して生きた状態の貞任を斬首したのかは不明である。前者は首実検のためであり処刑の意味はないが、後者だと処刑の意味になる。そこで『扶桑略記』の「貞任・経清・重任等、一々生首を斬る」(77)の表現が想起される。これと関連しそうなのが、『諸道勘文』長治三年三月四日条に収められた康平五年十月のところで、「前陸奥守頼義朝臣、夷賊貞任等を虜にせし状を言上す」である。『諸道勘文』の史料的価値については、一三頁、三九頁で述べた。このようなことを繋ぎ合わせると、**貞任の最期は少なくとも戦場での討ち死にではなかったようだ。捕虜となり、その後、生きたまま斬首されたのだろう。**『今昔』や『陸奥話記』にみえる貞任の奮戦のさまは、《安倍氏巨大化指向》によって後づけされたイメージだとみてよい。

　さて、貞任の享年を「四十四」歳とするのが『今昔』で、「三十四」歳とするのが『陸奥話記』である。もとは「卌四」と記していたのだろう。どちらかが十の位を誤読した可能性が高い。ここに出てくる千世童子が一三歳であることを考えると、四四歳が正しいように思われる。それに、『安藤系図』『藤崎系図』などと違って史料的価値の高い『官符』によっても宗任条の「兄貞任」、家任条の「嫗戸楯に籠り、兄の為に共に合戦せり」(前文に嫗戸柵は貞任の城とあるのでここの「兄」は貞任とみられる)から弟に宗任・家任の存在が知られ、同『官符』の人名の配列から他の正任・真任・則任(良増)も貞任の弟であることが察せられるので、貞任の年齢が三四歳では若すぎる。よって、**貞任の享年は『今昔』が記すところの四四歳が正しいとみる。**その生年は、後一条朝初期の寛仁三年(一〇一九)ということになる。長元擾乱《じょうらん》(平忠常の乱、一〇二八〜三〇年)を噂にでも聞いて育った世代である。朝廷に歯向かえば追討使が派遣され痛い目に遭うことは知っていただろう。父頼時も含めて、この時期の安倍氏が奥六郡を独立国家状態にして何も問題が起こらないと考えるはずはない。そこは、物語内の虚構だろう。

　なお、貞任の享年を『今昔』は貞任ばなし(76)の中で記すのにたいして、『陸奥話記』は千世童子ばなし(78)の末尾で記している。どちらが本来の位置なのかは、不明である。

十一　おわりに

『降虜移遣太政官符』の史料的価値は、二点ある。一点目は、『扶桑略記』、『今昔』前九年話、『陸奥話記』などという虚構にまみれた後世の文献と違って、時間的にもっとも原点たる前九年合戦に近く虚構性もあまりみられないという点である。二点目は、いくら成立時代が早い段階であっても『頼義奏状』『義家奏状』が源氏方の言い分に即して書かれたものであるのに対して、『官符』にはそれがみられないという点である。このような観点から、この『官符』は前九年合戦の実像を復元するための上級の史料というべきだろう。これまでこの史料が顧みられなかったのは、その記述量・情報量があまり多くないためでもあるが、一方に存在する『扶桑略記』『陸奥話記』の史料的価値が重んじられてきたためでもあろう。しかし、本書の随所で述べているように、『陸奥話記』はおろか『扶桑略記』も虚構性の影響を受けていることが明らかになってきた。こうなると、事情は違ってくる。この『官符』を再評価し、読み込む必要が出てきたのである。

文　献

岩　手　県（一九六一）『岩手県史』第一巻　盛岡：岩手県

大石直正（一九七八）「中世の黎明」『中世奥羽の世界』東京：東京大学出版会

川尻秋生（二〇〇八）「受領の成立と列島の動乱」『日本の歴史4　揺れ動く貴族社会』東京：小学館

野口　実（一九八二）『坂東武士団の成立と発展』東京：弘生書林／再刊　東京：戎光祥出版（二〇一三）

野中哲照（二〇一三）「河内源氏の台頭と石清水八幡宮――『陸奥話記』『後三年記』成立前後の時代背景――」「鹿児島国際大学国際文化学部論集」14巻3号
野中哲照（二〇一四）「中世の胎動と宗教多極化政策――仏法偏重から仏法・神祇均衡へ――」「古典遺産」63号
樋口知志（二〇一六）「前九年合戦」『東北の古代史5　前九年・後三年合戦と兵の時代』東京：吉川弘文館

付　『降虜移遣太政官符』訓読と読解

（**真**任とゴシックで示した件については、一一二頁参照。）

①題目

太政官符《だいじやうくわんぷ》　伊予国司《いよのくにのつかさ》

帰降《きかう》の俘囚《ふしゆう》たる安倍宗任《あべのむねたふ》、同じく正任《まさたふ》、同《おな》じく**真**任《さねたふ》、同《おな》じく家任《いえたふ》、沙弥《しやみ》良増《りやうぞう》等《ら》五人《ごにん》、従類参拾弐人《じふるいさんじふににん》を応《まさ》に便所《びんしよ》に安置《あんち》すべき事《こと》。

※　この五人の並び順は、次の②と同じだが、④の順序とは異なる。①②は沙弥（僧侶）である良増を後回しにしたもの。「便所」は適切な場所のことで、ここでは伊予国や大宰府を指している。

②降虜の人数

宗任従類《むねたふじふるい》（大男五人《おほおとこごにん》）

正任従類二十人《まさたふじふるいにじふにん》（大男八人《おほおとこはちにん》、小男六人《こおとこころくにん》、女六人《をんなろくにん》）

真任従類《さねたふじふるい》（大男一人《おほおとこいちにん》）

家任従類三人《いへたふじふるいさんにん》（大男一人《おほおとこいちにん》、小男一人《こおとこいちにん》）

沙弥《しやみ》良増《りやうぞう》従類一人《じふるいいちにん》

※　「家任従類三人」とあって、その内訳に「大男一人、小男一人」とあるのは数が合わない。おそらく「大男」か「小男」のどちらかは二人なのだろう（計「三人」のほうを正しいとみる）。家任の従類を三人と考えて合計すると、五人の首領と三〇人の従類で合計三五人となる。①では全体を三二人としているので齟齬する。②は陸奥国から上洛してきた人数で、その後病気等によって伊予国や大宰府に下向するメンバーから三名ほど脱落したものか。この三五人のうち二〇人は、正任の従類である。しかも、女が含まれているのも、正任主従だけである（一三〇頁）。

③降虜上洛の経緯

部領使《ことりづかひ》の正六位上《しやうろくゐのじやう》行《ぎやう》鎮守府将軍監《ちんじゆふしやうぐんかん》藤原朝臣則経《ふぢはらのあつそんのりつね》従類三人《じふるいさんにん》、「右《みぎ》、正四位下《しやうしゐのげ》行《ぎやう》伊予守《いよのかみ》源朝臣頼義《みなもとのあつそんよりよし》、去《さん》ぬる月二十二日《つきにじふににち》の解状《げじやう》を得《え》たり」と称《い》ふ。謹《つつし》みて案内《あんない》を検《けん》するに、帰降《きかう》の者《もの》は、先日《せんにち》、交名《けうみやう》を注《しる》し、早《つと》に言上《ごんじやう》を経《へ》たり。随《したが》つて則《すなは》ち、「官符《くわんぷ》を下《くだ》し給《たま》はせられん」と称《い》ふ。「件《くだん》の人等《ひとら》は、後《のち》の仰《おほ》せに随《したが》ふべし」者《てへり》。陸奥国《みちのくに》に於《お》いて、裁下《さいか》を待《ま》つと雖《いへど》も、既《すで》に左右無《さうな》し。仍《よ》つて、宗《むね》たる故俘囚首《こふしゆうのしゆ》安倍頼時《あべのよりとき》の男五人《おのこごにん》を抽《ぬ》きて、随身《ずいしん》して参上《さんじやう》せし所《ところ》なり。

※　「部領」の読みの「ことり」は「事取」すなわち執行役のことで、「部領使」は人員や物資の輸送を統率する職。俘囚の引率に携わることも多かった。藤原則経は『尊卑分脈』に「頼信朝臣郎従」とある。『陸奥話記』の黄海合戦六騎武者や『古事談』三―二五話のいくさ語りで有名な後藤内則明の父または兄（系図に乱れあり）。「去ぬる月二十二日」は同年二月二十二日。頼義が「陸奥国に於いて裁下（裁可）を待」った真意には、問題がある（第四節、第五節）。「宗たる……を抽きて」からすると捕虜となった全体像はもっと大量で、その一部が選抜されたことがわかる。とくに罪深かった者が選抜されたのではなく、逆に特別待遇であったと察せられる（一三〇頁）。

④五人の降虜出頭の経緯

「抑《そもそも》、宗任《むねたふ》は、衣河関《ころもがはのせき》を破《やぶ》りし日《ひ》、鳥海楯《とりうみのたて》を去《さ》り、兄貞任《あにさだたふ》が嫗戸楯《うばとのたて》に籠《こも》り、相共《あひとも》に合戦《かつせん》せり。然《しか》れども、貞任等《さだたふら》、誅戮《ちゆうりく》せられし間《あひだ》、疵《きず》を被《かう》むりて逃脱《てうだつ》す。其の後《のち》、兵仗《ひやうぢやう》を棄抛《きほう》し、合掌《がつしやう》して降《かう》を請《こ》ふ。即《すなは》ち、陣《ちん》の前《まへ》に跪《ひざまづ》き、前悪《ぜんあく》を悔《く》う。

正任《まさたふ》、衣川関《ころもがはのせき》を落《お》とされ、小松楯《こまつのたて》に逃《に》げし時《とき》、伯父僧良昭《をぢそうりやうしやう》を相具《あひぐ》して、出羽国《いではのくに》に逃《に》げ走《はし》る。守《かみ》の源朝臣《みなもとのあつそん》斉頼《ただより》、此《こ》の由《よし》を聞《き》き、在所《ざいしよ》を囲《かこ》みし間《あひだ》、狄地《てきち》に逃《に》げ入《い》る。去《さん》ぬる年五月《としごがつ》、「命《いのち》を公家《こうか》に奉《たてまつ》る」と称《い》ひて、出《い》で来《きた》りしなり。

真任《さねたふ》、合戦《かつせん》の間《あひだ》、身《み》の病《やまひ》有《あ》るに依《よ》つて、今度《こんど》の軍《いくさ》に与《くみ》せずと云々《うんぬん》。然《しか》れども、所々《ところどころ》の楯《たて》を落《お》とさるる由《よし》（を聞《き》きて）、身《み》を遁《のが》るる所《ところ》無《な》きに依《よ》つて、降《かう》を請《こ》ひて出《い》で来《き》たる。

沙弥良増《しやみりやうぞう》、俗名則任《ぞくみやうのりたふ》、最初《さいしよ》の戦《いくさ》の庭《には》より追《お》ひ散《ち》らされて後《のち》、身命《しんめい》を助《たす》けんが為《ため》に、忽《たちま》ちに出家《しゆつけ》せり。即《すなは》ち、母《はは》を以《も》つて先《さき》と為《な》し、合掌《がつしやう》して出《い》で来《き》たる。

家任《いえたふ》、嫗戸楯《うばとのたて》に籠《こも》り、兄《あに》の為《ため》に共《とも》に合戦《かつせん》せり。而《しか》るに、貞任《さだたふ》・重任《しげたふ》・経清《つねきよ》、誅殺《ちゆうさつ》せられし際《きは》、歩兵《ほへい》の中《うち》に交《まぢ》はりて逃脱《てうだつ》せり。一両日《いちりやうじつ》を経《へ》ての後《のち》、手《て》を束《つか》ね身《み》を露《あらは》にして軍中《ぐんちゆう》に出《い》で来《き》たり」者《てへり》。

※　宗任、正任、真任、良増、家任の並びは、長幼の順とみられる。〈衣川以南〉の合戦がないこと、厨川柵の名がみえず代わりに嫗戸柵が二度出てくること、小松柵が衣川より北に位置するとみられること、源斉頼が積極的であることなど、『陸奥話記』の伝える前九年合戦像とは大きく異なる。詳細は本文で述べた。

⑤降虜の処遇

正二位《しやうにい》行《ぎやう》権《ごんの》中納言《ちゆうなごん》兼《けん》宮内卿《くないきやう》源《みなもとの》朝臣《あつそん》経長《つねなが》、宜《よろ》しく勅《ちよく》を奉《うけたまは》りて、「件《くだん》の宗任《むねたふ》等《ら》、忽《たちま》ちに旧悪《きうあく》を悔《く》い、已《すで》に降《かう》虜《りよ》と為《な》る。其《そ》の情趣《じやうしゆ》を推《お》すに、何《なん》ぞ矜憐《きんれん》せざらんや。宜《よろ》しく彼《か》の同《おな》じき党類《とうるい》に仰《おほ》せ、相共《あひとも》に便所《びんしよ》に移住《いぢゆう》せしめ、永《なが》く皇民《こうみん》と為《な》して、衣類《いるい》を支給《しきふ》せん」者《てへり》。国《くに》、よろしく承知《しやうち》し、宣《せん》に依《よ》つて之《これ》を行《おこな》ふべし。路次《ろし》の国《くに》、よろしく食馬《しよくば》を給《きふ》すべし。符《ふ》、到《いた》らば奉行《ぶぎやう》せよ。

左中弁《さちゆうべん》藤原《ふじはらの》朝臣《あつそん》泰憲《やすのり》　右大史《うだいし》小槻《おづきの》宿禰《すくね》孝信《たかのぶ》

康平七年三月二十九日《かうへいしちねんさんがつにじふくにち》

※　源経長は宇多源氏。極官は権大納言民部卿。延久三年（一〇七一）に六〇歳または六七歳で没。「皇民」は公民化を示すもの。「路次の国」は京から伊予国・大宰府までの道中の国々。「食馬」は食事と馬。藤原泰憲は高藤流藤原氏で、極官は権中納言。小槻孝信は『尊卑分脈』、『群書類従』5、『続群書類従』7下の「小槻氏系図」で確認できるが、経歴については未詳。

第六章　康平七年『頼義奏状』『義家奏状』の虚実

――『陸奥話記』形成期における源氏寄りプロパガンダの存在――

本章の要旨

康平七年（一〇六四）成立の『頼義奏状』『義家奏状』は、猟官運動のために自らの功績をアピールする文書なので、多少の捏造性を含んでいる。しかし、源氏側が合戦から二年後にどのような認識を持っていたかを窺い知ることのできる貴重な史料である。

『頼義奏状』の成立時期はこれまで治暦元年（一〇六五）とされてきたが、その前年の康平七年が正しく、『頼義奏状』（五〜八月）→『義家奏状』（十一〜十二月）の順で成立したと考えられる。源頼義と源義家が親子であること、両奏状がどちらも康平七年に成立したとみられること、共通の語句が多く用いられていることから、作者は同一人物か師弟関係ぐらいの近さにあると考えられる。

『百練抄』等によれば、天喜四年から五年にかけて源頼義は安倍頼時と交戦していたことになっているのだが、このことが両奏状にはいっさいみえない。安倍頼時は討ち死にではなく負傷がもとで死去したのが真相であるし、頼時の対戦相手は安倍富忠であった可能性が高い。それゆえ、康平七年の段階でそれが頼義の戦功と位置づけられていなかったことを、両奏状が物語っている。

『頼義奏状』には頼義の父頼信が平忠常を討った（事実はそうではない）との認識が見えているが、これは『陸奥話記』に引き継がれてゆくものとして注目すべきである。

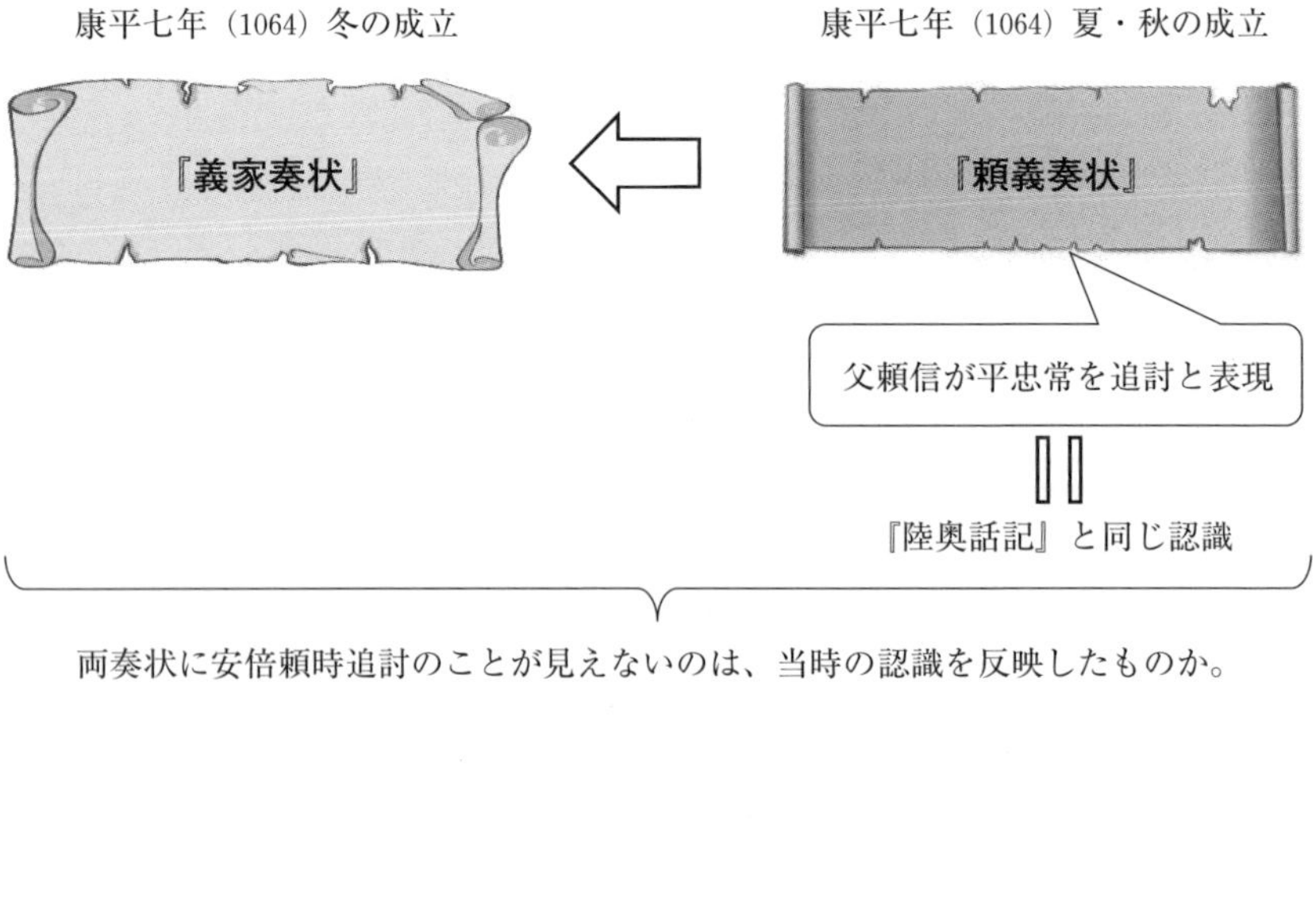

一　問題の所在

本章で問題にするのは、いずれも康平七年（一〇六四）に書かれた、『頼義奏状』と『義家奏状』である。[1]『頼義奏状』は『本朝続文粋』第六「奏状」に収載された文書で、正式には「正四位下行伊与守源朝臣頼義誠惶誠恐謹言　請殊蒙天恩依征夷功被下重任宣旨興複（復）任国勘料公事状」という。一方の『義家奏状』は『朝野群載』巻二十二「諸国雑事上」に収載された文書で、正式には「前出羽守従五位下源朝臣義家誠惶誠恐謹言　請特蒙天恩依征夷功被拝任越中国守闕状」という。いずれも前九年合戦終結から二年後に書かれたものである。いわゆる申し文（猟官運動のために自らの功績をアピールする文書）なので、当然のことながら源頼義・義家に有利な主張が述べられている。したがって、この両奏状がそのまま前九年合戦の実像を反映しているとは言えない。しかし、前九年合戦にたいする一方（勝利者側、源氏側）のメッセージが明瞭に窺い知られる史資料であり、その性格を明らかにすることは、これの対極にある敗者側、非源氏側（たとえば清原氏側）の認識を照射することにも通じる。そのことは、複雑で重層的な構造を呈している『陸奥話記』の性格を解明する糸口になるものだろう。なお、一六七頁以降に両奏状の訓読と読解を収めた。

（1）『頼義奏状』『義家奏状』ともに、新訂増補国史大系本による。ただし、後者については、『朝野群載巻二十二　校訂と註釈』（吉川弘文館、二〇一五）も参考にした。

二　『頼義奏状』『義家奏状』の信頼性とその意義

『頼義奏状』が収められている『本朝続文粋』はその名のとおり『本朝文粋』の続編で、後一条帝から崇徳帝の保延六年（一一四〇）までの文書類を集めた規範文集で、「近衛天皇のころ（永治元年（一一四一）〜久寿二年（一一五五））に成立したか」（『国史大辞典』）とされる。ここに収載された三二一篇の性格、想定される出どころ、編纂の時代性（作文から一世紀程度の近さ）からみて、かなり史料的信頼性の高いものである。これに収められた文書で、これまで偽書性が指摘されたものは、管見に及ぶかぎりない。編者については、古くから藤原季綱とされてきたが、現在では疑問視されている（『国史大辞典』）。

次に、『義家奏状』が収められている『朝野群載』は、三善為康の編になる漢詩文集・文書集で、永久四年（一一一六）にいったん成立し、その後も二〇年近く追補を経たものである。編纂途中の未完であったともされ、文書の重複、錯簡もみられるが、これも『本朝文粋』に倣ったもので当時の文書の規範とされるものを集めたものであるので、史料的信頼性はきわめて高い。

前者は源頼義、後者は源義家の立場から朝廷に提出された奏状だが、当時の武士の社会的立場やそこから察せられる教養の程度から察して本人の作とは考えにくく、いずれも漢文学に通じた当時一流の文人の手に成る代作であろう。後述するように、使用された用語や論理展開も近似しており、頼義と義家が親子であり、成立年次もほぼ同時期であることから、両奏状は同一成立圏（同一作者か、師弟関係など）での成立である可能性が高い。

このように、成立圏も明確で、史料的信頼性もある文書であるにもかかわらず、これまで前九年合戦や『陸奥話記』研究の場で十分に活用されてこなかった。それは、両奏状とも強烈な自己主張、自らの立場の正当化がみられるからである。歴史学の立場からすれば、偽書ではないものの史実を解明するうえでは扱いにくい文書として敬遠されてきたのである。それも、無理からぬことである。文学の立場においても、両奏状にみえる認識が『陸奥話記』研究にどのように切り結ぶのかが見えず、等閑視されてきた。(2) たしかに、直接的には史実の解明にも物語の分析にも機能しにくい両奏状であるが、当時の時代社会の認識を窺うには格好の材料である。なぜならば、一連の拙稿（野中（二〇一三a、二〇一三b、二〇一四）で徐々に明らかになってきたように、一一世紀の後半は、オオヤケとワタクシの関係が不安定で――本質的な意味での中世の胎動というべき時代である――、対立する両陣営が公権性をめぐって綱引きやせめぎ合いを繰り広げていたからである。両奏状の一方的ながら強烈なメッセージ性は、当時の認識を窺ううえで特筆すべき位置にある。

（2）水原一（一九六七）は、『頼義奏状』と『陸奥話記』の関係を論じた数少ない論稿で、「傭兵倫理」としての「節」の共通性から、両書の作者を同一人物とする仮説を提出している。上野武（一九九三）も、両奏状と『陸奥話記』の語句の共通性を指摘して、やはり同一作者説（藤原明衡）を立てている。ただし、いずれも前九年合戦にたいする認識を正面から扱ったものではなかった。

三　『頼義奏状』の成立年次

『頼義奏状』は、その末尾の年月日を記すべきところに、「年　月　日」とあるだけで具体的な成立時が不明なので、まずはそれを解明する必要がある。従来、『頼義奏状』については治暦元年（一〇六五）とする考えが一般的であった。成立問題を本格的に論じた論稿はないものの、『奥州藤原史料』は「年　月　日」の横に（治暦元年）と傍記しているし、上野武（一九九三）など諸論稿で引かれる場合には、治暦元年の文書として扱われてきた。その理由は、『頼義奏状』の内容が伊予守重任を奏請するものだからだろう。旧説は、頼義がそれに任じられたのは康平六年（一〇六三）二月で、そこから任期四年の終わりが近くなってきた治暦元年あたりに重任の申請がなされたと考えたようだ。しかし、この推定は内容面から考えて、おそらく正しくない。

まず『頼義奏状』には、成立年次を探るうえで重要な表現がある。頼義任伊与守の「四年の任、二稔《（年）》空しく過ぐ」

である。前九年合戦は康平五年（一〇六二）九月に終結し（『百練抄』によれば九月十七日。『十三代要略』では十月二十九日に都に報告が届いている）、頼義らは翌康平六年二月十六日に上洛し（『水左記』『十三代要略』『百練抄』『帝王編年記』『扶桑略記』）、同じ二月の二十七日に伊予守に任じられている（『十三代要略』『百練抄』『扶桑略記』）。通常の除目は正月と八月に行われるはずだが、この場合は、それまで伊予守であったとみられる藤原邦恒(3)をやめさせて頼義を臨時的に伊予守に任じたので、二月でもありえたのだろう。「四年の任、二稔（年）空しく過ぐ」は、一〇六三～六六年の四年間の任期のうち二年間が空しく過ぎようとしているという意味だろうから、一〇六四年に入ったころということになろうか。あるいは、一〇六五年二月も過ぎて丸二年を経過した時期だと読めなくもないのだが、当時の慣例としてふつうは満《まん》ではなく数え年の数え方で足掛け何年と数えるものである。また、『降虜移遣太政官符』によって、降虜の移送が確定したことから次の段階として、伊予に下向するにあたって任期延長を求めたと考えるのが流れとしては自然である。翌年のことだとすると、頼義が下向したあとに重任を求めたことになるので、場当たり的になってしまう。

（3）この時期に邦恒が伊予守であったことは『定家朝臣記』康平三年七月八日条にみえ、任期四年とみて康平六年末まではその任期が残っていたと考えられる。『尊卑分脈』によれば邦恒は治暦三年（一〇六七）八月十九日に八二歳で卒しているので、康平六年の時点で七八歳。年齢的に見て、邦恒が伊予守から次の職を与えられたとは考えにくく、別の形で褒賞が行われたのだろう。

四年任期の二年目で重任を奏請するのは早すぎるのではないかとの疑問が涌くかもしれないが、伊予下向を渋っていた頼義からすると、任期の延長を担保してから赴任したかったのではないだろうか。それに、四年任期であることは周知であったので、一、二年前からどこそこが空きそうだと猟官運動する者も多く、それらを牽制する意味もあったのだろう〔たとえば『左経記』長元四年（一〇三一）七月三日条に「明年、丹波、欠くべし。もし然るべくはこれに遷任せんと欲す」などとある〕。

ここで注目しておきたいのは、『魚魯愚抄』巻四の「紀伊守景理　二ヶ年延任」「伊賀守親房　二ヶ年延任」「長門守季綱　二ヶ年延任」という記事である。時代的には同じ一一世紀後半の事例である。これらによると、国司の任期延長は一年や三年がなく、二年が定型であったことを示している。それに従えば、伊予守の任期が切れそうなのを見越して早めに二年間の延長を確保しておくという発想は十分にありえたということである。

このようなことから、**『頼義奏状』の成立は、康平七年ということで、まず動かないだろう。**旧説の治暦元年説からすると、一年遡及させたかたちになる。この推定は、次の『義家奏状』との先後関係によって補強されることになる。

四　『義家奏状』の成立時期

『義家奏状』は、その末尾に、「康平七年　月　日」とあるので、一〇六四年に書かれた文書であることが知られる。しかし、何月のものであるかは不明であるし、『頼義奏状』との先後関係もわかっていない。『義家奏状』は、出羽守であった義家がそれを辞任して新たに越中国守（欠員が出ていた）の職を望むというのがこの文書の主旨なのだが、その理由は、

　新たに褒𤘽《ほうしやう》を蒙るに、頼義朝臣を以て伊予守に任ぜられ、義家を以て出羽守に任ぜらる。然而、南海・東山、其の程、渺焉《べうえん》たり。仁恩の適及に喜ぶと雖も、猶ほ勲功の遠隔を恨む。是れ以て、孝を専らにせんが為、出羽守を辞せんことを思ふ。

というものであった。「南海」は伊予国を、「東山」は出羽国をそれぞれ指し、父頼義の任地と自らの任地とが離れているゆえに、父への孝行ができないというのだ。自らが越中国守になれば父と近くなるという。このような私的理由

によって遷任を申請すること自体、その強引さは驚くべきことだが、ここで注目したいのは、父の任国が伊予国であることを前提にしている点である。

後述するように（本章「付」の『頼義奏状』⑦）、康平五年九月に前九年合戦が終結したにもかかわらず、同年中は頼義は陸奥国を離れたがらなかった。陸奥守としての重任を望んでいた可能性さえある。そしてまた、翌年二月に上洛してからも、新たな任地である伊予国にすぐに下向するどころか、口実を設けて再び陸奥国に下向している（前章）。頼義が陸奥守への復帰を断念し、あるいはまた別のよりよい官職への遷任を諦めて、伊予守の職を受け入れたのは、康平七年四月以降（おそらく五月〜八月ごろ）のことと考えられる。[4] その段階になって、伊予守の重任を望む『頼義奏状』が書かれたのだろう。結果的に頼義の伊予守重任は叶わなかったようだが、康平七年の『頼義奏状』『義家奏状』が書かれた段階では、そのようなまさに夢のようなこと（父頼義の重任と息義家の任越中守の同時成就）が源氏内部では現実的に想定されていたとみてよい。

（4）『降虜移遣太政官符』の「宜しく彼の同党類に仰せて、相共に便なる所に移住せしめ」の表現からみて、頼義が都から伊予へ帯同することを想定しているようだ（「相共に」は五人の俘囚を同じ場所に置く意味ではない）。また、『樗囊抄《ちよのう》』によれば、「伊予守源頼義」が、康平七年四月十三日に「陸奥交易御馬」を貢納し、それを後冷泉帝が南殿（紫宸殿）に出御して観覧している。伊予守に任じられていながら、この時期まで都にいたことが確認できるということである。

『義家奏状』は、父頼義が伊予守である状況が今後しばらく続くことを前提にして書かれているので、成立順としては明らかに『頼義奏状』→『義家奏状』の順である。父の伊予守としての任期が残り一年余りしかないことを前提にしていたならば、父に近づくために越中国への遷任を願い出るなどということはありえない。そういう意味で、両奏状の認識は連動しているといえる。『頼義奏状』を提出してその申請内容が実現する期待があるうちに（却下される前に）、『義家奏状』が提出されたのだろう。前節で『頼義奏状』の成立を、旧説の治暦元年（一〇六五）ではなく康平七年（一〇六四）だとした。旧説のままだと『義家奏状』→『頼義奏状』の順となるわけで、父頼義が重任の申請もしていない段階で（つまり残任期間の少ない中で）、義家が伊予の父に近づいて親孝行するために越中を望むなどという支離滅裂な流れになる。康平七年説で違和感が残るとすれば「二稔空しく過ぐ」の二年を〝満二年〟ではなく〝足掛け二年〟と解釈する点だが（一四八頁）、当時の類例を拾うとむしろ足掛けのほうが一般的である。

＊　＊

両奏状の先後関係という観点から、もう一つ注目すべき表現がある。『頼義奏状』の、

仍て、去ぬる永承六年（一〇五一）、忽ちに頼義を以て征罰せしめんとし、彼の国（陸奥国）に任ぜらる。天喜元年（一〇五三）、鎮守府将軍を兼ねしむ。

である。頼義が陸奥守に任じられたのと、鎮守府将軍の兼任を拝命したのでは、二年間の開きがあるということである。じつは、このことは頼義の陸奥守下向が「征夷」のためではなかったことを示唆する重大事項なのだが（第一章）、そのことは今はおくとして、これが『義家奏状』になると、

爰に親父頼義朝臣、勤王の選に当たり、征夷の詔《みことのり》を蒙る。奥州の刺史に任ぜられ、鎮守府将軍を兼ぬ。

となっている。この表現からみて、陸奥守に任じられたあと、鎮守府将軍の兼任を言い渡されたと表現しているようにも見えるが、二年間あったはずの時間差は無化され、ほとんど同時の任命であるかのように印象づけられている（当然のことながら、征夷のための陸奥下向という歴史観の捏造意識と密接に関わる）。次のように、周辺の史資料ではむしろこのほうが一般的である（いずれも原漢文）。

X前陸奥守兼鎮守府将軍源頼義、安倍頼時を追討すべき由、宣旨を下され、合戦せり。（『帝王編年記』天喜四年八月三日条）

Y鎮守府将軍 前陸奥守源頼義、俘囚安倍貞任・同重任・散位藤井《原》経清等三人首を梟し、京師に伝ふ。（『扶桑略記』康平六年二月十六日条）（89）

Z拝して陸奥守、兼ねて鎮守府将軍と為し、頼良を討たしむ。（『陸奥話記』（6））

これら以外に、頼義のことを「前陸奥守」あるいは「鎮守府将軍」とする史資料はそれぞれ別個に存在するのだが、一か所で両職を併記する場合、そこに二年間の時間差があったなどと語るのは、現存史資料で『頼義奏状』が唯一のものである。

常識的に考えて、両職の任官時期がデリケートに区別され表現されていたものが、わかりやすさのための一括意識・単純化意識によって同時期の任官であるかのように表現され直す方向なら想定できる。また、源氏の正当化のために（最初から安倍氏追討のための任官であると）任鎮守府将軍も同時だと表現されることはありえたとしても、もともと同時任官であったものを別の時期にずらして虚構される意図は想定しにくい。しかも、『頼義奏状』は史料的信頼性も高く、頼義の立場から書かれたものなのである。自らの立場を有利にするための捏造はあっても、不利にするためのそれはないだろう（任鎮守府将軍が二年遅れることは、当初から征夷のための赴任ではなかったことを匂わせることになるゆえ頼義にとって不利）。ゆえに、唯一の残存史資料なのだが、**『頼義奏状』にあるように、頼義の任陸奥守と任鎮守府将軍とは、二年間ずれるとするほうが事実なのだろう。**

第一章で述べたように、源頼義が陸奥国に下ったのは、安倍氏追討のためではなかったようだ（〝追討目的〟があとから意味づけされた）。つまり、永承六年（一〇五一）時点では通常の陸奥守としての下向であった（多少の緊張感がある程度）のに、天喜元年（一〇五三）ごろから源頼義と安倍頼時の関係に摩擦が生じ始めたものとみられる。そのような変質の過程も重要なのだが、ここでは当初通常の陸奥守としての任官であったところに注目すると、『頼義奏状』の語るように、永承六年に陸奥守に、天喜元年に鎮守府将軍に、それぞれ任じられたと考えたほうがよいだろう。

『国司補任』によって歴代の陸奥守と鎮守府将軍の名をみても、一〇世紀以降で同一人物が同時にこの両職に任じられた例は、頼義以前には皆無である。このことから考えても、永承六年（一〇五一）の時点で、頼義を「陸奥守兼鎮守府将軍」などと表現するのは、おそらく虚構だということである。〝征夷のための任命〟であることを強調する《指向》に支えられた偽装である。ただし、前掲の史資料を再検討してみると、そのように読めるのはZの『陸奥話記』（「拝して陸奥守、兼ねて鎮守府将軍と為し」）のみである。Yの『扶桑略記』康平六年二月十六日条（「鎮守府将軍前陸奥守源頼義」）は現職が鎮守府将軍で前職が陸奥守なのでじつは兼任ではない。Xの『帝王編年記』天喜四年八月三日条（「前陸奥守兼鎮守府将軍源頼義」）は不自然な表現で、「前陸奥守」ならばそれと「鎮守府将軍」を「兼」ねるという表現はありえない。「兼」ねたのなら陸奥守は「前」職ではないことになる（Yからみて、おそらく「兼」のほうが誤りなのだろう）。このように、両職兼任をめぐって虚構化されたZ、虚構化される以前のY、誤写を含んだ問題のあるXというように、違いもみえてくる。

さて本題に戻るが、**頼義の両職任官時期をデリケートに区別して語った『頼義奏状』のほうが早い時期の成立で、両職任官時期のずれをほとんど意識していない『義家奏状』のほうが後出的であると考えてよい**。それだけではない。この認識のずれからすると、両奏状は相次いで書かれたものではないということも判明する。両奏状は同じ康平七年の成立で、しかも後述するように同一の作者の手に成るかと思われるほど表現や論理展開の近似もみられるのだが、たとえば数日違い、あるいは一か月違いのようなほぼ同時期の成立であれば、このような認識のずれは生じないであろう。同じ康平七年でも、両奏状の成立時期は数か月は開く可能性が高いということだ。

当時の公家日記類をみると、正月除目のために十二月ごろその折衝や内示が行われている例が多い。『義家奏状』にみえる越中守の欠員補充[5]は、翌康平八年の正月除目で行われる予定だったのではないだろうか。すると、『義家奏状』は、その話題が本格化する前の康平七年（一〇六四）の十一月か十二月に提出された文書だと推定することになる。そのように措定すると、**『頼義奏状』の成立時期は、同年の夏か秋の初め**（五〜八月）**と考えるのが妥当だろう。**

（5）『大日本史』は康平七年三月に義家が「任越中守」とするが、『国司補任』は、「越中守を望むも補任の確認なし」とする。

五　『頼義奏状』『義家奏状』と同時代史資料との懸隔

『頼義奏状』『義家奏状』の表現世界に没入してしまうと、それが特殊なものであるということに気づかない。両奏状を相対化するために、同時代の史資料の表現する前九年合戦像と比較してみる。

まず、『帝王編年記』『十三代要略』の天喜四年（一〇五六）八月三日条、『百練抄』同年十二月十七日条、『帝王編年記』『十三代要略』天喜五年八月十日条、『諸道勘文』などによれば、**天喜四年から五年にかけて、源頼義は安倍頼時と交戦状態にあったことは間違いないのだが、このことが両奏状にはいっさいみえない**。不可解である。これについては第二章で詳述したが、安倍頼時は戦闘で討死したのではなく、負傷がもとで一年ほどのちに死去したのが真相であるようだし、その時の軍功も安倍富忠にあるというべきである。それゆえに、**初期の記録では、源頼義の軍功とは位置づけられていなかったのだと推測される**。ところが、源頼義の陸奥国での一二年間という期間を強調するために——実質的な戦闘期間がわずか二か月であることや清原氏の活躍によって勝利を収めたことを隠蔽するために——後づけで、安倍頼時の死を源氏の軍功であるかのようにすり替えたのだろうと考えられる。その証拠が、『扶桑略記』や『陸奥話記』である。『扶桑略記』には前九年合戦の後半、すなわち清原武則参戦以降の二か月弱のみが独立した『奥州合戦記』という書名でまとめられた部分があり、安倍頼時の死を含む『陸奥話記』前半部相当部分はそこに含まれていない。また、『陸奥話記』でも、後半部は日時や地理表現が詳細で叙述の密度も濃いのに対して、前半部はいかにも取って付けたようにそれらが疎であるという著しい違いがある。安倍頼時の死は、その前半部に含まれているのである。

両奏状は、合戦終結から二年後の成立という生々しい段階で成立したものである。陸奥に在任した一二年間を強調するという点が突出して主張されたり、その内実を整えたり論理的な緻密さを帯びたりするよりも前の姿を留めているということなのだろう。ここに、**源頼義が安倍頼時を追討したなどという認識がみられないことが、きわめて重要である**。(6)

（6）もちろん、後世の軍記類にも、源頼義が討ったのは「頼時・貞任父子」ではなく「貞任・宗任兄弟」だとするものが圧倒的に多いのだが、それは前九年合戦の平定ないしは終結という最終部分に焦点を当てた表現なのだろう。

両奏状と同時代史資料との相対化で注目すべき第二の点は、源頼義の資格の安定性・不安定性の表現がまったく異なることである。『頼義奏状』に「（安倍氏の暴悪表現を受けて）忽ちに頼義を以て征罰せしめんとし、彼の国に任ぜらる」、『義家奏状』に「爰に親父頼義朝臣、勤王の選に当たり、征夷の詔を蒙る」とあるように、初めから安倍氏追討のために陸奥守に任じられたかのように表現されている。ところが、同時代史料には、そうではないものが多い。『帝王編年記』天喜四年八月三日条の「安倍頼時を追討すべき由、宣旨を下され合戦す」が公認を示す比較的早いものだが、これとても永承六年からすると四年後のことである。もっとも気になるのは『百練抄』天喜四年十二月十七日条の「諸卿、前陸奥守源頼義、俘囚頼時と合戦の間の事を定め申す」である。「合戦」とあって「追討」ではないし、最初から追討目的で派遣しているのだったら、諸卿が「定め申す」ようなことにはならない。『十三代要略』天喜四年八月三日条にも「陸奥守源頼義、俘囚安倍頼時と合戦す。頼時、敗る」とあって、これも「追討」ではなく「合戦」と表現されていて、私闘のように読める。少なくとも官軍が逆賊を追討するような表現のされかたはしていない。

そもそも、ほんとうに源頼義が安倍氏追討のために陸奥守に任じられたのだったら、その任が終わる前に交替させるようなことはありえない。『百練抄』天喜四年十二月二十九日条に、「源頼義、更に陸奥守に任ず。征夷の為なり。陸奥守良綱、兵部大輔に遷任す」とあって、いったん藤原良綱が陸奥守になり、その交替がうまくいかなかったために頼義が再任されたというのである。そのような征夷がありうるだろうか。そもそも、征夷のために陸奥守に任じるということはない。征夷将軍や征東将軍かせめて追討使に任じ、天皇が節刀を授け、軍事大権を委譲して、任期未定で（征夷が成し遂げられるまで続行）、任地に赴くものである。そのような軍事に携わる将軍と、警察権に留まる国守とでは、大きな性格の相違があるはずだ（たしかに頼義はただの陸奥守ではなくなり、のちに奥六郡鎮定（安倍氏追討ではなく）の任を負わされたようなのだが、その際の資格も鎮守府将軍であって征夷将軍や追討使ではなかった（第一章））。

相対化で注目すべき第三は――前項と関わることだが――『帝王編年記』天喜四年八月三日条、天喜五年八月十日条、『百練抄』天喜四年十二月十七日条、『扶桑略記』天喜五年八月十日条には、頼義について「前陸奥守」の表現が出るのである。**頼義が陸奥守でなくなった時期が確実に存在した**ということだろう。この合戦のどこかの段階で（あるいは終結後）安倍頼時追討が朝廷によって公認されたのは事実だろうが、いくさの性格が変質したようなのである（第一章、第二章）。それを、**最初から宣旨を受けた安倍氏追討のための任命であるかのように、両奏状は、後づけで認識を変更している**ようなのだ。

同時代の史資料との相対化によって、『頼義奏状』『義家奏状』が源氏の立場に著しく偏った特異な様相を呈しているものであることがわかる。その特異性を、『陸奥話記』の重層構造の中の一部が引き受けているという点も、重要である。

六　『頼義奏状』『義家奏状』の成立圏

源頼義と源義家が親子であること、『頼義奏状』『義家奏状』がどちらも康平七年に成立したとみられることから、両奏状の成立圏も共通すると考えるのが自然だろう。両奏状の共通性は、使用語彙や認識の共通性からも窺える。

まず使用語彙の点では、【表11】のとおり一二項目にわたって共通点を指摘することができる。冒頭の〈題目〉および末尾の〈むすび〉はほとんどが重なっている。奏状の定型であるから重なるのは当然のよう

【表11　『頼義奏状』『義家奏状』の使用語彙の共通性】

語義・文脈	**『頼義奏状』**	**『義家奏状』**
1、題　目	誠惶誠恐して謹みて言す。殊に天恩を蒙りて、征夷の功に依て	誠惶誠恐して謹みて言す。殊に天恩を蒙りて、征夷の功に依て
2、安倍氏のこと	**虎狼**の俗に向かふ	**虎狼**の驍勇に習ふ
3、戦闘の様子	**矢石**を交へ	**矢石**を避くること無く
4、安倍頼時のこと	其の**魁首**たりし者	**魁帥**の首を
5、辺境のこと	**辺塞**の外に決す	遠く**辺塞**に赴く
6、戦法のこと	**兵略**に依て	**兵略**を施す
7、安倍氏の余類	其の余の**醜虜**	**醜虜**を討撃し
8、いくさの手柄	**軍功**有りし者	**軍功**に優らば
9、安倍氏のこと	**東夷**を征服するや	**東夷**を征し
10、自らの功績	天恩を望み請ふ。征夷の功に依て	天恩を望み請ふ。征夷の功に依て
11、中国の先例	昔は班超の、西域を平らぐるや	昔は班超、西域を討ち
12、むすび	頼義、誠惶誠恐して謹みて言す	義家、誠惶誠恐して謹みて言す

に見えるが、当時の奏状のすべてがこのように表現されるわけではない。たとえば、〃ことに・とくに〃の意で使用される言葉として「殊に」「特に」の両様が奏状にみられたり、そこに尊敬の「被」が入るものと入らないものがあったり、〃〜による〃も「依」「因」両様がみられる。〈自らの功績〉の表現（「天恩を望み請ふ。征夷の功に依て」）もまったく同一である。これも、定型表現だとみてよい。注目したいのはむしろそれ以外の九項目である。そのままそっくりの剽窃《ひょうせつ》ではなく、微妙に用い方や表現がずらされているのである。このことは、先出の『頼義奏状』を後出の『義家奏状』が参考にしたのだとしても、漢語の意味内容をよく消化していて、共通のボキャブラリーであっても自在に駆使することができたことを示している。透き写しのような真似ごとの作文ではないということである。

以上のことから、『頼義奏状』と『義家奏状』は、同一人物の手になるか、師弟関係ぐらいの近いところで作文されたものと考えてよいだろう。作者として、『陸奥話記』作者説にも名前の挙げられていた紀成任（山本賢三〔一九三一〕説）、藤原明衡（九八九〜一〇六六、上野武〔一九九三〕説）、その子である敦基（一〇四六〜一一〇六）、明衡の弟子ともいうべき大江匡房（一〇四一〜一一一一、水原一〔一九六七〕説）が候補になる。

この中でもっとも年長なのは藤原明衡で、康平七年時点で七六歳、逆にもっとも若いのは大江匡房で、康平七年（一〇六四）時点で二三歳である。匡房は、天喜四年（一〇五六）、一六歳で省試に及第して文章得業生となり、康平元年（一〇五八）に対策に合格したほどの秀才であったので、少々若くても無理な想定ではない。上野武（一九九三）はこれを無理だというが、それは両奏状と『陸奥話記』の作者を同一人物とする予定調和的結論に縛られたためだと考えられる。

論者は、『陸奥話記』の重層的な成立過程のいずれかの段階で、大江匡房が関与した可能性がきわめて高いと考えている。その理由は、大曾根章介（一九六四）、柳瀬喜代志（一九八〇）の指摘するような、『陸奥話記』の文章のレヴェルの高さと匡房の力量が符合するという理由だけではない。匡房は相当の策士で、自家の系図を捏造したり、八幡信仰の昂揚に一役買ったりと、黒幕として世論を誘導するような政治的な動きをしているからである（吉原浩人（一九九〇、一九九五、二〇一二））。別稿でたびたび述べているように、『陸奥話記』は世論誘導の性格の強い物語である。深い読解ができなければ、危うく騙されそうになる巧みな言説が仕組まれている。つまり、匡房が残している『大江氏系図』『筥崎宮記』などと『陸奥話記』とは、認識や方法という深いレヴェルでの共通性があるのだ。匡房は、後三年合戦前後には源氏を称揚する動きを見せており（野中（二〇一三b））、そのような関係が前九年合戦直後にまで遡及できるとすれば、『頼義奏状』『義家奏状』は匡房の若いころの習作的な作品だと考えられなくもない。あるいは、『頼義奏状』が明衡で、『義家奏状』が敦基や匡房だという可能性もあろう。

七　『頼義奏状』『義家奏状』と『陸奥話記』との距離

さて、『頼義奏状』と『義家奏状』が同一成立圏で成ったものとして、それと『陸奥話記』とは、どの程度、表現や認識が共通していて、どの点で異なっているのかを確認しておく必要があるだろう。これについては上野武（一九九三）が、「矢石」「運籌」「千里」の三例の一致を指摘しているのだが、[7]もう少し洗いなおす必要がありそうだ。

（7）　さらに上野は、両奏状にみえる「鳥塞」を鳥海柵のこととして論を展開しているが、後掲の吉松大志（二〇一五）も指摘するように、「鳥塞」ではなく「辺塞」と解すべきだろう。「鳥」と「辺」は草体字がよく似ているための誤写だと考えられる。両奏状で固有の城柵の名が挙げられるのは唐突で、漢文のリズムとしても形式や格の問題としても、ありえない。『大漢和辞典』には「辺塞」も「鳥塞」も見出し語としては存在しないが、『広漢和辞典』には「辺塞」があり「国境地帯」「国境地帯に住んでいる異民族」などと解されている。

両奏状と共通する語彙として、『陸奥話記』にも「東夷」「戎狄」「採択」「恩賞」「魁帥」「驍勇」「激怒」「忠節」

ている。

「朝廷」「下向」「辞退」「余類」「勲功」の表現は出てくる。とくに「驍勇」は頻出で、『陸奥話記』に六度も使用されている。

まったく同一というわけではないものの、類似の表現を『陸奥話記』―両奏状（『頼』『義』）の形式で列挙すると、次のように一〇例に及ぶ（先述のように上野が指摘しているのはこのうち三例）。

1　六郡（『陸』）―六箇郡（『頼』）

2　威名は大いに振ひ、部落は皆服せり。六郡に横行し、人民を劫略す。賦貢を輸さず、徭役を勤むること無し（『陸』）―奥州の中に東夷蜂起し、郡県を領し、以て胡地と為し、人民を駈り、以て蛮虜と為す。…（中略）…数十年の間、六箇郡の内、国務に従はざること、皇威を忘るるが如し（『頼』）

3　子孫尤も滋蔓し、漸く衣川の外に出づ（『陸』）―就中、近古以来、暴悪、宗と為す（『頼』）

4　代々驕奢なるも、誰人も敢て之を制すること能はず（『陸』）―中国の人、敢へて当たるべからず（『義』）

5　賊類は新羈の馬を馳せ（『陸』）―騏驥の駿足に騎り、虎狼の驍勇に習ふ（『義』）

6　若し身命を惜しみて死力を致さずば、必ず神鏑に中りて先づ死せん・今日の戦に於て、身命を惜しむこと莫れ（『陸』）―身命を顧みずして、矢石を避くることなく（『義』）

7　籌策を運らし（『陸』）―籌を氈帳の中に運らし（『頼』）

8　希代の名将（『陸』）―希代の大功（『義』）

9　自ら矢石に当り、戎人の鋒を摧く（『陸』）―矢石を交へ、以て万死の命を忘れ（『頼』）、矢石を避くること無く（『義』）

10　千里の外（『陸』）―千里の路（『頼』）

さらに巨視的に概観して、認識の点でも次の共通点を認めてよい。

A　長元擾乱（平忠常の乱）を、父祖源頼信の軍功として称揚している点（次節で詳述）。
B　前九年合戦を、初めから征夷の戦いと位置づけ、頼義の任陸奥守をそのための任命と解釈している点。
C　安倍氏を朝廷にまつろわぬ暴悪の徒とし、追討されるべき一族だと表現する点。暴悪ゆえ追討の対象になるのであるから、これはAと連動している。
D　安倍氏が奥六郡を支配し、そこを独立国家的だと表現する点。国家に従わぬ印象を打ち出すために独立国家的だと表現されるわけだから、これはBと連動している。
E　安倍氏追討の頼義の資格を、陸奥守なのか鎮守府将軍なのか、あえて明確にしようとしていないようにみえる点。頼義や源氏の正当化の意識から生じるものであろうから、これはAと連動している。
一方で、両奏状と『陸奥話記』とで異なる認識をみせているところもある。
F　両奏状は頼義・義家が陸奥に滞在した期間（『頼義奏状』では「十三年」）を一括する意識があるが、『陸奥話記』では頼義の陸奥守の任期が一度か二度更新されたかのように読める。
G　両奏状は単純に頼義・義家の立場の正当性を説くばかりであるが、『陸奥話記』では頼義・義家父子や源氏方の活躍を手放しで称賛するだけではない面を持っている。

このうち、相違点であるFとGについて少々補足しておく。

【Fについて】

先述のように、当時の史資料からすると、「前陸奥守」などという表現が出てくるので、前九年合戦時における頼義の資格には不安定さがあるのだが、両奏状にはそれがいっさいみられない。明確な自己主張や強引な姿勢は、まさに同時代史資料とは対極的である。

【Gについて】

いま右に列挙したもののうちGがもっとも重要なのだが、『陸奥話記』の重層構造のうち、見せかけのところでは源氏を称賛しているようにみえるのに、本音らしきものはそうではないという二枚舌的な屈折した性格をもっているところである（第十章、第十一章、第十八章）。逆の言い方をすれば、われわれはこの現象から、本音をストレートに打ち出しにくい時代相を感じ取るべきではないだろうか。

本章で『頼義奏状』『義家奏状』に着目した理由は、じつはそこにある。前九年合戦が公戦かどうか危うい線上にあったのが事実らしいのだが、武力を背景にして、あるいはそれに擦り寄る一部の勢力があって、源氏を正当化し称揚する猛烈なプロパガンダの嵐が一一世紀後半に吹き荒れていたと察せられるのである。それには、黒のものを白といわんばかりの凄みがあった。一〇六〇年代、七〇年代のことである。これに乗って後三条・白河朝初期に源氏は急速に台頭し（野中（二〇一三b））、またその強引さが警戒されて後三年合戦後には冷遇されるに至ったのである。この時期における源氏と反源氏のすさまじい綱引きの動きが見えなければ、『陸奥話記』も、当時の政治も、宗教政策も、見えてこない。

八　長元擾乱《じょうらん》（平忠常の乱）認識の通底

『頼義奏状』『義家奏状』は、それぞれ源頼義、義家が朝廷に提出した上奏文であることから、自らの立場が有利になるように作文されているのは当然のことである。ただし、他の申し文と違ってこの両奏状が重要なのは、前九年合戦認識を大きく塗り替えるような作為性・捏造性がみられることである。その詳細については他の章でも述べているが、ここだけでも次のような《源氏正当化指向》は指摘できる。①前九年合戦が、初めから征夷のいくさとして始まったかのように表現している点、②そのために安倍氏を悪逆非道な存在として形象しようとしている点、③困難を乗り越えて源頼義が征夷を成し遂げたとする点は、両奏状のもつ顕著な指向である。じつはこれ以外にも、重要な《源氏正当化指向》の表現がある。『頼義奏状』の「頼義、功臣の末葉と為て、奉公の忠節を持す」である。「功臣」が頼義の父頼信を指すことは明らかである。承平天慶擾乱に関わった源経基も多少意識されていようが、「功」が強調されるのは頼信だろう。

源頼信は、「功臣」に仕立てられたのである。そもそも、長元擾乱（平忠常の乱）は頼信が平定したのではない。長元元年（一〇二八）八月に京を出立した追討使平直方・中原成通は忠常討伐の実効を上げ得ないまま丸二年を過ごし、長元三年（一〇三〇）九月に追討使に任命された源頼信が関東に向かう前に、翌長元四年（一〇三一）春に忠常のほうから頼信のいる甲斐に投降してきたのである。このことを頼信自身が、「戦場に赴かんとせし間、不慮《おもはざる》の外《ほか》に、忠常、帰降す。そもそも、朝威の致す所にして、頼信の殊功に非ず」と述べている（『小右記』長元四年七月一日条）。ところが、忠常を都へ護送する途次、美濃国野上で忠常は病死してしまった。ここで事の意味（同時代人の認識）が変わる。忠常の身柄を京まで送ろうとしていたということは、忠常の処遇については朝廷の裁許を仰ぐことを意味していたはずだが、道中で忠常が死去してしまったゆえに頼信は忠常の首をはねて上洛したのである。これによって、**まるで頼信が忠常を〝追討した〟かのようなイメージが形成されてしまった**。頼信は、はからずも英雄化への道を歩むことになったのである。これによって朝廷は頼信の意向を聞いて彼を美濃守に任命した（『左経記』同年六月二十七日条、『小右記』同年七月一日条、九月十八日条）。平直方らによる追討がはかばかしくなかったぶん、相対的に頼信が光彩を放ったという面もあったはずだ。こうして、実像以上に頼信の功績が美化された長元擾乱の像が独り歩きし始めた。『陸奥話記』冒頭に、

> 長元の間、平忠常、坂東の奸雄と為りて、暴逆を事と為せり。頼信朝臣、追討使と為《な》りて、平忠常を討つ。幷びに嫡子、軍旅に在るの間、勇決は群を抜き、才気は世を被《おほ》ふ。

などとあるように、源頼信が「群を抜」いた「勇決」と「世を被ふ」「才気」によって忠常を「討つ」たことになっている。忠常降伏と病死の事実は、隠蔽されたのである。

翻って『頼義奏状』をみてみると、冒頭の「功臣」という表現も、父頼信を〃長元擾乱平定の英雄〃として表現しようとしていることが窺える。忠常の主君である頼信が追討使になったからこそ忠常が投降してきたとされているので、それだけでも「功臣」だといえなくもないのだが、「頼義、功臣の末葉と為て、奉公の忠節を持す」には、それ以上の誇らしさが込められている。つまり、『陸奥話記』と同じように『頼義奏状』も、頼信が忠常を〃追討〃したことになっている表現なのだ。長元擾乱終結からわずかに三五年後の表現である。参戦者・見聞者の多くがまだ生存している〃あの合戦〃で、すでにそのような世論操作が行われているのだ。

頼信の思いがけない大成功と、この『頼義奏状』『義家奏状』とが認識の上で通底していることがわかる。すなわち、**頼信の結果的大成功によって、頼義時代の武士たちは〈軍功とは他の功績と違って格別の恩賞を得てしかるべきもの〉という認識をもつに至った**のである。そして、それによって**自家に有利になることならばいくぶんの捏造・虚構をほどこしてでも主張すべきことは強く主張するという態度が生じたとみられる**。そして、『陸奥話記』の重層構造の中のある一層がそれを引き継いでいるのである。

九　おわりに——武士論の再構築のために——

いわゆる申し文としては、両奏状は一般的なものであった。軍功を強く主張することは、他の官人が地方勤務時代の統治能力の実績をアピールするのと本質的には同じである。しかし、歴史の結果として見ると、その特別な時代性ゆえ軍功は他の官人のアピールとは異なる重さをもつことになった。後三条朝から白河朝初期にかけて、石清水八幡宮の格をさらに上げ、それを背景にした源氏の武威に正当性と権威を与え、院政という新たな政治形態がその武力を国家再編に利用しようとしたのである（野中〔二〇一三b〕）。そうなると、**一〇年ほど前に書かれた両奏状が、個人的な主張から社会的な共通認識とでもいうべきものに生まれ変わる**。一つの文書でも、同時代における意味と後世における意味とで変わってくるということである。

昭和の武士論が頼義・義家を過大に評価し、武士の成立期として注目していたのにたいして、平成の武士論はこの時期の武士をまだ〝貴族の番犬〟と捉えるべきだと抑制を説いた。それは、のちの平氏政権の登場や鎌倉幕府成立への階梯を整合的に説明しようとしたための動きであったろう。しかし、一部においては軌道修正する必要がありそうだ。一一世紀の源氏は、相当に〝思い上がっていた〟のである。そして、それを王権（院政）が利用しようとしたことさえあったのだ。ただし、世の中のすべてがそれを容認していたわけではない。武力を背景にのし上がろうとする源氏と、それに反発したりそれらを巧みに利用しようとしたりする貴族勢力があった。一一世紀は、そのような時代相なのだ。その綱引き状態を知るうえでも、『頼義奏状』『義家奏状』は重要な史料である。

なぜそれほどに頼義・義家が強気に出ることができたのか。高階経重・藤原良綱が陸奥守を辞任してその後任探しに苦慮したところに象徴的に表れているように、頼義・義家は自分たちの存在価値を知っていたのだ。

『頼義奏状』『義家奏状』の成立後、さらに源氏正当化の方向は進み、源頼義の陸奥在任期間が一体のものとして強調され、それに伴って①安倍頼時討伐が前九年合戦の一部（前哨戦）であるかのように物語や言説の表現世界に組み入れられ、②任陸奥守と任鎮守府将軍が同時期であるかのように作為的に表現されるようになる。その二点がまだ調整されていないという点で、両奏状（とくに前者）は合戦直後の生々しさを伝えてもいる。そして、その二点のほころびが、一〇六〇年代、七〇年代の時代思潮を解明する大きな糸口ともなる。

文献

上野　武（一九九三）「「陸奥話記」と藤原明衡——軍記物語と願文・奏文の代作者——」「古代学研究」129号

大曾根章介（一九六四）「軍記物語と漢文学——陸奥話記を素材にして——」「国文学」9巻14号

野中哲照（二〇一三a）「もうひとつの後三年合戦像——公戦・私戦判定をめぐる軋轢から——」「古典遺産」62号

野中哲照（二〇一三b）「河内源氏の台頭と石清水八幡宮——『陸奥話記』『後三年記』成立前後の時代背景——」「鹿児島国際大学国際文化学部論集」14巻3号

野中哲照（二〇一四）「中世の胎動と宗教多極化政策——仏法偏重から仏法・神祇均衡へ——」「古典遺産」63号

水原　一（一九六七）「初期軍記の倫理」「軍記と語り物」5号

柳瀬喜代志（一九八〇）「『陸奥話記』論——「国解之文」をめぐって——」「早稲田大学教育学部学術研究　国語・国文学編」29号

山本賢三（一九三一）「陸奥話記の作者及び著作の年代」「歴史と国文学」5巻3号

吉原浩人（一九九〇）「『筥崎宮記』考・附訳注」「東洋の思想と宗教」7号

吉原浩人（一九九五）「大江匡房と「記」の文学」「国文学　解釈と鑑賞」平成七年一〇月号

吉原浩人（二〇一二）「院政期の思想——江家における累葉儒家意識と系譜の捏造——」『日本思想史講座1　古代』東京：ぺりかん社

吉松大志（二〇一五）「源義家受領吏申文」『朝野群載巻二十二　校訂と註釈』東京：吉川弘文館

付　『頼義奏状』『義家奏状』訓読と読解

両奏状のうち『義家奏状』については、先行研究として『朝野群載巻二十二　校訂と註釈』（吉川弘文館、二〇一五）にも訓読（書き下し）があるのだが、多少訓読に異見があったり、『頼義奏状』とともに章段構成や読解内容を示す必要があったりするので、あらためてここで掲載する（同書の『義家奏状』の担当は吉松大志なのでこの説を紹介する場合は「吉松」と略す）。両奏状とも、章段分けをして小見出しを付け、訓読文のあとに※で読解内容を記した。

1　『頼義奏状』

①題目

正四位下《しやうしゐげ》行《ぎやう》伊予守《いよのかみ》　源《みなもとの》朝臣《あそん》頼義《よりよし》、誠惶《せいこう》誠恐《せいきよう》して謹《つつし》みて言《まう》す。殊《こと》に天恩《てんおん》を蒙《かうぶ》りて、征夷《せいい》の功《こう》に依《よ》りて、重任《ちようにん》の宣《せん》旨《じ》を下《くだ》され、料《れう》の公事《くうじ》を勘《かんが》へ任国《にんごく》を興《こう》複(復)せんことを請《こ》ふ状《じやう》。

※「征夷の功」は前九年合戦での功績。伊予守の重任に直接関係ないようにみえるが、⑦⑨で後述するように、その恩賞が十分ではないとの認識が源氏側にあったようだ。そのぶんが、伊予守の重任によって補われるという頼義側の理屈である。

②身分の低い者の出世の肯定

右《みぎ》、頼義《よりよし》、謹《つつし》みて案内《あんない》を検《けん》するに、勲功《くんこう》に依《よ》りて恩賞《おんしやう》を蒙《かうぶ》りし者《もの》は、本朝《ほんてう》にも異域《いゐき》にも軌躅《きちよく》多く存《そん》す。或《あるい》は徒隷《とれい》より起《た》ちて、以《もつ》て金紫《きんし》の高位《かうゐ》に昇《のぼ》り、或《あるい》は卒伍《そつご》より出《い》でて、以《もつ》て相将《さうしやう》の崇班《すうはん》に至《いた》る。頼義《よりよし》、功臣《こうしん》の末葉《ばつえふ》と為《し》て、奉《ほう》公《こう》の忠節《ちゆうせつ》を持《ぢ》す。

※　身分の低い者がその功績に依って高位に昇ることは、日本にも外国にもあることだとして、今から述べようとする頼義の伊予守重任の申請はそれほどの畏れ多い高望みではないとの布石を打つ。「功臣の末葉」の「功臣」とは長元擾乱（平忠常の乱）を平定した父頼信のことで、その子である頼義ならば、なおさらさしたる高望みとはいえないとこの申請に説得力を持たせようとする。

③安倍氏の暴悪

爰《ここ》に、奥州《あうしう》の中《うち》に東夷《とうい》蜂起《ほうき》し、郡県《ぐんけん》を領《りやう》し、以《もつ》て胡地《こち》と為《な》し、人民《じんみん》を駈《か》り、以《もつ》て蛮虜《ばんりよ》と為《な》す。数十年《すじふねん》の間《あひだ》、六箇郡《ろつかぐん》の内《うち》、国務《こくむ》に従《したが》はざること、皇威《くわうゐ》を忘《わす》るるが如《ごと》し。就中《なかんづく》、近古《きんこ》以来《いらい》、暴悪《ぼあく》、宗《むね》と為《な》す。

※　安倍氏が父祖以来「数十年」にわたって「六箇郡」（奥六郡）を領し、「国務」に従わなかったうえに、「近古以来」すなわち頼良（頼時）の代になって「暴悪」が倍加したという文脈である。「皇威を忘るるが如し」というのが、安倍氏を追討すべき存在とするための大義名分の部分である。この一節は『陸奥話記』冒頭の「威名は大いに振ひ、部落は皆服せり。六郡に横行し、人民を劫略す。子孫尤も滋蔓し、漸く衣川の外に出づ。賦貢を輸さず、徭役を勤むること無し。代々驕奢なるも、誰人も敢て之を制すること能はず」と同じ認識に支えられている。この認識は、頼義の任陸奥守を「征夷」のためだとする認識とも連動している。「不従」で「暴悪」だからこそ「征夷」の対象となるのだ。事実としては「征夷」目的の任陸奥守ではないようだから、「不従」で「暴悪」な安倍氏像も虚構されたものである可能性が高いことになる。安倍氏が「数十年」も「国務」に従わなかったのが事実なら、高階経重や藤原良綱という非軍事貴族が陸奥守候補になるはずはなく、おそらくそれも虚構なのだろう。

④頼義赴任し奮戦

仍《よつ》て去《さん》ぬる永承六年（一〇五一）、忽《たちま》ちに頼義《よりよし》を以《もつ》て征罰《せいばつ》せしめんとし、彼《か》の国《くに》に任《にん》ぜらる。天喜元年（一〇五三）、鎮守府将軍《ちんじゆふしやうぐん》を兼《か》ねしむ。頼義《よりよし》、鳳凰《ほうわう》の詔《みことのり》を銜《ふく》み、虎狼《こらう》の俗《ぞく》に向《むか》ふ。甲冑《かつちう》を紆《めぐ》らし、千里《せんり》の路《みち》に赴く。矢石《しせき》を交《まじ》へ、以《もつ》て万死《ばんし》の命《いのち》を忘《わす》れ、籌《はかりこと》を氈帳《せんちやう》の中《うち》に運《めぐ》らし、勝《かち》を辺塞《へんそく》の外《そと》に決《けつ》す。

※　本文中で指摘したように、頼義の任陸奥守と任鎮守府将軍とが二年間ずれるという記述は、『頼義奏状』が唯一のもので、これこそが事実だと考えられる。「辺塞」は『義家奏状』にも出る語。吉松の指摘するように「鳥塞」とするものは誤り。「辺」と「鳥」の草体字の類似による。

⑤安倍氏滅亡

其《そ》の魁首《くわいしゆ》たりし者《もの》、安倍貞任《あべのさだたふ》・同《おな》じく重任《しげたふ》・散位《さんゐ》藤原経清《ふじわらのつねきよら》等、適《たまたま》、兵略《へいりやく》に依《よつ》て、皆《みな》、誅戮《ちゆうりく》に伏《ふく》せり。或《あるい》は首《かうべ》を京師《けいし》に伝《つた》へ、或《あるい》は馘《きりくび》を隴道《りやうだう》に聚《あつ》む。其《そ》の余《よ》の醜虜《しうりよ》、安倍致任《あべのむねたふら》等五人《ごにん》、手《て》を束《たば》ねて帰降《きかう》す。夷狄《いてき》の居《きよ》は已《すで》に公地《こうち》たり。叛逆《はんぎやく》の輩《やから》は皆王民《みなわうみん》たり。

※　安倍貞任、重任、藤原経清が誅せられたことは、『水左記』『百練抄』『扶桑略記』『帝王編年記』の康平六年二月十六日条および『陸奥話記』にみえ、人名もその表記順も一致する。捕虜となった致任（宗任）以下の五人とは、『朝野群載』巻十一「太政官符　伊予国司」（康平七年三月二十九日の文書）によれば、宗任、正任、真任、家任、沙弥良増の五人。『帝王編年記』康平七年三月条にも、「安倍宗任・則任等五人」とある。これら五人は、捕虜のうち都に連行された者たち。『扶桑略記』『陸奥話記』には「又数日を経て、宗任等九人帰降す」とあったり、「帰降の者、安倍宗任・弟家任・則任（出家して帰降す）・散位安倍為元・金為行・同則行・同経永・藤原業近・同頼久・同遠久等なり」と十人の名が挙げられていたりする。

このうち五人が、都に連れてゆかれたということなのだろう。「公地」「王民」は、王土王民思想の成立を表すものとして注目される。『降虜移遣太政官符』にも「皇民」がある。

⑥論功行賞と入洛

其《そ》の功績《こうせき》に依《よ》て、去《さん》ぬる康平六年（一〇六三）、伊予守《いよのかみ》に任《にん》ぜらる。明聖《めいせい》の恩《おん》、尤《もつと》も欽仰《きんぎやう》に足《た》る。頼義《よりよし》、其《そ》の年《とし》、余類《よるい》を平《たひ》らげんが為《ため》、奥州《あうしう》に逗留《とうりう》せり。去《さん》ぬる年《とし》の二月《にぐわつ》、適《たまたま》以《もつ》て華《くわ》に入《い》り、須《すべか》らく虎符《こふ》を割《わ》り、早《はや》く予州《よしう》に赴《おもむ》かんとす。

※　前九年合戦の終結は康平五年九月十七日。なぜその年のうちに上洛しなかったのか、その弁明の部分が「余類を平らげんが為」である。しかし、貞任・重任ら主だったものは誅せられており、一両日後（『朝野群載』巻十一「太政官符　伊予国司」）ないしは「数日を経て」（『扶桑略記』『陸奥話記』）宗任・則任らも投降していて、年内に行方がわからなかったのは正任ぐらいしかいなかった。ゆえに、「平らげ」る必要があるほどの「余類」は残っていなかったはずである。この段階では、陸奥守の再任か、あるいは別の有利な官途を朝廷側から引き出すために、必要もないのにわざわざ陸奥国に留まっていた可能性がある。次の⑦からみても、本当に「余類」がいたために上洛が遅れたのではなく、朝廷側から何かを引き出そうとする強引さが頼義側の態度から窺える。いみじくも『義家奏状』の冒頭には、朝廷から有利な条件を引き出すためにわがままを通そうとする当時の受領層の姿が指摘されている。

⑦論功行賞への不満と伊予赴任遅延の弁明

而《しかる》に、征戦《せいせん》の間《あひだ》、軍功《ぐんこう》有《あ》りし者《もの》十《じふ》余人《よにん》、抽賞《ちうしやう》せらるべき由《よし》、言上《ごんじやう》を経《ふ》と雖《いへど》も、未《いま》だ裁許《さいきよ》有《あ》らず。仍《よつ》て綸言《りんげん》を相待《あひま》ち、任国《にんごく》に赴《おもむ》き難《がた》し。況《いはん》や去《さん》ぬる年《とし》の九月《くぐわつ》、任符《にんぷ》を賜《たまは》せられ、下向遅延《げかうちえん》せり。自然《しぜん》、是《かく》の如《ごと》し。

※　前九年合戦で「軍功」のあった「十余人」については不明。『陸奥話記』の黄海合戦で名前の出る「長男義家・修理少進藤原景通・大宅光任・清原貞広・藤原範季・同じく則明等なり」（21）ということか。この六人に頼義を加えて、のちに七騎武者などと呼ばれる（『中外抄』が初見）。義家の弟義綱がここに含まれていないのは不審（五一七頁）。名誉な登場の仕方ではないが、藤原茂頼・平国妙もいる。討死した佐伯経憲・藤原景季・和気致輔・紀為清の遺族への没後恩賞も視野に収められていたとすれば、以上で「十余人」となる。康平六年二月二十七日に伊予守に任じられていながら（『百練抄』『扶桑略記』。『陸奥話記』は二十五日）、同年九月まで「任符」が下されなかったのは、頼義がその程度の恩賞で満足していないことが朝廷側に伝わっていて、その調整に手間取っていたためではないか（公戦・私戦の判断、前任の守を遷さねば後任を任命できないなどの玉突き的調整など、問題はいろいろある）。それを頼義は、朝廷側のせいにしている。「自然、是の如し」は、「そのままずるずると今日まで遅延してしまった」という意味だろう。二月末から九月までの約半年は朝廷側の調整による遅延だが、それ以降の約一年間は頼義が「征夷の功」を盾にして強引に恩賞の加増を要求していたためである。そこをぼかすための、「自然、是の如し」だろう。

⑧着任の遅延による問題の発生

然《しか》る間《あひだ》、四年《しねん》の任《にん》、二《に》稔(年)空《むな》しく過《す》ぐ。彼の国(伊予国)の官物《くわんぶつ》、徴納《ちようなふ》すること能《あた》はず。然而《しかれども》、封家《ほうけ》・納官《なふくわん》、其《そ》の責《せ》め雲《くも》の如《ごと》し。仍《よつ》て私物《わたくしもの》を以《もつ》て、且《か》つは進済《しんさい》を勤《つと》めり。方《まさ》に今《いま》、彼《か》の国《くに》の雑掌《ざつしやう》、申《まう》して云《いは》く、「頻《しき》りに旱損《かんそん》して、稲梁《とうりやう》秀《ひい》でず。境《くに》に秋《あき》の実《みの》り無《な》くして、民《たみ》に菜色《さいしき》有《あ》り。須《すべか》らく興《こう》複(復)の計《けい》を廻《めぐ》らし、且《か》つは弁済《べんさい》の勤《つと》めを致《いた》すべし」者《てへり》。

※　四年の任期のうち二年が過ぎたとするのは、この奏状の成立時点を示すもの（一四八頁で詳述）。「封家・納官」は、それぞれ荘園として、公領としての徴収責任者ということだろう。私物による進済は、受領功過定（任期終了後に行われる）による弁済の発想を、在任中にも用いたもの。頼義の着任が遅れたうえに、伊予国の旱魃によって徴税が難しくなっていると問題点を指摘する。「菜色」は顔色の悪さ。頼義自らの判断ではなく、伊予国府の「雑掌」（在庁官人）にそれを語らせるの

は、説得力を増すための方法。

⑨征夷の功による伊予守重任の申請

古今《ここん》の間《あひだ》、寔《まこと》に繁《しげ》く〔「身分が低いのに手厚い恩賞を蒙った者」という意味の脱文あるか〕徒《と》有《あ》り。況《いはん》や希代《きだい》の大功《たいこう》を致《いた》すに、何《なん》ぞ常《つね》と殊《こと》なる厚賞《こうしやう》無《な》からん。昔《むかし》は班超《はんてう》の、西域《せいいき》を平《たひ》らぐるや早《はや》く千戸《せんこ》の侯《こう》に封《ふう》じ、今《いま》は頼義《よりよし》の、東夷《とうい》を征《せい》するや蓋《けだ》し重任《ちようにん》の賞《しやう》を賜《たまは》らんや。彼《かれ》は三十年《さんじふねん》を送《おく》り以《もつ》て功《こう》を彰《あら》はし、此《これ》は十三年《じふさんねん》を歴《へ》て以《もつ》て勲《いさを》を立《た》つ。遅速《ちそく》の間《あひだ》、已《すで》に優劣《いうれつ》有《あ》り。採択《さいたく》の処《ところ》、何《なん》ぞ哀矜《あいきよう》無《な》からん。

※　前九年合戦の戦勝を自ら「希代の大功」と位置づける。中国の班超が西域を平定するのに三十年かかったのに比べて、日本の頼義が十三年で征したほうが優秀であるとの理屈である。ここで初めて「重任の賞を賜らん」との要望が出される。この申請の採否にあたって、「哀矜」すなわち情に訴えてもいる。

⑩要旨の再述

天恩《てんおん》を望《のぞ》み請《こ》ふ。征夷《せいい》の功《こう》に依《よつ》て重任《ちようにん》の宣旨《せんじ》を下《くだ》され、且《か》つは興《こう》複(復)の計《けい》を廻《めぐ》らし、且《か》つは進済《しんさい》の勤《つと》めを致《いた》さん。

※　ここまでの論理展開が複雑で、なおかつ長文に及んだので、要点を整理したのだろう。要望は「重任」で、そのための根拠は「征夷の功」で、大義としては「興複（復）の計」「進済の勤め」である。

⑪むすび

頼義《よりよし》、誠惶《せいこう》誠恐《せいきよう》して謹《つつし》みて言《まう》す。

年《ねん》　月《がつ》　日《にち》

※　本文中で述べたように、康平七年の五～八月ごろの成立と考えられる。『義家奏状』より先に成立したものであることは間違いない。

2　『義家奏状』

①題目

勲功《くんこう》に依《より》て受領《ずりやう》吏《り》を申《まう》す。前出羽守従五位下《さきのいではのかみじゆごゐげ》　源《みなもとの》朝臣義家《あつそんよしいへ》、誠惶誠恐《せいこうせいきよう》して謹《つつし》みて言《まう》す。特《とく》に天恩《てんおん》を蒙《かうぶ》りて、征《せい》夷《い》の功《こう》に依《より》て、越中国《えつちゆうのくに》の闕《けつ》を拝任《はいにん》せられんことを請《こ》ふ状《じやう》。

※　「征夷の功」は前九年合戦での功績。出羽守から越中守への遷任に直接関係ないようにみえるが、『頼義奏状』にみられるように、その恩賞が十分ではないとの認識が源氏側にあったようだ。そのぶんが、越中守任命によって補われるという義家側の理屈である。

②功無き者の任官や武にたいする文の偏重への不満

右《みぎ》、義家《よしいへ》、謹《つつし》みて案内《あんない》を検《けん》するに、諸州《しよしう》の刺史《しし》、辞退《じたい》の後《のち》、要国《えうこく》を拝任《はいにん》せし輩《やから》、蹤跡多《しようせきおほ》く存《そん》し、毛挙《もうきよ》、遑《いとまあら》ず。況《いはん》や、儒学《じゆがく》・勲功《くんこう》の人《ひと》をや。常《つね》と異《こと》なれるを採択《さいたく》するものなり。

※　受領クラスの者たちが、希望する国に任じられるまで辞退を繰り返すわがままな事例（功無き者の任官）の横行に不満を漏らし、適切な任命が行われていないことについて不満を述べている。以下の義家の主張の布石となるもので、自らには前九年合戦の鎮定という実質的な功績があり、なおかつ武士への恩賞を手厚くすべきだとの考えから、右のような現状への不満を述べたものである。

③前九年合戦勃発による頼義赴任

爰《ここ》に親父《しんぶ》頼義朝臣《よりよしあつそん》、勤王《きんわう》の選《せん》に当《あ》たり、征夷《せいい》の詔《みことのり》を蒙《かうぶ》る。奥州《あうしう》の刺史《しし》に任《にん》ぜられ、鎮守府将軍《ちんじゆふしやうぐん》を兼《か》ぬ。且《か》つは家門《かもん》の名《な》を思《おも》ひ、且《か》つは朝廷《てうてい》の議《ぎ》を恐《おそ》る。殊《こと》に武威《ぶゐ》を振《ふる》ひ、遠《とほ》く辺塞《へんそく》に赴《おもむ》けり。

※　頼義が「征夷の詔」を蒙って陸奥守に任じられたとするのは虚構。しかも、任陸奥守と任鎮守府将軍は実際には二年間の開きがある（『頼義奏状』）。源氏の家の名誉と、朝廷の決議への恐縮の意が表明されている。「武威」を振るって「辺塞」に赴くなどと、父頼義の赴任を美化・英雄化している。『国史大系』は「辺寒」とするが、諸本の状況からみて「鳥塞」か「辺塞」の可能性が高い。吉松は両方の可能性を挙げたうえで最終的に前者を採るが、意味内容から考えて「辺塞」がよい（吉松の紹介する『玉葉』の例も含めて）。

④安倍氏勢力の強大さ

戎狄《じゆうてき》の体《てい》たるや、其《そ》の力《ちから》は山《やま》を抜《ぬ》き、其《そ》の居《きよ》は嶮《けん》に因《よ》る。騏驥《きき》の駿足《しゆんそく》に騎《の》り、虎狼《こらう》の驍勇《げうゆう》に習《なら》ふ。戦場《せんじやう》に臨《のぞ》むに及《およ》び、弥《いよい》よ激怒《げきど》を成《な》す。百万《ひやくまん》の衆《しゆう》、戈鋋《くわせん》の勢《せい》、中国《ちゆうごく》の人《ひと》、敢《あへ》て当《あ》たるべからず。

※　安倍氏の勢力を非現実的なほどに誇張している。ただし、山に住み、騎馬をよくするなどは安倍氏が続縄文系の生活文化

を保持していたことを示唆する表現として注目される。「中国の人」は中央側の一般的な人（当時の日本国民）のことで、藤原登任などを想定していると考えられる。吉松は、「天皇（朝廷）によって派遣された頼義・義家らの軍勢のことを指す」とするが、源氏方の認識では頼義・義家は一般的な日本人とは違って勇猛であるとするのだから、そこには含まれていないと考えるべき。長文の物語ならば最初は劣勢であったが後に形勢が逆転したなどと語る（V字型構想）のだが、このような比較的短文の漢文体上奏文では、対句や対句的発想（対照）を軸にして構成されるものである。そのことを踏まえて解釈すべきだろう。安倍氏と内地民を対比し、一般の内地民と頼義を対比するという論理構造である。さらに、この文章では前九年合戦の功績は父頼義ひとりのものとする認識に支えられていて、ここまでは義家のことはいっさい出ていない。義家が父のサポートとして位置づけられるのは、⑥以降である。その展開も、読み取らなければならない。

⑤安倍氏を滅ぼし前九年合戦を平定

而《しかる》に、旁《かたがた》、兵略《へいりやく》を施《ほどこ》す。皇威《くわうゐ》を損《そん》ぜずして醜虜《しうりよ》を討撃《たうげき》し、蛮貊《ばんばく》を平定《へいてい》して魁帥《くわいすい》の首《かうべ》を斬《き》る。衆庶《しゆうしよ》の眼《め》を驚《おどろ》かす。開闢《かいびやく》より以来《このかた》、未《いま》だ曾《かつ》て、此《かく》の如《ごと》きに比《ひ》する有《あ》らず。

※「旁」は「方々」と同じく「人々」の意。頼義一人の尽力ではなく他の参戦者にも気を遣った文脈。『頼義奏状』にも、「征戦の間、軍功有りし者十余人」とある。安倍氏は強大であったが「兵略」によって討ち果たしたとする。この事績を、前代未聞の勝事だと主張している。

⑥義家の働きと論功行賞

義家《よしいへ》、親《おや》を扶《たす》けし誠《まこと》を存《ぞん》じ、奉公《ほうこう》の忠節《ちゆうせつ》に励《はげ》む。身命《しんめい》を顧《かへり》みずして、矢石《しせき》を避《さ》くること無《な》く、共《とも》に夷戎《いじゆう》を撃《う》つ。新《あら》たに褒 賞《ほうしやう》を蒙《かうぶ》るに、頼義朝臣《よりよしあつそん》を以《もつ》て伊予守《いよのかみ》に任《にん》ぜられ、義家《よしいへ》を以《もつ》て出羽守《いではのかみ》に任《にん》ぜらる。

※　前九年合戦の中心的な功労は父頼義にあり、子息義家はそれを「扶け」、「共に」撃ったのだという位置づけ。この場の「奉公」「忠節」は、父ではなく天皇にたいするもの。『陸奥話記』の用法と同じ。ここで強調されているのは、危険を顧みず敵陣に突進した義家の勇敢さ。

⑦現状への不満と辞任の意向表明

然而《しかれども》、南海《なんかい》・東山《とうざん》、其《そ》の程《ほど》、渺焉《べうえん》たり。仁恩《じんおん》の適及《てききふ》に喜《よろこ》ぶと雖《いへど》も、猶《なほ》、勲功《くんこう》の遠隔《えんかく》を恨《うら》む。是《こ》れ以《もつ》て、孝《かう》を専《もは》らにせんが為《ため》、出羽守《いではのかみ》を辞《じ》せんことを思《おも》ふ。

※　「南海」道は伊予国、「東山」道は出羽国で、父の任国と自らのそれとが離れていることを言う。親孝行するためには、出羽守を辞さねばならぬという。

⑧征夷の功によって越中守を望む

然《しか》る間《あひだ》、越中国守《えつちゆうのくにのかみ》、已《すで》に其《そ》の欠有《けつあ》り。若《も》し、軍功《ぐんこう》に優《すぐ》れば、何《なん》ぞ拝任《はいにん》せざらんや。昔《むかし》は班超《はんてう》の西域《せいいき》を討《う》つや、早《はや》く漢家封侯《かんけふうこう》の賞《しやう》に遇《あ》ふ。今《いま》は義家《よしいへ》の東夷《とうい》を征《せい》するや、越州伝城《えつしうでんじやう》の恩《おん》に浴《よく》さんと欲《ほつ》す。申《まう》す所《ところ》の旨《むね》、誰《たれ》か非拠《ひきよ》と謂《い》はむや。天恩《てんおん》を望《のぞ》み請《こ》ふ。征夷《せいい》の功《こう》に依《よつ》て、越中国《えつちゆうのくに》の欠《けつ》を拝任《はいにん》せられ、将《まさ》に後昆《こうこん》をして立身報恩《りつしんほうおん》の志《こころざし》を励《はげ》ましめんとす。

※　「班超」は『頼義奏状』にも出る。義家が越中守を申請することを、「拠」（正当な根拠）があると強く主張している。そ

れが、①「軍功」「征夷の功」であり、②父頼義への「孝」であるという。重要なのは、越中守の欠員があるので出羽守を辞任するのではなく、親孝行のために出羽国を辞する件を先に述べ、そこにたまたま越中国の欠員があることを聞いたので、という進め方である。自らの行動が私利私欲にまみれたものではなく、親孝行の心情からくるものであると、自らを美化している。題目に「越中国」の欠を望むことが出ているが、『義家奏状』の本文でそれが出るのは、ここが初めて。

⑨むすび

義家《よしいへ》、誠惶《せいこう》誠恐《せいきよう》して謹《つつし》みて言《まう》す。

康平七年《かうへいしちねん》　月　　日

※　一五三頁で述べたように、康平七年の十一月か十二月の成立だと察せられる。吉松は、『水左記』康平七年四月一日条によって義家が出羽守として在任していることを確認したうえで、「自らの官職を「前出羽守」と記す本申文はおそらく四月以降に作成されたと思われるが、本文中に「出羽守を辞さむと欲ふ」とあることから、在任中に提出された可能性もある」と述べていて、結論が揺れている。⑦で述べたように、この奏状は、義家が出羽守を辞任することを前提として越中守任官を求めたものである。正確に言えば遷任ではなく、出羽守を辞任しそのまま浪人する覚悟をもってこそ、越中守を望む資格を有することができるのである。ゆえに、朝廷に義家の出羽守辞任は承認されていないものの、義家は強引に「前出羽守」を名乗ったのだろう。

『陸奥話記』の成立論

第七章　『陸奥話記』前半部の後次性

——『扶桑略記』から照射する『陸奥話記』のいびつさ——

本章の要旨

『陸奥話記』は前半部と後半部のアンバランスが著しい。そのことは、『扶桑略記』から照射すると顕著に窺える。『扶桑略記』所載『奥州合戦記』は康平五年七月から十二月のことを記したものである。そこは不可分のまとまりをもっており、編年的な記事の中に解体・分散されていない。しかも、『奥州合戦記』の表現と『陸奥話記』の当該部分の表現近似率が約九割と異様に高いのにたいして、それ以外のところは六割前後である。そもそも、『陸奥話記』の前半部（約一一年半）の叙述量が四二％しかないのに、後半部（約半年）が五八％もあるという不均衡もある。さらに、日時・地名・距離表現についても、前半部は一六件しかないのにたいして、後半部は六五件もあるという粗密を生じている。このようなことから、『陸奥話記』の後半部すなわち『奥州合戦記』と重なる部分が先行成立し、その前半部は後次的に付加されたものと断定してよい。

ただし、正確に言えば『陸奥話記』の前半部が後づけなのではなく、その現象は『今昔』前九年話（の原話）に見えているので、それは第一次『陸奥話記』の段階で言えることである。

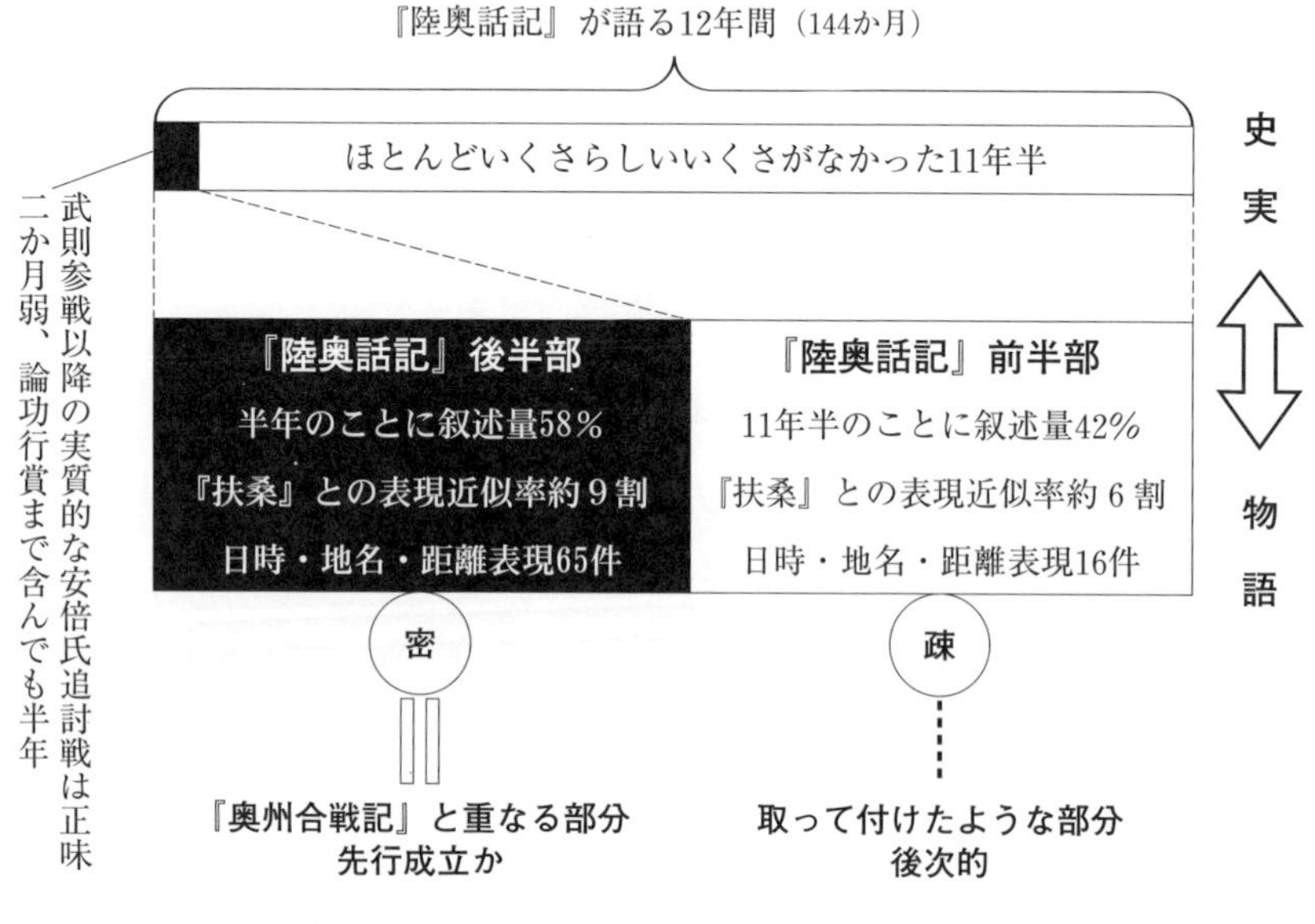

一　問題の所在

『扶桑略記』は、たびたび指摘されてきたように、『陸奥話記』に近い文章をもっている。とくに、『扶桑略記』康平五年十二月二十八日条に記された『奥州合戦記』は、『陸奥話記』の後半部に極めて近い。字句の異同が存在する程度である。この事実ゆえに、編纂史料『扶桑略記』に裏づけられた『陸奥話記』も一定の信頼性を有する史資料とされてきたのである。しかし、高階経重問題（第四章）に象徴されるように、『陸奥話記』を優、『今昔』を劣とする考えが自明のものとは言えなくなったいま、『扶桑略記』の史料的価値についても再検討する必要が出てきた。『扶桑略記』の信頼性が揺らぐということは、それと連動して『陸奥話記』の評価も大きく変更しなければならないということである。

重要なのは、虚か実かを判定することだけではない。そこに虚構性が混じっているとしたら、どのような目的による、どのような性質の虚構性なのかも考える必要がある。本章では『扶桑略記』と『陸奥話記』の記述を比較検討しつつ、前九年合戦の物語（『今昔』前九年話＝第一次『陸奥話記』を含む）がたどった虚構と変容の道筋を解明する。

二　先行研究の到達点と問題点

笠栄治（一九六六）は、『陸奥話記』と『扶桑略記』所載『奥州合戦記』の関係について、すでに次のように指摘していた。

扶桑略記所載の陸奥話記関係記事は少なくとも二つに分けて考えるべきである。即ち「奥州合戦記」に曰くと記してある部分（群書本の一一四行以下二七六行目までに相当）と、その他の記事とである。奥州合戦記という典拠を示してある訳であるから当然のことであろう。…（中略）…扶桑略記が編せられた当時、既に「奥州合戦記」なる書があり、又、所謂陸奥話記の本文と同性質の本文を有した他の記録又は書物があった事も確かである。そうして、それらをそのまま等価に継ぐことが許されるなら、それは陸奥話記の原型ではないかと思われる。つまり、陸奥話記の原型又は今日の陸奥話記が、扶桑略記の拾集当時既に完成していたのではないかと思われる。その一つは今昔物語への投影であり、もう一つは、貞任が首を梳った担夫の話である。後者にここで扱った十数本共に誤脱を認めなければならないのは、扶桑略記以後に誤脱を生じたのであろうと考えられるからである。（傍線論者）

傍線部のように、笠は、『奥州合戦記』は「陸奥話記の原型ではないかと思われる」と述べている。さらに、波線部のように、現存『陸奥話記』の十数本の伝本が「扶桑略記以後に誤脱を生じた」とまで述べている。これは、担夫の梳《くしけず》り譚の分析において、笠がすべての『陸奥話記』伝本よりも『扶桑略記』のほうが良質の本文を有していると指摘していることによる（笠栄治（一九六六）の一六頁、五七頁）。笠の言葉「扶桑略記以後に誤脱を生じたのであろう」をそのまま受け止めれば、現存『陸奥話記』は『扶桑略記』の成立以後のものということになる。『扶桑略記』は、嘉祥二年（一一〇七）までに成立したとされており、おおよそ一一〇〇年前後に成立した可能性が高いと考えられる。笠の考えに従えば、『陸奥話記』は早くても一二世紀の成立ということになる。

にもかかわらず、一般には『陸奥話記』は、前九年合戦の終結からさほど隔たらない時期に成立したとする説が根強い。その淵源は、山本賢三（一九三二）である。山本は、『陸奥話記』が康平六年（一〇六三）三月の頼義上洛記事を欠くことから、それ以前の成立だと考えた。しかし、構想上の問題から記事を捨象することはよくあることなので、特定の記事を欠くことを理由に成立年次を限定することは難しいだろう。新編日本古典文学全集の解説でも「『扶桑略記』には、「奥州合戦記云」として長文の引用があるので、古くは「奥州合戦記」と呼ばれたものと考えられる」

とあるように、『陸奥話記』と『奥州合戦記』を同一視していると受けとめられる発言がある。せっかくの笠栄治の声が、いまの『陸奥話記』研究では掻き消されているように見える。

これには、笠栄治の側にもささやかな問題があった。たしかに先の引用文の傍線部ならびに波線部では『奥州合戦記』の先行、『陸奥話記』の後出を明言しているものの、もう一方で、二重傍線部のように、「扶桑略記の拾集当時既に完成していた」テクストとして「今日の陸奥話記」まで含めた述べかたをしてしまっている。前後の明晰で鋭い分析からみて、この部分のみいわゆる筆の滑りではないかと考えられるが（そうでなければ上文の指摘と矛盾する）、これによってせっかくの指摘が台無しになっている。

笠栄治が、『陸奥話記』よりも『奥州合戦記』のほうを先出だとする根拠は、次の二点だろう。

1、『扶桑略記』には「奥州合戦記に云はく」（原漢文）という指標語があり、前九年関係記事はそれより前の部分と後ろの部分とでニュースソースが異なると考えられる点。

2、担夫の梳り譚は、現存のすべての『陸奥話記』よりも『奥州合戦記』（『扶桑略記』）のほうが良質の伝本を有していると考えられる点。

笠説の意図するところは『奥州合戦記』→『陸奥話記』の成立順を確定することだったのだが、論者はさらにそれを進めて、『奥州合戦記』→『扶桑略記』→『陸奥話記』の順で成立したと考えている。つまり、『陸奥話記』は単体の『奥州合戦記』ではなくそれを収めた編纂史書『扶桑略記』を参照したものとみている。ただし、そのような成立順の先後関係論に終わらせてはならない。この問題は、前九年合戦の物語（『奥州合戦記』、『今昔』前九年話の原話、『扶桑略記』、『陸奥話記』）がどのような道筋を経て変容し形成されていったかを解明する糸口になるはずだ。

三　『扶桑略記』と『陸奥話記』の関係

基本的なことだが、笠栄治のいうとおり『扶桑略記』が先出で、『陸奥話記』が後出であることを確認しておきたい。これが確定すれば、『陸奥話記』が前九年合戦直後の成立であるなどという説は消えることになる。

その根拠の第一は、梶原正昭（一九八二）が、「現存『陸奥話記』諸本では、頼義の清原氏説得とその来援の間に、高階経重の陸奥守拝任と辞退の記事を含んでいるのが、『奥州合戦記』では、これをストレートに清原氏の動向に焦点を絞って述べているというわけである。現存本では、頼義の清原氏説得が二重にダブって書かれていて（論者注：三書対照表の35と39のダブり）、やや不自然であり、『奥州合戦記』のかたちが或は本来のものであったかも知れないと思われる」と指摘している点である。高階経重の登場箇所は『今昔』のほうが史実に即しており、『扶桑略記』や『陸奥話記』の位置のほうに虚構性が認められる（第四章）。本来は天喜四年（一〇五六）春であった高階経重の任陸奥守およびその辞退の一件を、康平五年（一〇六二）春へと六年も後ろにずらしたのである。それは、『扶桑略記』が「人民皆、前司の指揮に随ふ」（『陸奥話記』にもほぼ同文あり）と源頼義を正当化する文言をもっているように、頼義に安倍氏追討の明確な資格（陸奥守）を付与しようとの意図に基づいたものと考えられる。このような高階経重の任官時期の操作箇所（三書対照表でいうと『今昔』の17を『扶桑略記』の36へ移動）は『奥州合戦記』（三書対照表の37～84）の範囲より前の位置である。つまり、安倍氏追討の最後の二か月弱を記した『奥州合戦記』が先に成立していて、その直前の位置に頼義の正当性を後づけで付与しようとしたものであることがわかる（『平家物語』で源頼朝への征夷将軍の院宣を義仲追討の直前にずらしたのと同種の操作）。そのような『扶桑略記』の操作段階の次に、『陸奥話記』が三書対照表の38を35へと移動した段階が来たのである。この操作によって、高階経重の任陸奥守と辞退（36）が『陸奥話記』

では二か所の清原氏への援軍要請記事（35と39）に挟まれることになった。梶原の指摘するとおり、38から39へと連続している『扶桑略記』のほうが文脈に違和感がない。『陸奥話記』が不自然さという危険を冒してまで清原氏への援軍要請記事を分割したのは、〈空白の四年半〉というもう一方の不自然さを軽減するためである（第九章）。このことから、『扶桑略記』の先出、『陸奥話記』の後出は明らかである。そしてまた、この事例は、『陸奥話記』と『奥州合戦記』の問題ではなく、『陸奥話記』と『扶桑略記』の問題であることをも明らかにしている。

根拠の第二は、「賊徒三十二人」（67）の件である。平田俊春（一九八二）は何の根拠もなく『陸奥話記』を「その役後、間もなく著されたものであろう」とし、『扶桑略記』がこれを「引用している」と断じている。しかも、「天喜五年九月二日、同十一月、同十二月、康平五年春月、康平六年二月などの条にもこの書を抄記して」いるとする（後述するように、この考えは根本的に間違っている）。このような考えを基本に据えたため、「賊徒三十二人」が射殺されたのが『陸奥話記』では黒沢尻柵なのに『扶桑略記』は鳥海柵とする「誤りを生じた」としている。そして、「これも略記の引抄の杜撰性を示すものであろう」と述べている。『陸奥話記』では、鳥海柵に敵が設けた毒酒が残されていた（じつは毒酒ではなかったのだが）というエピソードが挟みこまれており（『今昔』からの採用）、それを敵の策略と表現する関係で〝戦わずして逃げた〟とする文脈が必要とされたのだ。つまり、虚構性があるのは『陸奥話記』のほうなのである。野中（二〇一四）で、表現を支える指向の質をはかることなく、ただ字句の異同だけで先後関係や史料等級の優劣を測定することなどできないと述べたとおりである。

根拠の第三も梶原正昭（一九八二）の指摘するところで、小松合戦での霖雨に伴う十八日間停滞の不自然さがある（三書対照表で、『今昔』では48、『扶桑略記』や『陸奥話記』では51）。『今昔』の文脈では兵士を休息させるために進軍を止めたところ十八日間の霖雨に遭って兵糧が不足したという流れで、不自然さはない。『扶桑略記』も対照表上の位置こそ『今昔』と異なるように見えるが、文脈としては霖雨に伴う十八日間に兵糧不足が到来したという流れは同じである。ところが『陸奥話記』だと、「此の如くするの間、十八箇日を経る」（51）より前の位置に「磐井以南の郡々」「栗原郡」「磐井郡仲村の地」におけるさまざまな事件が挿入された形になっているので、いつを起点として十八日間が経過したのかがわからなくなっている。『陸奥話記』が49を新規に追加し50の記述を増幅させた意図が《衣川以南増幅指向》によるものであることは見えている（第十四章）。その一点のために、『陸奥話記』は「十八箇日」の不自然さを引き受けたのである。このように、この点においても、『扶桑略記』の先出、『陸奥話記』の後出は明白である。

いまここには三点の根拠のみを挙げたが、本書の随所において、『扶桑略記』→『陸奥話記』の成立順であることを指摘している。この先後関係は、確定的だと断じてよい。

四　康平五年記事の分散状況から

第二節の笠栄治説に戻るが、「奥州合戦記に云はく」という指標語の存在だけではその部分の先行成立説を主張するものとしては説得力が弱いと考えられたゆえに、笠説は浸透しなかったのだろう。『扶桑略記』の前九年関係記事は、天喜五年（一〇五七）八月から康平六年（一〇六三）二月の七年間に、五か所に分散してみられる。簡単に示すと、【表12】のようになる。

【表12】からまず指摘できるのは、康平五年七月から十二月の記事が不可分の記事としてまとまっており（D）、それが『奥州合戦記』と命名されているという点である。それが不可分であることの根拠は、Dの前の〔無関係7〕にも同じ年すなわち康平五年の五月から十一月の記事が存在しているという点である。そこには、同年五月二十二日、六月二十二日、八月二十九日、九月五日、十一月八日の記事が見える。編年的に並べると、右の六月二十二日と八月二十九日の間に七月の武則参戦、八月九日の営《たむろのおか》岡参陣、同十六日の押領使定めが入り、右の九月五日の馨子内親王

【表12　『扶桑略記』と『陸奥話記』の対応関係】

『陸奥話記』との関係（前九年合戦関係記事）	年月	『扶桑略記』の記述内容	文字数
無関係1	天喜五年三月～八月（一〇五七）	八角堂供養、大極殿破損、賀茂斎院病気、内裏への鹿の乱入、日食、彗星のこと。	一八七字
A	天喜五年八月～十二月	源頼義が安倍頼時（頼良）を討つために公認を求める。頼時没し、続いて貞任らを討とうとする。	二八八字
無関係2	天喜五年十二月	後朱雀院女御生子の供養、崇福寺供養。	一二〇字
B	天喜五年十二月	諸国の兵糧や兵士が陸奥国に集まらないこと、頼義陸奥守再任、出羽守の非協力。	一六三字
無関係3	天喜六年＝康平元年（一〇五八）	法成寺焼亡、内裏周辺焼亡、賀茂斎院退出、小栗栖地盤陥没、改元、伊勢奉幣使派遣、信濃国長雨、藤原教通邸焼亡。	二九三字
無関係4	康平二年（一〇五九）	日食、一条院焼亡、帝の遷御、大赦、洪水、仁王経供養、法成寺堂塔再建。	三二八字
無関係5	康平三年（一〇六〇）	白河院行幸、興福寺焼亡、河内国解、地震、恩赦、藤原頼通左大臣辞任、越後国解、藤原義孝配流、帝の遷幸、大赦、明尊九十賀。	五九六字
無関係6	康平四年（一〇六一）	宇佐宮の怪奇、地震、恩赦、千僧供養と仁王経転読、日食、東北院供養と大赦、頼通賀茂社参詣、宇治平等院供養、頼通七十の賀、吉備津彦社焼亡、頼通任太政大臣。	四四二字
C	康平五年春（一〇六二）	源頼義の任期満了、交替要員の高階経重の陸奥入国、人民不従により経重上洛。	四一字
無関係7	康平五年五月～十二月	競馬、皇太子妃藤原茂子薨去、頼通墓参、皇太子妃馨子内親王出産、夭折、東北院十種供養、前加賀守源頼房復本位。	一一九字
D	康平五年七月～十二月　『奥州合戦記』の内容	清原武則の登場から前九年合戦の終結まで。『陸奥話記』の後半部に相当。	八〇三字
E	康平六年二月（一〇六三）	源頼義が貞任らの首を携えて上洛。梟首。それ以前の担夫の梳り。論功行賞。	二四四字

康平五年（夏以降）の記事が二か所に分散。Dの部分が分かちがたいまとまりであったとみられる。

『奥州合戦記』として括られた部分が、内容的にももっとも大きなまとまりになっている。

左の『奥州合戦記』で括られた部分以外は、分散的。

の産児の夭折と同じ日に仲村合戦があり、その九月五日と十一月八日の間に九月十五日、十六日の厨川合戦が入る。**そのように編年的に分散されていないということは、Dの記事が『扶桑略記』の成立以前に――源頼義が陸奥国で安倍貞任らを追討したという内容をもつものとして――資料としてひとまとまりであった事実を示すものと考えてよい**だろう。この〝まとまり〟の存在は――『奥州合戦記』という指標語の存在だけならば根拠として弱いところだが――Dの部分の先行成立を示す有力な根拠となるだろう。**Dの〝まとまり〟に『奥州合戦記』の名称が付随している**と考えたほうがよい。

五　表現近似率の分析から

『扶桑略記』には、「奥州合戦記」という指標語よりも前（三書対照表の17～36）に四七七字分の前九年関係記事があり、それよりも後ろ（同89～94）に一〇四二字のそれがある。第二節の笠の指摘は、「『奥州合戦記』という指標語より後ろの部分が『陸奥話記』の原型である」と置き換えられそうにみえる。しかし、笠は〝指標語より前〟とか〝指標語より後ろ〟と表現することなく、「「奥州合戦記」に曰くと記してある部分（群書本の一一四行以下二七六行目までに相当）と、その他の記事」などという言い方をした。これは、前節の【表12】で言うとDの部分のみが『奥州合戦記』の名で先行成立した部分であり、Eの部分についてはA～Cと同様に『奥州合戦記』に含まれた部分ではないと考えたのだろう。だからこそ笠は〝『奥州合戦記』の指標語以降の記事〟とは言わずに、右の二重波線部のように「その他の記事」と言ったのだろう。つまり、笠栄治は、『扶桑略記』の前九年関係記事の中でも、Dのみが異質であることを感じ取っていたということだろう。笠の直感は、おそらく正しい。

笠がそう感じた根拠の一つは、Dの末尾に「已上」の語がある点だろう。それを、『奥州合戦記』から引用した部分の結びの語だと考えたようだ。『扶桑略記』の全体を見渡してみても、たしかに「已上」は、直上の「十二月十七日の国解に言はく」の結びとは考えられず、まとまった引用部分の末尾に指標として記される語である。もう一つ考えられることは、Dの部分のみが異様に現存『陸奥話記』と表現が近いことも直感していたということである。このことを「直感」ではなく具体的な数値として示すのが、本節の目的である。

『扶桑略記』にみえるA～Eの五か所の前九年関係記事が、『陸奥話記』とどれだけ表現が近いのか（これを表現近似率と呼ぶ）を示すと次のようになる。『陸奥話記』と重なる文字にアミカケを施した。誤字程度の想定で済む場合は、脇にその異同を示したうえで、〝転写者の意識としては同文を書写したつもりであった〟と考えた（実際の異同よりも意識のほうが重要だろう）。また、『扶桑略記』の国史大系本は『陸奥話記』によって校訂している部分が数文字程度あり、そこは『扶桑略記』と『陸奥話記』の表現が重なるのは当然のことなので問題はあるが、全体量からみればごくわずかなので、『扶桑略記』はそのまま国史大系本を用いた（本来なら比較対象である『陸奥話記』本文にもアミカケを施してここに掲げるべきだが、紙幅の関係で割愛する）。

＊　　＊

『扶桑略記』（新訂増補国史大系、底本文政三年刊本）

天喜五年（一〇五七）

▼三月十四日の上東門院による八角堂供養、四月十四日の大極殿の鵄尾の破損、同十五日の賀茂斎院禖子内親王の病気、十六日の内裏への鹿の乱入、八月一日の日蝕（日食）、同月四日の彗星の記事が計一八七字（句読点と中黒は数えない。以下同じ）あり。

A（八月）十日、前陸奥守源頼義襲討俘囚安倍頼時之間、給官符東山東海両道諸国、可運充兵糧之事、公卿定申。又下遣官使太政官史生紀成任・左弁官史生惟宗資行等。

九月二日、鎮守府将軍源頼義与俘囚阿倍頼時合戦之間、頼時為流矢所中還鳥海柵死了。但余党未服。仍重進国解請賜官符徴発諸国兵士兼納兵糧悉誅余党。

十一月、将軍頼義率兵千三百余人、欲討貞任等。爰貞任等引率精兵四千余人拒戦。于時風雪甚励道路艱難。官軍无食、人馬共疲。賊徒馳新羈之馬、敵疲足之軍。官軍大敗、死者数百人。将軍長男義家、驍勇絶倫、騎射如神。以大鏃箭頻射賊師、矢不空発所中必斃。夷人靡走、敢无当者。将軍従兵或以散走、或以死傷。所残纔有六騎。賊衆二百余騎、張左右翼、囲攻。飛矢如雨。爰義家頻射殺魁帥、賊類謂神。漸引退矣。

▼十一月二十八日の後朱雀院女御藤原生子の供養、同月三十日の崇福寺の供養の記事が計一二〇字あり。

B十二月、鎮守府将軍頼義言上。諸国兵糧兵士雖有徴発之名、无到来之実。当国人民悉赴他国、不従兵役、先移送出羽国之処、守源兼長敢无糺越之心。非蒙裁許者、何遂討撃已上。

同月廿五日、陸奥守藤原良経遷任兵部大輔源頼義更補陸奥守、有重任宣旨。又止源兼長以源斉頼為出羽守、相共令〔令共〕撃貞任等。其後、諸国軍兵々糧頻雖賜官符不到彼国。斉頼亦乍蒙不次恩賞、全無征伐之心。然間、貞任等恣劫略人民。

天喜六年＝康平元年（一〇五八）

▼二月二十三日の法成寺焼亡、同月二十六日の内裏周辺の焼亡、四月三日の賀茂斎院の退出、七月二十五日の小栗栖の地盤陥没、八月一日の地盤陥没の調査、同月二十九日の改元、十一月二十八日の伊勢への奉幣使派遣、十二月十六日の信濃国の長雨、閏十二月の藤原教通邸焼亡の記事が計一九三字あり。

康平二年（一〇五九）

▼正月一日の日蝕（日食）、同月八日の一条院の焼亡、二月八日の帝の遷御、三月八日の大赦、五月二日の洪水、七月十日の仁王経供養、十月十二日の法成寺堂塔の再建の記事が計三二八字あり。

康平三年（一〇六〇）

▼三月二十五日の白河院への行幸、五月四日の興福寺焼亡、六月二日の河内国司の国解、同月十八日の地震、同月二十二日の恩赦、七月五日の藤原頼通の左大臣辞任、同月の越後国の国解、八月二日の藤原義孝の配流、同月十一日の帝の遷幸、十月十九日の大赦、十一月二十六日の明尊九十の賀の記事が計五九六字あり。

康平四年（一〇六一）

▼三月三日の宇佐宮の馬の奇怪、五月六日の地震、同月七日の地震、同月八日の恩赦、同月二十二日の千僧供養や仁王経転読、六月一日の日食、七月二十一日の東北院供養と大赦、九月二十一日の頼通による賀茂社参詣、十月二十五日の宇治平等院供養、十一月二十三日の頼通の七十の賀、同月二十五日の吉備津彦社の焼亡、十二月十三日の頼通の任太政大臣の記事が計四四二字あり。

康平五年（一〇六二）

C康平五年壬寅春月、高階経重為陸奥守、依源頼義任終也。経重進発下向。人民皆随前司指揮、経重帰洛。

▼同年五月二十二日の競馬、六月二十二日の皇太子妃藤原茂子の薨去、八月二十九日の頼通による父道長の墓参、九月五日の皇太子妃馨子内親王による出産とその子の夭折、十一月八日の東北院での十種供養、十二月二十八日の前加賀守源頼房の復本位の記事が計一一九字あり。

D奥州合戦記云、

諸国軍兵等頻雖賜官符、不越来当国。仍将軍源朝臣頼義屢以甘言相語出羽山北俘囚主清原真人光頼・舎弟武則等、令与力官軍。常贈以奇珍。光頼・武則等漸以許諾。

康平五年七月、武則率子弟。発万余人兵越来当国到栗原郡営岡。於是将軍大喜、率三千余人軍。

七月廿六日、発向。

八月九日、到彼営岡。送陣心懐拭涙悲喜交至。

十六日、定七陣押領使武則赴松山、道次磐井郡中山大風沢。

翌日到同郡萩馬場、彼此合戦。射斃賊徒六十余人。被疵逃者不知其数。賊衆捨城、逃走。則放火焼其柵了。官軍死者十三人。被疵者百五十人也。其後遭霖雨徒送数日糧食已尽、軍中飢乏。各遣兵士令苅稲禾等将給軍糧間、漸経十八箇日、残留営中者僅六千五百余人也。爰貞任等伝聞官軍為求兵糧四方散乱。

九月五日。引率精兵八千余人、動地襲来。玄甲如雲。白刃耀日。両陣相対。交鋒大戦、貞任等敗北。到磐井河。或墜高岸、或溺深淵。於河辺所射殺賊衆百余人、所奪取馬三百余疋也。武則等以精兵八百余人、暗夜尋追。貞任等遂棄高梨宿幷石坂柵逃入衣河関、卅余町之程、斃亡人馬宛如乱麻。

六日、攻入衣河、焼重々柵了。殺傷者七十余人。

十一日、襲鳥海柵。宗任等棄城逃走、保厨川柵。所射殺賊徒卅二人。被疵逃者不知其員。

十五日酉剋、到着厨川柵。

十六日卯時、攻戦終日通夜積弩乱発、矢石如雨。官軍死者数百人。

十七日、将軍令〔命〕士卒曰、各人村落壊運屋舎塡之城湟。又毎人苅萱草積之河岸於是壊運苅積。須臾如山、将軍下馬、遥拝皇城誓曰〔言〕、昔漢徳未衰、飛泉忽応校尉之節、今天威猶新、大風可助老臣之忠、伏乞八幡三所、出風吹火焼亡彼柵。則自把火称神火、投之。是時有鳩、翔軍陣上〔之〕。将軍再拝。暴風忽起煙焔如飛楼櫓屋舎一時火起。城中男女数千人、同音悲泣。或投身於碧潭、或刎首於白刃。官軍以鉾刺貞任載於大楯六人舁之。将到将軍之前。其長六尺有余。腰囲七尺四寸。貞任・経清・重任等一々斬生首。

又経数日宗任等九人帰降。合戦之際、義家毎射甲士皆応弦死矣。後日、武則語義家曰、僕欲試君弓勢如何。爰〔於是〕武則重畳〔重〕堅甲三領、懸於樹枝、恣令射之。義家一発貫甲三領。武則大驚曰、是神明之変化也。豈凡夫之所堪乎。

十二月十七日、国解言〔曰〕、斬獲賊安倍貞任等十人、帰降者安倍宗任等十一人。此外、貞任家族无有遺類已上。

康平六年（一〇六三）

E 康平六年癸卯二月十六日、鎮守府将軍前陸奥守源頼義梟俘囚安倍貞任・同重任・散位藤井経清等三人首〔首三級〕、伝京師。検非違使等向東河受取。繫其首於西獄門。見物之輩、貴賤如雲。先是、献頸使者到近江国甲香郡、開筥出首、令洗梳其髻。件担夫者、貞任従者降人也。称無櫛由使者傔仗季俊仰曰、汝等有私用櫛以其可梳之。担夫則出私櫛梳之。垂涙嗚咽曰、吾主存生之時、仰之如高天。豈図以吾垢櫛忝梳其髪乎。悲哀不忍、衆人皆以落涙矣。

廿七日、被行勧賞、頼義叙正四位下、任伊予守、一〔太郎〕男義家叙従五位下、任出羽守、二〔次郎〕男義綱任左〔右〕衛門少尉、従五位〔武則為従五位下〕下清原武則叙従五位上、任鎮守府将軍。献首使藤原季俊任左〔右〕馬允。

このなかには、表現は同じではある（同じ漢字が両書に見える）ものの、順序が異なっているものも数か所ある。ここではそれを区別せず、近似した表現とみた。

五か所の表現近似率の違いを図表化すると、**【表13】**のようになる。

【表13】のように、たしかにDの部分の表現近似率だけが異様に高いということがわかる。そこだけ『陸奥話記』と近いのである。これ以外のA～CおよびEは六割前後しか近似していないのだが、Dの部分のみ九割近くに上っている。しかも、「奥州合戦記に云はく」の直下の二四字（「諸国軍兵～源頼義朝臣屢」）はその書の冒頭部分なので『扶桑略記』が引用する際に工夫を凝らして経緯を略述した部分とみられる。その二四字を除外してカウントすると、表現

【表13　『扶桑略記』と『陸奥話記』の表現近似率】

『陸奥話記』との関係（前九年合戦関係記事）	年　月	『陸奥話記』と重なる文字の数／当該ブロックの全文字数	表現近似率
A	天喜五年八月〜十二月	一九八字／二八八字	69%
B	天喜五年十二月	一〇二字／一六三字	63%
C	康平五年（一〇六二）春	二三字／　四一字	56%
D	『奥州合戦記』の内容　康平五年七月〜十二月	七〇六字／八〇三字	88%
E	康平六年（一〇六三）二月	一六八字／二四四字	69%

➡補正すると90%を越える。

近似率は九割を超えるのである。**この高い数字は、『扶桑略記』編者が、〝ほとんど丸写し〟の意識をもって『奥州合戦記』を引用したものであることを示している。**判断を介在させ考えながら要約するとこれほど高い数字にはならないはずだ。

この結果は、『扶桑略記』のDの部分が先行的にある種のまとまりをもって成立したものであることを示している（そして、それが『陸奥話記』にも流れたので、ここだけ表現近似率が高いという現象が起きた）。笠栄治の直感は、やはり正しかったのである。そして、Dの末尾の「已上」は、直上の「国解」の結びではなく、『奥州合戦記』の締めくくりの語であることも裏づけられたのである（Dの部分は全体的に九割以上の表現近似率を示しているという均質性があり、「国解」の部分のみを独立させて考えにくいことから）。

六　物語構造のいびつさ——前半部・後半部の叙述量の偏り——

ここまでは、笠栄治が指摘したり示唆したりしていたことの補強にあたるものである。ここから先は笠栄治が指摘していないところで、『扶桑略記』の中でも『奥州合戦記』の部分（D）が独立的であることを指摘するものである。なお、正確には笠栄治の言うように、Dの部分を独立させる捉え方（Eの部分をきちんと除外するところ）が必要なのだろうが、それでは少々わかりにくいので、ここでは便宜的に、〝『奥州合戦記』の指標語より後ろの部分が先に成立した〟という言い方で進めてゆく（これだとEの部分も含んだ言い方をしているようにみえるが、論者の真意はそうではないということである）。なぜ、そのような言い方が必要かというと、「『奥州合戦記』に曰く」の**指標語より前の部分があとから付加されたことを『今昔』前九年話や『陸奥話記』の形成過程で重視しなければならない**ためで、それには「〜より前」「〜より後ろ」（前半部、後半部）のほうが扱いやすいのである。そこで、三書対照表の36までを前半部、37以降を後半部として、新編日本古典文学全集本の原文表記（漢文体）によって、叙述量（文字数）をカウントしてみると（句読点と中黒は数えない。以下同じ）、『陸奥話記』の構造のいびつさが明確になる。それが、**【表14】**である。

前半部の文字数が二四四三字であるのに対して、後半部は三三九四字もある。率にすると、前半部が四二％であるのに対して、後半部は五八％ということになる（小数第一位を四捨五入、以下同じ）。

後半部（武則登場以降）の文字数のほうが多いということは、『陸奥話記』の構造上の大きな問題である。前九年合戦の旧称は「十二年合戦」だとされている。これは、合戦の始まりを永承六年（一〇五一）の源頼義の陸奥守着任からとし（『頼義奏状』）、その終わりを康平五年（一〇六二）九月十七日の厨川柵陥落ないしは同年十二月の国解奏上までとするもので、足かけで十二年となる。このうち、清原武則が参戦したのは、康平五年八月九日（出羽国出発は七月二十六日）のことである。つまり、武則参戦から一か月強、出羽国出発から起算しても二か月弱で前九年合戦は終結したということである。それまでの一二年間、はかばかしくなかった戦況が武則参戦によって一気に動き始め、官軍が営岡から北進を開始したのである。この事実自体、これまでの歴史学においても指摘されていたことである。その

【表14　『陸奥話記』前半部・後半部の叙述量の偏り】

区分	『陸奥話記』章段名	文字数
前半部	（一）安倍頼良、陸奥国に横行	一三四字
前半部	（二）朝廷、源頼義を追討将軍に選ぶ	三一九字
前半部	（三）頼義、着任し、安倍頼良、降伏	四二字
前半部	（四）阿久利川事件起こり、頼時再び離反	二三五字
前半部	（五）将軍頼義、軍勢をさし向ける	六二字
前半部	（六）永衡殺害に恐れ、経清離反す	三三三字
前半部	（七）金為時、援軍なく敗戦、経清逃亡す	六四字
前半部	（八）新国司着任せず、頼義が再任される	六〇字
前半部	（九）天喜五年九月の国解、頼時討伐を報ず	一四三字
前半部	（一〇）将軍、黄海で敗北、八幡太郎義家奮闘す	三一一字
前半部	（一一）将軍の家臣、経範・景季らの忠節	二六四字
前半部	（一二）藤原茂頼、俄かに出家して主の屍を探す	九六字
前半部	（一三）平国妙、生虜となる	八一字
前半部	（一四）天喜五年十二月の国解、援無きを訴える	九三字
前半部	（一五）貞任等の横行に、将軍、清原武則を頼む	一五四字
前半部	（一六）頼義、陸奥の国人の信望を得る	五二字
部（うちここだけで2か月間）	（一七）武則来援し、頼義、吉例の営岡に陣立す	二五三字
部（うちここだけで2か月間）	（一八）武則、忠節を誓う。八幡神の吉兆	一〇八字
部（うちここだけで2か月間）	（一九）小松の柵の合戦	一六九字
部（うちここだけで2か月間）	（二〇）官軍、小松の柵を攻めて、賊兵を撃つ	二六三字
部（うちここだけで2か月間）	（二一）官軍、長雨と兵糧の欠乏に苦しむ	一〇三字
部（うちここだけで2か月間）	（二二）貞任の猛攻を斥け、官軍勝利す	四一一字
部（うちここだけで2か月間）	（二三）武則、敗兵を追撃し、将軍、傷病兵を見舞う	一九六字
部（うちここだけで2か月間）	（二四）六日、衣川の関攻撃	二六〇字
部（うちここだけで2か月間）	（二五）捕虜から賊軍の死者を聞き出す	八五字
部（うちここだけで2か月間）	（二六）将軍、鳥海の柵に入城。武則を労う	三一五字

前半部＝2443字（42%）

重なる部分＝3394字（58%）

紹介部分（一）〜（三）：453字（前半部の19%）

黄海合戦（九）〜（一二）：752字（前半部の31%）

	後　半	
	全体12年間の	
〔二七〕	最後の拠点厨川・嫗戸焼け落ちる	四二六字
〔二八〕	経清捕らえられ、鈍刀で処刑さる	七二字
〔二九〕	貞任、捕らえられ、将軍の眼前で絶命す	七七字
〔三〇〕	将軍、武則の勧めで千世童子を斬る	七四字
〔三一〕	将軍、美女を兵に与え、則任の妻、入水す	六八字
〔三二〕	安倍一族の帰降	三四字
〔三三〕	十二月十七日国解、戦勝を報ず	一一三字
〔三四〕	六年五月、正任降伏す	四四字
〔三五〕	武則、義家の弓勢を試み、驚嘆す	九六字
〔三六〕	貞任らの首級、京に入る	一三八字
〔三七〕	勲功の武臣への行賞	八九字
〔三八〕	評	一五三字
〔三九〕	自序	三五字
除外	後半部＝『奥州合戦記』とほぼ	

ことを、文学研究の立場から、『陸奥話記』のいびつな構造の問題として捉えなおす必要があったのではないだろうか。

じつは、**武則登場以降の二か月弱**（**十二月の国解まで含めても半年**）**が、まさに『扶桑略記』所載『奥州合戦記』のカバーする範囲なのである。**頼義の最初の陸奥守着任は永承六年正月のこととみられ〔九〇頁注（1）を参照〕、康平五年十二月国解までの一二年間のいくさだとすると一四四か月のこととなる。実時間として一二年間、一四四か月ほどと認識されている戦いが、その内実としては正味一か月強で終了したということなのである。『奥州合戦記』の叙述範囲である武則登場以降の二か月弱は、前九年合戦の実相を素直にそのまま受け止めて写し取ったものとさえ言える（じつは前九年合戦を一二年間とみる認識自体に問題がある。第三章）。

実時間としては一四四か月のうちの二か月程度の時間的範囲（**約七〇分の一、すなわち〇・〇一四％**）**の記事が、『陸**

奥話記』という物語においては全叙述量の六割を超えている。しかもその部分が先述のように『奥州合戦記』と重なるところであり、他と比べて表現近似率が異様に高い部分でもあり、『扶桑略記』編集の際に編年的に解体再編されにくいような〃ひとまとまり〃の資料として先行成立していたのである。

これらの分析結果からすると、現存『陸奥話記』は、その後半部すなわち『奥州合戦記』と重なる部分が先に成立したと考えて間違いあるまい。**『奥州合戦記』が先に成立し、これに前半部（および担夫梳《くしけず》り譚など三書対照表の85〜96）を増補したのが現存『陸奥話記』の姿だということになる。**

七　前半部と後半部における日時・地名・距離表現の粗密

『陸奥話記』はその後半部――『扶桑略記』所載『奥州合戦記』と重なる部分――が先に成立したことを前節までは計量的な観点から裏づけたのであるが、本節では内容的な側面からも前半部と後半部とが異質であることを指摘する。具体的には、日時や地名（ここでは出身地などは除き、戦場とそれに準ずる地名に限る）や距離表現において、粗密の差が甚だしいことである。それが、**【表15】**である。

【表15】のように、日時・地名・距離表現についてみると、前半部は一六件しかないのに対して、後半部は六五件もある。ほぼ一対四の割合である。叙述量の差を勘案したとしても、前半部と後半部の叙述量が四二％対五八％であるから、日時・地名・距離表現の密度が後半部においてとくに濃いということがわかる（もし均質的なら日時・地名の表現の出方もほぼ同じ比率で出現したはずである）。

あらためて前半部を見直してみると、最初のころの頼義の着任表現は暦年ではなく「境に入り任に着くの初め」「任終るの年」「今年」と、あいまいにしか表現されていない。そもそも前九年合戦を一二年間のいくさだとする根拠は、源頼義の陸奥守着任を永承六年（一〇五一）とし、合戦終結の康平五年（一〇六二）までの足かけ年数を計算したものなのだが、じつは**『陸奥話記』にはその起点となる「永承六年」（『頼義奏状』による推定）さえ記されていない**のである。それほど、**『陸奥話記』前半部は、暦時間の叙述が弱い。**

　前半部で暦の時間が明確に記されているのは、国解の「天喜五年秋九月」「同年（天喜五年）十二月」、黄海合戦が起こった「同年十一月」、高階経重赴任の「康平五年の春」のわずか四か所しかない。地名についても同傾向で、「阿久利川」「衣川」「鳥海柵」「河崎柵」「黄海」「衣川関」「境」の七か所しかない。しかも、その七か所のうち、日時も地名もセットで明示されたものとしては、（1）「天喜五年秋九月」の国解の中で安倍頼時が「鳥海柵」で没したこと、（2）「同年十一月」に「河崎柵」と「黄海」でいくさが起こったこと、（3）「康平五年の春」に高階経重が「境」を越えて陸奥国入りしたことの三件のみである。たったそれだけの情報で、物語前半部を構成しえたということである。先行研究においても、頼義が藤原光貞からの不確かな情報を信じて安倍氏追討に向かったとか、発言主体不明瞭の言を信じて平永衡を討ったりした部分の不自然さ、不可解さが指摘されているが、それだけでなく、そのあたりの暦時間もあいまいなのである。そして、前節の**【表14】**で示したように、前半部においては、黄海合戦の叙述量が七五二字（前半部の三二％）、源頼義や安倍頼時の紹介部分の叙述量が四五三字（前半部の一九％）も占めているのである。叙事的とは言えない、文飾的・伝説的なこれらの部分で前半部の叙述量の半分を占める。つまり、**前半部は、記録類によって日時・地名が確認できるような情報はほとんどみられず、不確かな情報（おそらく一部に捏造を含む）や伝承世界と接するような情報で満たされている。**前半部は後半部に比べて叙述量が少ないだけでなく、その質においても、一二年間に及ぶいくさの大半（一一年間以上）を占めているのにもかかわらず、ほとんど内実のない情報しか収集しえていないのだ。

　これと対照的に、後半部は、日時で言えば「午の時」「未の時」「戌の時」「酉の剋」「卯の時」「未の時」と時刻まで記した例が六か所もある。前半部には、時刻表現は一か所もない。地名表現についても、後半部には、「陣を去ること四十余里」「三十余町の程」「行程は十余里なり」「相去ること七、八町ばかりなり」などという距離表現が四か所もあるのに、前半部にはそのような表現はいっさいみられない（この中には先行資料に依拠したのではない、『陸奥話記』表現主体による後補もありそうだが、合理的な推定によるものと考えられる。第十五章）。

【表15 『陸奥話記』前半部・後半部の日時・地名・距離表現の粗密】

『陸奥話記』章段名（三書対照表の項目番号）	日時	地名・距離表現（出身地などは除き、戦場とそれに準ずる地名に限る。明瞭な空間認識を示すものとして距離の表現は含む）
前半部		
（一）安倍頼良、陸奥国に横行（1〜3）	永承の比	
（二）朝廷、源頼義を追討将軍に選ぶ（4〜6）	（「長元の間」はカウントせず、）数年の間を経て	
（三）頼義、着任し、安倍頼良、降伏（7）	境に入り任に着くの初め	
（四）阿久利川事件起こり、頼時再び離反（8〜10）	任終るの年	阿久利川
（五）将軍頼義、軍勢をさし向ける（11・12）		
（六）永衡殺害に恐れ、経清離反す（13・14）		衣川
（七）金為時、援軍なく敗戦、経清逃亡す（15・16）		
（八）新国司着任せず、頼義が再任される（17）	今年	
（九）天喜五年九月の国解、頼時討伐を報ず（18）	天喜五年秋九月（国解）	鳥海の柵
（一〇）将軍、黄海で敗北、八幡太郎義家奮闘す（19〜23）	同年十一月	河崎の柵、黄海
（一一）将軍の家臣、経範・景季らの忠節（24〜26）		
（一二）藤原茂頼、俄かに出家して主の屍を探す（27）		
（一三）平国妙、生虜となる（28）		
（一四）天喜五年十二月の国解、援無きを訴える（29〜31）	同年十二月（国解）	
（一五）貞任等の横行に、将軍、清原武則を頼む（32〜35）		衣川の関
（一六）頼義、陸奥の国人の信望を得る（36）	康平五年の春	境に入り任に着くの後
（一七）武則来援し、頼義、吉例の営岡に陣立す（37〜40）	同年の秋、七月二十六日、八月九日、同じ十六日	陸奥国に越え来たり、（出羽）国を発す、栗原郡営岡
日時・地名・距離表現を合わせて16件		

ント）

後　半　部

全体12年間のうちここだけで２か月間（〔一八〕～〔三二〕）

〔一八〕武則、忠節を誓う。八幡神の吉兆（41・42）	今日（右と同日か）	松山道、磐井郡中山の大風沢
〔一九〕小松の柵の合戦（43・44）	翌日（十七日か）、晩景に及ぶ	同じき郡の萩の馬場、小松の柵、（小松の）柵外の宿盧
〔二〇〕官軍、小松の柵を攻めて、賊兵を撃つ（45～47）		件の柵（小松の柵）
〔二一〕官軍、長雨と兵糧の欠乏に苦しむ（48～50）	徒に数日を送る	磐井郡以南の郡々、栗原郡、磐井郡仲村の地、**陣を去ること四十余里**
〔二二〕貞任の猛攻を斥け、官軍勝利す（51～55）	十八箇日を経る、九月五日	営中、（小松の柵付近）磐井河、**三十余町の程**
〔二三〕武則、敗兵を追撃し、将軍、傷病兵を見舞う（56～59）		高梨の宿、石坂の柵、衣河の関
〔二四〕六日、衣川の関攻撃（60～62）	同（九月）六日午の時、即日、未の時より戌の時に迄（いたる）まで	高梨の宿、衣河の関、関の道、上津衣河の道、関の下道、鳥海の柵
〔二五〕捕虜から賊軍の死者を聞き出す（63）	同七日	（衣河の）関、胆沢郡白鳥村、大麻生野及び瀬原の二柵
〔二六〕将軍、鳥海の柵に入城。武則を労う（64～67）	同十一日の鶏鳴	鳥海の柵、**行程は十余里なり**、厨川の柵、和我郡黒沢尻の柵、鶴脛・比与鳥の二柵
〔二七〕最後の拠点厨川・嫗戸焼け落ちる（68～74）	同十四日、同十五日酉の剋、十六日の卯の時自り、十七日未の時	厨川の柵、厨川・嫗戸の二柵、**相去ること七、八町ばかりなり**
〔二八〕経清捕らえられ、鈍刀で処刑さる（75）		
〔二九〕貞任、捕らえられ、将軍の眼前で絶命す（76・77）		
〔三〇〕将軍、武則の勧めで千世童子を斬る（78）		
〔三一〕将軍、美女を兵に与え、則任の妻、入水す（79・80）		
〔三二〕安倍一族の帰降（81・82）	又数日を経て	
〔三三〕十二月十七日国解、戦勝を報ず（84・85）	同十二月十七日（国解）	
〔三四〕六年五月、正任降伏す（86）		
〔三五〕武則、義家の弓勢を試み、驚嘆す（87・88）		
〔三六〕貞任らの首級、京に入る（89～93）	同六年二月十六日、是れより先、同二十五日（除目）	京都、近江国甲香郡
〔三七〕勲功の武臣への行賞（94）		
〔三八〕評（95）		
〔三九〕自序（96）		

日時・地名・距離表現を合わせて65件（大麻生野、瀬原、鶴脛、比与鳥、厨川、嫗戸は別々にカウ

以上のようなことから、**『陸奥話記』の前半部と後半部の位相差は、たんに叙述量が多いか少ないかの問題ではなく、そもそもニュースソースとそれに伴う叙述の位相が質的に異なる**ということなのである。**『陸奥話記』は、その後半部**（**実時間で半年**）**、すなわち『奥州合戦記』と重なる部分が先行成立し、その前半部は後次的に付加されたものと断定してよい**（『陸奥話記』では前半部・後半部のアンバランスや違和感を軽減するために天喜五年（一〇五七）十二月の国解と武則参戦を関連づけて前半部・後半部の年数をほぼ半々であるかのように印象づけているが、内実の乏しい前半部は正味一一年間以上で、実質的な合戦は後半部の二か月弱である）。

八　『扶桑略記』から『陸奥話記』への整序の過程

『陸奥話記』の後半部が先に成立し、前半部が後付けされたものであることは確実になった。それを補強する根拠はほかにも複数あるのだが、ここでは、『扶桑略記』の重複的な記事を『陸奥話記』が整序していることを指摘する。それはまさに、前半部と後半部のつなぎ目の部分である。

『扶桑略記』天喜五年十二月二十五日条に「其の後、諸国の軍兵・兵糧、頻りに官符を賜ると雖も、彼の国に到らず」（32）があり、その記事を採り込んだらしき「諸国の軍兵等、頻りに官符を賜ると雖も、当国に越え来らず」（37）が『奥州合戦記』の内側にみえる。この現象は、断片的な記事（史料）である十二月二十五日条が最初に成立し、次にそれを『奥州合戦記』が採り込み、さらには『扶桑略記』が十二月二十五日条と『奥州合戦記』をそのまま引用したために、結果的に重複してしまったものと考えられる。『陸奥話記』ではそれが一本化されて重複が解消している。

その際、貞任・経清横行の有無や高階経重の記事の位置の問題もあるが、それぞれ別の章で述べることにする（第四章、第十三章）。概して言えば、それらの問題も、前半部と後半部をどう接合するかの歴史解釈をめぐって、せめぎ合いがあったことと関係している。いずれにしても、『奥州合戦記』や、『陸奥話記』でいうところの後半部が先に成立し、前半部が後付けされたものであることは疑いない。

九　重要記事不採用の理由

『陸奥話記』が『扶桑略記』を参照したと言うには、解決しなければならない問題がある。『奥州合戦記』より前の位置（三書対照表の17）に、次のような記事があるのだが、これが『陸奥話記』に採り込まれていないのである。

（天喜五年八月）十日、前陸奥守源頼義、俘囚安倍頼時を襲討せし間、官符を東山・東海両道諸国に給はせ、兵糧を運び充たすべき事を、公卿定め申す。また、官使太政官の史生紀成任・左弁官の史生惟宗資行等を下し遣す。

『陸奥話記』が『扶桑略記』の影響下にあるというのなら、これほど重要な記事を落とすはずはないという理屈は成り立ちうる。しかし注意深く見ると、すぐ次に「官符を賜りて諸国の兵士を徴発し、兼ねて兵糧を納れ、悉く余類を誅せんことを。官符を賜ふに随つて兵糧を召し、軍兵を発せん」（18）という類似の記述がある。17は〈頼時追討〉の際の国解で、18は〈貞任追討〉に向けてのそれなのだが、それにしてもあまりにも類似の記事の位置が近すぎる。その後も〈貞任追討〉に向けては、「諸国の兵糧・兵士、徴発の名有りと雖も」（29）、「諸国の軍兵・兵糧も、又以て来らず」（32）と諸国からの支援が意識され続ける（そしてそれが実現しないという苦境のさなかに武則来援がある）。『陸奥話記』は、〈頼時追討〉から〈貞任追討〉へ向けて漸層的に征夷が強化される流れを表現しようとしたために、17のその部分は採用しなかったのだろう。

十　おわりに

本章では、『陸奥話記』の後半部、すなわち『扶桑略記』所載『奥州合戦記』と重なる部分が前半部とは異質であることを明らかにした。そのことは、笠栄治（一九六六）の指摘するように、『陸奥話記』は、その後半部が『奥州合戦記』の名で先行成立し、前半部はあとから書き加えられたのであろうと推測させるものである。安部元雄（一九六四）も前半部と後半部の異質性について指摘しているのだが、頼義が英雄として描かれているか否かという観点に終始してしまっている。そこに客観的な根拠を与えようとしたのが、本章の分析である。

ここで、留意しておくべきことが二点ある。一点目は、『陸奥話記』の前半部が後づけであるとの言い方をしてきたが、冒頭部・阿久利川《あくりがわ》事件譚・永衡経清離反譚・黄海《きのみ》合戦譚など前半部の後付けを発想したのは、『今昔』前九年話（の原話）だということである。ここまでは、漢文体原表記によって表現近似率を分析するなどの行論の都合上、現存しない『今昔』原話を比較対象にしにくかったために『陸奥話記』と『扶桑略記』で分析してきたが、本質的には、**前半部が後付けされたという事情は『今昔』前九年話（第一次『陸奥話記』）でも同じ**だということである。

二点目は、『陸奥話記』が影響を受けた相手は『奥州合戦記』（三書対照表の37～84）に限定されるものではなく、それより前の部分（～36）からも後の部分（85～）からも含めて『扶桑略記』から影響を受けているということである。表現近似率のむらがあるにもかかわらず、〃『陸奥話記』が『奥州合戦記』を参照した〃と言わずに〃『奥州合戦記』を含んだ『扶桑略記』の影響を受けた〃と言いきるのは、高階経重問題、出羽国問題、〈櫛の歯接合〉論、『後三年記』の影響などを見据えているからである。『奥州合戦記』相当部分だけでなくその前後を含めて『扶桑略記』から影響を受けたのに表現近似率の差が出たのは、その前後の部分はそれだけ歴史解釈上の気を遣いながら記さねばならなかったからだと考えられる。それらについては、各章に譲ることにする。

文　献

安部元雄（一九六四）「『陸奥話記』の構成」「茨城キリスト教短大紀要」4号
梶原正昭（一九八二）「解説」『陸奥話記』東京：現代思潮社
野中哲照（二〇一四）「『後三年記』は史料として使えるか」『後三年記の成立』東京：汲古書院
平田俊春（一九八二）『私撰国史の批判的研究』東京：国書刊行会
山本賢三（一九三一）「陸奥話記の作者及び著作の年代」「歴史と国文学」5巻3号
笠　栄治（一九六六）『陸奥話記校本とその研究』東京：桜楓社

第八章　『陸奥話記』前半部の形成

――黄海合戦譚の重層構造を手がかりにして――

本章の要旨

『陸奥話記』の黄海合戦譚の道筋は北上川東側ルートで、のちに武則参戦以降の官軍が進撃する北上川西側ルートと差別化するために発想された可能性がある。後半部と重ならないよう配慮されたということであり、黄海合戦譚そのものの虚構性が疑われる。

そもそも『扶桑略記』の黄海合戦譚は官軍の奮戦を称賛する前半部分しか存在しない。これにたいして『今昔』前九年話や『陸奥話記』は佐伯経範以下の出る後半部分を付加している。黄海合戦譚前半は、窮地から脱出した六騎武者の奮闘（《群像描出指向》）のほうが古く、その後《義家像英雄化指向》の方向に向かった。ところが、黄海合戦譚後半は、死に至った郎等→生き残った郎等の順に登場し、それぞれの内部でも討死→斬首、出家→生捕りと、武士としてのありようからすると英雄化・美化が減退する方向に向かっている。このことから、黄海合戦譚後半が付加された意図は、官軍（源氏）を揶揄し戯画化するところにあったと考えられる。その批判的な指向は、阿久利川事件譚・永衡経清離反譚と通底しており、『陸奥話記』前半部が一体のものとして同時に成立したことを示している。その時期（第一次『陸奥話記』の成立）は一〇九五～一一〇〇年ごろと考えられる。直接には源氏批判を展開しにくい時代状況下で、物語によって世論を誘導するために、このような形成過程を経たものと考えられる。

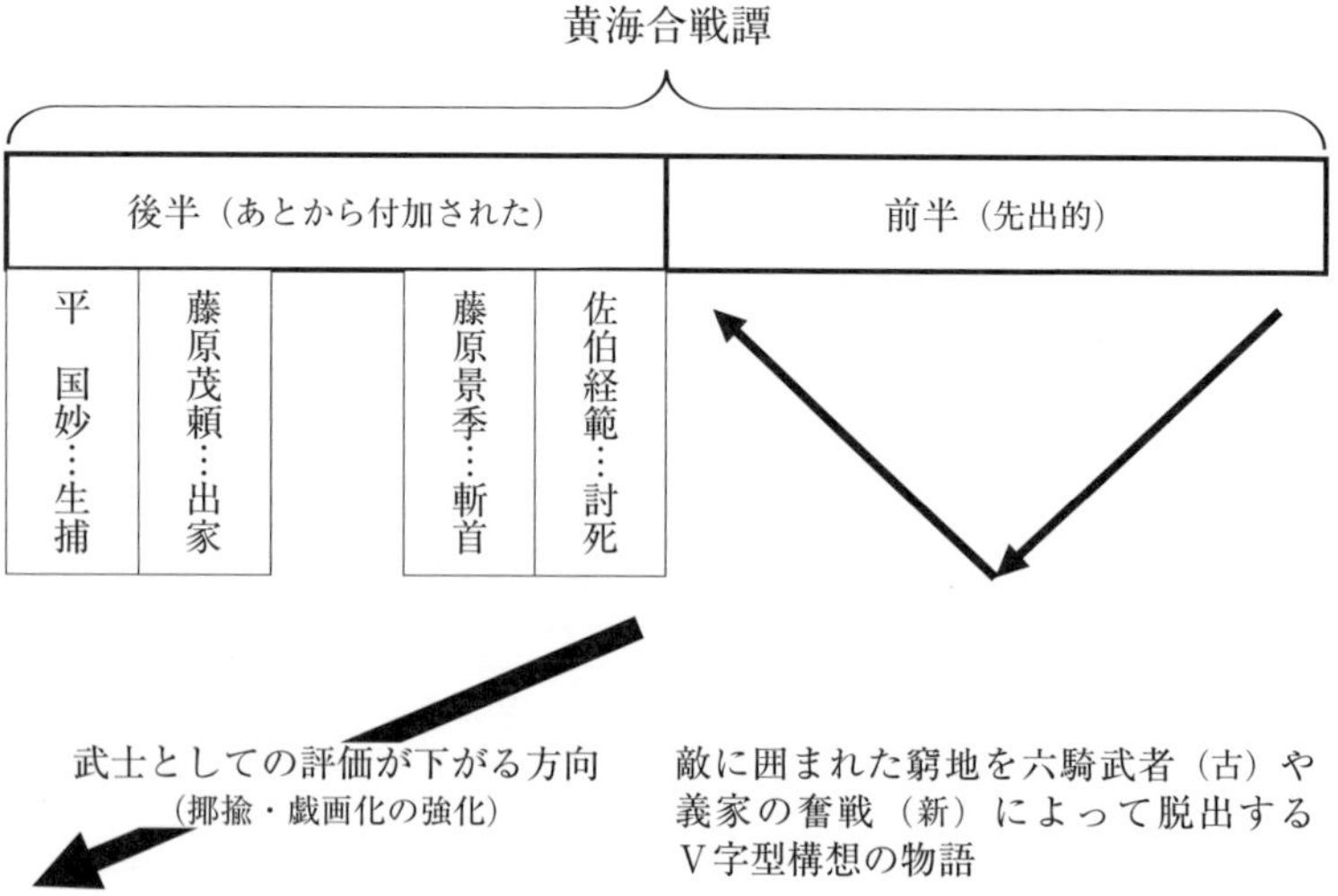

一　問題の所在

『陸奥話記』前半部は、後付けされたものである（正確に言えば、『今昔』前九年話の原話の段階で。前章）。〈頼時追討〉以外に合戦らしい合戦がほとんどなかったにもかかわらず、前半部が捏造されたのである。その前半部は、安倍氏や源頼義の紹介部分、阿久利川《あくりがわ》事件、安倍頼時の追討、黄海《きのみ》合戦から成る。叙述量の点から言って、黄海合戦譚は『陸奥話記』前半部のかなりの部分を占める。

本章では、『陸奥話記』黄海合戦譚の重層的な形成過程を明らかにする。そのことは、阿久利川事件譚、永衡経清離反譚の存在意義の解明にも関わることになる。それらの形成過程や存在意義が明らかになれば、『陸奥話記』前半部の大半の問題を解決したことになる。それほどの鍵を、黄海合戦譚は握っている。

二　黄海合戦譚の虚構性

『扶桑略記』と『陸奥話記』の黄海合戦譚の比較でもっとも重要な相違点は、「貞任等は精兵四千余人を率ゐて、金為行の河崎柵を以て営と為して、黄海に拒ぎ戦ふ」(19)の有無である。「金為行」「河崎柵」「黄海」というきわめて重要な三つの固有名詞を含むアミカケ部分を除けば、『陸奥話記』は『扶桑略記』とまったく同文である。『扶桑略記』が史書ゆえの性格として先行文献の逸話を割愛したり、冗漫な修飾文を省略したりすることはありうるだろうが、叙事的かつ重要な要素である地名・人名を脱落させるなどということは、まず考えられない。しかも、大半は同文なのである。ゆえに、「金為行」「河崎柵」「黄海」は、『陸奥話記』において後補された部分であるに違いない（そのような地名・人名も空想の産物ではなく、ある種の取材に基づいて投入されたのであろうことを第十五章で述べる）。

「河崎」は岩手県一関市川崎町門崎《かんざき》、「黄海」は同市藤沢町黄海に比定されている。「河崎」のほうが北で、そこから南に五キロメートルの地に「黄海」がある。双方は、北上川で南北に結ばれているのだが、その両岸は山が迫っており、今でこそ車道があるが当時は四千余人もの大軍を通しえた道だとは考えにくい。むしろ、北上川で結ばれた「河崎」や「黄海」という地名を発想するのは、その舟運をイメージしたためではないかと考えられる。しかし、馬の運搬のことまで考えると、四千余人もの兵を川崎から黄海に送る労力（舟の数や往復の回数）は尋常ではない。山間部の峠越えも想定できなくはないのだが、そうなるとそもそもなぜ「四千余人」を有する貞任勢が好きこのんで「河崎」に宿営地を設定し「黄海」を戦場と定めたのか（『陸奥話記』だとそう読める）、疑問になる。もちろんその前提として、『陸奥話記』の文脈だと官軍北上の動きがあったから安倍軍はこれを迎え撃ったとされているのだが、そもそも北上川沿いのこのルートは、荷物の運搬や少人数の移動ならいざ知らず、官軍の行軍路としては現実的ではない。つまり、「河崎」「黄海」という地名から推定される北上川舟運ないしはその両岸陸路は、大軍を動かすという『陸奥話記』の場面状況にふさわしくないのである。安倍氏追討を目的とする官軍が北進するルートとしては現在の国道三四二号線のほうがより現実的で、馬で駆けまわったり従者が主君のゆくえを数日間探し回ったりなどという広い面積を必要とする場面設定からしても一関駅周辺の平地のほうがよほど符合する。

もちろん、黄海合戦の擬定地として、「河崎」「黄海」よりも一関駅周辺のほうがふさわしいなどと述べようとしているのではない。このいくさが、そもそも机上で捏造されたものであることを指摘しようとしているのである。

それにしても、地理的にみて不自然な黄海―河崎ルートでの北進が物語内で設定された理由を、考える必要がある。『陸奥話記』後半部は、清原武則勢と源頼義勢が営岡《たむろのおか》（栗原市）に参陣したこと（営岡参陣）を起点にして始動する。そこから、小松合戦を経て仲村合戦へと移り、衣川へと向かってゆく。小松の地については未詳だが――未詳というより〈衣川以北〉の地名が物語内で〈衣川以南〉へと移された可能性が高い（二二六頁）――、仲村は一関市花泉町中村とされている。『陸奥話記』には「陣を去ること四十余里なり」とあり、「陣」が営岡のことだとすればそこから「仲村」まで「四十余里」（約二六キロメートル）とするのは、符合しなくはない（直線距離ではなく道の迂回を考慮して）。この営岡から仲村を経て衣川に至る道筋は、明らかに〝北上川の西側ルート〟なのである[1]（【地図２】参照）。

（1）「仲村」の地名は『奥州合戦記』や『今昔』前九年話に存在せず、合戦譚と言えるものも両書にみられないことから、仲村合戦譚の全体も『陸奥話記』表現主体による後補である可能性が高い（第十四章）。しかしそれにしても、営岡から衣川に至る道筋が〝北上川の西側ルート〟であることは動かない。

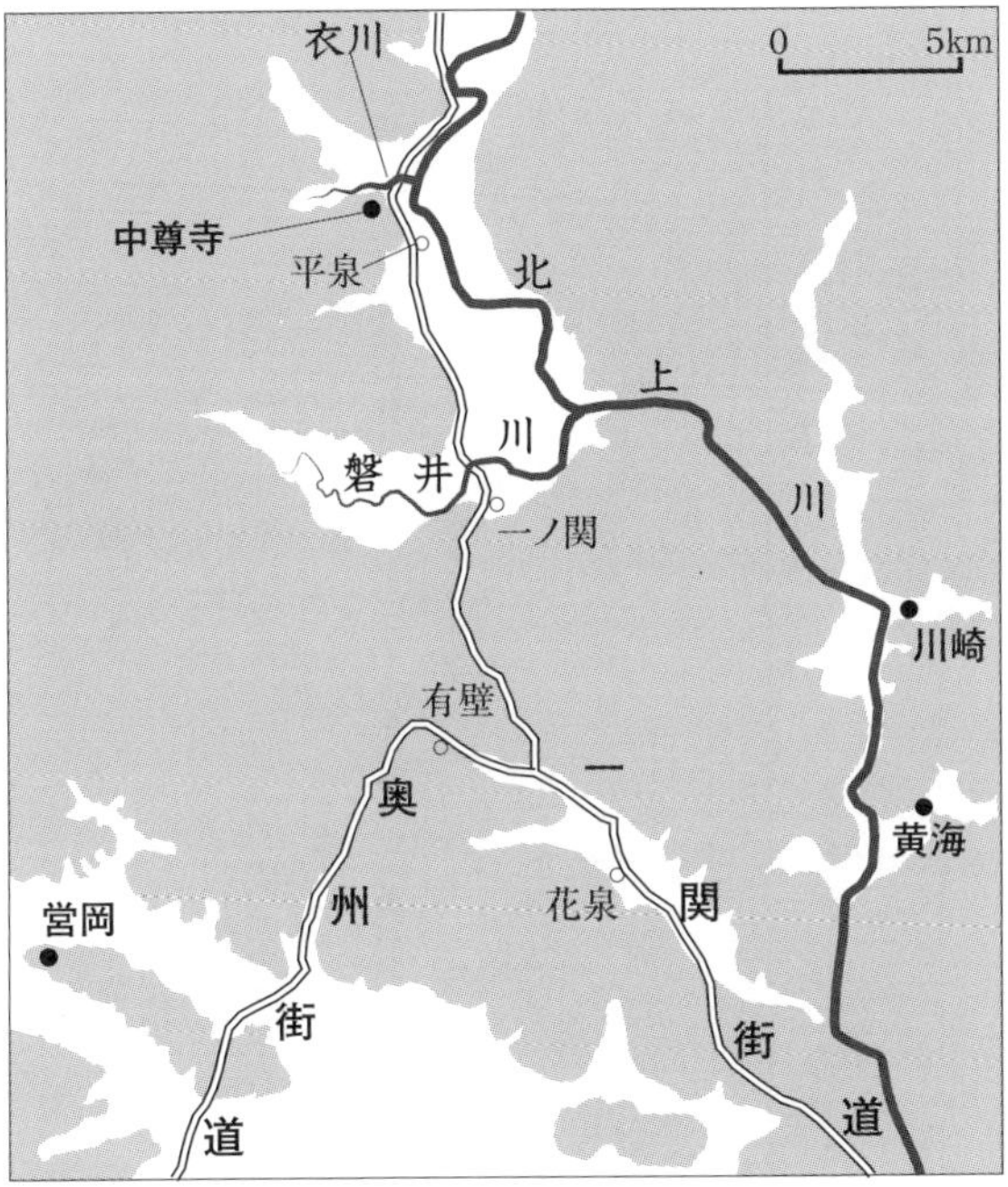

【地図２】　衣川以南

●『陸奥話記』の地名　○ＪＲの駅名

このように考えてみると、**後付けであることが明白な『陸奥話記』前半部に含まれている黄海合戦譚は、発想上、後半部と重ならないルートとして北上川の東側が選択された可能性が高い。**実体地理上不自然な進軍路の設定は、このようにして発想されたものと考えられる〔ただし机上の作文とは言っても、川崎も黄海も中世以前に遡れる古い地名ゆえ取材に基づいて（三四四頁）投入された場面だろう〕。

三　『扶桑略記』と『今昔』前九年話・『陸奥話記』との位相差

『扶桑略記』の当該部分と『今昔』前九年話・『陸奥話記』との位相差について、【表16】で確認しておきたい。

【表16　『扶桑略記』と『今昔』前九年話・『陸奥話記』の黄海合戦譚の位相差】

	三書対照表の番号と小見出し	『扶桑略記』	『今昔』前九年話・『陸奥話記』
前半	19官軍の難渋	◎	◎
	20義家の孤軍奮闘	◎	◎
	21六騎武者の奮戦	◎	◎
	22馬の負傷からの脱出	×	◎
	23義家・光任の神がかり	○	◎
後半	24佐伯経範主従の忠死	×	◎
	25藤原景季の斬首	×	◎
	26和気致輔・紀為清の忠死	×	◎
	27藤原茂頼の出家	×	◎
	28平国妙の生捕り・釈放	×	◎

『扶桑略記』の黄海合戦譚相当部分は、19・20・21・23がすべてである。ということは、前半の22と黄海合戦譚・後半の24〜28がない。そこには「黄海」の地名もまだなく、「金為行」「河崎柵」などというもっともらしい歴史叙述化もみられない。義家像の英雄化が窺える20は明らかな後補であるから（二一〇頁）、それを除くと19→21→23が『扶桑略記』の伝える黄海合戦譚前半の骨格ということになる。そこで語られていることは、

［1］天喜五年の「十一月」に、

［2］「千三百余人」の官軍が「精兵四千余人」の貞任勢に戦いを挑み、
［3］「風雪」の激しさ、「道路」(行軍)の難渋、「食」(兵糧)の欠乏、「人馬」の疲労という困難に直面し、
［4］「死する者数百人」という大敗を喫したものの、
［5］残った「六騎」が敵の包囲を打ち破り、
［6］中でも義家が敵の「魁帥」を射殺したことによって、
［7］敵は「漸く引き退」いた

という内容である。このうちの［5］～［7］が主題であることは言うまでもない。それを引き立てるために［2］～［4］がお膳立てされているに過ぎない。すでに、一種の物語である(V字型構想)。そしてまた黄海合戦譚は、その前半だけで成立しうる結構を具えていたとも言える。このゆえに、以下、黄海合戦譚を、前半(19～23)と後半(24～28)に分けて分析する。

右の［1］～［7］の展開から、黄海合戦譚前半の原型は〝官軍が苦境を脱出した〟というテーマを持ったシンプルなものであったろうことが察せられる。それを元にして『陸奥話記』が義家像を巨大化したり、もっともらしい地名・人名を入れて歴史叙述化したり、群像を描出して厚みを持たせたり、具体性やリアリティを補ったりする指向によって肉付けされ(ここまで前半)、その後、『陸奥話記』をとりまく時代社会の変化によって源氏を揶揄したり批判したりする指向が加わってきたと考えられる(後述)。

翻ってみると、『扶桑略記』の〝官軍が苦境を脱出した〟というシンプルなテーマは、この十一月条の前後の記事の流れの中においてこそ意味を持つものであることがわかる。この直前の前九年合戦関係記事は同年九月二日条で、それは〈頼時追討〉こそ成ったものの、

但し余党は未だ服せず。仍て、重ねて国解を進らせ、官符を賜りて諸国の兵士を徴発し、兼ねて兵糧を納れ、悉

く余党を誅せんことを請ふ。(18)

という「余党」掃討のための合戦が継続しているという記事であった。そして十一月条の次は同年十二月条の次のような国解の進上であった。

十二月、鎮守府将軍頼義、言上す。「諸国の兵糧・兵士、徴発の名有りと雖も、到来の実無し。当国の人民、悉く他国に赴き兵役に従はず。先に出羽国に移送するの処、守の源兼長、敢て紀越の心無し。裁許を蒙るに非ざれば、何ぞ討撃を遂げん。已上」。(29)

要するに趣旨は十一月条と同じで、官軍の窮状を強調するものである。陸奥国内の「人民」が「兵役」に従わないばかりか、出羽守の源兼長も「敢へて紀越の心無し」という非協力的なありさまであったというのだ。これらの記事は『扶桑略記』にしか存在しない（後述）。そして、この三か条の記事によってのみ、前九年合戦の前半戦〈頼時追討〉を中心とする）と後半戦（〈貞任追討〉を中心とする）が連続的なものとなるのである。高階経重問題（第四章）や〈一二年一体化〉における『扶桑略記』のいかがわしさを考え合わせると、**『扶桑略記』の黄海合戦譚前半は、源頼義が一二年もの長期にわたって安倍氏追討戦に従事したという歴史を捏造するために、前半戦と後半戦との〝つなぎ〟として机上で創出されたものであると推定してよい**。それはまだ、いずれの物語にも採り込まれていない、独立した黄海合戦伝承のようなものが素材であったと考えられる。ただし、つくられた当初は官軍の苦境のさまやいくさの継続性さえ表現されればよかったので、その戦場の名さえ記されていなかった。「黄海」という地名が与えられたのは、歴史叙述としての具体性や信憑性のための要請だろう（《リアリティ演出指向》）。

かくして、『扶桑略記』の黄海合戦譚前半の位相は、『陸奥話記』よりもかなり古いかたちを留めていると結論づけることができる。源氏方から発せられた〈一二年一体化〉のプロパガンダが蔓延していた時代相の産物だろう。その形成期は、おそらく一〇六〇年代末以降かとみられる。それ以上さかのぼる時代だと、いくさに近すぎて捏造伝承を流布させにくいと考えられるからである。

そもそも、黄海合戦譚が『陸奥話記』前半部のどこに位置しているかが、きわめて重要である。〈頼時追討〉の直後なのである。ということは、黄海合戦譚は、〈頼時追討〉後も貞任・宗任ら「余党」が引き続き健在であることを印象づけるのに、とても都合がよい。しかも、歴史的実態としては天喜五年＝康平元年（一〇五七）ごろから同五年までまともな合戦もなさそうであるのに、その間隙を埋める意義をも黄海合戦譚は有することになる《間隙補塡指向》。『陸奥話記』前半部の合戦譚がいくら手薄だからと言っても、安倍頼時の存命中の位置に黄海合戦譚を加えるわけにはいかなかったのである。**黄海合戦譚が〈頼時追討〉後に位置しているからこそ、〝貞任・宗任を討つ戦い〟という演出が可能になった**のである。そういう意味において、黄海合戦譚が『陸奥話記』の中で置かれている位置は、絶妙である。

四　『陸奥話記』と『今昔』前九年話との位相差

ここまで、『陸奥話記』と『扶桑略記』の黄海合戦譚について考察を加えた。この節では、『陸奥話記』と『今昔』前九年話の黄海合戦譚の関係について分析しておきたい。『陸奥話記』と『今昔』前九年話とはほぼ重なっているので、より細かく分析するために、**【表17】**では三書対照表の項目番号を使用せず、表中の①〜⑯の要素番号を用いる。

当然のことながら『陸奥話記』のほうが文飾が多く、その多くは対照構図の明瞭化の機能を果たすものなので、ここではその程度の相違は無視した。決定的に異なるのが、アミカケの三か所である。『扶桑略記』と『陸奥話記』の比較でも出てきたように、③の「金為行の河崎柵」と④の「黄海」という地名は『今昔』にもない。ほかの部分では『今昔』は『陸奥話記』の元になったであろう黄海合戦譚原話を忠実に翻訳しているようにみえるので、やはりこの

【表17　『陸奥話記』と『今昔』前九年話の黄海合戦譚の対応関係】

要　素	『陸奥話記』	『今昔』前九年話
①攻撃の季節	十一月	其ノ後
②官軍の勢	千八百	三千百余人
③貞任勢の拠点	金為行の河崎柵	×
④戦場	黄海	×
⑤官軍の死者	数百人	多シ
⑥義家の奮戦	○	○
⑦六騎武者の奮戦	○	○
⑧頼義・義家の馬の回復	○	○
⑨義家弓射の対象	魁帥	敵ノ兵
⑩光任の奮戦	○	○
⑪貞任勢の退却	○	○
⑫佐伯経範の忠死	○	○
⑬藤原景季の斬首	○	
⑭和気致輔・紀為清の忠死	○	守ノ親キ郎等共
⑮藤原茂頼の出家	○	○
⑯平国妙の生捕り・釈放	○	×

③と④は、《リアリティ演出指向》によって歴史叙述らしくする目的で『陸奥話記』の後次段階で付加された表現とみてよい。

次に、⑯の平国妙の話が『今昔』にないことも注目される。原話に存在したのに『今昔』が煩瑣を厭うて省略することはよくあることであるし、その巻二十五は武勇の巻なので武士らしくない国妙の話は割愛の対象となったとする考えかたも可能である。しかし、煩瑣や理想の武士像に抵触するというのが割愛の理由なら、⑮の藤原茂頼の話もその対象になっていてよさそうなものである。この現象は、⑯平国妙の話が存在しない段階があって、そのかたちを残しているのが『今昔』前九年話（の原話）であることを示すものだろう。平国妙は「出羽国」の出身者であって「経清」の縁者でもあって、ぶざまな行く末をたどることに『陸奥話記』では格別な意味あいを持たせているので、そのような要素が付加される前の様相を『今昔』前九年話は留めていると考えてよい（四八五頁）。

翻って『陸奥話記』の問題として⑯国妙の話について検討すると、茂頼ばなし（出家）と国妙ばなし（生捕り・釈放）とがそれぞれ前半の佐伯経範ばなし（忠死）、藤原景季ばなし（斬首）とパラレルに発想されたように見える（二二六頁【表18】）が、その直前で⑮の茂頼ばなしまでで止まっていた段階があったと考えることになる。[2]

（2）②の官軍の軍勢についても、『今昔』の「三千百余人」は貞任勢の「四千」とあまり変わらないことになり、ドラマティックとは言えない。『扶桑略記』の「千三百余人」と『陸奥話記』の「千八百余人」の違いはたんなる誤写なのかどうか判別しがたいが、官軍の数が少なければ少ないほどその苦難を効果的に表現することになる（貞任勢は『扶桑略記』『陸奥話記』『今昔』共通して「四千余人」）。ただし、『陸奥話記』の「千八百余人」という少なさは官軍の苦難を表現するためだけではなさそうである。『陸奥話記』は黄海合戦譚の冒頭に、「但し群卿の議同じくせず、未だ勲賞を行はざるの間に」（19）という独自文をもっている。これによって、頼義が朝廷の裁許も得ないまま、しかも東北地方の「十一月」（現在の暦に直すと一月ごろか）に強引にいくさをしかけたとのメッセージを発しているのだろう。「風雪」も「道路艱難」も「食無く」も、当然の報いと読めるように仕組まれている。朝廷の公認を得られなければ、軍勢の数は集まらない。そうまでして無謀な時期に無謀ないくさを仕掛けて敗北したとのメッセージがほのみえる。こう読み解いてこそ、「但し群卿の議同じくせず」から始まって茂頼の拙速な出家や国妙の生捕り・釈放というあまり褒められたものではない話で結ぶところまでが、一本の指向で説明できる。前面に奮戦のさまや忠節を押し出しながらも、『陸奥話記』形成の後次段階で源氏批判を強めていることは、どうやら間違いないようである。

『陸奥話記』と『今昔』前九年話の比較で、それ以外の相違点は、『今昔』の側の翻訳方針に拠るものと考えてよいだろう。具体的に言うと、①の「十一月」は原話に存在したとしても『今昔』が「其ノ後」などというあいまいな日時表記に変更することはよくあるし（『将門記』と『今昔』将門話との比較でも同じ傾向を確認できる）、⑤の「数百人」を「多シ」と変更したり⑭の和気致輔・紀為清の名を消去して「守ノ親キ郎等共」などと変えてしまったりすることも、『今昔』の翻訳方法としてありがちなことである。⑨の「魁帥」と「敵の兵」の相違については、『今昔』編者が「魁帥」の表現の意図するところ（義家の矢が敵の前衛の頭上越しに奥まで飛んだことによって形勢の逆転を導いた）を理解できなかった軽率な誤訳だろう。②の「三千百余人」、③④の「金為行の河崎柵」「黄海」や⑯の平国妙ばなしが存在しない点についても、『今昔』前九年話のほうが古態を存しているという結論である。

五　『陸奥話記』黄海合戦譚前半の構造――物語の重層化――

再び、『扶桑略記』と『陸奥話記』との比較検討に戻る。『陸奥話記』黄海合戦譚前半（19〜23）は、『扶桑略記』天喜五年（一〇五七）十一月条にも類似の記事がある。次に、対照する（ここでも、この節のための番号を用いる）。

『扶桑略記』

②十一月、将軍頼義、兵千三百余人を率ゐ、貞任等を討たんと欲す。爰に貞任等は、精兵四千余人を引率して拒み戦ふ。

③時に風雪甚だ励しく、道路艱難たり。官軍食無く、人馬共に疲る。賊徒は新羈の馬を馳せ、疲足の軍に敵す。官軍大いに敗れ、死する者数百人なり。

④将軍の長男義家、驍勇倫を絶し、騎射神のごとし。大鏃箭を以て、頻りに賊の師を射る。矢は空しく発せず、中る所は必ず斃る。夷人靡き走り、敢て当る者

『陸奥話記』

①但し群卿の議同じくせず、未だ勲賞を行はざるの間に、

②同年十一月に、将軍、兵千八百余人を率ゐて、貞任等を討たんと欲す。貞任等は精兵四千余人を率ゐて、金為行の河崎柵を以て営と為して、黄海に拒ぎ戦ふ。

③時に、風雪甚だ励しく、道路艱難たり。官軍食無く、人馬共に疲る。賊類は新羈の馬を馳せ、疲足の軍に敵す。唯に客主の勢の異なるのみに非ず、又寡衆の力の別なること有り。官軍大いに敗れ、死する者数百人なり。

④将軍の長男義家、驍勇倫を絶し、騎射神の如し。白刃を冒し重囲を突き、賊の左右に出づ。大鏃箭《おほかぶらや》を以て、頻りに賊の師を射る。矢は空しく発せず、中る所は必

無し。＜

⑤将軍の従兵、或いは以て散走し、或いは以て死傷す。残る所は纔に六騎有るのみ。＜賊衆二百余騎、左右の翼を張りて、囲み攻む。矢を飛ばすこと雨ふるが如し。

⑥ナシ

⑦爰に、義家頻りに魁帥を射殺す。＜賊類、神と謂ふ。漸く引き退けり。

ず斃《たふ》る。雷のごとく奔り風のごとく飛びて、神武命世なり。夷人靡き走り、敢て当る者無し。夷人号を立てて八幡太郎と曰ふ。漢の飛将軍の号、年を同じくして語る可からず。

⑤将軍の従兵、或いは以て散走し、或いは以て死傷す。残る所は纔に六騎有るのみ。長男義家・修理少進藤原景通・大宅光任・清原貞広・藤原範季・同じく則明等なり。賊衆二百余騎、左右の翼を張りて囲み攻む。矢を飛ばすこと雨ふるが如し。

⑥将軍の馬、流矢に中《あた》りて斃る。景通馬を得て之を扶く。義家の馬も又矢に中りて死す。則明賊の馬を奪ひて之を援《たす》く。此の如くするの間、殆ど脱すること得叵《えがた》し。

⑦而るに義家頻りに魁帥を射殺す。又光任等、数騎殊死して戦ふ。賊類神なりと為して、漸く引き退けり。

まず、『陸奥話記』にしか存在しない①「但し群卿の議同じくせず、未だ勲賞を行はざるの間に」(19)については、「朝議、紛紜せるの間」(39)と通底する表現として第二次『陸奥話記』の段階で挿入された部分だと推定した(三〇五頁、三八一頁)。よって、この節での考察対象から除外する。

『扶桑略記』と『陸奥話記』を比較する前に、両書に共通する問題として、義家の突出部分(④)についての異質性について指摘しておきたい。大局的な流れとしては、官軍「千三百余人」（『陸奥話記』は「千八百余人」）にたいして貞任勢「四千余人」という兵力の差があるうえに、「風雪」の激しさ、「道路」の「艱難」たるさま、「食」の不足、「人馬」の疲労が重なって、官軍は「大敗」して死者「数百人」という窮状に追い込まれたというものである。その流れは、**④を飛び越えて⑤の官軍の敗走のさまに続いたほうが自然である**。数少なくなった頼義らが敵の大軍に囲まれて絶体絶命の状況となり、義家の奮戦（⑦）によって危機を脱したという展開である。④は、その流れの中においては、出番が早すぎるのである。それに、④には義家が「重囲を突き」とする表現があるが、官軍が敵に包囲されるのは⑤のこと（「賊衆二百余騎、左右の翼を張りて囲み攻む」）なので、④の段階でこの表現が出るのも勇み足なのである。しかも、④と⑦も、「義家」が「矢」をもって「賊師」「魁帥」を「射」たという点でも、また「神のごとし」「神と謂ふ」（「神なりと為して」）と評されたとする点でも、重複感がある。表現としては⑤⑦のほうが素朴で、④のほうが文飾過多で強調表現に満ちている。このことから、④は⑤⑦のような義家奮戦情報をもとに増幅された伝承（あるいは捏造性の強い文書）であり、それが『扶桑略記』や『陸奥話記』の黄海合戦譚に後次的に挿入されたものと考えられる。ということは、**《義家像英雄化指向》が、前九年合戦直後から存在したのではなく、現存の『扶桑略記』や『陸奥話記』の形成過程の中途で確認できる**ということである。この考えが正しいとすれば、『陸奥話記』の「夷人号を立てて八幡太郎と曰ふ。漢の飛将軍の号、年を同じくして語る可《べ》からず」は、⑦の「賊類神なりと為して」（『扶桑略記』は「賊類、神と謂ふ」）の発展型と捉えることができるということになる。

＊　＊

さてアミカケした部分が、『陸奥話記』の独自部分である。問題は、『陸奥話記』のような広本を『扶桑略記』が抄出して略本化したのか、あるいは『扶桑略記』のような略本に『陸奥話記』表現主体が叙述を追加して広本化したのか、という点である。この件は、アミカケ部分に一定の指向を認めることによって、判断することができる。

まず、③の「客主の勢」とは②の官軍「千八百余人」と貞任勢「四千余人」の差を受けた言葉であり、同じく③の「寡衆の力」は③の貞任勢（「賊類」）が「新羈の馬を馳せ」ているのに官軍が「疲足の軍」となっていることを言い換えた表現である。つまり、「唯に客主の勢の異なるのみに非ず、又寡衆の力の別なること有り」の指す内容は、②と③にまたがっているのである（間に、「金為行」「河崎柵」「黄海」「風雪甚だ励しく」「食無く」のような重要な情報を挟んでいる）。これは、軍勢の数だけでなく力量の点でも彼我の差を強調するもので、これが入ると官軍の劣勢ぶりが際立つことになり、直後の義家の奮戦（④および⑦）が起死回生の意義を強くすることになる。要するに、ドラマティックになるわけである。ということは、④の「白刃を冒し重囲を突き、賊の左右に出づ」（→義家奮戦の具体）、「雷のごとく奔り風のごとく飛びて、神武命世なり」（→義家の超人化）、も同じく、《義家像英雄化指向》に支えられていて同位相だとみることができる。**『扶桑略記』がその傾向を嫌って一々注意深く抜き取っていくとは考えにくい**ということである。一九四頁の**【表13】**でみればAの表現近似率は高くない（六九％）ものの、この部分（十一月条）に限ってみれば一〇〇％に近いのである（一九〇頁五～八行目）。抄出ではありえない高率である。

次に、⑤の「長男義家・修理少進藤原景通・大宅光任・清原貞広・藤原範季・同じく則明等なり」を問題にする。この謎解きは簡単である。六人の名を挙げて、直前の「残る所は纔に六騎有るのみ」と対応させようとしたのだろうが、不用意にも「則明等なり」としている。これだと最低でも七名以上の意となり、「六騎」と齟齬する。明確に「六騎」と限定する表現主体ならば、あいまいな「等」を付すような不用意を犯さなかっただろう（〈七騎武者〉として固定化してゆく以前の姿）。**本来は『扶桑略記』のように人名が存在しなかったのに、『陸奥話記』表現主体がそれを加えたと考えることになる**。ここから窺えるのは、『陸奥話記』には《具体化指向》が存在するということである。その際、頼義・義家など中心人物だけの登場だと合戦の物語としてリアリティに欠けるので、郎等たちを登場させ群像を描くという方向に向かったのだろう。上位たる《リアリティ演出指向》の下位指向として《具体化指向》が派生したということだ。

⑦の「又光任等、数騎殊死して戦ふ」も同様で、「義家頻りに魁帥を射殺す」だけだと義家のみが突出した物語になるので、大宅光任らの奮戦を付加したのだろう。しかしその文脈だと、「賊類神なりと為して」の対象が義家・光任ら複数ということになってしまい、不自然である。大宅光任が「賊類」から神と崇められたなどということは、まずありえない。やはり『扶桑略記』のように、義家だけが「賊類」から「神」と呼ばれたという文脈のほうが素直である。《後三年記想起指向》によって光任の名を出そうとして、不手際を犯したものとみてよい（四五六頁）。

⑤と⑦のアミカケ部分が後補されたのは、同じ時だろう。

⑥は、丸ごと『扶桑略記』に存在しない。元あったものを『扶桑略記』が省略したのか、逆に無かったのに『陸奥話記』が付加したのか。これも、簡単に解ける。頼義の窮地を救った景通も義家の危機を脱せしめた則明も、⑤の「六騎」の中の人名である。⑤があってこそ、その増幅版として⑥の話ができたと考えることができる。それに、⑤では「賊衆二百余騎」に囲まれて集中射撃を受けているのである。矢の射程距離は近的で二五メートル前後、遠的で一〇〇メートル程度の距離感である。そのような近接状況で、馬が倒れて、どこからか代わりの馬を探して提供したなどという話は、設定されたシチュエーション自体が違いすぎる。ところが⑥をもたない『扶桑略記』だと、敵の雨のごとき集中射撃を浴びる中で義家が「魁帥を射殺す」、すなわち敵勢の中央に居ると察せられる主将を——前衛の頭ごなしに——目がけて射殺して窮地を脱したということになり、まさに神業と呼ばれるにふさわしい文脈となっている。

ここに来て、④の巨大化した義家像と、⑤⑥⑦のような群像の中に出てくる義家像と、どちらが先なのかという問題が見えてくる。先述のように、**④と⑤⑥⑦は内容的な重複感があり、⑤⑥⑦のほうが素朴である。ゆえに、大まか**

には⑤⑥⑦が先出で、④が後出とみてよいだろう。では、⑤⑥⑦の中の後補部分（アミカケ）と④の先後関係はどうだろう。

指摘したように、⑦「而るに義家頻りに魁帥を射殺す。【又光任等、数騎殊死して戦ふ。】賊類神なりと為して、漸く引き退けり」は、もともとある程度は義家像の英雄化が始まっていて、頼義・義家父子への偏重を矯正する意義をもって【又光任等、数騎殊死して戦ふ。】が挿入されたとみた。⑤の「長男義家・修理少進藤原景通・大宅光任・清原貞広・藤原範季・同じく則明等なり」も同様である。ところが、④は《義家像英雄化指向》に支えられているのであるから、⑤⑥⑦の《群像描出指向》と逆方向の指向ということになる。

これは、『扶桑略記』に④の祖型が記されていることで明白なように、④すなわち**巨大化した義家像が『陸奥話記』形成の後次的段階として侵入した**ということだろう。そして、⑤⑥⑦のアミカケ部分、すなわち群像の描出は、《リアリティ演出指向》によって『陸奥話記』のさらなる後次段階で入ってきたものということになろう。**英雄化・巨大化のほうに進みすぎた物語を、歴史叙述のほうに引き戻そうとした**ということだ。

ここまでで、**『扶桑略記』の先出、『陸奥話記』の後出は確定的である**。『扶桑略記』のほうが省略したなどということはありえない。さらに言うならば、〝『扶桑略記』をもとに『陸奥話記』が加筆した〟などといえるほど単純ではないということも見えてきた。『陸奥話記』の中にも何層かあるわけで、**『扶桑略記』のような文章をもとに④（アミカケ部分を除く）が付加され、次の段階で⑤⑥⑦のアミカケ部分すなわち群像の描出部分が追補されたのだろう**。《義家像英雄化指向》でもない《群像描出指向》でもない《展開明瞭化指向》とも呼ぶべき、③「唯に客主の勢の異なるのみに非ず、又寡衆の力の別なること有り」は④のアミカケ部分と同位相であるように見えるので、初期の《義家像英雄化指向》（④の非アミカケ部分）の後に出てきたものである。

六　黄海合戦譚後半の構造――緊密な構成意識とその意図――

『陸奥話記』黄海合戦譚後半（24〜28）の展開は、おおむね次のように簡略化することができる（この節でも、また新たに①〜⑤の番号を用いる）。

①佐伯経範主従の忠死 ②藤原景季の斬首 ③和気致輔・紀為清の忠死	戦死者
④藤原茂頼の拙速の出家 ⑤平国妙の生捕り	生存者

（戦死者 ←→ 生存者）

黄海合戦譚後半は、頼義の郎等たちの個々の奮戦譚である。これを、①②③＋④⑤に分けることができる。①②③の人物は、すべて戦場で命を落としている。これにたいして④⑤は死んだわけではない。しかもそれぞれの内実を詳しく窺うと、**美化・英雄化が失われる方向に配列**されていることに気づく。すなわち、①では佐伯経範だけでなくその郎等たちも頼義にたいする忠節を曲げず討ち死にを遂げるのだが、②の景季は奮戦といっても、馬がつまずいて捕らえられた後に斬首されているので、討ち死にに比べれば英雄化の度合いが低い。命を大切にして別のかたちでの貢献も考えられると思うと、勇猛さのみが極度にデフォルメされた猪武者としてかたどられているようにも見える。①と②の間には、相当の位相差がある。

③の機能は後述することとして、④⑤の生存者編にも位相差がある。④の茂頼は出家という代償を払ったわけだが、⑤の平国妙は敵から助命されただけである。④⑤の共通点として、どちらも嘲笑される側面さえもっている。④は頼義死去の真偽を十分に確かめもせず軽率にも出家してしまった点で、⑤は敵方との姻戚によって助命された点である。④は「出家 劇《はなはだ》しきに似ると雖も、忠節は猶感ずるに足れり」と多少なりとも称賛される側面があるのだが、⑤は「武士猶以て恥と為すなり」との評語により、辱められている。

そもそも、**全体の流れ（配列）が死者から生存者へと移行するかたちになっていることによって、重大さ深刻さは希薄になってゆく。**それに加えて、①から②へ（戦死者）、④から⑤へ（生存者）の流れも、それぞれ**討ち死に→斬首、出家→生捕りと英雄化・美化という点では喪失方向に向かっている**とまとめることができる。

次に、戦死者と生存者の間には対応関係がある。①の経範の話と④の茂頼の話は戦死を遂げた者と出家した者という決定的な相違があるのだが、いずれも拙速、軽率（早とちり）という共通性がある。具体的に言うと、①の経範は「纔に出づれども将軍の処を知らず」と頼義のゆくえを見失い、「散卒」の不確かな情報を真に受けて「賊の囲みの中に入」ったのであり、④の茂頼も「数日将軍の往く所を知らず」という状況になって「已に賊に没す」との情報を真に受けて「忽ちに出家して僧と為」ったのである。

これだけならば偶然の一致とも見えそうなのだが、②の景季の話と⑤の国妙の話にも対応関係がある。②の景季は「死を視ること帰するが如くす」という勇猛さを持った武将で「梟帥を殺」すこと「七、八度」に及んだが「馬蹶《つまづ》きて賊の為に得らる」という結末を迎えた。⑤の国妙も「驍勇にして善く戦」う武将で「未だ曾て敗北」しなかったために「平不負」と呼ばれるほどであったが「馬仆《たふ》れて賊の為に擒《とら》へらる」という仕儀となった。敵に捕らえられたあと斬首されたか釈放されたかの違いはあるが、そこに至る展開や人物像は酷似している。

①と④、②と⑤が相似形を成し、それによってある種のメッセージを発しているようである。黄海合戦での逸話は

アトランダムに並べられているように見えながら、**配列や構成が周到に練られているらしい**ということである。以上のことを整理すると、【表18】のようになる。

【表18　黄海合戦譚における逸話の構成】

	戦死者の逸話		生存者の逸話
頼義見失う→拙速・軽率な判断	①佐伯経範（討死）	↔	④藤原茂頼（出家）
	↕		↕
勇猛→馬が躓いて生捕り	②藤原景季（斬首）	↔	⑤平国妙（釈放）
	③和気致輔・紀為清（討死）		

ここで問題になるのは、③の和気致輔・紀為清の話をどう位置づけるかである。ここから、①〜⑤の成立過程の問題に入ってゆく。③の特徴は、他に比べて文字数が極端に少ないということである。しかも名のある武士として二名（致輔・為清）を列挙するなど、概括的な意識も見える（次頁の【表19】）。

要するに③は、もっとも少ない文字数の中に多くの人物が登場させられていて、それゆえに合戦描写と言えるものが「皆万死に入りて一生を顧みず。悉く将軍の為に命を棄つ」と類型的で貧弱なものに留まっているということだ。致輔や為清に従った「士」（郎等）についても、「死力を得ること、皆此の類なり」と〃以下同文〃のような扱いである。他の①③に会話文があったり、②⑤に具体的描写があったりするのと比べると、かなり異質である。このような③の性格は、①②③まででいったん完結していた段階が存在した痕跡なのではあるまいか。会話文も描写もなく、人名のみを列挙して詳細は①②に譲るという表現方式は、ここでいったん区切って概括する意識によるものと考えられる。つまり、**本来のかたちは①②③の戦死者編で閉じられていたと考えられる**のである。

では、なぜ④⑤の生存者編が付加されたのかが、問題になる。それは、上述のとおり、あとほど官軍の武士たちの美化・英雄化が希薄になっていることと密接な関係があろう。『陸奥話記』の一面には、「但し群卿の議同じくせず」

（19）「朝議、紛紜せるの間」（39）とけっして手放しで頼義に正当性を与えようとしていない側面がある。しかも、それは『陸奥話記』形成の後次的段階で付与された部分であるようだ（三〇五頁）。頼義ら源氏の武士たちを、本質的には突き放してみているということだ。そのことと、この①②③＋④⑤の重層性は対応しているとみるべきだろう。

①→②の配列によって、もともと〈奮戦しての討死〉→〈馬がつまずいて生け捕られての斬首〉という流れは表現しえていた。**源氏の奮戦のさまを描いているようでありながら、そこに揶揄を込めた**ということである。ところが②までで奮戦譚を閉じると景季のぶざまな末路が強く印象づけられてしまうので（物語は冒頭と末尾が記憶に残る＝冒頭は〈新鮮刺激〉で末尾は〈残像効果〉による。野中（二〇一五））、そうなると揶揄ではなく露骨な批判になってしまう。そこで慌てて、取って付けたように③の和気致輔・紀為清の忠死を付加したものと考えられる。③には郎等たち（「十」）の忠死も語られているので①の「随兵両三騎」との重複感もあるのだが、それは①のテーマを③でほぼなぞり直すことによって、②に込めた批判性を和らげることを意図したものだろう。

こうして①②③によって源氏への揶揄は十分込めたつもりであったが、おそらく『陸奥話記』の形成過程で①②③だけでは源氏を美化・英雄化したものと誤読される恐れを感じて、『陸奥話記』表現主体は④⑤を付加することにしたのだろう。**④⑤は生存者編であるがゆえに源氏にたいする批判ないしは戯画化が直接的になっている**。しかも、②と④、③と⑤とをそれぞれ響かせることによって、けっして美化・英雄化しようとしているのではないとの強いメッセージさえ打ち出している。おそらく、それだけ①②③が成立した時期と④⑤が付加された時期との間には実体的な時間の隔たりがあったのだろう。

【表19　黄海合戦譚の粗密】

	文字数（漢字のみ。句読点を除く）	登場人物
①佐伯経範	一六四字	経範＋随兵の両三騎
②藤原景季	六七字	景季のみ
③和気致輔・紀為清	三三字	致輔＋為清＋各郎等
④藤原茂頼	九六字	茂頼のみ
⑤平国妙	八一字	国妙のみ

ここの成立問題をもっと掘り下げると、①②③の中でも、**おそらく①だけで成立していた段階がある**とみる。なぜならば、①のみ文字数が多く、そこに会話文も合戦描写も含まれていて、郎等たちの後追いも語られていて、②以下の話を必要としないほどの完結性・自立性があるからである（前掲【表19】）。そして①の内容を見直すと、経範が「散卒」の言葉を真《ま》に受けて軽率にも「皆賊の前に没しぬ」という結果となっているのだから、結末だけ見るとたしかに忠死ではあるものの、そこに至る経緯にはやはり手放しで称賛しようとしない、揶揄が込められているとみるべきだろう。遡ってみると、黄海合戦譚前半は、貞任勢に包囲された窮状から六騎武者の奮戦や義家の勇猛さによってそこを脱したとする話で終わっているのである。そこまでのところは、**源氏勢を手放しで称賛しているとしか読めない**（そこまでで完結・成立していた時期があった）。ところが、おそらく『陸奥話記』をとりまく状況が変化して――それは一〇九〇年代か――源氏にたいする批判的なまなざしが社会的に成長してきて、①の経範ばなしを付加したのではないか。付加した当初は①の内部に十分揶揄を込めたつもりであったが、さらにその指向を強化すべく②③が後補され、さらにその指向を直接化する（揶揄である必要がなくなった時代性による）ために④⑤が追加されたのだろう。

こうしてみると、黄海合戦譚の形成過程は、

（1）前半だけで完結していた段階…源氏称賛
（2）後半の①が付加された段階……源氏揶揄の始まり
（3）後半①に②③が後補された段階…源氏揶揄の明瞭化
（4）後半①②③に④⑤が追加された段階…源氏批判の直接化

という段階を経たのだろうと整理することができる。もちろん（1）の内部も段階的に形成されていることについては、前節で述べたとおりである。後半に④⑤が追加された段階はもちろん『陸奥話記』形成の第二次段階（一一〇五～〇七年か）で、おそらく「但し群卿の議同じくせず」（19）「朝議、紛紜せるの間」（39）の文言が付加されたのと同

時期だろう（源氏批判が直接化してゆく一方で、物語全体としては《韜晦指向》も強めてゆくのは、矛盾ではなく巧妙化である）。

七　黄海合戦譚の重層化の理由

黄海合戦譚の形成論は以上だが、最後に、なぜ重層的な形成（源氏称賛→源氏揶揄）を経るに至ったのかについて考えてみたい。①が付加された当初は源氏を婉曲的に批判する手法を取らねばならないような、源氏にたいして直接的には批判しにくい時代状況であったのだろう（一〇八〇年前後か）。すると、表向きにはなんらかのカモフラージュをする必要がある。それが忠節である。

黄海合戦譚後半の①～⑤に共通するテーマは、忠節や腹心性（頼義との距離の近さ）である。まず①では経範が「我将軍に事《つか》へて已に三十年を経たり」「地下に相従ふは是吾が志なり」と言って頼義にたいする忠節を表し、経範の「随兵の両三騎」も「節を慕ふこと是一なり」と言って忠死する。②では景季が「将軍の親兵為ることを悪みて」、敵に斬首される。「親兵」と表現される景季が「死を視ること帰するが如くす」、すなわち命惜しまぬと表現されている。③でも、致輔・為清が「悉く将軍の為に命を棄つ」と表現され、④も「将軍の腹心」とされる茂頼が軽率な出家をしてさえ「忠節は猶感ずるに足れり」と表面的には称賛されている。そして⑤でも、「驍勇にして善く戦ひ、常に寡を以て衆を敗る」とされるほどの名将国妙をわざわざ出羽国から頼義が「之を招き、前師為らしむ」という信頼の寄せかたをみせている。

このように黄海合戦譚後半の①～⑤は一貫して頼義にたいする忠節や頼義に信頼された武将としての腹心性が表現されているといえる。これゆえにこそ、これまでの研究史において誤読されてきたのだろう。それは、『陸奥話記』表現主体の計略にまんまと引っかかっていたということでもある。表現しにくい時代に間接的にでも表現しなければならないことがあると、カモフラージュしつつもどこかに表現主体の真意を滑り込ませる方法を採らざるをえない。〝わかる人にわかればよい〟という表現方法を採ったのである。

　ところでこの①～⑤には、①の経範が郎等歴「三十年」の老齢であるのにたいして②の景季が「二十余」という若さであるという対照性、①②③が死に急ぐというかたちでの忠節の示しかたであるのにたいして④は主君の菩提を弔うというかたちでの忠義という対照性、①の経範が「相模国」出身であるのにたいして⑤の国妙は「出羽国」出身であるという対照性がある。これによって、全体として頼義にたいして忠節を尽す郎等たちのヴァラエティに富んだ姿であるかのような見せ方が可能になっている[3]。

（3）平国妙が「出羽国」出身とされることには、また格別な意味がありそうだ。四八五頁参照。

忠節や腹心性というテーマとともに、そのようなヴァリエーションの提示が、揶揄や批判のカモフラージュの一助となっていることは言うまでもない。**直接には源氏批判を展開しにくい時代状況下で、物語によっていかに世論を誘導するか**という問題意識をもてば、必然的に、どの程度揶揄や批判を強めてゆくべきか、さじ加減の調節をしなければならなくなる。**それが、前半のみ→①の付加→②③の付加→④⑤のさらなる付加という黄海合戦譚の重層化の理由**だろう。

　少し掘り下げたことを付言しておくと、忠節の意義は二重化している。三書対照表をみてもわかるように、この景通・則明の話（22）は後付けである。頼義・義家が馬を射られた話は、景通・則明の忠節を表現することに意味があっただけでなく、頼義・義家のふがいないさま（少なくとも郎等の忠節に支えられて成り立つ主君の姿）を描くことにも意味があったと考えられる。そして、その指向と方法の延長線上に、佐伯経範・藤原景季・和気致輔・紀為清ら**黄海合戦譚後半の忠節ばなしがある。これらも手放しで称賛した忠節なのではなく、表現主体が本音をすべりこませるための一種の免罪符のようなもの**なのである。高度で狡猾な表現意識だということである。人物が前面に出て活躍しているからと言って、表現主体が全面的に好意を寄せているとは限らない。むしろ、**表現主体が物語にメッセージを込めるために、楯として前景化を利用しているふしもある。**これは、『後三年記』における吉彦秀武像の前景化の方法とも通じる〔野中（二〇一四）〕。そしてまた、『平家物語』巻九「敦盛最期」などで、狂言綺語とさえ付言すれば物語の内容は自由に語れるような免罪符的な意識とも通じるのである。

　さて、ここまでの考察を踏まえて三書対照表19〜28の黄海合戦譚を眺め直すと、『陸奥話記』の形成過程の解明に大きな示唆を与えてくれる。19〜21・23は『扶桑略記』にも『今昔』にも存するが22・24〜27は『今昔』にしかない。そして内容的に見ると、前者が手放しで源氏の奮戦を称えているのにたいして、後者は源氏への皮肉や揶揄が込められている。具体的に言うと、「風雪甚だ励しく、道路艱難たり。官軍食無く、人馬共に疲る」「官軍大いに敗れ、死する者数百人なり」(19)という源氏方の苦戦を義家が「白刃を冒し重囲を突き、賊の左右に出づ」「矢は空しく発せず、中る所は必ず斃る」(20)とはねかえしたり、わずか六騎にまで追い詰められた源氏方が23で義家や光任の奮戦によって「賊類神なりと為して、漸く引き退けり」(23)という状況まで押し戻したりする。これにたいして後半の24〜28は、佐伯経範主従の早計な討ち死に、藤原景季・和気致輔・紀為清らの猪武者的な戦いぶり、藤原茂頼の軽率な出家、平国妙の助命とお世辞にも源氏方を称賛しているとは言いがたい話である。

　このような重層化は、黄海合戦譚に限られるものではない。『陸奥話記』の全体を見渡してみると、**『奥州合戦記』およびそれを引用して成立した『扶桑略記』**（三書対照表・上段）**が源氏称賛系であるのにたいして、『今昔』前九年話（三書対照表・下段）は源氏揶揄系であるという対立的な立場をとっている**ことがみえてくる。しかも、時系列的・成立論的に言うと、**源氏称賛系が先出的で、源氏揶揄系が後次的である**ことも判明する（二八一頁）。じつは、以上分析した現象は、『陸奥話記』ではなく『今昔』前九年話の段階においてすでになされていたものらしい。その原話が残っていないので断定的には言えないが、三書対照表を見ると、『今昔』前九年話（の原話）を『陸奥話記』が構造的にはそのまま引き継いだものと考えられる。このようなことから、**『今昔』前九年話の原話こそが原『陸奥話記』と呼ぶにふさわしいものと考えられる**（本書ではこれを第一次『陸奥話記』と呼んでいる。vii頁凡例七を参照）。

八　物語前半部が付加された意味
――阿久利川《あくりがわ》事件譚・永衡経清離反譚との指向の通底から――

本章の論述の大半は、『陸奥話記』の黄海合戦譚の形成過程についての分析である。その章の末尾に、こうして阿久利川事件譚・永衡経清離反譚についても言及するのは、黄海合戦譚と通底する指向がみられるからである。ただし、阿久利川事件譚・永衡経清離反譚の怪しげな位相については、すでに先行研究に的確な指摘がある〔三宅長兵衛（一九五九）、庄司浩（一九七七）、戸川点（一九九九）、高山利弘（二〇〇〇）、佐倉由泰（二〇〇三）〕。

阿久利川事件譚は、頼義一行が鎮守府から陸奥国府に戻る途中、頼義配下の藤原光貞・元貞の人馬が殺傷された事件である。その情報も頼義のもとに「夜に人有りて窃《ひそ》かに相語る」（9）と主体不明と表現され（本当は人馬は殺傷されていないのかもしれない）、頼義が光貞に嫌疑の人を聞いたところ貞任が疑わしいというので、頼義はそれを確かめたり貞任の言い分を聞いたりすることなく「爰に将軍怒りて貞任を召して、之を罪せんと欲す」（9）と貞任の仕業だと決めつけ、安倍氏追討を開始するのである。美化・英雄化された頼義像と程遠く、すこぶるイメージが悪い。それどころか、貞任の父である安倍頼時は、「人倫」の大義を掲げ、「父子の愛」を守り、不利ないくさであっても死を厭わないとまで言う（10）。一族の結束を固くして、官軍に対抗すると言い切る。安倍頼時のほうがよほど美化・英雄化されているのである。一種の対照法である。先行研究が指摘しているのは、この9・10がたぶんに頼義批判を含んでいる可能性があるというものだ。

その指摘を、もう少し敷衍したい。この直前の6・7・8はそれと無関係なのだろうか。頼義が陸奥守兼鎮守府将軍に任じられ、「天下」が頼義の才能を知っているので異議を唱えるものはなく（6）、安倍頼時も赴任してきた源頼義に帰服して改名したり（7）首を垂れて「駿馬金宝」を頼義や兵士たちに献上した（8）というのである。これらは、〝嵐の前の静けさ〟を表すものだろう。つまり、逆V字型構想なのである（野中（一九九七））。無関係どころか、6〜8と9・10は一体のものということである。しかも、頼義は改名し金品を献上してまで協調的であろうとしたのに、それを一方的に崩したのは頼義側だというメッセージである。これで、頼義の印象がよかろうはずはない。

そして、阿久利川事件譚からそのまま安倍氏追討戦に入ってゆき、永衡経清離反譚に移行する。経清と永衡が「私兵」を連れて官軍に合流していた（12）のだが、これまた「人有り」という主体不明の文脈で永衡謀反の情報がもたらされ、それを真に受けた頼義が永衡主従四人を捕らえ、斬首してしまった（13）。それを知った経清が疑心暗鬼になり、安倍氏方に奔ったのである（14〜16、ただし15の後補性およびその意図については四八二頁で述べる）。**経清が疑心暗鬼になるのも道理であると読ませるように、仕組まれている。つまり、永衡譚は、明らかに経清譚の導入部の役割を果たしている**。たとえば経清が離反したのが事実だとしても、その印象の悪さを軽減する役目を永衡譚が担っているとさえ言える。[4]

（4） 寝返った経清を正当化するためにこれらの話が投入された虚構だとすると、永衡誅殺や経清離反の経緯の史実は別に考える必要が出てくる。そこで想起したいのが二人の号「伊具十郎」「亘理権大夫」である。伊具郡と亘理郡はいずれも宮城県南東部にあり、隣接しているのである。古くからの盟友関係であったと察せられる。どちらも安倍氏と姻戚関係を結び、互いを尊重し合う平和的で広域的な領主連合を構築しようとしていたのではないか。そこに割って入り関係を壊したのが、源頼義だと考えられる。

そしてさらにはその永衡譚は阿久利川事件譚からの連続性があるだけでなく、頼義が一方的かつ強引に始めたという、通底する認識にさえ支えられている。ということは、逆V字型構想の阿久利川事件譚で奥六郡の暗↓明↓暗（あるいは乱↓治↓乱）を語り、その末尾が永衡経清離反譚はおろかその後一二年間続く大乱の端緒ともなっているわけで、6～16が一体のものとして構想されたのだということに気づく。それを裏づけるのが、三書対照表で『扶桑略記』側にそれらの記事がいっさい存在しないという事実である。

もし現存の『陸奥話記』の認識・構想・表現と同様のものを保存した先行テクストを原『陸奥話記』（第一次）と呼ぶとすれば、『今昔』前九年話の原話こそが、それなのである（先述）。前節の末尾に述べたように、黄海合戦譚は源氏称賛↓源氏揶揄の始まり↓源氏揶揄の明瞭化↓源氏批判の直接化というような重層的形成を経ている。それを丸ごと受け止めるようにして、いま述べた阿久利川事件譚・永衡経清離反譚（6～16）が付加されたのである。というのは、**黄海合戦譚が重層的であるのにたいして阿久利川事件譚や永衡経清離反譚は単層的で、なおかつ時系列的な黄海合戦譚の重層化の過程の最終段階（源氏批判の直接化）と同じ位相を呈している**からである。いま「丸ごと受け止めるようにして」と述べたのは、第一次『陸奥話記』（『今昔』前九年話の原話）が固まったのちに黄海合戦譚が重層化したのではないことを示そうとしているからである。**黄海合戦譚の重層化の完了を見届けたうえで、その重層化（親源氏と反源氏との綱引き）に決着をつけるべく、この物語前半部の全体が構想されたのだともいえる**（「綱引き」とか「決着をつける」などといっても、同一作者の内部で行われている営為なのだが。四八九頁）。

三書対照表で見ると、黄海合戦譚より後ろには、29～36しかない。これらは、『扶桑略記』側から提案された〈自軍由来の苦境〉（＝出羽守二代の非協力）と『今昔』前九年話（の原話）側から提案された〈相手由来の苦境〉（＝貞任経清横行）を合成したかたちになっている（二四五頁）。これを解きほぐして『今昔』側の言い分に耳を傾けると、黄海合戦でかろうじて苦境を脱したものの貞任・経清のこちらへの圧力が強くて耐え難いので出羽の清原氏に援軍を求めたという官軍側の非力さを浮き彫りにする流れになっていることがわかる（一方の『扶桑略記』側の言い分は、協力すべき出羽守が二代続けて非協力的だったので清原氏への援軍依頼はやむを得なかったことなのだという頼義擁護の文脈）。そういうものの見方をすると、〈阿久利川事件譚→永衡経清離反譚→最終的な姿の黄海合戦譚→貞任と経清の横行→清原氏への援軍依頼〉が一個の構想に支えられているものであることに気づく（6～36）。

そうなると、残るは冒頭部の1～5（『今昔』前九年話の原話に5は存在しないので事実上1～4）のみである。ここには安倍頼時（この時はまだ頼良）の系譜的な紹介（1）、その威勢の強さ（2）、鬼切部合戦で藤原登任が敗れるというかたちでの安倍氏の強さの証明（3・4）が語られている。「頼良ヲ可討挙《うちあぐべ》キ宣旨」（『今昔』前九年話）が下されたとあるので、安倍氏が全面的に擁護されているわけではない。登場の段階では、逆賊である。その安倍氏が源頼義の陸奥守着任以降は恭順の意を示したとするのであるから、ここはV字型構想（治→乱→治）の一連の流れである。この1～4の部分が独立して存在したなどということは考えられず、その後の阿久利川事件譚・永衡経清離反譚・黄海合戦譚・貞任経清横行と一体のものである。本章の論述の大半は黄海合戦譚の重層化の分析に費やしてきたが、ここまできてようやく**この物語の前半部が一貫した構想のもとに、しかも黄海合戦譚の重層化や出羽守二代の非協力記事の登場を見据えたうえで、ある一時期に成立したのだろうことが判明した**。

九　おわりに

この物語の前半部の成立時期は、『今昔』前九年話の原話（第一次『陸奥話記』）の成立時期だと置き換えてもよい。後半部すなわち『奥州合戦記』相当部分が先行成立していたことは疑いなく、前半部が付加された時期や意図（指向）の解明が『今昔』原話の全体を明らかにすることとほぼ同義だからである。それについても、もう見えるところまで来た。『陸奥話記』において経清の人物像に傷がつかないように細心の配慮がなされていることを読み取り、それを平泉藤原政権下での成立の根拠とした（四八三頁、四九六頁）。そのことはじつは、『今昔』原話でも、基本的には変わらないのである。

『今昔』前九年話（の原話）の前半部が言わんとすることは、要するに、

（1）源頼義が一方的かつ強引にいくさを起こしたこと。

（2）陸奥国府に仕える官人である藤原経清が安倍氏方に付かねばならないやむをえない事情があったこと。

（3）頼義が清原氏に援軍を要請したのは、陸奥国内が経清の正当性（白符）に従うほどであったこと（公権力の相対化）。

である。このうち（2）が含まれているということは、この物語の成立圏が経清像を保護する方向に動いたことを示唆している。

経清の子である藤原清衡が関白藤原師実に馬二匹を献上したのが寛治五年（一〇九一）十一月十五日（『後二条師通記』）のことである。それ以降、長治元年（一一〇四）七月十六日（『殿暦』）、天永二年（一一一一）十月二十八日（同）、同年十一月三日（同）、同三年（一一一二）十月十六日（同）の記録が残っている。平泉藤原政権が中央と折り合いをつけようとしていた時期だということである。一方で、中尊寺の再興（事実上の創建）は一一〇五年とされている。これは、いわゆる国づくり、体制固めの事業と考えてよいだろう。為政者が祭祀を司ろうとするのは、古代から変わらない。逆に言うと、祭祀を司ることによって為政者たらんとするのである。一一〇五年以降一一二七年の金色堂落慶まで、足掛け二三年にわたって清衡は中尊寺の堂塔整備を行っている。もともと『今昔』前九年話（の原話）は、義家の任出羽守記事を削除していることからも一〇九〇年代以降の成立と考えられるのだが、『扶桑略記』や『陸奥話記』にほぼ同様の記事・記述が存在することから、『今昔』前九年話の原話にもそれは存在したのではないだろうか（とくに物部長頼の行賞記事の一致から）。ということは、『今昔』前九年話の原話も重層的に考えねばならず、一定の成立

の幅があるのだろう。第一次『後三年記』の影響や、清衡の国造りに関わる時代背景を抑えると、藤原経清像を保護しようとした第一次『陸奥話記』（『今昔』前九年話の原話）は、一〇九五～一一〇〇年ごろの成立と考えてよいのではないだろうか（五一三頁でさらにこれを一〇九七年ごろと絞る）。

文　献

佐倉由泰（二〇〇三）「『陸奥話記』とはいかなる「鎮定記」か」「東北大学文学研究科研究年報」53号
庄司　浩（一九七七）「阿久利川の変――源頼義挑発説について――」「軍事史学」13巻3号
高山利弘（二〇〇〇）「『陸奥話記』作者の考察――敗者へのまなざし――」『軍記文学の始発――初期軍記』東京：汲古書院
戸川　点（一九九九）「前九年合戦と安倍氏」『中世成立期の政治文化』東京：東京堂出版
野中哲照（一九九七）「〈構想〉の発生」「国文学研究」122集
野中哲照（二〇一四）「後三年の戦後を読む――吉彦一族の滅亡と寛治六年清衡合戦――」「鹿児島国際大学大学院学術論集」5集
野中哲照（二〇一五）「『後三年記』欠失部の分量」『後三年記詳注』東京：汲古書院
三宅長兵衛（一九五九）「「前九年の役」の再検討――安倍頼時反乱説をめぐって――」「日本史研究」43号

第九章　前九年合戦の〈一二年一体化〉

――『扶桑略記』から『陸奥話記』への階梯――

本章の要旨

前九年合戦は清原武則が参戦してからの正味二か月弱であったとする認識が始原的なもので、その後、一二年にも及ぶ長期戦であったとする認識が覆いかぶさってきた（第三章）。物語の形成過程としては、後半部が先に成立し、前半部を後付けし、両者の接合部に工夫を凝らしたのだと考えられる。その接合部をうまくつなげるために《一二年一体化指向》が働いた。『陸奥話記』では出羽守二代の非協力記事があって、清原氏への源頼義の援軍依頼が正当化されている（親源氏的）が、事実としては二人の出羽守はもともと征夷の任を負っていなかったし、途中で交替させられた形跡もない。一方で『今昔』前九年話は、貞任・経清の横行ゆえに清原氏に援軍依頼したことになっているので、頼義の無力が際立つ文脈になっている（反源氏的）。『陸奥話記』はこの両系統の〈一二年一体化〉を両方とも受け継いでいる。

　そもそも、〈頼時追討〉から〈貞任追討〉に向かう流れ（余党が跋扈しているので征夷継続の必要があるという表現）は、史料類では『扶桑略記』（とその影響下にある『帝王編年記』）にしか存在しない。出羽守二代の非協力が虚構であることもあり、『扶桑略記』が〈一二年一体化〉のために国解まで捏造してその編纂物に収めた可能性が高い。ここの部分に関しては、『扶桑略記』に史料的価値はない。《一二年一体化指向》の形成順は、①ただ繋ごうとした段階→②親源氏的要素投入の段階→③反源氏的要素投入の段階と考えられる（『扶桑』→『扶桑』→『今昔』）。『陸奥話記』では、〈空白の四年半〉を埋めるためのさらに巧妙な操作も行われている。

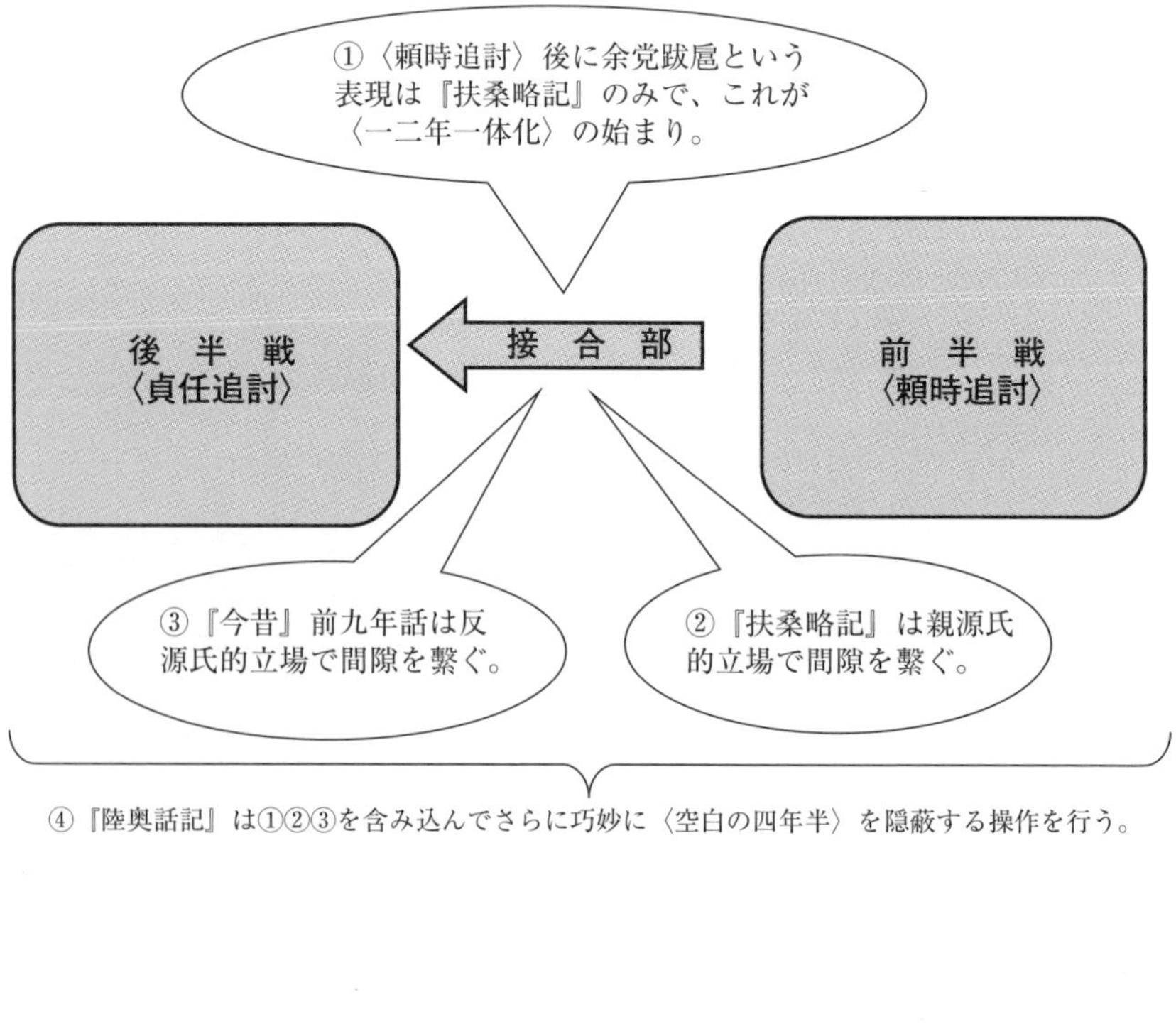

一　問題の所在

前九年合戦の古称が「十二年合戦」であることは、よく知られている。ただし古称とは言っても、中世のころは「十二年」も「前九年」も並存していたようである。少なくとも鎌倉初期に呼称としては「十二年」が正式に流通し始めたことは間違いないようだ。要するに、鎌倉幕府内部から、源氏の祖先の事績を称揚する意図をもって、あの安倍氏追討戦に正式名称が与えられたのである〔野中（二〇一五）〕。その際、「十二年」に含意されたのは、〝それほど長期にわたって源頼義・義家父子が安倍氏追討のために尽力した〟というニュアンスだったのだろう。

ところが一方で、前九年合戦は清原武則が参戦してからの正味二か月弱であったとする認識も、当時は存在した。『扶桑略記』所載『奥州合戦記』の存在が何よりの証拠である。そしてまた、『陸奥話記』前半部・後半部のさまざまなかたちの異質性として、その痕跡が残されているとも言える（第七章）。**正味二か月弱とする認識は清原方の実質的な功績を称えようとする指向と連動しており、一二年にも及ぶ長期戦であったとする認識は相対的に清原氏の功績を薄めて源氏の勲功を主張する指向と連動している。**

先ほど、鎌倉初期に「呼称としては」一二年が流通し始めたと述べたが、そのような呼称が発生する前の認識上の段階があったはずである。なぜならば、わずか二か月の戦いと一二年の長期戦との間には、埋めがたい懸隔があるからだ。康平五年の二か月の戦いよりも前の一一年間に何らかの事件を捏造したり、ジョイントの不自然なところがあればそこをうまく繋いで連続性を演出したりするような営為があったはずである。その延長線上に、「十二年」という呼称が生まれたのだろう。本章では、『陸奥話記』形成の過程において、『扶桑略記』編纂前後にすでにその動きが表れていたことを指摘する。

なお論述の簡明さを確保するために、約一一年間の前半戦をここでは〈頼時追討〉、約二か月の後半戦を〈貞任追討〉と呼ぶことにする（六五頁参照）。

二　出羽守二代非協力の虚構性

『陸奥話記』だけによると、清原武則登場の直前、源兼長→源斉頼《ただより》の交替が強制的になされたものと思いがちであるが、『扶桑略記』十二月条には「守の源兼長、敢て紕越の心無し」（29）としか記されておらず、交替の件にまでは及んでいない。ところが、『陸奥話記』の文脈は、「是に於て、朝家、兼長朝臣の任を止めて、源朝臣斉頼を以て出羽守と為して、共に貞任を撃たしむ。而るに斉頼不次の恩賞を蒙り乍ら、全く征伐の心無し」（31・32）と出羽守二代のふがいなさが表現されている。しかし、『出羽国司越勘解文』（『朝野群載』巻二十六）には、このあたりの出羽国司の交代のさまについて、次のように記されている。

殊に天恩を蒙り、傍例に因准し、宣旨を諸司に下され、前々司源兼長の任終たる天喜五（年）、次の守源斉頼の任たる康平元（年）、二（年）、三（年）、四（年）、五（年）、次の守高橋明頼の任たる治暦四（年）、次の守大江親経の任たる延久元（年）、二（年）、三（年）、四（年）、五（年）、幷せて拾弐箇年の公文を請ふ状。

ここには、前九年合戦直後に論功行賞として出羽守に任命された源義家のことがない。それを補って一一世紀後半の歴代出羽守について整理すると、**【表20】**のようになる。

承暦三年（一〇七九）の時点で出羽守であった橘行房が、過去の出羽守の公文を勘査すべき旨を太政官に申請した越勘の案件で、アミカケの計「拾弐箇年」が問題視されている。これを調査した主税寮は翌承暦四年に「勘済不足」とくに「税帳」の「未勘済」があったとの調査結果を報告している。この越勘から源義家の名が外されていることから、在地で私腹を肥やすために受領職を漁《あさ》っていたとする従来の義家像は変更されなければなるまい。『頼義奏状』『義家奏状』から窺える頼義・義家の手法は、帳簿の上で計算をごまかすような姑息なやり方ではなく、軍功を楯にして堂々とのし上がろうとするものであったと考えられる。治暦元年〜三年の出羽守が不明だが、同四年の高橋明頼について「任終」ではなく「任」と記されているので、明頼はこの年だけの在任で（何らかの事情による一年間での辞職）、同元年〜三年も義家が出羽守であったのかもしれない。これだと、義家が通例どおり五年間出羽守を務めたことになる。『義家奏状』で義家が求めた越前国への遷任は、叶わなかったのだろう。

【表20　一一世紀後半の歴代出羽守】

（康平元年〜康平五年：五年任期満了）

	出羽守の名	出　典
天喜五年（一〇五七）	源　兼長	『朝野群載』
康平元年（一〇五八）	源　斉頼	『朝野群載』『百練抄』
康平二年（一〇五九）	源　斉頼	『朝野群載』
康平三年（一〇六〇）	源　斉頼	『朝野群載』
康平四年（一〇六一）	源　斉頼	『朝野群載』
康平五年（一〇六二）	源　斉頼	『朝野群載』
康平六年（一〇六三）	源　義家	『魚魯愚抄』『百練抄』ほか
康平七年（一〇六四）	源　義家	『水左記』
治暦元年（一〇六五）		
治暦二年（一〇六六）		
治暦三年（一〇六七）		
治暦四年（一〇六八）	高橋明頼	『朝野群載』
延久元年（一〇六九）	大江親経	『朝野群載』
延久二年（一〇七〇）	大江親経	『朝野群載』
延久三年（一〇七一）	大江親経	『朝野群載』
延久四年（一〇七二）	大江親経	『朝野群載』
延久五年（一〇七三）	大江親経	『朝野群載』

ここで本題に戻るが、『陸奥話記』で「而るに斉頼不次の恩賞を蒙り乍《なが》ら、全く征伐の心無し」(32)と問題視された源斉頼は、五年間の任期を全うしているのである。もし本当に問題があったのなら、そして『陸奥話記』『扶桑略記』が語るような交戦状態の継続があったのなら、やる気のない出羽守が交替もさせられずのうのうと任期を全うできるとは考えられない。**源斉頼が「全く征伐の心無し」とされたのは、『陸奥話記』の虚構と考えて間違いない**ようだ。もちろん、**同じ出羽国から来援する清原武則の登場を引き立てるための虚構**である。

次に問題になるのは、源斉頼の前任の源兼長である。彼も『陸奥話記』では、「守の源朝臣兼長、敢て糾越の心無し」(29)とされた人物で、兼長から斉頼への交替についても、「是に於て、朝家、兼長朝臣の任を止めて、源朝臣斉頼を以て出羽守と為して、共に貞任を撃たしむ」(31)と記されている。ここで注目されるのは、この兼長について、『出羽国越勘解文』において「任終《にんはて》」と記していることである。この表現は、**兼長が五年間の任期を全うしたことを示唆している**（五年間のうち最終年の公文のみが、越勘の対象として問題視されたということだろう）。二、三年程度の在任期間の最終年であっても「任終」の語を使用するのではないかとの異論があるかもしれないが、天喜五年（一〇五七）までが源兼長で康平元年（一〇五八）から源斉頼だとする『出羽国越勘解文』の記しかたと『扶桑略記』の「十二月」という時期を合わせて考えると（高階経重問題でも検討したように、原資料の月日を動かさずに年だけを動かすのが虚構の一般的な方法である）、「十二月」に次期出羽守の内示があって、翌年の正月除目で正式に斉頼が任命された定例人事であったと推察される。このように考えると、**『陸奥話記』に「兼長の任を止めて」斉頼と交替させたというのは、虚構の可能性が高いことになる。**そして、『扶桑略記』天喜五年十二月条の国解(29)の存在自体（これは『陸奥話記』29にもある）が捏造だということになろう。つとに柳瀬喜代志（一九八〇）は、『陸奥話記』に収載された国解に一部虚構性のあることを看破していた。これも、《一二年一体化指向》によってつくられたものだったのだろう。**『扶桑略記』の史料的価値の危うさに、あらためて恐れおののかざるをえない。**

三　援軍要請の正当化をめぐる二方向

ところで、『今昔』前九年話には、源兼長も源斉頼も出てこない。これについては、

（1）出羽国を関わらせない『今昔』が古態を留めているとの考え方

（2）原話にあったのを『今昔』が翻訳の際に省略したか『今昔』原話がそれを無視したとの考え方の二通りが可能である。その観点から『今昔』の文脈を見直してみると、

①貞任がますます「威ヲ振テ、諸ノ郡ニ行、民ヲ仕フ」という威勢で

②さらに経清も「多ノ兵ヲ具シテ、衣河ノ関ニ出テ、使ヲ郡ニ放テ、官物ヲ徴《はた》リ納メ」るというありさまで

③それを頼義が「制止スルニ不能」との窮状に陥ったので

出羽国山北の清原光頼・武則に援軍を要請したということになっている。『今昔』の文脈でもじゅうぶんに武則登場の必然性が説明されているといえる。『今昔』の原話に源兼長・源斉頼が登場していたとして、彼らの名を割愛しながら上述のように武則登場までの必然性を語ることは至難の業なのではないだろうか。もともと『今昔』でも、「光頼等此ヲ思繚《おもひあつか》フ間、守常々珍ク微妙《めでた》キ物共ヲ送テ、懃《ねむごろ》ニ語フ時ニ、光頼・武則等、其ノ心漸ク蕩《とけ》テ」と参戦に乗り気ではない光頼像・武則像が語られていた。武則来援が官軍の渇仰したものであったとする認識が、早い段階から存在したのである。物語という虚構世界で、武則来援の〝ありがたさ〟を強調しようとする際に、次の二つの方向性が想定できる。

（1）敵が圧倒的に増長してきて自軍が危機的な状況に陥っている。〈相手由来の苦境〉

（2）本来応援してくれるはずの味方がまったく頼りにならない。〈自軍由来の苦境〉

〈相手由来の苦境〉が貞任・経清の増長表現であり、『今昔』はこれのみを表現していたということになる。**〈自軍由来の苦境〉が出羽守の二代非協力表現であり、これが『扶桑略記』（の原話）や『陸奥話記』に盛り込まれた**のだということになる（『今昔』前九年話は先行の〈自軍由来〉を無視して〈相手由来〉を入れ込んだ可能性が高い）。

常識的に考えてみても、源兼長が職務怠慢で交替させられていながら、次の源斉頼も同じ轍を踏んだというのは朝廷側の甚だしい人選ミスということになり、ほんとうに陸奥国が危機的な状況になっていたのなら、やる気のない人

物を出羽守に連続して任命するとは考えられない。この時期に源兼長や源斉頼が出羽守を務めていたことは事実なのだろうが、**彼らは安倍氏追討の援軍の任を負わされていなかった**と結論づけてまず間違いない（七五頁）。

『扶桑略記』や『陸奥話記』は、出羽守たる源兼長や源斉頼の職務怠慢を入れ込むことによって、同じ出羽国からの援軍である（しかも国務としてではない）清原勢の美化・巨大化に機能することになる。**『扶桑略記』（の素材）や『陸奥話記』が出羽守二代の非協力をここに出したのは、清原武則の登場を引き立てるための文学的な効果を狙った虚構であり、そもそもこの争乱に、武則登場以前の出羽国は関わっていなかったと考えられる**のである（四七六頁）。

四　『陸奥話記』の前段階の様相を留める『扶桑略記』

『扶桑略記』の史料的価値は、はなはだ危うい。その記事のすべてが否定されるものではなかろうが、同時代に存在した物語・伝記類を貪欲に採り込む傾向が強い。編纂時期（成立年次）は『扶桑略記』より下るものの、『百練抄』や『十三代要略』にはそのような雑食的な性格はなく、逐一記された日記類を編纂したに留めているようだ。一方、『扶桑略記』が物語・伝記類まで含めて多様な文献を採り込んでいるということは、戦乱から五年、一〇年とたつうちに変容したり捏造されたりした言説まで無批判に採り込んでいる可能性があるということだ（じつは大江匡房のような人物が偽文書を捏造し、自作の編纂物たる『扶桑略記』に入れたと考えるのが自然である。指向が同じなのである。必要性もないのに偽文書が単独で作られ出回ると考えるほうが無理がある）。出羽守二代非協力にかんする非史実記事の採り込みが、その良い例である（一〇六頁）。

本章で問題にしている、**前半戦〈頼時追討〉と後半戦〈貞任追討〉の間にある史資料を見直してみると、その期間に戦闘の継続性を示しているのは『扶桑略記』だけなのである**（三七頁【表2】）。具体的には、天喜五年（一〇五七）

後半の次の四か条である。

九月二日…………頼時追討完遂の報告および余党追討の願い出
十一月…………頼義、貞任追討に向かい大敗
十二月…………頼義、諸国の兵糧・兵士の未着を訴え
十二月二十五日…頼義を陸奥守に更任※　貞任ら横行
※本来は頼義の「更任」は前年のこと。

（以上）すべて『扶桑略記』

要するに、**〈頼時追討〉のあとに「余党」が服していないのでその掃討のために源頼義がいくさを続行しているという記事（前半戦〈頼時追討〉と後半戦〈貞任追討〉の連続性演出に機能するもの）は、『扶桑略記』にしかみられないとい**うことである（このうち、九月二日の記事は『帝王編年記』にも「余党、未だ散ぜず」とあるが、これは『扶桑略記』の「余党、未だ服せず」をたんに受けただけなのだろう。『帝王編年記』の編纂時期は、南北朝期である）。

そしてまた、右の四か条のうち十二月二十五日条（『百練抄』は同四年十二月二十九日条）の頼義陸奥守更任の件については前年の天喜四年十二月の誤りである（三七頁【表2】では、修正後の位置に移してある）。この日の条の「然る間、貞任等、恣に人民を劫略す」（33）や十一月条の「官軍、大いに敗れ、死する者数百人なり」（19）は、頼義の苦境を強調する表現で、現存史資料では『扶桑略記』に唯一のものであり、また物語的な表現でもあるといえよう。このあたり、詳細な日付をもたない「十一月」「十二月」の表現しかないことも、いぶかしい。例の高階経重の「春の日」に近い、あやふやな表現である（六八頁の【表4】参照）。

つまり、第一次『陸奥話記』（『今昔』前九年話の原話）や現存『陸奥話記』（第二次・第三次）が初めて前半戦〈頼義

追討〉と後半戦〈貞任追討〉をつなごうとしたのではなく、この当時（おそらく一〇八一年前後）、そのような《一二年一体化指向》がすでにあり、その認識に沿った文書（奏状類）や物語・伝記が芽生えていたと考えられるのである。(1)

（1）この時期に源氏寄りの物語・伝記・文書類が流布していたことの傍証として、『扶桑略記』天喜五年十一月条がある（三書対照表の19）。『陸奥話記』にもこれとほぼ同文の箇所が存在するが、『陸奥話記』の成立以前にこの部分だけが独立して流布していたことは間違いない。なぜならば、この部分は『奥州合戦記』に含まれていない部分だからである。『奥州合戦記』に含まれている部分は、ひとまとまりの記事としての状態が尊重されていて、それが解体されて『扶桑略記』の編年的な方針の中で再編されることがない（一八八頁）。

いま問題にしている天喜五年から康平元年にかけてのころ（一〇五七〜五八）、陸奥国の状態は本当のところどうだったのだろうか。『扶桑略記』の伝えるように、〝千三百人の頼義勢が四千人の貞任勢に大敗して「死者数百人」に上ったので周辺諸国の応援が必要である〃などという大事件が起こっていたとしたら、『扶桑略記』以外の史資料にも、そのことが記録されていたはずだろう。一一世紀は史資料の残存率の低いことで知られるが、それにしても『魚魯愚抄』巻八「故者院宮巳下申文」に、鎮守府関係の次のような記事がある。

故入道兵部卿致平親王の後家
　正六位上高階朝臣時頼
　　鎮守府軍監を望む
右、去ぬる長元七年の給にして、天喜三年十二月に藤原義国を以て讃岐権掾に任ぜしなり。而るに、本望に非ずと称して任符を返上せり。仍て、時頼を以て件の軍監に改めて任ぜらるべき状、請ふ所、件の如し。
　天喜五年十一月四日　従五位上行大蔵権少輔藤原朝臣経国

まさにいま問題にしている天喜五年（一〇五七）の冬の鎮守府関係の任官記事である。二〇年以上も前の長元七年

（一〇三四）の御給（人事任命権）を天喜三年に行使しようとしたところに当時の没落貴族の窮状ぶりが窺えるが、恩寵に預かったはずの藤原義国はそれさえも希望どおりではないと軽侮して辞退した。その未執行分の御給の権利をふたたびこの天喜五年冬に高階時頼のために使おうとしたのである。除目文書の集大成たる『魚魯愚抄』には、右のような記録が文字どおり枚挙にいとまない。残念ながら時頼は『尊卑分脈』、群書類従や続群書類従の『高階氏系図』、補任類に見えない。天喜四年春に陸奥守を辞退した経重との関係も不明である。かりに時頼が武官であれば、有事にふさわしく鎮守府に赴任するにふさわしいと言えるのだが、そのような緊迫感は右の記事からはまったく窺えない。平凡な日常のひとこまである。

　以上のようなことから、**天喜五年から康平元年ごろの鎮守府周辺が戦時下にあったとは考えられず、『扶桑略記』にみられる前半戦〈頼時追討〉から後半戦〈貞任追討〉へと連続させようとする四か条は、当時の言説世界に《一二年一体化指向》の流れがあって、その影響を受けたものだと推断してよい**だろう。ここの部分に関しては、**『扶桑略記』に史料的価値はない。**

五　危ういのは『扶桑略記』だけか――『百練抄』の一部再検討――

　前九年合戦について語る史資料は、『陸奥話記』を除けば数えるほどしか残されていない。それゆえ〝貴重な存在〟としてそれらにすがりつきたくなる心理が、研究者の側に働く。しかしここまでの分析で明らかになったように、前九年合戦以降の一一世紀後半は、源頼義の評価も、前九年合戦像も、揺れに揺れていた。野中（二〇一三）で指摘したが、一〇七五～八三年ごろが源氏称揚の最盛期で、そのころは前九年合戦を美化するエネルギーが社会に横溢していたとみられ、一〇八八年以降九〇年代にかけては源氏の評価が急落し、前九年合戦を批判的に捉え直すようになった。それによって、史資料間の矛盾や不統一も生じたのだろう。『扶桑略記』が相当に危うい史書だということが見えてきた今、他の史資料にも同様の危うさが浸潤していないか再検討する必要があろう。

ここで問題にするのは、次の『百練抄』天喜六年（一〇五八）四月二十五日条である。

源斉頼、出羽守に任ぜらる。征夷の為なり。

これだけの記事なのだが、前節での分析からすると、天喜六年（＝康平元年）の時点で出羽守にも「征夷の為」などという任務を負わせていたとするのは、明らかに早すぎる。先述の『出羽国司越勘解文』によっても、源斉頼の任出羽守が天喜六年であったことは疑いないし、天喜六年の時点でもたしかに多少の緊張は生じていたと考えられる（第一章）。

しかし先述のように、安倍頼時の子どもたちを「余党」と呼んで征討戦を続行したとするのは『扶桑略記』（およびその直接の影響を受けた『帝王編年記』）にしか見えないものなのである。それは、**〈頼時追討〉と〈貞任追討〉とを連続的なものとする《一二年一体化指向》のもとに言説を操ろうとする動き（後述のようにその中心は大江匡房か）の所産であるようにみえる。**現存史資料間の著しい矛盾が、何よりもそのことを物語っている。一方に、康平五年七月以降に〈貞任追討〉が本格化したとの認識があり、それが『奥州合戦記』という二か月弱の合戦記としてまとめられ、その事実は『頼義奏状』『義家奏状』にみえる前九年合戦認識（父頼時の名を出さず貞任・宗任を討ったとする認識）とも連動している。つまり、いわゆる前九年合戦は、その一二年間のうちの最後の二か月間だけが実質的な合戦であったと[2]する認識で、それ以前にも〈頼時追討〉などの紛争はあったものの、それは当時全国で頻発していた小事件と同程度のものであり、康平五年戦と結果的に結びつけられたものである。

（2）たとえば一一世紀に地方で受領や京下り官人が関わった（巻き込まれた）事件に絞っても、大隅守菅野重忠が大蔵満高に射殺された事件〔『御堂関白記』『日本紀略』寛弘四年（一〇〇七）七月一日条〕、因幡介姓不詳千里が因幡守橘行平に殺害された事件（『御堂関白記』『権記』『日本紀略』同年十月二十九日条）、大隅守清原広澄が賊（在地の不満分子だろう）のために殺された事件（『日本紀略』寛弘七年（一〇一〇）七月二十四日条ほか）、大和守源頼親の郎等姓不詳宣孝が寺僧を殴打した事件（『左経記』長元四年（一〇三一）正月二十八日条ほか）、安房守平正輔が前左衛門尉平致経と起こした私闘（『小右記』『左経記』同年三月十三日条ほか）、前下野守源頼資と上総介橘惟行が起こした私闘（『扶桑略記』康平七年（一〇六四）九月十六日条ほか）、左衛門尉源家宗と前駿河守平維盛が大和国河俣山の紀致親・岡為房を討った一件（『扶桑略記』延久元年（一〇六九）八月一日条など）、陸奥守源頼俊や下野守源義家が陸奥国の藤原基通を攻めて降伏させた一件（『扶桑略記』『百練抄』同二年条）、右兵衛尉源重宗が散位源国房と美濃国で起こした紛争（『為房卿記』承暦三年（一〇七九）六月二十三日条ほか）など、数多くある。それぞれに事情は異なるのだが、受領クラスの者が地方で在地勢力と何らかの摩擦を起こしたり紛争に巻き込まれたりして刃傷沙汰に至った例は珍しいものではないということである。

現存史資料やわれわれのまなざしが、そのように結果論に呪縛されていないかを点検してみる時、右の**『百練抄』の天喜六年時点での「征夷の為」の赴任は、復元した当時の状況と位相差があることを認めざるをえない。**先述のように、『扶桑略記』が物語・伝記類をも貪欲に採り込む性質が顕著であるのに対して、『百練抄』にはそのような雑食性は認められない。『百練抄』編者が、主体的・恣意的に歴史を解釈したとは、その史書としての性格から考えにくい。ということは、**ストイックであるはずの『百練抄』でさえ不用意にも不純な素材を採り込んでしまうほど、捏造された言説が当時蔓延していたと考えるほかない。**

六　『陸奥話記』における前半部・後半部一体化の作為

第三章で歴史的実体としては前半戦〈頼時追討〉と後半戦〈貞任追討〉が不連続であったことを指摘し、本章第二節～第四節でそれを連続的なものとして把握し表現しようとする政治的圧力ないしは社会的風潮が存在したに違いないと述べた。これらを受けて、この第六節では、『陸奥話記』においてさらに前半部と後半部のつぎはぎ感をできるだけ軽減し、連続性の表現を凝らし、〈一二年一体化〉を強めたことについて述べる（表現の比較対照に入るため、ここでは翻訳ものたる『今昔』前九年話は使えない。ゆえに、『扶桑略記』と『陸奥話記』を比較検討する）。

前半部と後半部とのつなぎ目のところの『扶桑略記』と『陸奥話記』を、表現レヴェルで比較すると**【表21】**のようになる。

基本的なことから済ませると、『扶桑略記』は兼長更迭（31）→軍兵・兵糧停滞（32）→斉頼非協力（同）の順序であるのに、『陸奥話記』は兼長更迭（31）→斉頼非協力（32）→軍兵・兵糧停滞（同）となっている。『陸奥話記』のほうが出羽守二代の非協力を先に一括し、その後に軍兵・兵糧の停滞を付加するかたちをとっていて、整理されている。もちろん、成立順は『扶桑略記』が先、『陸奥話記』が後ということである。

さて、29の「同年十二月」は前からの流れで天喜四年の十二月のことで、36は康平五年のこと、両者の間に挟まれた31〜35は『陸奥話記』では明示されていないものの対応する『扶桑略記』では天喜四年の十二月のことと読める。つまり、29〜33は時系列的には一連のものである。

『陸奥話記』と『扶桑略記』の29・31はほぼ対応しており（傍線部）、出羽守を源兼長から源斉頼に交替させたもののその実効が上がらなかったとする記述（波線部）も、両者でほぼ対応していて、内容的にも天喜四年からの流れを受けている。36も、高階経重の任陸奥守とその辞任という内容で対応している（太線部）。こうして、つなぎ目部分でとくに問題がありそうなのは、32〜35だと絞り込める。[3]

（3）『扶桑略記』のアミカケ部分（30）は、藤原良経（良綱）の陸奥守から兵部大輔への遷任記事で、これは正しくは『百練抄』にあるように天喜四年（一〇五六）十二月の記事を一年後ろにずらしたものと考えられる〔頼義の一期目の任陸奥守は永承六年（一〇五一）であるから天喜三年末までにそれを終えており、天喜四年の春に高階経重、その夏秋ごろに藤

【表21　つなぎ目における『扶桑略記』と『陸奥話記』の表現】　（括弧内数字）は巻末の三書対照表の番号

『扶桑略記』	『陸奥話記』
(29) 十二月、鎮守府将軍頼義、言上す。「諸国の兵糧・兵士、徴発の名有りと雖も、到来の実無し。当国の人民、悉く他国に赴き兵役に従はず。先に出羽国に移送するの処、守の源兼長、敢て糺越の心無し。裁許を蒙るに非ざれば、何ぞ討撃を遂げん。已上」。	(29) 同年十二月の国解に曰く、「諸国の兵糧・兵士、徴発の名有りと雖も、到来の実無し。当国の人民、悉く他国に越えて兵役に従はず。先に出羽国に移送するの処、守の源朝臣兼長、敢て糾越の心無し。裁許を蒙るに非ざれば、何ぞ討撃を遂げん云々」と。
(30) ★同月（十二月）廿五日、陸奥守藤原良経、兵部大輔を還任させ、源頼義、更に陸奥守に補して、重任の宣旨有り。	
(31) 又源兼長の任を止めて、源斉頼を以て出羽守と為して、相共に貞任等を撃たしむ。	(31) 是に於て、朝家、兼長朝臣の任を止めて、源朝臣斉頼を以て出羽守と為して、共に貞任を撃たしむ。
(32) 其の後、諸国の軍兵・兵糧も、頻りに官符を賜ると雖も、彼の国に到らず。斉頼亦不次の恩賞を蒙り乍ら、全く征伐の心無し。	(32) 而るに斉頼不次の恩賞を蒙り乍ら、全く征伐の心無し。諸国の軍兵・兵糧も、又以て来らず。此の如きの間、重ねて攻むること能はず。
(33) 然る間、貞任等、恣に人民を劫略す。	(33) 貞任等、益諸郡に横行し、人民を劫略す。
	(34) 経清、数百の甲士を率ゐて衣川関を出でて、使ひを諸郡に放ちて、官物を徴し納む。命じて曰く、「白符を用ふ可し、赤符を用ふ可らず」と。白符とは経清の私の徴符なり。印を捺さず。故に白符と云ふ。赤符とは国符なり。国印有り。故に赤符と云ふなり。将軍之を制すること能はず。
（『扶桑略記』ではこの後ろの「『奥州合戦記』に曰く」の冒頭で、頼義の「甘言」のことが出る。つまり、『陸奥話記』では順序の入れ替えが行われている。後述。）	(35) 而れども常に甘言を以て、出羽山北の俘囚の主、清原真人光頼・舎弟武則等に説きて、官軍に与力せしめんとす。光頼等、猶預して未だ決せず。将軍、常に贈るに奇珍を以てす。光頼・武則等、漸く以て許諾す。
(36) 康平五年壬寅、春の月、高階経重、陸奥守と為す。源頼義の任終るに依てなり。経重、進発し下向す。人民、皆前の司の指揮に随ふ。経重、帰洛す。	(36) 康平五年の春、頼義朝臣の任終るに依りて、更めて高階朝臣経重を拝して陸奥国の守と為す。鞭を揚げて進発す。境に入り任に着くの後、何も無くして帰洛す。是国内の人民、皆前の司の指撝に随ふが故なり。

ここに作為性あり

原良綱が相次いで陸奥守に任じられたもののいずれも辞任し、その十二月に良綱の遷任が行われたと考えたほうが合理的。頼義の「更任」まで二年間の空白があったとは考えにくい」。これは、『陸奥話記』のように高階経重問題を処理する（虚構する）一段階前の情報操作の姿だと考えられる。『百練抄』天喜六年（一〇五八）四月二十五日条に源斉頼の任出羽守記事があるので、そのような認識と連動させるために頼義の再任を一年後ろにずらして歴史解釈しようとする指向が当時存在し、それが『扶桑略記』に反映したのだろう。

ところが**『陸奥話記』には、傍線部、波線部、太線部で対応していない部分がある。それが、経清の横領行為、清原氏への頼義の援軍要請である。これが、天喜四年十二月から康平五年の春までの〈空白の四年半〉を埋めるように入れられた記述だといえる。**『扶桑略記』では「貞任等、恣に人民を劫略す」（33）だけなのだが『陸奥話記』だとそれに経清の横領行為が加わり、「将軍之を制すること能はず」（34）の表現も添えられて、頼義勢の苦境が最大限効果的に表現されている。その苦境に頼義は出羽の清原氏への援軍要請を行っているので、『陸奥話記』では、結果的にこれに応じた清原氏がどれだけ頼義勢の苦境を救う存在であったかを強調する表現になっている。しかも、『陸奥話記』には頼義が「常に甘言を以て」「常に贈るに奇珍を以てす」（35）と援軍を渇仰していたと強調され、一方の清原氏は「光頼等、猶預して未だ決せず」「光頼・武則等、漸く以て許諾す」（35）と、しぶしぶ承諾したと表現しているのである。**これによって清原勢は、暗闇にさした一筋の光明のような存在として物語内に位置づけられることになる**（論者が、『陸奥話記』の形成過程において〈清原化〉の段階（層）が存在したという根拠は、このあたりにある）。

じつは『陸奥話記』においては、この直後にも「朝議、紛紜せるの間、頼義朝臣、頻りに兵を光頼幷びに舎弟武則等に求む」（39）の表現があり、36との間で重複感がある（ただし錯誤的な重複ではない。後述）。梶原正昭（一九八二）の指摘するとおり、重複感のない『扶桑略記』のかたちが本来だろう。**少々の無理をしてでも『陸奥話記』表現主体がこの重複記述を入れてきたのは、清原氏の功績を称揚する指向をもっていたから**だろう。

このような操作を施した理由について、清原氏の称揚目的以外にもう少し深められそうだ。そのことは、『陸奥話記』35後半の頼義の「甘言」の前後の展開を、**【表22】**のように『扶桑略記』と比較してみると解ける。

端的にいうと、**『扶桑略記』は〈高階経重の辞任→頼義の清原氏への甘言〉の順序であるが、『陸奥話記』では〈頼義の清原氏への甘言→高階経重の辞任〉となっている点がもっとも異なる。**この相違の根本的な要因は、『扶桑略記』では「『奥州合戦記』に云はく」に含まれた部分に頼義の「甘言」が含まれているところにある。『扶桑略記』にも、「諸国の軍兵・兵糧、頻りに官符を賜ると雖も、彼の国（出羽）に到らず」（32）「諸国の軍兵等、頻りに官符を賜ると雖も、当国（陸奥）に越え来らず」（37）という表現の重複感があるのだが（**【表22】**の太線部）、『陸奥話記』ではそれが解消されている。その代わりに、『扶桑略記』には存在しなかった「此の如きの間、重ねて攻むること能はず」（32）「将軍之を制すること能はず」（34）と官軍の苦境を強調する表現が――重複ではなく――畳みかけのかたちで強調されている。丁寧に読むと、頼義が清原氏に援軍を求めた『陸奥話記』の表現は重複ではなく、一度目は、いずれ安倍氏征討戦を起こす際の「与力」をあらかじめ依頼しておいたのであり、二度目は、いざ出陣の時になって直接的に援兵を求めたのである。前者が政事（政治）で、後者が軍事である。

ここにきて、『陸奥話記』が〈頼義の清原氏への甘言→高階経重の辞任〉に変更した理由が見えてくる。高階経重の一件は、「康平五年春の月」という時間表現をもともと（おそらく一〇八一年前後に出回っていた『扶桑略記』の素材段階で）内包していた。**それより前の位置に頼義の「甘言」を置くことによって、例の〈空白の四年半〉の不自然さを軽減することができる**のである。つまり、貞任の軍事的な「劫略」だけでなく経清の「白符」という政治的・経済的な圧力という点で『扶桑略記』より『陸奥話記』のほうが増強され、それへの頼義の無力さも『陸奥話記』は明示したのちに政治的な工作として清原氏に連合を呼びかけていたと読むことができるのである。それが、「康平五年春の月」より前の位置に移した意図だろう。**経清の白符の一件を挿入した意識も、頼義の苦境を強調する表現を畳みかけ**

【表22　つなぎ目の構成】

『扶桑略記』	『陸奥話記』〔一五〕抄出
(32) 其の後、諸国の軍兵・兵糧も、頻りに官符を賜ると雖も、彼の国に到らず。斉頼亦不次の恩賞を蒙り乍ら、全く征伐の心無し。	(32) 而るに斉頼不次の恩賞を蒙り乍ら、全く征伐の心無し。諸国の軍兵・兵糧も、又以て来らず。此の如きの間、重ねて攻むること能はず。
←	←
(33) 然る間、貞任等、恣に人民を劫略す。	(33) 貞任等、益諸郡に横行し、人民を劫略す。
←	←
ナシ	(34) 経清、数百の甲士を率ゐて衣川関を出でて、使ひを諸郡に放ちて、官物を徴し納む。命じて曰く、「白符を用ふ可し、赤符を用ふ可らず」と。…（中略）…将軍之を制すること能はず。
←	←
位置の相違	(35) 而れども常に甘言を以て、出羽山北の俘囚の主、清原真人光頼・舎弟武則等に説きて、官軍に与力せしめんとす。光頼等、猶預して未だ決せず。将軍、常に贈るに奇珍を以てす。光頼・武則等、漸く以て許諾す。
←	←
(36) 康平五年壬寅、春の月、高階経重、陸奥守と為す。源頼義の任終るに依てなり。経重、進発し下向す。人民、皆前の司の指揮に随ふ。経重、帰洛す。	(36) 康平五年の春、頼義朝臣の任終るに依りて、更めて高階朝臣経重を拝して陸奥国の守と為す。鞭を揚げて進発す。境に入り任に着くの後、何も無くして帰洛す。是国内の人民、皆前の司の指撝に随ふが故なり。
←	←
(37) 十二月廿八日、（前略）『奥州合戦記』に云はく、諸国の軍兵等、頻りに官符を賜ると雖も、当国に越え来らず。	位置の相違
	←
(38) 仍て、将軍源朝臣頼義、屢甘言を以て出羽山北俘囚主清原真人光頼・舎弟武則等を相語らひて、官軍に与力せしめんとす。常に贈るに奇珍を以てす。光頼・武則等、漸く以て許諾す。	(39) 朝議、紛紜せるの間、頼義朝臣、頻りに兵を光頼并びに舎弟武則等に求む。是に於て、武則、同年の秋七月を以て…

たことも、清原氏への頼義の「甘言」の位置を前に移したことも、連動しているというわけである。

ここで重要なことは、**これほどの工作を施してまで、前半部と後半部の接合感を軽減して一体感を醸し出そうとする指向が、『陸奥話記』表現主体には強かった**ということである。つまり、**前半戦〈頼時追討〉と後半戦〈貞任追討〉を連続的な一二年間の軍事に仕立てようとする意識（指向）が強かった**ということである。

ここまできてようやくわかるのが、『扶桑略記』と『陸奥話記』の年次記述で天喜四年（一〇五六）十二月（29〜31）と「康平五年（一〇六二）春」（36）は対応しているのに、その間の32〜35は『扶桑略記』（天喜四年十二月二十五日、二五三頁**【表21】**の★）を『陸奥話記』が踏襲しなかった理由である。**それを明示してしまうと、〈空白の四年半〉が露呈してしまうのだ。それを書かないで貞任経清横行がその後もずっと続いていたかのように印象づけている**のだ。あきれるほど巧妙なのである。

七　〈一二年一体化〉表現や方法の浸潤

『陸奥話記』の前半部・後半部のつなぎ目にみられた操作は、つなぎ目だけにみられるものではない。さりげない表現だが、鳥海ばなしの「軍旅の役に苦しむこと、已に十余年なり」（66）も同種の認識に支えられている。「已に十余年」はこの合戦が正味二か月であったとする一方の認識と相反するもので、まさに《一二年一体化指向》に支えられた表現だろう。戦場における中身のないざれ言のようにみえる会話であるが、前九年合戦の前半戦と後半戦とが連続的であったかのように演出する表現であり、相当に計算された戦略的な一節である。

右と観点が異なるが、貞任経清横行（『扶桑略記』）や出羽守二代非協力（『今昔』）を演出しておいて、直後の武則来援のありがたさを引き立てるという物語構成上の方法は、『陸奥話記』の別の場面でもみることができる。厨川合戦譚の武則の智略の部分（74）である（ここは『奥州合戦記』が存在しない）。

『今昔』前九年話

①敵ノ軍ハ身ヲ棄テ、剣ヲ振テ、囲ヲ破テ出ムトス。

②武則、兵等ニ告テ云ク、「道ヲ開テ敵等ヲ可出シ」ト。然レバ兵等囲ヲ開ク。

③敵等不戦シテ逃グ。守ノ軍此ヲ追テ悉ク殺シツ。

『陸奥話記』

①是の時、賊中の敢死の者、数百人、甲を被て刃を振ひ、囲みを突いて出づ。死せんことを必して生きんとする心莫し。官軍、傷つき死する者多し。

②武則、軍士に告げて曰く、「囲みを開きて賊衆を出すべし」と。軍士、囲みを開く。

③賊徒忽ちに逃げんとする心を起し、戦はずして走る。官軍、横撃して悉く之を殺せり。

右のうちもっとも相違が目立つのは、①である。『今昔』の「身ヲ棄テ」と『陸奥話記』の「敢死の者」は対応しているとみてよいが、同種の表現とは言え『陸奥話記』にはさらに「死せんことを必して生きんとする心莫し」といった安倍氏方の決死のさまが強調されており、それに加えて安倍氏方の人数が「数百人」とも表現されて、「官軍、傷つき死する者多し」という被害と有機的に結びついている。そのような**窮地に追い込まれた表現があってこそ、『陸奥話記』では②の武則の智略が引き立つ**ことになる。③の「忽ちに逃げんとする心を起し」は「賊徒」の心理を説明したものだが、それを読んだ武則の戦術を説明するものでもある。つまり、**短いながらもこの一連の脈絡**（アミカケ部分）**は武則の献策を引き立たせるために仕組まれたもの**である。ということは、『陸奥話記』前半部と後半部のジョイント部分の操作――貞任経清横行、出羽守二代非協力を演出しておいて武則登場を迎える（V字型構想）――と等質的な方法に支えられているとみることができる。危機を演出しておいて、その後の回復を引き立てる手法である。**前半部・後半部のつなぎ部分の改変操作と右のアミカケ表現の付加は、『陸奥話記』形成上の同一段階の事象なのだろう（実体的に言えば同一人物の手になる）。**

八　おわりに――〈一二年一体化〉の変容――

『陸奥話記』前半部が一一年間以上の部分を占めるわけだが、その間の事件と言えば阿久利川《あくりがわ》事件、安倍頼時の死、黄海《きのみ》合戦、それだけである。安倍頼時の死は、当時はさほど大きな事件ではなかった可能性が高い（しかも軍功は安倍富忠にある）。源頼義在任の一二年間という認識を捏造するために、あとから徐々に頼時の死がクローズアップされ、頼時―貞任の親子二代にわたって反逆を続けたかのような印象を捏造するために、後付けで格上げされたようだ。少なくとも当時は大きな事件としては扱われていなかったようである。

その証拠が、皮肉なことに、源氏側から提出された『頼義奏状』なのである。そこには、安倍頼時の名さえ見えないのだ。前九年合戦終結直後の認識では、安倍氏との戦いとは、やはり貞任・宗任と戦った康平五年の二か月弱の戦いであったことを露呈している。(4)

（4）　『保元』『平治』『平家』『太平記』などでも安倍頼時の名はほとんど出ず、前九年合戦を「貞任・宗任」を討った戦いだとする表現が圧倒的に多い。後半戦〈貞任追討〉しか承けていないということだ。ただし、一方では前半戦〈頼時追討〉を含んだ『今昔』前九年話や『陸奥話記』も流布しているのだから、〈一二年一体化〉以前の後半戦のみの歴史像が独り歩きしていたと考えるのは早計だろう。長期戦の場合、結果論的な視座からその最終決戦のみが印象づけられて〝厨川で貞任が討たれたいくさ〟などと流布する可能性もあろう。表現としては同じ「貞任・宗任」であっても、実体を反映しただけの表現と、最終決戦のみが印象づけられた表現とがあるということだ。人間の認知・認識のありようを丁寧に窺う必要がある。

『頼義奏状』の書きぶりからみて、頼義は、一〇五一～五五年ごろの陸奥守在任と、一〇五七～六一年ごろの陸奥守在任とをつなげてアピールしたかったようだ。実際に頼義は前鎮守府将軍や前陸奥守などの名目で陸奥国府や鎮守府にいたのかもしれない。それを〈陸奥守としての一二年間〉に仕立てたかったのだろう。

はからずも、二年後の任鎮守府将軍に露呈しているように、頼義の最初の任陸奥守は安倍氏追討のためではない通常の国務としてであったと考えられる（一三頁）。こうしてみると、**安倍氏が代々暴悪であって、それを討つために頼義が陸奥守として下向したとする『陸奥話記』冒頭部は、明らかな捏造部分だと言える**だろう。そのことと、『今昔』前九年話・『陸奥話記』後半部にしか相当しない『奥州合戦記』の存在、および『今昔』前九年話・『陸奥話記』前半部の後次性、それに加えてこの奏状の中にさえ安倍頼時の名が見えないことから、本来この合戦は本質的に一二年間も続いたようないくさではなかったということだ。一二年間もの任務が継続したと表現することによって、**頼義が陸奥守ないしは鎮守府将軍という公的資格をもって陸奥に居座り続けたことの正当化が図られている**。そのための〈一二年一体化〉（一二年間征夷継続の表現）であることは明らかである。『扶桑略記』段階で発想された高階経重問題の移動とそこに「人民、皆前の司の指揮に随ふ」（36）が加えられていることが、なによりの証拠だろう。

ところがその後、**後次的に付加された前半部に反源氏的な要素（源氏を暗に批判したり揶揄したりするような）が織り込まれることによって、〈一二年一体化〉の意味が源氏の正当化どころか逆に清原武則登場の意義を引き立たせるものとして反転した**。つまり、現象としては〈一二年一体化〉は一つに見えるものだが、そこに込められた意味あいとしては親源氏的な要素（文脈）と反源氏的なそれとの両方がみられるということである。

認識の形成・変容過程に即して言うならば、親源氏的な〈一二年一体化〉の動きは『頼義奏状』の文言や『扶桑略記』の黄海合戦譚記事によって、清原武則来援以前から源頼義が安倍氏を相手に奮闘していたとする指向が窺える。これは、物語というかたちになっておらず、断片的な巷説・主張の類であったようだ。ところがその親源氏的なプロパガンダへの反発が生まれ、『今昔』前九年話にみられるように物語としてのかたちをとり、源氏批判を多分に含んだものになった。そして、『今昔』前九年話（の原話）の批判性をより強めたのが、『陸奥話記』の〈一二年一体化〉だったということである。

文献

梶原正昭（一九八二）「解説」『陸奥話記』東京：現代思潮社
野中哲照（二〇一三）「河内源氏の台頭と石清水八幡宮――『陸奥話記』『後三年記』成立前後の時代背景――」「鹿児島国際大学国際文化学部論集」14巻3号
野中哲照（二〇一五）「歴史の簒奪――〈清原氏の物語〉から〈源氏の物語〉へ――」『いくさと物語の中世』東京：汲古書院
柳瀬喜代志（一九八〇）「『陸奥話記』論――「国解之文」をめぐって――」「早稲田大学教育学部学術研究　国語・国文学編」29号

第十章　共通原話からの二方向の分化と収束

――〈櫛の歯接合〉論の前提として――

本章の要旨

『扶桑略記』の編纂作業は、永保元年（一〇八一）ごろに一度目の区切りを迎えた。ゆえに、『扶桑略記』所載の『奥州合戦記』の成立は、それ以前と考えられる。一方、『今昔』前九年話の漢文体原話（第一次『陸奥話記』）は、一〇九〇年代後半の成立と考えられる。先行研究では、『陸奥話記』が先、『今昔』前九年話が後の成立だとする考えが一般的であったが、『今昔』の編纂は一一二〇年ごろとしてもその原話はそれより遡及するはずなので、『陸奥話記』と『今昔』原話の先後関係が逆転する可能性がある。高階経重問題などからも、『今昔』原話のほうが古態を留めているとみられる。

『扶桑略記』は『奥州合戦記』を抄出することなく、原文をそのまま転載したと認めることができ、しかも『陸奥話記』が参照したのは『奥州合戦記』の部分だけでなくその前後も含めて『扶桑略記』の前九年合戦関係記事をほぼすべて採り込んでいる。一方で『今昔』前九年話は、原話を翻訳する際に年月日、割注の一部、名寄せの一部を省略している程度であり、そこに留意すれば、原話の姿をほぼ留めていると考えてよい。『陸奥話記』にみられる漢文的文飾が『今昔』に存在しないのは、『今昔』が翻訳時に省略したのではなく、参照した原話（第一次『陸奥話記』）にもなかったのだと考えられる。

『陸奥話記』を中心に据え、一方に『扶桑略記』、もう一方に『今昔』前九年話を置いて互いの記述の出入りを点検すると、『扶桑略記』は親源氏的で『今昔』前九年話は反源氏的であることがわかる。『陸奥話記』はその両者を統合したかたちになっている。以上は、次章で述べる〈櫛の歯接合〉論の前提である。

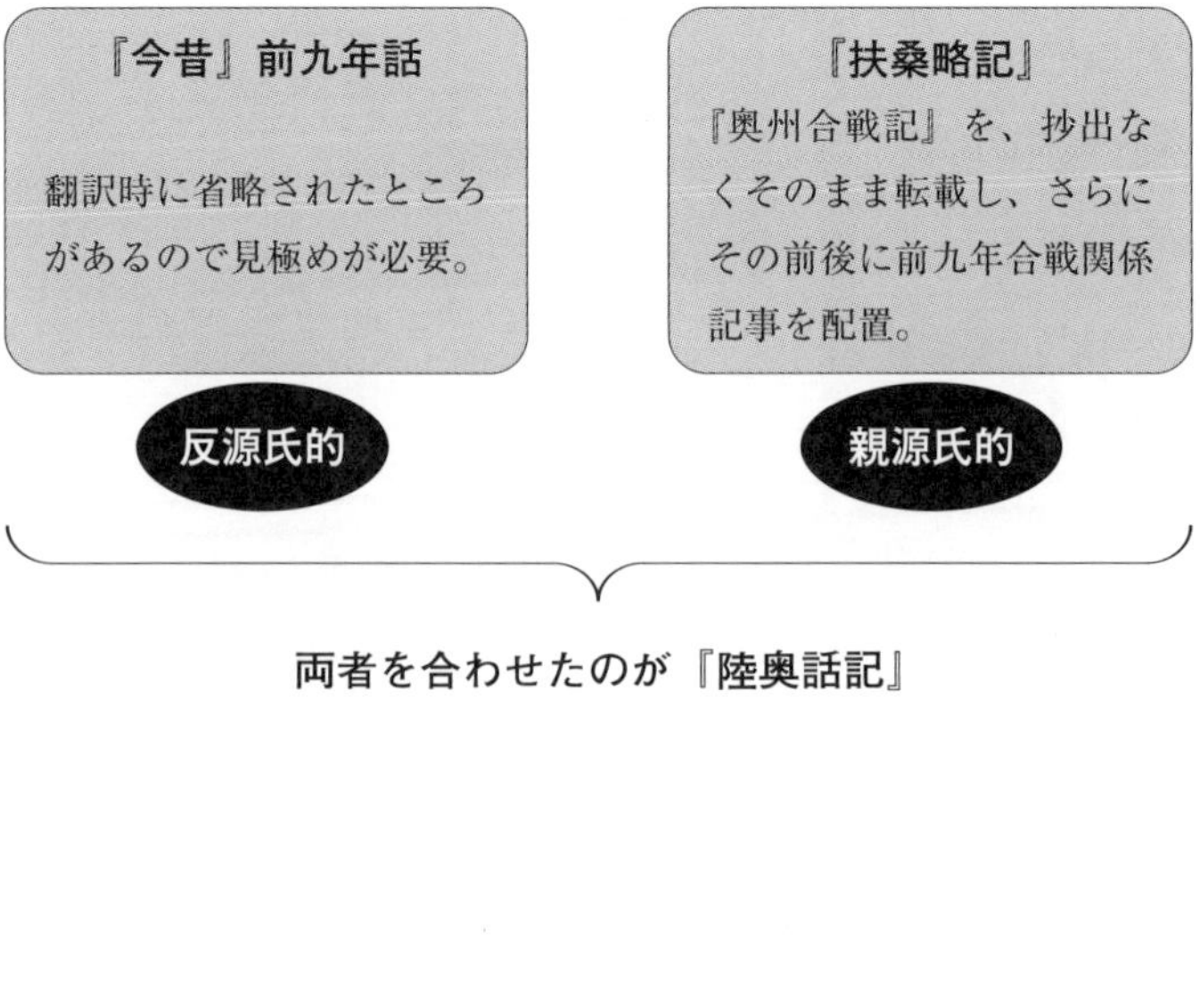
『今昔』前九年話
翻訳時に省略されたところがあるので見極めが必要。
『扶桑略記』
『奥州合戦記』を、抄出なくそのまま転載し、さらにその前後に前九年合戦関係記事を配置。
反源氏的
親源氏的
両者を合わせたのが『陸奥話記』

一　問題の所在

「はじめに」に記したように、本書には結論が二つあって、一方は前九年合戦の実像を解明すること（歴史学的方向）、もう一方は『陸奥話記』の成立事情を解明すること（文学研究的方向）である。後者の結論は、『扶桑略記』と『今昔』前九年話の原話を〈櫛の歯接合〉したのが『陸奥話記』だという単純なものである（次章）。それを述べる前提として、そもそも『奥州合戦記』が『扶桑略記』に取り込まれる際に抄出などの作業を経ていないのか、『今昔』が原話を翻訳する際にどの程度変容を遂げたのか、そのようなことを解決しておく必要がある。そして、二方向に分化する前の原話の姿はどのようなかたちなのかを考える必要もある。

二　『扶桑略記』と『今昔』前九年話の基本事項

1　『扶桑略記』の基本事項

『扶桑略記』のような長大な歴史叙述の場合、成立時期をある一点ではなく幅をもって考えるべきである[1]。通説では、堀河天皇のことを「今上」とするところから、『扶桑略記』の成立を堀河期とするのが一般的な考え方である。しかし、それは最終的な編纂作業完了時というべきだろう。「今上」の語より前の部分は白河期から編纂されていた可能性を想定する必要がある。

（1）長大な作品である『源氏物語』や『今昔物語集』などでも、成立時期を〝幅〟として見る必要がある。物語が重層的な構造体であることが見えてくれば、作業完了の最終時のみを成立時だとは言えなくなるはずだ。『扶桑略記』の編纂時期について、論者は承暦五年（＝永保元年、一〇八一）ごろに一度目の区切りを迎えたと考えている。そこに、『扶桑略記』編者に特徴的な強い末法観の表明がみられるからである。堀河帝のことを「当今」と呼ぶのだから堀河治世下（一〇八七〜一一〇七）だということと、『扶桑略記』の最終記事が寛治七年（一〇九三）三月であることとを考え合わせると、『扶桑略記』は一〇九三年の成立となる。一般には最終記事が一〇九三年であればそれ以降、一一〇七年までの堀河期に成立したと考えるものだが、首尾の呼応など構造が必要な物語と違って、『扶桑略記』のような編纂史書は編纂作業を継続しながら、その時間経過とともに惹起した新たな事件は末尾に書き加えてゆけばよいだけのことである。編纂方針の変更があったとしても、全体を書き変えるのではなく、行間に字句を加筆したり削除したりする程度である。それが、人間の認知・認識と実体との両方を考え合わせた成立事情だろう。現存『扶桑略記』の最終記事（関白師実の浄妙寺参詣）に格別な意味を見出そうとする論（堀越光信（一九八四））もあるが、それに説得力があるとは思われない。こうして編纂作業の実態を考慮すると、『扶桑略記』の第一次成立年次は一〇八一年、最終成立年次は一〇九三年と考えてよい。ということは、『扶桑略記』に引用された『奥州合戦記』の成立は、一〇八一年以前ということになる。

従来の説の大きな誤りは、『扶桑略記』に『陸奥話記』と同文的な内容が含まれているため、『扶桑略記』の時期が『陸奥話記』の成立下限の根拠ともされていたことである。しかし、『扶桑略記』に引用されている書は『奥州合戦記』という書名であり、『陸奥話記』と一致しない表現も少なくない。笠栄治（一九六六、一九八四）の指摘と合わせて考えれば、『陸奥話記』は、『奥州合戦記』なるもの以降に改変の手が加えられたものである可能性は十分にある（笠栄治（一九八四）は『陸奥話記』を「『扶桑略記』以前の成立とは必ずしも考え難い」と指摘している）。

2　『今昔』前九年話の基本事項

『今昔物語集』の成立時期は、おおよそ一一二〇年ごろとされている（『日本古典文学大辞典』など）。これは、『陸奥話記』成立の通説から半世紀ほどを経ている時期であるため、『陸奥話記』の成立を先、『今昔』の成立を後とする図式的な通説が成立してしまった。

しかし、『今昔』の研究史の常識からいえば、すべての説話に原拠（出典）があったと考えるべきである。『今昔』の編者は文字どおりの編者なのであって、編者自ら前九年合戦のことを取材して前九年話を成したなどとは考えられない。ということは、たとえ『今昔』の成立（編纂年次）が一一二〇年ごろであったとしても、そこに収載された前九年話の原拠の成立時期は、一一二〇年以前のいつまで遡及しうるかもわからないのである。『陸奥話記』の成立時期がいつまで下るかわからないということと、『今昔』前九年話の原拠の成立時期がいつまで遡及しうるかわからないということは、『陸奥話記』の成立を先、『今昔』の成立を後とする図式が逆転する可能性さえあるということである。それが、柔軟かつ慎重な考え方だろう。

図式的な通説に縛られることなく、虚心にテクストを分析した説が、近年いくつか提出されている。高橋崇（一九九一）は文献学的観点からの笠栄治（一九六六）の研究成果をよく吸収し、草稿本とも呼ぶべき原『陸奥話記』（『奥州合戦記』）と修正完成本の二種の『陸奥話記』が同一筆者によってつくられ、前者は『今昔』の素材になった（つまり、『今昔』に古層を窺いうるとする）と推定している（論者の考えは少々異なるが、現存『陸奥話記』を重層構造と見る高橋の炯眼は注目に値する）。

伊藤博幸（一九九二）は、尊経閣本について笠栄治（一九六六）の成果に基づきつつ、「修飾の少ない文体を見ると、『今昔物語集』とともにより原本に近い姿かとも考えられる」と推定した（戸川点（一九九九）、井出将人（二〇〇四）、遠藤祐太郎（二〇〇九）も高橋・伊藤説の上に立脚）。『今昔』に現存『陸奥話記』以上に古態が窺える（たとえ一部であっても）とする高橋や伊藤の発言は、当時としては勇気のいるものだったろう。

そもそも、『今昔』前九年話は原話（おそらく漢文体）を翻訳したものなので、正確な意味では〝『今昔』前九年話の影響を受けて『陸奥話記』が成立した〟とは言えない。『陸奥話記』は、『今昔』前九年話の漢文体原話を参照したものと考えられる。

三　『奥州合戦記』と『扶桑略記』と『陸奥話記』の距離

『扶桑略記』は『奥州合戦記』を抄出することなく、原文をそのまま転載したのだと考えられる。その根拠は、『奥州合戦記』を引用した部分の『陸奥話記』との表現近似率が九割の高さを示していることである。これは、『扶桑略記』が『奥州合戦記』をほとんど丸写ししたことを示している（現象としては『扶桑略記』と『陸奥話記』の表現近似率なのだが、『扶桑略記』の向こう側にある『奥州合戦記』の原文丸ごと的な性格が見えるということ）。一々考えながら省略すると、このような表現近似率の高さにはけっしてならない（一九四頁）。これに加えて、本書の随所で述べている『扶桑略記』→『陸奥話記』の成立順およびその影響関係を説明しうること自体が、『扶桑略記』所載『奥州合戦記』の原態性の何よりの証拠である。もし『扶桑略記』編者が著しい抄出・改変を行っているのなら、『扶桑略記』で本来的・整合的な文脈を『陸奥話記』で矛盾をはらむに至ったなどという以下の論証はできないはずだからである。その指摘の大半は次章に譲るが、ここで二点だけ紹介しておく。

その第一は、鳥海の毒酒ばなし（65）である。『扶桑略記』は、「十一日、鳥海柵を襲ふ。宗任等、城を棄て逃げ走り、厨川柵を保つ。賊徒を射殺すこと、三十二人。疵せられ逃ぐる者、その員を知らず」と簡単な記述で、ここには毒酒の逸話がない。『奥州合戦記』にそれが存在していて、『扶桑略記』編者がそれを省略したのではない。なぜならば、「賊徒を射殺すこと、三十二人。疵せられ逃ぐる者、その員を知らず」は『陸奥話記』においてこそ黒沢尻柵での人的被害なのだが、『扶桑略記』では鳥海柵での被害となっているからだ（平田俊春（一九八二））。その際、宗任が鳥海柵を捨てて厨川柵に逃げ込んだところまで文脈が追ってしまったため、鳥海柵での人的被害をいう当該部分が間延びした位置に存在することになってしまっている。それなのにさらにここに毒酒の逸話が入ってくると、間延びはますます激しくなる。文章のリズムを考えると、それは本来的なものではありえない。よって、毒酒ばなしの存在しないかたちが原話だと推測することができる。

第二は、貞任斬首のその後（77）である。『扶桑略記』では「貞任・経清・重任等、一々生首を斬る」としかないのに、『陸奥話記』では「将軍、罪を責め、貞任、一面して死せり。又、弟の重任を斬る。字は北浦六郎なり。但し宗任は自ら深泥に投じて逃れ脱げて已に了んぬ」と詳細である（『今昔』前九年話もほぼ同文）。「貞任・経清・重任等」を一括記載するスタイルは『降虜移遣太政官符』に挙げられているものと名前も順序もまったく同じで、これが古態であることは間違いない。『今昔』前九年話や『陸奥話記』では直前に貞任最期にクローズアップする話（76）があるので、そのように貞任の最期を特別に形象した結果、『今昔』や『陸奥話記』は弟重任を「亦」「又」と付加的に記すスタイルに変更せざるをえなかったのだろう（「北浦六郎」という重任の号は原話にも存在していて、『今昔』が割愛したと考えたほうがよい。先述）。

宗任についても『扶桑略記』は「また、数日を経て、宗任等九人、帰降す」「十二月十七日、国解に言す、『斬獲の賊、安倍貞任等十人。帰降の者、安倍宗任等十一人。此の外、貞任が家族、遺類有ること無し』と」と記す程度の埋没した存在でしかない。敗走譚が存在しないのだ。

『扶桑略記』に経清の名があって『今昔』や『陸奥話記』にないのも、経清処刑譚（75）が『奥州合戦記』になく

『今昔』『陸奥話記』にあるということと対応している。『扶桑略記』のような一括記載の段階が過ぎたからこそ、『今昔』前九年話や『陸奥話記』のように貞任像・宗任像など個々の人物がそれぞれの人物像を持ち、描き分けられるようになっていったのだろう。

頼義像・義家像の英雄化が最盛期を迎えたのは一〇七五〜八三年ごろである（それ以前の『頼義奏状』『義家奏状』にみえるのは彼らの個人的な言い分であって、社会的な空気を反映したものではない）。それに連動して貞任像・宗任像も好敵手として膨らんできたと考えるのが妥当だろう。『奥州合戦記』のような素朴な姿は、右の時期以前の様態を留めたものだろうし、『今昔』前九年話や『陸奥話記』はそれ以降のものということになる。

＊　＊

それとは別に、『陸奥話記』に影響を与えたのは『奥州合戦記』の部分（三書対照表37〜84）だけなのか、その前後も含めた『扶桑略記』というべきなのかという問題がある。

三書対照表の36と37の間に『扶桑略記』の「『奥州合戦記』に曰く」という指標語がある。もし〃『陸奥話記』は『奥州合戦記』の影響を受けている〃と限定した言い方をするのなら、29・31・32・33・36のような近似性は見せないはずである。この中でもとくに注目すべきは36の高階経重問題で、『陸奥話記』は明らかにこの36の影響を受けている。というのは、第四章で指摘したように、高階経重の任陸奥守は『今昔』前九年話の位置（17）が本来的な位置だからである。頼義の正当化のために、本来天喜四年（一〇五六）であった高階経重の任陸奥守および辞退を、康平五年（一〇六二）へと六年間も移動するという虚構を施しているのである。その虚構が成った『扶桑略記』36の影響を受けて『陸奥話記』が成立したのは明らかであり、しかもその36が例の「『奥州合戦記』に曰く」よりも前の位置にあって、『奥州合戦記』に含まれていないのである。ゆえに、〃『陸奥話記』は『奥州合戦記』の影響を受けた〃というよりも、『奥州合戦記』成立以降に頼義に正当性を付与したり〈一二年一体化〉を推し進める偽文書が流布してそれらが『扶桑略記』に採り込まれたりしたのちに、〝『陸奥話記』はその『扶桑略記』から影響を受けた〟というべきだろう（じつは偽文書の作成・流布主体と『扶桑略記』編者は同一人物と考えられる）。

このことは、『奥州合戦記』より後ろの部分（85番以降）についても言える。87・89・90・94が『陸奥話記』に採用されていて、このうち89・90・94は『今昔』前九年話も重なっているのでそちらから影響を受けた可能性もあるのだが、87の義家弓勢譚は『今昔』に存在せず、『扶桑略記』からもたらされたものであることは明らかである。というのは、三書対照表の〈櫛の歯接合〉の出入りだけが根拠なのではなく、義家弓勢譚という明らかに《義家像英雄化指向》に支えられた話が『今昔』の側から発想されるとは考えられないからである。つまり、『今昔』前九年話の漢文体原話にそれが存在していて、『今昔』が翻訳の際に義家弓勢譚を省略したのではないかという想定は、もはや必要ないということである。そもそも『今昔』前九年話（原話を含めて）は、反源氏方というべきか清原氏寄りであり、そもそも指向の問題として義家像を美化・巨大化する方向に向かっているテクストではないということが見えてきたからである（二八一頁）。『陸奥話記』が義家弓勢譚を採り込みえたのは『扶桑略記』（『奥州合戦記』ではなく）の存在があってこそなのである。

以上のことから、**『奥州合戦記』として括って引用された範囲（37〜84）の前からも後ろからも、『陸奥話記』は影響を受けている**とみて間違いない。しかも、『奥州合戦記』の範囲内の記述（37〜84）と『陸奥話記』との間にみられた《整合性付与指向》と、その範囲外の記述（1〜36、85〜96）と『陸奥話記』との間にみられた《整合性付与指向》は明らかに同質の指向である（次章および第十八章）。このことからも、**『陸奥話記』が影響を受けたのは『奥州合戦記』ではなく『扶桑略記』だと考えてよい**ということである。そして、**『扶桑略記』の先出、『陸奥話記』の後出も確定的である。**

四　『今昔物語集』の翻訳の性格

『今昔物語集』には一千話を超える説話が収載されているが、そのほとんどには典拠となった先行文献があるとされている。『法苑珠林』『三宝感応要略録』『冥報記』『日本霊異記』『法華験記』などである。『今昔』研究においては、これらの典拠から『今昔』への改変の様相は、翻訳というタームが用いられている。これについて小峯和明（一九八五）は「翻訳の諸相」において、「今昔物語集は語彙・語法の基底から話全体をまるごと自らの文章構造にくみかえようとする」（傍点野中）というような性質の翻訳がみられ、漢文資料を訓読する場合は、「漢語を一字ずつ分解していく方法ばかりでなく、そっくり他の語におきかえたり、漢語の一字分だけを取り出すケースの方がむしろ多い」と指摘している。そこから逸脱するとすれば、「涕泣」→「涙ヲ流シテ泣キ悲ムデ」、「驚散」→「驚キ騒ギ怖ヂ恐レテ」のように「人物の行動を説明する叙述添加などと同様に、語彙自体の説明をも誘引するような方向でなされてい」て、「逐語訳の域を越えている」という。要するに、『今昔』の表現主体は、対享受者の意識が強く、言葉を多く費やして、くどいほどにわかりやすくする傾向があるということだろう。この傾向は和文資料をもとにした翻訳においても同様で、「叙述の『間』を破壊し、すべてを言語で構築しつくさずにはおかない表現営為は、とりもなおさず読者やその背後の末世の現実との深い溝を埋めようとする行為を意味する」とまで小峯は言う。行間を嫌い、享受者の誤読を恐れ、できるだけ詳細に説明しきろうとする『今昔』表現主体の性質を明らかにしたものである。このような表現営為は、たしかに小峯のいうように受動的なものではなく主体的で能動的だというべきだが、それは「文章構造」（小峯）に留まるものであって**〈歴史解釈〉の変更にまで及ぼうとするほどの先行資料への〝介入〟を、『今昔』表現主体は行っていない**ようである。つまり、翻訳と表現できる程度の範囲にとどまった改変であるとみてよい。『今昔』表現主体が先行資料をわかりやすくするために表現上の増幅をしたとしても（説話の増幅はしない）、逆に先行資料にある文言を削除するような、抄出的な翻訳はあまりしないらしい。ただ、『将門記』と『今昔』将門話の比較から窺えるように、事件推移を語るのに必要な要素は欠落させない程度に、文章としては簡略化することは行っている。また、「漢語があやなす美的修辞」を「極力切りつめるか、全面的に削除」するかという事例はあるようだ（これはよほど冗長な場合に限られる）。以上のことから、『今昔』の前九年話とその先行資料との距離は、

1、〈歴史解釈〉の変更によるほどの介入的改変は行われていない。

2、『今昔』の表現量のほぼ内側に先行資料の情報量は含まれる。

3、ただし冗長な漢文的修辞は省略される可能性がある。

と考えてよいことになる。すると、一方で『今昔』に記述量が多く、もう一方で『陸奥話記』にそれが多い場合に、『今昔』が先行資料に存在する言説を意味もなく削除する可能性は低く、**『陸奥話記』のほうが一方的に追加したり削除したりしている可能性がある**ということになる（小峯論の中に『陸奥話記』と『今昔』の前九年話とを比較した部分があるが、残念ながら『陸奥話記』を無批判に先行資料と位置づけて『今昔』がそれを翻訳したとする論なので、賛同することができない）。

五　翻訳時に『今昔』前九年話が原話から欠落させたもの

すべての『今昔』所収話が、何らかの原話を翻訳して成立した説話集であることは、よく知られている。しかも、原拠は漢文体資料であることが少なくない。前九年合戦の物語の場合、『奥州合戦記』、『陸奥話記』という周辺の漢文体作品の残存状況から考えて、『今昔』前九年話の原話も、おそらく漢文体であったろうと考えられる。そこで問

題になるのが、『今昔』前九年話の原話と現状の『今昔』前九年話との距離感である。どの程度の割合で抄出・改変がなされているのか、ということである。前節で分析したように、『今昔』前九年話は、翻訳による略述は当然あると考えられるものの、事件展開を語るに必要な要素は原話のものを留めているものとみられる。

原話に存在した記述を『今昔』が翻訳の際に省略したと考えられるのは、第一に、日付などの時間表現である。『将門記』と『今昔』将門話（巻二十五―第一話）との関係でも明らかなように、原話に日付があったとしても、『今昔』は翻訳の際にそれを省略する傾向が強い。『陸奥話記』には、「永承の比」「天喜五年秋九月」「同年十一月」「同年十二月の国解」「康平五年の春」「同年の秋七月」「七月二十六日」「八月九日」「同じ十六日」「翌日」「十八箇日を経る」「九月五日を以て」「同六日午の時」「即日に」「未の時より戌の時に迄《いたる》まで」「同七日」「同十一日の鶏鳴に」「同十四日」「十五日酉の剋に」「十六日の卯の時自り」「十七日未の時」「同十二月十七日の国解」「同六年二月十六日」「同二十五日」と多くの日付や時刻表現を持っているが、『今昔』前九年話では、「永承ノ比」「次ノ日」「十八日ヲ経タリ」「明ル卯ノ時ヨリ」「次ノ年」ぐらいしかそのような表現がない。将門話の場合と同じように、これらについては原話に日時が記載されていたのを、『今昔』が翻訳の際に削り落としたものとみてよいだろう。ただし、時刻表現については、『陸奥話記』が《リアリティ演出指向》によって捏造したところもありそうなので（三四二頁）、『陸奥話記』に存する時刻表現が『今昔』の原話にもすべて存在したということはなさそうだ。

第二に、『今昔』が翻訳の際に省略したと考えられるのは、『陸奥話記』に存するような割注部分である。もちろん、重要な割注は省略せず、次のように『今昔』本文に採りこまれている。

『陸奥話記』（これについては『今昔』原話の姿か）	**『今昔』前九年話**
境に入り任に着くの初め、俄に天下の大赦有り。頼良大	而ル間、俄ニ天下大赦有テ、頼良被免ヌレバ、頼良大キ

いに喜び、名を改めて頼時と称し、大守の名に同じきこと、禁に有るが故なり。

ニ喜テ、名ヲ頼時ト改ム。亦且ハ守ノ同名ナル禁忌ノ故也。

『陸奥話記』（『今昔』原話の姿か）

命じて曰く、「白符を用ふ可し、赤符を用ふ可らず」と。白符とは経清の私の徴符なり。印を捺さず。故に白符と云ふ。赤符とは国符なり。国印有り。故に赤符と云ふなり。

『今昔』前九年話

「白符ヲ可用。赤符ヲ不可用」ト。白符ト云ハ経清ガ私ノ徴符也。印ヲ不押バ白符ト云フ。赤符ト云ハ国司ノ符也。国印有ルガ故ニ赤符ト云也。

しかし一方で、『陸奥話記』経清離反譚に「今十郎已に歿す、永衡、字は伊具十郎。」（14）とある割注は『今昔』ではまったく無視されているし、『陸奥話記』衣川合戦譚に「偸かに藤原業近の柵に到り、俄に火を放つて焼く。業近、字は大藤内。宗任の腹心なり。」（62）とある割注も『今昔』ではまったく顧慮されていない。おそらく『今昔』前九年話の原話には、84の降虜にも名の見える藤原業近（業道）が宗任の腹心であることを説明するに足る何らかの意義があったのだろう。『今昔』は翻訳の際に、そういうものを捨て去った可能性がある。

第三に、『今昔』が翻訳の際に省略したと考えられるのは、名寄せ的に列挙された人名である。名寄せを割愛しても物語の展開に影響を与えないので、省略しやすいのではないかと考えられる。『陸奥話記』は「斬獲の徒」として貞任以下九名、「帰降の者」として宗任以下十名の名を具体的に挙げ、『扶桑略記』は「斬獲の賊、安倍貞任等十人。帰降の者、安倍宗任等十一人」（84）と簡略になっている（数字も異なる。このあたり『陸奥話記』は『降虜移遺官符』なども含めて史資料の収集を行っている）。ここが『今昔』前九年話では、「頸ヲ斬レル者幷ニ降ニ帰セル者」（同）と人数さえ落としている。

ただし、『今昔』が名寄せを明確に省略したのだろうと推測できるところは、これくらいである。名寄せを明確に省略する方針だったら、「男義家・修理少進藤原景道・大宅ノ光任・清原貞廉・藤原範季、同キ則明等」（21）と六騎武者を挙げる必要もなかったのである。[2]

（2）営岡《たむろのおか》の名寄せ（40）は、『陸奥話記』では一陣から七陣までの詳細な人名が記されているのだが、『今昔』前九年話では「諸陣ノ押領使ヲ定ム。各武則ガ子幷ニ類也」のみである。その名寄せ（40）は、「而るに武貞・頼貞等」（43）、「七陣の陣頭の武道」（46）などとその後の人名表記にまで連動しているのだが（40で彼らの名を出していなければ43・46が唐突になる）、『今昔』前九年話は43相当の「武則ガ子共」とあるものの、46相当の記述そのものが存在しない。この46が『陸奥話記』の《主将頼義副将武則序列明示指向》《リアリティ演出指向》による後補であろうことは第十三章で指摘した。このことから、営岡の名寄せ（40）と「而るに武貞・頼貞等」（43）と「七陣の陣頭の武道」（46）の表記変更も含めて、『陸奥話記』の側があとから操作した可能性が高い。第一次『後三年記』が第一次『陸奥話記』に影響を与えたと考えられるのだが、その検討における他の部分との等質性（同層認定）からみて、『今昔』原話に七陣の具体名は書かれていなかったとみた（四五九頁）。

63にも白鳥村で捕虜から安倍方の人的被害を聞く部分があり、これも人名だけの省略ならいざ知らず、「同七日、関を破り胆沢郡白鳥村に到る」の部分まで丸ごと『今昔』に存在しないのであるから、『今昔』の側がそれほど荒っぽい省略をするとは考えにくい。他の類例からみても、63は丸ごと『陸奥話記』の側の後補だとみてよいだろう。

ここまでに指摘したのは、『今昔』編者が前九年話の原話を翻訳する際に省略した可能性があるものとして、

1、年月日（ただし一部の時刻表現はもともと原話にも存在しなかった可能性がある。）
2、割注の一部
3、名寄せの一部

である。これ以外に『今昔』編者が省略したものは、そう多くはないだろう。なぜならば、省略とか抄出という行為

は作業の負担軽減を図るために行うものだが、これ以上の省略を行おうとすれば文脈の破綻や矛盾を生じかねず、そうならないようにするためにはかえって思考力を駆使しながら抄出しなければならないからである。そんな面倒なことをするくらいなら、機械的に丸写ししたほうが楽だろう。『将門記』と『今昔』将門話の関係も、ほぼそのように見える。

なお、三書対照表・中段で白地の部分（5・15・28・46・49・52・57・58・63・66・69・70・79・85・86・88・95・96）は、いずれも『陸奥話記』の側が後補した説明がついているところであり（三〇六頁）、次節で述べる漢文体文飾（人物像の前景化や城柵の峻険さすなわち《境界性明瞭化指向》によるところ）は、『今昔』前九年話に存在しなかったところとみられる。

以上のようなことに留意すれば、『今昔』前九年話は原話の姿をほぼ留めていると考えてよさそうである。

六　『今昔』前九年話と『陸奥話記』の漢文的文飾の違い
――『今昔』前九年話の原話の姿――

梶原正昭（一九八二）所収「『陸奥話記』典語故事一覧」で指摘されている一一一か所にもおよぶ『陸奥話記』の典語故事を、『今昔』の文脈上で点検するとわずか七か所に激減する。紙幅の関係から『陸奥話記』の一一一か所の典語故事を列挙することはできないが、『今昔』に存する七か所の典語故事は、次のとおりである（『陸奥話記』の一一一か所の「典語故事一覧」のうちの何番目と対応する句であるかを示している）。

1、頼時首ヲ傾テ給仕スル事無限リ《かぎりなし》。（『陸』の13番目。『文選』勧進表による）

2、国ノ内騒動シテ、不靡《なびかず》ト云事ナシ。（『陸』の16番目。『史記』張耳列伝、『漢書』厳助伝による）

3、飛矢雨ノ如シ。（『陸』の32番目。『後漢書』孔融列伝、『臣軌』良将軍による）

4、軍破レテ後、数日守ノ行所ヲ不知《しらず》。（『陸』の43番目。『史記』李将軍列伝による）

5、「道ヲ開テ敵等ヲ可出シ」ト。然レバ兵等囲ヲ開ク。敵等不戦《たたかはず》シテ逃グ。（『陸』の92番目。『孫子』軍争篇、『文選』漢高祖功臣頌、『後漢書』耿弇列伝などによる）

6、汝ヂ我ガ相伝ノ従也。而ルニ年来我レヲ蔑《ないがしろ》ニシ、朝ノ威ヲ軽メテ、其ノ罪最モ重シ。（『陸』の93番目。『漢書』蘇建伝による）

7、其ノ長《た》ケ六尺余、腰ノ囲七尺四寸（『陸』の95番目。『後漢書』耿秉列伝・郭太列伝などによる）

典語故事の認定は、研究者の主観によって、振れ幅がある。右のように、『陸奥話記』の一一か所の典語故事を有する句のうちで『今昔』にも存する七か所は、典語故事とはいえないようなものばかりである。いわゆる文飾と言いうるものは3番「飛矢雨ノ如シ」のみで、それ以外は文飾というより状況の近似である。唯一残った「飛矢雨ノ如シ」も、あまりにも日本で一般化していて、中国に典拠を求めなくてはならないものではない。とくに、この七か所の中には対句さえ一つも見られない。こうして分析してみると、『今昔』（の依拠した原『陸奥話記』）には、典語故事らしきものはほとんど窺えないということがわかる。もし、『今昔』前九年話の元となった原『陸奥話記』が漢文体であったとしても、それは外記や弁官が操るような実務的漢文・記録文だったと考えられる。

そして一方の『陸奥話記』にいたるまでの間に、大学寮や勧学院などの出身者による本物の文飾が施されたとみられる。たとえば、『陸奥話記』の文飾の中には、次のような高度な隔句対もみられる（大曾根章介（一九六四））。

昔、勾践、用范蠡之謀、得雪会稽之恥。

今、老臣、因武則之忠、欲露朝威之厳。〈貞任の猛攻を斥け、官軍勝利す〉（52）

昔、漢徳未衰、飛泉忽応校尉之節

今、天威惟新、大風可助老臣之忠〈最後の拠点厨川・嫗戸焼け落ちる〉（73）

『陸奥話記』に二か所しか見られない隔句対は、二か所とも源頼義の発言の中に出てくるのである。しかも、前者は頼義に対する武則の忠節、後者は天皇に対する頼義の忠節をいう場面であるから、状況としてはよく似ている。もし、『今昔』が『陸奥話記』にある文飾を嫌ったとして、それをことごとく取り除きながら翻訳するなどということが考えられるだろうか。まず、考えられない。やはり、『今昔』にあるような素朴で飾り気のない文章が元であって、『陸奥話記』の改作者が文飾や、ひいては頼義の会話文なども含めて増幅させたのではないかと考えられる。四〇四頁で詳述するが、『陸奥話記』の冒頭部・終末部だけでなく、なかほどでも、源頼義や清原武則を前景化するところや城柵の峻険さを強調するところに、一一一か所の典語故事は集中している。それは、巻末の三書対照表・中段の白地部分やそれに準ずるところ（アミカケ部分であっても『今昔』に存在しない部分）でもある。ということは、『陸奥話記』（第三次）から冒頭部・終末部を取り除き、なかほどにある人物像や城柵の前景化・強調のための文飾部分を取り除けば、第二次『陸奥話記』や『今昔』前九年話の原話（第一次『陸奥話記』）の姿が見えてくるということになる。

七　親源氏系と反源氏系——二方向の拡張——

前節までが、『扶桑略記』や『今昔』前九年話についての前提的な手続きの部分である。この第七節と次の第八節が、本章の本題である。

さて、前九年合戦の物語の中で、後半戦の叙述のみで独立して成立した『奥州合戦記』が古態で、前半戦の叙述を付加した『今昔』前九年話は、その次に出来したと考えられる。しかし一方で、後次的に付加された『今昔』前半部さえ取り除けば、その後半部の古態性は『奥州合戦記』と比べて遜色ないか、あるいはそれに先行する姿を留めていると考えられる部分もあるだろう。本節では、後半部（三書対照表の37～84）だけに注目し、対照表の上段（『奥州合戦記』）に欠落しているところ、また下段（『今昔』前九年話）に欠落しているところをそれぞれ取り除いた素朴なかたちを想定し（これが第一次『奥州合戦記』）、そこを起点した上下二方向がそれぞれ確たる指向に基づいて拡張すべき必然性があったことを指摘する。

まず、**『扶桑略記』と『陸奥話記』に存していて『今昔』前九年話に存在しない部分は**、対照表37・38・53・55・56・72・87（83）である。これらは、**すべて後次的であることの説明がつくところ**である。すなわち、37・38は「諸国の軍兵」が集まらずにやむをえず頼義が清原氏に援軍を依頼するという《源氏正当化指向》の意識によるものである（「しばしば甘言を以て」「常に贈るに奇珍を以てす」「漸く以て許諾す」は別の意味で後次的）。詳しく言うと、37・38は『今昔』前九年話に存在しないことから、第一次『奥州合戦記』に存在せず、第二次『奥州合戦記』の段階で入ってきたものと考えられる。つまり、第一次『奥州合戦記』の冒頭は「康平五年七月、武則、子弟を率ゐて万余人の兵を発し、当国に越え来りて、栗原郡営岡に到る」（39）であったと考えられる。その文脈は武則が主体的・積極的に参戦してきたようにみえるもので、これを打ち消そうとしてその前に「仍て、将軍源朝臣頼義、屢甘言を以て出羽山北俘囚主清原真人光頼・舎弟武則等を相語らひて、官軍に与力せしめんとす。常に贈るに奇珍を以てす。光頼・武則等、漸く以て許諾す」（38）と頼義のほうが懇請したニュアンスを出したところ、それもまたゆきすぎであったと反省するかのように、その前に「諸国の軍兵等、頻りに官符を賜ると雖も、当国に越え来らず」（37）と**頼義像を守るかのような事情説明を行っている**。87（83）の**義家弓勢譚の親源氏性は、いうまでもない**だろう。

これらとは別に、53・55・56は《衣川以南増幅指向》（＝苦難を克服した頼義を称揚する）によるものであるし、72は《間隙補塡指向》《整合性付与指向》《リアリティ演出指向》によって明らかに後補された部分である（接合痕がある）。

いま挙げた五種の指向は、大局的に見れば〝源氏方びいきの指向〟と〝物語として充実させる指向〟として括ることができるのである。それらを有していない『今昔』前九年話は、そのような〈源氏美化・英雄化〉〈物語化〉の進んでいないという意味での古態性を保存していると考えられる。（3）

（3）　ここでもう少し論を深めておくが、『奥州合戦記』の範囲（37〜84）から外れる部分で、出羽守二代の非協力（29・31・32）は『奥州合戦記』範囲内の37・38にあった《源氏正当化指向》をさらに増強したものである。87の義家弓勢譚も、《義家像英雄化指向》によって後次的に増補されたものである。つまり、『奥州合戦記』を包み込んだ『扶桑略記』も源氏寄りの史料を採り込んでいる。『扶桑略記』編者が親源氏的な『奥州合戦記』を採り込んだことと、『奥州合戦記』引用部分以外の29・31・32および87についても親源氏的な史料を採り込んだことは同一指向の延長線上にあるものと考えられ、**同じ方向性ながらますます親源氏的に傾斜したもの**と分析することができる。このようなことから、**親源氏的に傾斜した現存＝第二次『奥州合戦記』（といっても『扶桑略記』から窺い知られるところの現存）と『扶桑略記』編者は同一人物である可能性がある**。

一方、**『今昔』前九年話と『陸奥話記』に存していて『扶桑略記』に存在しない部分は**、三書対照表41・44・45・54・61・65・74・75・78・80・81であり、これまた**後次的説明がつくところ**である。すなわち、41・44・74は《武則像前景化指向》によった後次性の強い部分であるし、65は頼義像を貶めるという意味で清原氏寄りであるし、75・78・80・81はいずれも俘囚側敗者の哀話である。45は『陸奥話記』では頼義直属の第五陣が目立っているが、じつは『今昔』の文脈では前からの流れで「深江ノ是則・大伴ノ員秀」は清原武則の配下と読めるのである（三一八頁）。54も、『陸奥話記』の文脈でこそ「義家・義綱等」が目立つものになっているが、『今昔』では武則の名が二度出ている。61は『陸奥話記』も十分に清原方を前面に出しているが、素朴な文脈の『今昔』でも「三人ノ押領使」を出しており、押領使は40で「武則ガ子幷ニ類也」であるので、やはり清原色の強い部分であるといえる。こちらも総括すると、**この一二項目はすべて清原方を称揚したり、俘囚に同情的であったり、頼義の揶揄を滲ませるもので、《反源氏指向》**

と総括すれば、すべて収まる。

細かな表現レヴェルでも、「守幷ニ武則、此ノ楯ヲ落シテ後」(64)、「然テ、武則、正任ガ黒沢尻楯、亦鶴脛・比与鳥ノ楯等同ジク落シテ」(67、『今昔』だと武則が別動隊として黒沢尻・鶴脛・比与鳥を攻めているので、頼義の動きとは同時並行的)と『今昔』前九年話では武則が前面に出ている。おそらく『扶桑略記』のように武則の名を出さないのが古態で、『今昔』前九年話はそれを起点として武則の活躍を強調する方向に進んだのだろう。『陸奥話記』がここに武則の名を出していないのは、《主将頼義副将武則序列明示指向》によって武則像を後退させたためとみられる。

論の流れを遮るようだが、ここでもう一点、重要なことを指摘しておく。34・75はいずれも経清ばなしで、**双方ともに揃って存在しない『扶桑略記』、揃って存在する『今昔』前九年話・『陸奥話記』とに図式的に分かれる**ことから、『扶桑略記』や『今昔』前九年話がそれぞれ原話を適当に省略・抄出していることはなく、その祖型を忠実に反映した様態だからこそ、前章段と後章段の存在・不在の呼応関係がみられると推測される。そのうえで、〃『扶桑略記』と『今昔』前九年話を合成したものが『陸奥話記』の基本骨格である〃という考え方(次章)が誤っていないことがわかる。

以上のように、**共通原話**(第一次『奥州合戦記』)**を起点として、第二次『奥州合戦記』は親源氏的指向によって増幅され、一方、『今昔』前九年話は反源氏的で、俘囚擁護的指向を強く滲ませつつ拡張された**という位相差を確認することができ、それぞれに元あった指向の延長線上に別方向の成長を遂げたものと総括することができる。第一次『奥州合戦記』はのちに親源氏・反源氏に分化してゆく要素を孕んだ両義的存在であったと考えられる(第一次『奥州合戦記』が反源氏ではなく離《り》源氏とも言うべきテクストであることは五〇〇頁で指摘する)。

＊　＊

親源氏系か反源氏系かだけではない。それ以外の『扶桑略記』（ここでは『奥州合戦記』より広く捉える）と『今昔』前九年話との位相差がある。武則来援の直前をどうお膳立てするか、つまり武則登場の演出に関わる29〜36において、『扶桑略記』と『今昔』前九年話は歴史解釈上の根本的な相違を生じている。

出羽守二代非協力（29・31・32）の存する『扶桑略記』は、頼義の孤立無援という苦境に武則が登場する流れになっている。高階経重の任官と上洛（36）に「人民皆、前司の指揮に随ふ。経重、洛に帰る」とあるように、源頼義に在地の人望が集まっていたゆえと表現するところと考え合わせると《源氏正当化指向》が流れていることは明白である。そこからすると、**出羽守二代の非協力は、頼義が清原氏に援軍を要請せざるをえなかった状況を同情的に弁明しようとする記事**だといえる（二四四頁で指摘したように、出羽守二代非協力記事は虚構である。『扶桑略記』の史料的価値の危うさが露呈したところ）。前九年合戦は源氏単独の功績ではなく清原氏の援軍を得たものであったとする見解・認識（第一次『奥州合戦記』）からの圧力があったのだろう、それに対抗するかのように**〝清原氏への援軍要請はやむをえないことだったのだ〟という文脈が、『扶桑略記』の側には見える。**『扶桑略記』における29・31・32の後づけは、第一次『奥州合戦記』から第二次『奥州合戦記』への成長段階で元あった指向の延長線上に付加された親源氏的部分（37・38・53・55・56・72・83）と同位相（同層）とみてよく、同じ時期に（おそらく同じ作者によって）後補されたものだろう。

一方、経清の白符行使（34）の存する『今昔』前九年話は、貞任が南へと拡張する（33）だけでなく経清までも公権力を脅かす白符を行使して勢威を振るう苦境に武則が登場するという流れになっている。「守此レヲ制止スルニ不《あた》能《はず》」（34）の表現と合わせて考えると、**『今昔』前九年話が目指したのは〝敵が強大化した以上は清原氏に援軍を要請せざるをえなかったのだ〟という源氏の非力さと追い込まれたさまを際立たせるもの**である。これも、元あった反源氏的（正確には離源氏的）指向の延長線上にあって、それが強化されたものということができる。

この問題は、前九年合戦の物語（第一次『奥州合戦記』、『今昔』前九年話の原話、第二次『奥州合戦記』、『扶桑略記』、『今昔』前九年話、『陸奥話記』）の形成過程や成立年次の論に直結するものである（後述）。

八　第一次『奥州合戦記』の姿

前節で想定した共通原話（二方向に発展する前の起点的な物語）を第一次『奥州合戦記』と名づける。これは、『扶桑略記』所載『奥州合戦記』の原話という意味合いだけでなく、『今昔』前九年話の原話に前半部が付加される前の原話という意味でもあるので、親源氏系・反源氏系へとそれぞれに分化してゆく以前の起点というべきものである。前節で指摘した両方向への拡張部分を取り除いた残りが、第一次『奥州合戦記』の姿ということになる[4]。

（4）紛らわしいのだが、第一次『奥州合戦記』とは別に、第一次『陸奥話記』がある。第一次『奥州合戦記』は『扶桑略記』所載『奥州合戦記』よりさらに素朴なかたちなので、前半部をもたない。これにたいして第一次『陸奥話記』は『今昔』前九年話の原話のことなので、前半部（冒頭紹介部分、阿久利川事件譚、永衡経清離反譚、黄海合戦譚など）をもっている。vii頁の凡例七を参照。

もちろん三書対照表・中段の白地部分（46・49・52・57・58・63・66・69・70・79）も『陸奥話記』段階の後補である（三〇六頁）から、そこも原『奥州合戦記』から除外することになる。それらを差し引いて残るのが39・40・42・43・47・48・50・51・59・60・62・64・67・68・71・73・76・77・82・84で、これが第一次『奥州合戦記』の姿ということになる。要するに、対照表の濃いアミカケの部分である。表現としては古態を存している『扶桑略記』を軸にして言い換えるならば、『扶桑略記』の37～84のうち、中段の白地部分と37・38・53・55・56・72を除外すればよいということになる。具体的には、次の姿がここまでの作業段階で推定される第一次『奥州合戦記』である（もちろん原漢文である。後述部分での整理のために、年次記述を罫で囲み、地名にアミカケを施し、人名に傍線を引いて示す）。

康平五年七月、武則、子弟を率ゐて万余人の兵を発し、当国（陸奥国）に越え来りて、栗原郡営岡に到る。是に於て、将軍大いに喜び、三千余人の軍を率ゐて、七月廿六日に発向し、八月九日、彼の営岡に到る。送るに心懐を陳べ、涙を拭ひて悲喜す。十六日、七陣の押領使を定む。武則、松山に赴く。道、磐井郡中山の大風沢に次《やど》る。翌日、同じき郡の萩馬場に到り、彼此合戦す。賊徒六十余人を射斃す。疵を被けて逃る者は、其の数を知らず。賊衆、城を捨て逃げ走る。則ち火を放ちて、其の柵を焼き了んぬ。官軍の死する者は十三人。疵を被る者は百五十人なり。其の後、霖雨に遭ひて、徒に数日を送る。糧食は已に尽き、軍中は飢え乏し。各、兵士を遣はし、稲等を苅らしめ、軍糧を給ひし間、漸く十八箇日を経る。営中に残留せし者、僅かに六千五百余人なり。爰に貞任等、官軍、兵糧を求めんが為に四方に散乱すと伝へ聞く。九月五日、精兵八千余人を引率して、地を動かして襲来す。玄甲は雲のごとく、白刃は日に耀く。両陣、相対し、鋒を交え大戦す。貞任等、敗北し、磐井河に到る。或いは高岸より堕ち、或いは深淵に溺る。河辺に於て射殺する賊衆は百余人、奪ひ取る馬は三百余疋なり。武則等、精兵八百余人を以て暗夜に貞任等を尋ね追ふ。遂に高梨宿幷に石坂柵を棄てて、衣河関に逃げ入る。三十余町の程、斃亡せる人馬、宛も乱麻の如し。六日、衣河に攻め入り、重々の柵を焼き了ぬ。殺傷せる者、七十余人なり。十一日、鳥海柵を襲ふ。宗任等、城を棄て逃げ走り、厨川柵を保つ。射殺する賊徒は三十二人。疵を被りて逃る者は其の員を知らず。十五日、酉の剋、厨川柵に到着す。十六日、卯の時、攻め戦ふ。終日通夜積弩乱発し、矢石雨ふるが如し。官軍の死する者、数百人なり。【72相当部分ナシ】将軍、馬より下りて、遥かに皇城を拝し誓つて曰く「昔、漢の徳未だ衰へず、飛泉、忽ちに校尉の節に応ず。今、天の威猶ほ新なり。大風老進の忠を助くべし。伏して乞ふ、八幡三所、火を吹きて、彼の柵を焼き亡すことを」と。則ち、自ら火を把りて、神火と称して之を投ず。是の時に鳩有り、軍陣の上を翔る。将軍再拝す。暴風忽ちに起り、煙焔飛ぶが如し。楼櫓屋舎、一時に火起る。城中の男女、数千人同音に悲泣す。或いは身碧潭に投じ、或いは首白刃に倒る。官軍、鉾を以て貞任を刺す。大楯に載せて、六人して之を舁き、将に将軍の前に到らんとす。其の長は六尺に有余、腰囲は七尺四寸。貞任・経清・重任等、一々生首を斬る。又数日を経て、宗任等九人、帰降す。【83相当部分ナシ】十二月十七日の国解に言く、「斬獲の賊、安倍貞任等十人。帰降の者、安倍宗任等十一人。此の外、貞任が家族に遺類有ること無し。

多くの記述を排除して残った右の部分だけで合戦の展開を追うことができるということは、排除した部分が枢要な部分ではないことを証明している。

ただし、もう少し修正が必要である。ひと口に漢文体といっても、役人が使用する文書記録的漢文体と、貴族が好んで用いる文飾中心の詩的漢文体があるが、右は前者を基調としたもので、質的には、ほとんど『純友追討記』（『扶桑略記』所載）と変わらないものである。こうしてみると、右のうちの波線部分は観念的で詩的な対句表現であり、明らかに異質である。また、二重罫線で囲んだ部分も、ここだけ頼義の巨大化・神格化の進んだ部分であり、著しく異質であるといえる。これらを除いた部分が、ほんとうの原『奥州合戦記』（第一次）であると推定される（『神火』と称して」も存在せず、「将軍、自ら火を把りて、之を投ぐ」だったのかもしれない）。

残った部分の要点を、囲み罫の年次記述と地名を中心に拾うと、

①康平五年七月に武則が先に営岡に到着。

②その報を受けた頼義が七月二十六日に陸奥国府を発って八月九日に営岡に到着。

③八月十六日に七陣の押領使を定める（その内実は不明）。
④同日、武則が出発し、松山を経て磐井郡の中山の大風沢に宿営。
⑤八月十七日に磐井郡の萩馬場で安倍軍と合戦（これが初戦ということになる）。
⑥その後十八日間の長雨に遭い、官軍は兵糧不足に陥る。
⑦そこへ九月五日、貞任勢が急襲したが敗北し、磐井川まで逃げた。
⑧武則勢は暗夜に貞任勢を追撃し、貞任は高梨・石坂を経て衣川関に逃げた。
⑨九月六日、官軍が衣川の複数の柵を攻撃。
⑩九月十一日、官軍が鳥海柵を攻撃すると宗任らがそこから厨川柵に敗走。
⑪九月十五日、官軍が厨川柵に到着。
⑫九月十六日の卯の時に、官軍による厨川柵攻撃が開始。
⑬官軍の被害は甚大であったが、頼義の放火によって決着。
⑭貞任・重任・経清の斬首。
⑮数日を経て宗任らが投降。
⑯十二月十七日、頼義が陸奥国府からの国解によって太政官に事情を報告。

このような内容である。九月十六日に合戦が終結したのに国解の発信が三か月後になっているのは少々間が開きすぎているように見えるが、合戦終結から首領たちの斬首、宗任らの投降までを含めて一か月以上厨川柵周辺に滞在していたと考えても不自然ではないし（『頼義奏状』に「頼義、其の年、余類を平らげんが為、奥州に逗留せり」とある）、往路の陸奥国府多賀城から栗原郡の営岡までの所要日数（半月近く）からすると帰路の行軍もかなり日数を要したと察せられることから、これが現実的な日数なのかもしれない。

また、これが前九年合戦の実相かというと、そうでもない。『降虜移遣太政官符』から復元しうる合戦像と、多少の相違があるからである。第一次『奥州合戦記』の段階で、すでに虚構化が始まっていると考えたほうがよいだろう。

九　おわりに

本章の標題は「共通原話からの二方向の分化と収束」であるが、「収束」については述べていない。「収束」を実現するのは二方向を〈櫛の歯接合〉した『陸奥話記』であり、それについて述べるのは次章である。それにしても、「二方向の分化」を指摘することがその後の「収束」まで見通したうえでのことであることを示すために、あえて「分化と収束」と題した。

一つの歴史的事件について二つの解釈が分かれる場合、それを共時的とみるか通時的とみるかが問題となる。つまり、政権内部や貴顕たちの間に親源氏派と反源氏派とが同時併存していたとみるのが共時的な見方であり、親源氏から反源氏へ、あるいは反源氏から親源氏へと時間的に移行したとみるのが通時的な見方である。次々章で述べるように、この問題については、通時的な見方をするのが正しいようだ。なぜならば、それほどに一一世紀後半の対源氏政策が変動したからである〔野中（二〇一三）〕。おそらく第一次『奥州合戦記』はあまりにも源氏側が自らに有利な言説を振りまこうとしていたことを抑制するという意味での〈オオヤケ化〉を目指したものであり、第二次『奥州合戦記』は源氏台頭期に〈源氏化〉を目指したもので、源氏が雌伏の時期を迎えて〈清原化〉の方向に変容し（『今昔』前九年話の原話＝第一次『陸奥話記』）、最終的には〈平泉化〉の方向に進んだもの（第二次『陸奥話記』）と考えられる。〈平泉化〉とは、平泉藤原政権の歴史的正当性の主張に寄与するように叙述が書き換えられることである。

しかしだからといって、共時的な見方がすべて否定されるわけでもない。大きくは時代的な変容を遂げたのだとしても、過渡期や転換期においては親源氏と反源氏が拮抗するようなこともあったはずだ。綱引きであり、せめぎ合いである。

これまで『陸奥話記』は源氏史観の書とされたり、逆に前九年合戦の私戦性が指摘されたりしてきたが、そのような振れ幅をもつに至ったのは、まさに綱引きとせめぎ合いの所産であることを示しているということなのである。

文献

井出将人（二〇〇四）「安倍氏の出自に関する一考察」『湘南史学』15号

伊藤博幸（一九九二）「「六箇郡之司」権に関する基礎的考察」『岩手史学研究』75号

遠藤祐太郎（二〇〇九）「金氏との姻戚関係からみた奥六郡安倍氏の擡頭過程の研究」『法政史学』71号

大曾根章介（一九六四）「軍記物語と漢文学――陸奥話記を素材にして――」『解釈と教材の研究』一九六四年一〇月号

梶原正昭（一九八二）「解説」『陸奥話記』東京：現代思潮社

小峯和明（一九八五）『今昔物語集の形成と構造』東京：笠間書院

高橋　崇（一九九一）『蝦夷の末裔』東京：中央公論社

戸川　点（一九九九）「前九年合戦と安倍氏」『中世成立期の政治文化』東京：東京堂出版

野中哲照（二〇一三）「河内源氏の台頭と石清水八幡宮――『陸奥話記』『後三年記』成立前後の時代背景――」「鹿児島国際大学国際文化学部論集」14巻3号

平田俊春（一九八二）『私撰国史の批判的研究』東京：国書刊行会

堀越光信（一九八四）「『扶桑略記』撰者考」「皇学館論叢」17巻6号

笠　栄治（一九六六）『陸奥話記校本とその研究』東京：桜楓社

笠　栄治（一九八四）「陸奥話記」『日本古典文学大辞典』東京：岩波書店

第十一章　『陸奥話記』の成立——〈櫛の歯接合〉論の提示——

本章の要旨

『扶桑略記』と『今昔』前九年話の原話（第一次『陸奥話記』）を接合し、そこにオリジナルの部分を少々付加したのが『陸奥話記』（第二次）である。『扶桑略記』を一方の櫛に、『今昔』前九年話をもう一方の櫛にそれぞれ喩え、双方の歯を向かい合わせて接合したように見えるので、これを〈櫛の歯接合〉と呼ぶ。しかもそれは、反源氏的な『今昔』を基調としながら親源氏的な『扶桑略記』を従属的に添えたもので、表向きは親源氏を偽装し実体作者の姿を韜晦しようとしたものと考えられる。

①安倍頼時追討、②黄海合戦譚の義家・光任の神がかり、③小松合戦譚、④衣川の久清ばなし、⑤黒沢尻・鶴脛・比与鳥の合戦、⑥厨川・嫗戸に到着、⑦厨川への放火と城内乱入、⑧三首級の上洛の八か所について、『陸奥話記』が『扶桑略記』と『今昔』を接合しようとして矛盾をきたしていたり、『扶桑略記』や『今昔』前九年話のほうが本来的だと説明したりすることができる。このことは、『扶桑略記』や『今昔』前九年話の原話の先出性、『陸奥話記』の後出性を確定するものである。

両書に存在しない『陸奥話記』独自部分は、《安倍清原親和性表現指向》《主将頼義副将武則序列明示指向》《武則像前景化指向》《武則像智将化指向》《頼義像老齢示唆指向》《後三年記想起指向》《リアリティ演出指向》《バランス矯正指向》などによって加筆されたと説明のつく部分である。

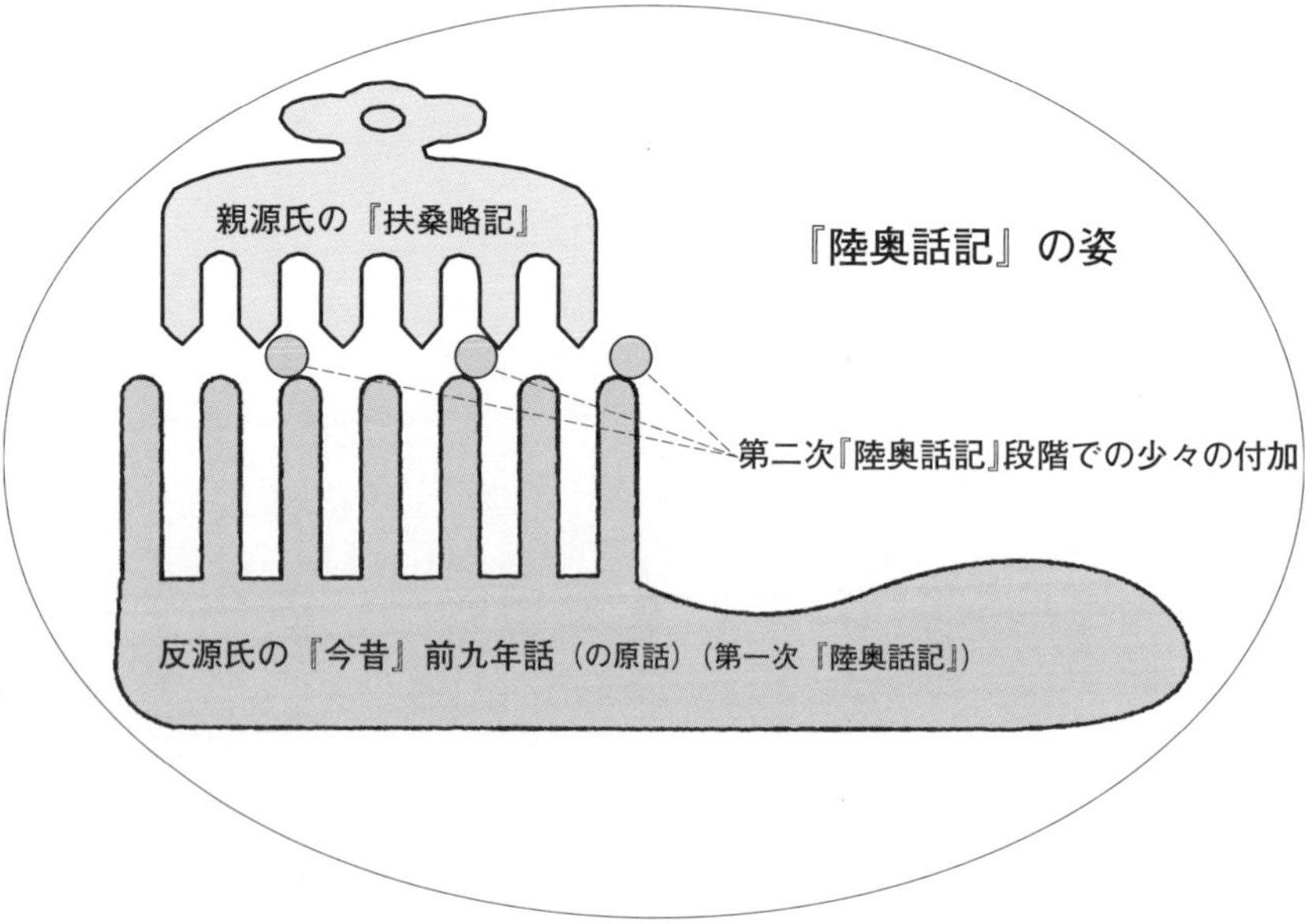

一　問題の所在

パズルや推理小説は、その謎が解けてみると、案外簡単に見えるものである。『陸奥話記』の成立事情もそうで、なんのことはない、『扶桑略記』と『今昔』前九年話（の原話）を接合し、そこにオリジナルの部分を少々付加しただけのものだったのである。『扶桑略記』を一方の櫛に、『今昔』前九年話をもう一方の櫛にそれぞれ喩え、双方の歯を向かい合わせて接合したような姿が、『陸奥話記』だというわけである（巻末の三書対照表）。よってこれを、〈櫛の歯接合〉論と称することにする。

『扶桑略記』の内部に『奥州合戦記』が採り込まれていることから『奥州合戦記』→『扶桑略記』の成立順は自明のことであり、黄海合戦譚の形成事情をみると『奥州合戦記』→『今昔』前九年話（の原話）の順であることもまず間違いない（第八章）。このことを踏まえて本章では、『扶桑略記』と『今昔』前九年話の双方を櫛の歯を合わせるように接合したのが『陸奥話記』であることを説明する。

二　『今昔』前九年話の基調性と『扶桑略記』の従属性

巻末の三書対照表を一見すればわかるとおり、上段の『扶桑略記』と下段の『今昔』前九年話を接合すれば、『陸奥話記』記述のほとんどが成り立つ。ただし『陸奥話記』の側からみて、『扶桑略記』との距離、『今昔』前九年話との距離は、等しいものではない。『今昔』のほうが近いのである。

物語の叙述範囲（いつからいつまで）は『今昔』前九年話と『陸奥話記』がほぼ重なっていて、『扶桑略記』でそれに対応しうるほどまとまった記事があるのは『奥州合戦記』相当部分（37～84）だけである。それより後ろの部分（85～）の記述量は『今昔』前九年話と比べて遜色ないものの、前の部分（～36）は断片的にしか記事がない。このように、大まかに見ただけでも、**『陸奥話記』は『今昔』前九年話（の原話）を基調としつつ、部分的（従属的）に『扶桑略記』を引用すれば成り立つ関係である**ことがわかる。

以下、三書対照表のマエ（1～36）、ナカ（37～84）、アト（85～96）の三つに区分して述べる。

まずマエ（1～36）の部分では、『今昔』前九年話の1・2・3・4・6～14・16～27・33～35の28項目が、『今昔』前九年話と『陸奥話記』との共通部分である。このうち『扶桑略記』とも重なる17～21・23（黄海合戦譚）、33（〈空白の四年半〉埋め）の7項目を除いて、それ以外の21項目は、現存史資料の中では『今昔』前九年話（の原話）に拠らなければ成文化しえない部分である。

しかし一方で、出羽守二代の非協力（29・31・32）については『今昔』前九年話に記述が存在せず、『扶桑略記』のそれを摂取する必要がある。『今昔』が翻訳によってこのような重要な部分を省略するとは考えられないから、『今昔』前九年話の原話にも、出羽守二代の非協力は記述がなかったのだろう。

『陸奥話記』よりも『今昔』前九年話が古い様相を留めていることは、冒頭部（第十五章）、黄海合戦譚の重層的形成（第八章）、高階経重問題（第四章）で指摘した。さらに『今昔』前九年話に存在しない5・15・28が『今昔』側の都合で翻訳時に省略されたのではなく、後次的指向に拠って『陸奥話記』段階で付加されたものであることも指摘した（三九一頁、四八二頁、四八五頁）。ということは、『今昔』前九年話の原話が『陸奥話記』に影響を与えた可能性は十分にあるといえる（のちに『今昔』前九年話の原話を第一次『陸奥話記』、現状の『陸奥話記』を第二次・第三次『陸奥話記』と呼び変えてゆく。本書凡例七を参照）。

次に、ナカ（37～84＝『奥州合戦記』相当部分）では、41・44・45・54・61・65・74・75・78・80・81の11項目は

『扶桑略記』になく、『今昔』前九年話（の原話）によってしか成文化しえない部分である。もちろん、『今昔』そのままではなく『陸奥話記』が『今昔』（の原話）に触発されて増幅させたと思われる部分もある。

しかし一方で、53・55・56については『今昔』前九年話に記述が存在しないので、『扶桑略記』の助けを借りなければならない。これは地理的には衣川柵の直前の仲村合戦譚であり、磐井川から頼義・武則が貞任らを追って北上するという内容である。これも、『今昔』がその翻訳方針によって省略するなどということは考えられない。磐井川は境界性を示す重要な地名で、『陸奥話記』表現主体は『扶桑略記』のこのような部分に着想を得て（あるいは編者・作者が同一人物であるとすれば過去の発想を発展させて）、『陸奥話記』全体において境界性表現を強めたのだろう（三六一頁）。

ここについても、『扶桑略記』、『今昔』前九年話双方に存在しない、三書対照表中段の白地部分（46・49・52・57・58・63・66・69・70・79の10項目）は、《主将頼義副将武則序列明示指向》《衣川以南増幅指向》《武則像前景化指向》《後三年記想起指向》《武則像智将化指向》《頼義像老齢示唆指向》などによって、『陸奥話記』の側が後次的に付加したものであると推定できる（『今昔』の翻訳時の省略ではなく）。

最後に、アト（85～96）の部分では、義家弓勢譚（87）が『扶桑略記』にしか存在しないので、『扶桑略記』が基調となったかのように見える。しかし、89→90の流れ（入洛→担夫梳《くしけず》り譚）は『今昔』前九年話と『陸奥話記』が共通しており、『扶桑略記』だと間に91・92を挟むことになる。そこまで勘案すると、85以降についても『今昔』前九年話を基調にしつつ『扶桑略記』の83を入れて87とし、それ以外の『陸奥話記』独自部分（85・86・88・95・96）を加えて『陸奥話記』が出来上がったとみてよい。結果的に『陸奥話記』では、康平五年末の敗者の末路（85・86）と康平六年春の三首級の上洛（89・90）の間に後日譚的な義家弓勢譚（87・88）を入れたとみられるわけで、展開の整合性が大切にされているといってよい（《整合性付与指向》）。

以上のように、粗々と概観しただけでも、『陸奥話記』は『今昔』前九年話（の原話）を基調としつつ、要所要所で

『扶桑略記』も参照しつつ、その上に独自部分（三書対照表中段の白地部分）を付加すれば成り立つような様相を呈していることが分かる。等価な〈櫛の歯接合〉ではないということである。前章で指摘したように、『扶桑略記』は親源氏的傾向が、『今昔』前九年話は反源氏的傾向が、それぞれ強い。両書を接合した『陸奥話記』は、『今昔』と同様に反源氏的立場に立ちつつも、自らの主体を韜晦するために親源氏を偽装している。つまり、**認識の上でも『陸奥話記』は『今昔』前九年話（の原話）の血統を受け継ぎつつ、『扶桑略記』は隠れ蓑的に都合よく利用している**とみることができ、利用した記述量の多寡と認識上の親疎は、対応しているとも言える。

ここまでは〝もし『陸奥話記』が『扶桑略記』と『今昔』前九年話（の原話）を〈櫛の歯接合〉して成立した物語であるならば〟と仮説的に論述してきたので、次節ではより微視的に検討することによって、『陸奥話記』が『扶桑略記』と『今昔』前九年話（の原話）を櫛の歯を合わせるように接合したものであること、その逆（『陸奥話記』が元で『扶桑略記』や『今昔』は後出的）は考えにくいことを指摘したい。

三　〈櫛の歯接合〉の検証

三書対照表で、『扶桑略記』（薄いアミカケ）、『今昔』前九年話（やや濃いアミカケ）の双方が交差している濃いアミカケの部分が、どのように噛み合っているのかを、本節では検討する。

第一は、安倍頼時追討（18）である。

『扶桑略記』	**『陸奥話記』**	**『今昔』前九年話**
①九月二日、鎮守府将軍源頼義、俘	①天喜五年秋九月、国解を進りて頼	①然バ頼義国解ヲ以テ申ス、「金ノ為

因阿部頼時と合戦の間、頼時流矢の中る所と為り、鳥海柵に還りて死に了んぬ。

②但し、余党は未だ服せず。仍て、重ねて国解を進らせ、官符を賜りて諸国の兵士を徴発し、兼ねて兵糧を納れ、悉く余党を誅せんことを請ふ。

時を誅伐するの状を言上して称く、「臣、金為時・下毛野興重等をして奥地の俘囚に甘説せしめ、官軍に与せしむ。是に於て、鉋屋・仁土呂志・宇曾利、三郡の夷人を合して、安倍富忠を首と為して、兵を発し為時に従はんとす。而して頼時、其の計を聞きて、自ら往きて利害を陳べんとするも、衆は二千人に過ぎず。富忠、伏兵を設けて之を嶮岨に撃ち、大いに戦ふこと二日。頼時流矢の中る所と為り、鳥海柵に還りて死せり。

②但し余党は未だ服せず。請ふ、官符を賜りて諸国の兵士を徴発し、兼ねて兵糧を納れ、悉く余類を誅せんことを。官符を賜ふに随つて兵糧を召し、軍兵を発せん」と。

時幷ニ下野守興重等ヲ以テ、奥ノ地ノ曹ヲ語テ、御方ノ軍ニ寄セテ頼時ヲ可討シ」ト。即公、其ノ由ノ宣旨ヲ被下タレバ、鉋屋・仁土呂志・宇曾利ノ三郡ノ曹、安陪富忠ヲ首トシテ、多ノ兵ヲ以テ頼時ヲ責ル間、頼時力ヲ発防キ戦事二日、頼時遂ニ流矢ニ当テ、鳥ノ海ノ楯ニシテ死ヌ。

①については『今昔』と重なる部分が多いが、『今昔』には②の記述がない。そこをちょうど『扶桑略記』が補うかたちになっている。北奥三郡の動静は『今昔』にしかなく、また征夷継続の文脈は『扶桑略記』にしかなく、『陸奥話記』は双方の記述を取り合わせて成り立っている。逆に、原典にあったのに『扶桑略記』が①の波線部を、『今昔』が②を省略したとは考えにくい。**脱線的な逸話ならまだしも、このような重要な内容が抄出や翻訳の際に割愛の対象になるとは考えられない**からである。

第二は、黄海合戦譚の義家・光任の神がかり（23）である。

『扶桑略記』

爰に、義家頻りに魁師を射殺す。賊類、神と謂ふ。漸く引き退けり。

『陸奥話記』

而るに義家頻りに魁師を射殺す。又光任等、数騎殊死して戦ふ。賊類神なりと為して、漸く引き退けり。

『今昔』前九年話

而ルニ、義家頻ニ敵ノ兵ヲ射殺ス。亦、光任等死ニ死テ戦フニ、敵漸ク引テ退ヌ。

櫛の歯のような取り合わせだと見える典型的な部分である。『扶桑略記』から「賊類。神と謂ふ」を受け、『今昔』前九年話（の原話）から大宅光任の情報が入らなければ、『陸奥話記』のようなかたちにはならない。かりに『陸奥話記』を古態だと想定して、『扶桑略記』が大宅光任の情報を脱落させ、『今昔』が「賊類」による義家畏怖（称賛）を省略したとする方向が成り立たなくはない。しかし、『陸奥話記』の文脈にはそもそも不自然な接合痕がある。**『陸奥話記』の文脈だと「賊類」は光任まで含めて「神なり」と言ったことになってしまう。それは、ありえないだろう。**『扶桑略記』のように、義家のみを「神」と称したはずである。また、『今昔』の文脈だと、光任らの奮戦によって敵が退却したことになる。それはそれで、整合的である。**双方の要素を欲張って取り込んだために、『陸奥話記』が不**

自然な文脈になってしまったことは明らかである。

第三は、小松合戦譚（43〜47）である。『陸奥話記』の小松合戦譚は『今昔』前九年話に圧倒的に近いのだが、その末尾については、『今昔』前九年話には「軍、城ヲ棄テ逃ヌレバ、即チ其ノ楯ヲ焼ツ」という程度の記述しか存在しないのに、そこについては『扶桑略記』と『陸奥話記』がよく近似してくる。つまり、『陸奥話記』を中心に据えた言い方をすると、小松合戦譚の大半は『今昔』前九年話に近いのだが、その末尾（47）だけは『扶桑略記』に近似しているというねじれた様相を呈しているのである。しかし、それはねじれではない。『扶桑略記』では小松合戦ではなく萩馬場合戦なのであり、そこに『陸奥話記』のような合戦譚が割って入ったためのねじれに見える。両書の表現は近似しており、次のように順序が異なるだけである。

『扶桑略記』

Ⓐ賊徒六十余人を射斃す。疵を被けて逃る者は、其の数を知らず。

Ⓑ賊衆、城を捨て逃げ走る。則ち火を放ちて、其の柵を焼き了んぬ。

Ⓒ官軍の死する者は十三人。疵を被る者は百五十人なり。

『陸奥話記』

Ⓑ賊衆、城を捨て逃げ走る。則ち火を放ちて柵を焼き了んぬ。

Ⓐ射斃す所の賊徒は、六十余人、疵を被けて逃るる者は、其の員を知らず。

Ⓒ官軍の死する者は十三人、疵を被る者は百五十人なり。

『扶桑略記』は、〈Ⓐ安倍軍の損害→Ⓑ安倍軍の敗走と柵への放火→Ⓒ官軍の損害〉という順序である。これにたいして『陸奥話記』は、〈Ⓑ安倍軍の敗走と柵への放火→Ⓐ安倍軍の損害→Ⓒ官軍の損害〉の順序になっている。『陸奥話記』が両軍の損害を後ろに一括したというのは、表面的な見方である。それよりも、〈Ⓑ安倍軍の敗走と柵への放火〉を前に出してあることのほうに、必然性がある。なぜならば『陸奥話記』の文脈では、官軍の第五陣が「万死に入りて一生を忘れ、遂に宗任の軍を敗る」とあり、七陣の清原武道勢も「宗任の精兵三十余騎」を「殺傷し殆ど尽く」という活躍を見せているので、その流れからすると〈Ⓑ安倍軍の敗走と柵への放火〉にそのまま続いたほうが文脈がスムーズだからである。つまり、『陸奥話記』が（断片的な文書か伝承世界に存在した）小松合戦譚を「萩馬場」直後に入れ込むときに、右の順序の入れ替えも同時に行ったと考えられるのである。

一方の『扶桑略記』に戻ってみると、「翌日、同郡の萩馬場に到り、彼此合戦す」の直後に――『今昔』前九年話や『陸奥話記』にあるような①～⑦の合戦譚を持たずに――右の〈Ⓐ安倍軍の損害→Ⓑ安倍軍の敗走と柵への放火→Ⓒ官軍の損害〉へと直結しているので、『陸奥話記』のように合戦の勝敗（Ⓐ）を言わずに敗走してゆくさま（Ⓑ）が先に記されてしまうと唐突である。『扶桑略記』は、「彼此合戦す」の直後にⒶが来なければならない必然性があるというわけである。しかも、ⒷやⒸの表現は『扶桑略記』と『陸奥話記』でほとんど違わないのに、『扶桑略記』のⒶが〝合戦の結果（官軍が）賊徒六十四人を射斃《たお》した〟という決着明示の文脈であるのにたいして、『陸奥話記』のⒶは〝（官軍が）射斃した賊徒の数は六十余人〟と人的被害総括の文脈になっている。

これは、小松合戦譚をもたない『扶桑略記』が古態で、『陸奥話記』が後出であるという結論の補強になる。というのは、**『陸奥話記』のような冗長な小松合戦譚が存在していてそこから①～⑦を抜き、さらに右のⒷ→ⒶをⒶ→Ⓑへと入れ替え、Ⓐの表現の内部も人的被害総括から決着明示へと微妙にずらすなどということは、まずありえない**からである。〝長文の筆写は面倒であるから引用は省略したい〟という指向をもった人物が、もう一方で〝文脈の破綻が起きないように丁寧に原文の順序を差し替える〟という思考力を要する作業するとは考えられない。そしてまた、このような接合作業も、《衣川以南増幅指向》や《安倍氏強大化指向》によるものと考えられるのである。

ここで重要なのは、『陸奥話記』の小松合戦譚（43～47）のうち、『扶桑略記』から得た情報はごくわずかで、大半は『今昔』前九年話（の原話）に依拠しているということである。双方を取り合わせて『陸奥話記』が成り立っていることを如実に示した事例である。

第四は、衣川の久清ばなし（62）である。衣川合戦譚の端緒に相当する逸話で、『陸奥話記』や『今昔』前九年話には詳細な描写がある（本文の引用は省略）。ところが、『扶桑略記』には「重々の柵を焼き了ぬ。殺傷せる者、七十余人」の記述しかない。ゆえに、ここの『陸奥話記』は圧倒的に『今昔』前九年話に近いように見える。しかし『陸奥話記』の久清ばなしの末尾には、「而して久清等の為に殺傷せらるる者、七十余人なり」がある。安倍氏側の人的被害が「七十人」程度であったとする情報は『今昔』にはなく、『扶桑略記』に拠らねばならない。やはり、双方の要素が取り合わせられているのである。ただしここに限って言えば、「七十人」の情報が『今昔』原話に存在したのに、翻訳の際にそれを落とした可能性もなくはない（その可能性は次の67と合わせて検討することによって消える）。

第五は、黒沢尻・鶴脛・比与鳥の合戦（67）である。

『扶桑略記』	『陸奥話記』	『今昔』前九年話
	①即ち正任が居る所の、和我郡黒沢尻柵を襲ひて之を抜く。	①然テ、武則、正任ガ黒沢尻楯、
②射殺す賊徒は三十二人。疵を被りて逃る者は其の員を知らず。	②射殺する所の賊徒三十二人、疵を被りて逃る者は其の員を知らず。	
	③又鶴脛・比与鳥の二柵、同じく之を破る。	③亦鶴脛・比与鳥ノ楯等同ジク落シテ、

①と③の情報は『扶桑略記』になく『今昔』前九年話にのみ存在し、逆に②の情報は『今昔』前九年話になく『扶桑略記』にのみ存在する。もともと『今昔』が参照した原話に②も存在していて翻訳の際にそれを省略した可能性もあろう。これに関しては『今昔』が翻訳の際に死傷者の数を省略しやすいということが考えられなくもない。

ところが、そうもいかない。『扶桑略記』の文脈だと64を受けているので、右の②は黒沢尻合戦の死傷者ではなく鳥海合戦のそれだということになる（平田俊春（一九八二））。『今昔』だと「軍未ダ不来前《きたらざるさき》ニ」、『陸奥話記』だと「官軍の未だ到らざるの前に」とあって、この二書では鳥海柵で合戦はなかったことになる。しかし、『扶桑略記』だと64に「宗任等、城を棄て逃げ走り、厨川柵を保つ」とあるので、右の②の死傷者は鳥海合戦における下層の兵卒の人的被害を言ったもので、宗任ら上層部は先に逃げたという文脈になる。要するに64のみ、67のみとそれぞれに限定しても先後関係の結論は出ないのだが、64から67へのそれぞれの文脈を追うと、鳥海合戦で安倍軍の下層の兵卒が死傷したという『扶桑略記』の文脈と、鳥海柵ではそもそも合戦はなかったとする『今昔』の文脈とがあり、それらを『陸奥話記』が接合したために右の②が黒沢尻合戦における死傷者であるかのようにスライドしてしまったと考えられるのである。この逆の想定、すなわち**『陸奥話記』のような記述が先にあって『今昔』が②を脱落させることはありえたとしても**（先述）、**『扶桑略記』が①③のような重要な情報**（地名・人名を含む）**を脱落させながら軽微な②の情報のみ残してそれを強引に鳥海合戦に結びつけることなど、まったく考えられない。**やはり、『陸奥話記』が接合したのである。

第六は、厨川・嫗戸に到着（68）である。

『扶桑略記』	**『陸奥話記』**	**『今昔』前九年話**
①十五日、酉の剋、厨川柵に到着す。	①同十四日、厨川柵に向ふ。	

②十五日酉の尅に、厨川・嫗戸の二柵に到着す。相去ること七、八町許りなり。陣を結び翼を張り、終夜之を守る。

②次ニ厨河・嫗戸二ノ楯ニ至リ囲テ陣ヲ張テ終夜護ル。

右の『扶桑略記』の番号は、①ではなく②と打つべきではないかともみえる。波線部の対応状況から考えれば、そうである。しかしそれならば、『扶桑略記』が「嫗戸」という地名を脱落させたことになる。じつは『扶桑略記』は、この前後を見渡してもどこにも「嫗戸」の地名は出てこない。最終決戦地は、『扶桑略記』では厨川柵のみである。ところが、もっとも史料的価値の高い『降虜移遣太政官符』では逆に「厨川」の地名は出てこず、嫗戸柵のみが最終決戦地として印象づけられている。これについて一二一頁で、安倍氏の本拠地は厨川柵だが、そこでの戦闘を避けるために安倍氏側が前衛基地である嫗戸に出て、そこを最終決戦の地としたと推定した。軍事的な〈最終決戦地〉が嫗戸で、（貞任・経清・重任を斬首した）政治的な〈最終仕置《しおき》地〉が厨川であると考えたのである。『扶桑略記』では、安倍氏の本拠地としての厨川柵を目指したとする官軍の動きが残り、『今昔』では、実際の戦場としての嫗戸の存在感も残ったということだろう。右の『陸奥話記』の①は官軍が厨川柵を目指した『扶桑略記』の文脈を取り込み、②は実際の戦場として厨川・嫗戸を包囲したさまを『今昔』前九年話（の原話）から引いたようだ。そして、到着が「十五日酉の尅」だとすれば逆算して「十四日」に厨川柵に向かったとすることになる。つまり、アミカケ部分の日付は、『陸奥話記』表現主体による後付けだと考える。厨川柵と嫗戸柵の距離を示す「相去ること七、八町許りなり」についても、『陸奥話記』表現主体による後補だろう。ただし、『陸奥話記』の成立時期は参戦者・関係者がまだ生存していたころなので、でたらめな推測でこれを補ったのではなく、なんらかの取材にもとづいて追記した可能性はある。

『陸奥話記』の一方には『官符』などできるだけ信頼できる文書を参照しようとする姿勢がある一方で、虚構世界だと割り切ってもっともらしさを演出する側面もある（三四三頁）。「七、八町許り」については、現地の天昌寺—厨川八幡の距離と一致するので、取材に基づくものだろう。

第七は、厨川への放火と城内乱入（73）である。『今昔』「守ノ軍水ヲ渡テ責メ囲テ戦フ」、『陸奥話記』「官軍水を渡りて攻め戦ふ」は官軍が水堀を渡ったとする表現で、『扶桑略記』になく、『今昔』前九年話と『陸奥話記』にある。『陸奥話記』の文脈だと、直前の72で堀は「屋舎」を損壊した廃材で埋められているはずなので、「水を渡りて」は前後対応せず矛盾している。逆に、『扶桑略記』には72が存するものの、73の末尾に水を渡る表現がないので、これも矛盾がないことになる。『今昔』も、廃材で堀を埋める部分がないので、ここに水堀が出てきても矛盾はない。**『陸奥話記』に起こっている現象は、水堀《みずぼり》渡《と》渉《しょう》の『今昔』と廃材埋め（→放火）の『扶桑略記』とを十分に吟味しないまま接合してしまったための不整合である。**こういうところから、『陸奥話記』が『扶桑略記』と『今昔』の両方を接合しながら成り立っているのは間違いない。『陸奥話記』が矛盾を含んでいるのに気づいて、『扶桑略記』と『今昔』がそれぞれに矛盾を解消するために違和感のある部分を省略したとは、現実的に考えられない。

第八は、三首級の上洛（89）である。

『扶桑略記』	**『陸奥話記』**	**『今昔』前九年話**
①康平六年癸卯二月十六日、鎮守府将軍前陸奥守源頼義、俘囚安倍貞任・同重任・散位藤井（原）経清等三人の首を梟し、京師に伝ふ。	①同六年二月十六日、貞任・経清・重任の首三級を献ず。	①次ノ年、貞任・経清・重任ガ頸三ツ奉ル。

②京都、壮観と為す。車は轂を撃ち、人は肩を摩す。子細、別紙に注したり。	②京ニ入ル日、京中ノ上中下ノ人此ヲ見隍ル事無限リ。

『今昔』は翻訳の際に時間表現を省略しがちである（二七四頁）。人名の順序の入れ替わり（傍線部）については、『官符』ほか諸記録でも「貞任・経清・重任」の順である。それは、安倍氏側において経清が重い地位にあったことを示すものだろう。『扶桑略記』は、安倍姓の二名（貞任・重任）を先にまとめ、藤原姓の経清を後ろに回したもので、さして問題にならない（『扶桑略記』も77では「貞任・経清・重任」の順であった）。②の内容は、『扶桑略記』では92に「見物の輩、貴賤、雲のごとし」とある。

ここまでは大きな問題はないのだが、『扶桑略記』に「鎮守府将軍前陸奥守源頼義」などと首級の献上主体を強く意識させる表現があるのに、『陸奥話記』がそこをぼかすのかという疑問がある。じつは、91の検非違使による首級の受領も『扶桑略記』『今昔』双方にあるのに、『陸奥話記』はこれを排除しているのである。『扶桑略記』が親源氏系で、『今昔』が反源氏系であるのだが（二八二頁）、**『陸奥話記』の立場は明らかに『今昔』に近く、源頼義を正当化する表現を注意深く排除している**。ここも、『扶桑略記』の「鎮守府将軍前陸奥守源頼義」が目に入っていながら、このいくさが自明の公戦であったかのように読者に認識されることを嫌って、無視したものと考えられる。**「但し群卿の議同じくせず」**（19）**「朝議、紛紜せるの間」**（39）**の追記とここの排除は、同じ認識に支えられている**ということである。

以上の八か所の検討から明らかなように、『陸奥話記』が『扶桑略記』と『今昔』を接合しようとして矛盾をきたしているところがあったり、そこまでの指摘はできなくても『扶桑略記』や『今昔』前九年話（の原話）の記述を合わせて『陸奥話記』が成立したと考えるほうが合理的なところがあったりする。

四　三書対照表中段の白地部分の後補性

三書対照表中段の白地部分（5・15・28・46・49・52・57・58・63・66・69・70・79・85・86・88・95・96の一八か所）は『扶桑略記』にも『今昔』にも記述が存在しないところで、『陸奥話記』が後補したのか、逆に『陸奥話記』のような原典をもとに『扶桑略記』や『今昔』がそれぞれ省略したのかが問題になる。これは文献学的な異同（記事の出入り）の確認で解決するものではなく、三書それぞれの指向、さらには成立時代や成立圏まで見通さなければ結論の出ない問題である。よって、白地部分については、それぞれに別の章で検討した。ここでは、一八か所の白地部分が『陸奥話記』の後補と考えて差し支えないことを、本章の趣旨に即して概括的に再述する。『扶桑略記』からも『今昔』前九年話（の原話）からも影響を受けていない中段の白地の部分が『陸奥話記』表現主体によって後次的に付加されたものであることが説明できれば、『陸奥話記』のすべての記述の由来が解き明かされることになる。

『陸奥話記』を重層的構造体と見立て、その表層からはがしてゆくと、まず末尾の自序（96）が最終的に付加されたものであることは、問題にならないだろう。次に、冒頭と末尾（5・95）に著しい誇張表現が見られ、それが物語内部と齟齬するものであることから、『陸奥話記』（第二次）のもつ指向に無理解な改作者の手が加わった第三次『陸奥話記』における最終付加層であることを指摘した（三八九～四〇一頁）。そしてそれらと厨川柵の描写（69）が同一の指向に支えられたものであることも指摘した（四〇三頁）。残る一四か所については、後次的要素であるという説明がすでについている（【表23】）。

指向の側からいうと【表23】のように《安倍清原親和性表現指向》は28・85・86に、《主将頼義副将武則序列明示指向》は52・66に、《武則像前景化指向》《武則像智将化指向》は52・58・66に、《頼義像老齢示唆指向》は52・66に、《後三年記想起指向》は57・63・70・79に、《リアリティ演出指向》は46・63に、《バランス矯正指向》は46・88に、それぞれ含まれている。このように重なりあった様相を呈している事実から、『陸奥話記』として結実する段階である種の方針（指向）のもとに加筆された部分であることは明白である。これらは、二八四頁で推定した第一次『奥州合戦記』と違って、事件展開を語るのに必須な部分というわけではない。要するに、肉付け的なところなのである。

これら一四か所が原典に存在していて、たとえば『扶桑略記』や『今昔』がそれらの表現を嫌って〝一貫した省略

【表23　『陸奥話記』独自部分の後補性】

三書対照表	この部分を支えている指向	本書で説明した章
15	経清像の保護	第十八章
28	安倍氏と清原氏の親和性表現（平泉藤原政権の正当化）	第十八章
46	①リアリティの演出、②バランス感覚的矯正	第十三章
49	〈衣川以南〉の表現の印象づけ	第十四章
52	①主将頼義副将武則の序列明示、②武則の忠臣像・智将像の前景化、③頼義の老齢示唆	第十三章
57	『後三年記』を想起させる	第十五章
58	武則像の智将化	第十三章
63	①『後三年記』を想起させる、②リアリティの演出	第十五章、第十三章
66	①主将頼義副将武則の序列明示、②頼義の老齢示唆、③武則の忠臣像・智将像の前景化、④一二年一体化	第十三章、第九章
70	『後三年記』を想起させる	第十五章
79	『後三年記』を想起させる	第十五章
85	安倍氏と清原氏の親和性表現（平泉藤原政権の正当化）	第十八章
86	安倍氏と清原氏の親和性表現（平泉藤原政権の正当化）	第十八章
88	バランス感覚的矯正	第十三章

方針によって注意深く取り除いていった〟などということは、現実的にはありえない。いまここに指向の重複箇所として挙がらなかった経清像の保護（15）や〈衣川以南〉の印象づけ（49）についても、それぞれの章においてその指向が後次的なものであることを説明した（三六三頁、四八二頁）。

五　おわりに

こうして、三書対照表を巨視的に概観してみても（第二節）、三書が重なる部分の表現を個別に検討してみても（第三節）、白地部分の後補性を確認してみても（第四節）、**『扶桑略記』と『今昔』前九年話（の原話）を縫合するようにして『陸奥話記』の基本骨格が成立したことは確定的である。**そのことは同時に、『陸奥話記』が前九年合戦関係四書の中の最終ランナーであることをも意味することになるのだが、そのような変容を遂げるべき必然性があったことも、説明がつく（第十九章）。

いま、『扶桑略記』と『今昔』前九年話（の原話）を合わせて『陸奥話記』のすべてが出来上がったと言わず〝基本骨格〟が成立したと言ったのは、白地部分の付加だけでなく、『降虜移遣太政官符』や『水左記』という第三、第四の記録の存在もあるからである。この章では、説明の便宜のために、『扶桑略記』と『今昔』前九年話と『陸奥話記』の三書の関係に絞って述べたに過ぎない。ただしそれにしても、『扶桑略記』と『今昔』前九年話を接合すれば『陸奥話記』記述の大半が成り立つという事実は、動かしようがない。

さらに、櫛の歯の嚙み合い方については、『今昔』前九年話（の原話）のほうを基調としつつ、それでも足りない部分を『扶桑略記』から取り込むようにして『陸奥話記』が成立したのだろうということもみえてきた。『陸奥話記』の認識も、『今昔』前九年話に近い（反源氏的）のだが、頼義の正当化も増強する必要があるため（それは、頼義を称賛するためではなく表現主体の姿を韜晦するため）都合のいいように『扶桑略記』を採り込み、高階経重問題も『扶桑略記』側を採用したのである。このような〈櫛の歯接合〉によって、『陸奥話記』は成立したのである。

文　献

平田俊春（一九八二）『私撰国史の批判的研究』東京：国書刊行会

第十二章　『陸奥話記』成立の根本三指向

本章の要旨

『陸奥話記』の成り立ち（形成と構造）を支えている根本的な指向は、（1）勝利への貢献という点では源氏より清原氏が大である、（2）戦争責任という点では源氏のみにそれがある、（3）物語の発信者（成立圏・作者）が誰であるかを隠したい、の三点に整理することができる。

『陸奥話記』には人物の勇猛・忠節・智略・貞操など《人物像前景化指向》に支えられた話が多く見られ、その中でも《忠節前景化指向》の表現が顕著である。これを前面に押し出せば、戦争責任についての批判的メッセージをソフトにすることができる。《武則像前景化指向》の逸話で武則の戦功を際立たせ、《頼義像老齢示唆指向》の表現によって高齢の頼義が戦力ではなかったことを示しながらも、《主将頼義副将武則序列明示指向》の会話場面等によってその序列をはっきりさせている。この構図によって武則像は、勝利に貢献しながらも頼義を立てて出すぎないようにする美徳さえ備えるに至っている。さらに、武則ひとりが突出する不自然さを軽減するために、《清原勢前景化指向》によってバランスを取ったり、《武則像智将化指向》によって安倍氏を滅亡に追い込んだ姿を残虐なものにしない工夫がなされたりしている。

このような表現方法が採られたのは、実体作者の姿を韜晦するためだったと考えられる。『陸奥話記』は一二世紀初頭の平泉藤原政権下で成立したと考えられるが、清原勢の実質的戦功を後世に語り残したり源頼義の戦争責任についての批判的メッセージを婉曲的にしたりするために、源氏勢の美化や忠節を隠れ蓑として利用したものと考えられる。

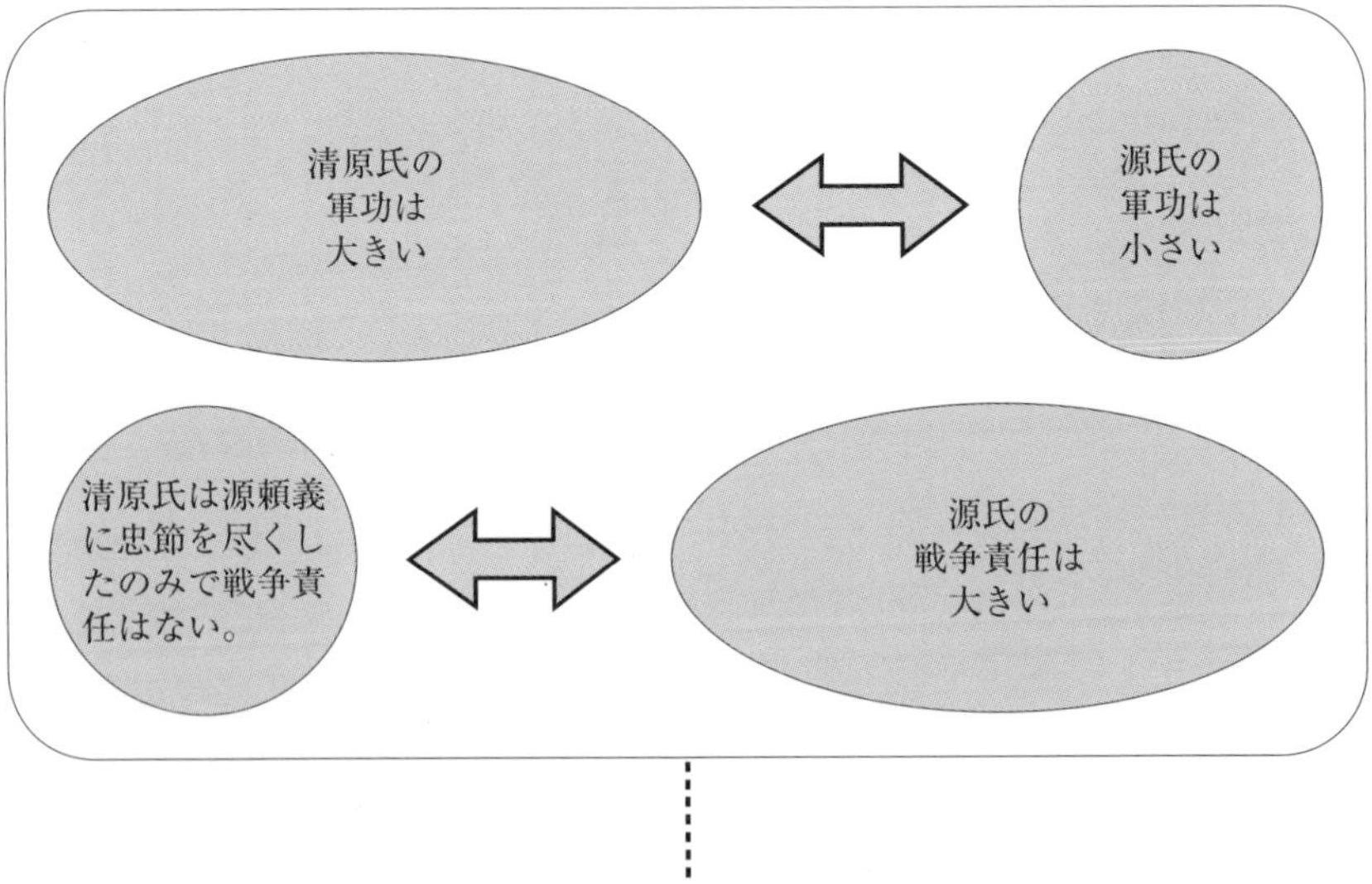

このような直接的には伝えにくい主張を物語にすべりこませるために、『陸奥話記』は隠れ蓑として勇猛・忠節・智略・貞操などの話を利用した。

一　問題の所在

本書第二部に相当する「『陸奥話記』の成立論」（第七章～第十一章）は、この物語の骨格に関わる論であった。それにたいして、第三部に相当する「『陸奥話記』の表現構造論」（第十二章～第十四章）は、その肉付けに関わる論である。

第八章で、黄海合戦譚が源氏称賛系から源氏揶揄系へと変容・重層化したと述べたが、『陸奥話記』の全体を見渡してみても同じことがいえる。『奥州合戦記』およびそれを引用して成立した『扶桑略記』（三書対照表上段）が源氏称賛系であるのにたいして、『今昔』前九年話（三書対照表下段）は源氏揶揄系であるという対照的な立場をとっている。しかも、時系列的・成立論的に言うと、源氏称賛系が先出的で、源氏揶揄系が後次的である。

結果的に現存の『陸奥話記』をみると、源氏びいきなのか批判しているのか、訳の分からない屈折した物語になってしまった（それが表現主体の狙いでもある）。しかし右のように、屈折の仕組みがわかりさえすれば、物語の形成過程も構造（成り立ち）も同時に解明することができる。

二　『陸奥話記』の成り立ちを支える根源的な三つの指向

結論じみたことを先に述べると、『陸奥話記』の一話一話を支えている指向は、**【表24】**のように整理することができる。

【表24】で整理したことを文章化して述べると、『陸奥話記』表現主体が発しているメッセージは、

実際の戦功は源氏よりも**清原氏にある**が、そもそも私戦的な側面もつことについての**戦争責任は**源氏にあって**清**

【表24『陸奥話記』の成り立ちを支える根源的な三つの指向】

	勝利への貢献	**戦争責任**	**勇猛や忠節**	↓表の縦向きの読み
源　氏・頼義	**大**	**有**	**有**	↓源氏は勝利への貢献は小さいが戦争責任は有る。
清原氏・武則	**小**	**無**	**有**	↓清原氏は勝利への貢献が大で戦争責任は無い。
表の横向きの読み←	源氏より清原氏に実質的な貢献あり。清原氏称賛。	私戦の匂いのするいくさに清原氏の責任は無いが源氏の責任は大。	上記二項目（政治的メッセージ）を目立たなくするための前景化。	
（指向）	清原政権の継承者である平泉藤原氏の正当化につながる。		韜晦のための方法。隠れ蓑。	

原氏にはない。個々の人物が勇猛であるとか忠節を尽したなどという人物像と、それが勝利に貢献したかとか戦争責任は誰にあるのかという問題は切り離して考えるべきである。源氏は勝利への貢献度が小さいうえに戦争責任が大きいという批判をストレートには発信しにくい時代状況なので、勇猛・忠節・智略・貞操など**人物像を源氏・清原氏分け隔てなく前面に出すことを隠れ蓑として**、自らの歴史認識（前九年合戦観）だけは後世にしっかりと残したい。

という、したたかなものであったと考えられる。箇条書き的に言えば、『陸奥話記』の成り立ち（形成と構造）を支えている根本的な指向は、

（1）勝利への貢献という点では源氏より清原氏が大である。
（2）戦争責任という点では源氏のみにそれがある。
（3）物語の発信者（成立圏・作者）が誰であるかを隠したい。

の三点に整理することができる。本書の全体にわたって《指向》のように二重の山括弧・谷括弧で括って示している指向は、右の上位概念的な三つの指向の下にぶらさがっている下位概念的なものである。

三　《忠節前景化指向》

『陸奥話記』には人物の勇猛・忠節・智略・貞操などを語る話が多い。これらを《人物像前景化指向》と括ることができる（歴史解釈を後ろに潜ませるための計略的な指向）。その中でも、《忠節前景化指向》が『陸奥話記』には顕著に見られる。ここでは、おもに『今昔』前九年話と比較しつつ、『陸奥話記』の性格を明らかにする。

営岡《たむろのおか》参陣直後の八幡祈請（41）で、清原武則の覚悟が語られている。

『今昔』前九年話

我レ既ニ子弟類伴ヲ発シテ、将軍ノ命ニ随フ。死ナム事ヲ不顧リ。願クハ八幡三所、我ガ丹誠ヲ照シ給へ。我レ更ニ命ヲ不惜」ト。

『陸奥話記』

臣既に子弟を発し、将軍の命に応ず。志は節を立つるに在りて、身を殺すことを顧みず。若し苟も死せずば、必ず空しく生きじ。八幡三所、臣が中丹を照らしたまへ。若し身命を惜しみて死力を致さずば、必ず神鏑に中りて先づ死せん。

ほぼ同内容だが、「空しく生きじ」と言ったり「神鏑」を持ち出したりと、『陸奥話記』の武則は命を惜しまないさまが強調されている。『今昔』では、ただ命を惜しまず戦うとだけ言っているのだが、『陸奥話記』の武則は、戦闘で死なくても自害するか神鏑に当たって死ぬとまで言っている。どちらも「将軍ノ命ニ随フ」「将軍の命に応ず」とあり、将軍頼義にむけての忠節である。ただし、『陸奥話記』ほどでないにしても『今昔』にも萌芽的な内容が示されていて、『陸奥話記』は、『今昔』の指向の延長線上にあって、それを強調したかたちになっている。

衣川合戦の久清ばなし(62)にも、同様の傾向が認められる。

『今昔』前九年話

久清武則ガ命ニ随テ、猿ノ如ク彼岸ノ曲レル□ニ着テ縄ヲ付テ、三十余人ノ兵此ノ縄ニ着テ超ヘ渡ヌ。

『陸奥話記』

久清云く、「死生命に随はん」と。則ち猨猴《えんこう》の跳梁するが如くして、彼の岸の曲木に着き、縄を牽《ひ》き葛《かつら》を纏《まと》ひて、三十余人を牽く。兵士、同じく越え渡ることを得たり。

ほぼ同文であるように見えるが、『今昔』の「久清武則ガ命ニ随テ」は〝武則の命令に従って〟と説明的であるのにたいして、『陸奥話記』の「久清云く、『死生命に随はん』と」は武則への久清の忠節が際立つことになっている。《忠節前景化指向》によって直接話法に切り換えたのだろう(ほかにもある)。『陸奥話記』独自の「葛を纏ひて」は、敵に見つからないように久清が工夫を凝らしたという表現だろうか。これは、《人物像前景化指向》である。

則任(貞任)の妻の入水譚(80)も『今昔』『陸奥話記』の双方にあるが、『陸奥話記』末尾の「烈女と謂ふべきなり」の評語は『今昔』にはない。それと同様に、担夫の梳《くしけず》り譚(90)の末尾「担夫と雖も、忠義は人を感ぜしむるに足れる者なり」も、『陸奥話記』にあって『今昔』にない。『今昔』は人物像の評価を規定したがる説話集で(小峯和明(一九八五))、もし『今昔』が参照した原話に評語が存在したのならば、むしろ『今昔』が好んで引き受けたがる性質のものである。しかも『陸奥話記』で右の二例が横につながっている(同層的である)ことから、おそらく原資料には存在せず**『陸奥話記』の側が付与した評語なのだろう**と考えられる。

黄海合戦譚後半でも佐伯経範主従、藤原景季、藤原茂頼に主君にたいして忠節を尽す武士像が語られていたが彼らは源氏方の武士であるし、梳り譚の担夫は安倍氏の人間である。ゆえに、《忠節前景化指向》については源氏・清原氏・安倍氏の別なくみられるということである。

ここでさらに注目しておきたいのは、いま指摘した黄海合戦譚後半、則任（貞任）の妻の入水譚は『今昔』にあるが『扶桑略記』になく、担夫の梳り譚については『扶桑略記』には存するもののそれは『奥州合戦記』の範囲から外れた部分だということである。**古態性を示す『奥州合戦記』にそれらが存在しないという事実は、『今昔』の段階で《忠節前景化指向》が入ってきたことを意味するもの**だろう。そして黄海合戦譚後半で強調された武士たちの忠節に皮肉や揶揄が込められていると読み取った（二二七頁）ように、《忠節前景化指向》が反源氏的な指向をもつ『今昔』の側から発信された（二三一頁）らしきことと結びつく。後付けである『陸奥話記』前半部にそれが見えるという点も、その指向が後次的であることの証である。

四　《武則像前景化指向》《頼義像老齢示唆指向》《清原勢前景化指向》の兼ね合い

『陸奥話記』には勝者の側として源氏と清原氏が登場するわけだが、双方の勝利への貢献度が争点になっていたとしたら、『後三年記』〈23千任の罵言〉の次の言葉は、当時の時代社会のたとえ一部であったにしても、このような認識がありえたことを示すものとして、けっして軽視してはなるまい。

　汝が父頼義、貞任・宗任をうちえずして、名簿をさゝげて、故清将軍をかたらひたてまつれり。偏にその力にて、たま〳〵貞任等をうちえたり。

清原氏の最大の功労者は、言うまでもなく「故清将軍」武則である。『今昔』前九年話では「武則」の名が『扶桑略記』所載『奥州合戦記』よりも格段に多く出ている（《武則像前景化指向》）し、『陸奥話記』においても源頼義と清原武則の会話場面が多く描かれ、源氏と清原氏が協力して安倍氏を滅ぼしたのだとする認識が窺える。この点においても、もともと『今昔』に《武則像前景化指向》があり、それを強化するかたちで『陸奥話記』が成立したことを表している。

そして、武則一人が突出するのも不自然であるから、清原勢のほかの人物も前に押し出そうとする《清原勢前景化指向》が窺える（上位たる《バランス矯正指向》による発現である）。前九年合戦の実質的ないくさは康平五年の七月末～九月中旬の二か月弱なのだが、そこで語られた源氏勢の奮戦場面は一つもなく、小松合戦の、「五陣の軍士平真平…（中略、一五名の名）…等を召し、合せ加へて之を攻めしむ。皆是将軍の麾下、坂東の精兵なり。万死に入りて一生を忘れ、遂に宗任の軍を敗る」（45）くらいしかない。これは、営岡参陣の第五陣と紹介されていた頼義勢のことらしいが、ただ人名が列挙されているのみで、戦勝に機能するような勇猛さや智謀が語られているわけではない。もっと重要なのは、傍点部のように**この五陣は、「前陣」に「合せ加へ」られた後続軍でしかない**。その「前陣」として右の引用文以前に名前の挙がっているのは、山北《せんぼく》平鹿郡出身の深江是則と越後渟足《ぬたり》の大伴氏の末裔かと推測される大伴員季なのである。(1)

（1）梶原正昭（一九八二）はこの両名を第五陣の第三陣「国内の官人等」と推定しているが、『陸奥話記』の前からの流れでは武貞・頼貞の配下、すなわち清原勢。深江＝深井は横手市雄物川町の地名で、大伴＝大友姓は大仙市内小友《うちおとも》に集住。

源氏勢が登場するもう一か所は仲村合戦での、

是に於て、将軍、陣を置くこと、常山の蛇勢の如し。士卒、奮ひ呼《さけ》び、声は天地を動《どよも》す。両陣相対し、大いに戦ふ。午より酉に至る。義家・義綱等、虎のごとくに視、鷹のごとくに揚る。将を斬り旗を抜く。（54）

である。ここでも、「常山の蛇勢」などという抽象的な大軍の表現でしかなく、しかもそれを進撃させたのではなく「陣を置く」と静態的に表現されているのである。義家や義綱が「虎のごとくに視、鷹のごとくに揚」ったという一句にいたっては、よく敵勢に目配りし、戦場を俯瞰していただけのように見える。敵陣に鋭く攻め込む表現とは程遠い、**内実のない観念的な表現**である。柳瀬喜代志（一九八〇）も、これを「この戦闘における義家らのいかなる奮闘を語ろうとするのか、そのイメージは定まらない」と述べているし、安藤淑江（二〇一二）もこの表現を「描写ともいえない観念的叙述」だとしている。**わざと「定まらない」「観念的叙述」にしている**のである。高度な計略である。

これ以外のところでは、頼義と武則が会話しているだけである。ただ、厨川合戦で頼義が「神火」と称して厨川柵に火をかけた印象が強烈であるため、頼義勢が後半も一貫して活躍したかのような誤解を与えているにすぎない。それは神威が官軍側に付いたことを示すものであり、**勇猛さや智謀、弓矢や刀などの武器をもって頼義勢が戦ったことにはならない**。このように、**後半部の頼義勢の数少ない活躍場面でさえ、その戦功が前面に出すぎないように緻密に計算されている**。

逆に、清原勢については、その活躍がよく語られている。そもそもの営岡での陣容（40）のうち、清原一族を罫で囲むと次のようになる。

一陣…清原武貞
二陣…橘貞頼（武則の甥）
三陣…吉彦秀武（武則の甥にして婿）
四陣…橘頼貞（貞頼の弟）
五陣…源頼義（頼義、清原武則、国内の官人等）
六陣…吉美侯武忠

七陣…清原武道

官軍の主力部隊のほとんどが、出羽山北から駆け付けた清原一族ある。そして、一一年間もかかって源氏が滅ぼせなかった安倍氏を、清原氏の参陣から約一か月半で討伐することができたのである。右のように、この官軍を〝源氏勢〟などと呼ぶことはできない。源氏は頼義の名だけで、それに加えて「国内の官人等」が申し訳程度に添えられている。ということは、『陸奥話記』は一見客観的な事実を淡々と記しているように見えながら、じつは**〝清原氏が参戦したからこその戦勝〟という歴史解釈を明示しようとしているのだ（『今昔』前九年話も同じ）**。

源義家の「騎射神の如し」と評された奮戦も清原氏参戦以前の黄海合戦でのことであり（しかも戦勝に機能したわけではなく危機を脱したのみ）、終戦後に武則に依頼されて鎧三領を射ぬいたエピソードもいくさの勝敗にはまったく関わらないのである。清原勢が康平五年（一〇六二）の八月六日に営岡に駆け付け、同十六日に行軍を始めてから小松、仲村、衣川、厨川など一連の戦闘が終わるのが九月十七日のことである。**この一か月の間、源氏勢の奮戦、忠節、知略が描かれたり機能したりということが一度もない。注意深く外されているとしか思われない**のである。

これと関連するのが、《頼義像老齢示唆指向》である。実在の頼義の年齢は、『尊卑分脈』の「永保二年（一〇八二）十一月二日卒　八十八（歳）」を根拠とすればその生年が正暦四年（九九三）となり、康平五年（一〇六二）当時、六八歳となる。ほかにも頼義の生誕を永延二年（九八八）、正暦五年（九九四、『系図纂要』）とする説などがあり、それぞれ七三歳、六七歳となる。前九年合戦終結時の頼義が七〇歳前後であったことは、間違いないようだ。

『陸奥話記』の鳥海ばなしは『扶桑略記』にも『今昔』にもなく『陸奥話記』の後補部分だと考えられるが、そこで頼義が「卿、予が顔色を見ること如何」と言い、それを受けた武則が「但将軍の形容を見るに、白髪返つて半ば黒し。若し厨川柵を破り貞任の首を得ば、鬢髪悉く黒く、形容肥満せん」（66）と返すのは、頼義がかなりの高齢であることを印象づけている。黄海合戦譚の佐伯経範が「我将軍に事《つか》へて已に三十年を経たり。老僕の年、已に耳順《じじゅん》に及び、将軍の歯、又懸車に逼《せま》れり」（24）とあるのも、同じ指向に支えられている。そのことは、『後三年記』〈23千任の罵言〉とも響き合っているようにみえる。頼義が七〇歳の高齢で、つまりは実質的な戦闘に関与していないとわざわざ表現しようとするのは、清原武則の忠節によって安倍氏追討が成ったことを婉曲的にアピールしているのだろう。《武則像前景化指向》と《主将頼義副将武則序列明示指向》との相関である。

衣川合戦の久清ばなしは『今昔』と『陸奥話記』でほとんど違いがないのだが、『陸奥話記』の末尾には「而して久清等の為に殺傷せらるる者、七十余人なり」（62）の一文がある。これは『陸奥話記』が『扶桑略記』によって付け加えたものである。しかし、『扶桑略記』の文脈では官軍方全体の功績となっていた。ところが『陸奥話記』の文脈でその一節を付加すると、**衣川合戦で決定的な役割を果たしたのは清原勢であると強く印象づけることになる**。武則その人を前景化するのでなくとも、**前九年合戦における清原勢の前景化とみればすべて説明がつきそうだ**。《清原勢前景化指向》である。この物語には、武則を前景化しつつも、そのことが**露骨にならないように配慮しようとする指向**がみられる。武則個人を極度に英雄化しないためには、武則をとりまく清原勢全体をも前景化することが有効だと表現主体は考えたのだろう。

以上のように、『陸奥話記』の後半部には《武則像前景化指向》を窺うことができ、それと表裏の関係で実際には源頼義が戦勝に貢献していないことを示すかのように《頼義像老齢示唆指向》も副次的に発生し、また武則一人の英雄化に偏らないように《清原勢前景化指向》によってバランスをとろうとしたものと考えられる。

五　《主将頼義副将武則序列明示指向》

一連の前九年合戦の物語は、現存『陸奥話記』の一つ前の『今昔』原話の段階で、私戦化（阿《あ》久《く》利《り》川《がわ》事件譚の発端や永衡経清離反譚から読み取れる）や源氏揶揄（黄海合戦譚後半から読み取れる）という反源氏的な方向に舵を切った（二三一頁）。**そのまま何も手当てをしないでいると、武則も連座的に源氏と同罪であるかのように読者に受け止められてしまう危険性が出てくる。戦勝の実質的な功績は主張しつつも、戦争責任については回避する必要が出てきたとみられる。**そこから発想されたのが、〃主将は頼義で副将は武則であるとの序列を明示する指向〃（《主将頼義副将武則序列明示指向》）だと考えられる。これは、『後三年記』で「一方は、清衡・重宗これをまく」〈20義家軍の布陣〉と清衡をいくさに参戦させておきながら、その後はいっさい彼を描かなくなるという《清衡像の没主体化》と同種の方法である。

《主将頼義副将武則序列明示指向》は、小松合戦勃発の場面（43・44）によく表れている。

『今昔』前九年話

武則ガ子共、彼ノ方ノ軍ノ勢ヲ見ムガ為ニ近至ル間、歩兵等楯ノ外ノ宿屋ヲ焼ク。其時ニ城ノ内騒ギ呼テ、石ヲ以テ此レヲ打ツ。爰ニ守、武則ニ云ク、「合戦明日ト思フト云ヘドモ、自然ラ事乱ニタリ。日ヲ不可撰」ト。武則、「然也」ト云フ。

『陸奥話記』

而るに武貞・頼貞等、先づ地勢を見むが為に、近づき到るの間、歩兵火を放つて柵外の宿廬を焼く。是に於て、城内奮呼し、矢石乱発す。A官軍合応し、争ひて先登を求む。将軍、武則に命じて曰く、「明日の議、俄に乖いて、当時の戦ひ、已に発せり。B但兵は機を待ちて発するのみ。必ずしも日時を撰ばず。C故に宋の武帝は往亡を避けず。而して功あり。好く兵機を見、早晩に随ふべし」と。武則曰く、「D官軍の怒《はげ》み、猶水火の如し。其の鋒は当るべからず。兵を用ゐるの機は、此の時に過ぎじ」と。

『今昔』では「武則ガ子共」なのに、『陸奥話記』では「武貞・頼貞等」と具体的になっていて、《清原勢前景化指向》が窺える。武貞・頼貞が官軍（頼義勢）と「合応」し、頼義と武則の対話によって**清原勢と源氏勢の一体化**が図られている。『今昔』になく『陸奥話記』に存する部分に注目してみると、Aは官軍のなだれ込むさまの強調に過ぎない。注目されるのはB・Cで、頼義の判断の合理性が補強されていて、Dの武則は頼義への同調性が強化されているのである。『今昔』では武則が頼義の相談相手・協力者のように読めるのにたいして、『陸奥話記』では「武則に命じて曰く」とあって主従関係のように変化している。もともと『今昔』にあった指向の延長線上ではあるが、『陸奥話記』では《主将頼義副将武則序列明示指向》によって主従関係であることが強調されている。

次は、磐井川〜衣川間における戦いでの、頼義と武則の夜襲をめぐる軍議である。

　将軍、武則に語りて曰く、「深夜暗しと雖も、賊気を慰《やす》めず、必ず追ひ攻む可し。今夜、賊を縦《ゆる》うせば、明日、必ず振はん」と。武則、精兵八百余人を以て暗夜に尋ね追ふ。[56]

ここは、『今昔』前九年話には存在しない。かろうじて『扶桑略記』に「武則等、精兵八百余人を以て暗き夜に貞任等を尋ね追ふ」とあるが、そこに頼義と武則の主従関係は記されていない。『陸奥話記』では、頼義が判断を下し、それを受けて武則が行動している。**武則は頼義の協力者というよりも腹心の部下と化している**。これも《主将頼義副将武則の序列明示指向》の存在を示したものだろう。

『扶桑略記』にもある種の意図に基づく改変はありうるのだが、右に見てきたような類の作為（省略）が、編纂史書たる『扶桑略記』において施されたとは考えにくい。もしそのようなことがあるとしたら、『扶桑略記』は人物像の修正を考えながら編纂したということになるが、それはまずありえない。[2] したがって、武則像を前景化する記述は元々存在しなかったのに、『陸奥話記』で加えられたと考えたほうがよい。

（2）『扶桑略記』でも天智紀・天武紀の皇統の正当性にかかわるところについては、作為性が指摘されているし（桜田和子

（二〇〇一）、大橋直義（二〇一一）、高階経重問題や〈一一年一体化〉問題でも歴史解釈にかかわる作為がみられたが（第四章、第九章）、人物像の改変に及ぶものではなさそうである。

右に続く衣川合戦の冒頭は、注意深く読み解く必要がある。『扶桑略記』では「武則等、精兵八百余人を以て暗き夜に貞任等を尋ね追ふ」（56）からの流れで「高梨宿ならびに石坂柵」（59）を経て「六日、衣河に攻め入り、重々の柵を焼き了ぬ」（60・62）とあるので、武則が主導して衣川入りを果たしているように読める。『今昔』では、「守幷ニ武則等軍ト共ニ責メ追フ程ニ」（54）とあるので頼義と武則が同列であるかのように語られ、「高梨ノ宿幷ニ石坂ノ楯」（59）を経て「即チ衣河ヲ責ム」（60）と進む。これらにたいして『陸奥話記』は武則が計略をもって貞任勢を混乱に陥れて損害を与えた（58）ため、貞任勢が「高梨宿幷びに石坂柵」（59）を経て衣川に入る。武則がそれを追って衣川入りしたとは明示していないが、その直後に「同六日午の時、将軍、高梨宿に到る。即日に衣河関を攻めんと欲す」（60）とあってわざわざひとつ前の「高梨」から衣川入りする頼義の動きを語ることによって（武則の「高梨」と頼義の「高梨」と二度出すことによって）、結果的に**武則が先鋒として先に衣川入りし、将軍頼義が遅れて入ったことを示している**。『陸奥話記』の武則像は、「将軍の命に応ず」「志は節を立つるに在りて」と頼義のために忠節を尽す姿が語られており、それと右の操作は符合すると言える。武則を先鋒として位置づけると安倍氏をその手で滅亡に追い込んだかのように印象づけられてしまいそうだが、そのような誤解がないように武則像は智将として造型されているのである（次節）。

また、〝武則が先鋒で頼義はしんがり〟というような役割分担が『陸奥話記』でなされているわけだが、それをもとに『今昔』前九年話が「守幷ニ武則等」と並列したとは考えられない（三四五頁）。役割分担や描き分けについての想像力まで絡んでくるので、文字の省略や割愛ではすまない問題なのである。いつも述べるように、豊かな想像力を〝省略〟して貧困にしたり平面的にしたりすることはできないのである。『今昔』前九年話が古態で、『陸奥話記』は後次的であるとみてよい。

六　《武則像智将化指向》

『陸奥話記』の中で勇猛な武士として描かれているのは、黄海合戦譚前半の義家像（20）が典型だろう。これに続くところでも、「而るに義家頻りに魁帥を射殺す。又光任等、数騎殊死して戦ふ。賊類神なりと為して、漸く引き退けり」（23）とあって、義家の勇猛さは格別である（光任の部分は後補である。二二二頁）。黄海合戦譚後半の佐伯経範・藤原景季・和気致輔・紀為清・藤原茂頼・平国妙が手放しで称賛されているわけではないことは、第七章で指摘した。これ以外には、いくさが終わってから後日譚のように語られる義家弓勢譚（87）や義家の弟義綱の「驍勇・騎射」も兄に次ぐものであったとするところ（88）ぐらいで、後半戦で源氏方武士の勇猛さが語られるところはない（安倍氏方では63・78に「驍勇」と評価される人物が出るが、いずれも討たれたものである）。

この傾向は清原氏でも変わらず、殺戮が行われるのは常に集団戦の中であって、一人の英雄が描き出されることはない。その中でもとくに顕著な傾向としては、武則の智将性を語る場面が多いことである。これを《武則像智将化指向》と呼ぶ。『後三年記』の吉彦秀武のように、参謀として将軍に献策する姿が印象づけられている。つまりは、**弓矢や刀をもって戦う場面が、ひとつもない**のである。

次は、官軍の北進のきっかけになった仲村合戦の場面である。ここに、参謀的な武則像がよく表れている。

是に於て、武則真人進みて将軍を賀して曰く、「①貞任謀を失へり。将に賊の首を梟せんとす」と。将軍曰く、「官軍分散し、孤営に兵少なしと聞きて、忽ちに大衆を将ゐて来り襲ふ、是必ず勝つことを謀らん。而るに子は『謀を失へり』と云ふ、其の意如何」と。武則曰く、「②官軍は客兵と為りて、糧食は常に乏し。一旦に鋒《ほこさき》を争ひて雄雌を決せんと欲す。而るに賊衆若し嶮を守りて進み戦はざれば、客兵は常に疲れて久しく攻むること能はず。或は逃散する者有らば、還りて彼の為に討たれん。僕、常に之を以て恐れと為す。而るに今、貞任等進み来りて戦はんと欲す、是天の将軍に福《さいはひ》するなり。又賊の気、黒くして楼の如し、是軍敗るるの兆なり。官軍必ず勝つことを得ん」と。将軍曰く、「子の言は是なり。吾又之を知る」と。

時に将軍、武則に命じて曰く、「昔、勾践《こうせん》、范蠡《はんれい》の謀を用ゐて、会稽の恥を雪《すす》ぐを得たり。今、老臣、武則の忠に因つて、朝威の厳を露さんと欲す。今日の戦に於て、身命を惜しむこと莫れ」と。武則曰く、「③今、将軍の為に命を棄てんこと、軽きこと鴻毛の如し。寧《むし》ろ賊に向ひて死すと雖も、敵に背《うしろむ》けて生くることを得じ」と。(52)

ここは兵糧不足を補うために官軍の兵士たちが出払っているところで、その手薄な状況を突いて貞任勢が「精兵八千余人を率ゐて、地を動《どよも》して襲ひ来」たのである。「玄甲は雲の如く、白刃は日に耀く」という形容も、官軍に危機が訪れたことを物語っている。ところが武則は①のように自軍にとってむしろ有利であると言い、それを理解しえない頼義に②のように理路整然と理由を説明してみせ、その言のとおり官軍は貞任勢を破り、これを機に再び北進を始めるのである。《武則像智将化指向》の存在がよく窺える。ついでながら、ここでも、③のように《主将頼義副将武則序列明示指向》がみえている。武則の智謀は、頼義に忠節を尽くすために使われているとのメッセージである。(3)

（3）　ここで、頼義を越王勾践に、武則を范蠡に準えて「会稽の恥を雪ぐ」と表現しているのは、驚くべきことである。『太平記』巻四「備後三郎高徳事付呉越軍事」をみてもわかるように、越王勾践は短慮で情緒的で無能に近く、それを支えた范蠡こそ英雄化されている。その原拠らしき中国の『呉越春秋』では勝者范蠡よりも敗者呉王夫差の家臣である伍子胥のほうがクローズアップされているなどの相違はあるが、越王勾践と范蠡の関係に限ってみれば『太平記』と基本的には同じである。『陸奥話記』が本当に源氏史観の産物ならば、けっして出てきてはならない比喩である。『陸奥話記』のこの部分は、武則を范蠡と重ね合わせるため――武則の前景化のため――創出されたものとみて間違いない。〝清原氏が参戦したればこその前九年戦勝〟という営岡の陣容にみえた歴史解釈と、ここでの勾践・范蠡へのなぞらえは、認識がまったく一致する。実質的には武則や清原勢の働きによる戦勝だと言っているのである。

次の場面は、頼義が傷病兵を見舞う場面に続くところ（58）である。

而して武則、籌策《ちうさく》を運《めぐ》らし、敢死の者五十余人を分ち、偸《ひそ》かに西山より貞任の軍中に入り、俄に火を挙げしむ。

これを機に、貞任勢が同士討ちとなり、崩れてゆく。武則が討ったのではなく、「籌策」（智略）によって同士討ちを誘引したのである。武則には「籌策を運ら」すだけの頭脳と、「敢死の者五十余人」を操るだけの求心力・統率力があったことを強調する表現である。

ここで注目すべきは、いま挙げた52や58は、『扶桑略記』にも『今昔』にもない、『陸奥話記』独自部分だということである。先行二書を〈櫛の歯接合〉して『陸奥話記』を成り立たせる（第十一章）際に、《主将頼義副将武則序列明示指向》《武則像智将化指向》に基づく文脈が入れられたことを示唆している。

『陸奥話記』表現主体が登場人物に向き合う際に、源頼義や源氏勢に向き合う際の態度と、清原武則や清原勢に向き合う態度が多少異なることを意味している。**源頼義や源氏勢については、美化・巨大化、主君に対する郎等の忠節などがふんだんに語られ**（勇猛さや弓勢が語られるとしても康平五年八～九月以外のところで）、**清原武則や清原勢については、小松、仲村、衣川、厨川の実質的な安倍軍との衝突での戦功を多く語っている。**ただし武則が戦争責任を負わされなくて済むように《主将頼義副将武則序列明示指向》によって武則の立場を下に置き、**忠節を体現するために先鋒は果たさざるをえないものの《武則像智将化指向》によって安倍氏を主体的・積極的に殺戮する戦闘的な姿（弓矢や刀を持つ姿）を掻き消している。**武則像は守られているのである。

＊　＊

おそらく《武則像智将化指向》に関連するものだろうが、次のように武則が何を考えてそのような策謀・進言を行ったのかを、『陸奥話記』で解説する傾向がある。

まず、厨川柵に頼義が「神火」を投入した直後の場面（74）である。

『今昔』前九年話

武則、兵等ニ告テ云ク、「道ヲ開テ敵等ヲ可出シ」ト。然レバ兵等囲ヲ開ク。敵等不戦《たたかはず》シテ逃グ。守ノ軍此ヲ追テ悉ク殺シツ。

『陸奥話記』

武則、軍士に告げて曰く、「囲みを開きて賊衆を出すべし」と。軍士、囲みを開く。賊徒忽ちに逃げんとする心を起し、戦はずして走る。官軍、横撃して悉く之を殺せり。

両書の違いは、傍線部の「忽ちに逃げんとする心を起し」の有無に過ぎないが、これがある『陸奥話記』は、**武則が「賊徒」の心理を読んでその計略を用いたのだという武則側に寄り添った説明**になる（この部分も、『扶桑略記』では記述が存在しない）。これによって、武則の智将像が際立つ。

次は、貞任の子、一三歳の千世童子を殺す決断をする場面（78）である。

『今昔』前九年話

守、此ヲ哀ムデ宥《ゆるさ》ムト思フ。武則、此ヲ制シテ其ノ頸ヲ令斬《きらしめ》ツ。

『陸奥話記』

将軍憐みて之を宥《ゆる》さんと欲す。武則進みて曰く、「将軍、小義を思ひて巨害を忘るること莫《なか》れ」と。将軍、頷きて遂に之を斬る。貞任、年三十四にして死去す。

先の「忽ちに逃げんとする心を起し」と同様、この傍線部も**武則の意図をよく解説している**。後顧の憂いがないように、とのことである。これがないと、残虐な武則像だと誤解されかねない（この部分も、『奥州合戦記』では記述が存在しない）。この表現によって、深謀遠慮の武則像が安定する。

『扶桑略記』所載『奥州合戦記』では、武則の前景化に関わる部分がまったく存在しない。『扶桑略記』が武則の前景化をことごとく排除する編集方針だなどということは、考えにくい。**武則の前景化についても、『扶桑略記』→『今昔物語集』→『陸奥話記』の順に色濃くなっている**といえそうだ。

七　指向の複合化

前節までに述べた《主将頼義副将武則序列明示指向》《頼義像老齢示唆指向》《武則像智将化指向》が、一つの場面で複合的にみられるところがある。そのことは、これらの指向が、物語形成のある時期に、ほぼ同時に発想されたことを示すものだろう。そのような複合化が顕著なところが、鳥海ばなしである。これは、『扶桑略記』にも『今昔』にもない、『陸奥話記』独自部分である。

将軍、武則に語つて曰く、「頃年、鳥海柵の名を聞きて、其の体を見ること能はず。今日、卿の**忠節**に因りて、初めて之に入るを得たり。卿、予が顔色を見ること如何」と。武則曰く、「足下多く宜しく王室の為に**節を立つ**べし。風に櫛り雨に沐ひ、甲冑に蟣虱生ず。軍旅の役に苦しむこと、已に十余年なり。天地、**其の忠**を助け、軍士、**其の志**に感ず。是を以て、賊衆潰え走ること、積水を決する如し。愚臣、鞭を擁して相従ふのみ。何の殊功か有らん。但将軍の形容を見るに、白髪返つて半ば黒し。若し厨川柵を破り貞任の首を得ば、鬢髪悉く黒く、形容肥満せん」と。将軍曰く、「卿、子姪を率ゐて大軍を発し、堅きを被り鋭を執り、自ら矢石に当り、陣を破り城を抜くこと、宛も円石を転すが如し。之に因りて、**予が節**を遂ぐることを得たり。卿、功を譲ること無かれ。但白髪返つて黒きことは、予が意も之を然りとす」と。武則拝謝す。(66)

ここで語られている内容は、①鳥海柵に来ることが頼義の念願であったこと、②武則の忠節を称えること、の二点にまとめられる。ところが、細かく見るともっと複雑で、罫囲みの「愚臣、鞭を擁して相従ふのみ。何の殊功か有らん」→「卿、功を譲ること無かれ」のやりとりは、武則の謙虚さを示す《武則像前景化指向》とともに、《主将頼義副将武則序列明示指向》にも支えられているとみられる。

なお、ここには《頼義像老齢示唆指向》（アミカケ部分）もみられる。三か所のアミカケ部分を取り除いても《主将頼義副将武則序列明示指向》の文脈を追うことができ、しかも三か所のうち二か所に「但」による接続があって、いかにも後補されたものらしい。つまり、表現主体の発想の順序としては《主将頼義副将武則序列明示指向》が先で、《頼義像老齢示唆指向》による文脈が後次的に追加されたものであることを示している（同一作者の脳裏の問題として）。

それらに劣らず重要なのが、二重傍線部の「十余年」である。**武則が参戦したのは前九年の最終年である康平五年（一〇六二）八月のこと**（宮岡参陣）**で、それから約一か月半で戦闘は終結しているの**だ（出陣から数えても二か月弱）。それを「十余年」というのは、頼義の陸奥守着任以来という、頼義時間に密着した《一二年一体化指向》に基づく表現である（二五七頁）。

指向の複合化は、まだある。鳥海ばなし（64～67）は原漢文で数えると三一五字なのだが、このうち頼義・武則の会話部分は一七六字を占める（句読点・会話記号等を数えない）。この章段のうちの五六パーセントもの叙述量が、頼義と武則の会話で占められていることになる。実質的な合戦譚でもないところで叙述量を増やすことによって、衣川と厨川の間のつなぎ部分を充実させる機能も果たしているようだ。《間隙補塡指向》である。実際には、いくさらしいいくさがなかったところを、充実させたということである。

八　前景化と隠蔽の表裏一体――『陸奥話記』表現主体の韜晦の方法――

人物像が前景化された例は、近いところでは『後三年記』の吉彦秀武の例がある。野中（二〇一四）で述べたことを略述すると、『後三年記』によれば、後三年合戦の勃発要因は、清原真衡にたいする吉彦秀武の不満にあった。争乱勃発の直接の契機である〈4秀武逃亡〉を語るために、その前提として必要なＴＰＯ（時・場所・状況）を〈1真衡の威勢〉〈2成衡婚姻の宴〉〈3秀武登場〉で説明している。『後三年記』の冒頭部は、〈4秀武逃亡〉を軸にして発想され、構成されているといえる。そして〈6秀武の画策〉で、秀武が劣勢を挽回するために、陸奥国の清原清衡・家衡を味方に引き入れ、〈7清衡・家衡の加担〉→〈9真衡再度出陣〉へと争乱が拡大してゆく。このように、吉彦秀武一人に責任を負わせるかのように、後三年合戦の始まりを、秀武の行動を中心に説明している。もちろん、砂金を捧げ持つ秀武を真衡が顧みなかったなどという些事によって争乱が勃発したとは考えにくい。真衡には家衡という弟がいたが、それへの政権移譲を考えず、養子成衡を迎え、さらに成衡に嫁を迎えた（夫婦養子ということ）。ところが物語の前面に家衡を出してしまうと、それと行動を共にした清衡も前面に連れ出してしまうことになる。『後三年記』は藤原清衡周辺で成立したと考えられる物語で、私戦ゆえ醜悪な印象のある後三年合戦への清衡の関与を、極力薄めようとしているらしい（野中（一九九八ａｂ））。**清衡・家衡の影を薄めるために、その代わりに争乱勃発のところで吉彦秀武が前面に押し出されたのである**。これが、『後三年記』前半部における、吉彦秀武の前景化である。

『後三年記』の後半部にも、吉彦秀武の前景化がみられる。〈20義家軍の布陣〉で秀武が義家に兵糧攻めすることを進言したからこそ、その後、〈戦況の膠着状態〉（持久戦）および金沢柵内の〈食料の窮迫状態〉をもたらすことになる。前者については〈21鬼武と亀次〉〈26冬の再来〉〈27兵糧攻め〉の関連表現につながり、後者についても、〈24武衡の講和策〉〈27兵糧攻め〉の表現につながっている。これらはすべて、〈20義家軍の布陣〉での吉彦秀武の進言がなければ成り立たないものである。さらに、秀武は〈27兵糧攻め〉において女性や子どもの殺戮を進言するが、これによって義家軍の勝利が早まり、降雪期の到来以前に決着をつけることができたのである。つまり、この進言は、のちの〈28陥落の予知〉ならびに〈29金沢柵陥落〉に直結しているといえる。

吉彦秀武は、物語の前半部においては乱の発端に、後半部においては義家軍の勝利の要因に、それぞれ関わっているといえる。『後三年記』の場合、吉彦秀武を称賛する言辞や秀武の論功行賞をまったく記していないので、この物語が秀武に好意的な立ち位置で語られているとは考えにくい。前半部・後半部ともに、藤原清衡の影が希薄化していることと、秀武が義家軍において主導的な人物として押し出されていることとは、相関関係にあるといえる。すなわち、**私戦と認定された後三年合戦において、清衡は主体的には関与していないことを印象づけるために、秀武が利用されたものと考えられる。**『後三年記』の秀武像は、悪役を背負わされているとみられるのである。このように、**何かを前景化するのは、何かを隠蔽することと表裏一体の関係にある**ということが知られる。(4)

（4）注意を要するのは、物語をつくる際の方法としての前景化と、素材としての人物像の成長を区別しなければならないということである。貞任の最期（76）で、『扶桑略記』は「官軍、鉾を以て貞任を刺し」と源氏方の攻撃しか記さないのにたいして、『今昔』は「貞任ハ剣ヲ抜テ軍ヲ斬ル」、『陸奥話記』は「貞任、剣を抜きて官軍を斬り」と貞任の奮戦も語っているし、『扶桑略記』には存在しないのに、『今昔』で「形チ器置《いか》メシクテ色白シ」という形容の部分が膨らみ、『陸奥話記』でも「容貌は魁偉にして、皮膚は肥白なり」と表現されるに至っている。これは、『陸奥話記』表現主体が貞任像を前景化しようとしたのではなく、伝承世界で貞任像が膨らみ、それが物語の表現を触発したのだろう。また、千世童子ばなし（78）で、『今昔』では千世童子が「楯ノ外ニ出テ吉ク戦フ」とだけあるのにたいして、『陸奥話記』では「甲を被て柵の外に出でて、能く戦ふ。驍勇、祖の風有り」と増幅している。後者の傍線部（評語）は『陸奥話記』の表現主体が添えたものだとしても、前者は千世童子の人物像が成長したために物語に入ってきたものだろう。

＊　＊

『陸奥話記』でも、同じような前景化の方法がみられる。清原武則や清原勢について実質的戦功を多く語っているのにたいして、源頼義や源氏勢については勇猛さや家臣の忠節（ただし康平五年八〜九月以外のところで）など人物像の美化・巨大化を指向しているという方向性の違いが見受けられた。端的にいえば、清原氏に〝名を捨てて実を取らせた〟ということだろう。『今昔』よりも『陸奥話記』のほうでことごとく人物の忠節・貞操などの美的形象が強化されていれば、『陸奥話記』側が意図的に施した方法であることが裏づけられる。

義家弓勢譚（87）で、義家が武則によって「神明の変化」、表現主体によって「宜しく武士の為に帰伏せらるること、此の如くなるべし」とそれぞれ呼ばれ権威化される構図を演出し、義家と武則の一体感を表現している。これは、頼義にたいする武則の忠節を演出してきた指向と相通じるものである。しかも——ここが重要なところだが——義家の弓勢や勇猛さが肝心の安倍氏追討の大舞台である衣川合戦や厨川合戦で語られることは、いっさいないのである。ただし、**合戦場面から外れるところであれば、こうして源氏に対するサービスは惜しまない**のである。その代わり、頼義の起こしたいくさの正当性への疑念はけっして譲らない。反源氏のメッセージを露骨には発しにくいので、忠節・貞節・勇猛な人物像を前景化し、それを楯として自らの姿を韜晦しているのだろう。

このように、**清原武則や清原勢の戦功を語ることが『陸奥話記』表現主体の本音（一段階前の第一次『陸奥話記』＝『今昔』前九年話もこの点では同じ）**であって、**その本音を覚られまいとして、さまざまな人間模様を描いて見せ、それを隠れ蓑として利用している**と考えてよさそうである。**前九年合戦における清原武則や清原勢の実質的戦功を後世に語り残すためには、源頼義や源氏勢の美化や忠節などの方向性だったら多少譲歩しても構わないという態度**にさえみえる。

ここにきて、ようやく見えてくるのが、磐井川〜高梨の間の戦いにおける傷病兵を見舞う頼義の逸話がもつ意味である。

将軍、営に還り、且つ士卒を饗し、且つ甲兵を整ふ。親《みづか》ら軍中を廻り疵傷者を癒す。戦士感激し、皆言ふ、「意は恩の為に使はれ、命は義に依つて軽し。今将軍の為に死すと雖も恨みず。彼の髭を焼き膿《うみ》を唼《すす》りしも、何ぞ之に加ふるを得ん」と。(57)

これも、『扶桑略記』や『今昔』にない、『陸奥話記』独自の部分である。ここは『後三年記』の類似場面を想起させる《後三年記想起指向》ために後補された部分だとみられる（四五三頁）のだが、それにしても、反源氏的な指向を色濃く持つ『陸奥話記』（第十三章、第十五章）が、このように源氏を美化してよいのか、と戸惑う。しかしこれも、清原勢の正当化というメッセージが露骨にならないようにするための隠れ蓑であるに相違ない。やはり、戦功に関わるところではない、勇猛・忠節・貞操などという面での前景化ならば譲っても構わないとするのと同じで、頼義の慈愛は平気で語れたのだろう。いくさの功績に関わらないところで紹介された義家弓勢譚と、同じである。

さて、ここまで『陸奥話記』にみえる韜晦についてさまざま指摘してきたが、韜晦の最たるものは、『陸奥話記』終末部の「国解の文」と「千里の外」だろう。柳瀬喜代志（一九七九）はこの巻末注記について、つとに「作者の意図する主題を表現する為に潤筆虚構したことを韜晦する巧智な表現」とまで看破していた。これは第三次『陸奥話記』の段階で後補されたものと考えられるが、それにしても、第一次の段階からすでに有していた《韜晦指向》が、最終段階でますます強められたということらしい（四一〇頁）。『陸奥話記』はおそらく平泉で成立したのだが（第十八章）、作者自らの姿を隠蔽し、物語がまるで都で成ったかのようにさえ偽装したのである（実体作者は都人だとしても清衡政権に奉仕すべく成立しているので事実上、平泉で成立したと考える。四九二頁）。都人らしき漢文体で書かせたのも、それと深いかかわりがある。

九　おわりに

平泉藤原氏がそれほどまでに自らの前九年合戦観をストレートに語れなかったのは、当時の俘囚という身分の問題がある。寛治五年（一〇九一）の義家・義綱合戦のように世論が影響力をもつ風潮が芽生えており（『百練抄』同年六月十二日条）、世論を誘導するためには作者主体を隠蔽し、メッセージを婉曲的に伝える必要があったのだろう。これほど屈折させ、これほどわかりにくい物語にしておきながら、『陸奥話記』は、清原氏に主たる功績があること、頼義が軍の主導権を握っていたこと、頼義が強引にいくさを推し進めたことなどという肝心かなめの事項は、きちんと伝わるように仕組まれているのである。

このように『陸奥話記』はきわめて幻惑的なテクストであり、見たままの追討記・鎮定記ではないのである（佐倉由泰〔二〇〇三〕も指摘）。

文　献

安藤淑江〔二〇一二〕「『陸奥話記』の清原武則」「名古屋芸術大学研究紀要」33号

大橋直義〔二〇一一〕「天武皇統と歴史叙述――私撰国史論への一階梯として――」中世文学と隣接諸学4『中世の軍記物語と歴史叙述』東京：竹林舎

梶原正昭〔一九八二〕「解説」『陸奥話記』東京：現代思潮社

小峯和明〔一九八五〕『今昔物語集の形成と構造』東京：笠間書院

佐倉由泰〔二〇〇三〕「『陸奥話記』とはいかなる「鎮定記」か」「東北大学文学研究科研究年報」53号

桜田和子〔二〇〇一〕「『扶桑略記』みられる史観についての一考察――天智天皇の「肉体のない死」をめぐって――」「明治大

学人文科学研究所紀要　別冊」12号
野中哲照（一九九八ａ）「『奥州後三年記』のメッセージ——後三年合戦私戦化の表現を追って——」「鹿児島短期大学研究紀要」62号
野中哲照（一九九八ｂ）「『奥州後三年記』の語る私戦化要因」「鹿児島短期大学研究紀要」63号
野中哲照（二〇一四）「後三年の戦後を読む——吉彦一族の滅亡と寛治六年清衡合戦——」「鹿児島国際大学大学院学術論集」5集
柳瀬喜代志（一九七九）「『陸奥話記』述作の方法——「衆口之話」をめぐって——」「日本文学」28巻6号
柳瀬喜代志（一九八〇）「『陸奥話記』論——「国解之文」をめぐって——」「早稲田大学教育学部学術研究　国語・国文学編」29号

第十三章　『陸奥話記』の歴史叙述化

――《リアリティ演出指向》《整合性付与指向》等による――

本章の要旨

『陸奥話記』の世界を構成している根本的な三指向（前章）は、観点を変えると、歴史叙述化に関わるもの（本章）と物語化に関わるもの（次章）とに分けられる。

『陸奥話記』には、歴史叙述として読ませるべく、史実性や合理性などを大切にしている側面がある。しかしそれは虚構性がないということではなく、逆に肝心なところでの虚構を読者に覚られないように糊塗するために利用した史実性・合理性だと考えられる。この《リアリティ演出指向》に基づく表現は、日付や時刻、地理的表現、人数の具体的表現、人名の明示にみられる。これに関連して、《整合性付与指向》によって物語の展開をスムーズにしたり、《バランス矯正指向》によって著しい偏りを軽減したりして、もっともらしい歴史叙述を作り上げようとしている。そのようなもっともらしさの偽装こそが、『陸奥話記』の虚構性・主観性（反中央性、平泉藤原氏の正当化）の存在を露呈してもいる。『陸奥話記』のもっともらしさは、自らの姿を韜晦しなければならなかったゆえの隠れ蓑である。

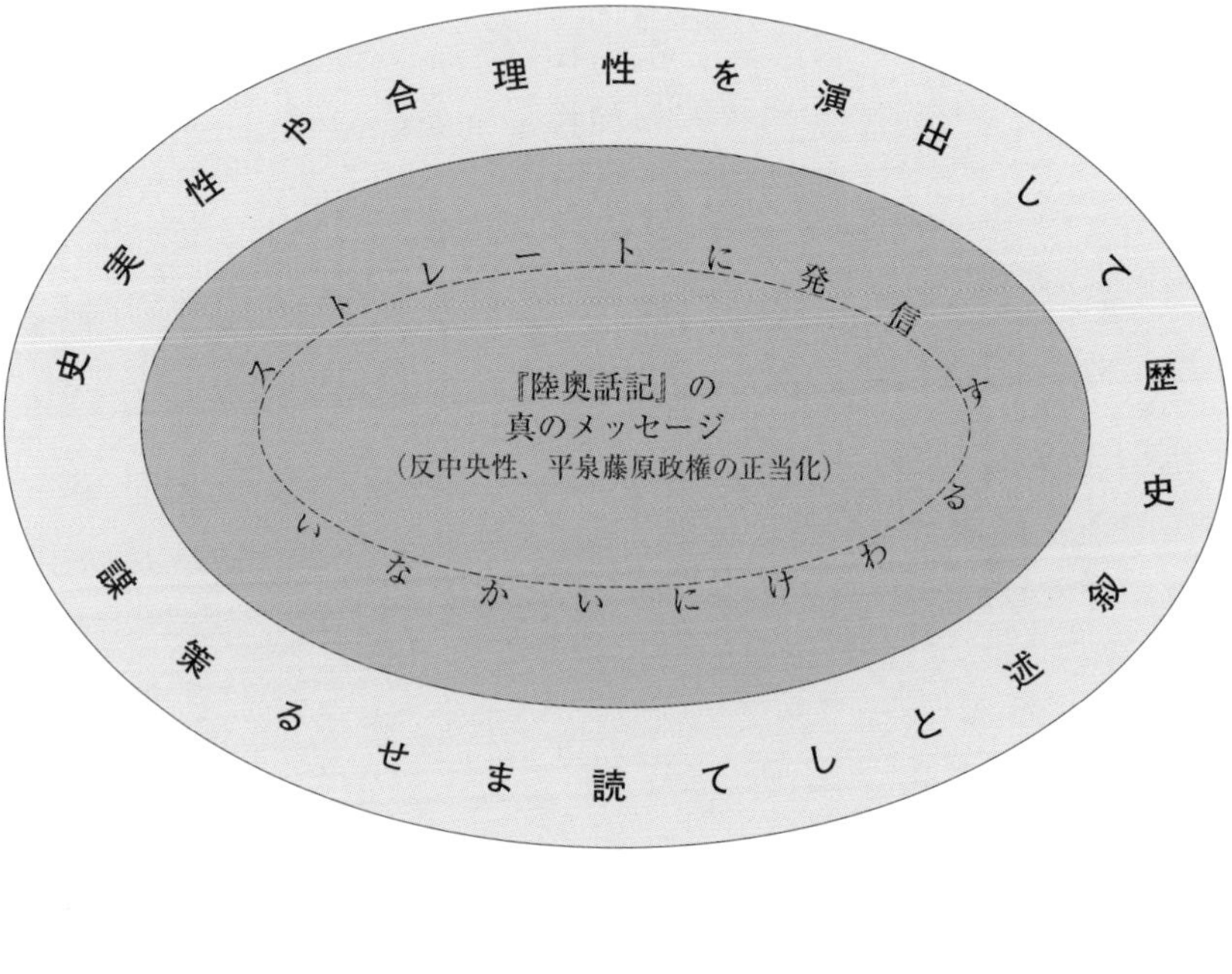

一　問題の所在

前章で指摘した三つの指向すなわち、

（1）勝利への貢献という点では源氏より清原氏が大である。

（2）戦争責任という点では源氏のみにそれがある。

（3）物語の発信者（成立圏・作者）が誰であるかを隠したい。

は、『陸奥話記』の骨格を成り立たせている根本的なものである。表現主体がいわば〝最低限の目的〟を果たすためのメッセージを支えている指向である。これを受けて本章・次章では、その肉付けとして、より歴史叙述化したり、より物語化したりするための指向の存在について、指摘したい。それぞれの指向は上位概念的な大きなものから下位概念的な個々のものまで多様であり複雑に絡み合っているし、歴史叙述化と物語化も重なっているのだが、羅列的に述べてしまっては混乱をきたすので、説明の便宜のために、本章で歴史叙述化に関わる指向、次章で物語化（その定義については次章）に関わる指向と二章に分けて述べることとする。

二　取材と合理的推測に基づく後補

本章および次章で指摘する数々の指向は、たいていは虚構化に寄与するものと考えてよい。しかしその前提として、前九年合戦という歴史上の事件を対象とした歴史叙述として読まれる必要もあるので、はなはだしい虚構化は抑制されなければならない。本節では、『陸奥話記』の一方に取材や合理的推測に基づいて後補された部分があることを指摘する。

他の章で指摘したことも含めて『陸奥話記』の史料依拠性について簡単に再述すると、厨川到着の「嫗戸」（68）の地名や正任・良昭出羽敗走（85・86）は、『降虜移遣太政官符』に拠ったものと考えられる（三〇三頁、四七三頁）。ということは、『陸奥話記』は荒唐無稽な捏造を行っているのではなく、史実性を大切にしていたということだ。また、三首級の上洛の末尾に「子細、別紙に注したり」（89）とあるように、何かの史資料が背景にあることを匂わせている。実際に、『水左記』康平六年二月十六日条に、二人の騎兵（傔仗季俊と一人の軍曹）が二十余人の歩兵を連れて「俘囚首」を鉾に刺して「粟田山大谷北丘上蜘蹰」を引き回し、「晡刻」（日暮れ時）に洛中に入り、「四条京極」で検非違使がそれを受領し、その始終を京中の貴賤上下が見物していたさまなどが詳しく記されている。『陸奥話記』の後次段階の表現主体は『官符』なども見ることのできる立場にあった人物であったらしく（四八九頁）、『水左記』のような記録をこの「別紙」に転載していたと考えて間違いない。さらには、『陸奥話記』には一八か所の割注が存在するのだが、それらは何らかの情報に基づいて入れられたものらしい（四〇八頁）。

これらからすると、**『扶桑略記』や『今昔』前九年話になく『陸奥話記』独自の人名や地名も荒唐無稽な作り物などではなく、相応の根拠があって追補したのだろう**。たとえば、衣川から大麻生野・瀬原までの安倍方の戦死者名で「散位平孝忠・金師道・安倍時任・同貞行・金依方等」（63）、戦勝報告の国解で「斬獲の賊徒、安倍貞任・同重任・藤原経清・散位平孝忠・藤原重久・散位物部維正・藤原経光・同正綱・同正元なり。帰降の者、安倍宗任・弟家任・則任 出家して帰降す・散位安倍為元・金為行・同則行・同経永・藤原業近・同頼久・同遠久等なり」（84）とそれぞれ記している部分もそうである。

論功行賞（94）の末尾には、三首級を陸奥国から都に運んできた功労者への叙任記事も添えられている。『扶桑略記』には藤原季俊の名しか記していないが、実際には二名いたらしく、『水左記』には割注で「一人傔仗季俊、一人軍曹」と記している。軍曹の人名まで記しえていないという点では、『扶桑略記』と同程度の関心の低さなのだろう。ところが、『今昔』前九年話や『陸奥話記』ではこの人物が「物部長頼」であると記されている。これも、実在もしない人名を入れたとは考えにくい。**事実を調べ直して、入れられる情報は入れるという方針だったとみられる**（『陸奥話記』の史料依拠性は『今昔』前九年話に萌芽があったわけで、指向の通底がみられることから同一作者説の根拠の一つになる。黄海合戦の六騎武者も『今昔』にある）。

三《リアリティ演出指向》

『陸奥話記』に日付記述があって『今昔』前九年話にそれがない場合、『今昔』の側が省略したとする見方が従来は一般的であった。たしかに、『将門記』と『今昔』将門話（巻二十五―第一話）を比較すると、『今昔』が翻訳の際に日付記述を省略しがちであることが確認できる。ところが、その先入観をそのまま『陸奥話記』と『今昔』前九年話（の原話）の関係に持ち込むことはできない。『陸奥話記』には、時間表現でも、地理表現でも、描写においても、リアリティを演出しようとする傾向が著しい。すなわち、時間表現だけを取り上げてその虚実を論じるのではなく、地理表現なども含めて、『陸奥話記』全体の性格（指向）をつかむ必要がある。

第五章で述べたように、一連の前九年合戦の物語の淵源は厨川・嫗戸合戦譚である。安倍氏滅亡が厨川・嫗戸柵であることや、その日付が康平五年九月十七日であることは、ほぼ史実として認めてよい。しかし、黄海合戦譚がおそらく白紙の状態からの捏造の産物であり、小松合戦も〈衣川以北〉から〈衣川以南〉へと移動させるなど、『陸奥話記』で語られた合戦譚はほとんど史実とは考えられない。その中で、厨川・嫗戸合戦譚だけは、史実をもとにして虚構されたと考えられるところである。

その厨川合戦譚には、「（康平五年九月）十六日の卯の時自《よ》り、攻め戦ふ」（71）という詳細な時間表現がある。ここに限っては、『扶桑略記』にも『今昔』前九年話にもほぼ同様の表現が存在する。**その二書の中では「卯の時」などという時刻表現まで記されるのは、ここだけである（それゆえ厨川合戦譚が一連の物語の淵源だと考えられる）**。ところが『陸奥話記』の中では、それ以外に、仲村合戦の「午《うま》より酉に至る」（53）、高梨到着の「（同六日）午の時」（60）、衣川合戦の「未《ひつじ》の時より戌の時に迄《いた》るまで」（61）、白鳥村入りの「同七日」（63）、鳥海攻撃開始の「（同十一日の）鶏鳴」（64）、厨川に向けて鶴脛・比与鳥を発した「同十四日」（68）、神火投入を決断した「（十七日）未の時」（72）は『陸奥話記』独自なのだが、**その多くは新たな情報を得たというより前後の展開からの合理的な推測によって補入されたものとみられる**。[1] しかしそれにしても、事実を伝える歴史叙述らしくしようという《リアリティ演出指向》に支えられたものだと考えられる。

（1）史書である以上、原史料にあったのに『扶桑略記』が叙事的事項を省略したとは考えられない。それに、もし『扶桑略記』が時刻表現を削除する方針だったとすれば、逆に「卯の時」だけ『扶桑略記』が残したことの説明がつかなくなる。『陸奥話記』の時刻表現の大半と一部の日付は、先行二書に存在しないのに表現主体が追加取材や前後の流れから合理的に判断して後補したものと考えられる。

さて、「未の時より戌の時に迄まで、攻撃するの間」（61）という時刻表現を真に受けると、官軍は六時間の戦闘を経て衣川にたどり着いたことになるのだが、次の久清ばなしで渡河を果たすので、そこから振り返ると、武貞・頼貞・武則に分けて衣川に迫ったものの実効はなかったということになってしまう。しかも、**そのような〝仰々しい軍勢の進撃のさま〟と〝久清ばなしが醸し出す秘密的な侵入〟は、そもそも異質である**。久清ばなしは『今昔』にも存在するが、「三人の押領使」による攻撃のさま（六時間に及ぶ攻撃で「官軍の死する者九人、疵を被る者八十余人」）はそこにない。**それほどの戦闘に及んでいるのだったらその後も警戒態勢は続いていたはずで、久清が敵方に侵入して放火した**

際に安倍氏側が驚き逃げるという展開と齟齬をきたす。ゆえに、『陸奥話記』の「然れども三人の押領使之を攻む。武貞は関の道を攻め、頼貞は上津衣川の道を攻め、武則は関の下道を攻む」（61）は後補であると考えてよいだろう（『今昔』の翻訳時の省略ではないということ）。《リアリティ演出指向》によって三人の攻め手が後補されたのだろう。

　これに関連して、鳥海攻撃の「十一日」（64）も問題にしたい。これは、衣川合戦の「六日」を受けた日付で、康平五年（一〇六二）九月十一日のことである。この「六日」と「十一日」は『扶桑略記』と『陸奥話記』で共通している。『官符』に「宗任は、衣河関を破りし日、鳥海楯《（館）》を去り、兄貞任が嫗戸楯《（館）》に籠り」とあるところからすると、衣川関が陥落した日と宗任が鳥海柵から落ちていった日は、同日である。両柵は二〇キロメートルほどの距離で、衣川陥落の知らせが二、三時間後に届いて、それから宗任が鳥海柵を離れたという想定になるので、同日のことと考えても不自然さは生じない。それなのに『陸奥話記』の世界では、九月六日に衣川、同十一日に鳥海と五日間かけてこの二〇キロメートルを官軍が進んだことになる。現実的に考えて、それは時間がかかりすぎだろう。この間、合戦はなく、白鳥村で敵兵を捕虜にした話が存在する程度なのである。このことは、『陸奥話記』に記された日付の一部に虚構が含まれている可能性を示唆する、重要な事実である。**ほとんど戦いらしい戦いがなかったのにそれらしく描き、安倍氏がすんなりと討たれたり出頭したりしたのに困難を伴ったかのように虚構を施している可能性が高い**。《リアリティ演出指向》によって、日付を適当にちりばめたのだろう。

　地理的な表現についても、小松柵と萩馬場の間を「小松柵を去ること五町有余なり」（43）、磐井川から高梨・石坂までの間を「三十余町の程」（59）、白鳥村と鳥海柵の間を「行程は十余里なり」（64）、厨川柵と嫗戸柵の間を「相去ること七、八町許りなり」（68）などという距離表現は、すべて『今昔』になく『陸奥話記』独自のものである（このうち59は『扶桑略記』にある。『陸奥話記』の地理的な《リアリティ演出指向》はそれに触発されたのだろう）。そもそも、『陸奥話記』は、「河崎柵」（19）、「黄海」（50）、「仲村」（50）、「西山」（58）、「白鳥村」「大麻生野」「瀬原」（63）という他書にない地名を出してきたり（二〇九頁）、〈衣川以北〉であった小松合戦を〈衣川以南〉に移したり（二二六頁、三六三頁）、官軍に討たれた人数「三十二人」(67)が鳥海柵での被害なのか黒沢尻柵でのそれなのかのずれが生じている（一八五頁、三〇二頁）など、**地理的な面については『陸奥話記』表現主体は相当に大胆な虚構を施していると考えたほうがよい**。ただし、嫗戸柵・厨川柵間の「七、八町許り」(68)という距離感は事実を反映しているようにも見受けられ（二二二頁）、参戦者や関係者への取材などが元になっている可能性もある。**取材できることは取材し、そうでないところは合理的に推測して適当に補うという態度**だろう。いずれにしても、そのような地理的表現・距離表現の後補という営為も、《リアリティ演出指向》によるものであることは疑いない。

人数の具体的表現についても、小松合戦の「射斃す所の賊徒は、六十余人」「官軍の死する者は十三人」「疵を被る者は百五十人」(47)、磐井川合戦での「戦場より河辺に至るまで、射殺する所の賊衆は百余人」「奪ひ取る所の馬は三百余匹」(55)、磐井川以北追撃の「精兵八百余人」(56)、久清活躍の「七十余人」(62)、黒沢尻（『扶桑略記』では鳥海）合戦の「射殺する所の賊徒三十二人」「疵を被りて逃る者は其の員を知らず」(67)、厨川前哨戦の「官軍の死する者、数百人」(71)は『扶桑略記』にも存在するものの、仲村での兵糧集めの「兵士三千余人」(50)、武則籌策の「敵死の者五十人」(58)、衣川前哨戦の「官軍の死する者九人」「疵を被る者八十余人」(61)は『陸奥話記』独自である。**多少の取材に基づいたものであろうが、その一部には《リアリティ演出指向》による後補の可能性があるだろう。**

人名関連の《リアリティ演出指向》の事例として、小松合戦譚で『今昔』が「武則ガ子共」(43)としか書かないのに、『陸奥話記』で「武貞・頼貞等」(同)としている点、衣川合戦譚で『今昔』が「守三人ノ押領使ヲ分テ此レヲ責メ令戦《たたかはし》ム」(61)としか表現していないのに「武貞…関の道」「頼貞…上津衣川の道」「武則…関の下道」(同)と具体化している点がある。武貞や頼貞の名はこれ以前には営岡《たむろのおか》の名寄せ(40)が存在しなかったら43が初出になってしまい、唐突である。『陸奥話記』のようなかたちが本来的で、『今昔』が翻訳の際に営岡の名寄せ(40)を削除して、

「武貞・頼貞等」→「武則ガ子共」(43)の書き換えを行ったとすれば、そのことにかなりの神経を使ったことになるが、そのようなことは現実的には考えにくい。宮岡の名寄せ(40)を入れることによってここも連動して具体化することが可能になったと考えられる。かりに『陸奥話記』が本来的なかたちであって、それをぼかすために『今昔』が「三人ノ押領使」と概括したとすると、40→43→61の書き換え的操作を一貫した指向のもとに行ったことになるが、『今昔』がそのような翻訳をするとは考えられない。そしてまた、「武貞…関の道」「頼貞…上津衣川の道」「武則…関の下道」(61)と同様に、高梨宿や石坂柵の合戦で『今昔』は「守并ニ義家・義綱・武則等」「守并ニ武則等」(54)と一括するのに『陸奥話記』は先鋒の武則、しんがりの頼義と描き分けたりするのと、指向として通底しているとみてよい。一義的には《主将頼義副将武則序列明示指向》による表現だと考えられるが、そのような細やかな描き分け、役割分担を行っているという点では、具体化というかたちでの《リアリティ演出指向》によっているとも言える。

以上のように、『陸奥話記』が『官符』や『水左記』などをいくら参照しているといっても、もはや史実性を大切にしている態度だとは言えない。**『陸奥話記』が史料依拠性を大切にしたのは、客観的な歴史叙述であることを偽装しようとしたため**だろう。『陸奥話記』の成立は戦後半世紀ほどの時期で、まだ関係者が多く生存しているころである。〝嘘の歴史〟のレッテルを貼られてしまっては、自らが主張しようとしている歴史観(平泉藤原氏の正当化)が浸透しないことになる。努力が水泡に帰するのである。それを防ぐためにも、史料依拠性は必要だったのだろう(つまるところ《韜晦指向》によるもの)。

四　《整合性付与指向》

軍記の場合、文書や巷説など多方面からの情報を集積して原態・古態ができることが多い。その場合、個々の素材のかたちが強く残存しすぎていると、不整合（つぎはぎ感）が目立ってしまう。ゆえに、ほとんどの軍記の後出本では、《整合性付与指向》によって凹凸を軽減しようとする傾向がみられる。『陸奥話記』も例外ではない。

衣川の久清ばなしは『今昔』前九年話と『陸奥話記』はほとんど同文的なのだが、『今昔』で「其ノ楯《館》ノ木ニ火ヲ付ヨ」（62）とあるのに『陸奥話記』で「其の塁を焼け」（同）となっているところが目を引く。「塁」は依拠テクスト（小学館本）頭注にあるように、「土を盛って造った小城」のことである。このような相違が生じた理由は、後文にあるように久清が放火したのは「藤原業道ガ楯《館》」「藤原業近の柵」だからである。『陸奥話記』の表現が先にあって『今昔』が武則の指示内容のところを「楯ノ木」に変更したとは考えられないので、ここでも『今昔』の先出、『陸奥話記』の後出という結論は変わらない。『陸奥話記』は後文との整合性を考えて、樹木ではなく城館への放火としたのだろう。『今昔』の「其ノ火ヲ驚カムトス」が『陸奥話記』で「其の営に火の起るを見ば」となっているのも、右と同じく前文との整合性によって『陸奥話記』が表現を調整したものだろう。

次に、白鳥村ばなしにも《整合性付与指向》がみられる。内容的には、白鳥村の大麻生野柵および瀬原柵を官軍が攻略したことと、その際に敵兵を一人生捕りにして安倍氏側の人的被害の状況を聞き出した（63）というものである。これが、『扶桑略記』にも『今昔』前九年話にも存在しない。敵兵から内情を聞き出しただけの逸話ならば省略されることもあるだろうが、かりに共通原話に「大麻生野及び瀬原の二柵」の合戦が記されていたとすると、それまで含めて『扶桑略記』や『今昔』が省略したとは考えにくい。ゆえに、これも『陸奥話記』の後補だと考えられる。『陸奥話記』がこの逸話を後補したのは、次の鳥海ばなし（64～66）との関係である。鳥海柵では、安倍氏側は「官軍の到らざるの間に」（64）敗走している（この点は『扶桑略記』や『今昔』前九年話も同じ）。ここまで《安倍氏強大化指向》によって人物の勇猛さや城柵の険阻なさまをさんざん表現していたので、鳥海柵でいきなり宗任らが敵前逃亡する姿が現れると前からのつながりが悪い。よって、**鳥海柵の直前で安倍氏方に甚大な被害が出ていたことを示す必要に迫**

られたとみられる。「賊帥死する者は数十人」という数だけでなく、質的にも「皆是貞任・宗任の一族にして、驍勇驃捍の精兵なり」と被害が壊滅的であることを示したということだろう。《整合性付与指向》である。

次に、厨川合戦譚の神火投入にも《整合性付与指向》がみられる。『扶桑略記』と『陸奥話記』はほぼ同文なのだが、前者「八幡三所、火を吹きて、彼の柵を焼き亡ぼすことを」(73)と後者「八幡三所、風を出して火を吹きて彼の柵を焼くことを」(同)の「風を出して」の有無が唯一の相違点である。これは、後文に「暴風忽ちに起り、煙焰飛ぶが如し」とあるのに呼応させようとしたもので、『陸奥話記』に《整合性付与指向》を重視する姿勢が存在することを示している。これほど酷似していながら、『扶桑略記』のほうがある意図をもって「風を出して」のみを削除したとは考えられない。

五　《バランス矯正指向》

《バランス矯正指向》というものも『陸奥話記』にみえる。二方面のうち一方に偏りすぎていたら不自然なので、もっともらしい歴史叙述たるべくバランス感覚が発動したのだろう。《リアリティ演出指向》によって、アンバランスを矯正したということである。小松合戦(45)の次の部分は、その典型的な事例である。

茲に因りて五陣の軍士平真平・菅原行基・源真清・刑部千富・大原信助・清原貞廉・藤原兼成・橘孝忠・源親季・藤原朝臣時経・丸子宿禰弘政・藤原光貞・佐伯元方・平経貞・紀季武・安倍師方等を召し、合せ加へて之を攻めしむ。皆是将軍の麾下、坂東の精兵なり。万死に入りて一生を忘れ、遂に宗任の軍を敗る。

もしこれが存在しなかったら、『陸奥話記』後半部は露骨なほどに清原勢しか活躍していない物語になってしまう。そして、武則を突出させすぎないようにするために、次のように清原武道の活躍(46)も添えている。

又、七陣の陣頭の武道、要害を支ふる処、宗任の精兵三十余騎、游兵と為《な》りて襲ひ来《きた》る。武道、迎へ戦ひ、殺傷し殆《ほとん》ど尽く。

これが存在しなかったら、清原勢の中でも武則だけが活躍することになってしまい、リアリティの点でも問題がある。この武道活躍のおかげで、源氏と清原氏のバランスをとることができる〈《主将頼義副将武則序列明示指向》からの派生としての《バランス矯正指向》〉し、**清原氏の中でも武則ひとりが戦ったのではないという全体像を示すことができる。**武道の活躍は、源氏にたいするバランス、武則にたいするバランス、この二方面に機能を果たしているということである。

衣川の久清ばなしにも、《バランス矯正指向》が窺える。その末尾に、『陸奥話記』では「而して久清等の為に殺傷せらるる者、七十余人なり」(62)と総括する表現がある。久清ばなしについては『今昔』前九年話と『陸奥話記』は微細な表現に至るまで酷似しているのだが、『今昔』にはこの一節が存在しない。これは、『扶桑略記』に、「殺傷せる者、七十余人」とあるのに拠ったものらしい。つまり、『陸奥話記』は両書を〈櫛の歯接合〉したということである(第十四章)。ただし『扶桑略記』では、「殺傷せる者、七十余人」の主体を記していないので、これだと官軍全体の手柄になってしまう。『陸奥話記』がこれを久清の功績にしたのは、《武則像前景化指向》によって**武則だけに偏りつつあった姿を矯正して清原勢全体の軍功へと広げようとした《清原勢前景化指向》によるものと考えられる。**

六　《展開明瞭化指向》

『陸奥話記』の「(高階経重は)境に入り任に着くの後、何も無くして帰洛す。是国内の人民、皆前の司の指撝《しき》に随ふが故なり」(36)は、次章で指摘する境界性表現と違って、奥六郡の独立性ではなく常陸国と陸奥国の境界性表現と考えられる。『今昔』では、「新司高階経重ヲ被補《ふせらる》ルト云ヘドモ、合戦ノ由ヲ聞テ、辞退シテ不下《くだらず》ラ」とあるのみで、経重が境界を越えて陸奥国に入る表現もなければ、陸奥「国内」の人民が頼義に帰服していたという表現もない。この部分に限っては、境界性表現は、《安倍氏強大化指向》とは無関係である。この場合、陸奥「国内」の「人民」が頼義に帰順していたという文脈なので、頼義像の巨大化に寄与するものともみえる。それにしても、そのことだけが目的ならば、高階経重の陸奥国入りを「境に入り」と表現する必要はない。

『陸奥話記』は後半部にたいして前半部は日時や地名の表現が著しく少ない（一九八頁）。前半部に「阿久利川《あくりがわ》」と「黄海《きのみ》」のみ地名はあるが、それ以外はあいまいで、逸話だけが突出している印象を受ける。そこに右の「境に入り」のような表現が入ってくると、地理的なメリハリが生まれる。そうなると、物語の展開が明瞭になる。同時に、高階経重の陸奥国入り表現は、時間的なメリハリを明示する意義をもつ。空間的境界でなく、時間的境界の明示ということである。一二年間に及ぶ前九年合戦は、陸奥守の任期を五年としても二期を過ぎて三期目にかかるほどの長期である。実際に頼義が二度も重任されて三期目の陸奥守に任じられたのか、はなはだ疑わしい（六頁）。この件について、『今昔』前九年話では、先に引用したように、一期目の満了、二期目の重任を明確に示す表現があるものの、二期目から三期目に移ったとは明示されていない（しかしその後も「守」と表現され続けるため、『今昔』ではあたかも頼義が陸奥守の二期目・三期目に入ったかのように印象づけられている）。

これにたいして『陸奥話記』では、『今昔』同様に一期目の満了については、

今年、朝廷、新司を補すと雖も、合戦の告を聞き、辞退して任に赴かず。之に因りて更めて重ねて頼義朝臣を任じ、猶征伐を遂げしむ。(17)

とあり、二期目の満了についても、

康平五年の春、頼義朝臣の任終るに依りて、更《あらた》めて高階朝臣経重を拝して陸奥国の守と為す。鞭を揚げて進発す。

境に入り任に着くの後、何も無くして帰洛す。是国内の人民、皆前の司の指撝《しき》に随ふが故なり。（36）

と事情説明がある（右の部分は『扶桑略記』でも康平五年春の位置に記事が存在しているので、『陸奥話記』以前にあった記事を『陸奥話記』が採り込んだものだろうと考えられる）。

『今昔』前九年話よりも『陸奥話記』は、頼義の陸奥守の任期を明瞭化しようとしているとみてよい（そしてそれは、『扶桑略記』が元祖で、『陸奥話記』はそれを受け継いだものである）。おそらく、『今昔』のように陸奥守として一二年間在任したかのように取り繕う表現（「守」）が先行していて（もっと言えば、先行する『扶桑略記』は鎮守府将軍として頼義を正当化していた。一〇六頁）、しかし一二年間ひと続きであるのは不自然であることを認識した段階で、頼義が二度の重任を経たかのように表現されるに至ったのだろう。その姿が、『扶桑略記』に痕跡として残っているのである。

七　おわりに

本章で述べたのは、『陸奥話記』にみえる《リアリティ演出指向》《整合性付与指向》《バランス矯正指向》《展開明瞭化指向》である。いずれも、『陸奥話記』を〝もっともらしい歴史叙述〟に仕立て上げるために発動した指向であった。「講釈師、見てきたような嘘をつき」という言葉があるが、この場合、重要なのは嘘をついていることではなく（観客は木戸銭を払って寄席に入るので嘘であることは承知している）、「見てきたような」のほうである。講釈師にたいする多少の揶揄を含みつつも、リアリティあふれる口演の迫真性を一方では讃えた言葉だと受け止めるべきだろう。

どのような歴史叙述でも作者や編者の歴史観、すなわち主観が入るもので、作者や編者はできるだけ客観的であろうとしたり、あるいは客観的であることを少なくとも装ったりするものである。そうしなければ、読む者に歴史叙述として受け止めてもらえないからである。『陸奥話記』の場合、表現主体（この場合は実体作者というべきか）の側に、どうしても読者に発信元を覚られてはならないという事情があった。反中央性、平泉藤原氏の正当化という婉曲的にしか伝えられないメッセージ性をもっているため、自らの姿を韜晦しなければならなかったのである（第十五章、第十八章）。そのような『陸奥話記』において、《リアリティ演出指向》《整合性付与指向》などによって歴史叙述らしく仕立て上げることは、われわれの想像以上に切実な重大事であったと考えられるのである。

第十四章　『陸奥話記』の物語化

――《境界性明瞭化指向》《間隙補填指向》《衣川以南増幅指向》等による――

本章の要旨

読み手に受け入れられるように言説を仕立てるためには、歴史叙述化する一方で、物語化することも大切である。物語化とは、読み物として耐えうるように展開をスムーズにしたり、読者を退屈にさせないように刺激を与えたりするような、面白くするための作為のことである。

前九年合戦の史実としては衣川～厨川間で攻城戦は存在せず追撃戦（野戦）の連続で迫力に欠けるものであったのに、『陸奥話記』表現主体はそこに小松合戦や仲村合戦を設定し、官軍が一つ一つの関門を突破したかのような物語に組み替えている。それが《境界性明瞭化指向》で、これによって奥六郡が安倍氏の独立国家であるかのように演出しえている。それを下支えしているのは《安倍氏強大化指向》で、安倍氏を強大で暴悪な存在として描くことができれば、それを討伐した官軍の功績を称えることにつながる。実際の安倍氏は、それほどでもなかったということである。

また、衣川合戦、厨川合戦だけだと面白みに欠けるので、《間隙補塡指向》によってその空白を埋めるように小松・仲村の合戦譚や鳥海での逸話が増補された。とくに、猛威を表現するために奥六郡から南（磐井郡）へと安倍氏が拡張した姿を描く指向、すなわち《衣川以南増幅指向》に基づく逸話や表現の投入が顕著になっている。これによって、史実としては一連の合戦の起点であったはずの衣川が、物語世界では中盤のヤマとして現出するに至ったのである。

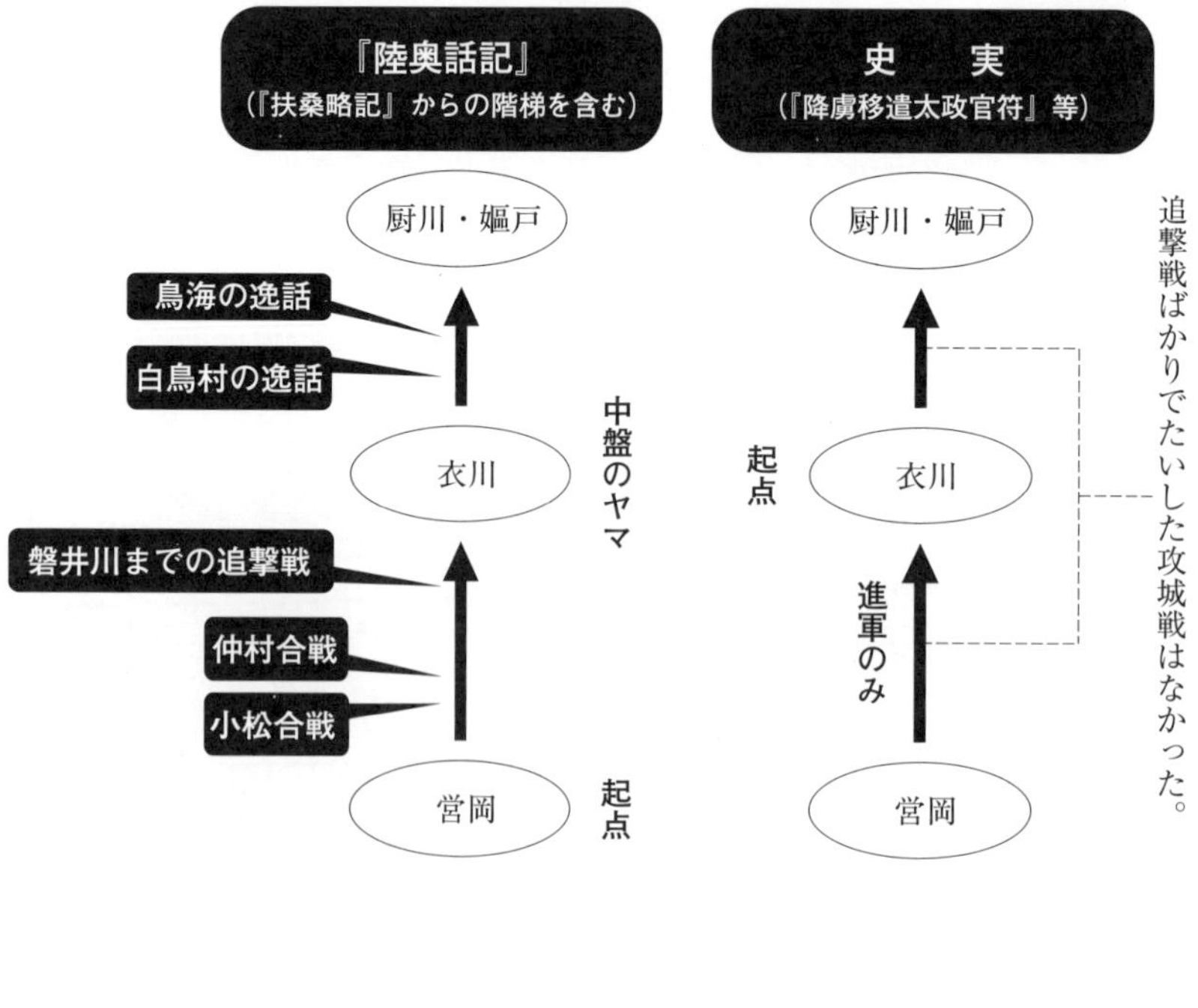

一　問題の所在

本章では、前章に引き続いて『陸奥話記』を貫く大きな指向について問題にする。前章では、『陸奥話記』を歴史叙述化することに寄与した指向について述べた。本章では、物語化することに機能したとみられる指向について指摘する。物語化という語は抽象的だが、読み物として耐えうるように展開をスムーズにしたり、読者を退屈にさせないように刺激を与えたりするような、面白くするための作為を言う。本章では、そのような物語化について指摘したい。

二　史実としての衣川～厨川間の攻城戦の不在

いくさの形態を二大別すると、攻城戦（城攻め）と野戦に分けられる。前者は、一方が籠城しもう一方がそれを攻めるものである。後者は、関が原や石垣原《いしがきばる》のような任意の場所（平地であることが多い）で両軍が衝突するものである。前九年合戦にこれを当てはめると、衣川、厨川などの安倍方の城柵を官軍が攻めたのが攻城戦であり、磐井川周辺で北へと逃げる安倍氏を官軍が追ったのが野戦である。前九年合戦の場合の野戦とは、事実上の追撃戦ということである。

前九年合戦についてもっとも信頼のおける『降虜移遣太政官符』から、いくさの様相を復元すると、次のようになる（第五章）。

（1）「宗任は、衣河関を破りし日、鳥海楯《（館）》を去り、兄貞任が嫗戸楯《（館）》に籠り、相共に合戦せり」とあるので、衣川敗戦の報を聞いてその日のうちに鳥海柵にいた宗任が嫗戸柵に向かったことがわかる。衣川と鳥海の距離は二

○キロメートルほどなので、その日のうちに伝令が走ることは可能である。

（2）「正任、衣川関を落とされ、小松楯《館》に逃げし時、伯父僧良昭を相具して、出羽国に逃げ走る」とあるので、衣川にいた正任は小松館を経由して伯父良昭とともに出羽国に逃げたことがわかる。

（3）右の（1）（2）の傍線部からすると衣川以前に大きな戦いがあったとは見えない。

（4）右の（1）（2）の波線部からすると衣川〜厨川（嫗戸）間の地名は小松と鳥海だけで、その二か所についても敗走の起点としてしか記されておらず、そこも戦場になったとは見えない。

右の分析からすると、前九年合戦（康平五年合戦）は、衣川合戦と厨川（嫗戸）合戦しか攻城戦はなかったのが実相といえそうだ。それ以外は、追撃戦である。

『官符』の読みだけに依拠して出した結論ならば危ういのだが、これを裏づけるのが三書対照表である。〈櫛の歯接合〉論（第十一章）と合わせて見ることになるが、『陸奥話記』にあって『扶桑略記』にない部分（41・44〜46・49・52・54・57・58・61・63・65・66・69・70・74・75・78〜81）は、『陸奥話記』段階で後補された部分とみて間違いない。要するに、『扶桑略記』が先行の『奥州合戦記』を引用する際に抄出したなどということはなく、**『扶桑略記』の姿がそのまま前九年合戦の物語の祖型を表しているということである。**その**『扶桑略記』が記すいくさには小松合戦も仲村合戦もなく、**磐井郡の萩馬場合戦（43・47）以降は、磐井川へ向けての追撃戦（48・50・51・53・55）、高梨・石坂へ向けての追撃戦（56・59）があるだけで、衣川入りし、しかも衣川合戦（60・62）でさえ戦闘描写らしきものはなく、鳥海以北の追撃戦（64・67）を経て、厨川合戦（68・71・72・73）に至るのである。**厨川合戦のみ三書に共通していて日付も共通しており、唯一最大の決戦であったことは疑いない**ようだが（地名はおそらく嫗戸が正しいのだが。一二〇頁）、そこに至るまでは追撃戦ばかりなのである。『官符』の「所々の楯《館》を落とさるる」を北上途次の各所の小さな柵と考えて『扶桑略記』の右の三か所の追撃戦（磐井川へ、高梨・石坂へ、鳥海以北へ）と符合するものと考えれば、**『扶桑略記』**

が記した攻城戦らしきものは、萩馬場、衣川、厨川のみとなる。これ以外は、地名も定かでない**道中の追撃戦（野戦）がだらだらと記されているような印象が、『扶桑略記』にはある。**『扶桑略記』から窺えるこのような康平五年合戦の様相は、『官符』にみえるそれと大きくは違わない（『扶桑略記』に萩馬場合戦が加わっているのみ）。

三　《境界性明瞭化指向》——奥六郡の独立国家性の演出——

勝者である官軍の功績を物語世界で引き立てるには、〃敵も強かった〃と表現するのが有効である。安倍氏がいかに強大で猛威を振るっていたか、官軍はいかにしてそれを克服したかを語る必要がある。このような発想から《安倍氏強大化指向》が生まれる。そして、安倍氏追討の困難さを強調するためには、安倍氏が官軍の前に障壁として立ちはだかる必要がある。その障壁が、河川や城柵の〃越えがたい存在〃としての描写となって表出する。これが《境界性明瞭化指向》で、他二書よりも『陸奥話記』に顕著に見られるものである。

当該一二年間の半ばまでは源頼義が鎮守府将軍として胆沢城に入っていることや、源頼義以外のこの時期の陸奥守（藤原登任、高階経重、藤原良綱）が軍事貴族でないことから、歴史上の実在の安倍氏は朝廷にとってさしたる脅威ではなく、物語や伝承世界において結果的に大きな存在（暴虐な逆賊）に仕立てられた可能性が高い（六九頁）。安倍氏の脅威を語ろうとすれば、朝廷からみると不可侵の独立国家として奥六郡を描く必要が出てくる。言うまでもなく、安倍氏を暴悪な存在として語ることは、それを倒した源氏の威勢を称揚する指向に支えられている。

『陸奥話記』冒頭部に、「（安倍忠頼は）六郡に横行し、人民を劫略す。子孫尤も滋蔓し、漸く衣川の外に出づ」（2）とある。この直前に、「六箇郡の司」である頼良（頼時）の「父祖」である忠頼が「東夷の酋長」であり、「部落は皆服せり」という状況であったとする（1）。それとの関連でここを読めば、衣川は六郡の南限を示す境界線であり、そこを越えるほどの威勢があったと表現されていることになる。そして、「六箇郡」が、安倍氏を「司」とする独立国家であるかのように表現されていることになる。『今昔』にもこの冒頭部は存在するが「横行」「劫略」「滋蔓」のような強い表現がないので、衣川の境界線から出てくる安倍氏の圧迫感が『陸奥話記』ほどではない。

冒頭部以外のところでも、『今昔』は境界性の表現（奥六郡が独立国家的であるとする）は、きわめて薄いのである。まず、『陸奥話記』には「（源頼義が）境に入り任に着くの初め」（7）とあり、安倍頼良（頼時）が帰服したあとには「境内は両たび清く、一任事無し」（同）と表現しているのだが、『今昔』では次のように境界性の表現がない。

> 頼義ヲ討ムガ為ニ、【ここに境界性の表現がない】既ニ陸奥国ニ下ヌ。而ル間、俄ニ天下大赦有テ、頼良被免ヌレバ、頼良大キニ喜テ、名ヲ頼時ト改ム。亦且ハ守ノ同名ナル禁忌ノ故也。然テ頼時守ニ随ヌレバ、一任ノ間事無シ。任畢《にんはて》ノ年、守事ヲ行ハムガ為ニ、鎮守府ニ入テ数十日有ル間、頼時首ヲ傾テ給仕スル事無限《かぎりなし》リ。亦、駿馬ニ金等ノ宝ヲ与フ。【ここに境界性の表現がない】

次に、『陸奥話記』の阿久利川《あくりがわ》事件では、頼時が一族に「如かじ、関を閉じて聴かざるには」（10）と言い、それに対する一族の返答は「請ふ、一丸の泥を以て衣川関を封ぜんことを」（同）とある。『今昔』では、「衣河ノ関ヲ固メ」は同じニュアンスだが、もう一方は「関」ではなく「門ヲ閉テ」となっている。「其ノ言ヲ不聞《きかず》」との釣り合いからすると、閉門して家に引きこもり、頼義の言に耳を貸さない『今昔』のほうが筋が通る（ただし、「門」と「関」だけの違いであるから、意図的な改変ではなく誤写の可能性がある。ここで問題にしているのは意図的な改変である）。

次に、『陸奥話記』の永衡経清離反譚の「軍を引きて漸く進み、将《まさ》に衣川に到らんとするの間」（13）は、『今昔』ではこの表現がまったく存在しない。そして、経清が寝返るために「頼時ガ軍間道ヨリ出テ、国府ヲ責テ守ノ北ノ方ヲ取ラムトス」（『今昔』）と流言を構えたのだが、『陸奥話記』にもほぼ同様の表現があり、それに加えて「将軍の麾下・内客は皆、妻子は国府に在り。多く将軍に勧めて国府に帰らしめんとす」（14）などと、鎮守府胆沢城を中心とした奥六郡と陸奥国府多賀城との距離感をことさらに意識させている。

そして次に、『陸奥話記』の貞任経清横行の、「貞任等、益諸郡に横行し、人民を劫略す。経清、数百の甲士を率ゐて衣川関を出でて、使ひを諸郡に放ちて、官物を徴し納む」（33・34）は、『今昔』では「而ル間、貞任等弥ヨ威ヲ振テ、諸ノ郡ニ行、民ヲ仕《つか》フ。経清ハ多ノ兵ヲ具シテ、衣川ノ関ニ出テ、使ヲ郡ニ放テ、官物ヲ徴《はた》リ納メテ云ク……」（同）とある。『今昔』の「行」や「仕フ」が『陸奥話記』では「横行」「劫略」と強い表現になっている。経清が行っていることは両書でさして変わらないのだが、『陸奥話記』の経清のほうが威勢あふれていて、衣川の境界を越境するほどであったと表現されている。このように、境界をめぐって、威勢の表現の強弱が見られるのである（「〜ニ出テ」と「〜を出でて」の違いについては、原漢文では同表記であった可能性が高い）。**安倍氏や経清の威勢を強大なものと描こうとすれば境界を明瞭にし、その内側を独立国家的に描こうとする**し、そこにあまり意が注がれていなければ、そこそこの境界表現はあったとしてもさほど強調されることにはならない。

　当然のことながら、境界は河川などの自然地理上の越え難いところがそれになる。ゆえに、河川が越え難く表現されれば、そこの境界性が強調されたとみることができる。明瞭な境界に守られた豪族は安定的で、その領域内で他を圧すると描かれることになる。表現上、それを打倒する困難さも際立つというわけである。同様に、城柵も堅固に表現されれば、それを打破して北進してゆく官軍の強さと功績を讃えることになる。武則が参戦して以降、官軍の北進が開始されるのだが、その際、『陸奥話記』では、河川の境界性が強調されており、それを一々打破し乗り越えてゆくように描かれている。

・件の柵（小松柵）、東南には深流の碧潭《へきたん》を帯び、西北には壁立の青巌を負ふ。（45）

・貞任等、遂に以て敗北す。官軍、勝に乗じて北《にぐ》るを追ふ。賊衆、磐井河に到り、迷ひて或いは津《しん》を失ふ。或いは高岸より堕ち、或は深淵に溺る。（54・55）

・遂に高梨宿幷びに石坂柵を棄てて、逃げて衣河関に入る。歩騎迷惑して、巌《いはほ》に放たれて谷に墜つ。(59)

・件の関（衣川関）は素より隘路嶮岨《あいろけんそ》にして、崤函《かうかん》の固きに過ぎたり。一人嶮に距《ふせ》げば、万夫《ばんぷ》も進むことを得ず。(60)

・弥く樹を斬りて渓《たに》を塞ぎ、岸を崩して路を断つ。加ふるに霖雨の晴るること無く、河水の洪溢《こういつ》するを以てす。(61)

・件の柵（厨川柵）、西北は大沢、二面は河を阻《へだ》つ。河岸は三丈有余、壁立して途《みち》無し。……河と柵との間、亦隍《みぞ》を掘る。隍の底に倒《さかしま》に刃を立て、地の上に鉄刃を蒔《ま》く。(69)

これらが、『今昔』にはほとんどない。右の六か所（小松・磐井川・衣川関×3・厨川柵）のうち、五番目の表現に似た「此ノ関、本ヨリ極テ嶮《さがし》キガ上ニ、弥ヨ樹《うゑき》道ヲ塞ゲリ」があるだけで、六番目についても「守ノ軍水ヲ渡テ責メ囲テ戦フ」の程度の渡河表現があるだけで、そこが険阻だとは表現されていない。

これに関連して、源頼義が鳥海柵に入った際、そばにいた清原武則に語りかける場面が、『陸奥話記』にはある。

頃年、鳥海柵の名を聞きて、其の体《てい》を見ること能はず。今日、卿《けい》の忠節に因りて、初めて之に入るを得たり。(66)

これに相当する逸話そのものが、『今昔』には存在しない。この存在によって、**鳥海柵の不可知性が強調されることになり、それ以北の秘境性が際立つことになる。**こういう手法が『陸奥話記』には意識的な方法と思われるほど頻出するのに対して、『今昔』では先行素材に存在した程度のものしか出ていないのである。

このような一連の境界表現に関する『今昔』、『陸奥話記』両書の位相差をみてみると、**『陸奥話記』冒頭部（2）の境界性の強調表現と連動しているのであろうと推測することができる。『今昔』の編者が、その境界表現を嫌ってことごとく排除しつつ翻訳したなどということは考えられない。**『陸奥話記』の増補改変に関与した表現主体が、物語世界をドラマティックに形象するためにあたかもハードル越えのように柵や河の険阻な様子を強調してそれを官軍が乗り越えていったと表現したのだろうし、冒頭部において奥六郡の独立性を強調することはその内側を自らの陣地として我が物顔に振る舞っている強大な安倍氏の像をかたどることと連動しているとみるべきだろう。このようなことから、『陸奥話記』の冒頭部・終末部だけの問題なら、もとあったものを削った（『今昔』）のか、なかったところに加えた（『陸奥話記』）のか決着のつきにくいところだが、冒頭部にみえる境界意識の指向や認識の位相差が中ほどの柵や河についても通底していて、それらについては『今昔』のほうがもとの形だとみられることから、冒頭部についても、もとなかったものを『陸奥話記』が添加した可能性が高いということである。

この節で述べた各柵や河川の堅固・険阻なさまの表現とそれに伴う〝奥六郡の独立国家性の演出〟（堅強なニュアンスを含む）は、『陸奥話記』の全体にわたってみられる傾向である。『陸奥話記』の中で、奥六郡を独立国家として表現上の演出を凝らすということは、その主としての《安倍氏強大化指向》に通じるものである。

このような境界性の演出理由は、次のように整理することができる。

1、奥六郡とその南側との境界（衣川）を強調するのは、奥六郡を安倍氏の独立国家であるかのように表現しようとする指向によるものと考えられる。【政治的】

2、いくさが奥六郡の内側に入って戦場が北へと移る中でそれぞれの城柵の険阻なさま（境界性）を強調するのは、安倍氏の軍勢としての強さ（城構えを含めて）を表現しようとする指向によるものと考えられる。【軍事的】

二種の境界性の意味は異なるものの、どちらも安倍氏の強大さを演出しているという点では共通している。『陸奥話記』後半部の〈衣川以南〉の小松合戦譚・仲村合戦譚においてはことさら磐井郡のいくさであることを強調する傾向が強い（次節）。それは、衣川という境界地に照準を定め、そこに向かって接近してゆくというストーリーを欲したからだろう。〈衣川以北〉に位置する鳥海柵は実質的な戦闘がなく、最後の厨川柵でも付け火によって決着がつくという貧弱さである。**衣川合戦が事実上の決戦であるかのような認識が、後世にかけても増幅していったのだろう。**その表れが、『古今著聞集』巻九（三三六話）の「ころものたてはほころびにけり」だと考えられる。「衣のたて」（衣川館）に義家・貞任の対戦を設定し、そこが「ほころび」たことを特記するのは、衣川の地が前九年合戦中盤のヤマだとするトポロジカルな意識と結びついてもいるのだろう。

四　《間隙補塡指向》から《衣川以南増幅指向》へ——磐井郡の突出——

実際にはありもしなかった合戦を物語内で捏造する意識は、根本的には《物語を面白くドラマティックにする指向》によるものだろう。そして、面白くするための便法として、《英雄が困難を次々に乗り越える展開を欲する指向》が生じる〔大津雄一（二〇〇五）〕。ここに引き寄せれば、《頼義像英雄化指向》に沿いつつ、官軍が安倍軍の激しい抵抗に遭いながらもそれを次々に撃破してゆくというものである。そのためには敵も強くなければならないので、《安倍氏強大化指向》が生まれる。《安倍氏強大化指向》を具現化するためには、〃関所のような存在〃となって立ちはだかる必要がある。つまり、《境界性明瞭化指向》が生まれる（前節）。『扶桑略記』では野戦であったのに、『今昔』前九年話で攻城戦が増え、『陸奥話記』でさらにそれが強調されてゆくという流れがあるが、これは安倍氏が〃障壁のような存在〃として物語世界で成長していったということである。すなわち、追撃戦から攻城戦への変容も《境界性明瞭化指向》の表出したものであり、それによって《安倍氏強大化指向》に貢献することもできるというわけである。

一方で、『官符』のように衣川の次がすぐに厨川柵だと、あまりにもあっけない。それでは《安倍氏強大化指向》を満足させることはできない。そこから、ありもしない合戦を捏造してでも隙間を埋めたいという《間隙補塡指向》が生まれる。三書対照表の武則参陣（37）～厨川合戦直前（67）の上段『扶桑略記』と中段『陸奥話記』の記述量の多寡を比較してみると一目瞭然だが、**《間隙補塡指向》による記述量の増幅によって、いくさらしくなかったものがいくさらしく仕立てられていく過程がよく見てとれる。**しかも注意深く見ると、〈衣川以南〉（〜59）と〈衣川以北〉（60〜）とで増幅率を比較してみると、〈衣川以南〉のほうに記述量を増幅する傾向がより顕著に見られることがわかる。『官符』から窺える康平五年合戦像が衣川を起点とするものであった（先述）ことを思い起こすと、萩馬場合戦のような〈衣川以南〉の前哨戦が多少はあったにしても、実際には激戦や大戦ではなかったのだろう。そして、『官符』では小松柵は〈衣川以北〉と読めるのに、『今昔』前九年話やそれを受け継いだ『陸奥話記』では〈衣川以南〉に移動させられている（一二六頁）のであるから、このことが〈衣川以南〉の叙述量の増大に貢献していることは疑いない。その延長線上に、『今昔』にも存在しなかった「仲村」の地名が『陸奥話記』で加えられ、さらに〈衣川以南〉が厚みを帯びることになった。これが《衣川以南増幅指向》である（《間隙補塡指向》や《境界性明瞭化指向》の下位概念）。これによって、**史実としては一連の合戦の起点であったはずの衣川が、物語世界では中盤のヤマに置き替えられた**ということだ（前節の『古今著聞集』の「衣のたて」の認識）。

そもそも衣川は、いうまでもなく奥六郡の最南端の地名である。そこより北が安倍氏の勢力圏、それより南が陸奥国府側の勢力圏だと一般的には考えられている。《安倍氏強大化指向》に基づき、彼らの本来の縄張りである奥六郡から南へと逸脱し、磐井郡や栗原郡まで出張《でば》っていたと表現するのが《衣川以南増幅指向》である。ということは、『扶桑略記』には存在しないのに『今昔』前九年話や『陸奥話記』で貞任・経清が衣川より南まで出張って官軍に圧力を加えていたとする部分（33・34）と小松合戦の位置を南へ移動させ「仲村」の地名まで投入してそれらにおける合戦描写や会話文を増幅させたこととは、認識の上では通底しているということになる。

巨視に立ち返ってみる。巻末の三書対照表の37〜84の範囲内を二分割し、〈衣川以南〉の37〜59、〈衣川以北〉の60〜84とで叙述量がどのように変化しているのかを比較する。もちろん『今昔』前九年話は原話ではなくそれを訓読したものなので三書間の比較はできない。ここでいう比較とは、三書それぞれの内部での〈衣川以南〉と〈衣川以北〉の叙述量の比率である。それが、**【表25】**である（いずれも、句読点、ナカグロ、会話記号は数えない。『陸奥話記』は訓読方法によって誤差が出るので、依拠テクストの原漢文に拠る）。

【表25　関係三書それぞれの〈衣川以南〉と〈衣川以北〉の叙述量の比重】

	『扶桑略記』所載『奥州合戦記』	**『今昔』前九年話**	**『陸奥話記』**
〈衣川以南〉の文字数	三八八字（48%）	七〇七字（40%）	一四九二字（50%）
〈衣川以北〉の文字数	四一〇字（52%）	一〇四三字（60%）	一五一四字（50%）
	100%	100%	100%
	右の計七九八字	右の計一七五〇字	右の計三〇〇六字

『奥州合戦記』は前半〈衣川以南〉と後半〈衣川以北〉の叙述量がほぼ同じで、若干後者が多い。ところが**『今昔』前九年話では、後半の比重が増している。**これは巻末の三書対照表を見ても一目瞭然で、**敗者の末路や哀話が大幅に増幅されているから**である（反源氏的ゆえ）。そして肝心の**『陸奥話記』は再び『奥州合戦記』ほどに前半の叙述量が押し戻している。**『陸奥話記』も『今昔』と同じように敗者の末路や哀話が収められているのであるから、それに負けないほど**前半〈衣川以南〉の叙述量が大幅に増幅している**ということである。これが《衣川以南増幅指向》であり、具体的には営岡の名寄せ、小松合戦譚の後半、武則の予祝、頼義による傷病兵の見舞い、武則の籌策など『今昔』に存在しない話の増幅である。〈衣川以南〉と〈衣川以北〉の叙述量の比重において『陸奥話記』が前者を重くしたのは、それらの存在に負うところが大きい。『陸奥話記』表現主体は、独自のさまざまな逸話をおもに〈衣川以南〉に入れ込んだのである。

これは、『陸奥話記』冒頭「子孫尤も滋蔓し、漸く衣川の外に出づ」（2）や「貞任等、益諸郡に横行し、人民を劫略す。経清、数百の甲士を率ゐて衣川関を出でて、使ひを諸郡に放ちて、官物を徴《め》し納む」（33）と通底する意識によ る。『陸奥話記』では安倍氏が奥六郡以南まで勢力を拡張しているので、官軍が衣川に辿り着くまでがひと苦労であったと表現する指向が強いということである。**《衣川以南増幅指向》**は**《安倍氏強大化指向》**と連動しているということである。

叙述量の側面だけではない。表現の面でも〈衣川以南〉をことさら強調するところが、『陸奥話記』にはある。一八日間霖雨によって兵糧不足に陥り、周辺の「稲禾」を刈り取らせていたところ、手薄になった官軍の「仲村」の営所が貞任勢の大軍に急襲されたのだが、『陸奥話記』では「磐井以南の郡々、宗任の誨《をし》へに依つて、官軍の輜重・往反の人物を遮り奪ふ。件の奸類を追捕せんが為に、兵士千余人を分ちて栗原郡に遣はす。又、磐井郡仲村の地に入らしむ」（49・50）と、ここが「磐井郡」「栗原郡」すなわち〈衣川以南〉であることを意識させる表現が入れ込まれている。『扶桑略記』や『今昔』前九年話はほぼ同じ流れでありながら、右の三か所の地名が存在しない。つまり、『陸奥話記』ではここでの貞任勢との衝突を〝仲村合戦〟と呼ぶことができるのだが、『扶桑略記』や『今昔』前九年話ではここの地名は不詳なのである。

＊　＊

さて、先述のように磐井川の地名とその越えがたいさま（53〜55）は『扶桑略記』と『陸奥話記』にしかみえないのだが、両書の間でも微妙な相違点がある。

『扶桑略記』

両陣、相対し、鋒を交え大戦す。

『陸奥話記』

両陣相対し、大いに戦ふ。

貞任等、敗北し、
磐井河に到る。
或いは高岸より堕ち、或いは深淵に溺る。
河辺に於て射殺する賊衆は百余人、奪ひ取る馬は三百余疋なり。

午《うま》より酉《とり》に至る。

義家・義綱等、虎のごとくに視《み》、鷹のごとくに揚る。将を斬り旗を抜く。

貞任等、遂に以て敗北す。

官軍、勝に乗じて北《にぐ》るを追ふ。

賊衆、磐井河に到り、
迷ひて或いは津《しん》を失ふ。或いは高岸より墜ち、或いは深淵に溺る。暴虎憑河《ぼうこひょうが》の類は、襲ひ撃ちて之を殺す。

戦場より河辺に至るまで、射殺する所の賊衆は百余人、
奪ひ取る所の馬は三百余匹なり。


一見して『陸奥話記』のほうが叙述が豊かであることは明白である。「午《うま》より酉《とり》に至る」という時刻、義家や義綱の様子、貞任勢を追撃する官軍の猛勢、貞任勢が磐井川に堕ちて落命するさま、「暴虎憑河の類」（命知らずの官軍）が貞任勢を掃討する威勢が、『扶桑略記』には存在しない。ここで注目したいのはそのことよりも、罫囲みの相違である。「賊衆」（貞任勢）の被害を言うのに、『扶桑略記』では「河辺に於て」としかないのに、『陸奥話記』では「戦場より河辺に至るまで」となっている。これは「戦場より」という四文字の相違に留まるものではない。『陸奥話記』では、「午より酉」の六時間にも及ぶ義家・義綱ら源氏勢による奮戦がクローズアップされ、その後の追撃戦も——観念的な描写ながら——存在する。『扶桑略記』のような淡泊な表現だと「或いは高岸より堕ち、或いは深淵に溺る」

は貞任勢の自滅だとも捉えられるのだが、『陸奥話記』の文脈だと確実に源氏勢の功績だと受け止められるようになっている。すなわち、『陸奥話記』の「戦場より～まで」は、アミカケ部分の追加と連動しているのである。逆に、『扶桑略記』表現主体が表現の簡素化を狙ってアミカケ部分を削除し（それにしても時刻まで削除するのはありえないが）、それを割愛した以上は「戦場より」も削らねばならぬなどと判断したとは、到底考えられない。やはり、『扶桑略記』のようなかたちをもとに『陸奥話記』が増幅したと考えるべきだろう。《間隙補塡指向》（すなわちここでは《衣川以南増幅指向》）による操作である。

そしてまた、このことは、先述の小松合戦譚の導入で、『扶桑略記』では「萩馬場」から――「小松」の地名をもたないゆえ――無名の柵（あるいは萩馬場の柵）での合戦に直結している（宿営地と戦場が不分明）と指摘したが、その判断の妥当性を補強することにもなる。「萩馬場」の名称が出るのみで、その直後に「其の柵を焼き了んぬ」とある唐突さゆえに、『扶桑略記』のほうが何かを省略したのではないかと疑われそうだが、そうではないということである。どうやら『**扶桑略記**』**には舌足らず**（**表現不足**）**のところがあって、**『**陸奥話記**』**表現主体は緻密な想像力によってその行間を埋めるような作業を行っている**ということが言えるのである。《間隙補塡指向》である。

五　小松合戦譚にみられる《間隙補塡指向》とその派生

前後の文脈の飛躍や多義的な解釈を生じそうなところがあるとその間隙を埋めようとする指向が、《間隙補塡指向》である。しかし、無意味にただ空白を埋めればよいというわけではないので、この指向を前提として、表現主体のさまざまな表現欲求がそこに吐き出されやすい。

「小松」という地名が出てこない『扶桑略記』では小松合戦と呼ぶことはできないので、「其の柵を焼き了んぬ」

（47）と出てくるのは、『扶桑略記』では、萩馬場の近くの無名の柵ということになる。ところが――無名の柵ではあまりに不都合だという判断もあったのだろう――『今昔』前九年話や『陸奥話記』では、

①偵察隊による勇み足的な放火
②柵内からの敵軍の応戦
③源頼義と清原武則の決断
④柵の険阻な様子
⑤安倍宗任勢八百余騎の突撃
⑥官軍の反撃
⑦清原武道による宗任游兵の殲滅

という内容が入ってきて、見事な小松合戦に仕上がっている。（1）

（1）　もともと『今昔』前九年話や『陸奥話記』のように小松合戦譚が存在したのに、『奥州合戦記』でそれが省略された（あるいは『扶桑略記』編者が『奥州合戦記』を引用する際に割愛した）可能性も疑うべきだが、『合戦記』と題する書ないしは合戦叙述を眼目とする書が、元あった合戦譚を省略するとは考えにくい。戦闘とは無関係の脱線的逸話が『合戦記』では割愛されるということはありうるだろうが、①～⑦のような内容が無視されてよいとは考えられない。

『今昔』前九年話や『陸奥話記』にみえるような右の①～⑦の小松合戦譚も、記録か伝承世界で存在したのかもしれず、それを、衣川より南の磐井郡、萩馬場から五町余りのところに移すという虚構をほどこしたのではあるまいか。営岡が起点として設定されている以上、途中に何も合戦譚がなければいきなり衣川が初戦になってしまう（じつは『官符』だとそう読める）。衣川から厨川に至る中間が淡泊になっても困るのだが、そこは鳥海柵がある（次節で述べるように、そこも作為的である）。そういう前後のバランス感覚から、**衣川を初戦ではなく山場に仕立てるために、〈衣**

川以南〉の前哨戦的な合戦譚が必要だったのだろう。

かくして、『奥州合戦記』では「萩馬場」は戦場であったはずなのだが、『今昔』前九年話や『陸奥話記』では官軍の宿営地となり、そこから五町余り（約五五〇メートル）離れた小松柵が戦場というように文脈が変化してしまった。「萩馬場」が宿営地になったのは、『今昔』前九年話に「日晩タルニ依テ」(43)、『陸奥話記』に「晩景に及ぶに至りて」（同）とあるほか、③の中で、『今昔』前九年話に「合戦明日ト思フト云ヘドモ、自然《おのづか》ラ事乱ニタリ。日ヲ不可撰《えらぶべからず》」(44)、『陸奥話記』に「明日の議、俄に乖いて、当時の戦ひ、已に発せり。但兵は機を待ちて発するのみ。必ずしも日時を撰ばず」（同）などと夕刻の決断を匂わせる文脈が存在するからである。もともと、本来の（衣川より北の）小松合戦譚に、〈宿営地—偵察—不慮の合戦勃発〉などという内容が含まれていたのをそっくりそのまま磐井郡の萩馬場に移動したのではないだろうか。

さてその③（源頼義と清原武則の決断）では、『陸奥話記』の文脈を示しつつ、『今昔』前九年話に存在しない部分をアミカケ表示する。

将軍、武則に命じて曰く、「明日の議、俄に乖いて、当時の戦ひ、已に発せり。但兵は機を待ちて発するのみ。必ずしも日時を撰ばず。故に宋の武帝は往亡を避けず、而して功あり。好く兵機を見、早晩に随ふべし」と。武則曰く、「官軍の怒み、猶水火の如し。其の鋒は当るべからず。兵を用ゐるの機は、此の時に過ぎじ」と。則ち騎兵を以て要害を囲み、歩卒を以て城柵を攻めしむ。

アミカケ部分を除くと、ほぼ『今昔』の文脈になる。次のとおりである。

爰ニ守、武則ニ云ク、「合戦明日ト思フト云ヘドモ、自然《おのづか》ラ事乱ニタリ。＜日ヲ不可撰《えらぶべからず》＜」ト。武則、「＜然也」ト云フ。＜

四か所のアミカケ部分のうち「但兵は機を待ちて発するのみ」と「故に宋の武帝は往亡を避けず、而して功あり。

好く兵機を見、早晩に随ふべし」は「機」ということへの焦点化（一種の明瞭化）を目指した《漢文的文飾指向》による追加であろうし、「官軍の怒《はげ》み、猶水火の如し。其の鋒は当るべからず」と「則ち騎兵を以て要害を囲み、歩卒を以て城柵を攻めしむ」は先述の《官軍の戦いぶり前景化指向》による後補とみてよいだろう。ある一貫した割愛方針をもって『扶桑略記』が省略したなどとは考えられないので、これも『陸奥話記』の側が後補したものだと断じてよい。「騎兵」と「歩兵」の対照性の提示は、一種の具体化でもある（従来『陸奥話記』の表現に依拠して小松合戦は「騎兵」と「歩兵」で役割分担をしたなどと読もうとする向きもあったが、この一節がそもそも空想の産物だということである）。

そして、『今昔』前九年話や『陸奥話記』の小松合戦譚に出てくるのは、宗任である。『今昔』前九年話に「宗任八百余騎ノ兵ヲ具シテ、城ノ外ニシテ合戦フト云ヘドモ…（中略）…宗任ガ軍被破ヌ。軍、城ヲ棄テ逃ヌレバ、即チ其ノ楯《館》ヲ焼ツ」（45・47）、『陸奥話記』に「宗任、八百余騎を将ゐて、城外に攻め戦ふ。…（中略）…遂に宗任の軍を敗る。又、七陣の陣頭の武道、要害を支ふる処、宗任の精兵三十余騎、游兵と為りて襲ひ来《きた》る」（同）とある。このゆえに、両書の小松合戦譚の冒頭で、「宗任ガ伯父良照ガ小松ノ楯《館》」（『今昔』43）、「件の柵（小松柵）は、是れ宗任の伯父僧良昭が柵なり」（『陸奥話記』43）と、そもそも宗任絡みで紹介されるのである。ところが『官符』にあるように、元々の小松合戦に関わって僧良昭とともに出羽に逃げたのは、正任だったのである（先述）。『陸奥話記』だと正任と良昭は、「但し正任一人、未だ出で来らず云々。…（中略）…僧良昭は、亡げて出羽国に至り、守の源斉頼の為に擒にせらる。正任は初めは出羽の光頼の子、字は大鳥山太郎頼遠の許に隠る。後に宗任帰降の由を聞きて又出で来り了んぬ」（85・86）と、物語末尾で敗走する人物として出てくる。この二人がセットになっているという点でも、逃げた先が出羽国であるという点でも、『官符』と『陸奥話記』は符合している（『陸奥話記』末尾のこの部分は『今昔』前九年話に存在しない）。それは、事実がどうであったかという復元の問題である。ここでの本題に戻ると、

（1）もともとは衣川と黒沢尻の間にあった小松柵での合戦を物語世界で衣川より南の磐井郡に移した。

（2）もともとは正任の話であったものを宗任の話にすり替えたということになろう。少なくとも『官符』の文脈はそうである。**（1）については《衣川以南増幅指向》によるものだが、（2）については《宗任像前景化指向》によるものだろう。**後世、前九年合戦とは〝安倍貞任・宗任を討った戦い〟であると喧伝されるように、誅殺された貞任と降虜として西国に送られた宗任が対照的でもありまたセットでもあるという認識が生まれた。その起点ともいうべき宗任像の巨大化が、ここに始まっているとみることができる。

六　鳥海ばなしにみえる《間隙補塡指向》とその派生

『降虜移遣太政官符』の宗任条に、「抑も、宗任は、衣河関を破りし日、鳥海楯《館》を去り、兄貞任が嫗戸楯《館》に籠り、相共に合戦せり」とある。官軍が衣川関を撃破したその日に、宗任は鳥海柵を出て嫗戸柵に向かったというのであるから、**宗任は衣川柵にはいなかった**ことになる。なぜならば――衣川柵と鳥海柵は二〇キロメートルほど離れているのだが――宗任が衣川柵から直接、嫗戸柵に向かって敗走したのなら、途中の鳥海柵のことをここに記す意味がないからである。そしてまた、貞任も最初から嫗戸柵にいたということになり、**事実としては、衣川柵には貞任も宗任もいなかった**ということなのだろう。しかしそれにしても鳥海柵は、宗任の本拠地であったと考えてよいようだ（『安藤系図』の「宗任」にも「鳥海弥三郎」とある）。『陸奥話記』の鳥海柵は、頼時最期の地（18）であるという意味からも、史料的信頼性のある『官符』に記されているという点からも、衣川と厨川（嫗戸）のはざまにあっては重要な城柵であることは確認しておいてよい。

物語世界でも、『陸奥話記』の鳥海ばなしで、源頼義が「頃年、鳥海柵の名を聞きて、其の体を見ること能はず。今日、卿の忠節に因りて、初めて之に入るを得たり」（66）と、ここへの入城に感激した心情を吐露している。史料であるか物語であるかにかかわらず、鳥海柵の重要性が当時の共通認識として存在したということだろう。ところが、『官符』によっても右のように鳥海柵は戦場になっていないし、『扶桑略記』でも、「十一日、鳥海柵を襲ふ。宗任等、城を棄てて逃げ走り、厨川柵を保つ」(64)と記されるに留まっている。

これでは、物語として大きな不都合が生じる。衣川から厨川までの間が、あまりにもあっさりとしてしまうのだ。つまり小松合戦譚や仲村合戦譚によって〈衣川以南〉は充実した叙述量になったのだが、鳥海あたりが寂しいままであると、衣川合戦が過ぎてからの〈衣川以北〉はほとんど事件らしい事件もなく展開してしまうことになる。『今昔』前九年話(の原話)がここに毒酒ばなし(65)を入れたのは、一義的にはその反源氏的な《頼義像揶揄指向》の話を必要としたのだろうが、もう一方で、物語の流れの中で鳥海あたりに何らかの逸話が必要だったこともあるのではないか。その《間隙補塡指向》の延長線上に、『陸奥話記』段階での頼義・武則の会話(66)の後補があるのだろう。

ここには、《境界性明瞭化指向》(「初めて之に入るを得たり」)、《忠節前景化指向》(「卿の忠節に因りて」「王室の為に節を立つべし」「天地、其の忠を助け、軍士、其の志に感ず」「予が節を遂ぐることを得たり」)、《頼義像老齢示唆指向》(「白髪返つて半ば黒し」「鬢髪悉く黒く、形容肥満せん」「白髪返つて黒きことは」)、《主将頼義副将武則序列明示指向》(「愚臣、鞭を擁して相従ふのみ。何の殊功か有らん」「卿、功を譲ること無かれ」)、《一二年一体化指向》(「軍旅の役に苦しむこと、已に十余年なり」)などさまざまな指向が同時に入れ込まれているのだが、それもこのあたりの隙間を埋めなければならないという《間隙補塡指向》が前提となってのことではないだろうか。

七　厨川合戦譚にみえる《間隙補塡指向》とその派生

厨川合戦譚の包囲解除(74)にも《間隙補塡指向》がみられる。『今昔』前九年話と『陸奥話記』はほとんど同文的なのだが、『陸奥話記』には賊徒が「賊徒忽ちに逃げんとする心を起し」たとする部分がある。これは、「賊徒」の心情を解説してある部分で、武則の読みの深さ、すなわち《武則像智将化指向》の実現のための《間隙補塡指向》によるものだろう。

このような《間隙補塡指向》は『陸奥話記』の随所にみられるが、次の部分は要注意である。厨川の神火投入(73)を再検討する。

『扶桑略記』

①省略（神火のこと鳩のこと）
②暴風忽ちに起り、煙焔飛ぶが如し。
④楼櫓屋舎、一時に火起こる。城中の男女数千人、同音に悲泣す。或いは身碧潭に投じ、或いは首白刃に倒る。

『陸奥話記』

①省略（神火のこと鳩のこと）
②暴風忽ちに起り、煙焔飛ぶが如し。
③是に先んじて官軍の射る所の矢、柵面・楼頭に立つこと、猶蓑の毛の如し。飛焔風に随つて、矢の羽に着く。
④楼櫓屋舎、一時に火起る。城中の男女、数千人同音に悲泣す。賊徒潰乱し、或いは身を碧潭に投じ、或いは首を白刃に刎ぬ。
⑤官軍水を渡りて攻め戦ふ。

『今昔』前九年話

①省略（神火のこと鳩のこと）
②其ノ時ニ、忽ニ暴キ風起テ、
④城ノ内ノ屋共一時ニ焼ヌ。城ノ内ノ男女数千人音ヲ同クシテ、泣キ叫ブ。敵ノ軍、或ハ身ヲ淵ニ投ゲ、或ハ敵ニ向テ伏ス。
⑤守ノ軍水ヲ渡テ責メ囲テ戦フ。

遡及表現である「是に先んじて」に始まる③は、いかにも『陸奥話記』の後補である。『扶桑略記』にも『今昔』にもない。「柵面・楼頭」に「蓑の毛」のように立った「官軍の射る所の矢」に「飛焔」が着いたという文脈で、頼義の付け火が城館への類焼に繋がったところを《間隙補塡指向》によって説明したものである。これは「屋舎」(72)を損壊して堀を埋め「萱草」を川岸に積む意識と通底している。《整合性付与指向》である。『扶桑略記』にも72は存在するので、その指向の延長線上に、『陸奥話記』の右の③がさらに追加されたものと考えてよい。

ところがこれは、「河と柵との間、亦隍《みぞ》を掘る。隍の底に倒《さかしま》に刃《やいば》を立て、地の上に鉄刃を蒔《ま》く」(69)という二重堀の様相とは相容れない。そのような隔たった距離感だと、頼義の投じた「神火」は城柵に届かないし、「屋舎」を廃材で埋める時に二重堀であることが顧慮されていないのも、不自然である。つまり③の《間隙補塡指向》は『扶桑略記』をもとにしてそれを整合的に繋ごうとしたのにたいして、同じ《間隙補塡指向》と見えても、69は前後の文脈とうまくつながっておらず、同一人物(作者)が行った操作とは考えにくいところである。『陸奥話記』には、ほかにもこのようなところがある(第十五章で指摘する第三次『陸奥話記』)ので、注意が必要である。

八　おわりに

たいていの物語は、原態本や古態本から後出本に向けての形成過程において、人物像の明瞭化が進み、展開のめりはりが効くようになり(ドラマティックな性格を強め)、さまざまな描写のデフォルメが進み、しかし同時に演出としてのリアリティも付与されるようになる。『陸奥話記』も、そのような道をたどったと考えられる。

本章で指摘したのは、《境界性明瞭化指向》《間隙補塡指向》《衣川以南増幅指向》である。このうち《間隙補塡指向》の下位指向が《衣川以南増幅指向》であるが、「衣川」の焦点化については《境界性明瞭化指向》が前提になっている。また、《境界性明瞭化指向》は、《安倍氏強大化指向》の下位である。指向のこのような複雑な相関は、人間心理のありようをそのまま反映したものである。人の心そのものが、重層化もし枝分かれもする。そのような意味においても、『陸奥話記』の形成過程は、当時の時代社会の心を投影した鏡だと言えるのかもしれない。

文　献

大津雄一（二〇〇五）『軍記と王権のイデオロギー』東京：翰林書房

第十五章　『陸奥話記』成立の第二次と第三次

――《反源氏指向》から《韜晦最優先指向へ》――

本章の要旨

第一次『奥州合戦記』、第二次『奥州合戦記』、第一次『陸奥話記』(『今昔』前九年話)の存在は別にしても、現存の『陸奥話記』の層に近い段階で二段階の形成を経ている。第二次『陸奥話記』は、『今昔』のもつ反源氏的な文脈をきちんと受け止めてさらにそれを増幅させる一方で、『扶桑略記』のもつ親源氏的な文脈も受け止めてそれを強調している。第二次分は、驚くほど緻密な思考力・想像力によって構成されていると考えてよい。これにたいして第三次分の層は、もとあった緻密さを台無しにしてしまうような無理解な誇張表現が目立つ。想像力の点からいうと、第三次分は粗雑な層といえる。それは『陸奥話記』の冒頭部・終末部に顕著に見られ、中盤においても過度の文飾部分は粗雑層の表現がシモフリ的に後補されたものと判断することができる。『陸奥話記』にみえる一八か所の割注は本文と不可分のものも多く、丁寧な取材によって記されたものとみえ、第二次分に含まれていたものと考えられる。

実体的に言えば、『扶桑略記』、第一次『陸奥話記』(『今昔』前九年話の漢文体原話)、第二次『陸奥話記』の間には指向の連続性があって同一作者の手になるものと考えることもできるが、第三次分だけは著しく異質で、別の人物(改作者)が関与したものと考えられる。

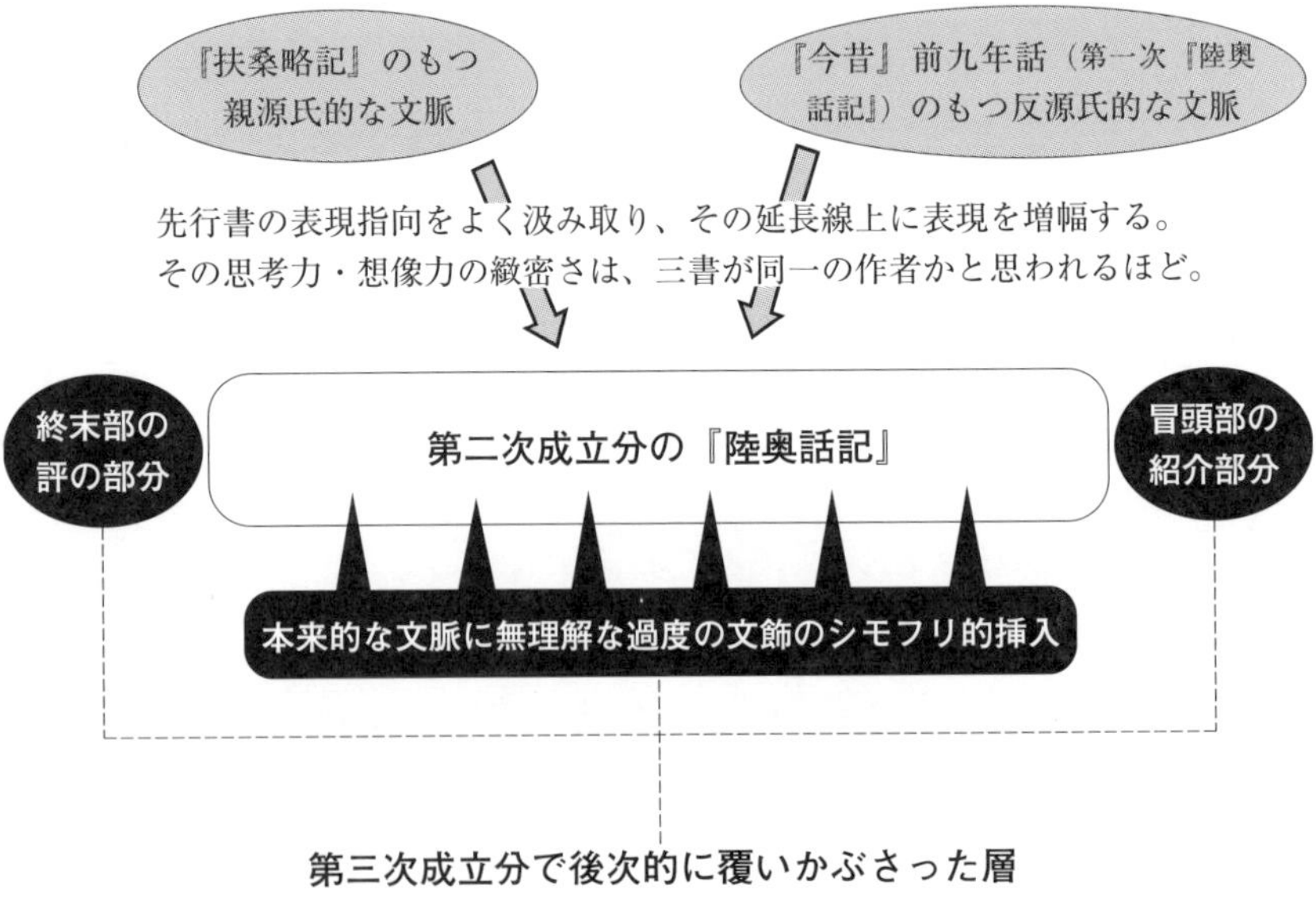

一　問題の所在

『陸奥話記』を、源氏史観（源氏びいき）の産物だという研究者もいれば、頼義が強引にいくさをしかけた私戦の匂いがするという研究者もいる。これほど解読しにくいテクストはないというわけである。これについては、親源氏系の『奥州合戦記』『扶桑略記』と反源氏系の『今昔』前九年話（の原話）とを取り合わせるように『陸奥話記』が成立したための現象であると指摘した。ただし双方の扱いは均等ではなく、『陸奥話記』の本音としての立ち位置は反源氏でありながら、表現主体が自らの姿を韜晦するために親源氏を偽装したのだとも述べた（二三〇頁、三一四頁、五一四頁）。

これによって『陸奥話記』の表現構造のすべては読み解けたはずだが、それだけではどうしても納得できないところが残っている。それは、『陸奥話記』に〝濁り〟のような表現が散見されることである。わかりやすく言うと、**自らの主体を韜晦しつつ本音を織り込みながら文脈を形成するほどの力量をもつ表現主体の像は緻密な想像力とデリカシーに満ちているはずなのだが、一方でそうとは考えられない表現が存在する**のである。それが〝濁り〟である。叙述量で言えば、密なる部分が支配的で九割程度を占め、疎なる部分が一割程度だろうか。実体の問題に引き寄せて言えば、一個の人物の中に想像力の粗・密が同居するはずはないので、**密なる想像力をもつ作者によって成った第二次『陸奥話記』の上に、疎なる想像力しか持ちえなかった作者によって加筆された第三次『陸奥話記』が覆いかぶさっているのが、現状の『陸奥話記』だと理解せざるをえない**（このように『陸奥話記』の成立主体を一個の実体的な人間に帰することができないので、本書では「作者」ではなく「表現主体」の用語を用いている）。第二次成立分が緻密層、第三次成立分が粗雑層という重層的な様相を呈しているということである。

『陸奥話記』のどの部分がどのように〝濁っ〟ているのか、そしてそのような現象がなぜ生じたのか、本章ではそのことを明らかにしたい。なお、『陸奥話記』の第一次・第二次・第三次の概念については、本書凡例七を参照されたい。

二　想像力の緻密さ――粗雑層を照射するための前提として――

次節以降で『陸奥話記』の粗雑層の存在を指摘するための前提として、本節で『陸奥話記』の大半においてはきわめて緻密な想像力によって文脈が成り立っていることを確認しておきたい。

1　反源氏的な指向の増幅――『今昔』前九年話の原話からの階梯――

『今昔』前九年話（の原話）（第一次『陸奥話記』）は反源氏的な指向に支えられているとみられるが、現存『陸奥話記』はその延長線上にあって、しかも元の表現以上に反源氏性を強めるような操作を行っている。

そのもっとも顕著な例は、「但し群卿の議同じくせず」（19）、「朝議、紛紜せるの間」（39）である。前者は頼時追討が成ったあと貞任らの余類も源頼義が攻めようとしたが、それに朝議の賛同が得られなかったとするものであり、後者は出羽守二代非協力や貞任経清横行を受けて頼義が安倍氏を攻めようとしたがそれにも中央の決議は一本化できなかったと表現するものである。これらの表現は『扶桑略記』にも『今昔』前九年話にもなく、『陸奥話記』の独自表現である。文献学的な文字の出入り（異同）で済む問題ではなく、前九年合戦の正当性を揺るがす表現が、『陸奥話記』独自箇所であって、しかも一か所ではなく19と39に出てくることから『陸奥話記』を支える認識や思想の問題と考えられる。

『奥州合戦記』が先に成立し、それが『陸奥話記』の後半部にほぼ相当するわけだが、後付けされたとみられる前半部を、『今昔』前九年話も有している。そこには、不確かな情報によって安倍氏追討に奔った阿久利川《あくりがわ》事件、憶測によって味方を誅伐した平永衡事件、源氏称賛的な先行話を反源氏的な方向に変えようとした黄海合戦譚後半など、その大半が源氏を突き放す内容なのである。**『今昔』前九年話は明らかに反源氏と言ってよく、それを採り込んだ『陸奥話記』が「但し群卿の議同じくせず」(19)、「朝議、紛紜せるの間」(39)などという表現を添えるのは、元あった指向を十分に理解し、その延長線上にあってそれを強調するものだと言ってよい。**

細かく見れば、もっとある。阿久利川事件（9）の発端は、陸奥権守藤原説貞《ときさだ》の子である光貞・元貞が、野宿の際に人馬を殺傷される一件から始まるが、その犯人を『今昔』前九年話は「此レ誰ガ所為ト不知《しらず》」とぼかすのみである。頼義は光貞の言を鵜呑みにして安倍貞任追討を目指す。ところが『陸奥話記』では、「夜に人有りて窃《ひそ》かに相語る」と情報源が不確実であるという方向にシフトチェンジしている。つまり『今昔』では〝頼義が光貞の言を信じて貞任が犯人だと決めつけた〟ことだけを問題にしているのにたいして、『陸奥話記』はその上に〝そもそもその情報も夜という秘密的な時間帯に、秘密的な空間で、主体不明の人物からもたらされた〟ものだとするので、『陸奥話記』の頼義が情報持ち込み人の言と藤原光貞の証言を一方的に信じてしまったことを二重に示している。これによって『陸奥話記』は、『今昔』が意図したことをより強く明瞭に、表現するに至っている。

経清離反（14〜16）の経緯についても、平永衡が濡れぎぬを着せられて斬られたゆえ離反はやむをえなかったとする指向は『今昔』にも見えているのだが、『陸奥話記』は15を新たに挿入することによって、元々あった経清像保護の指向をさらに強めたものと言える（四八一頁）。

このように**『陸奥話記』は、『今昔』前九年話（の原話）（第一次『陸奥話記』）が表現しようとしたことを十分に汲み取ってさらにそれを強調したり明瞭化したりしている**のである。それほどに、『今昔』の表現指向を、『陸奥話記』はよく理解していたということだろう。

2　親源氏的な指向の増幅――『扶桑略記』からの階梯――

『奥州合戦記』（第二次）やそれを引用した『扶桑略記』は親源氏的な指向に支えられているとみられるが、『陸奥話記』はそれの延長線上にもあって、しかも元の表現以上に親源氏性を強めるような操作を行っている。

安倍頼時追討に続いてその「余党」である貞任らを源頼義が討とうとするところ（18）で、『扶桑略記』の「仍て、重ねて国解を進らせ、官符を賜りて諸国の兵士を徴発し、兼ねて兵糧を納《い》れ、悉く余党を誅せんことを請ふ」よりも『陸奥話記』の「請ふ、官符を賜りて諸国の兵士を徴発し、兼ねて兵糧を納れ、悉く余類を誅せんことを。官符を賜ふに随つて兵糧を召し、軍兵を発せん」と頼義が公権を背負うさまが強調されているといえる。

黄海合戦譚の義家奮戦ばなし（20）では、『扶桑略記』になかった「白刃を冒し重囲を突き、賊の左右に出づ」「神武命世なり」「夷人号を立てて八幡太郎と曰ふ。漢の飛将軍の号、年を同じくして語る可《べ》からず」を後補している（これほど忠実な引用関係にあるので、『扶桑略記』が部分的に『奥州合戦記』を省略したとは考えられない）。**『扶桑略記』に元々あった《義家像英雄化指向》をよく汲み取って、さらに『陸奥話記』はそれを強調したもの**であると言える。

例の高階経重の赴任と下向（36）でも、『扶桑略記』は「経重、進発し下向す。人民、皆前の司の指揮に随ふ。経重、帰洛す」と経重の行動を軸にしつつあっさり記しているのにたいして、『陸奥話記』は「鞭を揚げて進発す。境に入り任に着くの後、何も無くして帰洛す。是国内の人民、皆前の司の指撝に随ふが故なり」と傍線部を加え、波線部を後ろに回すことによって、**源頼義が陸奥国の人民に慕われているさまがより明瞭になっている**（**親源氏的**）。

3　緻密な想像力による文脈の追補

反源氏・親源氏という指向の面と少し異なるが、『陸奥話記』表現主体に緻密な想像力が窺えることを二点あげる。

一点目は、小松合戦の結び（47）で、ほぼ同文ながら次のような順序の異同を生じている。


『扶桑略記』

①賊徒六十余人を射斃す。疵を被けて逃る者は、其の数を知らず。
②賊衆、城を捨て逃げ走る。
③則ち火を放ちて、其の柵を焼き了んぬ。
④官軍の死する者は十三人、疵を被る者は百五十人なり。

『陸奥話記』

②賊衆、城を捨て逃げ走る。
③則ち火を放ちて柵を焼き了んぬ。
①射斃す所の賊徒は、六十余人、疵を被けて逃るる者は、其の員を知らず。
④官軍の死する者は十三人、疵を被る者は百五十人なり。

『扶桑略記』の流れだと①→②は安倍氏方の動き、③→④は官軍の動き、と空から見下ろすようにパラレルな記述の仕方をしているのだが、『陸奥話記』は①を少し後ろに送ることによって直前の源氏の猛攻（44～46）に押されて②安倍氏が敗走し、③そこに入城した官軍が柵に火を掛け、その結果①安倍方の人的被害と④源氏方とのそれをまとめるという流れになっている。つまり①の位置の移動は、44～46（『扶桑略記』にない）からの場面展開と緊密に連動しているというわけである。**このような操作を行うには、それなりの想像力が必要である。**

二点目は、仲村～磐井川間の追撃戦における安倍氏方の被害を、『扶桑略記』は「河辺に於て射殺する賊衆は百余人、奪ひ取る馬は三百余疋なり」と磐井川の川辺での被害とするのだが、『陸奥話記』では傍線部が「戦場より河辺に至るまで」となっていて、これまた直前の源氏方の追撃のさま（54）は『扶桑略記』になく、それを入れた『陸奥話記』はそれにふさわしく「戦場より」も追補したのである（三六六頁）。**明らかに、『陸奥話記』表現主体の脳裏に**

は、場面の〝絵〟が浮かんでいる。

三点目は、厨川柵に神火が投じられた場面（73）で、『扶桑略記』と『陸奥話記』はほぼ同文なのだが、『陸奥話記』はその中ほどに「是に先んじて官軍の射る所の矢、柵面・楼頭に立つこと、猶蓑の毛の如し。飛焰風に随つて、矢の羽に着く」を補っている。頼義の投じた神火が直接、城柵を燃え上がらせることができるのかという疑問を想定してそれを払拭するかのように、**それまでに源氏方の射た矢が「柵面・楼頭」に立っていたからこそ延焼しやすかったなどと合理的な説明を付加している**（三七三頁）。

以上のように『陸奥話記』では、『今昔』原話（第一次『陸奥話記』）の意図するところはさらにそれを強調し、また『扶桑略記』のもっていた指向もその延長線上にさらに伸ばしている。そのうえで、物語の展開に飛躍が生じないように緻密に行間を埋めたり、場面を視覚的にイメージして足りない部分は補ったりするなどというレヴェルの高さがうかがえる。これと、次節でみるような矛盾も破綻も恐れない、誇大な表現を好む表現主体とが、同一の層にあるとは考えられないのである。

三　『陸奥話記』冒頭部と終末部の特異性――粗雑層1――

『陸奥話記』の冒頭部と終末部には、副詞、形容動詞、それ自体語勢の強い語、その他の強調表現が多い。

【冒頭部の強調表現―安倍氏に対して】

①威名は大いに振ひ（強める形容動詞）

②部落は皆服せり（強める副詞）

③六郡に横行し（強い意味を含む動詞）
④人民を劫略す（強い意味を含む動詞）
⑤子孫尤も滋蔓し（強める副詞）
⑥賦貢を輸《いた》さず（反政府的）
⑦徭役を勤むること無し（反政府的）
⑧代々驕奢なるも（強い意味を含む形容動詞）
⑨誰人も敢て之を制すること能はず（強調構文＋強める副詞）

……三書対照表2

【冒頭部の強調表現―源氏に対して】
⑩衆議の帰する所、独り源朝臣頼義に在り（強める副詞）……三書対照表4
⑪性沈毅にして（強い意味を含む形容動詞）
⑫武略多し（強める形容詞）
⑬最も将帥の器たり（強める副詞）
⑭勇決は群を抜き（比較表現による強調）
⑮才気は世を被ふ（波及表現による強調）
⑯属せんことを楽ふ者多し（強める形容詞）
⑰常に頼義の為に獲らる（強める副詞）
⑱羽を飲まざること莫し（二重否定による強調）
⑲弦に応じて必ず斃る（強める副詞）

……三書対照表5

⑳人に軼《す》ぎたること斯くの如し（比較表現による強調）
㉑威風、大いに行はれ（強める形容動詞）
㉒皆奴僕の如くなり（強める副詞）
㉓大半は門客となれり（強める副詞）

当然のことながら、逆賊である安倍頼良（頼時）や安倍氏の祖先を英雄化する指向は、『陸奥話記』にはない。にもかかわらず安倍氏の威勢の強調表現が冒頭に集中しているのは、彼らを追討した源頼義を美化・巨大化するために必要だったからだろう。弱い敵を討ったとしても、英雄にふさわしい手柄にはならない。英雄源頼義の功績を最大限に讃えるためには、敵役たる安倍氏をも引き立てる必要があったということだ。こうしてみると、**冒頭部の文章の構造自体が、源頼義を英雄化するために仕組まれていることがわかる。**

一方、終末部にも、次のように強調表現が集中している。

【終末部の強調表現―頼義以外の者に対して】
㉔戎狄強大にして（強めの形容動詞）
㉕制すること能はず（強い意味を含む構文）
㉖万代の佳名を施す（強い意味を含む名詞）
㉗希代の名将なり（強い意味を含む名詞）
【終末部の強調表現―頼義に対して】
㉘自ら矢石に当り（主体を前景化する名詞）

三書対照表95

㉙戎人の鋒を摧く（強い意味を含んだ動詞）
㉚豈　名世の殊功に非ずや（強い意味を含んだ名詞＋強調構文）
㉛～を梟せしも、何を以てか之に加へんや（比較表現による強調）

中国の事例と日本古代（坂上田村麻呂）のそれ、日本古代の事例と源頼義のそれというように、終末部も文章の構造自体が対照に次ぐ対照を重ねながら頼義像の英雄化に向かっている。

現存『陸奥話記』全体の印象を決定づけている冒頭部と終末部のこのような強調表現は、じつは『陸奥話記』の全編を貫くものではない。それらを除く中盤部分で頼義をことさら英雄化するために強調表現を用いている例は、あまりない（安部元雄（一九六四）などによって早くから指摘されている）。あるとすれば、源頼義と清原武則の問答の場面などに限られる（それについての後次性も第十二章で指摘した）。

ここで注目したいのは、このような強調表現のほとんどが、『扶桑略記』や『今昔』前九年話にない『陸奥話記』独自部分（右の5と95）に集中しているということである。右の①～⑩は『今昔』前九年話にもあるが、その表現は次のように『陸奥話記』に比べるとあっさりしたものである。

①威勢大ニシテ、②此ニ不随者《したがはざるもの》無シ。⑤其ノ類伴広クシテ、漸ク衣河ノ外ニ出ヅ。⑥⑦公事ヲ不勤ル《つとめざる》、⑨代々ノ国司此レヲ制スル事不能ハ《あたはず》。（三書対照表2相当部分）

公此ノ事ヲ聞食テ、速ニ頼良ヲ可討挙キ《うちあぐべ》宣旨ヲ被下《くだされ》ヌ。源頼義朝臣ニ仰テ、此レヲ遣ス。（三書対照表4相当部分）

翻訳によって『今昔』原話の文脈がどの程度損なわれているのかは不明だが、一般的に、冒頭部はそう多く省略するところではない。右のように、『陸奥話記』の③④⑧⑩に相当する要素が、『今昔』にはない。

共通要素の存在するところでも、『今昔』の「公事ヲ不勤ル」よりも『陸奥話記』の⑥⑦「賦貢を輸さず徭役を勤むること無し」のほうがはるかに強い。それ以外のところでも細かく見ると、①「威名」「振ひ」（名声の喧伝までいう）、②「部落」（ヒエラルキーの構造を想起させる）、⑤「滋蔓」（はびこるイメージ）、⑨「誰人も敢て」（国司どころか、の意味）と、表現の上で安倍氏の猛威が強調されている。三書対照表4に相当するところでは、『陸奥話記』の⑩「衆議の帰する所、独り源朝臣頼義に在り」という頼義の圧倒的な人望を示す表現が、『今昔』にはない。

これらのことから、『今昔』以上に『陸奥話記』の表現のほうが強められているとみてよい。三書対照表中段の白地部分が『陸奥話記』独自の後補部分である可能性が高いことを指摘したが（三〇六頁）、右の三一か所のうち二〇か所がそこに含まれているわけで、その傾向を踏まえると、対照表5と95を後補するような**誇張表現を好む表現主体が、『今昔』前九年話の原話にも存在した2・4に相当する①〜⑩についても、元の表現を強調しながら上書きした可能性が高い。**

『陸奥話記』は源頼義を英雄化する枠組み（主題ではない）をもった物語なのであって、頼義を英雄化するためには対戦相手が弱小であっては困るのである。『陸奥話記』冒頭の安倍氏の威勢の表現は、源頼義との対照構図が発想されたうえで仕組まれたものに相違ない。これは、子供向けのテレビ番組・ヒーローものの作りと同じである。そして、『陸奥話記』の展開についても、官軍は前半は苦戦に次ぐ苦戦を重ねたと表現されており、一二年間ともされる戦争期間の最後の一か月、清原氏の参戦によって事態が急転し、安倍氏を滅ぼすことができたとする。これも、ヒーローものの作りと同じである。三〇分番組の最初の二〇分ぐらいまでは、ヒーローは必ず苦戦することになっているし、五〇分番組の「水戸黄門」で事態が好転するのは三〇分ごろを過ぎてからだと決まっているのである。『陸奥話記』ほど作為性の強い物語はない、といってよい。

四　『陸奥話記』冒頭部と終末部の作為性――粗雑層2――

前節の分析結果から、『陸奥話記』冒頭部と終末部には相当の作為性があるとみてよいだろう。強調表現の裏に潜んでいる作為性の性格について、この節で明らかにしてゆく。

1　『陸奥話記』冒頭部・三書対照表5の作為性

三書対照表5は、『陸奥話記』の独自部分である。これについて、まずは分析する。

素より小一条院の判官代と為《な》れり。院は畋猟《でんれふ》を好くすれども、野中に趣く所の麋鹿狐兎《びろくこと》は**常に**頼義の為に獲《と》らる。好みて弱弓を持てども、発する所の矢は羽を飲ま**ざること莫し**。縦ひ猛獣と雖も、弦に応じて**必ず**斃《たふ》る。其の射芸の巧《たくみ》、**人に軼《す》ぎたる**こと斯くの如し。上野守平直方朝臣、其の騎射に感じて、窃かに相語りて曰く、「僕不肖なりと雖も、苟も名将の後胤為り。偏に武芸を貴ぶ。而れども未だ曾て控弦《こうげん》の巧の、**卿《きみ》の如く能くする者を見ず**。請ふ、一女を以て箕箒《きさう》の妻と為《せ》んことを」。則ち彼の女《むすめ》を納れて妻と為し、三男二女を生ましむ。長子義家、仲子義綱等なり。

判官代の労に因りて、相模守と為る。俗武勇を好めば、民**多く**帰服す。頼義朝臣の威風、**大いに**行はれ、拒捍の類、**皆**奴僕の如くなり。而して士を愛し施すことを好めば、会坂以東の弓馬の士、**大半は**門客と為れり。任終りて上洛し、数年の間を経て、**忽ちに**朝選に応じて征伐将帥の任を**専らにす**。

表面的にはここの文脈は源頼義と平直方女との婚姻ばなしに見えるが、ゴシック体で示したように頼義の著しい美化・巨大化も窺える。波線部のように頼義の「射芸」をことさら強調し、傍線部のように頼義に多くの武士が「帰服」

したことを強調している。そのトーンは、これより前の部分で、『今昔』より尊経閣本『陸奥話記』、尊経閣本より群書本と安倍氏の巨大化が進んでいることと対応しているようにみえる。**安倍氏の威勢を強大なものとして描き、それを打ち負かすさらなる英雄頼義の形象という指向**である。しかも、柳瀬喜代志（一九七九）によれば、このあたりは『漢書』李広伝を出典とする典語がちりばめられているのである。『今昔』のようにこの部分が存在しなかったのがもとの形であり、典語や強調表現を駆使しつつ現存『陸奥話記』に仕立てられていったと考えたほうが自然である。逆に、現存『陸奥話記』が先行するものとして『今昔』が強調表現や漢臭の強い典語を嫌って削除したとすると、それに引きずられて頼義と平直方との婚姻ばなしまで消してしまったことになる。『今昔』が嫌った漢臭とは「漢語があやなす美辞麗句」（小峯和明（一九八五））の範囲に留まるはずであって、事実経過の説明にまで及ぶものではあるまい。

　そのような分裂や矛盾を冒してでも、右の一節（5）を挿入すべき理由も見える。この直後の安倍頼良（頼時）は、源頼義が陸奥守兼鎮守府将軍として下向し、奥六郡の「境に入り任に着くの初め、俄に天下大赦有り」という状況になって、それを契機として突如として、「頼良大いに喜び、名を改めて頼時と称し、大守の名に同じきこと、禁に有るが故なり。身を委ねて帰服す」（7）と帰順の意を表したし、その後も、「任終るの年、府務を行はんが為に、鎮守府に入り、数十日経回するの間、頼時首を傾けて給仕し、駿馬金宝の類、悉く幕下に献じ、兼ねて士卒に給ふ」（8）などと完全なる服従の態度を示したのである。ところが、これ以前の安倍氏は、「威名は大いに振ひ、部落は皆服せり。六郡に横行し、人民を劫略す。子孫尤も滋蔓し」（2）とあり、また、「賦貢を輸さず、徭役を勤むること無し。代々驕奢なるも、誰人も敢て之を制すること能はず」（同）と表現されるほど強大な勢力を誇り、時の陸奥守藤原登任《なりとう》に敢然と立ち向かって、鬼切部で官軍を撃退したほどであった。

　これほど「驕奢」だった安倍氏が、源頼義の下向の折りにちょうど「天下の大赦」があったとはいえ、態度を豹変させるのである。ところが、**その間に右の「素より小一条院の～」の対照表5相当部分が挟まれることによって、登**

任などこれまでの陸奥守には服従しなかった安倍氏が、頼義の武名に服したと読める流れがつくられる。もともと、「素より小一条院の〜」の直前にも、「衆議の帰する所、独り源朝臣頼義に在り」「性沈毅にして武略多し。最も将帥の器為り」「軍旅に在るの間、勇決は群を抜き、才気は世を被ふ。坂東の武士、属せんことを楽《ねが》ふ者多し」（5）とあるのだが、それが平直方女との婚姻ばなしとの響き合いによって、頼義の武名がさらに強められている。とくに、先の引用文の三か所の傍線部で頼義への「帰服」が強調されていたが、それは右の二重傍線部の「坂東の武士、属せんことを楽《ねが》ふ者多し」の認識を引き継いだものだったのである。そして、これらの頼義像を美化する表現も、『今昔』には存在しないのである。そして、柳瀬が指摘した『漢書』李広伝を出典とする部分は、ここまで含んでのことである。現存『陸奥話記』表現主体は、漢籍をもとに**〃多くの武士が好んで服従するほどの名将頼義像〃という新たな話を捏造し**、それを**物語の適切な位置に投入する**ことによって、**「驕奢」だった安倍氏がいとも簡単に「帰服」する存在に変貌しても違和感を感じさせない流れをつく**ったのである。

ここまでをまとめると、**『陸奥話記』冒頭部の**（『今昔』に比べての）**安倍氏の強大化表現と源頼義の美化・巨大化と「小一条院の〜」の挿入とは連動した指向に支えられている**とみることができる。そのように『今昔』から尊経閣本を経て群書本（最終段階の『陸奥話記』）への発展的な経過を説明することは可能だが、逆の経過、すなわち「強大化」「美化・巨大化」を嫌って挿話を抜いたり、表現をしぼませて、明瞭だった彼我の対照性をあいまいにしてゆくなどということは、まず考えにくい。（1）

（1）あらためて『今昔』の冒頭部を見直してみると、安倍氏の父祖の威勢は「驕奢」というほどでなく国司たちが持て余している程度の表現であったし（「代々ノ国司此レヲ制スル事不能ズ」）、いま述べたように頼義の美化・巨大化もないため、安倍頼良（頼時）の態度が豹変することもない。『今昔』の頼良（頼時）は、源頼義の武名にひれ伏したのではなく、純粋に「天下ノ大赦」によって源頼義に帰服したのである。こちらのほうが、よほど作為性がない。このように読み解いてくると、先行研究に考え方の大きな変更を迫らなくてはならない。『今昔』と『陸奥話記』（尊経閣本を含む）との間に中間的な共通祖本が存在したのではなく、単純に『今昔』は『陸奥話記』よりも丸ごと古い様相を留めている可能性が高いということだ。『陸奥話記』のほうが叙述量の多いところは、『今昔』が共通祖本（原話）から省略したのではなく、『陸奥話記』が加筆増補したということだ。逆に、『今昔』のほうが叙述量の多いところは（数としては少ないが）、『陸奥話記』がそこを都合の悪い部分と考えて省略したということである。

端的に言うと、**『今昔』よりも『陸奥話記』のほうが、頼義像をさらに英雄化し、何ごとにも誇大に表現したがる傾向が強い**ということである。

ここに、きわめて重要な事実がある。**右の対照表5相当部分の末尾に「任終りて上洛し、数年の間を経て、忽ちに朝選に応じて征伐将帥の任を専らにす」とあるが、これが『陸奥話記』本体（6～94の第二次成立分）と不整合を起こしている**のである。根本的な要因は、源頼義がどのような資格で安倍氏を追討したのかというところにある。①陸奥守なのか、②鎮守府将軍なのか、③追討使や征夷大将軍なのか、ということである。③ということはありえず、『陸奥話記』の表現世界で最終的に（第三次成立分で）虚構された合戦像である。①か②かについては難問で、最初は陸奥守として赴任しながらも、その後、陸奥守・鎮守府将軍併任の時期を経て、後者の資格が前面に出るようになり、最終的には「前鎮守府将軍」としていくさを終えたようである（第一章）。この当時の鎮守府将軍は受領官として陸奥守と同じように任期があったようである。「任終りて上洛し」は、一期目の陸奥守の任期が満了したことを意味しているので、五年が経過したということである。そして「忽ちに朝選に応じて征伐将帥の任を専にす」とあるのは、陸奥守でなくまるで追討使か征夷大将軍として安倍氏追討のための専従職であったかのような表現だが、実際には二期目の陸奥守であったのだろうと推定される（第一章）。一期目の陸奥守と二期目の安倍氏追討職との間にわざわざ「数年の間を経て」と入れているのは、源頼義陸奥在国の一二年間をどう解釈するかに苦慮した結果だろう。一二年間は、一期五年間の陸奥守や鎮守府将軍を二回拝命しても、まだ二年ほど足りない。「数年の間を経て」は、前半戦〈頼時追討〉と、後半戦〈貞任追討〉時には何らかの公職に就いていたのであって、その間にブランクがあったとするもので、安倍氏追討の際の頼義の立場や資格を正当化する意識に基づく挿入であることは間違いない（《源氏正当化指向》）。

ところが、これが致命的なミスなのである。このような小賢しい操作をしなくても、『陸奥話記』世界は、もともと一二年間がどうであるかというヴィジョンをもって構築されていた（「もともと」というのは、後述の第二次成立分の段階で、という意味）。『今昔』前九年話の17に高階経重の陸奥守任命と辞任が出ていて、『今昔』のその位置は天喜四年（一〇五六）春という推定史実と齟齬しない。その年のうちに次なる候補である藤原良綱も辞退したために、源頼義が重任されることになったのである。『扶桑略記』はこの一件を36の位置にずらして『奥州合戦記』直前のところで頼義が正当な資格を有していることを強調しようとした。『今昔』には17のみ、『扶桑略記』には36のみしかないので、いずれも頼義の一二年間をどのように資格付与するかという発想を持っていなかったとみられる。その双方を有する『陸奥話記』は、「之に因りて更《あらた》めて重ねて頼義朝臣を任じ、猶征伐を遂げしむ」（17）、「（高階経重の帰洛は）是国内の人民、皆前の司の指撝《しき》に随ふが故なり」（36）と、陸奥守の交替劇がこの一二年間に二度あったことを明示し、一度目は正式に、二度目も「国内の人民、皆前の司の指撝に随ふ」という意味での正当性を、頼義に与えている。いずれもその直後に、例の「但し群卿の議同じくせず」（19）、「朝議、紛紜せるの間」（39）を加えて頼義の正当性を揺さぶっているのだが、頼義が起こそうとしている安倍氏追討の内実にたいする疑念を表明したものであって、**一二年の間に二度の陸奥守交替劇があったことは、第二次『陸奥話記』においてははっきりと意識されている**（『扶桑略記』にその方針が見えるが貫徹されていない。一〇六頁）。ということは、冒頭の5で「任終りて上洛し、数年の間を経て、忽ちに朝選に応じて征伐将帥の任を専らにす」などという表現は重複を生じることになり、ないほうがよかったのである。

5の部分を〝全体の予告的総括〟ゆえに物語本体の叙述と重複していてもよい、などという解釈はできない。なぜならば、直後に6「拝して陸奥守、兼ねて鎮守府将軍と為し、頼良を討たしむ」、7「境に入り任に着くの初め」、8「任終るの年」と頼義の官職関係の表現が頻出していて、5の末尾の位置は、そこに向けての流れをつくるために語られたものだと考えられるからである。それに5では、頼義の系譜と武略↓武勇↓平直方の娘との婚姻↓任相模守↓坂東の勇士の帰服という〝頼義のこれまでの人生〟が紹介されているのであって、その後のことを含めた頼義の生涯が総括されているわけではない。これらから判断すると、やはり「任終りて上洛し、数年の間を経て、忽ちに朝選に応じて征伐将帥の任を専らにす」まで物語本体の文脈に組み込んでしまうと、頼義は四期にわたって、しかもその間に「数年」のブランクまで置いて、陸奥国に関わり続けたことになってしまう。致命的なミスというべきだろう。(2)

（2）　文脈の矛盾や違和感を根拠にして物語の重層性を想定する論について、〝なぜ改作者は矛盾を解消しようとしなかったのか〟という質問を受けることがある。『保元物語』の文保本は当時の変容する古典籍の姿をよく留めているが、そこには行間への補記や本行本文の削除などの改作の痕跡がおびただしく残っている。伝存する多くの古典籍は浄書本なので（それが半井本『保元物語』）整然と文字・行が並んでいるように見える。しかし、改作というものは〝行間補記や削除によって元あったものの方向性を変える〟ぐらいのことしかできないのである。ということは、丹念に読めば〝元あったもの〟が見えるということでもある。矛盾や違和感を解消するために物語を全面的に書き替えるなどと言う発想は、職業作家が登場して以降の近代人の考え方だろう。

2　『陸奥話記』冒頭部・三書対照表1・2の作為性

前項は、三書対照表中段の白地部分、すなわち『陸奥話記』独自部分の作為性を指摘したものである。これを起点にして、ここでは冒頭部（1・2）について検討する。ここは『陸奥話記』独自ではなく、『今昔』前九年話にも類似の記述が存在するので、それと比較しながら『陸奥話記』の作為性について指摘する。

『今昔』前九年話

今昔《いまはむかし》、後冷泉院ノ御時ニ、奥六郡ノ内ニ安陪頼良ト云者有ケリ。其父ヲバ忠良トナム云ケル。父祖世々ヲ相継テ酋ノ長也ケリ。威勢大ニシテ、此ニ不随者《したがはざるもの》無シ。其ノ類伴広クシテ、漸ク衣河ノ外ニ出ヅ。公事ヲ不勤《つとめざ》ル、代々ノ国司此レヲ制スル事不能《あたは》ハ。

『陸奥話記』

六箇郡の司に、安倍頼良といふ者有り。是れ同じく忠良が子なり。父祖の忠頼は、東威の酋長なり。威名は大いに振ひ、部落は皆服せり。六郡に横行し、人民を劫略す。子孫尤も滋蔓し、漸く衣川の外に出づ。賦貢を輸《いた》さず、徭役を勤むること無し。代々驕奢なるも、誰人も敢て之を制すること能はず。

冒頭の数行は、尊経閣本『陸奥話記』では次のようになっている。

六箇郡の内に、安倍頼良といふ者ありき。これ同忠良が子なり。父祖倶に果敢にして、自ら酋長を称し、威権甚しくして、村落をして皆服へしむ。

『今昔』の冒頭に「今昔、後冷泉院ノ御時ニ」とある部分は、『今昔』の語りの型に収めるために付加された言葉なので、ここでは無視してよい。先行研究で指摘されているように、『今昔』や尊経閣本『陸奥話記』では「奥六郡ノ内」あるいは「六箇郡の内」に「安陪頼良ト云者有ケリ」などと場所と人物がたんに紹介されているだけなのだが、群書本『陸奥話記』だとこれに「司」という社会的地位まで付随してくる。**『今昔』と尊経閣本が近い**ことに、まず注目しておく。さらに、群書本『陸奥話記』では〈祖父忠頼—父忠良—子頼良〉と三代の名が記されているのに、『今昔』や尊経閣本では祖父忠頼の名がない。

ところが、父祖の威勢をあらわす表現については、『今昔』が「威勢大ニシテ、此ニ不随者無シ」と人民を従わせるニュアンスであるのに対して、**尊経閣本と群書本『陸奥話記』とが近く**、「威権甚しくして、村落をして皆服へしむ／威名は大いに振ひ、部落は皆服せり」などと村落・部落を支配するさまになっている。ゆえに、**尊経閣本は両者に通う中間的な様相を呈しているとみることができ**、『今昔』のほうが素朴ないしは穏当な表現であるのに対して、**群書本『陸奥話記』は強調表現が目立つ**。その点では、『今昔』の「公事ヲ不勤ル」よりも群書本『陸奥話記』の「賦貢を輸さず、徭役を勤むること無し」のほうが具体的で、安倍氏の不順なさまが強調されているとみることができるし、後者にのみ存在する「代々驕奢なる」の表現をみても、**群書本『陸奥話記』では安倍氏の悪逆ぶりが強調されているとみることができる**（尊経閣本以外の『陸奥話記』諸本は群書本とほぼ同じ）。

もし、群書本『陸奥話記』のような強調表現が先に存在して、それを嫌って尊経閣本→『今昔』のように穏当な表現へと変化したとするなら、その理由説明ができない。逆に、不明瞭な表現を、あとから明瞭にしてゆく方向なら想定しやすい。ゆえに、**『今昔』→尊経閣本→群書本『陸奥話記』と強調する方向に変化した**とすれば、その説明はつく。それほど強大な安倍氏を追討したという意味で、源頼義の英雄性が強調されることになるからである。群書本『陸奥話記』で、ほかにも源頼義の英雄化を強調しようとする傾向が強いことは後述する。

『今昔』→尊経閣本→群書本『陸奥話記』の流れがみえてくると、ほかにも説明のつくところが出てくる。『今昔』では「其父ヲバ忠良トナム云ケル」とあって、安倍頼良（頼時）を起点にしてそこから遡る（つまり頼良に焦点が据えられている）のに対して、尊経閣本では「これ同忠良が子なり。父祖倶に果敢にして」とあって系譜を想定して上から下へと語るスタイル（頼良への焦点化が甘い）であるし、群書本『陸奥話記』でも「是れ同じく忠良が子なり。父祖の忠頼は、東威の酋長なり」とあって、冒頭部では頼良個人というより代々の安倍一族を脅威として描く傾向が強い。

このことは、『今昔』が「此ニ不随者無シ」という表現であるのに対して、先述のように「村落」（尊経閣本）や「部落」（群書本）を服属させる、強圧的なイメージへと変貌させていることとも通じる。このあたりは、『後漢書』烏桓列伝を下敷きにして改変されたようだ（梶原正昭（一九八二）所収「『陸奥話記』典語故事一覧」）。『陸奥話記』の形成の過程で、**頼良個人を安倍一族に変え、その安倍一族を強大に形象していった**ということだ。**後者のほうに、表現の集中化や強調がみられる**のである。「代々ノ国司」（『今昔』）がこれを抑えきれなかったというよりも、「誰人も敢て」（群書本。尊経閣本は「上、制すること能はず」）のほうが他の部族も含めてすべてを圧しているイメージが出てくる。つまり、『今昔』から尊経閣本を経て群書本『陸奥話記』にいたる形成の過程を、第一には**安倍頼良（頼時）個人ではなく代々の安倍氏の威勢の強大さに変えてゆこうとする指向**と、第二には**その威勢を安倍氏単独で他のすべてを圧しているほど強大に描こうとする指向**とによって**書き換えていったもの**と理解することができる。このような場合、表現を明瞭にしたり強調したりするほうが後出的だとみるのは当然のことで、あとから『今昔』のようにあいまいにしたり拡散的な表現に改変したりなどということは、考えにくい。しかも、『今昔』研究の翻訳論の成果からも、そのような想定はしにくい。

意外にも、**『今昔』前九年話は、すべての『陸奥話記』諸本よりも古態性を保存している可能性が高い**のである。

3　『陸奥話記』冒頭部・三書対照表3の作為性

次に、対照表3相当部分を検討する。ここも、『今昔』前九年話に類似記述がある。

『今昔』前九年話

而ル間、永承ノ比、国司藤原登任ト云フ人、多ノ兵ヲ発シテ、此レヲ責ト云ヘドモ、頼良諸ノ曹《ともがら》ヲ以テ防キ合戦フニ、国司ノ兵討返サレテ、死ヌル者ノ多シ。

『陸奥話記』

永承の比、大守藤原朝臣登任、数千の兵を発して之を攻む。出羽秋田城介平朝臣重成を前鋒と為し、大守は夫士を率ゐて後為《しんがり》り。頼義は諸部の俘囚を以《ひき》ゐて之を拒ぎ、大いに鬼切部に戦ふ。大守の軍敗績し、死する者甚だ多

―し。

ここについては、『陸奥話記』の尊経閣本と群書本との間にほとんど差はない。点線部の「諸ノ曹《ともがら》」（『今昔』）と「諸部の俘囚」（『陸奥話記』）の違いは、前項の、たんなる「威勢大ニシテ、此ニ不随者《したがはざるもの》無シ」（『今昔』）と、「村落」や「部落」を「服」させている（『陸奥話記』）違いと通底している。**後者はヒエラルキー構造の存在を想起させ、その頂点に君臨している安倍氏をイメージさせる**のだ。

傍線部については、これまでは、両者の共通祖本に「出羽秋田城介平朝臣重成を前鋒と為し」が存在していて、『今昔』がこれを省略したとみるのが一般的な考え方だろう。ところが、そうではない。いまの戦場は陸奥国の奥六郡である。そこに逆賊が登場すれば陸奥守がこれを追討するのは当然の責務である。『陸奥話記』では、そこに隣国の秋田城介が出てくる（傍線部）。のちに清原武則が同じく出羽から陸奥へと援軍に駆けつけるわけだが、読者の脳裏においてそれと状況を重ねさせるために、この表現を後次的に追補したのだろう。安藤淑江（二〇一二）が指摘するように『陸奥話記』で英雄化されているのは源頼義ばかりでなく清原武則も同等かそれ以上なのだが、出羽の武則が私的な応援要請に応じたものであることを際立たせる（秋田城介と山北俘囚主との公私の対照）ために、ここに秋田城介を登場させた可能性が高い（四七五頁）。

4　『陸奥話記』終末部の作為性

ここまで、『陸奥話記』冒頭部の作為性（とくに尊経閣本よりも群書本など）について述べてきた。これと同じトーンで語られているところが、『陸奥話記』にはもう一か所ある。それは、終末部である。まず、『今昔』の「如此《かくのごとく》賞ノ新タナル事ヲ見テ、世ノ人皆讃メ喜ビケリトナム語リ伝ヘタルトヤ」と『陸奥話記』の「勲賞の新たなる、天下栄と為せり」までは、ほぼ同内容と言ってよい。そして、これは『今昔』では最後の一文である。ところが、『陸奥話記』はこれで終わろうとせず、さらに次の文章を追加している。

①戎狄《じゅうてき》強大にして、中国、制すること能はず。故に漢の高祖、平城の囲みに困《くる》しみ、呂后、不遜の詞を忍ぶ。我が朝、上古に屢《しばしば》大軍を発し、国用多く費すと雖も、戎《えびす》大いなる敗れ無し。

②坂面伝母礼麻呂《さかものてもれまろ》、降を請ひて、普く六郡の諸戎を服し、独り万代の嘉名を施す。即ち是れ北天の化現にして、希代の名将なり。其の後、二百余歳、或は猛将、一戦の功を立て、或は謀臣、六奇の計を吐く。而るに唯一部落を服するのみにして、未だ曾て兵威を耀かし遍く諸戎を誅すること有らず。

③而れども頼義朝臣は、自ら矢石に当り、戎人の鋒を摧く。豈名世の殊功に非ずや。彼の郅支単于《しっしぜんう》を斬り南越王の首を梟せしも、何を以てか之に加へんや。（以上95）

④今、国解の文を抄し、衆口の話を拾ひ、之を一巻に注す。少生は但し千里の外なるを以て、定めて多く之を紕繆《ひびう》せん。実を知る者之を正さんのみ。（96）

官軍の勝利で結ぶ『今昔』前九年話は『陸奥話記』と一件近いように見えるが、『今昔』は直前の論功行賞という現象的なものを受けて（「如此賞ノ新タナル事ヲ見テ」）世評で結んでいるのにたいして、『陸奥話記』は安倍氏の猛威を再説し、苦難の末にこれを討伐したという頼義の一二年間の内実を称賛している。『今昔』の「如此賞ノ新タナル事ヲ見テ、世ノ人皆讃メ喜ビケリトナム語リ伝ヘタルトヤ」に相当する文句は『陸奥話記』にも「勲賞の新たなる、天下栄と為せり」とあって、論功行賞についての称賛は『陸奥話記』内部でも済んでいるのである。つまり**『陸奥話記』は、源氏にたいする称賛が二重化している**といえる。

ここは①～③の三部構成（これに加えて④の跋文）で、その①は、中央と辺境の関係を官と賊（戎狄）の関係にすりかえ、「国用多く費すと雖も、戎大いなる敗れ無し」――すなわち、いかに夷俘が強大であるかを強調した文脈で、**二項対立的な対照の発想は安倍氏と源氏を対置した冒頭部の指向や方法と通底**している。そして②で坂上田村麻呂の戦功を褒めたたえたあとに、③でその田村麻呂以上の働きを源頼義が果たしたというのである。①②の二本の文脈を合わせると、坂上田村麻呂を歴史上の唯一の例外と位置づけたうえで、源頼義を田村麻呂に準えようとしているのだということがわかる。いかにも観念的な言説で、頼義を賛美しようとする姿勢に満ちあふれた文章である。この三部構成を見渡すと、中国と日本、そして日本の古代と今というように〈空間の対照〉と〈時間の対照〉を組み合わせて最終的に源頼義を賛美する構造になっている（じつは『平家』の「祇園精舎」も同じ構造）。**ここがいかに観念的な美辞麗句で塗り固められているかという証拠**に、一か所の波線部、四か所の傍線部、この計五か所は漢籍による典語だと指摘されている〔梶原正昭（一九八二）所収「『陸奥話記』典語故事一覧」〕。

そして、ここでもっと重要なのは、**終末部の表現の観念性や二項対立的な表現指向は物語の冒頭部と通じるということと、それらの冒頭部と終末部は『今昔』ではもっと控えめだったりそもそも存在しなかったりする**ということである。冒頭部と終末部を除く中盤の部分は『今昔』と『陸奥話記』との位相差は縮まり――次節以下で指摘する武則や清原勢の前景化、頼義との一体化に関わる部分以外は――ほとんど違いがない。**『陸奥話記』は、冒頭部と終末部のみ（これに加えて義家や武則の登場部分）取って付けたかのようなのである**。

これが観念的で実体のない表現だという証拠が、波線部の「頼義朝臣は、自ら矢石に当り」である。頼義は前九年終結時の康平五年（一〇六二）時点で七四歳〔永延二年（九八八）生まれ。『国史大辞典』による〕の高齢で、実際に**『陸奥話記』の中で頼義の戦闘場面など一度も存在しない**。たとえば衣川柵を攻めたときに「三陣の押領使」を定めたのだが、「清原武貞…関の道」「橘頼貞…上津衣川の道」「清原武則…関の下道」（61）が、それぞれ配されている。頼義は、一軍を率いることさえしておらず、総司令官でしかない。むしろ《頼義像老齢示唆指向》や《主将頼義副将武則序列明示指向》によって、**先鋒は清原武則であって頼義には実質的な戦功はないと注意深く表現しているふしがある。**そうでなければ、頼義の白髪の形容や「老臣」の自称がわざわざなされるとは考えられない。このような頼義が、物語の終末部では**「自ら矢石に当り」などと語られているところに、矛盾が露呈している。**そもそも、『陸奥話記』冒頭部と終末部には誇大な強調表現がみられると指摘してきたが、**そのエスカレートしがちな上滑りの表現指向は、前節で指摘した緻密な想像力によって構築されてきた『陸奥話記』の世界とはかなり異質なものである。**

　このように考えてみると、先行研究で『陸奥話記』の頼義像に矛盾、分裂があるなどとされていた現象は、一個の都人によって一時期に書かれた物語などという先入観（ひとりの作者、一個の物語などという重層性を顧慮しない物語観）を前提にし、『陸奥話記』の冒頭部と終末部の強調表現に〈読み〉を誘導されて、幻惑されたものではなかったか。**矛盾や分裂は、成立事情に帰するべき事象だった**ということになる。(3)

（3）「将軍」の意味の二重化も考える必要がある。頼義の呼称として、第二次『陸奥話記』が『今昔』の「守」を嫌って「将軍」と表現したのは、安倍氏追討が陸奥守としての職の範囲内ではないこと〔「但し群卿の議同じくせず」（19）、「朝議、紛紜せるの間」（39）〕を示すための批判的な選択であったはずだが、それを征夷大将軍であるかのように錯覚させ〔佐倉由泰（二〇〇三）〕、朝廷に歯向かう逆賊を平定したいくさだとする合戦像を覆いかぶせたのである。

五　無理解な誇張表現のシモフリ的挿入

　三書対照表の5と95を足掛かりとして、1～4にも元あった表現を『陸奥話記』が誇大に強調する傾向がみられることを指摘した。ということは、5と95だけでなく、『陸奥話記』の全編にわたって、第三次の表現主体が無理解な強調表現を部分部分で挿入したり改変したりしている可能性がある。まるで、赤身の中に無数の白い脂が差し込んでいるシモフリ肉のように、である。それを、四点指摘する。

一点目は、衣川柵の描写（60・61）である。

『今昔』前九年話

此ノ関、本ヨリ極テ嶮キガ上ニ、弥ヨ樹、道ヲ塞ゲリ。

『陸奥話記』

件の関は、素より隘路嶮岨にして、崤函の固きに過ぎたり。一人嶮に距げば、万夫も進むことを得ず。弥く樹を斬りて渓を塞ぎ、岸を崩して路を断つ。加ふるに霖雨の晴るること無く、河水の洪隘するを以てす。

『今昔』よりも『陸奥話記』のほうが文飾が豊かであるだけのように見えるが、そもそもイメージしている世界が異なるのである。「崤函の固き」や「一人嶮に距げば、万夫も進むことを得ず」という表現は、中国の崤山や函谷関を踏まえたもので、渓谷の狭隘な地形を利用して大軍の進行を渋滞させ、**崖の高低差を利用して上から下を攻撃する関所**を表現している。ところが、岩手県奥州市衣川区には衣川関の擬定地があるが、衣川の河岸と川面の高低差が存する程度である。先述の関所の概念自体に混乱があり、川の南側の平泉町も含めて衣川関と呼ぶべきなのだが、中尊寺のある関山を想定しても、平地との比高差一〇〇メートル弱である。現在の県道三〇〇号線（奥州街道）が関山の東麓を通過しているように、ここを突破するのに山越えをしなければならないということはない。『陸奥話記』の表現は豊かな文飾というより、現地をまったく知らない観念的な妄言なのである（『陸奥話記』の第二次成立分までは、事実性や合理性が重視されていた。三四〇頁、三四四頁）。

さて、『今昔』の「此ノ関、本ヨリ極テ嶮《けはし》キガ上ニ」という表現自体に多少の違和感があるが、渡河を含む険しさだと解釈すれば非現実的というほどではない。「弥ヨ樹、道ヲ塞ゲリ」とあるのは川に到達する前の地点だとみえるので、衣川とは川を挟んだ両岸を「関」と見立てたと考えたほうがよい（一二四頁）。その表現は、関の施設そのものの堅固さではなく、そこに至る「道」の通行の困難さを語っている。『降虜移遣太政官符』に「衣河関を破りし日」ともあるように、〝突破する〟と呼ぶにふさわしい通行上の困難さがあったのは間違いないだろう。それにしても『陸奥話記』の表現は、ゆきすぎである。『今昔』が『陸奥話記』の観念的な文飾を嫌ってその表現を割愛したというよりも、やはり『陸奥話記』表現主体が後次的に付加したものなのだろう。「弥く樹を斬りて渓を塞ぎ、岸を崩して路を断つ。加ふるに霖雨の晴るること無く、河水の洪隘《こういつ》するを以てす」も含めて、同様である。本当に「河水」が「洪隘」していたのなら、その後の久清ばなしにまったくその状況が反映していないのも不自然である。『陸奥話記』のここ数行分の文飾は、上滑りした表現なのである。ここには緻密な想像力が働いているとは見えず、**無理解で誇大な強調指向によって増幅された部分である**と考えられる。

二点目は、厨川合戦譚における厨川柵の描写（69）である。ここは三書対照表の白地部分、すなわち『陸奥話記』の独自部分である。

①件の柵、西北は大沢、二面は河を阻つ。河岸は三丈有余、壁立して途無し。其の内に柵を築き、自ら固くす。柵の上に楼櫓を構へて、鋭卒之に居る。

②河と柵との間、亦隍《みぞ》を掘る。隍の底に倒《さかしま》に刃《やいば》を立て、地の上に鉄刃を蒔《ま》く。

③遠き者をば弩《いしゆみ》を発して之を射、近き者をば石を投げて之を打つ。適《たまたま》柵の下に到る者をば沸湯を建てて之に沃《そそ》ぎ、利刃を振ひて之を殺す。

④省略（柵方による挑発行動）

①垂直方向の険阻表現、②水平方向の険阻表現、③柵方の戦法、④柵方による挑発行動と整理することができる。①②③の中では、②は異質である。①で厨川柵の立地や構造、兵士の布陣まで概観しておきながら、②で再び外郭の険阻表現に戻っている感がある。それに、②はいわゆる二重堀（川と堀とで）にしたという表現なのだが、このことがこれ以降の厨川合戦譚にまったく機能しない。また、③に「柵の下」という表現があるが、これは水平方向ではなく垂直方向の険阻表現と対応しているので、①→③と直結していたと考えられる。②のような文飾が行間に書き加えられた段階（改作者の推敲段階）を経て、それが本文に組み込まれたのだろう。**①③④は《後三年記想起指向》による後補とみられるので、反源氏的な指向を大切にする第二次『陸奥話記』の文脈だと考えられるが、②についてはその文脈を理解しない改作者による後補だと考えてよい**だろう。その目的は、厨川柵の険阻なさまを強調して、それを陥落させた源氏方を英雄化するためである。

*　*

以上の二点は、第二次成立分と推定される前後の部分と明らかな矛盾を生じているのでおそらく第三次段階での後補であろうと推断することができた。しかし、矛盾を生じるという目印がなくても、『今昔』前九年話との比較対照によって、1～4の部分で指摘したような細かな誇張表現がシモフリ的に挿入されたと推定できそうなところがある。たとえば、「身を委ねて」「境内は両たび清く」(7)、「悉く幕下に献じ」「兼ねて士卒に」(8)、「一旦誅に伏せば、吾何ぞ忍ばんや」「一丸の泥を以て」(10)、「坂東の猛士、雲のごとくに集ひ雨のごとくに来《きた》れり」「歩騎は数万ありて、輜人戦具は重畳して野を蔽《おほ》ふ」(11)、「黄巾・赤眉は豈《あに》軍を別つの故にあらずや」(13)、「前車の覆るは後車の鑑なり。韓彭《かんぽう》誅せられて黥布寒心す」「独り忠功を為すの時、蹐《ほぞ》を噬《く》ふも何ぞ逮《およ》ばん」(14)、「唯に客主の勢の異なるのみに非ず、又寡衆の力の別なること有り」(19)、「白刃を冒し重囲を突き、賊の左右に出づ」「雷のごとく奔り風のごとく飛びて、神武命世なり」(20)、「老僕の年、已に耳順に及び、将軍の歯、又懸車に逼《せま》れり」「陪臣と云ふと雖も、節を慕ふこと是一なり」「而して殺死すること林の如くして」(24)、「性、言語少なく、騎射を善くす。合戦の時、死を視ること帰するが如くす」(25)、「志は節を立つるに在りて」「若し苟も死せずば、必ず空しく生きじ」「必ず神鏑に中りて先づ死せん」(41)、「但兵は機を待ちて発するのみ」「故に宋の武帝は往亡を避けず、而して功あり」「官軍の怒み、猶水火の如し。其の鋒は当るべからず」(44)、「件の柵、東南には深流の碧潭を帯び、西北には壁立の青巌を負ふ。歩騎共に泥む」「万死に入りて一生を忘れ」(45)、「岸を崩して路を断つ」「加ふるに霖雨の晴るること無く、河水の洪隘するを以てす」(61)、「死せんことを必して生きんとする心莫し」(74)、「驍勇、祖の風有り」(78)、「宜しく武士の為に帰伏せらるること、此の如くなるべし」(87)である。これらの強調表現がすべて第三次分での後補だと断定できるわけではない。矛盾や亀裂がないので確かめようがないが、あるとすれば、『扶桑略記』や『今昔』に表現の存在しない、このような強調表現の中に、第三次分が含まれていそうだということである。とくに傍線部の87は、5「坂東の武士、属せんことを楽ふ者多し」「俗武勇を好めば、民多く帰服す」「会坂以東の弓馬の士、大半は門客と為れり」と同種の指向に支えられていることは注目しておいてよいだろう。

　これに加えて、三五七～三六二頁で指摘したはなはだしい《境界性明瞭化指向》も、三書対照表(5)と通底するものであった。これも、ある部分は第二次分に存在し、また別のある部分は第三次分で加えられたのだろう。尊経閣本が過渡的な様相を示していたように、第二次分と第三次分を二元的に捉えるのではなく、連続的な成長とみるべきなのだろう。しかしそれにしても、第三次分の最終的に至りついた層に、第二次分の緻密さを台無しにしてしまうほどの誇張表現が含まれているのも、事実なのである。

六　割注にみる第二次成立分の性格

前節まで検討したように、第二次成立分の表現主体は驚くほど緻密な想像力をもって物語を構成しているようにみえ、そこから逸脱する5や95を中心とする部分は粗雑な想像力しか持ちえない、無理解な誇張指向の表現主体によって後補された第三次成立分だと考えられる。実体的に言えば、同一人物の中で起こった現象とは考えられないので、原作者と改作者ということになる（原作者を大江匡房、改作者を藤原敦光とする試案を四八九頁で述べる）。

『降虜移遣太政官符』や『水左記』を参照しているらしいことから、『陸奥話記』の実体作者が相当の身分教養のある人物で、それらの文書を参照しうる立場にあったことも推定した（四八九頁）。調査・取材に基づいて歴史叙述を成そうとするそのような姿勢は、『陸奥話記』の割注にもみられる。『陸奥話記』の割注を、その直前の対象語とともに列挙すると、次のとおりである。なお、割注は原文ではもちろん二行割書きだが、ここでは〔　〕に入れて一行で示す。

①名を改めて〔大守の名に同じきこと、禁に有るが故なり。〕（7）
②十郎〔永衡、字は伊具十郎。〕（14）
③平不負〔字を平大夫と曰ふ。故に能を加へて「不負」と云ふ。〕（28）
④白符・赤符〔白符とは経清の私の徴符なり。印を捺さず。故に白符と云ふ。赤符とは国符なり。国印有り。故に赤符と云ふなり。〕（34）
⑤栗原郡　営岡《たむろのおか》〔昔、田村麻呂将軍、蝦夷を征するの日、此に於て軍士を支へ整ふ。其れ自《よ》り以来《このかた》、号して営と曰ふ。塹《ほり》の迹《ほり》猶存せり。〕（39）

⑥清原武貞〔武則の子なり。〕(40)
⑦橘貞頼〔武則の甥なり。字は逆志方太郎。〕(40)
⑧吉彦《きみこの》秀武〔武則の甥にして、又婿なり。字は荒川太郎。〕(40)
⑨橘頼貞〔貞頼の弟なり。字は新方次郎。〕(40)
⑩又三陣に分つ〔一陣は将軍、一陣は武則真人、一陣は国内の官人等なり。〕(40)
⑪吉美侯《きみこの》武忠〔字は班目四郎。〕(40)
⑫清原武道〔字は貝沢三郎。〕(40)
⑬藤原業近〔業近、字は大藤内。宗任の腹心なり。〕(62)
⑭重任〔字は北浦六郎なり。〕(77)
⑮遂に之を斬る。〔貞任、年三十四にて死去す。〕(78)
⑯安倍為元〔字は赤村介。〕(81)
⑰則任〔出家して帰降す。〕(84)
⑱車は轂を撃ち、人は肩を摩す。〔子細、別紙に注したり。〕(89)

この一八か所が、『陸奥話記』に出てくる割注のすべてである。このうち、②③⑤⑥⑦⑧⑨⑪⑫⑬⑭⑮⑯⑰の一四例は、人名・地名の由来や付加説明である。あってもなくても構わない詳述化指向の産物のように見えるが、中には②③のように割注がないと本文が読みにくくなるものもある。⑤の地名に由来を記すのも、同様の詳述化の意識によるものだろう。残る四例を見ると、①は安倍頼良が頼時に改名した理由を、④は経清が白符を用いた意図を、⑩は軍団の内訳を、⑱は詳述した別紙の存在を、それぞれ示している。このうち⑱はなくても本文が読めないということはないが、それ以外の①④⑩がないと本文を正確に読むことはできない。とくに、①④はその付近の文脈の解釈不全で済む問題だが、⑩の説明がないと「茲《ここ》に因りて五陣の軍士平真平……」(45)や「又、七陣の陣頭の武道……」(46)までも浮いたものとなってしまう。ということは、**『陸奥話記』の割注の一部には、本文の解釈に不可欠のものが入っていて、しかも、割注に文脈の一部を譲りながら本文の記述を進めている**ということである。

　そして、先ほど軽視した一四例の大半を占める人名の号は、それがなくても読解に支障は生じないものの、事実でないものを想像によって(《リアリティ演出指向》のために)わざわざ入れたものとは考えにくい。とくに注目されるのは⑤の「塹《ほり》の迹《あと》猶存せり」で、表現主体が陸奥国内の地理について情報収集しえたことを示している。⑱の「子細」を記した「別紙」らしきものとして『水左記』が想定できるように、これら割注に記された情報は何らかの取材(文書・伝承)に基づいており、荒唐無稽なものではなさそうである。このような態度は、緻密な想像力や合理的な思考力によって物語の完成度を高めようとした第二次の表現主体と軌を一にするように思われる。三書対照表中段の白地部分、すなわち『陸奥話記』の独自部分、およびそれに準ずる『扶桑略記』・『今昔』前九年話に存在しない部分では、日付・時刻を後補しただけでなく、人名で「気仙の郡司金為時」(15)、「散位平国妙」(28)、「散位平孝忠・金師道・安倍時任・同貞行・金依方」(63)、「大鳥山太郎頼遠」(86)、地名で「磐井郡仲村」(50)、「西山」(58)、「白鳥村」「大麻生野」「瀬原」(63)を補い入れている。これらは、現実に存在しない人名・地名を投入したのではなく、割注に見えたような事実性への拘りようからすると、取材に基づいて後補したのではないかと考えられる(たとえこれらが後補されたものだとしても、遠藤祐太郎(二〇〇九)の金為時論などは崩れないということ)。その意識は、間違いなく『陸奥話記』が荒唐無稽な物語なのではなく歴史叙述として読まれたいとする指向から発したものだろう。

　このように、第二次『陸奥話記』は、先行する『扶桑略記』、『今昔』前九年話を〈櫛の歯接合〉しつつ(『官符』なども取り込み)、事実的な物語としての享受に堪えうるものを目指したのだろう。その第二次成立分を成した主体を作者と呼ぶならば、その人物が割注まで含めて記述したのであろうことは、まず間違いない。それと著しく異質な後次層を成した主体を改作者と呼ぶならば、その人物の指向が端的に窺えるのは、三書対照表の5と95ということになる。そこには、割注が一つも含まれていない。

七　おわりに

本章で指摘したことから派生する問題が、三点ある。それを片づけて、本章の結びとしたい。

一点目は、第二次成立分の『陸奥話記』(これとて一二世紀初頭まで下るか)の性格である。黄海合戦譚は現在の黄海や河崎で合戦が行われたのかの事実性も疑わしく、小松合戦譚についても本来的な〈衣川以北〉から〈衣川以南〉へと物語世界で移動させられた可能性が高い(一二六頁、三六三頁)。そのような大胆な虚構と、本章で指摘したような事実性への拘泥は、相反する態度であるように見える。しかしそれは、簡単なからくりである。嘘を嘘として語る者などいない。嘘は必ず本物であることを偽装して語られるのだ。黄海合戦譚の捏造や小松合戦譚の移動は、大きな嘘である。それを目立たなくするためにそれ以外の部分ではできるだけ取材を重ね、実在の地名・人名を投入し、本物らしい姿を装うのである。取材に基づく割注や本行本文の人名の後補も、緻密な想像力によって補われた行間の合理化も、歴史叙述としての権威化・正当化を図るための操作であったのだろう。しょせん、《リアリティ演出指向》による糊塗だったということである。それは、『今昔』前九年話のような反源氏的立場を本音としつつも、建前として親源氏的な『扶桑略記』も利用するという態度とパラレルな関係にある。

二点目は、行論中でも述べたが、第二次と第三次の位相差である。たんなる増補問題では済ませられない懸隔が、両者の間にはある。第三次は三書対照表の5と95を代表として、それ以外にも『陸奥話記』の全編にわたってシモフリ的に挿入された誇大な強調表現の層だろうと考えられる。ただし、第二次の指向を丹念に読み取った側からすると無理解な増補であるように見えるが、第三次には第三次の理屈があるはずである。5と95に見えたのは、あからさまな源氏の英雄化である。あるいは、「任終りて上洛し、数年の間を経て、忽ちに朝選に応じて征伐将帥の任を専にす」(5)や、「名世の殊功」(95)にみられるような源氏の正当化である。

第二次成立後、五年、十年とたつうちに平泉藤原氏が政権基盤を固めて都でも社会的な認知度が上がってゆくと、『陸奥話記』『後三年記』が平泉政権を正当化するために書かれた物語であると察せられやすい状況へと変化していたのではないだろうか。それゆえに――第二次でも実体作者や成立圏を覚られないように親源氏的な『扶桑略記』を楯にして自らの主体を韜晦する方法を採っていたのだが――さらに韜晦することに重点を置かねばならなくなったのだろう。その表出が、「坂面伝母礼麻呂」(95)という不自然な表記、[4]「少生」が「千里の外」ゆえ「国解の文」「衆口の話」を元にしたが「実を知る者」に「紕繆《ひびゅう》」を「正」すことを託す(96)かのような史実性の偽装である。第二次の段階では、まだ韜晦は切実なものではなく、俘囚の身分から反源氏(反中央)を摩擦なく発信するための便法のようなものだったのだろうが、第三次の段階はより韜晦することが切実になってきたということである。端的に言えば、**第二次の反源氏から第三次の韜晦へと、指向の比重が移った**ということである。

(4)　樋口知志(二〇〇九)は「坂面伝母礼麻呂」を坂上田村麻呂と別人とするが、中国や日本の征夷を果たした名将との対比の文脈で、坂上田村麻呂を想起しないと考えることには無理があろう。樋口論は『陸奥話記』を「源氏史観の書」とする一方の立場から捉えているが、その重層性や韜晦性への顧慮はどうか。

三点目は、『後三年記』の二段階成立との関係である。『陸奥話記』に《後三年記想起指向》が窺えるということは、『後三年記』から『陸奥話記』への影響があるということである。しかし一方で、『後三年記』も前九年合戦の歴史を前提として語られている。ということは、相互の影響関係を想定しなければならないということである。これについては、第十七章で検討したい。

文献

安藤淑江（二〇一二）「『陸奥話記』の清原武則」「名古屋芸術大学研究紀要」33号
安部元雄（一九六四）「『陸奥話記』の構成」「茨城キリスト教短期大学紀要」4号
遠藤祐太郎（二〇〇九）「金氏との姻戚関係からみた奥六郡安倍氏の擡頭過程の研究」「法政史学」71号
梶原正昭（一九八二）『陸奥話記』東京：現代思潮社
小峯和明（一九八五）『今昔物語集の形成と構造』東京：笠間書院
佐倉由泰（二〇〇三）「『陸奥話記』とはいかなる「鎮定記」か」「東北大学文学研究科研究年報」53号
樋口知志（二〇〇九）「『陸奥話記』について」「歴史」113号／『前九年・後三年合戦と奥州藤原氏』東京：高志書院（二〇一一）に再録
柳瀬喜代志（一九七九）「『陸奥話記』述作の方法——「衆口之話」をめぐって——」「日本文学」28巻6号

第十六章　『後三年記』成立の第一次と第二次

――漢文体から漢文訓読文体へ――

本章の要旨

『後三年記』の大半は漢文訓読文体だが、一部に和文臭の強いところがある。このことは、『後三年記』が二段階の成立を経たことを示唆している。しかも、対句を訓読した際に生じたらしき乱れを認めることができるので、第一次『後三年記』は漢文体であった可能性が高い。そこに後補された部分は人物像の前景化に機能するものばかりで、これは第二次『陸奥話記』で用いられたのと同じ方法である。漢文体の第一次『後三年記』を訓読しつつ、人物像を前景化した和文臭の濃い部分を織り交ぜながら『陸奥話記』世界との近似性を排除して引き離し、漢文訓読文体の第二次『後三年記』が成立したと考えられる。

これまで『後三年記』の成立年次の上限を縛ってきた大江匡房の「翁」表現は第二次分に含まれるので、そこを除くと『後三年記』の第一次分の成立年次は現状（一一二〇～二七年）より遡及する可能性が出てくる。一方で、匡房と義家の逸話は〈文〉が〈武〉を抑えるべきとする文民統制の考えを出したもので、一一世紀最末期～一二世紀初頭に要請された思潮と考えられる。よって、『後三年記』の第二次分の成立を大幅に下降させる必要もなく、これまでどおり一〇二〇～二七年のころと考えてよい。

藤原清衡政権が安定化・強大化してくると物語の策謀性が外部に覚られやすくなり、『陸奥話記』『後三年記』がセットで読まれることを意図していた第一次分から、両書の関係を引き離した第二次分への変容を必要とした。

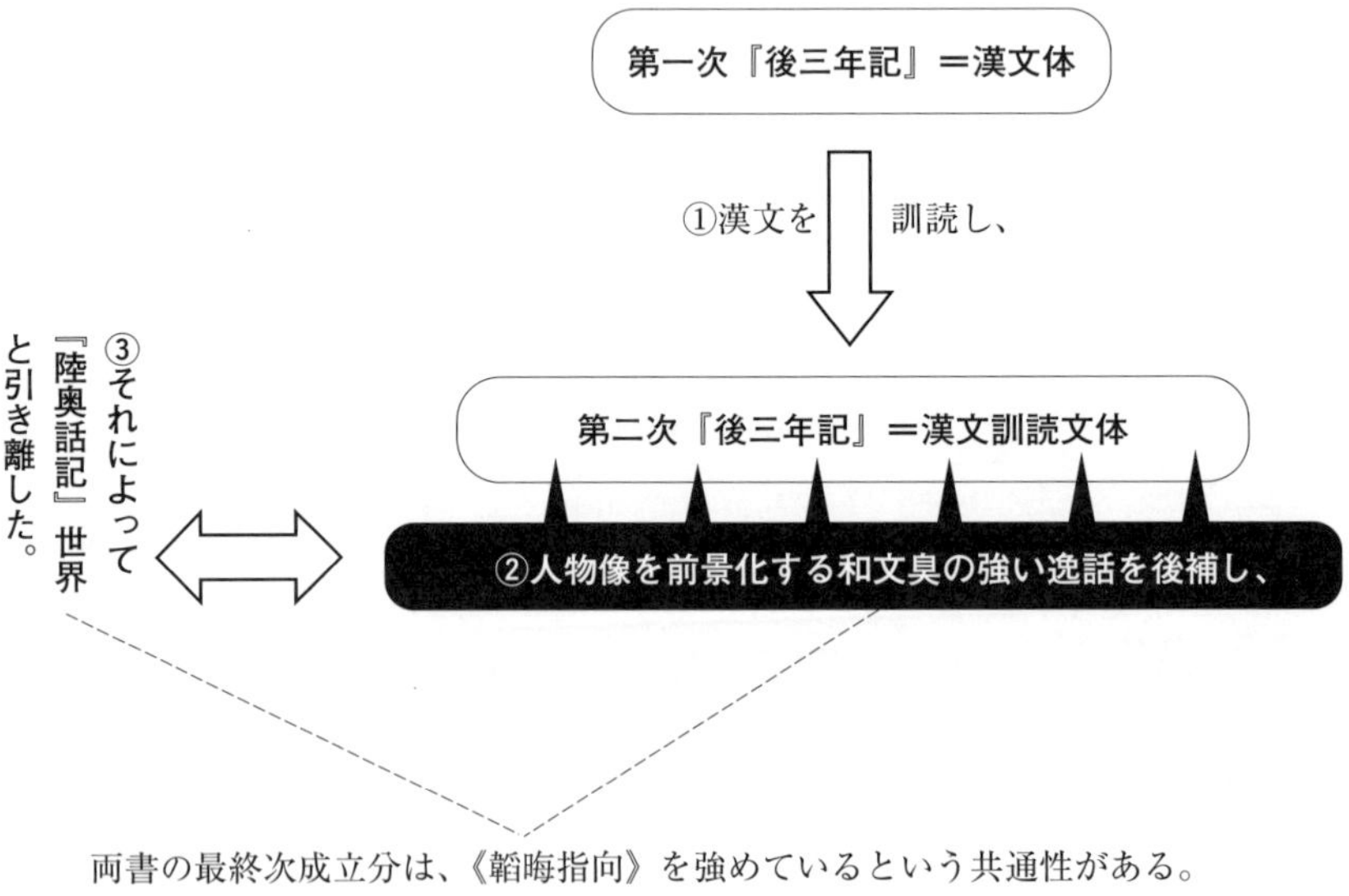

一　問題の所在

前著『後三年記の成立』の中で、『後三年記』内部に後補的な部分があることを疑った。三六頁「異質な文体と増補問題」、六四頁「増補の可能性」、二五二頁「成立年次の揺れとその確定」である。文体上の違和感や不統一の観点、あるいは表現連鎖の観点から、後補の疑いのある部分として九か所を挙げたのであった。ただし、九か所のうちには微妙な判断を要する部分もあるので、『後三年記』の後補章段がどこであるかを特定することに躍起にならないほうがよい。それが特定できなくとも、『後三年記』内部にある種の重層性（現実には二層性）が存在することは否定しようがない。ということは、**『後三年記』に第一次と第二次の層の存在を想定する必要があるということだ。基調的な文体が漢文訓読文体で、一部に和文的な部分を含んでいる**ので、第一次と第二次の位相差はそれと対応しているという考え方もできるだろう。

ただし、その九か所が後補されたものだと前著で断定したわけではない。後補と非後補の二元論ではなく、もともと原形があってそれが増幅された結果、「けり」を多く含む和文的な話になった可能性もあろう。そういうニュアンスを含めての重層性の指摘である。たとえば、〈19剛臆の座〉〈22末四郎の最期〉〈25季方敵陣入り〉の原型は第一次『後三年記』にも存在し、腰滝口季方や末割四郎惟弘も登場していて、会話文を入れるなど話の内容が第二次で増幅され、「けり」が頻出する和文的な話へと変容したのかもしれない。

ここで注意を要するのは、『後三年記』の成立年次の上限を一一二〇年ごろまで下げなければならなかった「翁」を含む〈15匡房の教導〉が、後補的な章段だったことである。だとすれば、『後三年記』成立年次の上限を縛る根拠が消えることになる。それ以前に第一次『後三年記』が成立していて、〈15匡房の教導〉を含んで一一二〇年代に第二次が成立したと考えることが可能になってくる。そうなると、第一次は、いつ成立したのかが問題にもなる。

二　『後三年記』内部の二層性――原漢文体の可能性――

もともと現存『後三年記』の文体が漢文訓読臭の濃いものであることについては、前著第二章で指摘した。たとえば『後三年記』の使役表現で、漢文訓読文系の「しむ」が八例、和文系の「す」が四例、「さす」が三例という混態現象にみられるように完全な漢文訓読文体とは言えないものの、比況の助動詞や打消接続表現は漢文訓読文系の「ごとし」「ずして」専用であるという漢文訓読臭の濃いものであった（【表26】）。

【表26　『後三年記』の漢文訓読文系と和文系】

意味用法	漢文訓読文系		和　文　系	
比　況	ごとし	一六例	やうなり	〇例
打消接続	ずして	四例	で	〇例
使　役	しむ	八例	す さす	四例 三例
並列接続	にして	一二例	にて	六例

また、このような表としては仕立てにくいものの、文末表現においても和文的な「けり」「つ」を多用する段はごく一部に限られており、『後三年記』の文末表現は助動詞をまったく用いないか、用いたとしても漢文訓読文の文末として一般的な「り」「たり」「なり」が特に目立つ。さらに、「～事かぎりなし」「～事はかりなし」のような記録語的な文末も六例使われている。このようなことから、現存『後三年記』の基調的な文体は、和漢混淆文のうちでも、比較的漢臭の強いほうであるとの結論を前著第二章で導き出したのである。

『後三年記』が濃い漢文訓読文体を基調としているのは、実際に原『後三年記』（第一次）が漢文体だったからではないだろうか。その可能性を疑ってみる必要がある。

たとえば、

誇りを万代の後に残し、嘲を千里の外に招かむか〈24武衡の講和策〉

は、明らかに漢詩の対句から得た文体である。『和漢朗詠集』（一〇一二年頃成立）、『本朝文粋』（一〇六〇年頃成立）などを意識しつつ、『後三年記』の文体を考えるべきだろう。『和漢朗詠集』の中で、地理的な遠さと時間的な長さとを対句にした例には、六三五番「万里に東に来らむことは、何れの再日ぞ。一生西を望まぬことは、これ長き襟《ものおも》ひなり」や、六八四番「千里に往来して、征馬瘦《つか》れたり。十年離別して、故人稀《まば》らなり」など数例ある。

前著七五頁で指摘したことだが、〈10正経・助兼の援護〉の次の部分には問題がある。

「ただし、女人の身、大将軍のうつはものにあらず。きたり給ひて、大将軍として、★かつはたたかひのありさまをも国司に申さるべき」よしをいひやれり。

傍線部で真衡の妻は、①大将軍として陣頭指揮をとること、②この理不尽な合戦を国司義家に報告すること、の二点を要望したものと考えられる。★の直下の「かつは」は上節と下節とを並列にする接続語で、「一方では～他方では～」の意だから、

きたり給ひて、大将軍として（たたかひ）
かつはたゝかひのありさまをも国司に申さるべき

などとあるべきだと推定した。つまり、★に「たたかひ」とか「指揮をとり」を意味する語があるべきところ、それが脱落していると考えられる。このような不自然さは、「来リ給テ、為二テ大将軍一ト戦ヒ、且ハ可レキ被レル申二サ戦之有様ヲ国司一ニ」のような漢文脈を訓読する際に、「軍」「戦」という類似の文字が隣接していたために後者を脱落させてしまったもの

ではないだろうか。

また、〈13義家出陣、光任の愁嘆〉の一節にも、不自然なところがある。

春夏他事なく出立して、秋九月に数万騎の勢を引ゐて、金沢のたてへおもむき、すでに出立日、大三大夫光任、年八十にして、あひぐせずして国府にとゞまる。腰はふたえにして、将軍の馬のくつばみにとりつきて、涙をのごひていふやう……

この時点では実際には義家はまだ金沢柵に到着していないし、陸奥国府を出立してさえいない。この場合の「おもむき」を訳出しようとすれば〝向かおうとしていた〟ぐらいのニュアンスだろう。以下に続くのは、出立当日の逸話なのである。すると、「春夏他事なく出立して、秋九月に数万騎の勢を引ゐて、金沢のたてへおもむき」は俯瞰的な立場からの物語の流れの説明文ということになる。それ以降の、「腰はふたえにして、将軍の馬のくつばみにとりつきて、涙をのごひて」などという細かな描写とは明らかに異質である。つまり、

①秋九月に義家が軍勢を率いて金沢館に出発する日のことであった。（俯瞰的説明）

②高齢の大宅光任が従軍できないことを悲しんだ。（微視的描写）

と、二種類の異なる位相の文脈が、ここに存在する。すると、異質な二種類の文脈を接合している「金沢のたてへおもむき、」は本来、「金沢のたてへおもむく。」と、いったん区切るべきだったはずだ。そして「すでに出立日」へと続くのならば問題はない。それが原作者（第一次）の意図した文脈であったはずで、文脈上のそのような呼吸を理解しないままに転写されたものとみることができる(1)。

（1）　前著第四章において、現存諸本における最善本とされる東博本でさえ、『後三年記』の原本と言いうるようなテクストではないことを指摘した。臆病の略頌に入れるべきでない腰滝口季方をその中に入れたり、本来なら寛治元年とあるべき年記を「寛治五年」と記したりするような誤写を有しているのである。ただし、ここで指摘していることは、そのような

文献学的な濁りのことではなく、物語の成立自体が二段階であるということである。

そして、それ以上に重要なのは、その誤解が「赴㆓金沢館㆒既出立日」などという漢文体からの訓読過程において生じた可能性が高いということである。なぜならば、原態において「金沢のたてへおもむく」と仮名書きになっていたとしたら、文の区切りの雰囲気も出るので、それを「金沢のたてへおもむき」と変更して下文へ続けてしまうということは考えにくいからである。

さらに、〈23千任の罵言〉の次の一節にも類似の問題がある。

将軍のいふやう、「もし千任を生虜にしたらむ者あらば、かれがために命を捨てん、塵芥《ちりあくた》よりも軽からむ」といふ。

このままの文脈だと「かれ」が千任を生け捕りにした兵士を指し、その兵士の努力に感謝の意を表すために義家が命を捨てても構わぬということになるから不自然である。ここは、「もし千任を生け捕りにした者がいたら、【莫大な褒美をとらそう。千任誅伐のためには、】わたしの命を捨てることさえ構わぬ。名誉を守るためならば命も塵や芥よりも軽いのだ」などという【脱文】を想定すべきだろう。「かれ」は千任誅伐を指すと考えるべきで、義家の強い憎悪の表明とみたほうが、この場面に合う。すると、ここは二文でなければならない。まずは「もし千任を生虜にしたらむものあらば、【褒美は望みのままとせむ】」などとあってそこでいったん文が終止し、次いで「かれがために命を捨てん（こと）、塵芥よりも……」などとあるべきだろう。その二文目に、漢文訓読の際のミスらしきものが窺える。「かれがために命を捨てん（こと）」と、間に「こと」を補って一文と解さなければ落ち着きが悪い。もちろん、同時代にも、

制する（こと）あたはず。（↑不能制）

のように「こと」を省略することもありえないわけではない。ただしその場合は、「～（こと）あたはず」のように

「こと」以下が「不レ能」のような漢字二字程度の短い句の場合だろう。形式名詞の「こと」を省略しても文意が通じるから省略されるのであって、「こと」以下が長い場合、それは省略しないのが通常である。ましてや、ここの文脈では「こと」を補わなければ、「命を捨てん」で文が終止したと誤解されてしまいそうなのである（日本絵巻大成の巻末翻刻では「命を捨てん。」で区切ってしまい、義家が一兵士のために命を捨てる文脈になっている）。この現象も、本来、このテクストがもとは漢文体（真名文体）で「捨レ命軽二於塵芥一」などとあって、訓読の際に「こと」が脱落したために生じたのではないかと考えられる。

これらのほか、〈16義光来援〉の義家の言葉、

君すでに、そひの将軍となり給るは、武衡・家衡が首をえむこと掌《たなごころ》にあり。

の傍線部は、上文の「すでに」からの続き具合からみて確定条件であるべきで、正しくは「なり給へれば」だろう。

これは、元の文章が、

君既成二副将軍一給者、得二武衡家衡首一事有レ掌云々。

などという漢文体で、訓読を得意としない者がこれに関与したために起こった現象だとみてよいのではないだろうか（尊敬（四段）であるべきところが謙譲（下二段）になっている揺れを指摘したうえでのことだが）。少なくとも、仮名書きのまさった文体で「なりたまへれば」などと原表記があればこのような誤写は起こるはずもなく、漢文体のような漢字表記主体で「給」について十分な送り仮名が存在しておらず（せいぜい「給ハ」の程度）、活用のさせ方がわからなかったからこそ起こりえた現象だろう。

以上のようなことから、**『後三年記』（第一次）は漢文体であった可能性が高い。**

三　漢文体としての『後三年記』の想定

たとえば、和文体の代表的なテクストである『源氏物語』の冒頭、

いづれの御時にか、女御、更衣あまたさぶらひたまひける中に、いとやむごとなき際にはあらぬが、すぐれて時めきたまふありけり。（新編小学館本による）

を漢文体に直そうとすると、

何御時女御更衣数多侍給皃中、非下糸無二止事一際上、有二優時給一。

と記録語「皃」（ける）「糸」（いと）「無止事」（やんごとなし）を駆使すれば形ばかりは整えられそうである。しかし、「にか」「には」「けり」など多くの助詞・助動詞のニュアンスは削られてしまうし、接尾語「〜めく」を含んだ「時めく」など、表現すること自体が困難な言葉も出てくる。右の傍線部が、漢文化した際に『源氏物語』の原文から離れてしまった、苦しい部分である。これに対して、**漢文訓読文体である『後三年記』を漢文体に戻すのは、次のようにたやすいこと**なのである（『源氏物語』の場合と同じように、漢文化すると『後三年記』原文のニュアンスが削がれてしまう部分に傍線を引いた）。

〈1真衡の威勢〉永保之比奥六郡内有在清原真衡云者。荒河太郎武貞子鎮守府将軍武則孫也。真衡一家元出羽国山北之住人也。康平之比源頼義討貞任宗任時依武則具一万余人勢加御方討平貞任宗任也。依之武則子孫為六郡之主。先其貞任宗任先祖有在六郡之主也。真衡威勢勝父祖国中無並肩者。心端僻事不行。重国宜忝朝威。依之堺内穏而兵治矣。

〈2成衡婚姻の宴〉真衡依無子海道小太郎成衡云者為子。年未若而無妻真衡求成衡妻。当国内之人皆為従者。求之隣国。常陸国在多気権守宗基云猛者。其女有生自頼義朝臣之子。頼義昔欲討貞任下陸奥国時於旅仮屋内逢彼女。則初生女子一人。祖父宗基無限傅養之事。真衡迎此女為成衡妻。為饗新嫁当国隣国若干郎等共毎日令為事。陸奥之習地火炉築云也。非集諸食物持運金銀絹布馬鞍。

〈3秀武登場〉出羽国住人在吉彦秀武云者。是武則母方甥又婿也。昔頼義攻貞任時武則揮一家越来当国於栗原郡営岡定諸陣押領使整軍時此秀武定三陣頭人也。而真衡威徳勝父祖一家之輩多為従者。秀武同催家人内而営此事。

〈4秀武逃亡〉為様々事之中積朱盤堆金捧自目上歩出庭跪高庭捧頭上盤居。真衡打入囲碁護持僧五相之君云奈良法師。良久成秀武老力疲而苦心思様我正一家之者也。依果報之勝劣為主従之振舞。然而屈老身跪庭久不見入無情不安事也。投散庭金俄立走出門外。持来若干飯酒皆与従者共打捨長櫃等於門前取着着背長郎等共皆令為物具逃去出羽国皃。

〈5真衡出陣〉真衡打果囲碁尋秀武聞為斯々罷出由。真衡大怒忽催諸郡之兵欲攻秀武。兵集如雲霞。日来穏而目出六郡忽騒閙。真衡既行向出羽国。

〈6秀武の画策〉爰秀武思様我勢無是上劣。思被攻落事不可経程廻支度様陸奥国在清衡家衡云者。清衡者亘理権大夫経清子也。経清相具貞任而被討後武則太郎武貞喚経清妻令生家衡也。然者清衡家衡者父違而母一之兄弟也云々。秀武此二人許馳使云送様在如斯真衡従者其処達不思不安哉。不慮外之事出来揮勢而既寄我許也。其後其処達入替而取彼妻子焼払家給。而漸可傾真衡也。求其隙此時天道与給時也。聞真衡被取妻子焼払住宅我雪首被獲真衡事更々非憂云送。

〈7清衡・家衡加担〉爰清衡家衡為喜起勢而襲行真衡館。於道中且々焼払胆沢郡白鳥村在家四百余家。真衡聞之従道中惑帰先欲戦清衡家衡而馳帰。清衡家衡又聞勢不可当又帰。真衡不得為両方之戦而弥々怒。猶重集兵堅我本所又行秀武許為軍立事無計。

〈8義家着任の宴〉永保三年秋源義家朝臣為陸奥守俄下。真衡先忘戦事営為饗応新司。有三日厨云事。毎日引上馬五十疋。其外金羽海豹絹布之類数不知持参。

〈9真衡再度出陣〉真衡饗応国司終後帰奥猶為遂本意欲攻秀武。分軍堅我館我身如先行向出羽国。聞真衡越了出羽由。清衡家衡又如先襲来而攻真衡館。

〈10正経・助兼の援護〉其時有国司郎等参河国住人兵藤大夫正経伴次郎傔仗助兼云者。聟舅相具為此郡検問在真衡館近。真衡妻遣使云様真衡行向秀武許間清衡家衡襲来戦。然共兵多有防戦無恐。但女人身非大将軍之器物。来給而為大将軍且可申国司戦之有様由云遣。正経助兼等聞之事不問来真衡館了。清衡家衡寄来既戦。

〈11欠失部〉（本文が存在しないため省略）

〈12武衡加担、金沢柵へ〉武衡聞国司被追帰。従陸奥国揮勢而越出羽来家衡許云様君独身之人而得敵斯計之人一日云共追返了云々。挙名事非君一人之高名。既是武衡面目也。此国司世覚過昔源氏平氏。而斯追返給事凡非申限。於今我共同心可晒屍云々。家衡請之喜事無限。郎等共勇喜。武衡云様在金沢柵云所。其処勝処此処云々。二人相具捨沼柵而移金沢了。

〈13義家出陣、光任の愁嘆〉国司聞武衡相加弥々怒事無限。停国之政事偏整兵。春夏無他事出立而秋九月率数万騎勢赴金沢館。既出立日大三大夫光任年八十而不相具留国府。腰二重而取付将軍之馬轡拭涙云様年寄事悲侍哉。乍生今日不見我君所作給云々。聞人皆哀泣也。

〈14斜鴈の破陣〉将軍之軍既到着金沢柵了。如雲霞而隠野山。有一行斜雁渡雲上。雁陣忽破而散飛四方。将軍遥見之怪驚令踏兵野辺。如案従叢中尋得三十余騎兵。是武衡隠置也。将軍之兵射之尽数被得了。

〈15匡房の教導〉義家朝臣先年参宇治殿申攻貞任事等。江帥匡房卿立聞。器量良武士而不知合戦之道独言給義家郎等聞我主程之兵言尤事翁哉乍思語義家此由。義家聞之然事有覧迚寄江帥被出所殊更乍会釈。其後会彼卿読文。義家曰我不窺文之道者於此為武衡被破増。兵伏野時雁破列云事侍哉。

〈16義光来援〉将軍舎弟兵衛尉義光不慮来陣。逢将軍曰仄承戦之由申院暇侍云承義家被攻夷而危侍由。申上賜身之暇罷下而見死生候。暇不賜辞申兵衛尉罷下侍云々。義家聞之抑喜涙云今日足下来給覚故入道生返坐侍。君既成副将軍給者得武衡家衡首事有掌云々。

〈17開戦、景正の負傷〉前陣之軍既攻寄戦。城中喚奮矢下事如雨。将軍兵被疵者甚。有相模国住人鎌倉権五郎景正云者。自先祖聞高兵也。年僅十六歳而在大軍之前捨命戦間令射征矢右目。射貫首被射付甲鉢付板了。折矢駆而射当矢射取敵了。然後退帰脱甲曰景正手負云々。仰様伏了。有同国兵三浦平太郎為次云者。是聞高者也。乍履貫踏景正顔為抜矢。景正乍伏抜刀捕為次草摺而欲突上様。為次驚曰是如何。何故為此哉云々。景正云様当弓箭而死望兵所也。如何有乍生足被踏面事哉。不如汝為敵而我於此処死矣云々。為次巻舌無言事。屈膝押顔抜矢。数多人見之見聞。景正高名弥々無双。

〈18苦戦、助兼の危難〉雖尽力攻戦城無可落様。岸高而如岨壁。遠物以矢射之近者外石弓討之。死者不知数。有伴次郎傔仗助兼云者。無際兵也。常立軍先。将軍感之令着薄金云鎧。岸近攻寄外石弓既擬為当振首撓身打落甲計也。落甲時切本鳥也。聽甲失了。薄金甲此時失了。助兼為深痛。

〈19剛臆の座〉攻柵事雖及日数未得落。将軍兵共欲励心毎日定剛臆甲乙座。於日見剛者共据一座見臆病者据一座也。雖各々不着臆病座励戦毎日着甲座者難也。腰滝口季方不着一度臆座也。傍輩無不褒感之。季方義光郎等也。将軍郎等共中得名兵共中聞今度殊臆病也者凡有五人。是作略頌也。不聞鏑音迚塞耳剛者紀七高七宮藤三腰滝口末四郎。末四郎云者末割四郎惟弘事也。

〈20義家軍の布陣〉吉彦秀武申将軍様城中堅守御方軍既泥侍棰。雖尽若干力不有益。不如停戦唯巻欲守落。尽糧食者定自為落云々。巻軍張陣巻館。二方将軍巻之。一方義光巻之。一方清衡重宗巻之。

〈21鬼武と亀次〉 斯送日数程武衡許有亀次並次云二人打手。無双兵也。是名付強打。武衡使遣将軍陣消息曰停戦而徒然無限。亀次云強打侍。召之可御覧。従其方可然討手出一人召合互慰徒然可侍云送。将軍求可出討手有次任舎人鬼武云者。心猛而身力重々也。選之出。亀次従城中降下二人寄合闘庭。両方之軍不叩目見之。両方既寄合打合事半時也。互何方不見有隙間。然程亀次長刀先見頬上程亀次頭乍着甲懸落鬼武長刀先。

〈22末四郎の最期〉 将軍之軍作悦鬨訇声響天。見之城中兵亀次首不取従内並轡駆出。将軍兵又亀次首欲取同駆合了。両方乱交而大闘。将軍兵数多従城下兵悉被討取了。末割四郎惟弘入臆病略頌事為深恥今日我剛臆可定云々。飯酒多食出。儘詞駆先間鏑矢当頸骨死了。被射切従頸切目食飯姿不変而零出也。見者無不慚愧。将軍聞之悲曰素非切通人一旦励駆先。必死事如斯。所食物不入腹而留喉。臆病者也云々。

〈23千任の罵言〉 家衡乳母千任云者立櫓上放声云将軍様汝父頼義不得討貞任宗任捧名簿奉語故清将軍。偏依其力偶討得貞任等棰。担恩戴徳何世可奉報哉。而汝既為相伝之家人忝奉攻重恩之君不忠不義之罪定蒙天道之責哉云々。多兵各々研吻欲答。将軍制而不令言物。将軍之云様若有生捕千任者為彼捨命軽塵芥矣。

〈24武衡の講和策〉 館内尽食男女皆嘆悲。武衡付義光請降。義光語将軍此由。将軍敢不許。武衡猶以懇詞語義光曰我君忝来城中給。参其御供然共為助云々。将軍聞義光言可行由喚義光曰自昔至今迄未聞及大将次将被喚敵行敵陣事也。君若被取込武衡家衡我悔百般悔千般共有何甲斐哉。残謗万代之後招嘲千里之外哉云々。口説令恥事無限。依之不行。

〈25季方敵陣入り〉 武衡重云義光様御身渡給事不可有者賜可然御使一人思事能々欲申開云々。義光郎等共中選誰令行哉。皆定季方社罷。依之遣季方。着赤色狩襖無文袴帯太刀計。城戸初開僅入人一人。城中兵如垣立並弓箭太刀刀如林繁挟道。季方僅敧身歩入上居家中。武衡出合了。且々喜。季方近居寄在。家衡隠不出。武衡曰可申兵衛殿猶枉令助給由云々。金多取出令取。季方云様城中財物今日不賜共殿原落給於我等物社有云々。仍不取。武衡従内取出大矢是誰人之矢侍哉。此矢毎来必当。被射者皆絶云々。季方見曰是己矢也云々。又立云様若思我取質只今於此処自為如何給。罷出之時於若干兵中被為兎角者極悪侍云々。武衡云様大方可有事不有。只疾々帰給而能々中給云遣。季方如先分兵中帰時手懸太刀束打笑少無気色変事歩出皃。季方世覚自今以後弥々訇皃。

〈26冬の再来〉巻城自秋及冬了。成寒冷皆凍各々悲云様如去年降大雪事既今日明日事也。逢雪凍死事不可疑。妻子共皆在国府。各々如何可上京哉云々。泣々書文共我等一定溺雪為死。売之為糧料為如何可帰上京云々。我着脱着背長遣乗馬共国府。

〈27兵糧攻め〉城中臨飢先下衆女小童部等開城戸出来。軍共開道通遣之。見之喜而又多群下。秀武申将軍様此所下之下衆女童部皆欲斬頸云々。将軍問其故。秀武云様於目前被殺見者所残雑人定不下。然者城中之糧疾可尽也。既成雪期事夜昼為怖。願片時也共疾落事。此所下雑女童部者城中兵共愛妻愛子共也。若居城中者不有夫一人食而不令食物妻子事。同一時社為飢死。然者城中之糧今少疾可尽也云々。将軍聞之尤可然云所下奴共皆殺於目前。見之永閉城戸無重下者。

〈28陥落の予知〉藤原資道者将軍殊身親郎等也。年僅十三而有将軍陣中。夜昼無離身事。夜半計将軍起資道云様武衡家衡今夜可落。凍軍共各々末下仮屋共付火可炙手云々。資道奉行此由。雖人怪思儘将軍之掟付火仮屋各々炙手。真其暁落了。人思是神也。雖既及寒比天道助将軍之志給皃哉。雪敢不降。

〈29金沢柵陥落〉武衡家衡食物悉尽。寛治五年十一月十四日夜遂落了。城中家共皆付火。於煙中喚訇事如地獄。乱四方如散蜘蛛子。将軍兵争駆之於城下悉殺。又乱入城中殺。逃者千万一人也。

〈30敵将の探索〉武衡逃城中在池飛入沈水隠叢顔居。兵共入乱求之。遂見付従池引出為生捕了。又千任同被為生虜了。家衡持花柑子云馬。六郡第一之馬也。愛之事過妻子。為逃此馬取敵乗事妬云繋付自射殺了。扨為賤下衆真似暫逃延。城中美女共兵争取率来陣内。男首被刺桙行先妻流涙行後。

〈31武衡の処刑〉将軍召出武衡自責曰軍之道借勢討敵昔今定習也。武則且任官符之旨且依将軍之語参加御方。而先日令申僕従千任丸有名簿由件名符定汝伝覧。速可取出。武則以夷賤名忝汚鎮守府将軍名。是依将軍申行也。是既非報功労。況汝等其身無些功労為事謀反。依何事可蒙些助。而濫敷名乗重恩之主申。其心如何。責慥弁申。武衡付首地敢不抬目。泣々賜只一日命云々。仰傔仗大宅光房令斬其頸。

〈32武衡の命乞い〉武衡率為斬時義光見合目曰兵衛殿令助給云々。爰義光将軍曰兵之道宥降人古今例也。而武衡一人強被斬頸事其意如何云々。義家仕掛爪弾義光曰降人云遁戦庭不懸人手而後悔咎延頸参者也。所謂宗任等也。武衡於戦庭被為生捕濫敷惜片時命。是可謂降人哉。君不知此礼法。甚拙也云而終斬了。

〈33千任の処刑〉次召出千任丸先日於櫓上言事只今申矣云々。千任垂首不言物。可切其舌由掟。源直云者寄以手為引出舌。将軍大怒曰為入手虎口。甚愚也云而追立。異兵出来従箙取出鉄箸為挟舌千任食合歯不開。鉄箸突破歯引出其舌切之了。切了千任舌而縛屈吊掛木枝其足不着地置武衡首足下。千任泣々屈足不踏之。暫有力尽下足遂踏主首了。将軍見之郎等共云様二年之愁眉今日既開。但猶所恨不見家衡首云々。城中宅共一時焼亡了。於戦庭城中伏人馬如乱麻。

〈34次任、家衡を誅伐〉有県小次郎次任云物。於当国得名兵也。仕切城中者為逃去道遠退而堅道也。逃遁戦場者皆次任被得了。其中家衡為賤下衆真似欲逃出来。次任見之打殺了。斬其首而持来将軍前。将軍見之喜心徹骨。自取紅衣被次任。又上馬一疋置鞍引。

〈35県殿の手作り〉訇家衡首持参義家余嬉誰持参哉急問。次任郎等家衡首刺桙跪県殿手作候云々。忌敷也。陸奥国手自為事云手作矣。武衡家衡郎等共中斬有宗徒輩四十八人首懸将軍前。

〈36官符下されず〉将軍奉国解申様武衡家衡謀反既過貞任宗任。以私力偶々得討平事。早賜官符追討申奉京首。然共聞為私敵由。若賜官符者可行勸賞。仍聞定不可成官符由了。捨道首空上京也。

これは、『後三年記』を漢文体にできるのかどうかという一種の実験である。漢文体とは言っても対句や典語をちりばめた四六駢儷体のような文体ではない。役人が操るような記録文体に近いと言ってよい。一方に、もう少し崩れた『今昔物語集』の片仮名宣命書、和語に片仮名を多用した『富家語』、一部の漢文脈に送り仮名を付している延慶本『平家物語』のような文体があるが、それらよりももう少し漢文体に近いものを想定しても、右のように十分表現しうる。ただ、一部に送り仮名を付した漢文体を想定すれば、右の傍線部も含めて、ほとんど記録文体で表現しうることになる。ただし、〈15匡房の教導〉と〈35県殿の手作り〉に傍線部が集中していることは否めない。「けやけき」には「尤」、「やぶられなまし」には「被破増」を宛てたが、苦しいところである。〈35県殿の手作り〉の「あまりのうれしさに」は「余嬉」では元のニュアンスがほとんど表現しきれないし、「いみじき」を「忌敷」と表記してよいのかどうかためらわれる（一貫して「守」か「将軍」としか呼ばれなかった義家がこの章段では「義家」と呼ばれているという問題もあって後補的であった）。やはりこの四章段は、「けり」の多様に象徴されるように、和文臭の強い章段で、微妙なニュアンスを表す助詞・助動詞も少なくない。ただし、この四章段以外のところでは、ほとんど困難を伴うことなく漢文体化しうることが確認できた。

四　後補の可能性のある九か所の共通性

本章の副題を「漢文体から漢文訓読文体へ」としたが、『後三年記』の第一次と第二次の差は文体だけではない。前節・前々節で検討した、後補の可能性のある九か所について、ある種の共通性を認めなければならない。それは、次のとおりいずれも**人物像の前景化に機能するものばかりだ**ということである。

1、〈13義家出陣、光任の愁嘆〉の後半…光任の高齢であることと悲しみと、長年にわたって義家に仕えてきた忠節の姿が前景化されている。末尾に「けり」が一例使用されている。

2、〈15匡房の教導〉…匡房の学識や炯眼を称揚し、義家像も文武両道の厚みを増している。「けり」が四例使用されている。

3、〈16義光来援〉の後半…義家と義光の対面時の会話と感涙にむせぶさまが加わることによって、ますますこの話が劇的になっている。兄弟の情愛の前景化。「けり」の使用はない。

4、〈18苦戦、助兼の危難〉の後半…助兼の行動に接写した描写と薄金の鎧の由来が語られている。「けり」が九例も使用されていて、著しく異質なところ。

5、〈19剛臆の座〉…腰滝口季方や末四郎は〈22末四郎の最期〉〈25季方敵陣入り〉と連動しているので原型にも登場していたのかもしれないが、「将軍の郎等どもの中に、名を得たる兵共の中に、今度ことに臆病なりときこゆる者、すべて五人ありけり。是を略頌につくりけり」には「けり」が二度も使用されていて異質である。このような部分が後補である可能性がある。

6、〈22末四郎の最期〉の後半部…冷淡な義家像を前景化するものか。末尾で「けり」が一例使用されている。

7、〈25季方敵陣入り〉…季方の剛胆さを前景化する話。末尾の「季方、さきのごとくに兵の中をわけてかへる時、たちのつかに手をかけて、うちゑみて、すこしもけしきかはりたる事なくて、あゆみいでにけり。季方が世おぼえ、これよりのち、いよ〱のゝしりけり」に「けり」が二例使用されている。これ以前は、漢文訓読文体。

8、〈28陥落の予知〉…義家像の神格化。「けり」が二例使用されている。

9、〈35県殿の手作り〉…県次任の功績の前景化。「いみじかりける」で「けり」が一例使用されている。

後補性の疑念は、文体が和文的であるとか、表現連鎖の網の目がかかっていないとか、物語展開に機能しないという観点から生じたのであるが、あらためて右の九か所を総括すると、人物像の前景化を指向しているという共通点があることに気づく。このことは**第二次『陸奥話記』が藤原清衡のもとで成立した〈平泉化〉と同じ様相**なのである（三三二頁）。『陸奥話記』が〈平泉化〉されるプロセスとは、**一方では勇猛、慈愛、家臣の忠節、神威の付与などという人物造型方向のことならいくらでも譲歩・許容し、もう一方ではいくさの正当性は与えないという歴史解釈方向については厳しい姿勢を堅持するという改作方針のこと**である。頼義方を適度に美化・英雄化する操作を施す目的は、真の表現主体とそのメッセージを韜晦することであったとみられる。自らに都合のよい歴史像を提示し、世論を誘導するためには、物語の実体作者がどこの誰だか知られてはならないのである。そこを隠すために忠臣像などを前景化したものとみられる。**漢文体の第一次『後三年記』を訓読しつつ、人物像を前景化した和文臭の濃い部分を織り交ぜながら『陸奥話記』世界との近似性から引き離し、漢文訓読文体の第二次『後三年記』が成立したものと考えられる。**

五　後補逸話の時代的位相——第二次の成立時期の再確認——

後補的な章段である〈15匡房の教導〉について、語法以外の側面からも発生の時代性を考えておきたい。〈15匡房の教導〉は、①〈武〉に対する〈文〉の優越性を説こうとするテーマが、②義家と匡房が対面するという枠組みを借りて主張されている点が、一一世紀後半から一二世紀初期の社会状況を反映したものとみることができる。

まず、①について述べる。〈15匡房の教導〉のテーマが〈武〉にたいする〈文〉の優越性を説こうとするものであることに異論はあるまい。長元擾乱《じょうらん》（平忠常の乱）や前九年合戦により社会秩序維持のための武力の有効性が再認識され、いちじるしく武門が台頭してきたものとみられるが、あまりにもそれが増長しすぎることを恐れてか、後三年合戦が公戦に認定されることはなかった。また、嘉保元年（一〇九四）に「節刀」（軍事大権授与の象徴）の唐櫃《からびつ》が新造されている（『中右記』十月三日、三十日、十一月三日条）が、その意識は武力の正当な行使とはどうあるべきかを再認識しようとしたものだろう。このような政策にも白河帝のブレインたる匡房は当然関与しているはずで、いわゆるシビリアンコントロール（文民統制）が意識化された時期だといえるだろう。そのように武門を抑え込む時期は、平正盛の台頭が許され始める一一二〇年ごろまで続いたものとみられる〔この時期の河内源氏は抑え込まねばならないほど成長してはいなかったとする論が近年一部にみられるが、そうでないことについては野中（二〇一三）において述べた〕。〈武〉に対する〈文〉の優越性を説くことがとくに切実だった時代相というものがあるだろう。

次に、②について述べる。野中（二〇一四）で述べたように、後三条・白河朝は〈王権親政〉を目指した時期で、神祇——仏法にたいする——を重んじる政策や荘園整理の政策によってそれが具現化された。その政策の企画立案は、おそらく大江匡房らの学者たちであっただろうと推定した。宇多院・円融院などの過去の先例を参考にしながら政策が立案された可能性が高いからである（四九五頁）。大江匡房は、白河朝におけるブレインの代表的人物である。一方の義家も、白河帝にとってなくてはならない存在であった。かつての比叡山のように、いやそれ以上に攻撃性を増していた園城寺僧徒に辟易していた白河帝は、永保元年（一〇八一）ごろには義家をボディガード状態にしていたことが確認できる〔野中（二〇一三）〕。白河帝は、賀茂・石清水の〈セット行幸〉を実質九年間（一〇七五〜八三）にわたって行うというかたちをとって、石清水の格上げをはかった。その時代背景が『陸奥話記』の「八幡三所」に反映しているとみられる。そのような政策の立案者は、匡房周辺だと考えられる（同）。匡房と義家は、白河帝のいわば〈ペンと剣〉として実際に知り合いだった可能性も高い。

もちろん、〈15匡房の教導〉というエピソードが史実的であるなどというつもりはない。二三歳から三四歳程度の匡房を「翁」などと表現してしまう不整合が、そのことを否定するなによりの根拠である。おそらく、〈武〉にたいする〈文〉の優越性を説きたいという指向が先にあって、それを語るための枠組みとして前九年合戦のいくさ語りを設定し、そこに頼通が登場人物として引きずり出されたというのが真相だろう。大切なことは、このような逸話が、どのような時代的背景のもとならば成立しうるのか、という問題である。〈武〉にたいする〈文〉の優越性を説くことだけを部分的に切り取れば、のちの頼長、信西、大江広元などの時代においても成立しうるものだろう。しかしそのテーマが、匡房と義家という白河帝に格別重用された人物を登場させて組み立てられているところをみると、当時の社会的状況や人間関係の実態をまだ知りうるころ（一一世紀最末期から一二世紀初頭）に成立した逸話だとみたほうがよさそうである。テーマ性、匡房、義家――この三者のリンクを含む逸話が、はるかに下ってからのちの捏造だとは考えにくいということである。

また、〈15匡房の教導〉の「『こゝにて武衡がためにやぶられなまし』とぞいひける」のようにさりげなく織り込まれる武衡の主導性は『後三年記』の他の部分と均質的であり、そこまで理解したうえでのちの時代に追補がなされるとは考えにくい（前著六五頁）。さらには、「兵、野に伏すとき雁つらをやぶるといふこと侍とかや」の「侍（る）」は、聞き書きの「侍り」と呼ばれるもので、『栄花物語』正編（一一三〇年ごろ成立）に通じる用法であることも確認されている（前著一八〇頁）。このように、いくら後補的だといっても、**いま想定している一二世紀初頭よりも〈15匡房の教導〉の成立を下げて想定することは困難**なのである。

六　おわりに――『後三年記』の韜晦の方法――

第十七章で『陸奥話記』と『後三年記』の共通点・類似点を数多く指摘するのだが、そこには不思議なほどに同じ表現といえるものが用いられていない（以下、『陸奥話記』『後三年記』の順）。名詞で確認してみると、「深泥」と「池」、遠き者には「弩」と「矢」、近き者には「石」と「石弓」のように、ことごとく表現が食い違っている。「（楼に登りて）歌を唱ふ」と「（やぐらのうへに立て）声をはなちて将軍にいふ」の「歌唱」と「放声」、「（吾が儕等く）死せん（こと亦可ならざらんや）」と「（我もともに、おなじこころにて）かばねをさらす（べし）」の「死」と「晒屍」のように、一致する動詞はまったくない。

しかし一方で、**『陸奥話記』『後三年記』のどちらにも、源氏を俘囚側が歓待して金や馬を献上し、俘囚が一族団結して源氏に敵対する決意を固め、戦場では源氏の将軍が兵士に慈愛をかけ、柵から源氏を遠近異なる方法で攻め、柵の櫓から歌や言葉で源氏を嘲弄し、柵から逃れ出る者を殺し、柵中の美女が官軍に戦利品として与えられ、敗走する敵将が泥沼や池に身を隠し、敵将がひと言も弁明せず、源氏が敵憎さのあまりに酷刑を行うなどという、場面の共通性がある。これが、前九年・後三年合戦で実際にあったこととしての偶然の一致であるとは、到底考えられない。**

この謎を解く鍵は、三書対照表の5と95にある。ここは『陸奥話記』の第三次成立時に後補された部分だと考えられる。どちらも三書対照表中段の白地部分、すなわち『扶桑略記』にも『今昔』前九年話にも存在しない『陸奥話記』独自部分で、「任終りて上洛し、数年の間を経て、忽ちに朝選に応じて」（5）や「自ら矢石に当り」（95）の表現が『陸奥話記』本体の表現と決定的なほどに齟齬する（第十五章）。そして、5と95には、源頼義をはなはだしく英雄化する指向がみられる。全体的には反源氏的な『今昔』前九年話を基調として親源氏的な『扶桑略記』を隠れ蓑として利用して成立したが、出来上がってみた『陸奥話記』『後三年記』は、あまりにも似通いすぎていたのではないだろうか。もちろん、『陸奥話記』には《後三年記想起指向》がみられ、『後三年記』には《前九年合戦想起指向》がみられる（第十七章）ように、平泉藤原政権の正当化のためにわざと似せたのである。**両書は、一時はセットで読まれることを意図していた**とさえ言える。なぜならば、**読者に『後三年記』を想起させてこそ『陸奥話記』は源氏将軍にありがちな強引さ（私戦性）に説得力をもたせることができるのであるし、『陸奥話記』を想起させてこそ『後三年記』**

は武則来援の重さと清原方の正当性を滲ませることができるからである。

しかし、それは隠微なかたちで発信されなければならないメッセージであった。当時の俘囚の立場は弱い。その弱い立場から自らの立場を正当化するメッセージを発信するのは、至難の業である。たとえば藤原清衡が、公式の文書で源氏を批判したり、前九年合戦・後三年合戦についての主張をしたりしても、必ず源氏側・中央側から反論の文書が出される。それでは、水掛け論になるばかりである。そして弱い立場の俘囚側は、劣勢になる。上手な方法は、歴史解釈の誘導性を滑り込ませた物語を利用することである。

物語に歴史解釈の誘導性を付与しながらもその策謀を覚られないようにするためには、実体作者がその姿を韜晦しなければならない。そこに重点が置かれると、**セットで読まれるためにいったんは近接させた両物語を、再び引き離さなくてはならなくなる。それが、第三次『陸奥話記』や第二次『後三年記』の登場を必要とした**のではないだろうか。『陸奥話記』5の追補で著しい頼義の英雄化を行うことによって反源氏性を薄め、頼義の英雄化を進めつつ「坂面伝母礼麻呂」(95)などという珍奇な表現で東北史にたいして無知であるかのように偽装し、「千里の外」「国解の文を抄し、衆口の話を拾ひ」(96)などと真相を糊塗している。第一次『後三年記』が漢文体と推測されるのに第二次が漢文訓読文体にされたのも、両書の距離を引き離す必要があったからなのだろう。『陸奥話記』で義家の弓勢を語るのに『後三年記』ではいっさい語らないなどと、義家像をわざとずらしてあるようにも見える。平泉政権正当化のために両書をセットで読まれることを期待した時期を過ぎ、同じ管理者がそれらを操っているなどということを絶対に覚られてはならない時期が訪れたのだと考えられる。

文献

野中哲照（二〇一三）「河内源氏の台頭と宗教多極化政策――『陸奥話記』『後三年記』成立前後の背景――」「鹿児島国際大学

国際文化学部論集」14巻3号
野中哲照（二〇一四）「中世の胎動と宗教多極化政策――仏法偏重から仏法・神祇均衡へ――」「古典遺産」63号

第十七章　前九年合戦の物語と『後三年記』の影響関係

本章の要旨

『後三年記』は、前九年合戦の歴史を前提として語られている。しかもその認識は反源氏的であり、『陸奥話記』と根底的なところで通底している。しかし、『後三年記』が『陸奥話記』の影響を受けたとみられるところはほとんどなく、逆に『陸奥話記』には『後三年記』からの影響がみられる。ということは、物語成立の順序としては『後三年記』が先、『陸奥話記』が後ということになる。

より詳しく見ると『後三年記』から『陸奥話記』への影響は波状的で、第一波は第一次『陸奥話記』の段階、第二派は第二次『陸奥話記』の段階である（第三次『陸奥話記』への影響はない）。『陸奥話記』の側からすると、《後三年記想起指向》に基づく逸話や表現を採り込むことによって、後三年合戦のみならず前九年合戦も私戦的な側面や俘囚側の悲劇があったことを示唆することができる。これは前九年・後三年のいくさに批判的なまなざしを向けるもので、中央の人間が奥羽に野心の触手を伸ばすことへの拒否の姿勢を、物語によって示したものと受け止めることができる。

『陸奥話記』で示唆された安倍氏から清原氏への権利の継承性、『後三年記』で匂わされた清原氏から平泉藤原氏への立場の連続性をつなげると、藤原清衡が陸奥・出羽の二か国を統治するに値する由来を語る脈絡が浮かび上がる。『陸奥話記』『後三年記』が平泉藤原氏の正当化に奉仕する物語であることは明らかである。

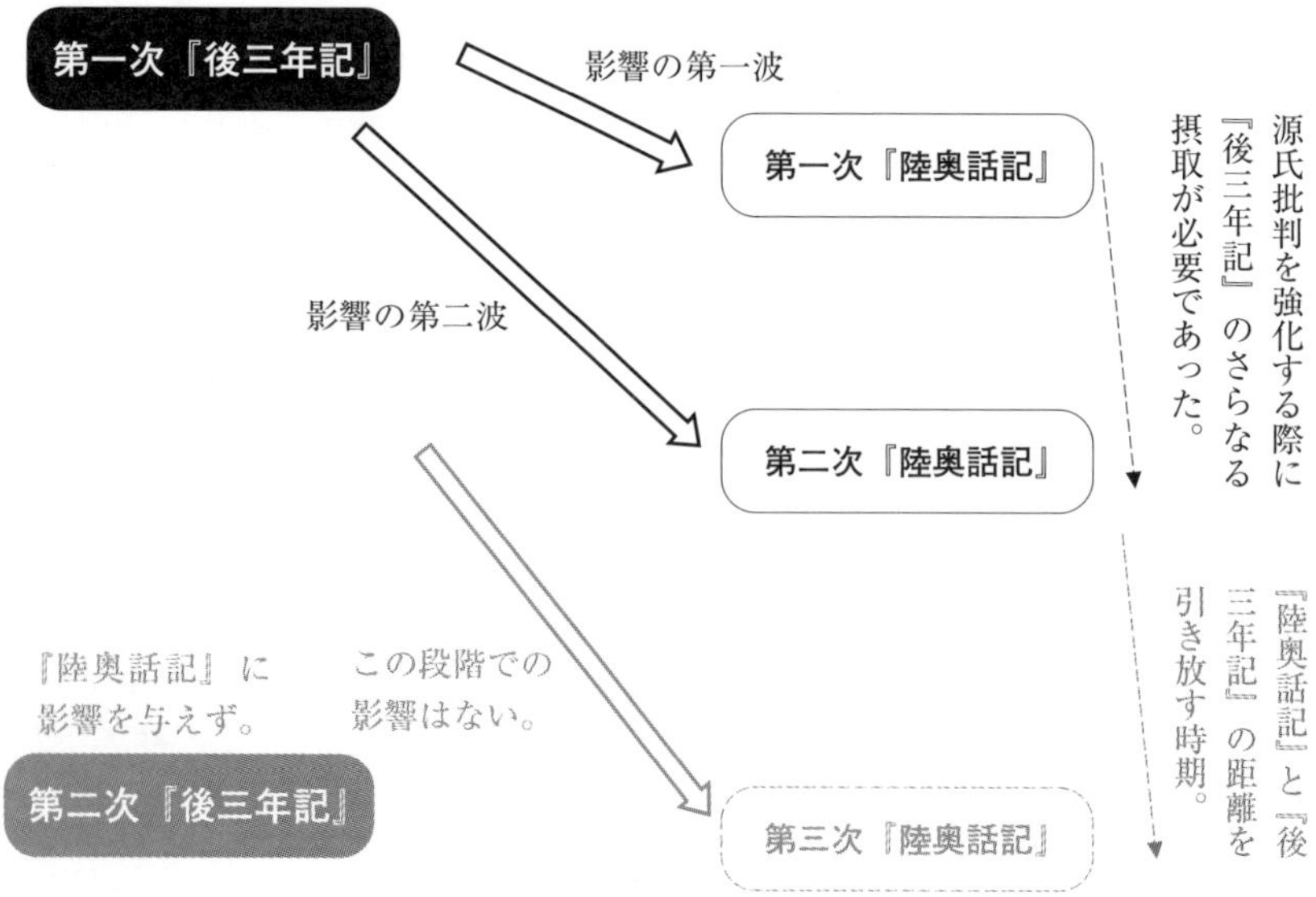

一　問題の所在

本章の題目を、「『陸奥話記』と『後三年記』の影響関係」ではなく「前九年合戦の物語と『後三年記』の……」としたのは、『後三年記』と影響関係をもった相手が『今昔』前九年話（の原話）（第一次『陸奥話記』）である場合と第二次『陸奥話記』である場合とがあるからである。その詳細は本章で明らかにしてゆくのだが、『今昔』前九年話（の原話）と『陸奥話記』を合わせた名称として、ここでは「前九年合戦の物語」と称することにする（本書凡例六では九書の総称としてこれを用いると述べたが、本章ではこの二書に絞る）。『今昔』前九年話の原話こそが原『陸奥話記』（第一次）と考えられるのだが（第一次『陸奥話記』をベースにして『扶桑略記』を〈櫛の歯接合〉したのが現存の『陸奥話記』）、ここでいう前九年合戦の物語とは、第一次『陸奥話記』と現存『陸奥話記』（第二次・第三次）の両方のことである。

もともと前九年合戦（一〇六二年終結）と後三年合戦（一〇八七年終結）は四半世紀の開きがあり、人間で言うと一世代ほどの時代的懸隔がある。第一次『奥州合戦記』、第二次『奥州合戦記』、『今昔』前九年話の原話（第一次『陸奥話記』）、『扶桑略記』の成立状況からみて、おおむね『陸奥話記』素材の形成過程が『後三年記』に先行していたことは間違いない。しかしことはそう単純ではなく、『陸奥話記』も一二世紀初頭の最終段階で重層化しており、『後三年記』も漢文体物語を訓読し多少の和文系の話を追補して和漢混淆文体の物語として成立したもののようである（第十六章）。ともに重層的な形成過程を経ているとみられるわけで、影響関係の見極めのポイントは、重層性の中のどの段階でどの方向性の影響があったのか、そしてそれは何のための摂取であったのか、そこが解明されなければならないということになる。[1]

（1）『陸奥話記』と『後三年記』の類似性について指摘した野中旧稿（一九九七）は『陸奥話記』を前九年合戦直後の成立

と考えていたため、『後三年記』が『陸奥話記』の影響を受けたとの考えから脱することができなかった。ところが、『陸奥話記』も『後三年記』と同様に一二世紀初頭の藤原清衡政権確立期に平泉で成立したとなると、考え方を白紙に戻す必要がある。また旧稿では、『後三年記』の「あさをみだるゝがごとし」〈33千任の処刑〉、「矢の下事、雨のごとし」〈17開戦、景正の負傷〉なども類似表現として挙げていたが、「乱麻」や「如雨」はあまりにも一般的な慣用句であるがゆえに、必ずしも『陸奥話記』からの影響とは断じえないものであるので、本章では除外した。ほかに、主観によって近似しているとも、そうでないとも言えそうなものも排除した。

二　前九年合戦の歴史を前提とした『後三年記』世界

『後三年記』には、前九年合戦を直接指す（読者にそれを想起させる）表現・内容が、次のように七か所ある。

①源頼義、貞任・宗任をうちし時〈1真衡の威勢〉
②頼義、むかし貞任をうたむとて、みちのくにへくだりし時〈2成衡婚姻の宴〉
③昔、頼義、貞任をせめし時〈3秀武登場〉
④貞任をせめし事〈15匡房の教導〉
⑤汝が父頼義、貞任・宗任をうちえずして〈23千任の罵言〉
⑥（前九年を指す表現はないが⑤に対する返答がある）〈31武衡の処刑〉
⑦すでに貞任・宗任にすぎたり〈36官符下されず〉

右のうち、④は挿話的な章段に出るものであるうえ、〝義家が前九年合戦での功績を宇治殿で語った時〟という条件節で出てくるので、例外的だといえる。これ以外を整理すると、①②③は表現主体の説明（いわゆる地の文）に出てくる〈前九年合戦想起〉（〈陸奥話記想起〉ではなく）、⑤⑥⑦は登場人物の発言中に出てくる〈前九年合戦想起〉である。ことに顕著な傾向として認められるのは、『後三年記』の冒頭部で、表現主体が主要登場人物を前九年合戦との関連で説明しようとしていることである。しかも、①「うちし時」、②「くだりし時」、③「せめし時」などと、表現主体自身が助動詞「き」を用いた既知的で近い距離感覚をもって前九年合戦を認識し、それによっておそらく享受者に親近感をもたせることを狙いつつ後三年合戦の勃発を説明しようとしている。このように『後三年記』の表現主体は、前九年合戦と後三年合戦との関係に自覚的な意識をもちながら後三年合戦を語っている。

『後三年記』がなぜそれほど〈前九年合戦想起〉を欲したかの理由も、すでに見えている。千任が義家に、「汝（義家）が父頼義、貞任・宗任をうちえずして、名簿《みやうぶ》をさゝげて、故清将軍をかたらひたてまつれり。偏にその力にて、たま〳〵貞任等をうちえたり」〈23千任の罵言〉と罵った。頼義が単独では貞任・宗任を討てなかったので清原武則の加勢を得て、安倍氏を滅ぼしたという認識は、『陸奥話記』の「常に甘言を以て」「常に贈るに奇珍を以てす」（35）「頻りに兵を光頼幷びに舎弟武則等に求む」（39）と共通するものである。『陸奥話記』ではさらに、清原氏が乗り気ではなかったことも「光頼等、猶預して未だ決せず」「光頼・武則等、漸く以て許諾す」（35）と明示している。

じつは『後三年記』の義家も、清原武則の援軍を得てこそ前九年合戦に勝利しえたことを否定していない。義家と千任の認識のずれがあるのは、頼義が武則に臣従の例を取る（「名簿をさゝげて」）ことによって来援の確約を得たとするところである。そのことが、〈31武衡の処刑〉に窺える。

> 軍のみち、勢をかりて敵をうつは、昔も今もさだまれるならひなり。武則、かつは官符の旨にまかせて、且は将軍のかたらひによりて、御方にまいりくはゝれり。しかるを、先日、僕従千任丸おしへて名簿あるよし申しは、件名簿定て、汝伝たるらむ。速にとりいづべし。

義家が問題にしているのは、武則来援の事実性（傍線部）ではなく、その際に発生した清原氏と源氏の上下関係のほう（波線部）である。名簿の実在性は不明である。名簿は、『陸奥話記』の「常に甘言を以て」「常に贈るに奇珍を以てす」「頻りに兵を……求む」というほどの頼義の卑屈さと低姿勢を具象化した象徴的存在として提示されたものである。「名簿」があるのならそれを差し出せと義家に言わせているのは、その存在を一笑に付してしまえないほど武則来援が源氏にとって重いものであったことを表している。

第十章で、『陸奥話記』の形成過程の途上で親源氏系・反源氏系にテクストが分かれたことを指摘し、最終的に両者の統合を目指した『陸奥話記』も、反源氏を本音としつつ親源氏を隠れ蓑にしていると述べた。それに当てはめた言い方をすると、**『後三年記』は明らかに反源氏派、すなわち『陸奥話記』と等質的なのである**。これについて、決定的な文脈が『後三年記』の中にある。それが「康平のころほひ、源頼義、貞任・宗任をうちし時、武則、一万余人の勢を具して御方にくはゝれるによりて、貞任・宗任をうちたいらげたり」〈1真衡の威勢〉である。武則来援あってこその勝利であることを、『後三年記』も表明している。**清原武則の一万余人の加勢に「よりて」安倍氏討伐が成ったとする因果関係の説明は、表現主体が親源氏方ならばけっして出てこない文脈である**（**『頼義奏状』を見れば歴然**）。『後三年記』の表現主体にとって、前九年合戦の記憶〈前九年合戦想起〉は、自らの歴史観を語るうえでも、後三年合戦の泥沼化・私戦化を説明するためにも、必要不可欠だったのである。

三　『後三年記』から第一次『陸奥話記』への影響――《後三年記想起指向》その1――

この第三節と次の第四節では、『後三年記』から『陸奥話記』への影響について指摘する。本節で五か所、次節で六か所の近似箇所をそれぞれ指摘するが、その違いは、本節が『後三年記』、『今昔』前九年話、『陸奥話記』の三書が関わる五か所であるのにたいして、次節は『後三年記』と『陸奥話記』の二書の間に近似性のある六か所だということである。要するに『今昔』前九年話が加わる（本節）影響関係かそうでない（次節）かで、『今昔』を含む三段組が本節、それのない二段組が次節ということになる。これを分けて分析する目論見は、第一次『陸奥話記』を含む『陸奥話記』側が『後三年記』から受けた影響を、第一波、第二波と二段階で把握するところにある（〈櫛の歯接合〉論を前提とするということ）。本節で扱う影響関係は、『陸奥話記』のみならず『今昔』前九年話にも存する五か所なので、第一次『陸奥話記』が『後三年記』から受けた影響である可能性が高いということである。

一か所目は、『後三年記』〈8義家着任の宴〉と三書対照表8の近似性である。

『後三年記』

真衡、まづ、たゝかひのことをわすれて、新司（義家）を饗応せむことをいとなむ。三日厨といふ事あり。日ごとに、上馬五十疋なむ引ける。其ほか、金・羽・あざらし・絹布のたぐひ、数しらずもてまいれり。

『今昔』前九年話

任畢ノ年、守事ヲ行ハムガ為ニ、鎮守府ニ入テ数十日有ル間、頼時首ヲ傾テ給仕スル事無限リ。亦、駿馬ニ金等ノ宝ヲ与フ。

『陸奥話記』

（頼義、）任終るの年、府務を行はんが為に鎮守府に入り、数十日経廻するの間、頼時、首を傾けて給仕し、駿馬金宝の類、悉く幕下に献じ、兼ねて士卒に給ふ。

三書の引出物が類似しているというだけではない。いずれも、〃陸奥国守である源氏〃が〃奥六郡の当主〃に歓待を受ける場面という共通性がある（離任時と着任時の対照性があるが、それは相違というよりある種の類似性でさえある）。引出物の類似は、奥州の特産品が双方に出た結果の近似だと見るべきなのだろうが、これにことさら着眼する表現指向の等質性は重視してよいだろう。つまり、**奥六郡の当主が陸奥国守である源氏を歓待したという構図の共通性によって、その際に引出物を列挙する型も想起された**とみるべきだろう。それよりも重要なことは、『後三年記』は真衡館《さねひらやかた》合戦の、『今昔』前九年話と『陸奥話記』は阿久利川《あくりがわ》事件の、それぞれ直前に右の歓待場面が位置する共通性があることだ。近視眼的に対応表現の類似だけに目を奪われてはならず、**〝嵐の前の静けさ〟という物語展開上の枠組みごと受容している可能性が高い**のである。だとすれば『今昔』前九年話や『陸奥話記』は、読者に『後三年記』の場面や文脈を想起させようとして、このような操作を行っている可能性がある。

二か所目は、『後三年記』〈12武衡加担、金沢柵へ〉と三書対照表10の近似性である。

『陸奥話記』

頼時、其の子姪に語りて曰く、「人倫の世に在るは、皆妻子の為なり。貞任は愚かしと雖も、父子の愛、棄て忘るること能はず。一旦誅に伏せば、吾何ぞ忍ばんや。如かじ、関を閉ぢて聴かざるには。其れ来りて我を攻めんか、吾が衆も亦拒《ふせ》ぎ戦ふに足れり。未だ以て憂《うれひ》と為さず。縦《たと》ひ戦ひ利あらずとも、吾が儕《ともがら》等しく死せんこと亦可ならざらんや」と。

『今昔』前九年話

頼時、貞任ニ語テ云ク、「人ノ世ニ有ル事ハ皆妻子ノ為也。貞任我ガ子也。棄ム事難有《ありがた》シ。被殺《ころさるる》ヲ見テ、我レ世ニ不可有《あるべからず》ル。不如《しかじ》、門ヲ閉テ其ノ言ヲ不聞。何況ヤ、守任既ニ満タリ。上ラム日近シ。其ノ心嗔ルトモ、自来リ責メム事不能。我レ亦防キ戦ハムニ足レリ。汝不可歎《なげくべからず》」ト云テ

『後三年記』

（武衡、）家衡がもとに来ていふやう、「きみ独身の人にて、かばかりの人をかたきに得て、一日といふとも追帰したりといふ。…（中略）…此国司、よおぼえ、昔の源氏平氏にすぎたり。しかるを、かくおひかえし給えること、すべて申かぎりにあらず。いまにおきては、我もともに、おなじこころにて、かばねをさらすべし」といふ。

三書とも、賊軍の将が身内に対して士気を鼓舞する場面である。内容的には〝一緒に死ぬ覚悟で戦おう〟と述べた

ものだが、三書とも賊軍が官軍（源氏）に対して徹底抗戦する契機となる位置に、この対話を載せている。その展開上の共通性のうえに、右のような人間関係の構図の共通性があり、ともに死ぬ覚悟であるとの表現まで近似している（『今昔』は翻訳ものなので〝ともに〟は省略された可能性がある。そのニュアンスは、「棄ム事難有シ」に十分出ている）。

ここは『今昔』前九年話や『陸奥話記』では阿久利川事件の部分で、源頼義が一方的に安倍氏を悪者にしていくさをしかける部分であり、『今昔』前九年話の黄海合戦譚後半の後補部分との共通位相からみて、反源氏的な指向によって付加された部分だと考えられる（二三二頁）。『後三年記』の反源氏的な場面や文脈を、『今昔』前九年話の原話（第一次『陸奥話記』）が引いていることになる。

『後三年記』ではこの場面を機に武衡が前面に出てきて、これ以降、賊方の首領となってゆく重要な場面である。これにたいして『今昔』前九年話や『陸奥話記』の頼時はこの直後に討たれることになるので、物語の全体に関わるほどの重さはない。**『後三年記』のほうが本源的であり、『今昔』前九年話や『陸奥話記』の側がその影響を受けたものとみてよい。**

三か所目は、『後三年記』〈27兵糧攻め〉と三書対照表74の近似性である。

『後三年記』

城中飢えにのぞみて、まづ、げす女・小童部など、城戸を開ていでくる。軍ども、みちをあけて、これをとほしやる。これを見て、よろこびて、又おほくむらがりくだる。秀武、将

『今昔』前九年話

敵ノ軍ハ身ヲ棄テ、剣ヲ振テ、囲ヲ破テ出ムトス。武則、兵等ニ告テ云ク、「道ヲ開テ敵等ヲ可出シ」ト。然レバ兵等囲ヲ開ク。敵等不戦シテ逃グ。守ノ軍此ヲ追テ悉ク殺シツ。

『陸奥話記』

是の時、賊中の敢死の者、数百人、甲を被て刃を振ひ、囲みを突いて出づ。死せんことを必して生きんとする心莫し。官軍、傷つき死する者多し。武則、軍士に告げて曰く、「囲

軍に申やう、「この下ところのげす女・童部、みな頸をきらむ」といふ。将軍、そのゆへをとふ。秀武がいふ様、「…（中略、理由説明）…」といふ。将軍、これをき〻て、「尤しかるべし」といひて、くだるところのやつども、みな、めのまへにころす。これをみて、ながく城の戸をとぢて、かさねてくだるものなし。

みを開きて賊衆を出すべし」と。軍士、囲みを開く。賊徒忽ちに逃げんとする心を起し、戦はずして走る。官軍、横撃して悉く之を殺せり。

『今昔』前九年話や『陸奥話記』では柵から打って出る賊軍の士気を弱める戦略として官軍が囲みを解いたのにたいして、『後三年記』では女性や子供を殺すまいとしたのだから状況は異なる。しかし、結果として柵の麓で賊方が多く殺されるところは同じである。そのうえ、柵から出てくる者たちへの対応策を、参謀にあたる武則・秀武が指示あるいは進言し、それによって官軍の最終的な勝利が近づいたという枠組みが共通している。前提として、柵をめぐる攻防戦であるという合戦構図の類似性が想起されているのだろう。

『後三年記』では〈27兵糧攻め〉が〈29金沢柵陥落〉の「武衡・家衡、食物ことごとく尽きて」陥落するという文脈に有効に機能している。しかもこれは、雪の季節が迫るところで、その直前に間に合ったという重い意味を持つ。これにたいして『今昔』前九年話や『陸奥話記』の74は、前からの流れを受けたり後ろの文脈に機能したりということがまったくない。挿話的なのである。このようなことから、**ここに関しても、『後三年記』→第一次『陸奥話記』**

の影響関係だと考えられる。

四か所目は、『後三年記』〈31武衡の処刑〉〈33千任の処刑〉と三書対照表75の近似性である。

『後三年記』

将軍、武衡をめして出て、みづからせめていはく、「…（中略）…たしかに弁申せ」とせむ。武衡は首を地につけて、敢て目をもたげず。〈31武衡の処刑〉

次に千任丸をめし出て、「先日矢ぐらの上にていひし事、只今、申てんや」といふ。千任、首をたれてものいはず。その舌を切べきよしをきつ。…（中略）…かなばしにてはをつきやぶりて、その舌を引出て、これを切つ。千任が舌をきりをはりて、しばりかゞめて、木の枝につりかけて、あしを地につけずして、足のしたに武衡が首をおけり。…（中略）…

『今昔』前九年話

亦、経清ヲ捕ヘツ。守、経清ヲ召テ仰セテ云ク、「汝ヂ我ガ相伝ノ従也。而ルニ年来我レヲ蔑ニシ、朝ノ威ヲ軽メテ、其ノ罪最モ重シ。今日白符ヲ用ル事ヲ得ムヤ否ヤ」ト。経清首ヲ伏テ云事無シ。守鈍刀ヲ以テ漸ク経清ガ頭ヲ斬ツ。

『陸奥話記』

是に於て、経清を生け虜る。将軍召して見て、責めて曰く、「汝が先祖は、相伝へて予が家僕為り。而るに年来、朝威を忽緒し、旧主を蔑如す。大逆にして無道なり。今日、白符を用ゐるを得るや否や」と。経清、首を伏して言ふこと能はず。将軍深く之を悪む。故に鈍刀を以て漸くに其の首を斬る。是れ経清の痛苦を久しからしめんと欲してなり。

しばらくありて、力つきて、足をさげて、ついに主の首をふみつ。将軍、これを見て、郎等どもにいふやう、「二年の愁眉、今日すでにひらけぬ。……（中略）……」といふ。〈33千任の処刑〉

三書とも、賊方の主要人物が官軍（源氏）に捕縛され、将軍自らの糾問を受け、しかも一言の弁明もしないところまで共通し、さらには憎悪のあまりに苛刑に処せられるところまで同じである。『後三年記』は「二年の愁眉、今日すでにひらけぬ」、『陸奥話記』は直接的に「将軍（頼義）深く之（経清）を悪《にく》む」という表現によってそれぞれ源氏側の怨念の存在を明示し、それによって残虐な刑に処したとするところが類似している。『今昔』前九年話や『陸奥話記』の阿久利川事件譚、永衡経清離反譚後半にはこのいくさが私戦であったかのように匂わせるところがある（第八章）のだが、その私戦性がもっとも強く表れているのがこの経清処刑の場面である。私怨による苛刑であるとのメッセージを、『今昔』前九年話と『陸奥話記』ははっきり伝えている。

先後関係について言えば、『後三年記』の私怨のほうが合戦の第二部（沼柵合戦）から第三部（金沢柵合戦）への展開と深く結びついているのにたいして、『今昔』前九年話や『陸奥話記』の経清処刑譚は、それが『扶桑略記』所載『奥州合戦記』に存在しないところ（白符行使の不在と同様）に象徴的に表れているように、いかにも取って付けたような私怨性なのである。よって、**『後三年記』のほうが本源的であって、『今昔』前九年話の原話（第一次『陸奥話記』）がその影響を受けたものと考えてよい**だろう。

五か所目は、『後三年記』〈30敵将の探索〉と三書対照表77の近似性である。

『後三年記』

武衡にげて、城の中に池のありけるに飛いりて、水に沈てかほを叢にかくしてをる。

『今昔』前九年話

但シ宗任ハ深キ泥ニ落入テ逃ゲ脱ヌ。

『陸奥話記』

但し宗任は自ら深泥に投じて逃れ脱げて已に了んぬ。

『唐大和上東征伝』（七七九年成立）にも敗走者が「池水中」に逃げた事例があるが、そのような状況の類似性はそう多くあることではない。前九年合戦の物語世界で貞任像・宗任像が成長し始め、個別の話が膨らんでくるのは一〇八〇年ごろかそれ以降だと考えられる（義家像が成長した次の段階で敵対者像が膨らむ。一三四頁、二七〇頁）。『扶桑略記』所載『奥州合戦記』では安倍氏方の敗者の扱いは軽く、「貞任・経清・重任等、一々生首を斬る」（77）→「又数日を経て、宗任等九人帰降す」（82）しか記されていない（78〜81は欠番）。千世童子、則任の妻、為元、家任、宗任、正任、良昭の最期譚・敗走譚は、存在しないのだ。これらが出てくるのは、『今昔』前九年話（の原話）以降である。ということは、**『後三年記』のほうが先で、『今昔』前九年話の原話（第一次『陸奥話記』）がその影響を受けたものと考えてよい。すると成立順は、『奥州合戦記』→『後三年記』→『今昔』前九年話の原話（第一次『陸奥話記』）ということになる。**

以上、一か所目こそ先後関係を見極めることが難しいものの、**二か所目〜五か所目については『後三年記』のほうが本源的で、『今昔』前九年話や『陸奥話記』の側が影響を受けていると判断することができる。**この五か所には、共通性が三点ある。

（1）五か所とも『扶桑略記』に存在しないものである（巻末付録の三書対照表上段が白地）。これは本節の冒頭で述べたことの再確認である。

（2）右と関連するが、『扶桑略記』に存在せず『今昔』前九年話や『陸奥話記』に存在する部分は、俘囚側の人物の活躍、悲劇や末路、反源氏的な要素を色濃く持っている（二八一頁）のだが、『後三年記』が『今昔』前九年話か『陸奥話記』に学んだと考えられる右の五か所は、内容・主題的にもそれと符合する。

（3）右の五か所すべてを三段組にしえたように、『後三年記』が影響を与えたとみられる部分は『陸奥話記』だけでなくすべて『今昔』前九年話にも存在する。

この第二の点は、なんのために『後三年記』の場面や文脈を『陸奥話記』の側に響かせなければならなかったのか、その理由を示唆している。つまり『**陸奥話記**』**側にとっては、**《**後三年記想起指向**》**によって、一般には公戦と信じられている前九年合戦にも私戦の疑い**（**俘囚側の悲劇性表現も含めて**）**があることを匂わせようとしたもの**と考えられる。

この第三の点も重要である。このことは、『**後三年記**』**が影響を与えたのが現存**『**陸奥話記**』（**第二次、第三次**）**段階まで下るものではなく**『**今昔**』**前九年話の原話、すなわち第一次**『**陸奥話記**』**の段階である可能性を高めるもの**といえよう。

四　『後三年記』から第二次『陸奥話記』への影響
――《後三年記想起指向》その2――

前節の冒頭で述べたように、本節では、『今昔』前九年話に存在せず、『後三年記』と『陸奥話記』の二書の影響関係とみられる六か所について分析する。本節で指摘する六か所が『後三年記』→『陸奥話記』の影響であると言いきるのは、その六か所のすべてが巻末付録の三書対照表中段の白地部分やそれに準ずる部分、すなわち〈櫛の歯接合〉の作業後に付加された部分に出てくるからである。

一か所目は、『後三年記』〈30敵将の探索〉と『陸奥話記』79との近似性である。

『後三年記』

城中の美女ども、兵、あらそひ取りて、陣のうちへゐてきたる。男のかうべは桙にさゝれてさきにゆく。めは涙をながしてしりにゆく。

『陸奥話記』

城中の美女数十人、皆綾羅を衣て、悉く金翠を粧《よそほ》ふ。烟《けぶり》に交つて悲泣す。之《これ》を出だし、各軍士に賜ふ。

敗者の妻妾が勝者の兵士たちの戦利品として扱われることが当時の一般であったとしても、「美女」たち（複数）が「涙をながし」たり「悲泣」したりする悲劇に視点を当てているところは、**両物語に共通する敗者への同化指向として注目してよい**だろう。これらのいくさをけっして勝者の側に寄り添って描かないところは、根本的な等質性である。

二か所目は、『後三年記』〈23千任の罵言〉と『陸奥話記』70との近似性である。

『後三年記』

千任といふ者、やぐらのうへに立て、声をはなちて将軍にいふやう、「…（中略、義家を罵倒）…」といふ。おほ

『陸奥話記』

官軍到着の時、楼上の兵、官軍を招きて曰く、「戦ひ来れ」と。稚《わか》き女数十人、楼に登りて歌を唱ふ。将軍、之

くの兵、をの〳〵くちさきらをとぎてこたえんとするを、将軍、せいしてものいはせず。将軍のいふやう、「もし千任をいけどりにしたらむものあらば、かれがために命をすてん、ちりあくたよりもかろからむ」といふ。

を悪む。

どちらも柵方（賊軍）の者が、楼上から官軍（源氏）を嘲弄する場面である。『後三年記』は「千任」一人の発言であるのにたいして『陸奥話記』が「稚き女数十人」の歌（敵を愚弄する内容であることは間違いない）である点は異なるものの、楼上から敵に罵言を浴びせ、しかもそれについて将軍（頼義・義家）が怒るという反応が同じである。「稚き女」は尊経閣本、群書類従本など諸本では「雑女」で、これだと『後三年記』〈27兵糧攻め〉の「雑女」も重ね合わせていると言える。

〈千任の罵言〉は、『後三年記』の展開上、〈武衡の処刑〉や〈千任の処刑〉に連動するものとして必要不可欠な部分である。しかし、**『陸奥話記』の側には、それほどの必然性がない。『陸奥話記』のほうが発想上、後次的だということである。反源氏の『陸奥話記』が《後三年記想起指向》によって『後三年記』の表現を採り込もうとする際に、これほど重要なところはない。**〈千任の罵言〉こそは、前九年合戦の第一の功労者が清原氏であったということと、後三年合戦が私戦であったこととを、含んでいるからである。『後三年記』の中でももっとも重要なところを、『陸奥話記』は引いていると言える。しかも、「官軍到着の時」という遡及的な時間表現からみても、この部分が後補的であることを示唆している。

三か所目は、『後三年記』〈11欠失部＝『康富記』訓読〉と『陸奥話記』57との近似性である。

『後三年記』

数月を送り、大雪に遇ふ。官軍、闘ひの利を失ひ、飢寒に及ぶ。軍兵、多く寒死し、飢死す。或は馬肉を切り食ひ、或は大守、人を懐きて温を得しめ、蘇生せしむ。

『陸奥話記』

将軍、営に還り、且つ士卒を饗し、且つ甲兵を整ふ。親ら軍中を廻り疵傷者を療す。戦士感激し、皆言ふ、「意は恩の為に使はれ、命は義に依つて軽し。今将軍の為に死すと雖も恨みず。彼の鬚を焼き膿を啜《すす》りしも、何ぞ之に加ふるを得ん」と。

これほど酷似したシチュエーションが、前九年合戦でも偶然あったと考えるほうが不自然だろう。一方がもう一方の影響を受けているに違いない。『陸奥話記』のこの逸話が『奥州合戦記』にさえ存在しないことから、親源氏的な指向から発想されたものではなさそうだ。やはり《後三年記想起指向》によって、後補されたのだろう。ここは親源氏的であることを偽装するのに好都合なところで、この一か所を入れるだけで、『陸奥話記』の反源氏的な側面がずいぶん軽減される。つまりは、反源氏を旨とする第一次『陸奥話記』への影響としてならこのような現象は考えにくいことなのだが、物語の発信主体を韜晦する方向に舵をきった第二次への影響としてなら、十分にありうるということだ。『後三年記』の文脈では、第二部までの慈愛に満ちた義家像から第三部の非情な義家像への大きな変化を語るための伏線になっているのだが、『陸奥話記』では将軍のために死をも厭わぬという兵士たちの忠節を前景化することに使われている。それも『陸奥話記』が重視したもので、もちろん表現主体が自らを韜晦するための偽装である。つまり、**『陸奥話記』と『後三年記』は、表現主体が自らの姿を韜晦するところまで共通している**といえる。

四か所目は、『後三年記』〈18苦戦、助兼の危難〉と『陸奥話記』69との近似性である。

『後三年記』

岸たかくして、壁のそばたてるがごとし。遠物をば矢をもちてこれを射、ちかき者をば石弓をはづしてこれをうつ。しぬるもの数しらず。

『陸奥話記』

また遠き者は弩《いしゆみ》を発して之《これ》を射、近き者は石を投げて之を打つ。適《たまたま》柵の下に到れば、沸湯を建て、之を沃《そそ》ぎ、利刃を振ひて之を殺す。

『陸奥話記』が「弩《いしゆみ》」を遠い敵に用いているのにたいして、『後三年記』は「石弓」を近い敵に用いているので、武器の用い方——おそらく柵の地形とも関わりがあろう——にずれがある（このように少しずらして表現することの意味については四三三頁で述べた）。また、同じイシユミの発音でも、別の武器を指しているのではないかとも思われる。しかしそれにしても、柵の攻防戦において、遠い敵への攻め方と近い敵へのそれとを対《つい》にして表現することの共通性は無視できない。しかも、「岸たかくして」「柵の下に」と高低差を表現しているところも近似している。**『後三年記』には金沢柵の「岸」の高低差を利用した表現の連鎖が見られるが、『陸奥話記』ではこの表現は取って付けたようであり、必然性がない。これも、『陸奥話記』が《後三年記想起指向》によって摂取したものだろう。**

五か所目は、『後三年記』〈7清衡・家衡加担〉と『陸奥話記』63との近似性である。

『後三年記』

ここに、清衡・家衡よろこびをなして、勢をおこして、真衡がたてへをそひゆく。みちにて、伊沢の郡白鳥の村の在家四百余家を、かつがつ焼はらふ。

『陸奥話記』

同七日、関を破り胆沢郡白鳥村に到る。大麻生野及び瀬原の二柵を攻めて之を抜き、生虜一人を得たり。

三書対照表63をみてもわかるように、ここは「同七日」「胆沢郡白鳥村」「大麻生野」「瀬原」などという叙事的な要素を含む部分であるから、『扶桑略記』や『今昔』が原話を引用する際に省略するとは考えられない（省略するのは無駄と感じられるような脱線部分である）。『陸奥話記』のほうが、《後三年記想起指向》および《リアリティ演出指向》によってここを後補したに違いない。胆沢郡白鳥村の名を出すことに意味があったと考えてよいだろう。それだけで読者に『後三年記』を想起させることができる。衣川より北、鳥海柵より南の記述の空白地帯を、これによって埋めることができるのである。数多くの地名が出てくる『陸奥話記』において、「村」と表現されるのは「白鳥村」だけなのである（「仲村」の「村」は地域名称に含まれたものとみる）。異質だということだ。

六か所目は、場面というより、大宅光任という人物の存在である。『後三年記』では、大宅光任は〈13義家出陣、光任の愁嘆〉に登場する。

春夏他事なく出立して、秋九月に数万騎の勢を引ゐて、金沢のたてへおもむき、すでに出立日、大三大夫《だいざうたいふ》光任《みつたふ》、年八十にして、あひぐせずして国府にとゞまる。腰はふたえにして、将軍の馬のくつばみにとりつきて、涙をのごひていふやう、「としのよるといふことは、かなしくも侍かな。いきながら、けふ、我君所作し給はむを見るまじきことよ」といひければ、きく人みなあはれがり、なきにけり。

寛治元年（一〇八七）の時点で光任は腰の曲がった八〇歳（傍線部）の老翁で、義家が軍配を振る姿を見られないのを嘆いている（波線部）ことから、源氏の旧臣だと察せられる。前九年合戦が終結した二五年前には、五五歳ということになる。そして、光任の子光房が『後三年記』〈31武衡の処刑〉に登場していることと非戦闘要員でもない光任が陸奥国府まで下向していることを合わせると、大宅氏は源氏の相伝の家人であったと考えられる。

その光任は、『陸奥話記』の中で二度、名前が出てくる。一度目は、黄海合戦譚の六騎武者（21）で名寄せ的に出てくる。二度目は、その直後の義家奮戦（23）で義家に光任が寄り添うかのように語られている。そこの評語である

「賊類神なりと為して、漸く引き退けり」の対象に光任が含まれるはずはなく、「又光任等、数騎殊死して戦ふ」のない『扶桑略記』が本来的なかたちであること、すなわちその一文が後補されたものであることを断定した（二三二頁）。つまり**『陸奥話記』は後次的で、『後三年記』〈13義家出陣、光任の愁嘆〉の影響を受けた可能性が高い**ということである。

以上六か所は、――繰り返すが――いずれも『扶桑略記』にも『今昔』前九年話にもない『陸奥話記』独自部分（三書対照表中段の白地部分）である。そこが存在しなくても展開が飛躍したり文脈が不整合をきたしたりすることのない、逸話的な部分ばかりである。『後三年記』が先出で、『陸奥話記』はその影響を受けていると考えてよい。

前節の冒頭で述べたことだが、前節の五か所は、『今昔』前九年話の原話（第一次『陸奥話記』）が『後三年記』の影響を受けそれを『陸奥話記』が引き継いだもので、本節の六か所は、『今昔』原話（第一次『陸奥話記』）に存在せず第二次『陸奥話記』の段階で『後三年記』を採り込んだものである。このことは、**『後三年記』から影響を受けた《後三年記想起指向》が第一次『陸奥話記』にもともとあって、その延長線上にさらにその指向を『陸奥話記』において強化したことを意味するもの**である。影響の第一波、第二波ということである。このことも、第一次『陸奥話記』（『今昔』前九年話の漢文体原話）と第二次『陸奥話記』が同一作者であるとの考えを補強するものである。

『陸奥話記』が《後三年記想起指向》によって『後三年記』世界に近似させつつ物語づくりをしたのは、反源氏的な態度によるものと考えられるが、**その巧みさ**（前後の整合性をとりながら挿入するには緻密な想像力を要する）**からも『陸奥話記』の第二次成立分に含まれるものと考えられる。**しかも、**前節の結論と合わせると、第二次『陸奥話記』よりも前に、さらに第一次『陸奥話記』よりも前に、『後三年記』が成立していたことになる。**ただしその**『後三年記』は、大江匡房を「翁」とする部分や極端に和文臭の強い挿話的章段を含まない、漢文体の第一次『後三年記』で**あったと考えられる。なぜならば、本章で指摘した近似箇所で、第二次『後三年記』段階での後補九か所で『陸奥話記』に流入している部分は一つも含まれていないからである。

第一次の漢文体『後三年記』を訓読して和文臭の濃い章段を採り込んで第二次が成立したのは、『陸奥話記』との距離を引き放すためであった可能性がある（同一の成立圏であることを覚られないようにするために）。『陸奥話記』が第二次から第三次へと重層化（路線変更）しなければならなかったのも、さらに韜晦の度合いを強めてゆくためであった（四一〇頁）。**『陸奥話記』『後三年記』をセットで読まれることを期待する時期から、それを引き放す時期へと変化したことを示しているようだ。**ということは、第三次の『陸奥話記』と第二次『後三年記』は、同時期の成立とも考えられる。韜晦することが最重要課題となって三書対照表の5や95を後補した第三次『陸奥話記』と、訓読された第二次『後三年記』は、一個のニーズに応じた二つの所産であるように見えるのだ。

五　影響関係不明箇所の判別

第三節、第四節で検討した一一か所以外に、もう一か所、『後三年記』と『陸奥話記』の影響関係の窺えるところがある。『後三年記』〈3秀武登場〉と三書対照表39・40である。ここが難問であるのは、『今昔』の翻訳の影響を受けて省略されたのか、もともと原話にも当該記述が存在しなかったのかが判別しにくいからである。

『扶桑略記』	『今昔』前九年話	『陸奥話記』
①康平五年七月、武則、子弟を率ゐて万余人の兵を発し、当国に越え来りて、	①然レバ武則、子弟幷ニ万余人ノ兵ヲ発シテ、陸奥国ニ越来テ、守ニ来ル由ヲ告グ。	①武則、同年の秋七月を以て、子弟と万余人の兵を率ゐて陸奥国に越え来り。

②栗原郡営岡に到る。
③是に於いて、将軍大いに喜び、三千余人の軍を率ゐ、
④七月廿六日に発向し、八月九日に彼の営岡に到る。
⑤送るに心懐を陳べ、涙を拭ひて悲喜す。
⑥十六日、七陣の押領使を定む。（39・40）

---

③守大キニ喜テ、三千余人ノ兵ヲ具シテ行キ向フ。
④栗原ノ郡ノ営岡ニシテ、守武則ニ会フ。
⑤互ニ思フ所ヲ陳ブ。
⑥次ニ諸陣ノ押領使ヲ定ム。
⑦各武則ガ子幷ニ類也。

---

③将軍大いに喜び、三千余人を率ゐて、
④七月二十六日を以て国を発す。八月九日、栗原郡営岡に到る。…（中略）…
⑤邂逅に相遇ひて、互ひに心懐を陳ぶ。各以て涙を拭ひ、悲喜交至る。
⑥同じ十六日、諸陣の押領使を定む。
⑦…（中略）…吉彦秀武を三陣と為す。（39・40）

先に、基礎作業的なことを済ませておく。ここは、かの有名な営岡《たむろのおか》参陣である。アミカケ部分のように、『扶桑略記』には「営岡に到る」が②（武則の文脈）④（頼義の文脈）に重出していて未整理の感があり、もっとも古態であることを示すものだろう。武則来援の事実だけを示す文脈が原態で（しかもそれは「七月」のみで日付がない）、その上に頼義側の具体的な軍勢の数（③）や日付（④⑥）や互いが喜ぶさま（⑤）が加えられたのだろうと推測できる。『扶桑略記』と『陸奥話記』に出てくる「七月二十六日」「八月九日」「十六日」の日付は、『今昔』が翻訳の際に省略したものとみられる（『陸奥話記』が後付けで日付を入れることもあるが、ここは『奥州合戦記』と共通しているため原話にも存在したとみる）。

　ここで問題になる点が二つある。一点目は、『扶桑略記』⑥には押領使の数を「七陣」とするのに『今昔』では「諸陣」とあいまいなことである。二点目は、『今昔』前九年話⑦では「各武則ガ子幷ニ類也」（罫囲み部分）があるのに、『扶桑略記』にそれがないことである。『扶桑略記』所載『奥州合戦記』は親源氏的なので〝「七陣」の大半が清原方であった〟と明示するものではなかっただろう。つまり、『扶桑略記』が『奥州合戦記』を引用する際に「七陣」の具体名を省略したのではなく、もともと『奥州合戦記』には「七陣」とのみあって、その具体名は記されていなかったと考えられる。『奥州合戦記』の段階までは、「七陣」が清原勢であることを含意するものではなかったのだろう。一方で『今昔』前九年の原話は、「諸陣（七陣）」の大半が「武則ガ子幷ニ類」であることを明示する意図が明瞭であることから、『陸奥話記』と同様に「七陣」の具体名が記されていて、翻訳の際に省略したとみることもできる。逆に、もともと原話にも「七陣」の具体名は記されていなかったと考えることもできる。ここが、難問なのである。

　両方の可能性を残しつつ、『後三年記』〈3秀武登場〉の対応部分を検討する。

　昔、頼義、貞任をせめし時、①武則、一家をふるひて当国へ越来て、④桑（栗）原郡営の岡にして、⑥諸陣の押領使をさだめて軍をとゝのへし時、⑦この秀武は**三陣の頭**にさだめたりし人なり。（丸数字は、右の①〜⑦と対応。）

傍線部は、『扶桑略記』や『陸奥話記』と類似している部分であり、しかも**順序まで同じであるから、前九年合戦伝承のような言い伝えによるものではなく書承的な受容であると考えられる**（②③⑤は省略したのだろう）。そして、⑦のように吉彦秀武が第三陣であるとの情報まで含まれているのである。

　ここで、第三節、第四節の検討が活きてくる。それらの節では、『後三年記』が先行成立したものとし、そこから第一次『陸奥話記』（『今昔』前九年話の原話）や第二次『陸奥話記』への影響関係を想定した。ここでもし「七陣」の具体名が第一次『陸奥話記』に存在していてそこから『後三年記』への影響があったとすると、影響関係の方向が逆になり、矛盾する。よって、**「七陣」の具体名は『今昔』前九年話の原話に存在せず、『今昔』編者が翻訳する際に省**

略したものでもなかったと考えることになる。

この場合、『後三年記』には「三陣」の「吉彦秀武」以外の人物はしるされていないものの『陸奥話記』の「三陣」と一致するので、『後三年記』が書承的な影響を受けた先行資料は、第一次『陸奥話記』ではない別の文書ということになる。

これまでに分析したような細かな表現ではなく、構造的なレヴェルでの近似性もある。それぞれの後半部分において〈将軍頼義―参謀清原武則〉と〈将軍義家―参謀吉彦秀武〉との密着した構図（具体的には二人による問答、参謀からの進言の多用）がみられる。武則の活躍のほうが事実性があり、吉彦秀武が後三年合戦においてどれほど活躍したのかは不明である。この件にかぎっては、『後三年記』の吉彦秀武を前九年合戦における功労者清原武則に準えようとしたのだろう。『後三年記』の吉彦秀武像は不自然なほどに前景化されており、いかにもつくられた人物像であるようなのだが〔野中（二〇一四）〕、それは清原武則に準えて造型しようとしたためなのだろう。ただしそれは、第一次『陸奥話記』からの影響と限定する必要もなく、『奥州合戦記』からのそれでも構わないわけである。

以上の考え方が正しいとすれば、**『後三年記』の成立は第一次『陸奥話記』に先立つことになり、その波状的な影響を考えると、『陸奥話記』の複雑な重層化の一端は『後三年記』の成立に触発されたものということになる。**

六　おわりに――平泉藤原政権に奉仕する『陸奥話記』『後三年記』――

本書は『陸奥話記の成立』と題しているが、『陸奥話記』論単独ではその成立を解明することはできず、迂遠なようであっても『後三年記』の成立と合わせ考えてこそ、両者の成立事情が同時に明らかになる。じつは前著『後三年記の成立』の初校段階で『後三年記』二段階成立説を入れ込んだのだが、再校段階でそれを取り下げるという経緯があった。その時すでに『陸奥話記』の段階的成立と相互の影響関係もみえていたので、『陸奥話記の成立』で合わせて論じたほうがよいと考えたのである。ゆえに前著では、四〇頁、六五頁、二五二頁で『後三年記』の二段階成立を指摘するに留め、その詳細は今著に譲っておいた。今ようやく、その靄《もや》を晴らすことができた。

本書は『陸奥話記』の成立を論じる書であるが、ここで改めて『後三年記』の意義を再確認しておきたい。『後三年記』が平泉藤原政権の正当化に奉仕する物語であるというのは、前著で述べたように、後三年合戦の私戦化とそれへの義家・武衡の主体的・積極的な関与、その際の清衡像の没主体化がみられることがおもな理由だが、それだけではない。『後三年記』には、平泉藤原政権の東北地方における正当性を直接語る表現もある。

永保のころ、奥六郡がうちに清原真衡といふものあり。荒河太郎武貞が子、鎮守府将軍武則が孫なり。真衡が一家は、もと出羽国山北の住人なり。康平のころほひ、源頼義、貞任・宗任をうちし時、武則、一万余人の勢を具して御方にくはゝれるによりて、貞任・宗任をうちたいらげたり。これによりて、武則が子孫、六郡の主となれり。それよりさきには、貞任・宗任が先祖、六郡の主にてはありけるなり。〈1真衡の威勢〉

〝出羽山北を本拠としていた清原氏が前九年合戦後に奥六郡に移った〟という由来の説明は、清原真衡が陸奥国・出羽国にまたがる覇権を有する必然性を語っている。出羽の吉彦秀武を配下に従えていたとする『後三年記』の内容と合わせると、真衡は奥六郡に本拠を置きつつも旧領の出羽国も含めて統治していたとする事実を語っているのだ。その事実は、後世の藤原清衡からすると、自家領のルーツを語っているのだということになる。[2]

（2）『中尊寺経蔵文書』建武元年（一三三四）八月□日条の「陸奥国平泉関山中尊寺衆徒等謹言上」に、長治二年（一一〇五）二月十五日に中尊寺が再興される際の施主の名が「出羽・陸奥両国大主藤原朝臣清衡」と称されている。また、保安四年（一一二三）〜天治二年（一一二五）のころの成立とされる『中尊寺供養願文』に、「斯の時に当たりて、弟子苟《いやしく》も祖考の余業を資し、謬《あやま》りて俘囚の上頭に居す。出羽・陸奥の土俗は、風草に従ふが如し」とあって、一二世紀に入ってから清衡が陸奥・出羽両国を掌中に収めていたことは疑いない。

そして、清衡が後三年合戦で勝者の側に属しながらも私戦化したところには関与していないという屈折した表現によって、源氏が奥羽統治の有資格者ではないことも婉曲的に示唆している。**実際に滅びた清原氏だけでなく、源氏をも奥羽の舞台から葬り去ろうとする巧妙な手口**である。清衡の時代を想定してこのメッセージを受け止めると、ここでいう源氏とは源義家とその一族のことではなく、中央と読み替えるべきなのだろう。**王権にしろ末端の受領にしろ、中央の人間が奥羽に干渉し、野心の触手を伸ばすことへの拒否の姿勢を、物語によって示したものと受け止めるべきなのかもしれない。**

『後三年記』にみられる平泉藤原政権の正当化表現は、右の〈1真衡の威勢〉だけではない。次の部分も、きわめて重要である。

清衡は、亘理の権大夫経清が子なり。経清、貞任に相ぐしてうたれにし後、武則が太郎武貞、経清が妻をよびて、家衡をばうませたるなり。しかれば、清衡と家衡とは、父かはりて母ひとつの兄弟なり。〈6秀武の画策〉

この一節によって、藤原経清の子である清衡が清原家衡と「兄弟」といってさしつかえない関係になった経緯が示されている（清衡の実母たる「経清が妻」が安倍氏の娘（ユウ）であることがここに示されていないのは、真衡東遷の説明〈1真衡の威勢〉によって出羽国・陸奥国の一体化が説明されているので、必要ないからだろう）。**その二か所をつなげると、藤原清衡が奥六郡と山北三郡を領有すべき正当な由来が十分に説明されている**といえる。[3] 別の言い方をすると、『奥州御館系図』『安倍氏系図』『清原系図』『藤崎系図』『安藤系図』などを持ち寄っても、藤原清衡の正当性をこれほど明快には語れないのである。『陸奥話記』『後三年記』という物語の威力は、それほどに強い。

（3）　系図類の中ではかろうじて『奥州御館系図』（続群書類従6下）の清衡に「奥州押領の間、八幡太郎と後三年合戦これ有り。後に義家に随ひて、郎等と為る。此の時又、奥州・出羽両国押領す」とある。しかしこれでも、清原武貞や真衡から清衡に至る継承性・相伝性を説明することができない。

『陸奥話記』形成の段階（一一〇五～〇七年ごろの第二次）の操作で、陸奥国・出羽国の一体感の醸成（平重成・出羽守二代の投入）や安倍・清原の親和性表現（平国妙・藤原経清・安倍正任・良昭の投入）がみられるのも、〝安倍・清原旧領の統合体としての平泉藤原氏〟の由来の前半部を語るものであった。それが『後三年記』にバトンタッチされ、その由来の後半部として藤原清衡が安倍氏的性格・清原氏的性格を併せ持つことや彼が清原氏滅亡後に結果として旧領継承者にふさわしい立場にあることを語ったのである。ここまできてようやく、**『陸奥話記』『後三年記』が平泉藤原氏の正当化に奉仕する物語であるとか、反源氏を基調としつつも親源氏を楯として使っているとか、現象としては陸奥国・出羽国の一体化表現や安倍・清原親和性表現がみられるとか、作者・成立圏を韜晦しなければならなかったこととか、そういうことがすべて一本の線でつながってくる**のである。

文　献

野中哲照（一九九七）「『奥州後三年記』における〈前九年アナロジー〉」「鹿児島短期大学研究紀要」61巻1号
野中哲照（二〇一四）「後三年の戦後を読む――吉彦一族の滅亡と寛治六年清衡合戦――」「鹿児島国際大学大学院学術論集」5集

第十八章　『陸奥話記』『後三年記』の成立圏

――出羽国問題・経清問題を切り口として――

本章の要旨

出羽国問題と経清問題を丁寧に読み解くことによって、『後三年記』と同様に『陸奥話記』も平泉藤原氏の正当性を語る物語に仕立てられていると分析することができる。

『陸奥話記』は、『扶桑略記』や『今昔』前九年話に比べて、出羽国の人物の登場箇所が多い。しかも、僧良昭と安倍正任の敗走譚は安倍氏残党にたいする〈非情な出羽守〉と〈情に篤い清原氏〉との対照を示している。

鬼切部合戦に登場する秋田城介平重成も『陸奥話記』独自で、重成の加勢も空しく陸奥守藤原登任軍が敗退したと表現すると、あとで出てくる出羽国の武則来援の有効性が際立つ。出羽守二代（源兼長・源斉頼）の非協力の果たした機能と同じである。

一方、経清が離反する際、『今昔』前九年話にない部分を『陸奥話記』が独自に後補し、経清が裏切り者にならないよう配慮がなされている。経清の子が藤原清衡であることから、『陸奥話記』がその政権下で成立したことは確定的である。経清の白符行使とそれによる斬首において反源氏的な色彩を色濃くし、さらに経清が出羽の平国妙と姻戚関係にあると明示することによって《安倍清原親和性表現指向》も経清像に担わせている。

参照史料の質、学識、生没年、歴史捏造の実績があること、八幡信仰の隆盛にも関与していることからすると、第二次『陸奥話記』の作者は大江匡房以外に考えられず、第三次の改作者としては藤原敦光が挙げられる。匡房は、第二次『陸奥話記』のみならず、『奥州合戦記』、『扶桑略記』、第一次『陸奥話記』の執筆・編集にまで関わっている可能性もある。

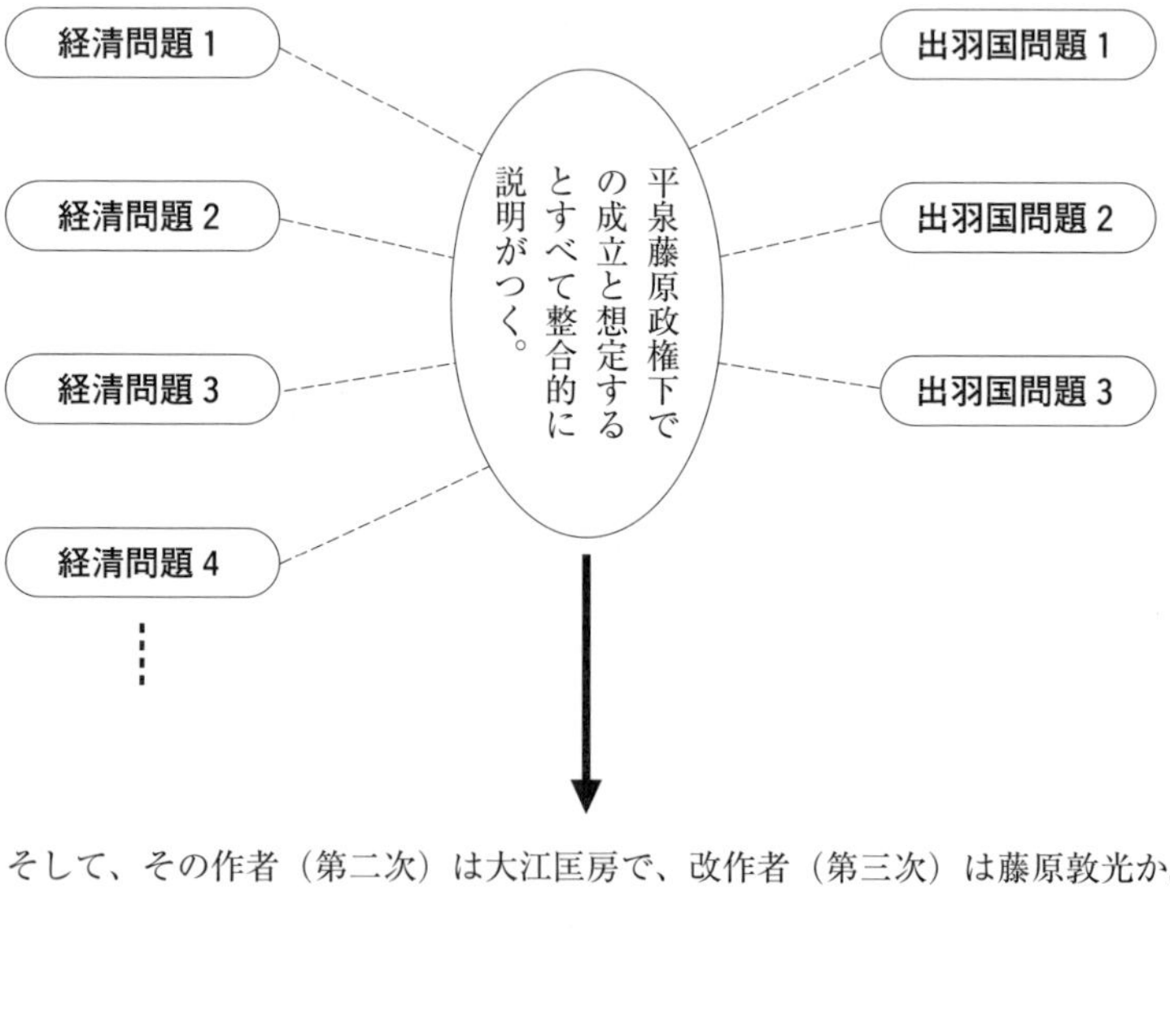

そして、その作者（第二次）は大江匡房で、改作者（第三次）は藤原敦光か。

一　問題の所在

〈櫛の歯接合〉論がゆるぎないものである以上、『陸奥話記』が一連の前九年合戦の物語の最終ランナーであることは確定的である。それによって、『陸奥話記』の成立時期はかなり絞れてくる。一〇九〇年代以降である。一方で、一二世紀半ばに成立した『中外抄』下―五三話には「七騎の度《たび》乗りたりける大葦毛」などと黄海合戦譚の〈七騎武者〉らしき認識が登場していて、『陸奥話記』世界の〈頼義＋六騎〉という表現よりも熟成されている。(1) そこからすると、『陸奥話記』の成立時期は、一二世紀初頭あたりで探ることになる。これが、大前提である。

(1)　名数としての「七」に着目する意識の淵源は中国の「戦国の七雄」「竹林の七賢」か。日本でも、『源平盛衰記』巻二十一の頼朝七騎武者、能『七騎落』、七福神、戦国期の「賤ヶ岳の七本槍」、三条実美《さねとみ》らの「七卿落ち」、果ては黒澤映画の「七人の侍」へと続く「七」の系譜があるが、その起点が『中外抄』の頼義「七騎」武者か。

物語をつくるには、時間と経費に加えて、熱意が必要である。現代よりもはるかに、筆・墨・硯・料紙などが貴重であった時代に、物語制作に専従する時間を依頼者から与えられる人物の存在という環境が整わなければ、物語は成立しえない。いつの時代にも時間や金を握っている富裕層は存在するが、それをつくろうとするモチベーションがもっとも重視されるべきである。『陸奥話記』でも『後三年記』でも、いつ誰がなんのためにこのような様態の物語の登場を誘ったのかという問題意識に立つ必要がある。

そのためには、あらためて物語を支えている指向を丁寧に読み解き、それを文献史料で裏づけたり前後のテクストとの影響関係の中に落とし込んだりして、多面的な整合性を追究しなければならない。すべてが矛盾なく説明できたときに初めて、物語の成立圏論や作者説は真を突いたものとなりうる。

二　『陸奥話記』と『後三年記』の共通位相

『陸奥話記』が『後三年記』の影響を受けていることについては、前章で指摘した。本節では、影響関係というよりも認識や位相の通底という観点から、これについて再検討する。四四二頁で述べたように、清原武則の援軍があってこそ源頼義は前九年合戦に勝利できたのだという清原氏側の認識を、『後三年記』は示している。それゆえに清原氏が主人で源氏が「相伝の家人」とまで言い、「重恩の君」を攻める「不忠不義」の者であると辱める。義家にとって、これほどの屈辱はないだろう。これにたいして義家は、後に捕縛した武衡に対して「軍のみち、勢をかりて敵をうつは、昔も今もさだまれるならひなり。武則、かつは官符の旨にまかせて、且は将軍のかたらひによりて、御方にまいりくは丶れり」と返答した。清原武則の援軍を得たおかげで前九年合戦に勝利しえたとの認識は義家も否定していないということである。これは『陸奥話記』でいうと、「常に甘言を以て」「常に贈るに奇珍を以てす」(35)、「頼義朝臣、頻りに兵を光頼幷びに舎弟武則等に求む」(39)に相当する。**義家が「名簿」の存在を一笑に付すことができなかった**（「先日、僕従千任丸おしへて名符あるよし申しは、件名符定て、汝伝たるらむ。速にとりいづべし」）**と表現することによって、『後三年記』の表現主体が、清原氏側の前九年合戦認識に立っていることをさりげなく示している。**源氏側から発せられた物語なら、けっしてこうは表現しない。そこで義家は合戦後の論功行賞に論点をずらさざるをえず、「いやしき」「えびす」である清原武則が「鎮守府将軍」に任命されたのは父頼義のお蔭であって、武則の「功労」にはじゅうぶん報いたはずだと苦し紛れに返答した。しかも、武則にたいする援軍要請の経緯について、義家は「かつは官符の旨にまかせて、且は将軍のかたらひによりて」武則が参戦したとあいまいに語っているが、周辺史料によれば正式な官符が出されたのは合戦後のことであったはずだ（第一章）。「名簿」の返還に躍起になったり、この後、武衡・千任を苛刑に処したりする義家像が語られることによって、義家の拘泥や私怨はじゅうぶん表現されているとみてよい。

この認識が登場人物たる千任や義家のそれに留まるものでなく、『後三年記』表現主体のそれと重なるものであることは、冒頭部で確認できる。

永保のころ、奥六郡がうちに清原真衡といふものあり。荒河太郎武貞が子、鎮守府将軍武則が孫なり。真衡が一家は、もと出羽国山北の住人なり。康平のころほひ、源頼義、貞任・宗任をうちし時、武則、一万余人の勢を具して御方にくはゝれるによりて、貞任・宗任をうちたいらげたり。これによりて、武則が子孫、六郡の主となれり。〈1真衡の威勢〉

「〜によりて」の接続関係からみて、前九年合戦の最大の功労者が清原武則であると認識していることが知られ、清原真衡がその武則の子孫であることが語られている。吉彦秀武を紹介する時にも、「昔、頼義、貞任をせめし時、武則、一家をふるひて当国へ越来て、桑(栗)原郡営の岡にして、諸陣の押領使をさだめて軍をとゝのへし時、この秀武は三陣の頭にさだめたりし人なり」〈3秀武登場〉などと一見、不必要にみえるところでも武則来援故事を語っている。義家にとって負い目となっているこの一件をたびたび語る意識は、とても義家方のそれとは考えられまい。

このように、『後三年記』に表われた前九年合戦に対する認識は、〝義家がいま敵対している清原氏は、前九年合戦で官軍に勝利をもたらした功労者の子孫である〟ということで一貫している。千任の罵言にも、義家の発言の中にも、さらには表現主体の地の文にさえ、共通して表明されているのである。

一方で、『頼義奏状』『義家奏状』には清原氏の力添えなどはいっさい記されておらず、もっぱら源氏の功績を主張するのみである（申し文の一般ではあるが）。前九年合戦における二人の功労者、頼義・武則のそれぞれの子義家・武衡が、父たちの功績をめぐってずれた認識をもつに至ったということだ。それゆえ、『後三年記』では、「二年の愁眉」

などという義家の武衡にたいする特殊な感情や「名簿《みようぶ》」への拘泥は義家の感情的な屈折を表現しており、そのために義家が後半戦で清衡をさしおいて前面に出てくるのである。

『後三年記』において義家像がこのように醜悪なものとして描かれることと、そのいくさへの藤原清衡の消極的関与とは、相関関係にある。後三年合戦は、第一部（真衡館《さねひらやかた》合戦）・第二部（沼柵《ぬまのさく》合戦）は公戦であったが第三部（金沢《かねざわの》柵《さく》合戦）で私戦化したと考えられるわけだが、藤原清衡がその私戦化した（泥沼化した）第三部に入ってほとんど姿を消し、それと入れ替わるかのように源義家と吉彦秀武が前面に出てくる（野中（一九九八ａｂ））。そのことと対応するように、賊軍方も清衡の対戦者であったはずの弟家衡が第三部では影を薄くし、代わってその叔父武衡が前面に出てくる。合戦の構図としては、〈清衡×家衡〉兄弟の争いから、〈義家×武衡〉の争いへと変質したということだ。**明らかに、清衡像は守られているのである。後半、大義名分のない戦いとして私戦化したこの戦いに、清衡は関与していないという主張が読み取れる。**

それならば清衡を最初から『後三年記』に登場させなければよさそうなものだが、それだと第二部の清衡・家衡の兄弟対決で弟家衡が一方的に兄清衡を妬んで討とうとしたことも語れなくなってしまう。一一一〇年前後の藤原清衡の立場を想定してみるとわかるが、清原武衡・家衡が一方的に戦いを挑んできて勝手に自滅した経緯を語ることが、平泉藤原政権にとってまことに都合がよいのだ。清衡は、勝者の側に属しているものの、しかし大義のないいくさである以上、主体的にそれに関わっていると表現することはできない。このように、**『後三年記』は、清衡政権の由来の正当性を巧妙に説明しようとする指向に支えられている**とみられる。

三　安倍氏・清原氏の親和性表現とその意図――出羽国の問題１――

【表27】に示したように、関係三書の中でも、『陸奥話記』には出羽国の扱いがとくに重いという問題がある。論功行賞（94）は『今昔』前九年話に少々の異同があるにしても、前九年合戦の解釈にかかわる問題ではないので、ここでは考察の対象から外す（三四〇頁、五一七頁で述べた）。残る七項目のうち、『今昔』前九年話は清原氏への援軍要請（35）で「出羽」が意識されているのみで少なくみえるが、清原武則の登場箇所は『扶桑略記』よりはるかに多い。

【表27　関係三書における出羽国の出現状況】

出羽の出現箇所	『今昔』	『扶桑略記』	『陸奥話記』
3鬼切部合戦			出羽秋田城介平朝臣重成を前鋒と為し
28黄海合戦			散位平国妙…出羽国の人…経清は国妙の外甥
29源兼長の非協力		守の源兼長、敢へて糺越の心無し	守の源朝臣兼長、敢て糾越の心無し
31源兼長から源斉頼へ		源兼長の任を止めて、源斉頼を以て出羽守と為し	兼長朝臣の任を止めて、源朝臣斉頼を以て出羽守と為して
32源斉頼の非協力		斉頼また不次の恩賞を蒙りながら、まったく征伐の心無し	斉頼不次の恩賞を蒙り乍ら、全く征伐の心無し
35・38清原氏への援軍要請	出羽国ノ山北ノ夷ノ主清原光頼幷ニ弟武則等ニ可与力キ由ヲ	出羽山北の俘囚の主、清原真人光頼・舎弟武則等に説きて	出羽山北の俘囚の主、清原真人光頼・舎弟武則等に説きて
85・86残党の出羽敗走			僧良昭は、亡げて出羽国に至り…正任は初めは出羽の光頼の子、字は大鳥山太郎頼遠の許に
94論功行賞	頼義朝臣ハ正四位下ニ叙シテ、出羽守ニ任ズ	一男義家を、従五位下に叙し、出羽守に任ず	太郎義家を従五位下出羽守と為す

また、29・31・32は〃出羽守二代の非協力記事〃としてひと括りにできるもので、これをもたない『今昔』前九年話とこれをもつ『扶桑略記』の間に相当の歴史解釈の開きがある（二四五頁）。『陸奥話記』のこの部分は、『扶桑略記』を引き継いだものである（ただし受動的に引き継いだだけではなく『陸奥話記』には新たな意義が重ねられている。後述）。

こうしてみると、出羽国問題で新たに検討すべきは、『陸奥話記』の段階で新たに加えられた鬼切部合戦の秋田城介平重成（3）、黄海合戦の平国妙（28）、残党の出羽敗走（85・86）の三か所だということがわかる。以下、三つの節に分けて、これらについて分析する。

さて、残党の出羽敗走（85・86）は、『扶桑略記』にも『今昔』にもない正任・良昭の敗走譚を『降虜移遣太政官符』を参考にして『陸奥話記』が独自に文章を構成したものと考えられる。

『官符』

正任、衣川関を落とされ、小松楯（館）に逃げし時、伯父僧良昭を相具して、出羽国に逃げ走る。守源朝臣斎頼、此の由を聞き、在所を囲みし間、狄地に逃げ入る。去ぬる年五月、「命を公家に奉る」と称して、出で来りしなり。

『陸奥話記』

僧良昭は、亡げて出羽国に至り、守の源斉頼の為に擒《とりこ》にせらる。正任は初めは出羽の光頼の子、字は大鳥山太郎頼遠の許に隠る。後に宗任帰降の由を聞きて又出で来り了んぬ。

『官符』では正任と良昭は一体の動きをしているのだが、『陸奥話記』では二人の動きを分け、良昭を出羽守源斉頼と、正任を大鳥山頼遠とそれぞれ結びつけている。その意図は、ひと口に出羽国といっても国守源斉頼は安倍氏捕縛に動き、清原氏は安倍氏保護に回ったというように対照するためであったと考えられる。寛治六年清衡合戦で、清衡は出羽守と対立していたのだが（野中〔二〇一四〕）、**安倍氏の残党にたいする〈非情な出羽守〉と〈情に篤い清原氏〉**

との対照を示す右の部分は、『陸奥話記』実体作者が反出羽守・親清原氏（＝反国衙勢力）の立場であることを如実に示しており、『陸奥話記』の成立圏が平泉藤原氏であることとの補強になる（後述）。それゆえにこそ、『陸奥話記』の独自文「初めは出羽の光頼の子、字は大鳥山太郎頼遠の許に隠る」が存在するのだろう。つまりこのアミカケ部分が存在することと〈捕らえられた良昭〉〈かくまわれた正任〉を描き分ける発想は、連動しているものと考えられる。このことは『陸奥話記』後半部冒頭で、清原光頼・武則が源頼義からの援軍依頼になかなか応じず（「光頼等、猶預して未だ決せず」「漸く以て許諾す」）、頼義が懇望した（「常に甘言を以て」「常に贈るに奇珍を以てす」「頻りに兵を……求む」）と表現されている（『奥州合戦記』も『今昔』もほぼ同じ）こととも連動しているとみるべきだろう。つまり『陸奥話記』は、敗戦後の安倍正任が出羽国に敗走し、清原氏が彼をかくまったというような関係を表現することによって、清原光頼・武則が安倍氏追討に消極的であった理由を先鋭化しているのである。たとえば平和主義者であったとか、源氏に反感を抱いていたとか、損得を考えてデメリットが大きいと考えていたなど、清原光頼・武則が安倍氏追討に乗気でなかった理由付けはいくらでもできるのである。ところが――『官符』に正任・良昭が出羽国に逃げた記事を見つけて発想が触発されたのだろう――、出羽国の中でも清原氏を正任が頼ったと表現することによって、**安倍氏と清原氏が本来は不仲ではなかった、むしろ盟友関係であったことを明瞭にしようとしたものと考えられる**。これを、《安倍清原親和性表現指向》と呼ぶ。『陸奥話記』や『今昔』にあるように正任の本拠地が陸奥国から出羽国へ向かう横断路の起点である黒沢尻柵であったことを思うと、『陸奥話記』表現主体が行った操作はまったくの捏造ではなく、多少の虚構や誇張を交えることで真相をより伝えやすくしたものだろう（つまり、事実性の根はあったとみる）。それが、『官符』を元にしつつも良昭と正任を分け、正任に清原氏を関わらせる『陸奥話記』の対照法の理由だと考えられる。

じつは、『陸奥話記』だけでなく『扶桑略記』康平七年閏三月条にも、正任と僧良昭の処遇を区別して記してあるところがある。それによると正任は伊予国へ、僧良昭は大宰府に送られている（第五章）。そのように正任と良昭を描き分ける背景を踏まえつつも、『陸奥話記』はそれをただ受動的に受け止めたのではなく、大鳥井山の清原頼遠の存在を表に出すために二人を切り離す必要もあったはずだ。

このあたりの表現方法はすこぶる巧妙で、正任出頭の日付を『官符』では「去ぬる年五月」とあるのに『陸奥話記』がこれを削除しているように見えるのは、『陸奥話記』だと宗任は終結から「数日を経て」帰降したと記されているからである。宗任の帰降が康平五年九月下旬なのに、その報を聞いて正任が康平六年五月に出頭したというのでは、間が開きすぎる。つまり、「去ぬる年五月」を削る判断と「後に宗任帰降の由を聞きて又出で来り了んぬ」（二重傍線部）を加える判断は連動しているのである。正任が安倍氏の中で孤立していたために清原氏と親密であった（裏切り者であった）などと受け取られかねないので、公権力にひれふして帰降するのではなく宗任との縁で出頭すると表現したのだろう。このように正任と宗任の連帯感を表現することによって、正任個人ではなく安倍氏全体が清原氏と盟友関係であったと読まれることが期待できる。それほどに、この部分は計算されている。

『陸奥話記』の巧妙さは、そこだけではない。『官符』に「小松楯に逃げし時」（波線部）とあるのに、『陸奥話記』はそれを無視したのである。直上に「衣川関を落とされ」とあるように、小松柵はこの文脈だと衣川よりも北ということになってしまう。ところが『陸奥話記』では小松合戦は〈衣川以南〉の磐井郡のこととなっているのである（一二六頁）。その作為を覚られないようにするために、『陸奥話記』は良昭・正任敗走譚内部に小松柵の位置関係を示す文脈が存在したとしても、それをそのまま表に出すことはしなかったのである。『陸奥話記』表現主体の文脈管理能力は、それほどに高いものだったと考えられる。しかも、国解（85）の内容にまで改変を加えたのだ。

《安倍清原親和性表現指向》に基づく表現は、『陸奥話記』においては、清原光頼・武則が源頼義の誘いに簡単には応じなかったとする表現と結びつくことになる（先述）。頼義が強引かつ一方的に安倍氏を逆賊と見立てて攻撃をしかけたのだとすれば、阿久利川《あくりがわ》事件（8～11）や「群卿の議同じからず」（19）とも通底する問題になる。阿久利川事件譚は『今昔』にも存在するので、『陸奥話記』は、『今昔』（第一次『陸奥話記』）に元からあった《反源氏指向》の延長線上にあって、さらにそれを正任の一件や「群卿の議同じからず」によって補強したのだといえる。

四　秋田城介平重成登場の虚構性――出羽国の問題2――

ここまできてようやく見えてくるのが、『陸奥話記』独自の鬼切部合戦記事（3）の意味である。藤原登任と出羽秋田城介とが連合軍となり、鬼切部で安倍頼良（頼時）と合戦し敗れたとする記述だが、「出羽秋田城介平朝臣重成を前鋒と為し、大守は夫士を率ゐて後為《しんがり》り」の表現が『今昔』前九年話に存在しないのである。『今昔』は翻訳の際にこのような表現を省略する説話集ではない。『陸奥話記』の側がこれを挿入したに違いないのだ。そして、その意図も明白である。出羽秋田城介が加勢しても安倍氏追討は成らなかったし、その後の出羽守二代が着任しても安倍氏追討に消極的であったとする下敷きがあると、出羽国の清原氏の援軍の有効性が際立つ。しかも清原氏は城介でも国守でもないゆえに、ワタクシ的性格も表現しうる。それはすなわち私戦を意味するわけではない。野中（二〇一五）の二六三頁で述べたように、私的人員を供出したという表現は『続日本紀』天応元年（七八一）十月十六日条にも出ているが、そこでは〝私的な犠牲を払ってオオヤケのために貢献した〟という意味なのである。私戦の語がもつ否定的イメージとまったく逆であるところは、要注意である。『陸奥話記』世界では清原武則がたびたび朝廷や源頼義にたいして忠節を尽くす文脈をもっているので、表現主体に武則像を傷つけようとする意図があるとは考えられない。とすると、やはりここのワタクシ性の強調は、オオヤケにたいして献身的に尽くした清原氏の功績を称えるためのものだろう。要するに、**平重成が参戦したことも、のちに登場する清原武則を引き立てるための虚構である可能性を疑ったほうがよい**のである[2]〔樋口知志（二〇一一）も同見解〕。

（2）　おそらく〝鬼切部合戦〟などというものはなかったのだろう。あったと論証することも、なかったと論証することも、それぞれに難しいのだが、論者がこれを捏造であると推測するのは、『陸奥話記』が近隣諸国をも巻き込むほどの広域紛争だとし、短期のものを長期だと言い張り、たいして強くもないものを強大なものとして造型し、全体として安倍氏追討戦を誇大に表現しようとする指向を有しているからである。『扶桑略記』の危うさの問題も含めて、嘘で塗り固めた言説の一部に、「鬼切部」だけは事実だと認めようとすることのほうが不自然である。七〇頁で述べたように、小競り合いのような紛争・衝突はあったのだろうが、『陸奥話記』が表現するような仰々しい合戦ではなかったと考えたほうがよい。なお、「鬼切部」は「鬼功部」の誤字。現在の鳴子温泉の「鬼首《おにこうべ》」である。

『扶桑略記』の段階ですでに源兼長が「敢へて糺越の心無し」（29）というありさまであったことや、源斉頼が「不次の恩賞を蒙りながら、まつたく征伐の心無し」（32）という状態であったことが記されている。それ自体が虚構であることは、二四六頁で述べた。すなわち、源兼長も源斉頼も、もともと安倍氏追討の任務を帯びていなかったのである。源頼義以外のこの時期の陸奥守の顔ぶれ（藤原登任、高階経重、藤原良綱）をみてもそうである（六九頁）。出羽守の手を借りなければならないほどの強敵であるとして安倍氏を形象する《安倍氏強大化指向》のために物語の表現世界で仮構されたものなのである（実際の安倍氏追討は陸奥守の警察権の範囲内で済むような小事件であったのが、物語のせいで巨大化したのである）。ここでいう物語とは、『陸奥話記』に限ったものではない。この二か所は『奥州合戦記』の叙述範囲よりも前の部分であることから、『奥州合戦記』成立以降、『陸奥話記』成立以前に、断片的な文書・伝承の世界で出羽守二代の非協力記事が出回っていたことを示唆するものだろう（あるいは、それは文書類で出回っていたのではなく、『扶桑略記』編者（大江匡房か）がまさにそのような記事を讒入させたのかもしれない）。その記事が意図するところは、源頼義が清原氏を頼らなければならなかった事情を擁護するためであったと考えられる（七一頁、一〇六頁、二八三頁）。それは、『扶桑略記』の段階のことである。『陸奥話記』のコンテクストではそれだけの意味に留まらず、安倍氏の強大化に機能することになり（冒頭の安倍氏強大化表現と響き合うゆえ。『扶桑略記』にはこれがない）、安倍氏追討に出羽守が参与することが自明のことのようになり（冒頭の秋田城介の登場があるゆえ。『扶桑略記』にはこれがない）、それによって陸奥国と出羽国との一体感が醸成されることになる。もちろんそれは、《安倍清原親和性表現指向》の前提的な機能を果たすことになる。それが、平泉藤原氏の正当化にも機能することになるのである（後述）。

こう考えると、出羽守二代の非協力記事（29・31・32）の意味内容が『扶桑略記』と比べて『陸奥話記』において重層化していることがわかる。

五　《安倍清原親和性表現指向》の優先度の高さ――出羽国の問題3――

前々節の残党の出羽敗走（85・86）の前後の展開が、『扶桑略記』と『陸奥話記』とで異なる理由についても、考えておく必要がある。このあたりの両書は、

『扶桑略記』…義家弓勢譚（83）→十二月十七日国解（84）

『陸奥話記』…十二月十七日国解（84）→義家弓勢譚（87）

と相違している。『扶桑略記』では、十二月十七日国解の紹介が終わって「此の外、貞任が家族、異類有ること無し。已上」と結ぶので、これらより前の位置に義家弓勢譚（83）が存在するということは、『奥州合戦記』の内側でそれを語っているということになる。それを元にしつつ、『陸奥話記』のほうが順序を後ろに送ったということになろう。

この謎を解くことは、さほど難しくはない。『陸奥話記』では、合戦終結後、安倍為元・家任・宗任らの帰降を語る流れ（81・82）があり、その締めくくりとして十二月十七日国解（84）が使われている。その国解の中には「斬獲の賊徒」だけでなく「帰降の者」の情報も含まれ、「但し正任一人、未だ出で来らず」（85）と進んで、良昭・正任の帰降譚（86）に移る。つまり、**『陸奥話記』の文脈では合戦終結後から必然的に敗者末路譚に進み、正任の出頭まで**

途切れないようになっているのだ。それらの一括を優先したために、結果的に義家弓勢譚が後ろに回されたと考えてよいだろう。それは、『陸奥話記』が敗者末路譚一般を大切にしたというより、その中でも**正任と清原氏の紐帯を表現することに意を注いでこのあたりを構成した結果なのだろうと考えられる**。なぜならば、85・86は『陸奥話記』がわざわざ『官符』から新たに採り込んだもので、しかも親清原氏的な表現指向によって良昭と正任の動きを分割するという手間をかけているからである。

＊　＊

以上、第三節〜第五節は、出羽国の問題について検討した。『今昔』前九年話や『扶桑略記』に存した出羽国記事を利用しつつ、『陸奥話記』は、出羽国の問題を①安倍氏の強大化表現に機能させ、②安倍氏と清原氏の親和性を演出して頼義像の正当性に傷を付け、③陸奥国と出羽国の一体化を表現世界で醸し出し、④平泉藤原氏の正当化に寄与させていると言える。短い表現の中で多方面への効果を狙っており、これほど巧妙な操作はあるまいと驚かされる。

古くから注目されている表現だが、『中尊寺経蔵文書』建武元年（一三三四）八月□日条の「陸奥国平泉関山中尊寺衆徒等謹言上」に、長治二年（一一〇五）二月十五日に中尊寺が再興される際の施主の名が「出羽陸奥両国大主藤原朝臣清衡」と称されている。長治のこの時期にすでに陸奥・出羽両国の実質的徴税権を清衡が掌握していたことを意味するものだろう。保安四年（一一二三）〜天治二年（一一二五）のころに成立した『中尊寺供養願文』にも、「斯の時に当たりて、弟子苟《いやしく》も祖考の余業を資し、謬《あやま》りて俘囚の上頭に居す。出羽陸奥の土俗は、風草に従ふが如し」とある。そして、「清衡は王地を多く横領して、只今謀叛を発すべき者なり」（先述の『古事談』や『十訓抄』）などと評されるような威勢を誇ることになったのだろう。寛治六年清衡合戦（一〇九二年）で出羽国の吉彦秀武を清衡が掃討した合戦ではないかと推定したが〔野中（二〇一四）〕、おそらく一〇九〇年代後半に陸奥・出羽の統一（これが適切な言い方がどうかは心もとないが）を成し遂げ、一一〇五年ごろには「出羽陸奥両国大主」と称されるにふさわしい存在になっていたのだろう。

　さりげない表現だが、『後三年記』冒頭に「もと出羽国山北の住人」であった「真衡が一家」が、祖父武則の前九年合戦での功績によって「（奥）六郡の主」となったという説明も、出羽国と陸奥国とを一体化する表現であり、**陸奥国側に拠点を持ちつつ出羽国も管理しようとする平泉藤原政権にとっても、由来の正当性を語るものといえる。その表現指向と『陸奥話記』にみえる《安倍清原親和性表現指向》は通底するものである。**

六　経清像の成長・改変と成立圏

　出羽国の問題と深い関係にあるのが、藤原経清の問題である。藤原経清は、『陸奥話記』において独特の存在感をもっている。『扶桑略記』に経清が出るのはわずかに二回で、一度目は『奥州合戦記』の範囲の内側の「貞任・経清・重任等、一々生首を斬る」（77）で、『奥州合戦記』の範囲の外側、康平六年二月十六日条の「鎮守府将軍前陸奥守源頼義、俘囚安倍貞任・同重任・散位藤井《（原）》経清等三人の首を梟し、京師に伝ふ」（89）だけである。人物像などはなく、名前が出ているだけである。これにたいして、『今昔』前九年話には、『陸奥話記』ほどではないものの、次の五か所に経清が登場する。

① 永衡・経清の離反（12〜16）
② 経清の白符行使（34）
③ 鳥海からの敗走（64）
④ 鈍刀での斬首（75）

⑤　三首級の上洛（89）

このうち、③は宗任との、⑤は貞任・重任とのそれぞれ連名であり、経清の人物像が窺えるというほどの記述がない。残る①②④にまとまった記述があるが、この中でも②（経清の白符行使）と④（鈍刀での斬首＝白符行使ゆえの苛刑）は連動しているので、一括して検討したほうがよい。大きく言えば、①（離反）と②④（白符）の二件について、『今昔』前九年話と『陸奥話記』を比較検討し、その微細な相違から『陸奥話記』を支える指向をあぶりだす。それに加えて、『今昔』前九年話に存在しない経清の登場箇所として、『陸奥話記』には平国妙の伯父・叔父として紹介されるところがある。その意義についての考察は、本節の最後に回す。

1　経清離反にみえる経清像保護の指向

まず離反の問題は、『今昔』のほうが単純素朴に寝返るのにたいして、『陸奥話記』はかなり込み入った寝返り方をしているので、その表現意図を探らねばならない。平永衡が処刑された後の文脈（14～16）である。

『今昔』前九年話

①経清此レヲ見テ、恐ヂ畏テ、親シキ者ニ蜜語テ云ク、「我レ亦何死ナムト為ラム」ト。答テ云ク、「君極ク守ニ仕フトモ、必讒言有ラム。疑ヒ無ク被殺ナム。只早ク逃テ安大夫ニ随ヘ」ト。経清此レヲ信ジテ、「去ナム」ト思テ、

『陸奥話記』

①是に於て経清等、怖れて自ら安んぜず。窃かに其の客に語りて曰く、Ⓐ「前車の覆るは後車の鑑なり。韓彭誅せられて黥布寒心す。今十郎已に歿す、永衡、字は伊具十郎。吾又知らず、何れの日にか死せんことを。之を為すこと如何」と。客曰く、「公赤心を露して、将軍に事へんと欲すとも、Ⓑ将軍は必ず公を意はん。

②謀ノ言ヲ以テ軍等ニ云ク、「頼時ガ軍間道ヨリ出テ、国府ヲ責テ守ノ北ノ方ヲ取ラムトス」。此レヲ聞テ、守軍等発リ騒グ。

④而ルニ経清、軍ノ乱レ騒グ隙ニ、私ノ兵八百余人ヲ具シテ、頼時ニ随ヌ。

若かじ、讒口未だ開かざるの前に、叛き走りて安大夫に従はんには。Ⓒ独り忠功を為すの時、蹄を噬ふも何ぞ逮ばん」と。経清曰く、「善し」と。

②則ち流言を搆へて、軍中を驚かして曰く、「頼時、軽騎を遣はし、間道より出でて、将に国府を攻めて将軍の妻子を取らんとす云々」と。Ⓓ将軍の麾下・内客は皆、妻子は国府に在り。多く将軍に勧めて国府に帰らしめんとす。将軍、衆の勧めに因りて、自ら驍騎数千人を将ゐ、日夕に馳せ還れり。

③而して気仙の郡司金為時等を遣して、頼時を攻めしむ。頼時、舎弟の僧良昭等を以て之を拒がしむ。為時頗る利有りと雖も、而るに後援無きに依りて一戦して退けり。

④是に於て、経清等、大軍の擾乱するの間に属して、私兵八百余人を将ゐて頼時に走る。

アミカケ部分が『陸奥話記』にあって『今昔』にない部分である。Ⓐはただ行間を埋めているだけのように見えるが、漢文の典故を用いることによって、経清の行動が必然的なもの、ないしは正当なものとして印象づけられる。Ⓑは頼義の猜疑心を強調している。『今昔』だと讒言のほうに比重があるので、騙される頼義の責任や主体はぼかされた表現なのだが、『陸奥話記』のⒷは明らかに疑り深い頼義像を前景化するものである。阿久利川《あくりがわ》事件も出所不明の情報に乗ったとするのだが、そしてこれが『扶桑略記』になく『今昔』に存在していて反源氏的な指向に支えられているのと読み取ったところであるが、その『今昔』がもともともっていた反源氏的な指向を『陸奥話記』はさらに増幅させたもののようにみえる。Ⓒは経清の忠臣像を強調する表現で、これがあると無実の経清が一方的に頼義から疑われるという構図がより鮮明になる。ここまで、ⒶⒷⒸは共通して、**経清像を守り頼義像に傷を付ける指向で一致しているといえる**。Ⓓはたんなるわかりやすさのための補足説明だろう。それ以上の意図があるとすれば、『後三年記』にも源氏武士の妻子が陸奥国府にいたとあるのでそれを想起させたか、あるいは妻子のいる留守宅を攻められた真衡が館に戻った文脈を想起させたか、そういう《後三年記想起指向》による意味もあったのかもしれない。

残るは、③の存否である。これがあると、④の意味が違ってくる。『今昔』だと経清自身が流した「謀ノ言」によって「軍ノ乱レ騒グ隙ニ」という流れになる。ところが『陸奥話記』は③が入ることによって経清の発した「流言」は官軍を陸奥国府に帰還させる方向にしか機能せず、その後、頼義が遣わした金為時が安倍軍とぶつかって混乱状況になり、その隙に経清が安倍氏側に寝返ったとなる。『今昔』の経清は寝返りが完遂する以前のまだ自軍である源氏軍を「謀ノ言」によって混乱に陥れるので、すこぶる印象がよろしくない。とくに、経清が頼義にたいして懸命に忠節を尽くそうとしている（Ⓒ）のに一方的に頼義が経清を疑ったとする構図をつくろうとする『陸奥話記』表現主体にとっては、『今昔』のままだと都合が悪い。そこで、③を挿入すれば経清のあくどさは軽減され、源氏が自ら起こした混乱状況の中で経清が寝返ることになる。要するに、**『陸奥話記』は経清像のイメージを守るために③を挿入したのである**。しかも③では、せっかく金為時が優勢であったのに、後援すなわち頼義からの援軍がなかったために敗北したとする。返す刀で斬るというか、経清像を守ろうとする③の中で、頼義像を傷つけることも合わせて行っているのである。そうすると③は、Ⓒだけでなく Ⓑや Ⓐとも指向が通底していることになる。一元的に説明がつくということである。もはや、『陸奥話記』のような文章が元で、『今昔』が注意深く以上のような文脈を抜きながら翻訳したとは言えないだろう。このことからも、『今昔』前九年話（の原話）の先出、『陸奥話記』の後出は動かない。

もともと『今昔』前九年話（の原話）（第一次『陸奥話記』）にも、反源氏的な指向が貫かれていた（二八一頁）。清原武則の活躍を前面に出し、武則だけでなくほかの俘囚の姿も前景化させていた。経清は秀郷流藤原氏なので厳密にいえば俘囚ではないのだが、源氏と対峙する位置に追いやられ、しかも安倍氏の妻を娶っていることから、物語世界では俘囚側の人間である。『今昔』前九年話でも経清像巨大化の道が始動していたのだが、それを元にして『陸奥話記』が行った上述の操作は、異常なほど経清像を守ることに意が注がれているといってよい。経清の子が藤原清衡である。**経清像に傷が付かないように配慮がなされているのだから、『陸奥話記』が藤原清衡政権下で成立した可能性はかなり高い**というべきだろう。

2　白符行使にみえる反源氏の象徴性

次に、白符行使のところを読み解く。経清が白符を以て徴税に乗り出すところ（33〜34）と、それゆえに頼義から斬首に処せられるところ（75）をセットにして考える。

『今昔』前九年話（33〜34）

①而ル間、貞任等弥ヨ威ヲ振テ、諸ノ郡ニ行、民ヲ仕フ。

②経清ハ多ノ兵ヲ具シテ、衣河ノ関ニ出テ、使ヲ郡ニ放テ、官物ヲ徴リ納メテ云ク、

③「白符ヲ可用。赤符ヲ不可用」ト。白符ト云ハ経清ガ

『陸奥話記』（33〜34）

①貞任等、益諸郡に横行し、人民を劫略す。

②経清、数百の甲士を率ゐて衣川関を出でて、使ひを諸郡に放ちて、官物を徴し納む。

③命じて曰く、「白符を用ふ可し、赤符を用ふ可らず」

私ノ徴符也。印ヲ不押バ白符ト云フ。赤符ト云ハ国司ノ符也。国印有ルガ故ニ赤符ト云也。守此レヲ制止スルニ不能。

『今昔』前九年話（75）

④亦、経清ヲ捕ヘツ。

⑤守、経清ヲ召テ仰セテ云ク、「汝ヂ我ガ相伝ノ従也。而ルニ年来我レヲ蔑ニシ、朝ノ威ヲ軽メテ、其ノ罪最モ重シ。今日白符ヲ用ル事ヲ得ムヤ否ヤ」ト。経清首ヲ伏テ云事無シ。

⑥守、鈍刀ヲ以テ漸ク経清ガ頭ヲ斬ツ。

と。白符とは経清の私の徴符なり。印を捺さず。故に白符と云ふ。赤符とは国符なり。国印有り。故に赤符と云ふなり。将軍之を制すること能はず。

『陸奥話記』（75）

④是に於て、経清を生け虜る。

⑤将軍召して見て、責めて曰く、「汝が先祖は、相伝へて予が家僕為り。而るに年来、朝威を忽緒し、旧主を蔑如す。大逆にして無道なり。今日、白符を用ゐるを得るや否や」と。経清、首を伏して言ふこと能はず。

⑥将軍深く之を悪む。故に鈍刀を以て漸くに其の首を斬る。是れ経清の痛苦を久しからしめんと欲してなり。

①②③④については、ほとんど違いがない。大きく異なるのは、⑤⑥である。『今昔』の⑤は、「相伝ノ従」である経清が頼義を「蔑」にするという表現なので、いくら頼義の一方的な論理とはいえ、経清の印象がすこぶるよろしくない。ところが『陸奥話記』だとこれが個人ではなく家の問題となり、〃お前の家は先祖代々源家に仕えてきたのだから経清お前も従うべきだ〃という論理になる。これだと、経清の不忠どころか、頼義の傲慢さを印象づけるものにさえなっている。しかも⑥のアミカケ部分のように頼義の私怨さえ匂わせる文脈をわざわざ挿入している。『陸奥話記』の頼義像は、きわめて強引で傲慢なのである。そこまで見えてくると、「但し群卿の議同じくせず」（19）、「朝議、紛紜せるの間」（39）を挿入する意識と通底していることにも気づく。公的な正当性の裏付けもないままに強引に安

倍氏を滅ぼしたという私戦に近いニュアンスを、『陸奥話記』は醸し出そうとしているのだ（しかし一方で公戦派の『扶桑略記』を取り込み、完全な私戦にしないように配慮していることについては、二九六頁で述べた）。ここまで含めてみても、**『陸奥話記』は経清に相当の配慮をしていることが看取され、反源氏の旗印であるかのように経清像が造型されているといってよい**。『今昔』と『陸奥話記』の白符行使の一件（①②③）はそこだけ切り取ればほぼ同文に見えるが、類似の章句であっても『陸奥話記』のコンテクストの中でそれらを見直すと、赤符を用いる国府側に真の正当性があるのか、白符を用いる経清はほんとうに逆賊なのかという疑問や不満まで込められているように読めるのである（そもそも『今昔』の文脈でも、阿久利川事件と白符の件をつなげて読めば痛烈な頼義批判が込められていることが知られるのだが）。

3　平国妙との姻戚関係明示にみえる《安倍清原親和性表現指向》

黄海合戦譚の平国妙ばなし（28）は、『今昔』前九年話に存在しない、『陸奥話記』独自の部分である。そこは、**出羽国問題と経清問題が合流するところ**として重要である。

又散位平国妙といふ者は、出羽国の人なり。驍勇にして善く戦ひ、常に寡を以て衆を敗る。未だ曾て敗北せず、俗号して云ひて曰く、「平不負《へいふふ》」と。字を平大夫と曰ふ。故に能を加へて「不負」と云ふ。将軍、之を招き、前師為《た》らしむ。而れども馬仆《たふ》れて賊の為に擒《とら》へらる。賊帥の経清は国妙の外甥なり。故を以て免ることを得たり。武士猶以て恥と為すなり。

『陸奥話記』が独自に平国妙ばなし（28）を加えたのは、一つには黄海合戦譚における源氏の主従にたいする揶揄や批判を滲ませる目的があったからなのだろう（二三〇頁）。それにしても、国妙を「出羽国の人」とした理由が問題である。その微妙な紹介の仕方は、おそらく物語の前にも後ろにも響いている。公的な職位にあった源兼長、源斉頼《ただより》と違って清原武則は、頼義の要請に応じた私的な援軍である。平国妙のような出羽出身者が頼義勢の中で働いていたと表現すれば、非協力的な出羽守と対照的に私的レヴェルでは頼義に味方する出羽国人がいたとアピールすることができる。そしてまた、その国妙が敵に生捕りにされて釈放されるというぶざまな姿で登場させられることによって、のちの武則登場がさらに際立つことになる。

もちろん、平国妙が出羽国出身だと表現されることの意味については、相模国出身の佐伯経範との対照性もありそうなのだ（二三〇頁）が、それと同時に重要なのが、出羽国人が陸奥国人である経清と姻戚関係にあるという部分である。「外甥」とは、平国妙の妻の姉妹の子が経清だということだろう。経清の母は、安倍頼時の娘（ユウ）である。ほかに、ナカ、イチと名乗る姉妹がいたと考えられているが、そのような安倍姉妹の中に平国妙の妻もいたということだろう。ここで、平国妙の妻を安倍の娘だと表現せずに、経清の伯父・叔父であるかのように言うのは、この表現によって国妙が経清の裁量によって助命されたかのように印象づけ、それによって経清が安倍氏の中枢的な存在であると表現する意味を持つ。『扶桑略記』ではほとんど存在感がなく『今昔』前九年話でも反源氏の旗印でしかなかった経清が、『陸奥話記』世界では、安倍一門としての性格を強めているのである。ということは、安倍正任・僧良昭の敗走譚で表現されていた、《安倍清原親和性表現指向》と等質的であるということだ。どちらも、二書にない『陸奥話記』独自部分であり、そこに共通した指向が窺えるということは、《安倍清原親和性表現指向》に支えられているとの読みが間違っていないことの証明にもなる。

これこそが、『陸奥話記』の成立圏が藤原清衡のもとであると推定する根拠である。たびたび繰り返すが、当時の俘囚は立場が弱い（『中尊寺供養願文』でも清衡が自らを「東夷の遠酋」「俘囚の上頭」と卑下している）。しかも時代的には荘園の整理などにみられるように土地の領有については歴史的正当性が問題視されるころであった。平泉藤原氏は、奥六郡の安倍氏の系譜も、山北三郡の清原氏の系譜も引き継いでいることを証明する必要があった。前九年合戦で理不尽なかたちで安倍氏が滅ぼされ、後三年合戦で泥沼化した私戦の中で清原氏が滅ぼされた。源頼義・義家父子が、強引にそれに関与し、陸奥・出羽領有についての正当性を持ちえないままこの地から遠ざけられてしまった。敗者ではあるものの安倍氏の後胤、清原氏の縁者がいたとして、しかもその人物が主体的・好戦的ではないながらも勝者の側に属していたとすれば、これほど人望や求心力に有利なことはない。

『後三年記』はその後半部において義家と武衡が罵倒し合い、勝敗が決着してからは義家が武衡・千任に対して苛烈な処刑をほどこす。それは赤符・白符で争い、最後に鈍刀で斬首される『陸奥話記』の経清像の再現である（四四七頁）。後三年合戦では清衡本人が当事者として参戦していたため、そのいくさを写し取った『後三年記』では、義家像・秀武像を前景化する一方で清衡像を希薄化させるという、わかりやすい韜晦の方法をとらざるをえなかったのだろう。それに比べて『陸奥話記』は一時代前のいくさを記したものであるがゆえに、より巧妙に清衡政権の正当化に奉仕する物語を実現させえたのである。

七　史料依拠性と作者像――歴史叙述としての結実――

本書の大半において、『陸奥話記』のメッセージの発信者を「表現主体」と称している。それは、先行の物語（『奥州合戦記』、『今昔』前九年話）を『陸奥話記』が採り込んで重層的に成立している（第一次、第二次、第三次と）以上、一元的な主体を想起させる「作者」の語はふさわしくないと考えたからである。一個の人間がこれを成しえたわけではないゆえに、「作者」は使いにくい。しかし、一二世紀初頭に平泉政権下で『陸奥話記』が成立したことが明瞭になってきたので、ここでは『陸奥話記』を最終的に〈櫛の歯接合〉して成立させた個人を「作者」と呼んで論を進めたい。その後もさらに加筆されて一二世紀初頭だけでも二段階の成立を考える必要がある（第十五章）のだが、ここでいう「作者」は第二次のそれである。彼が現状の『陸奥話記』の九割ほどのかたちを決定づけたのであり、それに一割程度の加筆をした第三次の主体を「改作者」と呼ぶことにする。

前九年合戦関係史料でもっとも信頼できる『降虜移遣太政官符』には厨川柵の名は一度も出ず、最終決戦を表現したとみられる文脈で二度も嫗戸柵が出ていることから、軍事的な意味での最終戦場が嫗戸柵であり、政治的なそれが厨川柵だという見方を示した。そして、基本的には『扶桑略記』と『今昔』前九年話を合成して成立した『陸奥話記』であるが、厨川合戦譚の部分だけこの『官符』をも摂取しているとみた。官軍が鳥海柵を攻撃したところで、宗任・経清らが「厨川柵」に向かって敗走し（『今昔』前九年話も同じ）、清原武則も「若し厨川柵を破り貞任の首を得ば」(66)と述べていて、最終目的地が厨川柵であるとする認識が一方にあったことはまず間違いない。『陸奥話記』では厨川合戦譚の直前でも、「同十四日、厨川柵に向ふ」(68)と厨川の名しか目的地として出していないのに、その直後には「十五日酉の剋に、厨川・嫗戸の二柵に到着す」(同)とあって、『官符』の認識をすくいとるかのように嫗戸が入り込んでくる。そこには、取って付けたかのような接合感がある。これは、『官符』の記述を知って、後次的にその情報をここに盛り込んだということだろう(3)。

（3）『今昔』前九年話は『陸奥話記』の「同十四日、厨川柵に向ふ」に相当する表現がなく、「次ニ厨河・嫗戸ニノ楯ニ至リ囲テ、陣ヲ張テ終夜護ル。明ル卯ノ時ヨリ、終日終夜合戦フ」とあって、両柵が戦場になったかのように読める。これは、二柵を区別せず概括しながら翻訳したためだろう。『今昔』にありがちな傾向である。『今昔』原話にも、嫗戸柵の存在感はあったのだろう。

この『官符』を参照しているらしきところが、もう一か所ある。安倍正任と良昭が出羽国へ敗走し、のちに捕縛されたり出頭したりする場面(85・86)である。また、三首級の上洛の末尾に「子細、別紙に注したり」(89)とあるように、何かの史資料が背景にあることを匂わせている。実際に、『水左記』康平六年二月十六日条に、三首級が「粟田山大谷北丘上蜘蹰」を引きまわしたとか、鉾に刺されていたとか、傔仗季俊らから検非違使が受け取ったのは「四条京極間」であったとか、見物人の様子がどうであったなど、まさに「子細」というべき内容が記されている。『水左記』のそのような記述を要約するなどして「別紙」に記し、『陸奥話記』本体に貼り紙か何かで添えたのだろう。『陸奥話記』作者が、『官符』や『水左記』のような記録を参照しうる立場にあった人物であることは間違いない。ほかにも、名寄せ的な人名列挙、年次記述、地理的表現、人数の具体的表現などに、『陸奥話記』の独自性が窺えることを指摘し、これらを支える指向を《リアリティ演出指向》と呼んだ（三四一頁）。実際の史資料に基づいて補入された数字ではなく、物語世界にリアリティを付与し、歴史叙述としての説得力を強化しようとしたものと考えられる。しかし、この節で指摘したような史料依拠性からすると、たとえ机上での想像による追記なのだとしても、荒唐無稽なものでないように、関係者から取材したり前後の文脈から類推したりして合理性に配慮しつつ加えられたのだろうと推測することができる。

『陸奥話記』の作者像は、従来言われてきたような漢文の素養をもつだけでなく、『官符』や『水左記』のような記録類を参照しうる人物でもあったということである。

八　作者大江匡房、改作者藤原敦光か

最後にきて衝撃的なことを言うようだが、**第一次『奥州合戦記』、『今昔』前九年話、第二次『奥州合戦記』、『扶桑略記』、『陸奥話記』**（**第三次を除く**）**の作者・編者は、おそらくすべて同一人物である**。その理由は、すべての先行テクストから後出テクストへの変容が、もとからあった指向の増幅ないしは強化として説明できるからである。本書の中で、後出本の指向は先行本の〝延長線上〟にあると指摘したところを整理すると、**【表28】**のとおりである。

これまでに述べてきた先後関係論と絡めて**【表28】**を総括すると、**【図1】**のようになる。これらは、〝延長線上〟

【表28　元あったテクストの指向の延長線上に後出本の指向があると指摘したところ】

対象事項	元のテクスト	後継テクスト	言及頁
黄海合戦譚の忠節	扶桑略記	今昔（第一次陸奥話記）	二三〇頁
親源氏性	第一次奥州合戦記	第二次奥州合戦記	二八二頁、五〇五頁
離源氏から反源氏へ	第一次奥州合戦記	今昔（第一次陸奥話記）	二八二頁、五一一頁
出羽守二代非協力の親源氏	第二次奥州合戦記	第二次扶桑略記	二八一頁
八幡祈請と忠節	今昔（第一次陸奥話記）	第二次陸奥話記	三一六頁
小松合戦と忠節	今昔（第一次陸奥話記）	第二次陸奥話記	三二三頁
小松・仲村の地名操作	今昔（第一次陸奥話記）	第二次陸奥話記	三六三頁
鳥海ばなしの《間隙補填指向》	今昔（第一次陸奥話記）	第二次陸奥話記	三七二頁
神火投入の《整合性付与指向》	扶桑略記	第二次陸奥話記	三七四頁
反源氏性	今昔（第一次陸奥話記）	第二次陸奥話記	三八〇頁
親源氏性	扶桑略記	第二次陸奥話記	三八二頁
史料依拠性	今昔（第一次陸奥話記）	第二次陸奥話記	三四一頁
《後三年記想起指向》	今昔（第一次陸奥話記）	第二次陸奥話記	四五六頁
反源氏性	今昔（第一次陸奥話記）	第二次陸奥話記	四七五頁

（元のテクスト → 後継テクスト）元あった指向の延長線上で ⇩ 増幅・強化

という言い方でもまだ弱いのであって、先行テクストの指向をじつによく汲み取ってそれをさらに発展させている。それは、**同一人物による推敲的な作業にさえみえる**。一〇七〇年、八〇年、九〇年と時代とともに源氏の浮沈があり、それに伴って同一人物であっても歴史認識の軌道修正や方針変更がなされたのではないか。『奥州合戦記』、『今昔』前九年話、『陸奥話記』（の一一世紀末段階）の間には決定的な断絶感がなく、むしろ**元あった素材を活かしつつその方向を変えているようなところが随所に窺える**。**このようなことは、同一作者しか成しえないのではないだろうか**。

第一次『奥州合戦記』の一面は、清原武則の援軍があってこその勝利であるという認識や前九年合戦は実質二か月弱であるという認識に支えられているのだが、その離源氏的（定義は第十九章）な指向をより強化すれば反源氏的な『今昔』前九年話の原話になる。しかしもう一面で、たとえ武則来援を仰いだとはいえ源頼義の功績を称えた側面も、第一次『奥州合戦記』は有しており、これに多少の後補（53・55・56・83および73の八幡祈請）をすることによって親源氏色の濃い第二次『奥州合戦記』が成立している（二七九～二八六頁）ように、またその前後に断片的ながら黄海合戦譚前半に相当する部分（17～21・23）や出羽守二代非協力記事（29・31・32）を入れ、三首級の上洛（89）、論功行賞

【図1　指向の延長線上ですべて説明しうる前九年合戦の物語】

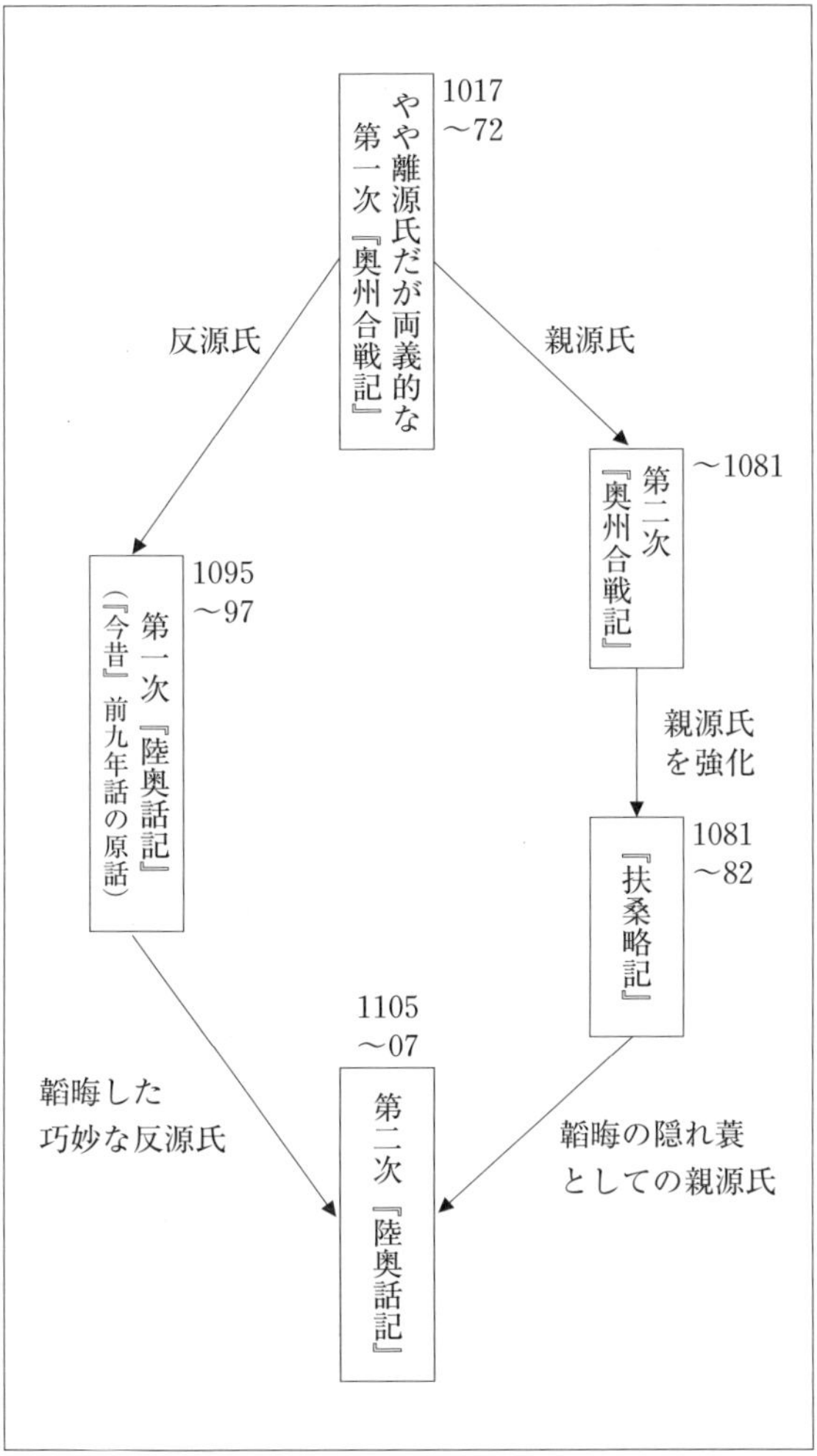

(94)を配置することによって親源氏的な『扶桑略記』の流れが強化されたように、**明確な反源氏でないかぎり親源氏ともとれる両義性があった**のである。一一世紀後半に訪れた源氏の著しい浮沈が見えてくると、これまで親源氏的・反源氏的と分けて論じてきた対立は、一連の前九年合戦の物語が時代のうねりに翻弄されただけの振れ幅であることも見えてくる。

ただし、第十五章で述べたように、『陸奥話記』形成の最終段階で、それまでに存していた指向を裏切るような無理解な層が覆いかぶさっている(主なところで言えば5・69・95。細かく言えば過剰な修辞のシモフリ的な追加が随所にある)。こういうものこそ、同一人物の仕業とは考えられないところである。おそらく『今昔』前九年話(第一次『陸奥話記』)の段階では反源氏性を真意に潜ませて見た目には〈清原化〉されていたテクストが、第二次『陸奥話記』の段階(一〇五〜〇七年)では〈平泉化〉にも都合の良いものとして再評価されるに至ったのだろう。そこまでは、同一作者の仕事として説明のつくところである。その第二次の文脈に無理解な第三次の層が加わっているとすれば、しかも平泉藤原氏のもとでその重層化がなされたとすれば(都へ持ち込まれての重層化ではなく)、第三次の作者、すなわち改作者の存在を想定しなくてはなるまい。その候補の筆頭は、『中尊寺供養願文』の作者である藤原敦光だろう。敦光が平泉に実際に下ってそれを成したのか、あるいはどれくらいの期間滞在していたのかなど徴すべき手段はない。ただ、『願文』の作者である以上は、その執筆期間ぐらいは平泉にいたと考えたほうがよいのではないだろうか(敦光は第二次分にたいして想像力が及ばなかっただけで、漢文の才が劣っていたということではない。なお、第二次作者の匡房は、在京のまま清衡の依頼を受けたとみる。清衡からの要請は、匡房の政治的な方針と一致したのでもあろう。実体的な成立の地が京であったとしても、テクストを支える認識のほうが重要なのだから、『陸奥話記』の実質的な成立圏は陸奥国平泉だと言うべきだろう)。

それを考えるヒントになるのが、『陸奥話記』末尾の(96)である。

今、国解の文を抄し、衆口の話を拾ひ、之を一巻に注す。少生は但し千里の外なるを以て、定めて多く之を紕繆せん。実を知る者之を正さんのみ。

本書の全体を通して述べているように、『陸奥話記』は『扶桑略記』と『今昔』前九年話（の原話）を合成して、それに少々の人物像前景化記述、〈後三年記想起〉の表現などを加えたものである。ゆえに、「国解の文」「衆口の話」を元に『陸奥話記』が成ったということ自体が嘘である。いかにも、文書や伝承に取材しつつ物語を成したかのように言うのは、《リアリティ演出指向》による偽装だろう。『陸奥話記』は、きわめて捏造性・誘導性の強い物語である。これに騙されてはならない。

そこで見えてくるのが、「少生は但し千里の外なるを以て」の偽装性である。わざわざ「千里の外」などと断るところに怪しさがあると看破したのは、柳瀬喜代志（一九八〇）である。評で坂上田村麻呂のことを「坂面伝母礼麻呂」(95)などと不自然な表記を採っている（他に用例がないという）のも、東北地方に疎いことを偽装しようとしたもので、「千里の外」(96)と同じ認識を示したものだろう。読者に坂上田村麻呂のことを想起させながらも、正確な表記はできないことをアピールする、微妙なところを狙っているようである。わざわざそのような偽装をしているということは、第三次の改作者が平泉にいたことを逆説的に示唆しているようだ。

ただし、『陸奥話記』が最終段階においてさえ第二次・第三次と重層化したといっても、記述量の九割ほどは第二次のものと考えられる（指向の矛盾がない）ゆえに、『陸奥話記』の実質的な作者は大江匡房といって差し支えなく、敦光がそれに手を加えたとしてもわずかな部分で、改作者というに留まる。

前提的なところからいえば、**『陸奥話記』が、一二世紀初頭に、平泉藤原政権の正当化・安定化に奉仕するという明確な目的をもって、博識の漢文学的文化圏にいる作者の手で成立したことは間違いない。そこに、匡房の生没年、政治の中枢での匡房の文書捏造などの暗躍ぶり、石清水・源氏の台頭への関与などを合わせて考えると、第二次『陸奥話記』の作者としては大江匡房以外に有資格者は存在しないとさえ言ってよい。**その第二次を受け継ぐかたちで、匡房の弟子筋で、しかも平泉に関わりのある人物で、時代的にも符合するとなれば、これまた藤原敦光以外に、第三次『陸奥話記』の作者（改作者）は見当たらないのである（しいて言えば骨寺村荘園を与えられた自在房蓮光も候補か）。

九　おわりに――源氏浮沈の黒幕的仕掛け人・大江匡房の焚書《ふんしょ》が意味するもの――

前九年合戦後に源氏が急速に台頭した要因については、野中（二〇一三）で分析した。後三条・白河期は、摂関家ではない新たな中心たるべき院庁のためにも、また暴徒化する山法師・寺法師の強訴対策のためにも、院政側は武力を具える必要があった。一方で武力の側（源氏）も、公権力（院）や神威（石清水八幡宮）を背景にして〈正当性を得た武力〉になろうとしていた。双方の要求が合致して、一〇七五〜八三年ごろに院政と源氏との蜜月時代が訪れた。ところがしかし、その時流に乗って、想像以上に源氏が台頭しすぎた。それ以前にも、延暦寺が力を持ちすぎれば園城寺を重んじ、寺院が増長すれば神社に肩入れするというようなバランス感覚的政策が始まっていた。それは一〇三〇年ごろからのことである（野中（二〇一四））。そのような下地があるゆえに、源氏が急速に成りあがりすぎればすぐに頭を抑え付けられるのである。その転機が、一〇八三年ごろである。ゆえに、『後三年記』の語る後三年合戦の経緯（いくさそのものが私戦化していった）と関わりなく、**源氏を冷遇すべき方針は先に中央で定まっていた**（白河院の石清水熱が一〇八三年ごろ終息しているのである。政策転換である）。

このような源頼義・義家父子をめぐる熱気と冷気の交錯（浮沈）が、『陸奥話記』形成期の時代環境である。当然のことながら、テクストは双方の圧力を受けながら形成される。すると、必然的に重層化する。それが、本書の全体にわたって述べようとしている、『陸奥話記』の動態的重層構造のしくみである。

ところで、源氏が急速に台頭したり零落したりするのは、自然発生的な現象ではない。もちろん現代のアイドルのように市民からの人気に支えられて押し上げられたり、そっぽを向かれたりした側面もなくはないだろう。しかし、それにしても源氏をことさらに取り立てたり、その方針をやめたりした〝仕掛け人〟がいるのではないだろうか。その前面に出ているのはもちろん白河院に違いないが、そこに政策的な知恵を注入しているのはおそらく大江匡房だろう。学者でなければ気づきえない〈先例知〉が、そこに流れているからだ（四三一頁および野中〔二〇一四〕）。匡房自身が、八幡信仰を意図的に隆盛に導いたり、自家の系図を捏造したりしたことが、指摘されている（吉原浩人〔一九八三、一九九三、二〇一二〕）。そのことを考え合わせると、『陸奥話記』世界で、源氏を称賛したり突き放したりする振れ幅に、当時の政策立案者たる匡房が関与していないはずはない。そのことが、前九年合戦における源頼義の資格を「守」としたり「将軍」としたり、手放しで称賛したり（5・95）その正当性を揺るがしたり（19・39）、安倍頼時追討についての史資料間の不整合が起きたり（第二章）、高階経重や藤原良綱の任陸奥守の時期が揺れたり（第四章）という、著しい振れ幅として顕在化している。**一一世紀末の源頼義・義家父子をめぐる時代環境の変化（浮沈）と、『陸奥話記』の屈折した重層性が対応している**のである。

大江匡房は、天永二年（一一一一）十一月五日に七一歳で死去しているが、『中右記』同日条には彼が日記を焼却させたことが記されている。

　或る人云はく、「申の時ばかりに出家し、次に老後の間の日記を焼き了んぬ。夜に入りて薨ず」と云々。（原漢文）

「申の時ばかり」（午後二時ごろ）に出家し、そのあとに「老後の間の日記」を焼かせ、夜に死去しているのであるから、その日記は、〈死の間際まで焼きにくい重要な物〉であったのだろうし、〈けっして死後にまで残してはならない物〉だったのだろう。匡房が系図を捏造したり、歴史を捏造するためのプロパガンダを流したりなど、政策的な黒幕として相当に無理なことをしていたのだろうと察せられる。匡房が焚書しなければならなかったという事実は、机上の創作物において彼がよほどあくどいことをしていたのだろうと推測させる、なによりの証拠なのではないか。

文献

野中哲照（一九九八ａ）「『奥州後三年記』のメッセージ――後三年合戦私戦化の表現を追って――」「鹿児島短期大学研究紀要」62号

野中哲照（一九九八ｂ）「『奥州後三年記』の語る私戦化要因」「鹿児島短期大学研究紀要」63号

野中哲照（二〇一三）「河内源氏の台頭と石清水八幡宮――『陸奥話記』『後三年記』成立前後の時代背景――」「鹿児島国際大学国際文化学部論集」14巻3号

野中哲照（二〇一四）「後三年の戦後を読む――吉彦一族の滅亡と寛治六年清衡合戦――」「鹿児島国際大学大学院学術論集」5集

野中哲照（二〇一五）『後三年記詳注』東京：汲古書院

樋口知志（二〇一一）『前九年・後三年合戦と奥州藤原氏』東京：高志書院

柳瀬喜代志（一九八〇）「『陸奥話記』論――「国解之文」をめぐって――」「早稲田大学教育学部学術研究　国語・国文学編」29号

吉原浩人（一九八三）「大江匡房と八幡信仰」「早稲田大学大学院文学研究科紀要別冊」9集

吉原浩人（一九九三）「八幡神に対する「宗廟」の呼称をめぐって――大江匡房の活動を中心に――」「東洋の思想と宗教」10号

吉原浩人（二〇一二）「院政期の思想――江家における累葉儒家意識と系譜の捏造――」『日本思想史講座1　古代』東京：ぺりかん社

第十九章　前九年合戦の物語の流動と展開

本章の要旨

前九年合戦から二年後の一〇六四年に源氏側から発信された『頼義奏状』『義家奏状』によれば、前九年合戦の戦功を楯にして彼らは猛烈な猟官運動を展開していた。後三条朝に入って公権力の制御のもとに働く武力としての立場をわきまえさせる、離《り》源氏ともいうべき立場の第一次『奥州合戦記』が一〇七一年ごろに成立した。しかし山門寺門抗争の激化によって王権が源氏の武力に依存せざるをえなくなり、それに伴って巷で一〇七五～八〇年ごろ義家ら源氏武将の英雄化が進み、源氏正当化の機運を反映して第二次『奥州合戦記』が一〇八一年ごろ成立した。一〇八一～八二年ごろ王権がそれを公的に追認することになり、『扶桑略記』に第二次『奥州合戦記』をそのまま採り込み、その前後に神話的な黄海合戦譚、出羽守二代の非協力記事、高階経重辞任記事、三首級の入洛記事、論功行賞記事などを配置して、源氏を完全に正当化するストーリーを構築した。しかし、一〇八三年ごろを境に源氏伸長策は方針転換することとなり、後三年合戦を私戦として源義家を解官し冷遇した。すると藤原清衡が奥羽で政権固めに入り、吉彦一族を滅ぼしたのちの一〇九五年ごろ反源氏の第一次『後三年記』が清衡政権下で成立した。そしてそれに触発されるようにして、第二次『奥州合戦記』に大量の前半部を接合し、後半部にも清原武則の活躍や俘囚系の末路を多く加えるなどして一〇九七年ごろ反源氏の第一次『陸奥話記』が成立した。その後、藤原清衡の体制は盤石となり、自らの正当化の主張よりも作者を韜晦する必要が出てきて、反源氏系の第一次『陸奥話記』をベースにして親源氏系の『扶桑略記』を〈櫛の歯接合〉して、第二次『陸奥話記』が一一〇五～〇七年ごろ成立した。そこまでは大江匡房の仕事と考えられる。

　その後、さらに韜晦を進めるために第二次『陸奥話記』の冒頭と末尾に極度に源頼義を英雄化する言辞を付加し、末尾に成立圏をくらませる言葉も入れ、誇張の著しい文飾も追補して、第三次『陸奥話記』が一一二〇～二七年ごろ成立した。第三次の改作者は藤原敦光と考えられる。

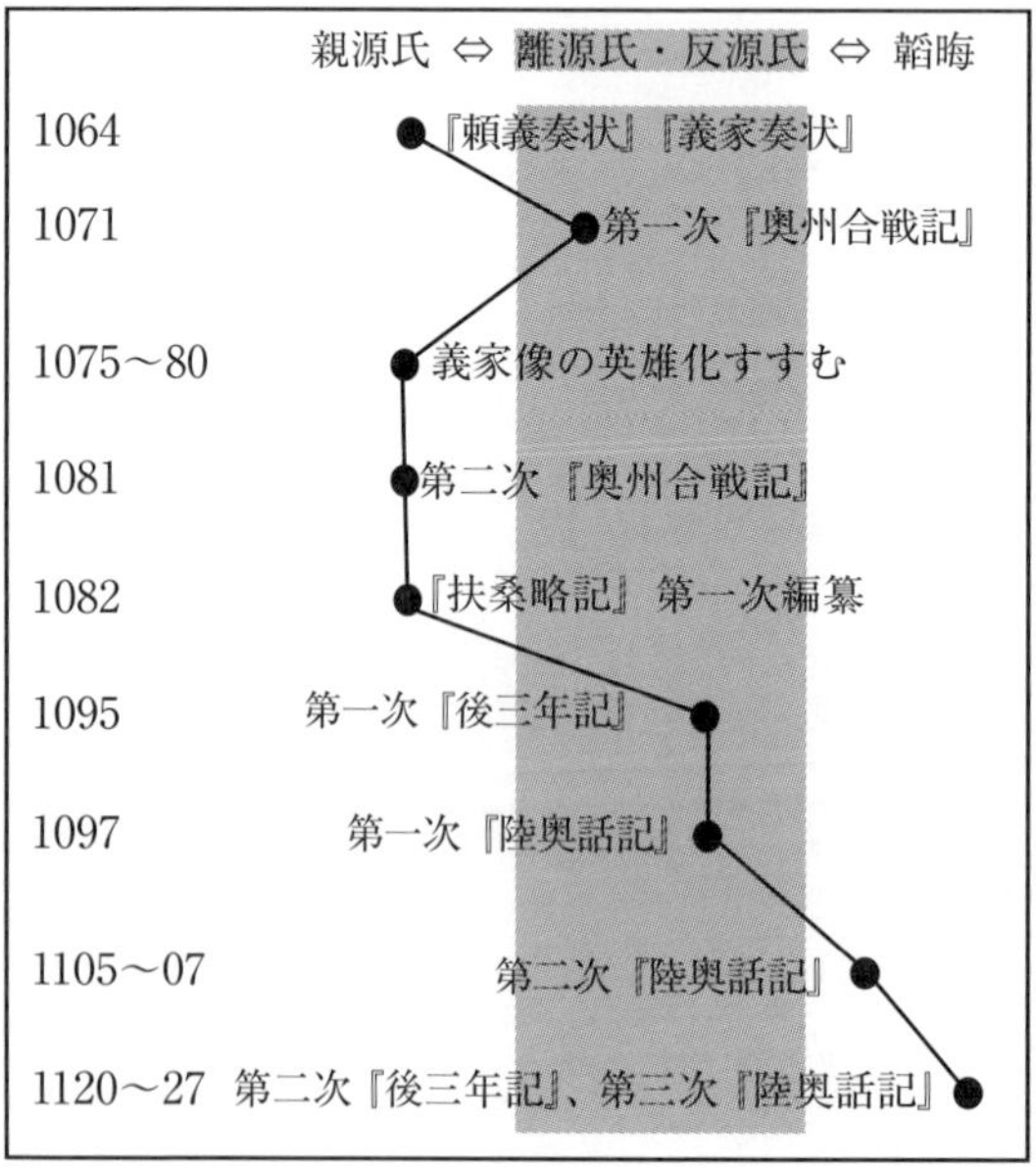

一　問題の所在

ここでは、前章までに述べてきたことを総括しつつ、前九年合戦直後から一二世紀初頭までの一連の前九年合戦の物語の流動と展開の様相について述べる。

前九年合戦後の一〇六〇年代中盤からの約六〇年間が前九年合戦の物語の形成期だと考えられるわけだが、源氏勢力の浮沈とともに前九年合戦像も大きく変動したとみられる。いうまでもなく歴史はその時々の〈現在〉から記されるもので〔野中（一九九七）〕、源氏が社会から高い評価を受けていた時代には前九年合戦像が源氏勢力伸長の原点であるかのように肯定的に捉えられ、逆に源氏が厄介者とみられる時代になれば反省材料としてのネガティヴな前九年合戦像になる。

『後三年記』にみられる千任《ちとう》（清原一門）と源義家との激しい応酬は、前九年合戦の戦功をめぐって源氏と清原氏の間に軋轢があったことを如実に物語っている。これを前九年合戦像の問題に絡めると、源頼義・義家だけが突出して前九年合戦で活躍したかのような親源氏的な認識と、そうではなく清原武則の援軍あってこその勝利であるとする反源氏的な解釈とがせめぎあっていたことを表している。そのような社会的風潮や世相などというレヴェルまですくい上げなければ、前九年合戦の物語の形成過程を論ずることはできない。

二　『頼義奏状』『義家奏状』の成立——源氏主導の一〇六四年——

源氏側から発信された康平七年（一〇六四）の『頼義奏状』『義家奏状』、源氏方の主張を反映して出された同年の

『降虜移遣太政官符』によれば、合戦からわずか二年後の段階で、源氏方が戦功を前面に押し出して猛烈に猟官運動を展開していたことが窺える。『頼義奏状』では頼義の任陸奥守と任鎮守府将軍が二年間ずれていたのに、数か月後に成立した『義家奏状』では同時に任じられたと錯覚させるように表現している。また、『頼義奏状』には安倍氏が長期にわたって朝廷を悩ませ続けていたとする表現（「数十年の間、六箇郡の内、国務に従はざること、皇威を忘るるが如し」）や、近年とくに安倍氏が暴悪であるとの表現（「就中、近古以来、暴悪、宗と為す」）もある。もしこれが事実なら、軍事貴族でもない高階経重や藤原良綱が陸奥守に任じられるはずはない（六九頁）。さらに、『義家奏状』には頼義が陸奥守に任じられたのは最初から征夷目的であるとする表現（「爰に親父頼義朝臣、勤王の選に当たり、征夷の詔を蒙る」）や著しい誇張表現（「開闢より以来《このかた》、未だ曾《かつ》て、此《かく》の如きに比する有らず」）もみられる。

前九年合戦からわずか二年後に、〝暴悪な安倍氏を追討するために源頼義・義家が陸奥国に下り苦難の末にこれを滅ぼした〟とする『陸奥話記』に通じるような源氏主導の虚構が、言説の世界で横行し始めていたのである。

三　第一次『奥州合戦記』の成立——離《り》源氏の一〇七一～七二年——

前九年合戦の論功行賞として康平六年（一〇六三）二月に頼義は伊予守に（赴任は一年以上遅れたらしい）、義家は出羽守にそれぞれ任じられたので、四年間の任期が切れる治暦二年（一〇六六）末ごろまでは都で表立った宣伝活動はできなかったと推測される。任期切れの治暦三年（一〇六七）ごろに彼らがどのような猟官運動を展開していたかはさだかではない。前節で述べたような源氏側からの一方的な宣伝活動が、その頃に都で復活した可能性はある。
のちに親源氏色を強めていった『扶桑略記』と異なり、また反源氏色を強めていった第一次『陸奥話記』（『今昔』前九年話の原話）とも違って、**双方の共通祖本である第一次『奥州合戦記』**は、素朴な姿であったと推測される。ただし、第一次『奥州合戦記』が無色透明で中立的かというと、じつはそうでもない。『頼義奏状』『義家奏状』が主張するほど長期にわたって戦ったわけでもないし、清原氏が援軍を送ったゆえに勝利できたのでもあるし、たしかに苦難はあったのだろうが源氏方がいうほどではないし、源氏方の功績は大きかったのだろうがそれだけではない、と第一次『奥州合戦記』は言いたげである。

源頼義・義家らの宣伝活動はささやかなもの（『頼義奏状』『義家奏状』）からスタートしたのだろうが、彼らの台頭とともにそれが無視しがたいものになってくると、正しい前九年合戦像（清原武則の援軍を得て勝利した二か月弱の戦い）として矯正した歴史を記し残しておく必要が生まれたのではないか。それは当時としてはけっして反源氏というわけではなく、**公権力の制御のもとに従順に働く武力としての立場をわきまえさせるものであった**と考えられる。**反源氏でもなく親源氏でもないが、源氏に距離を置いているという意味で離《り》源氏ともいうべき立場**だろう。そういう意味では、一〇六四年ごろ始まった猛烈な源氏称揚運動（前九年合戦像の〈源氏化〉）を鎮静化させるために〈オオヤケ化〉の方向に引き戻そうとしたのであり、誇大ではなく正当に源氏と清原氏の功績を評価しようとしたのだろう。

第一次『奥州合戦記』が離源氏の立場であると言いきるのは、武則参戦の二か月間（十二月の国解まで入れても半年）のみを切り取っているからであり、康平六年二月十六日の三首級の上洛（89）や同二十七日の論功行賞（94）をその叙述範囲から外しているからでもある。それらは『水左記』や『定家朝臣記』によって史実であることを確認することができ（わざわざこれを言うのは『扶桑略記』が信用できないからである）、第一次『奥州合戦記』の実体作者も当然知っていたことだと考えられる。それなのに叙述範囲から外しているということは、『頼義奏状』『義家奏状』以来、**鬼の首を取ったように勲功を宣伝する源氏側の姿を見て、軽率にも前九年合戦を公戦認定してしまった判断ミスを悔いる姿勢を示しているように見える**。

そのような第一次『奥州合戦記』が成立しうる時代環境を前九年合戦終了の一〇六二年から一〇七五年（一〇七五

年を下限とするのは後次的な層から遡及した相対編年の考え）の間で推定するならば、治暦四年（一〇六八）～延久四年（一〇七二）の後三条朝がふさわしい。なぜならば、記録荘園券契所の設置を始めとする管理強化型の新政を軌道に乗せるような時代相が、それにふさわしい物語の登場を要請したと考えるのが妥当だからである。佐倉由泰（二〇〇三）も、『陸奥話記』の成立を延久北奥合戦（一〇六九～七〇年）のころに求めているが、たしかにその頃であれば前九年合戦をどう評価するかの議論が再燃していて、その動向に触発されて『陸奥話記』の原型が生まれた可能性はあるだろう。[1] **第一次『奥州合戦記』の成立は延久北奥合戦直後の一〇七一～七二年ごろに求めるのが妥当ということになろうか。**

（1）この合戦は不明な点が多く、一〇七〇年の一年間なのか前年からの二年がかりなのか、清原貞衡とは何者なのか、北奥まで含めて平定されたのか未遂に終わったのか、合戦名称はどれが適切なのかなど論点が多い。しかし、少なくとも清原武貞か真衡と重なる時代の**清原氏が北奥まで含めて勢力を拡張しようとしていた（主体的であれ従属的であれ）ことは間違いない**ようだ。このことを踏まえると、やや源氏を遠ざけ、露骨ではないものの清原氏に寄り添う様態の第一次『奥州合戦記』（これが『陸奥話記』の源流）が一〇七一年ごろに都でつくられたのも首肯できる。というのは、ごり押し的な猟官運動を推進する源氏にたいする嫌悪感の表明として、源氏批判を言説上でストレートに展開するのではなく、清原氏の功績にも光を当てるという婉曲的なかたちを取りうるほどに**一〇七〇年前後の清原氏には存在感や現実味があった**と考えられるからである。

四　『扶桑略記』の成立直前――神話的な親源氏の一〇七五～八〇年ごろ――

親源氏の社会的なうねりは一〇七五～八三年ごろに確認できるのだが（後述）、その内実には二波あって、**神話的な親源氏風潮という第一波**が先行し、それを**政治的な親源氏政策という第二波**が追認したようである。本節で第一波の神話的な親源氏、次節で第二波の政治的な親源氏について述べる。

初期の黄海《きのみ》合戦譚前半には「黄海」の地名さえなく、ただ義家や六騎武者を英雄化する神がかり的な逸話（ゆえに神話的と呼ぶ）が独立して流布していたのだと考えられる。もともと『頼義奏状』『義家奏状』に安倍氏の暴虐表現や長期戦の認識（のちに〈二二年一体化〉につながってゆく）があったのだが、黄海合戦譚は前九年合戦の前半戦〈頼時追討〉と後半戦〈貞任追討〉を〝つなぐ〟目的で、源氏側から発信された逸話だったのだろう。『扶桑略記』天喜五年九月二日条の〈頼時追討〉に続けて「但し余党は未だ服せず。仍て、重ねて国解を進らせ、官符を賜りて諸国の兵士を徴発し、兼ねて兵糧を納《い》れ、悉く余党を誅せんことを請ふ」とあるのと黄海合戦譚前半を形成する指向は、前後を〝つなぐ〟という点で通底している。この国解の前半（〈頼時追討〉の報告部分）は本物の陸奥国解かもしれないが、「但し余党は……」以下は捏造である可能性が高い（二四七頁）。**前半戦と後半戦を〝つなぐ〟意図がみえる**からである。そして、その操作は、『扶桑略記』に収める目的で作為された文書だとみえるので、一〇八一年に近いその直前に作られたものだろう（ここでいう『扶桑略記』とは一〇八一年に編纂された第一次分）。

これについては、傍証がある。19に出てくる年次記述は「十一月」しかない。日付がないのである。これと同種のものは、29の「十二月」がある。このような「月」だけの表記はきわめて特殊で、『扶桑略記』の前九年合戦関係記事ではこの二か所だけである。同じ時期に同一の作者によって発想された部分だと考えてよいだろう。29は出羽守二代の非協力記事で、これは『今昔』前九年話の原話が成立したあとに出てきたものであるから（二四四頁）、19についてもその疑いがあるということだ。

一方で黄海合戦譚前半の形成期（源義家の神話化が進んだ時期）は文書の捏造よりはるかに手間暇のかかった重層的な様態なので、単純作業である国解の捏造→『扶桑略記』への投入よりも前の段階で行われたことと考えられる（かりに一〇七五～八〇年としておく）。

貞任横行（33）は、『陸奥話記』だと「貞任等、益《ますます》諸郡に横行し、人民を劫略す」という表現で、『扶桑略記』や『今昔』でもあまり変わらない。この短い一節が、じつはきわめて大きな意味を持っている。三書対照表でわかるように、最終ランナーである『陸奥話記』との関係でいえば、ふつうは『扶桑略記』に存在するものは『今昔』側に存在しないとか、逆に『今昔』側に存在するものは『扶桑略記』側に存在しないということが多い。異質な双方（親源氏と反源氏）を〈櫛の歯接合〉したのが『陸奥話記』だということである。ところが、『扶桑略記』と『今昔』の双方に存在するところもある。これは、もともと『扶桑略記』側にあったものを『今昔』も採り込み、さらに『今昔』側（じつは第一次『陸奥話記』）をベースにして『扶桑略記』側を採り込んだので、結果的に見れば『陸奥話記』が三書対照表の上段・下段のいずれを採り込んだのか不明な箇所になっている。しかし今のとおりの経緯が察せられるので、**上段にも下段にもあるものは、じつはもともと上段すなわち『扶桑略記』側に存在した古い層だということである**。

そのことを踏まえると、物語の前半部では〈頼時追討〉（17・18）→黄海合戦譚前半（19〜21・23）→貞任横行（33）が十分に一本の文脈になっていることに気づく。つまり、〈頼時追討〉後も「余党」は服従しなかったので頼義・義家は黄海合戦に突入し、さらには貞任が横行して苦境に陥ったので、清原氏に援軍を依頼したという流れである。このことは、**『奥州合戦記』が先行成立して存在していて、その前座的な位置に、右の〈頼時追討〉（17・18）→親源氏色の濃い神話的な黄海合戦譚前半（19〜21・23）→貞任横行（33）を添えるだけで物語の前半部と後半部をつなげようとした段階があることを示している**。これは明らかに、第一次『陸奥話記』（『今昔』前九年話の原話）のようなしっかりした前半部が成立する直前の姿を示しているといえるし、出羽守二代の非協力（29・31・32）や高階経重操作（36）のような政治的解釈が行われる以前の姿だろう。そういう政治的な正当化がはかられたのは一〇八一年ごろのことと考えられ（次節）、いま見たような黄海合戦譚から貞任横行を経て後半部の物語につなげる神話的な親源氏の流れのほうが素朴で古い。**おそらく一〇七五〜八〇年ごろの姿**だろう。親源氏系の黄海合戦譚に貞任横行（33）を添えて

『奥州合戦記』につなげて〈一二年一体化〉に近い世界を演出し、それを流布させていたということである。

五　第二次『奥州合戦記』と『扶桑略記』の成立——政治的な親源氏の一〇八一年——

『奥州合戦記』の第一次と第二次の差異はごくわずかで、三書対照表の37・38・53・55・56・72・87の有無だけである。しかも、その七か所のうち53・55・56は《衣川以南増幅指向》（＝苦難を克服した頼義を称揚する）による追補、72も《間隙補填指向》《整合性付与指向》《リアリティ演出指向》による後補でしかなく、歴史認識の変更に伴うようなものではない。しかし37・38が存在しない第一次『奥州合戦記』は「康平五年七月、武則、子弟を率ゐて万余人の兵を発し、当国に越え来りて、栗原郡営岡に到る」（39）から始まる物語で、**清原武則が主体的・積極的に参戦してきたとも読める冒頭部**であった。そこで、その前に「仍て、将軍源朝臣頼義、屢甘言を以て出羽山北俘囚主清原真人光頼・舎弟武則等を相語らひて、官軍に与力せしめんとす。常に贈るに奇珍を以てす。光頼・武則等、漸く以て許諾す」（38）を加えて、**嫌がる清原氏を源頼義が口説き落とした文脈**にしている（第一次と第二次との中間。第一・五次《だいいってんごじ》）。そしてさらにその前に「諸国の軍兵等、頻りに官符を賜ると雖も、当国に越え来らず」（37）と付け加えることによって、**清原氏に援軍要請をせざるをえなかった頼義に同情するかのような文脈**に変えている（第二次）。

39の前に38を添えたのは清原氏の消極性を表現するためであって、それは第一次『奥州合戦記』の当初の指向を体現した操作であった。そもそも第一次であれ第二次であれ『奥州合戦記』が武則来援以降の半年間を切り出していること自体が頼義の功績を突き放した態度（清原氏の援軍あってこその勝利とする歴史認識）であるし、十二月国解（84）までで叙述を打ち切っていて三首級入洛（89）、論功行賞（94）などを除外しているので、39の前に38を加えたのは路線変更ではなく、**39からの始動だと誤解を与えそうだったので本来の表現意図を明瞭にするため**だったと考えられる。

第一次と第一・五次《だいいってんごじ》との間に位相差はないといってよい。そのような**初期の『奥州合戦記』は、源氏の功績を突き放しているという点で、離源氏とも言うべき態度**であった（第三節）。

路線変更があったのは、第一・五次と第二次の間で、37を付加した第二次は頼義に同情的で、援軍要請の事情を代わりに説明してやっているような親源氏的な態度である。これと**87の義家弓勢譚を後補するような親源氏性は、同位相だろう**。些細な違いのように見えるが、37と87を加えて**親源氏に舵を切り**、53・55・56・72のような**物語としての面白みを加えたのが、第二次『奥州合戦記』**である。

＊　＊

一〇六九年ごろから、石清水八幡宮のさらなる格上げが始動した（皇祖神としてもともと格式は高かったのだが）。後三条天皇の天皇親政策とともに始まったということである。その政策は白河朝でも継承され、承保二年（一〇七五）～永保三年（一〇八三）に石清水・賀茂のセット行幸が盛期を迎えた。この時期は延暦寺・園城寺の悪僧たちによる騒動が激しく、政府も手を焼いていた。日吉山王の**神威**と悪僧の**武力**を併せ持った厄介さに対抗するには、もう一方の**武力**として台頭し始めていた清和源氏に**神威**を付与する必要があった。それが、**源氏と八幡神との融合政策であったと考えられる**（野中〔二〇一三〕）。

その九年間の中でも源氏盛期のピークは、園城寺僧徒の襲撃に備えて源義家・義綱兄弟が白河帝の護衛を務めた永保元年（一〇八一）である。この兄弟が破格の扱いを受けたり市井の人気を博していたりしたことが、『水左記』永保元年（一〇八一）十月十四日条や『続古事談』一六七話（巻五—四八話）にみえる。四月ごろは検非違使が白河帝の護衛の任に当たっていたのだが、徐々に手に負えなくなって義家らの支援を必要とするようになった。義家が国司の前職（「前下野守」）でしかない立場で白河帝の供奉を務めるという特別扱いに当局も苦慮したらしい。

さらに連動しているのが、『扶桑略記』の編纂がこの一〇八一年にいったん区切りを迎えたと考えられることである（一〇八一年四月までで区切ってそれを編纂したのは、同年後半〜翌年のことか）。つまり、親源氏的な立場から『扶桑略記』が編纂されたのが、まったく同じ時期なのである。これは、偶然の一致ではあるまい。長期戦であったかのような捏造、出羽守二代の非協力、高階経重問題の操作に窺えるように、もともと『扶桑略記』という編纂史書は、前九年合戦像を虚構するために相当のエネルギーを注いでいることから、前九年合戦像の公戦化（源氏の正当化）が『扶桑略記』成立契機の一つでもあるようだ。つまり、**先行していた源氏神話を、政治の側が追認し利用しなければならない時代が訪れた**ということだ。

『扶桑略記』の前九年合戦記事のあたりは一〇八一年ごろの編纂と考えられるので、第二次『奥州合戦記』の成立はその数か月前か、あるいは一、二年前ということになろうか。一方、第一次『奥州合戦記』を一〇七一年の成立と考えた（先述）ので、第一《だいいってん》・五《ご》次《じ》『奥州合戦記』はその数か月後か、あるいは一〇七二年ごろの成立と考えることになる。

六　第一次『後三年記』の成立――反源氏で出羽国問題直後の一〇九五年ごろ――

本章では前九年合戦の物語の流動と展開を追っているのだが、それと密接に関わるので、『後三年記』の成立問題についてもここで述べる。

前著で『後三年記』の成立を一一二〇〜二七年のころと推定したが、それは大江匡房を「翁」とする表現を含む第二次分のことである。「翁」を含まない第一次分『後三年記』の成立はそれより遡ることになる。しかも、第一次『後三年記』は第一次と第二次の『陸奥話記』に影響を与えているので、それ以前の成立である。このように前後から狭めてゆくと、第一次『後三年記』の成立は、後三年合戦終結（一〇八七）からあまり隔たらない時期であったと考えられる。

『後三年記』第一部・第二部から第三部へといくさが私戦化してゆく流れの中で、藤原清衡は途中から姿を消してゆく。しかし布陣の中にその名は記され、参戦していたことが確認できるようにする。もし清衡が参戦もしていなければ、戦後の奥六郡・山北三郡を支配する大義は持ちえないゆえに、参戦はしていて勝者の側に属していたとするのだろう。それでいていくさは私戦であったがゆえに、義家は後三年合戦後、陸奥国から手を引かねばならなくなったので、そのような危険人物のそばに清衡を置いて物語内で参謀として活躍させるわけにはいかない。『後三年記』の清衡像は、明らかに戦後の藤原清衡の身の保全（源氏とは一線を画す）と権利の主張（勝者の側にいた）に寄与するものである（『陸奥話記』の《主将頼義副将武則序列明示指向》に近い）。これによって、『後三年記』が清衡政権下で成立したと推断しうる（前著）。

清衡政権が確立されてゆく経緯については、野中（二〇一四）で整理した。藤原清衡が関白師実に馬二匹を献上した記事が後三年合戦終結から四年後の寛治五年（一〇九一）十一月十五日（『後二条師通記』）にみえることから、一〇九〇年代以降の清衡は政界工作に腐心していたとみられる。翌寛治六年（一〇九二）、清衡が陸奥守藤原基家と合戦に及びそうな事件を起こした（『中右記』寛治六年六月三日条。合戦勃発までは記されていないが陸奥守とは合戦に及ばなくてもこの時清衡が吉彦一族を討ったと推定した。野中（二〇一四））。同時期（寛治五年、六年）に出羽国で、出羽荘と小但嶋（小田島）荘をめぐる紛争が起こっている（『後二条師通記』寛治五年十一月二十一日条、同六年十二月四日条）。小但嶋荘については、〔本家〕藤原師実―〔領家〕藤原清衡―〔荘官〕現地の土豪（小田島氏の祖か）の領有関係が想定されている（『荘園史事典』）。この紛争は、〈立荘の根拠が薄弱な荘園を収公しようと狙う国府側〉と、〈既得権を守ろうとする摂関家側〉とのせめぎ合いである。

その際に重要なことは、平泉藤原氏が奥六郡や山北三郡を支配する正当性があるのかということである。正当性を何で証明するかといえば、歴史である。当時の荘園整理の実例でしばしば〃～年以前は不問〃と見えるように、問題視されているのは必ずといっていいほど新立荘園なのである。奥六郡・山北三郡をそのまま荘園に見立てることはできないが、自治的領域を中央から認定される際に必要な正当性のあり方は、荘園でも荘園以外でも当時の認識として共通するはずだろう。つまり、曾祖父—祖父—父—自分というような系譜による相伝の証明が、歴史であり、自らの立場の正当化につながるものである。『後三年記』が語る内容は、そこに寄与している。

さりげない表現だが、『後三年記』冒頭に「もと出羽国山北の住人」であった「真衡が一家」が、祖父武則の前九年合戦での功績によって「(奥)六郡の主」となったという説明も、出羽国と陸奥国とを一体化する表現であり、**陸奥国側に拠点を持ちつつ出羽国も管理しようとする平泉藤原政権にとっても、由来の正当性を語るものといえる。その表現指向と『陸奥話記』にみえる《安倍清原親和性表現指向》は通底する**ものである。

『中尊寺経蔵文書』建武元年（一三三四）八月□日条の「陸奥国平泉関山中尊寺衆徒等謹言上」に、長治二年（一一〇五）二月十五日に中尊寺が再興される際の施主の名が「出羽陸奥両国大主藤原朝臣清衡」と称されている。長治のこの時期にすでに陸奥・出羽両国の実質的徴税権を清衡が掌握していたことを意味するものだろう。保安四年（一一二三）～天治二年（一一二五）のころに成立した『中尊寺供養願文』にも、「斯の時に当たりて、弟子苟《いやしく》も祖考の余業を資し、謬《あやま》りて俘囚の上頭に居す。出羽陸奥の土俗は、風草に従ふが如し」とある。そして、「清衡は王地を多く横領して、只今謀叛を発すべき者なり」（第八節の『古事談』や『十訓抄』）などと評されるような威勢を誇ることになったのだろう。おそらく一〇九二年以降の数年以内に陸奥・出羽の〃統一〃を成し遂げ、一一〇五年ごろには「出羽陸奥両国大主」と称されるにふさわしい存在になっていたのだろう。

先述の〈寛治五年の出羽荘問題〉と〈寛治六年の小但嶋荘問題〉との間に寛治六年清衡合戦が挟まれていることか

ら、寛治六年清衡合戦が実際に勃発したとすればそれは、清衡が出羽の吉彦一族（国司側にすり寄った）を討った戦いだったと推測される〔野中（二〇一四）〕。『後三年記』の秀武像が陸奥国司義家に密着した像であるのは、吉彦氏が滅亡していたからこそ書けるものだろう。このように考えてこそ、一〇九二年の出羽国紛争→出羽の吉彦一族の消滅（『後三年記』の構造からの推定）→出羽の吉彦秀武の『後三年記』での不自然なほどの前景化→一一〇五年の「出羽陸奥両国大主」が一本の線でつながる。

『後三年記』の原型（第一次）を想定するにしても、その紛争から三年程度の時間を置いたと考えるのが自然なので、その成立は現実的には一〇九五年ごろということになる。

七　第一次『陸奥話記』（『今昔』前九年話の原話）の成立
――反源氏で清衡政権確立期の一〇九七年ごろ――

第一次『陸奥話記』とは、『今昔』前九年話から透かし見ることのできる原話のことである。のちに『扶桑略記』を採り込んで第二次が成立するので、その操作が行われる前の段階が第一次ということである（ほぼ三書対照表下段の姿）。これと『奥州合戦記』（第一次・第二次）との決定的な差は、物語の前半部をもっているかいないかである。そしてその前半部は、後付けである（第七章）。その前半部の中でも、黄海《きのみ》合戦譚だけが重層化していて、冒頭紹介部・阿《あ》久利川《くりがわ》事件譚・永衡経清離反譚（以上をまとめてＸと呼ぶ）は単層的で、しかも重層化した黄海合戦譚の最終層とＸは同位相である。ゆえに、**黄海合戦譚が重層化しきったあとに（つまり源氏称賛→源氏揶揄へと舵を切ったあとに）、Ｘをかぶせて前半部が成立した**ことは明らかである。それが、第一次『陸奥話記』である。

現存の『陸奥話記』は、〝緻密な想像力や周到な構想力によってつくられた完成度の高い大半の層〟と、そこに後次的に付加された〃緻密な想像力を伴わないたんなる強調指向・増幅指向による一部の粗雑な層〃とに分かれる（第十五章）。二段階の成立を考える必要があるということである。そして、第一次の緻密な層に《後三年記想起指向》、すなわち『後三年記』からの影響によると考えられる部分が存する（第二次にもある）。それは『扶桑略記』にも『今昔』前九年話にも存しない部分（三書対照表中段の白地部分）で、第一次『陸奥話記』実体作者が編纂段階で補ったと考えられる部分である。

その成立圏についても、明瞭な像を結んでいる。現在みられる『陸奥話記』では、藤原経清像が前景化されている。第一次のみならず第二次『奥州合戦記』にさえその存在感はなかったのだが（名のみ）、第一次『陸奥話記』（『今昔』前九年話の原話）では源氏批判ないしは俘囚寄りの視座から経清像が形象され始め、それを受けて第二次『陸奥話記』はさらに存在感を大きくしている。しかも頼義が経清を鈍刀で斬った際に「将軍深く之を悪む」と私怨をにじませ（『後三年記』の義家を想起させる）、「是れ経清の痛苦を久しからしめんと欲してなり」と頼義の残酷さを表に出す（75）。第二次『陸奥話記』では、経清離反譚（14～16）で先行二書にない15を独自に挟むことによって、経清の忠臣像を守るために自軍を裏切ったのではない展開に改変しているところがある。ところがいま述べたような傾向は、**第一次『陸奥話記』にもともとあった指向の延長線上に、それをさらに明瞭化するもの**である。平永衡の濡れぎぬの最期を経清離反の契機として配置する意識やそもそも阿久利川事件からの反源氏的な筆致（これらは『今昔』原話すなわち第一次『陸奥話記』にある）は**陸奥国の官人であった経清が安倍氏方に付いた事情を弁護的に説明するもの**といってよい。**経清像に傷が付かないように保護しているということは、第一次以降の『陸奥話記』が平泉藤原政権下で成立した決定的な証拠**だろう（四八二頁）。物語をつくる際のモチベーションや必要性を考えたとき、藤原清衡の政権下以外に、これらを欲する環境が見当たらない。すなわち、**源氏の正当性を揺るがしつつも結果として公戦として追認されたことは否定せず**（私戦にすると清原氏が源氏に連座してしまうため）、**安倍氏に同情も寄せ清原氏との盟友関係もにじませる**

などした『陸奥話記』が、平泉藤原氏の政権確立に奉仕する以外の目的を探しえないのである。

本章で述べているそれぞれのテクストの成立時代は、延久北奥合戦（一〇六九〜七〇年）、源氏最盛期（一〇七五〜八三）、後三年合戦（一〇八三〜八七）、中尊寺再興着手（一一〇五）、『古事談』『十訓抄』の俊明ばなしの時代相（一一〇七）、越後国小泉荘問題（一一二〇）などを指標として措定したものである。考古学でいう絶対編年の考えが適用できるものが多い。これらにたいして、第一次『陸奥話記』の時代相を如実に示した外部史料がない。よって、ここだけは前後から狭めてゆくような相対編年の考えによって措定する。

寛治五年（一〇九一）に始まる藤原清衡の関白師実への貢馬、寛治六年清衡合戦（一〇九二）、第一次『後三年記』の推定成立年次（一〇九五）よりは後ろの時期で、なおかつ中尊寺の堂塔整備の開始（一一〇五）や「出羽陸奥両国大主藤原朝臣清衡」と呼ばれる（同）ほど**安定化する前の時期にこそ、清衡が自らの正当性を主張する物語の出現が望まれた**と考えるべきだろう。つまり、清衡が陸奥国と出羽国の、あるいは安倍氏旧領と清原氏旧領の正当な継承者である（安倍正任と清原頼遠の関係に見られた《安倍清原親和性表現指向》として現出）ことを積極的に主張する必要を感じていた政権確立期は、一〇九五〜一一〇五年ごろと考えてよい。こうして前後から狭めると、その真ん中は一一〇〇年ごろとなる。ただし、この第一次『陸奥話記』は反源氏的という意味において、第一次『後三年記』とひじょうに位相が近い。よって、この二書は相次いで成立したと考えたほうが自然である。第一次『後三年記』の成立に触発されて、第一次『陸奥話記』（『今昔』前九年話の原話）が成立したのだろう（第二次『奥州合戦記』や『扶桑略記』のような親源氏の前九年合戦像をそのまま流布させていてはならないとの改作欲求が生じた）。だとすれば、第一次『後三年記』の成立年次（推定で一〇九五年）に連続する一〇九六〜九七年ごろが第一次『陸奥話記』の成立年次だろうか。

その時期だと推定する、もう一つの理由がある。この第一次『陸奥話記』の作者を大江匡房だと推定した（四八九頁）。匡房の没年は天永二年（一一一一）なので、その点では問題ない。ただし、匡房が大宰府に下向していた期間である承徳二年（一〇九八）十月〜康和四年（一一〇二）春は除外する必要がある〔長治三年（一一〇六）に再任されたが赴任していない〕。それを勘案すれば、一〇九六〜九七年あたりが、第一次『陸奥話記』成立時の有力な候補となろう。匡房が永長二年（一〇九七）三月二十四日に大宰権帥に任じられながら翌承徳二年（一〇九八）十月年まで下向しなかったのは、都でやり残した大きな仕事があったためとも考えられる（たとえば『扶桑略記』の最終的編纂＝一〇八一年の第一次編纂ではなく）。彼が大宰府に下向したのは力を持ちすぎた石清水を相対化すべく『筥崎宮記』などを執筆したり宇佐宮に新堂を造立したりするためであった（宇佐も含めて九州北部の八幡信仰を持ちあげることによって石清水を相対化する政策）と考えられるのだが、それほどのこの時期の匡房にとっては、台頭しすぎた源氏と石清水神人対策が重要であったと考えられるのである〔野中（二〇一三）〕。

論者の考えでは、**第三次『陸奥話記』を除く前九年合戦の物語**（**第一次・第二次の『奥州合戦記』、『扶桑略記』、第一次・第二次の『陸奥話記』**）**はすべて、匡房の作である**。これらの物語には実相を写したというより世論を誘導するため、あるいは歴史認識を軌道修正するために書かれた側面が色濃く、そのうえ先行テクストに存していた指向をじつによく後出テクストが汲み取って、時代状況に応じて改変させてきたと見えるからである。

なお、冷遇されていた義家が白河院への昇殿を許されたのは匡房が大宰府に向けて出発してから数日後の承徳二年十月二十三日で、義家の死去は嘉祥元年（一一〇六）七月である。これらは、第一次や第二次の『陸奥話記』の成立に大きな影響を与えるものではなかったと考えられる。

ところで、先行の『奥州合戦記』や『扶桑略記』から第一次『陸奥話記』（『今昔』前九年話の原話）へと大きく飛躍した陰には、『将門記』の存在があるのではないか。『将門記』はその末尾で〝平貞盛は長期にわたって軍事にかかわったものの戦功ははかばかしくなく、最後に藤原秀郷が参戦してからすぐに将門を滅ぼした〟とする認識を示している。これは、〈平貞盛―源頼義〉〈藤原秀郷―清原武則〉の相似形とみることができる。それに、『将門記』冒頭も『陸奥話記』阿久利川事件も、ことの発端は〝女論〟（女性をめぐるなんらかの紛争）であるところも一致している。**『陸奥話記』の前半部が付加される際に、『将門記』が構想上の影響を与えた可能性を考えてみる必要がありそうだ。**

八　第二次『陸奥話記』の成立
——反源氏から韜晦重視に移行した一一〇五〜〇七年ごろ——

第二次『陸奥話記』とは、第一次『陸奥話記』（『今昔』前九年話の原話）に、『扶桑略記』を合成させた段階のものである。〈櫛の歯接合〉が行われた結果ということであり、そこには『後三年記』の第二波の影響も入ってくる。反源氏の第一次『陸奥話記』（『今昔』前九年話の原話）と親源氏の『扶桑略記』を〈櫛の歯接合〉したのは読者の〝読み〟を攪乱し、実体作者の姿を韜晦する目的であったと考えられる。そのことを前提にすれば、親源氏と反源氏を止揚して新たな物語を創始したいとする指向が生じるのは、時代社会が次のステージに移行したからだと考えるのが、自然なものの見方だろう。つまり、清衡政権が安定期に入ったからこそ、自らの立場の正当性を主張するメッセージ性は必要性が薄くなったのであり、むしろそのことを巧妙に隠蔽する方向に動いたと考えられる。

『古事談』一七五話（第二—七六話）、『十訓抄』第六—三三話に、宇治大納言隆国の三男である大納言「俊明卿」が〝丈六の仏〟を作るという情報が入ったので、「薄の料」として清衡が奥州の金を俊明に送ったが、俊明はこれを受け取らなかったという話がある。その理由は「清衡、王地を押領せしめて、只今謀反すべき者なり。其の時は追討使を遣すべき由定め申すべきなり。仍りて之れを請くべからず」というものであった。この話から、都側の認識として清衡を、勢力拡張のあまり謀反が疑われるほどの危険人物とする見方があったことがわかる。説話集に収められた話であることを差し引いても、都側が脅威を感じるほどの清衡の権勢の強さを物語った逸話であるということはいえよう。

一世紀ほどのちの説話集ではあるが、一定程度は、清衡像の真相ないしはある一面を伝えた説話だと考えられる〔その根拠は野中（二〇一四）で述べた〕。日本古典文学大系『古事談　続古事談』は、中尊寺大長寿院（経蔵）を建立した嘉祥二年（一一〇七）頃に清衡（五四歳）が都に金を送ったのではないかという高橋富雄（一九五八）説を採っている。この話の時代設定は、清衡政権が「只今謀反すべき者」として都から警戒されていたことを伝えたものと考えてよい。折しも二年前の一一〇五年は、藤原清衡が中尊寺の再興を始動させた年であるし、清衡が「出羽陸奥両国大主」と呼ばれた年でもある。清衡政権がこの時期にすでに強大化していて、中央から畏れられるようになり、今度は〝賢く生きること〟が求められるようになった時期にさしかかったのだろう。

九　第三次『陸奥話記』と第二次『後三年記』の成立
――さらに韜晦重視を強めた一一二四年ごろ――

第二次『陸奥話記』を元にして、冒頭部（5）・評（95）・自序（96）、それに行間に観念的描写を加える程度のシモフリ的追補がなされ、現在みられる第三次『陸奥話記』が成立した。第三次の改変は、第二次と同一人物の想像力・構想力とは考えにくい別人の手によっており、第一次・第二次を大江匡房、第三次を藤原敦光と推定した。敦光の生没年は、康平六年（一〇六三）～天養元年（一一四四）で、『中尊寺供養願文』の起草者として知られる。彼の陸奥国滞在の記録は残されていないが、その願文起草のころは陸奥国にいたのではないだろうか。

『中右記』保安元年（一一二〇）六月十七日条、二十四日条には清衡が小泉荘〔大石直正（二〇〇一）によれば「越後国小泉庄」〕をめぐって訴えられたことが記されている。結果として清衡は無実であったらしいが、この記事は摩擦が起こる経緯のほうが重要である。争論の発端は、朝廷側らしき兼元丸という人物が「小泉荘定使」として「去年冬」に

「窃」かに小泉荘に下向し、「種々の物」を横領した一件である。「定使」とは、「荘園・公領で年貢・公事の徴収、検断のために現地に派遣される者」（『荘園史用語辞典』）。これに対抗する清衡には、「殿下」（藤原忠実）が付いていて、忠実の「御厩舎人兼友」が「清衡の使」と一緒に陳弁に参じている。小泉荘成立の背景に〈藤原忠実―清衡ライン〉の結束の強さを窺い知ることができ、これを切り崩すために朝廷側は「定使」である兼元丸でさえ、**「窃」かに現地に下向して工作活動をしなければならなかった**ということだろう。この状況から、朝廷側が焦燥感を抱くほど、あるいは合法的な方法では太刀打ちできないと感じるほど、清衡の体制が固まってきていると読み取ることができそうだ。清衡は、政治力で勝利するような人物であったらしい。

この時代状況は、物語の実体作者をさらに韜晦させる必要が出て来たことを示唆している。漢文体の『陸奥話記』と『後三年記』が並んでいると誰もがその策謀や誘導性に気づく。ゆえに、一方で『後三年記』を漢文訓読文体にしつつそこに和文的な逸話をいくつか後補し、もう一方で『陸奥話記』に5や95のような著しく源氏を称賛した言辞をちりばめ、成立圏が「千里の外」（96）であるかのような偽装表現も加えて改変をほどこしたのだろう。

第二次『後三年記』の成立を一一二〇～二七年と推定し、その中でも中尊寺金色堂落慶供養の行われた天治元年（一一二四）をもっとも蓋然性の高い年だと考えた（前著）。同じ指向、同じ目的（両書の関係を引き離し成立圏を韜晦するという）に支えられた変容を遂げているのであるから、この時に第三次の『陸奥話記』も成立したと考えてよい。

十　〈義家突出層〉から〈義家義綱併記層〉への重層化

以上で、一〇六四～一一二四年ごろの約六〇年間に及ぶ前九年合戦の物語の流動と展開について、現段階で想定しうるプロセスを説明し終えた。この節では、これらと少し違う角度であるが、源義家の弟義綱に着目し、彼の扱いが重層化していることを指摘したい。

黄海合戦で頼義勢が大敗した際、七騎武者ならぬ六騎武者が頼義を守ったとする部分は、『陸奥話記』にはあるが『扶桑略記』にはなく、文脈上の違和感からも後次的だといえる。六騎武者は、頼義を除くと「長男義家・修理少進藤原景通・大宅光任・清原貞広・藤原範季・同じく則明」であった（「則明等」とあって実際には七騎どころか六騎でさえないのだが）。この中に義家の弟である義綱の名が入っていないのは、不自然である。そもそも、『陸奥話記』の中で義綱の登場箇所を点検すると、【表29】のように三書の中では『陸奥話記』がもっとも多い。流れをつかんだ言い方をすると、**『扶桑略記』では論功行賞に名前が出るのみであったのに、その後、徐々に義綱の存在感が増す方向に成長しているといえる。これは、〈義家突出層〉の上に〈義家義綱併記層〉が覆いかぶさってきたことを示している。**

【表29　関係三書における源義綱の登場箇所】

	『扶桑略記』	『今昔』前九年話（第一次『陸奥話記』相当）	『陸奥話記』（第二・三次相当）
①登場・紹介	×	頼時追討の出発で（6）	直方女との結婚話で（5）
②義家とともに奮戦	×	仲村合戦譚で（54）	仲村合戦譚で（54）
③義家に次ぐ弓勢	×	×	義家弓勢譚の末尾で（88）
④論功行賞	○	○（94）	○（94）

ただし、〈義家義綱併記層〉とは言っても、義家と義綱が対等になったわけではない。③の末尾に「義綱の驍勇・騎射も又其の兄に亜《つ》ぐ」と付け足されているように、義綱の名は取って付けられたようなのである。鎧三領を射貫くほど巨大化した義家像を語りながらも、義綱とのバランスも取らねばと思うような意識が存在している。これらのことからも、〈義家突出層〉が先出的で、〈義家義綱併記層〉は後次的だとみてよい。巨大化・英雄化のゆきすぎた義家像中心の物語にリアリティを付与する方向に引き戻すためというよりも、出すぎた義家像を押さえるために義綱の名

が最終的に投入されたのだろう。

このことを踏まえたうえで黄海合戦六騎武者での義綱不在問題を位置づけると、そこに義綱の名が入っていない始原的段階（義家のみを神話化する時期）は、この話が〈義家突出層〉の時代（一〇七五～八〇年ごろ）に形成されたと推測させるものである。

一〇八一年ごろは義家・義綱が揃って白河帝の御幸に供奉していた（『水左記』）が、この時期の源氏人気はやはり義家中心であって、義綱は従属的であったようだ。この時のことを記した『続古事談』一六七話（巻五―四八話）も義家の行動にのみ注目した説話で、義綱は出てこない。永保元年（一〇八一）十月より五か月前の四月二十七日、義家が石清水八幡宮への奉幣使すなわち勅使として参詣している。この事実は、延暦寺と園城寺の抗争が激化する以前から、義家（石清水担当の奉幣使、四二歳、従五位下か従五位上あたり前下野守）が武力以外の側面ですでに参議藤原公房（下賀茂社担当の奉幣使、五二歳、正三位左京太夫）と釣り合うほどの格を有していたことを示している。義家の知名度や名声は前九年合戦の戦功のみに留まったのではなく、その後訪れた頻繁な石清水行幸の随行者としても継続していたと考えられる。このように、義家・義綱が並び立っていたということはなく、義家の人気が第一であって義綱はそれに吊られていたのだろうと推測できる〔以上、野中（二〇一三）〕。

いわば人気の序列があったと考えるわけだが、これを裏づける史料もある。『百練抄』寛治五年（一〇九一）六月十二日条の義家・義綱合戦と呼ばれる記事である。それによると、「諸国百姓」が「田畠公験」の「好ミテ」すなわち自主的な寄進という形をとって義家の軍事力を支援していたということだ。それから一一か月後の『後二条師通記』寛治六年（一〇九二）五月十二日条によれば、一年足らずの間に「諸国」から寄進された「庄園」が朝廷に危機感を抱かせるほどの量に達している。この一一か月を挟む点と点は、「諸国」の「田畠」「庄園」が「義家」に寄進されたという文脈で繋がる。すなわちこれは、義家人気の世論とでも呼ぶべきものが沸騰している世相を感じ取らねばならない表現だろう〔野中（二〇一三）〕。後三年合戦は私戦とされたのだが（一〇八七年末）、公的な評価と裏腹に巷では義家像の美化・巨大化が進んでいたとみてよい。義綱は後三年合戦に従軍しておらず、在京していたようなのだが、この時期に兄弟の世評は大きく差が付いていたらしい。

義綱が英雄になりそこねていたことを示唆する事件が、もう一つある。陸奥守であった義綱が出羽国の乱人である平師妙・師季父子を討ちとって「入洛」するという一件があった〔『後二条師通記』寛治八年（一〇九四）三月八日条〕。その際、長元擾乱《じょうらん》（平忠常の乱）や前九年合戦の時と同じように、京中の貴賤上下が首の入洛をこぞって見物しているのだが、それは首を見ることが目的であって、義綱を称賛する意識によるものではなかったと考えられる。なぜならば、この騒乱が前年六月に起こったころ〔『後二条師通記』同条および前年六月十八日条〕には義綱はまだ京にいて、藤別当という郎等を出羽国に派遣して乱人を討たせたからである。

義家・義綱合戦から一三年後の長治元年（一一〇四）十月三十日、義家・義綱の兄弟が揃って在京の延暦寺悪僧を追捕している〔『殿暦』『中右記』〕ので、そのころにようやく一〇八一年ごろの兄弟並び立つ姿（仲直り）が復活したのだということが知られる。

ここであらためて義家・義綱の関係を整理してみると、次のようになる。

一〇七五～八三年……源氏の急速な台頭期。義家が主で義綱は従。
一〇八三～八七年……後三年合戦に義綱は従軍しなかった。
一〇九一～九二年……義家に人気が集中する。しかし政治的には義家の不遇期。
一〇九四年…………義綱に一時的に注目が集まる。義家の不遇期続く。
一一〇四年…………義家と義綱の並列が復活した。

以上を踏まえて、『陸奥話記』の形成過程の問題に戻る。前掲**【表29】**の①～④のうち、①と④は後次的な〈義家義綱併記層〉である。その時点で、先行成立していた〈義家突出層〉の②や③に義綱の名を添えたと考えるのが合理的だろう。そう考えてこそ②や③の義綱の名が取って付けられたような様相を呈していることの説明がつく。黄海合戦譚の〈義家突出層〉は一〇七五～八三年を中心とする時期（第二次『奥州合戦記』と『扶桑略記』との間の時期）、〈義家義綱併記層〉は一一〇四年を中心とする時期（第二次『陸奥話記』の成立期）と考えることができる。

第一次『奥州合戦記』ではさほどでもなかった義家像だが、それが成立してから第二次『奥州合戦記』が成立するまでの間に、義家像ばかりが突出する（神話的な）黄海合戦譚前半（19～21・23）や義家弓勢譚（83・87）が発生している。次に、第一次『陸奥話記』（『今昔』前九年話の原話）の時代が訪れる。【表29】のように、一時代前までは④しかなかった義綱の記述が、『今昔』前九年話では一気に増えている。義家像の英雄化が進んだ前代を受けて、義家サイドへの偏向を矯正するために義綱の存在を出してきたのだろう。

これまで、第二次『奥州合戦記』や『扶桑略記』を親源氏、第一次『陸奥話記』（『今昔』前九年話の原話）や第二次『陸奥話記』を反源氏と位置づけてきたが、親源氏派のシンボルが義家であったので、反源氏派が弟の義綱を担ぎ上げたということだろう。そういう意味では、親源氏・反源氏という言い方は正しくなく、**親義家・反義家**というのが正確なところなのかもしれない。

十一　おわりに――物語と物語のいくさ――

清衡の生涯を通覧すると、**一〇九二年（三九歳）ごろは奥羽両国にまたがる覇権の確立期でまだ紛争中であったのに、一一〇五年（五二歳）ごろになると「出羽陸奥両国の大主」と呼ばれるほどに政権の安定化が進んで中尊寺の再興に着手しており、一一〇七年（五四歳）ごろの清衡は一部から「横領」「謀反」と見なされ危険視されるほどに威勢**

が拡大していて、一一二〇年（六七歳）**頃には藤原忠実との連携強化という政治力が奏功して体制が確立し、一一二七年**（七三歳）**頃にはすでに国司数代にわたって清衡には手が出せない状況になっていた**（『中右記』大治二年（一一二七）十二月二十五日条）とみることができる（清衡の年齢は『中右記』目録の大治三年七月二十九日条に依拠したもの）。このような清衡政権の成立過程が、『陸奥話記』の変容に深く結びついている。

前九年合戦の歴史認識が二系統に分裂して互いにせめぎ合っていた一〇六〇年代後半から一一二〇年代までの状況を諸本論的に総括すると、**始源にあった第一次『奥州合戦記』は、離《り》源氏という程度のソフトな立ち位置で成立したものであったが、そこから親源氏・反源氏の双方へ枝分かれした。親源氏的なのが第二次『奥州合戦記』、『扶桑略記』であり、離源氏的・反源氏的なのが第一次『奥州合戦記』、『今昔』前九年話、第一次〜第三次の『陸奥話記』である。**ただしそれは同時並行的な進行ではなく、**離源氏→親源氏→反源氏→韜晦という時代のうねりを体現した動向**であった。**テクストの見え方としては、〈オオヤケ化〉→〈源氏化〉→〈清原化〉→〈平泉藤原化〉と動いた**ということだ。後三条・白河期に行われたかなり強引な歴史捏造が反発を生み、次なる不幸を生み出したようでもある。そのことが後三年合戦の泥沼化にも影響している。戦争は、戦闘の期間だけに留まるものではなく、戦後においても、物語と物語のいくさ（歴史認識の闘争）を生じさせてしまったのである。時代が変わって『陸奥話記』が成立した一二世紀初頭は、もはや前九年合戦・後三年合戦の歴史がしだいに風化し始め、かつてのように目くじらを立てねばならないほどの反源氏ではありえなくなっていた。第二次や第三次の『陸奥話記』の成立は、二系統に分裂してしまった歴史叙述を再び統合しようとした営為のように見える。『陸奥話記』のそのような融合的様態は、怨親《おんしん》平等《びょうどう》の観点から中尊寺で敵味方の戦死者を供養した藤原清衡の人物像と重なるものともいえる。

これは論者の推測になるが、藤原清衡は、天治元年（一一二四）の中尊寺落慶供養に、奥羽の平和の願いを込めた『陸奥話記』『後三年記』の完成稿（第三次『陸奥話記』・第二次『後三年記』）をひそかに供えたのではないだろうか。

文献

大石直正（二〇〇一）『奥州藤原氏の時代』東京：吉川弘文館

佐倉由泰（二〇〇三）「『陸奥話記』とはいかなる「鎮定記」か」「東北大学文学研究科研究年報」53号

高橋富雄（一九五八）『奥州藤原氏四代』東京：吉川弘文館／新装版一九八七

野中哲照（一九九七）「〈構想〉の発生」「国文学研究」122集

野中哲照（二〇一三）「河内源氏の台頭と石清水八幡宮――『陸奥話記』『後三年記』成立前後の時代背景――」「鹿児島国際大学国際文化学部論集」14巻3号

野中哲照（二〇一四）「後三年の戦後を読む――吉彦一族の滅亡と寛治六年清衡合戦――」「鹿児島国際大学大学院学術論集」5集

第二十章　『陸奥話記』は史料として使えるか

――指向主義の始動――

本章の要旨

虚構が発生するには、実体の側にそれなりの原因がある。実体と虚構との関係性・連続性に着目すれば、同時代史資料がほとんど残存していない事件についても、その後に発生した虚構の質と変容のプロセスを解明することによって、その道筋を淵源のほうに遡る方向に事実の側のありようが推測できる。

事実から虚構（物語）への変容プロセスを分析する際には、われわれが研究対象として向き合っている言語表象が不完全なものであることを十分に認識し、それを補完する時代・環境・周辺状況の知識などを総合したところの、意味（指向）のほうを重視すべきである。また、人間も社会も時間とともに移り変わってゆくゆえに、その動態性に対応しうる指向という概念がますます必要になる。われわれはテクストからさまざまな指向を読み取り、それらを構造化することによって、物語の成り立ち（形成と構造）を明らかにすることができる。

この考えの前提として、テクストを動態的な流れの中の一点と捉え、〈そこに至る変容の痕跡と、それ以降の次なる姿（異本）に向けての変容の可能性を同時に内包している〉と考える。実体を切り離すのではなく、成り立ちの論の外縁にそれを置くことによって、一個の作者によって成立した物語でも、あるいは軍記のように長い年月をかけて複数の人間が関与して形成された物語でも、同じように成り立ちを論じることができる。また、物語の成り立ちを明らかにするためには、テクストの表現と、それを支えている指向（誰の、どのような意図か）と、その指向を根底から支えている時代相とを串刺し的に連動させて考える必要がある。

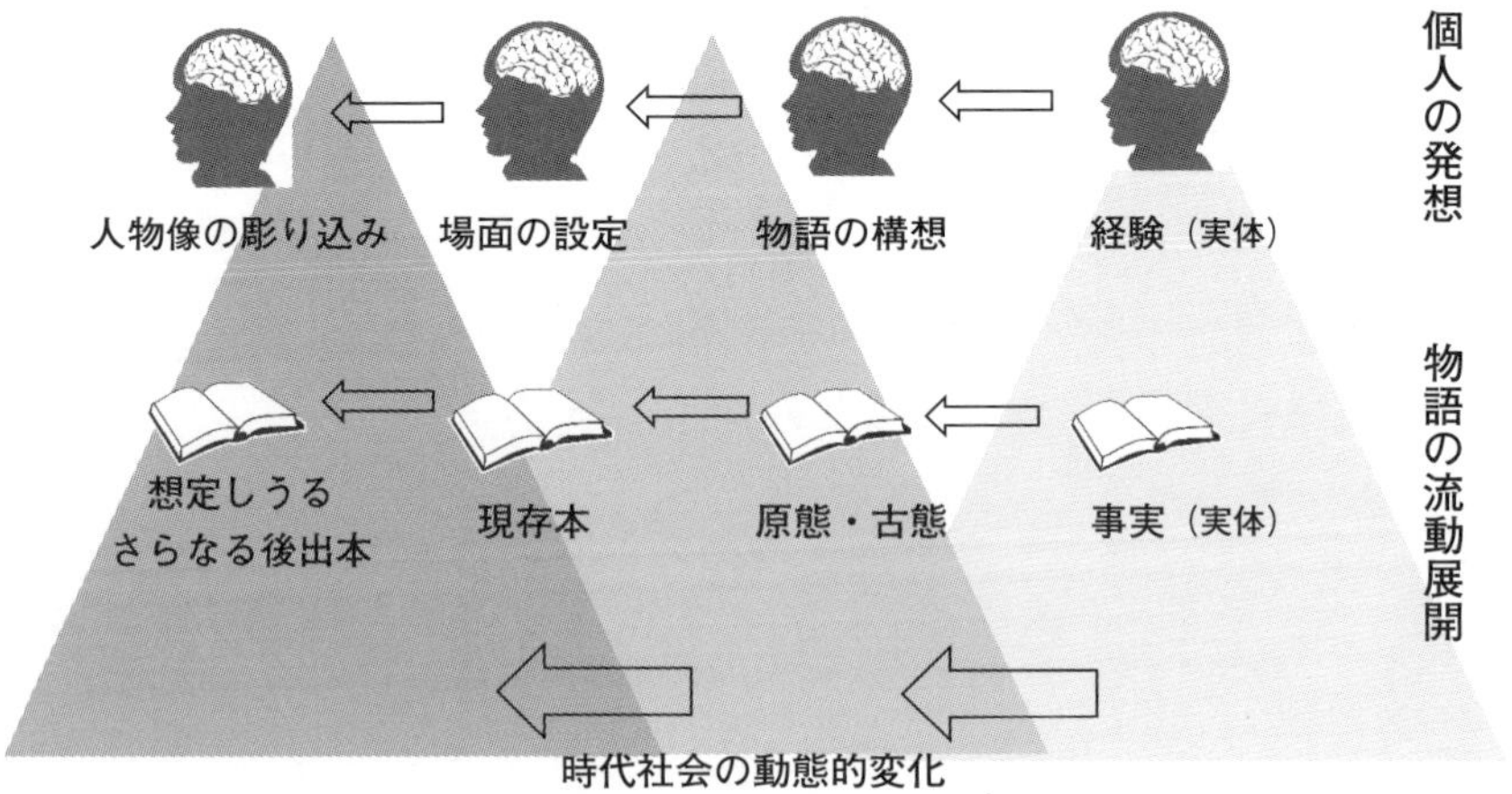

一　問題の所在

「はじめに」で述べたように、本書は前九年合戦の実相を解明する歴史学的方向と『陸奥話記』の成り立ち〔形成と構造〕を解明する文学研究的方向との両方を含んでいる。図書館の分類（NDC）でいうと、2類〔歴史〕の内容と9類〔文学〕の内容が混在しているというわけである。

これまで『陸奥話記』の史料的価値は、編纂史書『扶桑略記』と同文的な記事を含むことによって裏づけられてきた。ところが『扶桑略記』に虚構性が混じっていることが明らかになり、その道づれで『陸奥話記』の史実性も危うくなったのである。相対的に、これまで史料的価値などまったくないと考えられてきた『今昔物語集』にそれが伏在していることも、本書で指摘した。

歴史の実体も物語の成立も同時に解明するという、本書のこのような不可思議な構成は、論者がメタ歴史学〔動態性を顧慮した人文学〕の構築を提唱していること〔野中（二〇一四b）〕や、指向を読み解くことの大切さを説いていること〔野中（二〇一六）〕と深く結びついている。学説の妥当性そのものも大切なことだが、研究にたいしてどのように向き合うかという姿勢は、根本的な問題である。それに、論者の思考回路、もっといえば研究者としての手の内を若い研究者のために記し残すことも今後の進展に寄与するところのあるものと考え、本章を設けることとした。

二　歴史と物語との往還という発想――虚実論の限界――

歴史学の研究者が、おもに『平家物語』を素材として、いかにそこに虚構が満ちあふれているかを指摘する書がいくつかある。これを虚実論と呼ぼう。それらに共通する姿勢は、虚構を**有害なもの**と考え、それを剝ぐことによって歴史の実体に肉薄できるというものである。歴史学者ゆえ歴史の実体に関心があるのは当然のことだが、歴史〈実体〉と虚構とを二項対立的な硬直したまなざしで捉えていることに大きな問題があるし、虚構を剝ぎさえすれば実体にたどり着けるという安易な姿勢にも問題がある。そもそも、虚構には多様なレヴェルがあるし、実体の把握の仕方にも必ず主観が混じる〔野中（二〇〇四）〕。虚構は有害なものなのではなく、人間が何か対象物〈人でも事件でも〉を把握して表現しようとする際には逃れがたい、**宿命的なもの**である。

そして、火の無いところに煙は立たない。すなわち、ある種の虚構が発生するには実体の側にそれなりの原因がある。(1) 歴史的実体と物語との間に、連続性を認めるものである。

（1）ここが一般的な認識論〈メタヒストリーを含む〉と異なるところ。ふつうの認識論は認識する人間の側に主体を置いて考察されるが、論者の考えは、人間〈認知する存在としての人間〉を個的な存在と考えずメタレヴェルのものとして抽象化・普遍化し、周囲の存在から影響を受ける人間一般とみる。古代人が天地自然を仰いだ感覚〈畏怖や感謝〉は普遍化しうるものだろう。〝読み〟の問題に絡めていうと、テクストの側から発信されるメッセージ〈指向〉の存在を認め、それを受けとめる際に一定の主観の幅が生じるものの、大半は普遍化しうるとみる。基本的には認識論の側に立つが、存在論との懸け橋を意識したものである。

保元合戦でいえば、歴史の実体としては拮抗する二大勢力〈後白河方と崇徳方〉の対立という構図ではなく、後白河方が崇徳院と藤原頼長を一方的に排除したものであった。忠通と頼長の対立があったのは事実だが、それもけっして対等ではありえなかった。後白河一派が〝天皇方〟として絶対的に優位な公権性を帯びていたのである。それに歯向かう者は、逆賊でしかなかったはずだ。後白河方が気に食わない崇徳方を一方的につぶしたという**理不尽な実相**が後白河方への反感と崇徳院方への**同情を生み**、『保元物語』の世界で為義・長息・幼息・北の方らの最期譚、為朝らの活躍を発生させることになった。前九年合戦でも源頼義の**一方的で強引な安倍氏追討という事実が**、『今昔』前九年話や『陸奥話記』にみえる**反源氏感情を生んだ**のであった。そのような意味で、火（事実）のあるところに煙（物語）が立ったのである。

その煙は濃淡が均質的なものではなく、当初は薄いものであったが徐々に濃いものに変化したり屈折したりしている。そこには連続的な変容の軌跡もあって、虚と実の二元論で説明できるようなものではない。[2]

（2）本書第六章も「虚実」と題した論だが、これは虚を剥がして実に向かおうとしたものではなく、虚も実も、そして実から虚に向かう指向も明らかにしたものである。

そして、**同時代史資料がほとんど残存していないような事件についても、その後に発生した虚構の質と変容のプロセスを解明すれば、その道筋を淵源のほうに遡ることによって、事実の側のありようが推測できる。**『保元物語の成立』四〇五頁で示した図と同じような捉えかたでよいのだが、従来の歴史学のように虚構を排除しながら事実に接近しようとするよりも、事実から虚構への遠心的なヴェクトルを認識すれば、事実も虚構もその間の変容過程も含めて、同時に見抜くことができる。『後三年記の成立』三二四頁で、「わかる時には、〝事実〟も〝物語〟も両方わかる」と述べたのは、このようなことである。それゆえにこそ、文学だの歴史学だの縄張りに拘泥することなく、文学研究者が歴史の実相を措定するまなざしを持ち、歴史学者が虚構の質やその変容過程にも考えを及ぼす必要があるのだ。それが、メタ歴史学（動態性を顧慮した人文学）である。

三　指向への着眼――言語表象の相対化と社会現象の動態性への顧慮――

警察官から職務質問を受けているさなかに逃走した人物がいるとする。それは、やましいことをしているからである、と察するのがふつうの感覚だろう。証拠はなくとも、何らかの違法行為を犯しているに違いない、と考える。**警察官から逃げたいという指向自体が、見えない犯罪**（**ヴェクトルの起点＝事実**）**を摘出する契機になりうるし、防犯カメラのない経路を警察官から離れる方向で逃走したというその後のゆくえ**（**ヴェクトルの終点＝物語**）**も推測できる**のである。[(3)] それが、指向への着眼ということである。

（3）罪を犯していないのに警察官をからかうために逃走した場合もあるという穿った見方も可能だが、その時に限っては窃盗などがなかったとしても、警察官をからかおうとする屈折した心理から、過去のネガティヴな履歴があぶりだされる。

唐突なことをいうようだが、文学研究に携わっているわれわれは、じつは表現を読み取っているのでもなく言葉を解釈しているのでもない。**表現や言葉という表象の背後にある意思・意図・願望・欲求など**（**これらが指向**）**を読み取っている**のである。そもそも言語表象（文字・音声）というものは、安定的なものでも神聖なものでもない。

わかりやすい例を挙げる。論者の祖父は九六歳の最期まで認知症を患うことはなかったが、日常会話で言葉が出ない傾向が顕著であった。たとえばＴＶの歌謡番組を見ていて、祖父が、「あの〜、なんじゃ〜、この〜なにが〜、あして〜、こうしたんじゃら」と言う。まともな言葉にはなっていないのだが、横にいる娘（論者の母）が、「ああそうですね。この歌手の娘がこのあいだ結婚して、ハワイで式を挙げたんでしたね」などと応じる。祖父がうなずくことによって、娘の解釈が間違っていなかったことを周囲も知る。**不完全な言語でも、**不思議なことに会話が成立していたのである。祖父の知識や興味関心の範囲、このＴＶ番組を観ている状況で言いそうな発言のパターン（過去の履歴からの類推）を熟知していて、そのうえで眼前での祖父が発した語数や目つき顔つきも含めて総合すれば、〝だいたいこのようなことを言いたいのだろう〟と察しがつく。平たい言いかたをすれば、祖父のハートを読んでいるのである。

ボディ・ランゲージも似たようなもので、〝語学力がなくても気合を入れて身振り手振りすれば留学先でも言葉は通じる〃などと豪語する猛者《もさ》もいる。その場合の「言葉は通じる」とは、正確に言えば言語が意味を媒介するものとして機能しているということではなく、**言いたいこと**（心、つまり指向）が相手に通じているに過ぎない。

　ということは、われわれは**言語表象というものを、その発信者の指向をこちらに向かって伝達するための不完全な道具に過ぎないものとして相対化しなければならない**ことになる。そこまで言語表象を相対化してよいはずはないとの猛烈な反論が、言語学から寄せられるだろう。論者の言い分をまっすぐに受け止めれば、言語は固定化したものでも絶対視してよいものでもなく、研究対象とするのさえ危ういということになってしまうからだ。たしかに、言語が社会的なコミュニケーションのツールとして機能しているということは、信頼に足るコードなりルールなりに裏打ちもされたものなのだろう。しかし、われわれの会話は、本当の意味で成立しているのだろうか。言語が、意思伝達のツールとして機能しているというのは、われわれの幻想なのではないか。なんとなく八割・九割ほどわかったつもりで〃会話の成立〃だとしているのではないか。かなりの割合で、誤解や温度差の相違を生じつつ、きわどい線で通用しているのではないか。わかった気になって、日常生活を送っているのではないか。企業の人事担当が求人の際に重視する項目として「コミュニケーション能力の高い人」を毎年のように挙げているが、それをいうのは「若者とコミュニケーションが成り立たない」という苦い経験を経ているからなのではないか。

　もし真の意味で言語が正しく機能しているのなら、世の中にこれほど誤解が蔓延し、「言った」「言わない」の論争が起こったり、「こんなはずじゃなかった」などという民事裁判も起こったりしないはずだろう。**大切なのは、言語表象そのものではなく、それを含みつつも不完全性を補完する時代・環境・周辺状況の知識などを総合したところの、意味（指向）のほうだろう**。要するに、言いたいことが伝わりさえすれば、いわゆる言語表象でなくても、ペンを落とせばお茶を入れてもらえるようなサイン（合図）であっても構わないわけである。

　言語表象の不安定性を突き詰めると、テクストとは何ぞや（言語学においては言語とは何か）という問題に行き当たる。テクストは、もちろん紙の上に載っている墨の模様のことではない。料紙や筆跡を含みつつも、そこから読み取った指向の集合体（表現主体の言いたいことの総体）も含めた抽象的な存在である。文字から意味を読み取ることがなければ、典籍はただの物体である。われわれはこれまで実体のある現物を〝古典籍〃などと言って不可侵の存在であるかのように神聖視し、ニゴリやヨゴレまで含めて、つまり**不完全なのにその不完全性を認めようとせずに向き合ってきた**のではないか。論者の祖父との会話のように、〝要するに何が言いたいのか〃ということが重要なのだろう。その「〜たい」の部分が、指向である。繰り返すが、**大切なのは言語ではなく、その向こうにある人間の思い（指向）のほうである。**(4)

（4）論者の言う「指向」に近い用語に、現象学（ハイデッガーやフッサール）の「志向性」がある。それらは、現象を認識し把握する人間の側に視座を置いた自己原点的なものである。つまり、自分側から向こうにむけて発信される「志向性」である。それにたいして論者の言う「指向」は、実体側から発信されるものであることを否定しないものの、われわれによって読み取られるというひと呼吸を置いた「指向」という考え方である。矢印の起点ではなく終点（先端）の側にあってそれの力強さや大きさを受け止めるものである。認識論であるには違いないのだが、存在（発信源）を視野に入れた認識論である。ゆえに強い自我を想起させる「志」の文字はふさわしくないので、できるだけ抽象化した「指」の文字を用いる。また、現象学の「志向性」の英語表記は intentionalness だが、論者の言う「指向」はさほど意図的・意識的なものではなく無意識的なものも含むので vector（ヴェクトル）に近い。よって、指向主義の英訳は vectorism（ヴェクトリズム）とでもなろうか。ポスト構造主義は構造主義の静態的・記号的な解釈に疑問を呈したが、そのような相対化に留まるのでなく、記号に指向（動態的で不安定な）を対応させるところまで突き詰めるべきだったのではないか。

村を焼き尽くす火山の大噴火が起これば、人々は恐怖を感じ、そこからの逃走を試み、生存を安定させようとする。その次には、体験を語り伝えようとする。そのような〝こわい・にげたい・生きたい・伝えたい〃が指向である。世の中のほうが、よほど進んでいる。化粧品などさまざまな商品のマーケティングで、「この商品には訴求力がある」などという言いかたが、はやり始めている。消費者の好感度（指向）を読み取った考え方である。商品自体が消費者に訴えかける魅力（ヴェクトル）をもっているということだろう。消費者が対象物たる商品を吟味し、主体的に購入している側面だけでなく、商品の側から買わされる側面もあると言っているようなものである。ましてやスマートフォンのように多くの人がもっていて自分も欲しくなるという状況（社会心理）が周辺に満ちあふれていることを考えれば、主体と客体の関係を分析するような二元論的発想では追いつかないことがわかる。個人の意思だけでなく、社会認識や事件や対象から受ける衝撃や刺激の大きさまで考慮しなければならなくなる。そうしたときに有効なのが、それらのヴェクトルを個人・社会、大・小、強・弱、全体・部分と区別することなく「指向」の語でひっくるめてわれわれに向かって働きかけているさまを説明することなのである。

さて、言語学からの反論を想定したように、言語表象を無意味なものとして完全に相対化しきることはできない。われわれは現実にそれに依存してコミュニケーションをとっているからである。しかし一方で、上述のように誤解を含んだまま通用しているのも、事実だろう。完全にはわかっていないのに、わかったような気になってその場をやり過ごしているのが、現実なのではないか。本を読めたような気になっていても、じつは多くの誤解を含みながら筆者の意図を十分に汲んだつもりで過ごしているのではないか。そのことにたいする恐れや懸念を、言語学はどう処理するのだろうか。(5)

（5）　西洋哲学的な発想がおしなべて孕む問題だと思うが、人間の周囲に存在するものを人間と対峙するものとして対象化しすぎる。これは、自他の境界意識や対立意識の強さがもたらす、ある種の限界だろう（物心二元論を超克しえたのか疑問）。たとえばサルトルは神の存在に懐疑のまなざしを向けたが、その問題設定そのものがずれていたのではないか。神や天国が存在するか否かを問う観点には、〈働き〉の観念が欠如している。つまり、神を創造主・造物主と一義的に規定し、現実に存在している自分との関係についての思念が欠落している。たとえば、古代人のころから太陽を直接確認できない状況であっても、日差しや暖かさを通してその存在を感じてきただろう。逆に、自然災害によって人知の及ばない運命のようなものも感じてきただろう。自らを生かし、あるいは苦しめる不可視の存在を、人間は有史以前から感じてきたのである。現代の宗教的なアンケートでも、「神仏や天国・浄土の存在を信じますか」などと問いかけるものがあるが、それも、人間存在と切り離したところで即物的・観念的に神仏の存否を問うのみで、そもそも神仏がわれわれへの〈働き〉から推し量られた存在であるという観念が欠如している。思想界は、そのような西洋的な考え方と、彼我を対峙させない「生かされることによって生きている」という東洋的な考え方（仏性《ぶっしょう》論に通じる）の違いを指摘するだけでなく、相違を超克し、双方を止揚してゆく必要がある。ポイントは、〈働き〉（他と自分との関係）だろう。

研究対象とすべきなのは、周囲の具象物そのものではなく、その向こうにある、それらを生み出した人間のほうなのではないか。その際、言語も物語も絵画も、彼らのメッセージを完全に発信しえているのか、そしてわれわれは完全にそれらを受け止めえているのかということについての**懸念や留保が必要**なのではないか。ということは、**大切なことは、言語や物語や絵画を通じて、彼らが何をこちらに訴えかけようとしているのか〈指向〉を読み解くということ**だろう。野中（一九九七）で、「われわれは、テクストを相対化して〈構想〉をテクスト形成力の源として重視しようとしながらも、その不純なテクストを通してしか〈構想〉を窺い知れないというディレンマから始動しなければならないのである」と述べたのだが、それをここで援用すれば、〝われわれは言語表象をあてにしてはならないのだが、そこからメッセージを汲み取らねばならないというディレンマから始動しなければならない〟ということになる。それが、テクストに向き合う姿勢としてあるべき姿なのではないだろうか。

＊　＊

指向に着眼しなければならない理由は、言語表象の不完全性だけに求められるのではない。『保元物語の成立』最終章の第二節を「昨日の自分と今日の自分は違う」と書き始めたように、この世の中のすべての事象に動態性の宿命が認められる以上、記号論のような静態的な把握の仕方は不適切で、より柔軟に対応できる考え方が必要だからである。指向は、強くも弱くもあり、太くも細くもあり、長くも短くもある。しかも屈折したり、枝分かれしたりもする。人間と人間が生み出した社会的事象のうごめく姿（動態性）を説明するのに、これほど適切な概念・用語はない。女性が「かわいい」と言われて嬉しく思う感情の始源は、男性の関心を惹くために脳内にインプットされた生物的本能のようなもの（教育要因も大きいのだが）だったろう。しかし現代社会においては、男性から「かわいい」と言われるより女性からそう言われたほうが嬉しいなどという女性も多い。男性から言われると、下心を感じてうっとうしいともいう。女性社会という共同体における承認欲求が、異性に好かれることより優先された例である（指向の変容）。さらには、「かわいい」と言われたい気持ちだけが突出して、不特定多数の人にそう言われる立場（アイドル、モデルなど）を目指したいという女性も出てくる（指向の増幅）。また、「かわいい」と言われることへの反発（価値観のお仕着せからの脱出）から、ボーイッシュになる場合もある（指向の屈折）。おそらくは婚姻関係を成立させるために生物的生存本能と絡んで始動した、「かわいい」と言われたい指向が、その後の社会の変化の中で変容したり、本来的な意義（婚姻）を置き去りにしてそれのみが突出したり屈折したりしてきたのである。さらにまた、これらが同時並存的に重層化している場合もある（「嬉しいような嫌なような複雑な気持ち」など）。

この世に時間があるかぎり、人の心も社会の姿も時々刻々と移り変わっていく。人間と社会の本質ともいうべき動態性に真正面から向き合うことができるのが、指向だろう。野中（二〇〇四）で述べたことを、繰り返しておく。

われわれは、何のために文学を研究しているのか。文学研究によって、人間の、社会の、何が明らかになるのか。文学作品、テクストは、人間が生み出したひとつの現象である。経済学が、経済という社会現象を研究するのと本質的には変わらない。人間や社会の縮図であるはずの文学の研究において、われわれは、人間不在の研究を長年続けてきたのではなかったか。

テクストの背後にある指向を読み解いてこなかったことにたいする、自戒を含めた言葉である。

四　虚構論のイロハ…

本章第二節で、虚構は有害なものではなく宿命的なものであると述べた。論を先に進める前に、そのことについて補説しておく。指向論的なものの見方の必要性を述べるためである。

1　虚構論のイ――改変――

虚構の段階の中でもっともわかりやすいのは、事実と明らかに異なることが書かれているものである。たとえば『平家物語』では、殿下乗合《てんがののりあい》事件で松殿基房への報復を主導したのが『愚管抄』では重盛なのに『平家』では清盛に変えられているとか、平家打倒の謀議を凝らした鹿《しし》の谷の山荘が『愚管抄』では静賢法印の所有となっているのに『平家』では俊寛のものになっているとか、源頼朝の任征夷大将軍が『公卿補任』のいう建久三年（一一九二）が『平家』では寿永二年（一一八三）になっているとかいうものである。このような虚構には明瞭な意図があって、前二者は物語内での人物像（重盛像・清盛像・俊寛像）の形象に機能させようとした虚構であるし、後者では木曾義仲追討の兵を挙げる前の頼朝にその正当性を付与しようとした虚構である。このような性質の虚構については、わかりやすいので問題なかろう。

2　虚構論のロ――誇張――

次に、事実を言説化する際に、ある種のフィルターを経るという微妙な虚構がある。『陸奥話記』でいうと、安倍氏暴虐表現がそれである。前項ほど事実をまったく裏切っているのではないが、一定程度、強調・誇張したり、明瞭化したりするものである。そのような種類の虚構は、誇張や明瞭化そのものよりも、それを生み出したフィルターのほうが重要である。安倍氏を暴虐化して表現したくなる指向の根源が、どの立場のものなのかということである。もちろんこの例の場合は、源氏あるいは官軍の側に視座を置いたフィルターであって、安倍氏を暴虐の徒として描けばそれを克服した源氏の功績を称揚することになる。あるいは大津雄一（二〇〇五）の指摘するように、反逆者が大暴れして最終的に舞台から消え去ることが、刺激好みの読者のニーズに合致するからでもあろう。ということは、もう少し詰めた言いかたをすると、結果として追討されることがわかっているからこそ、物語内で安心して安倍氏を暴れさせることができるのである。つまり、表現主体のV字型構想と密接にかかわった虚構だということである〔野中（一九九七）〕。

じつは、このような誇張・明瞭化の虚構は、右の第1項の虚構と密接な関係にある。たとえば、本書で指摘した《境界性明瞭化指向》から《衣川以南増幅指向》へのエスカレートが、それである。もともと、衣川は河川として自然地理上の境界であったはずなのだが、それが後出テクストほど存在感を増し、北進する源氏にとっての障壁であるかのように表現されてゆく。いわゆる険阻表現である。それがエスカレートすると、衣川の前哨戦を欲するようになり、小松合戦譚（地名の移動）や仲村合戦譚（地名「仲村」の投入）の作為が行われて、衣川がさらに大きな山場となる。本来〈衣川以北〉であった小松合戦を〈衣川以南〉であったかのように物語内で移動させたのは、右の第1項の虚構である。

従来の歴史学が史料と比較して物語の虚構性を指摘しえたのは、右の第1項のような明らかに事実と齟齬している、わかりやすいものまでである。誇張表現は、事実と明らかに相違するようなものではないため、ほとんど無視されてきたのである。ところがいま述べたように、第2項の延長線上に第1項があって、第1項と第2項が連続的である場合も多い。にもかかわらず、第2項のような誇張表現に無頓着であるために、安倍氏の奥六郡を独立国家的なものとして解釈したり、衣川関の北と南で厳然たる差異があったかのような錯覚を生じたりしてきたのである（一二四頁）。物語の計略に、まんまと引っかかってきたというわけである。

小学校の高学年で学ぶようなごく基本的なことだが、新聞各紙を読み比べると、同じ事件でも記事の掲出面（一面か二面以下か）、見出しの大きさの差異、文字数の多少、写真の有無など取り扱いの異なることが多い。それこそ、主観のフィルターを経た強調表現や明瞭化表現の類である。右傾化ないし左傾化した新聞などとそれぞれに評されるが、そのような立ち位置やコンセプトが記事の取り扱いの差になって現れる。この一事をもってしても、**虚か実かの二元論は無力であり、公家日記との相違点がなければ問題視しなくてよいということにはならない**ということが明らかだろう。

そして、誇張表現や明瞭化は、記事の取捨選択と連動している。新聞記事でも、一つの事件を大々的に取り扱えば、そのあおりを蒙って小さな記事は不掲載となり、誰の目にも触れないまま葬り去られる。

このように、ちょっとした強調表現など軽視しがちだが、そう表現してしまうフィルターの存在に気づくと、その言説の発生源（誰の立場から発せられたのか）も見えてきて、その策謀や誘導性に恐れおののくのである。繰り返すが、**すべての言説は、誰が発したものかという観点をけっしておろそかにしてはならない**。たとえそれが不明・未解明であったとしても、**発信源を想定しながら言説を受け止める感受性は必須である**。

3　虚構論のハ――切り出し／隠蔽――

論者の高校時代の友人A君は、「中学校時代は市内で一番足が速かった」とよく自慢気に話していた。中学生で一〇〇メートルを一一秒台で走るのなら、たいしたものだろう。ところが後日、別ルートからの情報で、彼の隣の中学校に同タイムで走れるB君がいたことを知った。論者はA君・B君のどちらとも違う中学校出身だったので詳細を知らなかったのだが、A君とB君は市内大会、地区大会、県大会などでしばしば顔を合わせ、勝ったり負けたりするような拮抗した力だったらしい。そして、中学校三年生夏の最後のレースで、二人は同着の同タイムで、それが一一秒台だったということであった。A君は、自分と同タイムの選手がほかにいることを知っていて、「中学校時代は市内で一番足が速かった」と言っていたことになる。B君の存在を知りながら、隠蔽したのである。A君が一番速かったことに嘘はない（虚実二元論だと実ということになる）のだが、同タイムがもう一人いるとなると価値が全然違ってくる。「一番速かった」という表現が、突出感を含意するからだ。A君は嘘をついたわけではないのだが、自慢したいという指向によって、**事実の一部分だけを切り出して披露した**のである。

この例からわかるように、**何かを選んで表現すること自体に、すでに主観や虚構が働く宿命にある**ということである。すべての言説は、切り出したものであるし、切り出したものでしかない。しかも、無数に表現の選択肢がある中で、一個の表現が選ばれているということ自体に、必ず主観が混じる。一人称の朕、私、俺、僕、わし、おい、拙者の位相差などがよく引き合いに出される。それだけでなく、**どの立場から、何を選び、どのような表現を選択するかということそのものが、すでに虚構とは無縁ではない**のである。

4　虚構論の二――屈折――

お歳暮を相手に渡す時に、「つまらないものですが……」という。相手に好まれる品物をえりすぐった贈答品なので、贈った本人も本音では「つまらないもの」だなどとは微塵も思っていない。それなのに「つまらないもの」と言うのは、謙虚さの美徳を演出したいからである。あるいは、謙虚さの演出ではなく、ただ社会の慣習から外れたことをしたくないという安全運転指向による場合もあろう。

このような言語意識の日本における淵源は、平安貴族の辞表だろうか。菅原道真の例でいうと、彼は昌泰二年（八九九）に右大臣に任じられる際、それを辞退する旨の辞表というものを三度提出している（『本朝文粋』に同年二月二十七日付、三月四日付、三月二十八日付の辞表が収められている）。

言うまでもなく、これは劉備が諸葛亮を軍師として招請した際の〈三顧の礼〉（『三国志』）を先例とした慣習である。道真だけが特別なことをしたわけではなく、これが当時の一般だったのである。日本人のこのような屈折した言語意識を知らなければ、とんでもない読み外しをしてしまうことになる。言説を、そのまままっすぐに受け止めてしまう言語センスでは、物語の計略性に太刀打ちはできないわけである。『今鏡』『増鏡』がこれまで八〇〇年間まともに読み解かれてこなかったのも、〃言葉の裏を読む〃ということがなされてこなかったからである（野中『保元物語の成立』四〇二頁、四三〇頁、四三八頁）。〃心にもないことを書く〃ということが、現実にはあるのだ。しかもそれは、まったく不本意なことを書かされているというのでもなく、〃わかる人にはわかる〃（言葉では「つまらないものですが……」と言いながらそうではないことを相手はわかってくれる）という真意の込めかたもしているので、厄介なのである。この場合、**大切なのは言説そのものではなく、その屈折した言説をとおして表現主体が言おうとした真意**（指向）**のほうである。言説とか言語表象などというものを相対化し、その背後にある指向を重視しなければならない**という論者の主張がおわかりいただけよう。そして、その指向のありように気づくには、〃読みの力〃が必須なのである。

5　虚構論のホ――呪縛――

このことを突き詰めてゆくと、われわれは自ら主体的に言葉を選んで発信しているのかということにも、懐疑的にならざるをえなくなる。つまり、人間存在は、〈時代〉や〈環境〉と無縁ではありえず、知らず知らずのうちに自ら進んでその枠に収まろうとして発言していることが多いのではないだろうか。先述の「つまらないものですが……」

も、日本社会という〈環境〉の中に自らも収まろうとする指向による。論者の知人に、酒類はいっさい飲めないくせに、一年に一度だけ長期休暇入りした晩に夫婦で一本のビール缶を開けるという人がいる。「うまい」とも思わないのだそうだが、その行為が〝解放された気分〟にさせてくれるのだという。要するに、人まねである。若い女性がブランド品を持ちたがるのも、同じである。社会的通念や慣習の中に自ら入りたいのである。余暇に、韓国では野山を歩きたがり、日本人は南の島に行きたがり、若い人ならテーマパークに行きたがる（家でDVD映像を鑑賞したり音楽鑑賞をしたりというのもある）という類型がある。地域や世代によってそのような類型があるということは、それらに余暇としての本質的な普遍性がないことを表している。いま余暇の過ごし方の例を挙げているのは、本来自由に自らの意思で選択できるはずのことでも、われわれが〈時代〉や〈環境〉の呪縛を受けていることを示すためである。このこと自体は社会心理学で指摘されてきたことなのだが、これをわれわれの問題に引き寄せて考えたとき、**どこまでが個人の指向で、どこからが社会的なそれなのか、区別することは難しい**ということである。

6　虚構論のへ——意味づけ——

〝物語に記されている日付や地名が公家日記と齟齬していないから事実と認定してよい〟という従来型の論法には、一部の認識の欠落がある。それは、**記事の意味づけ**に関することである。

野中（二〇〇四）で述べたことだが、ティム・オブライエンの小説『僕が戦場で死んだら』（白水社、一九九〇の中野圭二訳による）は、彼がベトナム戦争でアメリカ軍の一兵卒として戦ったドキュメンタリーなのだが、そこには俯瞰的視野の欠如が顕著である。夜中の敵との銃撃戦において、どちらが優勢なのか、結果として勝ったのか負けたのかさえわからない。行軍のさなか、自分たちの現在地がわからず、襲撃した村の名前さえ知らない、とオブライエンは明かしている。それが、戦争を内側から描いた場合の実態だろう。ところが、古典の軍記でも、近代の戦争文学でも、日付や地名が先に説明され、戦況の趨勢まで解説される場合がほとんどである。もはや、物語なのである。**たとえそれが事実と反するものでないとしても、それらの俯瞰的・概括的な視点の存在自体が表現世界、すなわち〈虚の構造体〉の始動を意味する。**それらの説明的な表現が、時間的に後から付与されたことは疑いようがないのだ。当然のことながら、テクストのどの位置に日付を入れるのか、どこに地名を投入するのかということに、主観的判断が混じる。

虚構論を深めてゆけば認知論に深入りすることになるのだが、**周辺史資料と比べて一致するとかしないなどという計り方では不十分**だということは明らかだろう。ましてや、公家日記が一等史料で編纂史書が二等史料だなどという史料の等級観がどれほど危ういものであるかも明白だろう（野中（二〇一四b））。そのような余計な物差しのせいで、これまで『扶桑略記』の虚構性が見抜かれてこなかったのであるし、『陸奥話記』の研究も進まなかったのである。

五　指向を構造化する——非等価への注視——

本書第三部「『陸奥話記』の表現構造論」が〝読み〟を核として『陸奥話記』の指向を解析した部分である。そこで読み取った多様な指向は、けっして等価ではない（横並びの多様性ではない）。物語のテーマに関わるもの、枠組みに関わるもの、場面形象や人物造型に関わるものなど、さまざまである。指向の太さや強さも違えば、先に発想されたか後から加わったかの先出性・後次性も異なる。その関係を明らかにして提示すること、つまり指向を構造化することが、物語の成り立ちを解明することになる（形成と構造を同時に明らかにする論になる）。

構造化という場合の構造の概念については、野中（二〇一六）で建築物に喩えながら述べた。物語を建築物に喩えることができたのは、構造を成り立たせるための一つ一つの指向が物語の枠組、展開、場面形象、人物像などなど多様な機能を果たしていて、けっして等価ではない点が建築物と近似しているからである。建築物の構造を成り立たせている種々の部材も、基礎、根太、床板、柱、梁、天井板、屋根などとそれぞれに別々の機能を負っていて、けっして等価ではない。しかも建築物には、重力に抗するために柱によって室内空間を確保し、安心確保のために壁によって外界を遮断し、身の保全のために屋根によって雨風を避けるという目的（指向）があるのだが、それが物語の構造と近似している。

等価ではない――**これが、構造を考える際の出発点である。**漫然と眺めてはならない。読み取った個々の指向（パーツ）は、けっして等価ではないのだ。つねに物語全体の側から眺め、それぞれの指向（部分）がどのような機能を果たしているのかを考える必要がある。

　さてここで、指向への着眼を物語分析につなげてゆくために、ボクシング・ジムでのトレーニング風景の事例を比喩として挙げる。

　ボクシングのトレーニングで、パンチング・ミットを使用するものがある。選手から繰り出されるパンチを受け止める側のトレーナーは、相手が発したパンチが右フックなのか左ストレートなのか、あるいは右アッパーなのか右ジョブなのか、**パンチの種類**が目をつぶっていてもわかるという。パンチの方向、強度などから直感できるのだ。**こちらに向かってくる**パンチが、論者のいう**指向（ヴェクトル）**を喩えたものである。そして、ただ一発のパンチだけでなく、ボディーブローを二回繰り返してから右アッパーが来るパターンとか、足を使って間合いを取って引くと見せかけてカウンターに出るパターンとか、膝を使って時折しゃがみ込むような姿勢を見せたあとに右フックが来るパターンとか、そういうボクシングの展開や構成から、やはり目をつぶっていたとしても**相手**

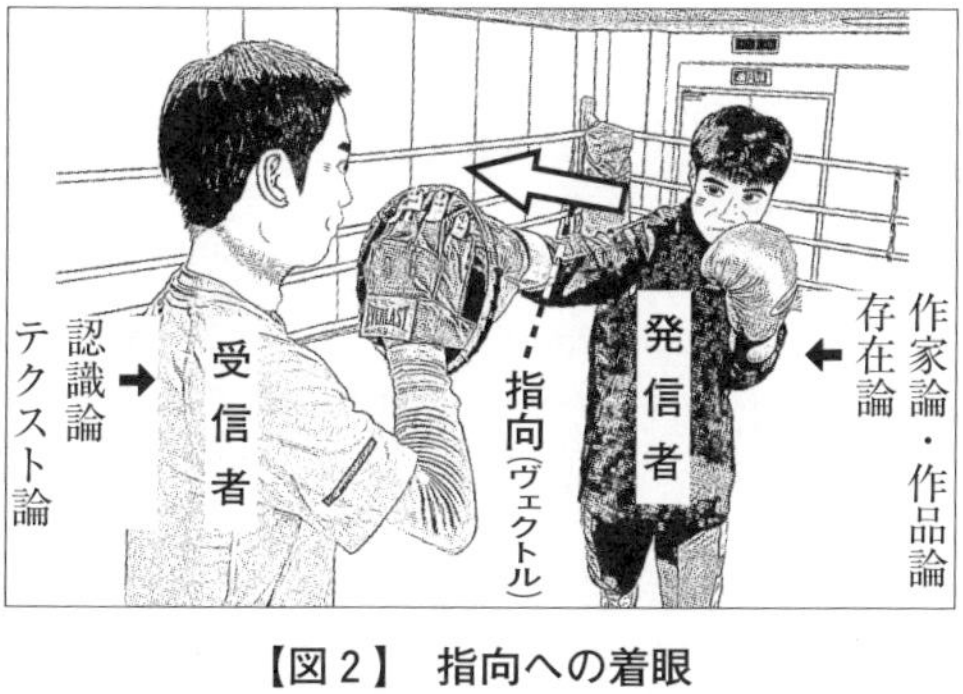

【図２】　指向への着眼
（協力：國學院大學ボクシング部）

が誰かということまでトレーナーは見抜けるのである。**指向の起点**がわかるということである。さらには、目隠しをしたトレーナーが選手の癖を熟知していれば、一分ごとに相手を三人ほど入れ替えたとしても、**相手が何人交替してそれが誰それであったか**を言い当てることができる。正確に同層認定・異層認定ができて**指向の重層化**を見抜くということだ。

論者が目指しているのは、そこである。個々の文脈の読みは、どうしても主観が付きまとうので読み外しもありうる。しかし、無限に解釈が広がる可能性があるわけでもなく、一か所の文脈につきせいぜい二、三の解釈の揺れが存する程度である。しかも、その作業をどんどん積み重ねてゆくと、全体をとおして見たときに、やはり第一の解釈が妥当であったなどと安定した結論を得ることができる。それが、同層認定ということである。そして、その層とは明らかに異なる層だと認められるものが出てくれば（異層認定できれば）、どちらの層が先出的か後次的かを吟味すればよい。こうして、**物語の構造化**（**全体についての**）**を成しえたとき、読みに依存して不安定であった個々の指向の側**（**部分についての**）**も安定する**のである。

つまり、指向の構造化はそれ自体を目的とするものではなく、指向の読み取りの不安定さの克服のための便法でしかない。構造自体は、措定したもの、暫定的なものであっても構わないわけである（思考実験に留まるものと言われるだろう）。しかし、本書第十九章で実現したように、限りなく実体に肉薄してゆくべきだとも考えている。そこまでいくと、読みや措定構造が安定するからである。『保元物語の成立』巻末の折り込み図で言うと、縦軸の鎌倉後期に「武士社会の揶揄・批判、東西対決的増幅」が発生したなどというところは多少の時期の誤差が生じても構わないわけで、それよりも、「明瞭化」「リアリティ・バランス」などと記した矢印部分（指向）のほうが重要なのである。そのことが、**『保元物語』の虚構化や変容の軌跡**を指摘したことになるからである。つまり、**歴史を読み替え続ける人間のありよう**を明らかにしたことになる。本書の折り込み図の凡例2でも、「本図は、『陸奥話記』の重層性の提示も眼目の一つであるが、それと同時に指向の変容（縦の矢印）にもご留意いただきたい」と述べたとおりである。

六　指向論の本領

不完全なるもの、変容するもの、屈折するものを分析できるのが、指向論の利点である。テクストを動態的な流れの中の一点と捉え、〈そこに至る変容の痕跡と、それ以降の次なる姿（異本）に向けての変容の可能性を同時に内包している〉と考える。それが指向論の物語観である。指向は増大も縮小もするし、屈折も枝分かれもする。そのような人間の心動きを分析する立場である。

覚一本『平家物語』から二例、その分析事例を挙げる。一例目は、巻三「赦文」の一節で、平徳子の懐妊中の苦しみを表現したところである。

> かかりし程に、中宮は月の重なるに随て、御身をくるしうせさせ給ふ。一たびゑめば百の媚ありけん漢の李夫人の、承陽殿の病のゆかもかくやとおぼえ、唐の楊貴妃、李花一枝春の雨をおび、芙蓉の風にしほれ、女郎花の露おもげなるよりも、猶いたはしき御さまなり。

一見して、「漢の李夫人」と「唐の楊貴妃」が対になっているように見えるが、対句のような語数の対応関係がまったくなく、李夫人の形容は短文で、楊貴妃のそれは長い。それに、「一笑百媚」は本来なら楊貴妃についての形容であるはずなのに（『長恨歌』）、それが李夫人のそれへとスライドしている不自然さもある。ここには異質な二種類の表現構造が潜んでいるようだ。

「漢の李夫人」のほうは一般的な漢詩の対句表現と同じで、昔と今を対照する二項対立的な発想である。これにたいして、「唐の楊貴妃」はより複雑である。開花時期の異なる三種の花を比喩として出し、しかも徳子の懐妊期間に

【表30　平徳子懐妊の形容についての二種類の表現指向】

	本来的な姿			疲労衰微の様子		
漢の李夫人	一笑百媚			→承陽殿の病のゆか	昔と今の対句的発想	→先出的
唐の楊貴妃	梨花	四月	白	**雨**をおひ	季節に沿った連続的な変化	→後次的
	芙蓉〔蓮〕	→七月	→紅	→**風**にしほれ		
	女郎花	→九月	→黄	→**露**おもげなる		

あてはまるように開花時期が現在の四月→七月→九月の花を選び（徳子が腹帯を締めたのが六月で、安徳帝の出生が十一月であるゆえの季節設定）、花の色も中宮にふさわしい高貴な白→一般的な美しい女性を喩えているであろう紅（桃色）→庶民的な色ともいえる黄（しかも女郎花は花弁も小さい）と変化するように配置している。そのうえ、徳子の様子を、雨（強い刺激）に耐える様子→風（中程度の刺激）にも萎れるさま→露（弱い刺激）でさえも重そうにしている姿というように、彼女の苦しげな様子の変化が細やかに喩えられている。端的に言えば、「漢の李夫人」についての比喩は《今昔対比指向》を旨とし、「唐の楊貴妃」のそれは《連続的変化表現指向》によって貫かれたもので、表現構造がまったく異質である（**【表30】**）。おそらく同一人物の手になるものではないといえるのだろうが、かりに一人物による改作だとしても、間に一〇年、二〇年の時間の隔たりを置かねばならないほどの違いがある。単純な二項対立の「漢の李夫人」の比喩のほうが先出的で、デリケートな表現である「唐の楊貴妃」のほうが後次的であるとみてよい。なぜならば、われわれはさまざまな物語や異本調査の中で、後出本ほど人物像を彫り込んだり、感情移入が進んだりする事例に多く出会っているからである。右の文脈はもともとは「漢の李夫人」のところに「唐の楊貴妃」とあって、『長恨歌』にあるように「一笑百媚」の表現と対応していたのだろう。ところが、後次的な層の表現をかぶせる際に、楊貴妃の名を後ろにずらし、前の空白に「漢の李夫人」を入れたのだろうと推測できる。そうして、『平家物語』の他

の部分でも《今昔対比指向》と《連続的変化表現指向》とが重層化しているところを指摘できれば、同層・異層の認定が説得力をもつことになる。

二例目は、巻三「足摺」の冒頭部分で、赦免されない俊寛が先に赦免使に出会ってしまうところである。

> 御使は丹左衛門尉基康といふ者也。舟よりあがッて、「是に都より流され給ひし丹波少将殿、法勝寺執行御房、平判官入道殿やおはする」と、声々にぞ尋ける。二人の人々は、例の熊野まうでしてなかりけり。俊寛僧都一人残ッたりけるが、是を聞、「あまりに思へば夢やらん。又天魔波旬の我心をたぶらかさんとて言ふやらん。うつゝ共覚ぬ物かな」とて、あはてふためき、はしるともなく、たをるゝ共なく、急ぎ御使のまへに走向ひ、「何事ぞ、是こそ京より流されたる俊寛よ」と名乗給へば、雑色が頸に懸けさせたる文袋より、入道相国の赦文取出いで奉る。ひらいて見れば、「〈主文〉**重科は遠流に免ず。はやく帰洛の思ひをなすべし。**〈理由〉**中宮御産の御祈によッて、非常の赦おこなはる。**〈付帯条件〉**然間鬼界が島の流人、少将成経、康頼法師赦免**」とばかりかゝれて、俊寛と云文字はなし。

四部本では使者が名を呼ぶところがなく、読み本系三本では成経しか呼ばれず、中院本・屋代本では三人の名が呼ばれるという異同がある。右の覚一本は東京大学文学部国語研究室蔵の高野本によるもので、俊寛の名（法勝寺執行御房）をいったん書いたのちにミセケチで削除した痕跡がある。異本校合で指摘できるのは、そこまでである。ここに俊寛の名が存在すべきか否かは、三人で出会うか俊寛ひとりで出会うか、「雑色」が登場するか否か、そして赦免状の文面の書き方とも緊密に連動している。

覚一本の論理では、赦されない俊寛が先に赦免使に出会ってしまうことによって〝俊寛にぬか喜びさせておいて突き落とす〟という《落差表現指向》の存在が窺える（右の李夫人の《今昔対比指向》に似ているが、それは比喩上の未熟な表現であり、ここは俊寛の悲劇を演出するための、熟成された《落差表現指向》である）。ゆえに、赦免状（ゴシック体）は、〈主文→理由→付帯条件〉の順で記されている（梶原正昭（一九九七））。付帯条件まで読んだところで、俊寛が愕然とするのである。延慶本などでは都からの言伝てが俊寛にだけ届いていない件が先に記されていて、赦免状を読む前に不吉な予感が走る流れになっている。劇的な変化がないのである。しかも、延慶本などには傍線部分「はやく帰洛の思ひをなすべし」が存在せず、覚一本のほうが〃ぬか喜び〃させておいて突き落とすという《落差表現指向》が強調されているとみることができる。

正式な使者である丹左衛門尉基康が間違えて俊寛を含めた三人の名を呼ぶはずもないので二人の名を呼ぶに留め、その場に俊寛だけがいた設定にし、いったんは〃ぬか喜び〃させる。その際、きちんと二人だけの名に限定して呼んだ基康が、「俊寛」と名乗り出た人物に間違えて赦免状を渡してしまうことはありえない。そこで、軽率にも俊寛にそれを渡してしまったこととのつじつまを合わせるために、仲介者たる「雑色」（屋代本は「御使」）の登場を必要としたのである。「雑色」が間に入ると、基康が二人の名しか呼んでいないことと、結果として俊寛が最初に赦免状を読んでしまうこととの違和感を軽減できる。罫囲みの部分は、俊寛を喜びの絶頂から悲しみのどん底に突き落とす《落差表現指向》を文脈上で具現化する際に、文脈上無理が生じそうなところに《整合性付与指向》が働いて後次的に追補されたものであると断じてよい。実際に、延慶本・中院本などではここに「雑色」は登場しないのである。このように、《落差表現指向》やそれを実現するための《整合性付与指向》が背景にあって、それらに基づいて「雑色」を投入したとすれば、ますます基康が三人の名を呼ぶことなどありえないのである。

しかし一方で、ミセケチ部分の「法勝寺執行御房」を入れようとした意識は、俊寛が「是こそ……俊寛よ」と名乗り出るからには基康によって俊寛の名も呼ばれていたのではないかとの発想が生じたからだろう。しかしその補入は、せっかく「雑色」を投入して違和感を軽減させようとした先出層の営為を、台無しにするものであった。いずれにしてもこのあたりの覚一本系統の揺れは、《落差表現指向》すなわち俊寛を〃上げておいて落とす〃ことが発想上優先され、それを無理なく実現するために後次的に《整合性付与指向》が発動したものと考えてよい。過渡的な伝本がその中間に存在したのかもしれないが、そこが現存しなくても、指向に着眼して動態的重層構造とみなす物語観なら、おおよその経路をたどることができるのである。論者が〝異本などと比較しなくても物語の成立を論じることができる〟と以前から述べているのは、このようなことである。この発想で全編を貫いたのが『保元物語の成立』であり、一部に文保本の力を借りつつも基本的には半井本『保元物語』のみの分析からその重層的構造を明らかにしたものである。

また、『保元物語の成立』四一四頁で「〈動態的重層構造〉という物の見方は、今後、室町物語や民俗学（伝承研究）に、大きな進展をもたらすのではないかと期待している」と述べた。名称こそ室町物語であるもののその一部には鎌倉期に淵源をもつ物語があったり（大東急記念文庫本『伏見常盤』など）、段階的に重層化した痕跡を残している物語があったり（『高館』など）する。判官物の展開をみてみると、義経像の貴種性が極度に増幅されたり（能の子方にみられるような没主体化へ）、俊敏なイメージが屈折したり（早業から飛翔を経て浮遊へ）している。そのような動態的な変容の様相を説明するためにこそ、指向の概念およびその構造化は必要なのである。また民俗学（伝承研究）においても、日本各地の言い伝えや祭礼が重層化して現代にもたらされていることも、論者はひしひしと感じている。おもに文献史学で議論されてきた八幡神の問題にしても、大隅正八幡と宇佐八幡の本家論争はどちらが正しいなどという考え方ではなく、縄文時代的な南島系の八幡像の上に弥生時代的な朝鮮半島系のそれが重層化していることも、すでにみえている。**屈折し、変容し、重層化する動態的な文化的事象**（物語を含む）**を説明できるのが、指向論の本領である。**

論者が強く言いたいのは、**物語**（神話・伝承を含む）**の作り手たちの思考回路に肉薄してゆこうと**いうことである。いわゆる増補論・成立順序論ではなく、人間の多様な指向（思考）には必ず本源的なものとそうでないもの、先出的なものと後次的なもの、強いものと弱いものなどの位相差があって、**けっして等価ではない**ということである。**なまみの人間が、二つのことを同時に発想することなどありえない**からである。その違和感へのデリカシーを持つ必要があるのではないか。そして、物語から解読しうる多様な指向を構造化すれば、**テクスト論から発想する成立論が可能になる。何のためのどのような性質の指向なのか**を考えぬく必要があるのではないか。それを可能にするのが、指向論である。

野中（二〇一六）でも述べたように、異質な指向の発生源が、同一作者の心変わりによるものなのか、別の改作者が関与したのかなどという実体は、構造の外縁において後から考え意味づければよいことである。いわゆる実体的な成立論に短絡させないが無視もしない、あくまでも〝テクスト論の側からの成立論（形成と構造の論）〟ということである。『源氏物語』のような一個の作者によって成立した物語でも、あるいは軍記のように長い年月をかけて複数の人間が関与して形成された物語でも、同じように成り立ちを論じることができる。

七　氷山の一角としてのテクスト――〈表指時《ひょうしじ》串刺し論〉の意義――

ほとんどの言説には虚構に近い、なんらかの主観のフィルターの通過が想定されるわけで、虚構を剝げば事実に近づくことができると言うほど、単純ではない。事実を起点として、多様な質の虚構がせめぎあいつつ積み重なって動態的重層構造の体《てい》を成していることを考えないわけにはいかない。物語のそのような様態を解明するのに有効なのが、〈表指時串刺し論〉である。もちろんこれは論者の造語で、〈テクストの表現〉と〈それを支える指向〉と〈指向の裾野にある時代認識〉を串刺しするかのように一体のものとして把握するという意味である。真ん中の〈それを支える指向〉は、個人の指向から社会認識のようなコンセンサスまでを幅広く指す。というのは、個人の主張や願望であったとしても、ほとんどの場合は同時代の社会認識に絡めとられていて、その境界が不分明だからである。**どんな人間も、時代の申し子だとする考え方**である。

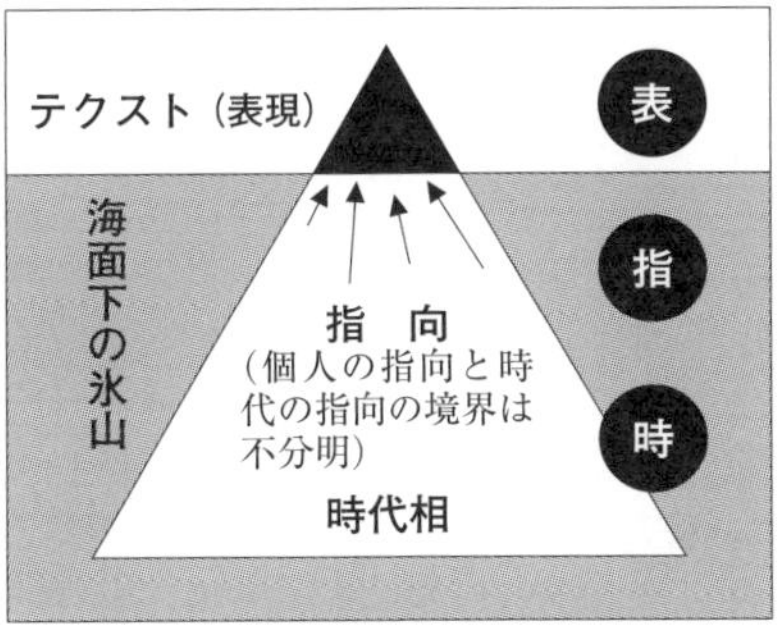

【図３】　氷山の一角としてのテクスト

すべてのテクストは時代社会の上に乗っかった氷山の一角のような存在である。このことに異を唱える研究者は、おそらくいないだろう。物語は時代の上に立脚したものであるので、物語観を変更するとすれば、その土台である時代観から変えてゆかねばならない。それが野中（二〇一三b）や、本書の第一部「前九年合戦の実体解明論」である。本書は、時代相の解明と物語の解読を表裏一体のものとして、双方を同時に解き明かしたつもりである。『陸奥話記』が形成された白河期は、武士にたいする評価が乱高下した時期であった。そのため、この時期に発信された言説は、公文書も含めて、前九年合戦や清和源氏にたいする大きな振れ幅をもつものとなってしまった。このような時代相の上に立脚する『陸奥話記』は、源氏についての相反する評価を含みこむことになり、その主題を解読しにくい様相を呈することとなったのである。

さて、〝物語にこう書かれているのは、こういう時代だったからであろう〟という求心的な推測方向と、〝このような時代であったからこのような物語の様態なのだろう〟という遠心的なそれとの相関は、しばしば循環論法との批判を受けがちなものである。たしかに、その危うさに無自覚であってはならない。ただし、その批判自体が、〝論理とは〈線〉である〟という無意識的な前提に呪縛されている。そうではなく、〈面〉の論理もあるのだ。同層認定・異層認定のことである〔野中（二〇一六）〕。歴史的実体と物語様態との相互補完的な説明が、個別的・断片的なもので終わることなく、歴史的実体のほうも〝当時は親源氏・反源氏がせめぎ合っていた〟とか〝離源氏から親源氏を経て反源氏へと転換した〟などという時代相の指摘にまで到達すれば、もはやそれは〈面〉である。物語のほうも、一々の記事の虚構性の指摘で留めることなく、同種の指摘を横向きにつなげて層として認定し、それと異質な層との先出性・後次性を指摘するところまでいけば、それも〈面〉である。〈面〉と〈面〉とが合わされば、〈立体〉になる。そこまで行けば、それは〝事実と物語〟の双方を総合的に解明したもの、真を突いたものと言えるだろう。(6)

（6）かつて文学研究の場で、「君は作家論をやっているのか、作品論をやっているのかよくわからない」などという批判が飛び交う時期があった。今なら自信をもって言えるが、作家論と作品論とを往復してどちらも明らかにするのが理想的であって、どちらか一方の路線を選択しなければならないというものではない。われわれは真実を諦め（明らめ）真理を探究するために研究しているのであって、方法論の確立のために研究をしているのではない。

　AならばB、BならばCなどと直線的に説明する三段論法や、AとBを止揚してCを導き出す弁証法などの図式的な説明を超越したところに、〈面〉の論理はある。むしろ文学研究というものは、**テクスト（物語や史料）の表現と、それを支えている指向（誰の、どのような意図か）と、その指向を根底から支えている時代相とを、串刺しにするかのように連動させて考えなければならないものだろう**。カルチュラル・スタディズが貢献してきたのはその基層に当たる部分だが、文化研究を目的化するところで終わらせず、それをテクストの構造と緊密に連携させて一体的に説明する必要がある。これが、〈表指時串刺し論〉である。テクストが氷山の一角であることは誰も否定しないのだから、テクストをその基層からすくい上げて理解すべきだと説くのは当然だろう。

　たとえば、『狭衣物語』（『陸奥話記』と同時代）を理解しようとするとき、一一世紀の社会構造の変化を窺うことなしに、『源氏物語』などの先行物語から『狭衣』への影響関係などが論じられてきたのではないだろうか。『狭衣』の作者とされる六条斎院宣旨は清和源氏出身で、源義家のはとこ（またいとこ・ふたいとこ）にあたるのである（野中（二〇一三b））。『源氏』の成立時からすでに二世代分ほどの年数が過ぎ、後三条朝以降、社会の担い手も大きく変化しつつあり、物語観そのものも変化しているとみられる。もはや『源氏』を崇拝するばかりの時代相ではないということだ。『狭衣』以降の後期物語を、『源氏』等の影響論から脱却して見直す必要がある（星山健がこの仕事に着手している）。

また、『今昔物語集』（一一二〇年ごろ成立）は仏法の伝来に始まって仏法王法相即観によって世界像の再構築を目指そうとした説話集だが、後三条朝以降の〈王権親政〉と連動した神祇の急速な格上げにたいする危機感・焦燥感を表明したものとして捉え直す必要がある〔野中（二〇一四a）〕。このように、時代相が見えてこそ、テクストの息づかいまで聞こえてくるというものだろう。

八　テクスト論から発想する成立論——実体論とテクスト論の融合ないし止揚——

論者が提唱しているのは、史料（異本を含む）や伝承に依拠しない物語成立論（成り立ちの論＝形成と構造の論）である。たとえ豊富な史資料の出現によって、すべてのパーツの由来が明瞭になったとしても、その寄せ集めが物語としての成り立ちを解明したことになるのではない（『保元物語の成立』四三八頁）。つまりそれは、実体の側から物語の成り立ちを考えるという発想自体が孕んでいた限界なのだ。ゆえに、史資料に依存しなくても成立を論じられるというよりは、それらを論の中心に入れてこないほうが正しく成立を論じることができるのだ。テクストの〝読み〟の側から指向の重層性を解明し、それぞれの先出性・後次性や相互の層の関係を明らかにするのである。この場合の成立論とは、物語の成り立ち、すなわち形成と構造とを同時に明らかにする論のことである（本書巻末の折り込み図がその成果。『保元物語の成立』巻末のそれも同じ）。

その場合、『義経記』や室町物語（御伽草子）のように接合痕が明瞭で幾度もの改作（複数の作者の関与）が想定できるものもあるし、『源氏物語』のように一人の実体作者によって執筆されたはずなのに構想のねじれを生じている場合もあるので、重層化の要因を作者や時代に直結させない。しかし、それらを無視もしない。

初発の段階では、まずテクストを〝読む〟こと、指向を摘出すること、そしてテクストの側から（実体の側からではなく〉成り立ちを考えることに傾注する。この意味においては、テクスト論である。その際、読み解いたいくつもの指向が、個人的なものなのか社会的なものなのか、そして社会的なものだとすれば〈時代の言葉〉（平安末期とか幕末とか）なのか〈環境の言葉〉（寺院とか宮廷女房社会とか）なのか、あるいはその複合なのかは、最終的に見極められればよいというようなものの見方である。先述の例でいうと、ボクシングのトレーニングで、パンチング・ミットをもつトレーナーが、手に懸るパンチの荷重にのみ神経を集中することを優先し、そのことから選手のリズムの良しあしやコンディションを分析するのと同じように、ヴェクトルの矢印の先端からその起点へと遡及するような思考の順序である（感受性が必要でもある）。目の前の選手個人の癖が出ているのか、どの選手にもありがちな普遍的未熟さなのか、そのことは後からわかればよい。そもそも、どこまでが個人の指向で、どこからが社会的なそれなのかの線引きは難しいのであるから、それらはテクスト論の外縁に置くしかないのである。

現在の研究状況との距離感を言えば、遠ざけすぎている実体をテクスト論の外縁でもよいので、少しは顧慮する方向に進むべきだという提言である。本書の中でも、『陸奥話記』の形成過程が重層化していて単一の「作者」という用語は使いにくいために、大半は抽象化した「表現主体」を使用しているのだが、その一方で原作と改作を想定しなければならない第十五章では「作者」「改作者」という実体用語を使用した。方法論の問題というよりも真実を解明すべき研究者の立場として、〃そうそう完結し閉じられることはありえず時には破れていることもあるのが物語の実相だ〃と考えるべきなのではないか（とくに古典の場合）。**テクストの〃読み〃の側に立ち、それでいて実体の想定も忌避せず、構造の外縁にゆるやかに実体との関連づけをはかる**——それが、指向主義的な成立論（形成と構造を同時に解明するもの）である。

論者も、若いころは『保元物語』で語り論（ナラトロジー）の論文を書いていたことがあるのだが、査読者の批評に、「△頁の〃語り手〃だけは実体に近寄りすぎではないか」（実体作者と変わらない〃語り手〃に堕しているのではないか）

などという修正意見があった。当時はそれに従って修正したのだが、いま思い返してみると、その部分の〝語り手〟は、実際に実体作者が顔を出していたものと考えている。たとえば『大鏡』は雲林院の菩提講という語りの場を設定し、大宅世継や夏山繁樹という語り手を登場させているのだが、『大鏡』の全体をその語り世界で説明しうるかというと、そうではない。帝紀の中盤（宇多帝〜三条帝）では語りはほとんど機能していないし、道長を頂点とするV字型構想と六国史（『続日本紀』）を継承する意識のせめぎ合いも説明がつかない。それは、実体作者や成立事情の問題だからである。『源氏物語』でも、「いづれの御時にか」と設定時代を朧化し、草子地も出ていて語りの仮構がうまく機能していそうにみえるところもあるが、そのような対象化や距離感を忘れて場面や人物に肉薄した描写をしてしまっているところも多い。二条東院構想と六条院構想の重層化のようにそれが破れていると見えるところもある。そういう場合は結局、実体作者の姿や実体的成立事情を想定せざるをえず、作者が語り手の背後にうまく身を隠しているところと、思わず知らずその姿を露呈したところとのむら、すなわち作者と語り手の距離の遠近を問題にせざるをえない。なまみの人間が作ったもののゆえ、心変わりも屈折もありうるのだ。これからのテクスト論は、そのような意味での**動態性や流動性も明らかにしてゆく必要がある**だろう。『保元物語の成立』三九三頁で明石君像の重層化について言及したが、実体作者紫式部の経験が物語に滲み出てくる側面があるのではないか。ところが、語り論の中に没入してしまうと（実体を排除すると）、そこの揺らぎを分析することができない。いまや『源氏物語』研究の世界では、作者とほとんど違いがないのに「語り手は……」「物語の意図は……」などと称して実体に接近することがタブー視されている感さえあるのだが、そのような〝閉じられたテクスト観〟ではたしてよいのだろうか。それは、方法論の確立とか純化された方法への拘泥がもたらした弊害とさえ言えるのではないだろうか。『源氏』研究に伝えたいことは、**必要な時には勇気をもって成立事情や実体作者を想定して論じよう**ということだ。

（7）　語り論は、草子地によって語り手が場面から離れてゆく（物語世界と距離をとる）さまや、物語内の人物や事物に着眼し、その視点を移し、接近または引き離し視野を拡大したり縮小したりするさまを説明するところでは有効である。しかし、語り論が、物語の枠組みや伏線・回収などを説明する際に有効であるかといえば、そこは疑問である。物語の構成要素には、主題、枠組み、展開、人物像、場面（形象）などがあるが、語り論がとくに有効なのは場面形象のところだろう。逆にいうと、物語内に設定された語り手は、その設定自体については説明できないという発想上の限界がある。これを乗り越えるためには、ことさら実体作者や成立事情を排除せず（しかし物語をそこに直結させるでもなく）、**物語のありようを有効に説明するための〈措定実体〉という発想が必要なのではないか**。野中（二〇一四b）の三二四頁で、「〝事実〟の解明を諦めているわけではないものの、そのことに躍起になるよりも、〝事実〟は作業仮説的なものとして措定しておけばよいもので、そこから物語や歴史叙述というかたちで定着するまでの過程（指向の折り重なり）や現在目に見えている文献資料の捏造性を明らかにする」と述べたとおりである。

明らかにすべきなのは〝事実〟でも〝物語〟でもなく（あるいは〝事実〟でも〝物語〟でもあり）、その間に働いた指向（ヴェクトル）だということである。本書の中では「『陸奥話記』の表現構造論」（第三部）がそれに相当し、その矢印の先端（帰結点）にあるのが物語の成り立ちを示した「『陸奥話記』の成立論」（第二部）で、矢印の源流（始発点）にあるのが「前九年合戦の実体解明論」（第一部）というわけである。

自閉的なテクスト論との訣別――これも指向主義の目的の一つとなる。実体を切り離し、テクスト内部の解釈のみでその世界像を示そうとすること自体に、無理があるのだ。論者の言う指向主義は、認識論と存在論との懸け橋というべきか、基本的には認識論の側に立ちつつも存在論も視野に収めて一体的に考えるものである。

ところで、論者が指向の重要性に言及し始めたのは、きのうきょうのことではない。野中（一九八八）のころからである。【図４】はその時の「古典遺産」誌に掲載したものである。それ以来、三〇年近く経つが、論者の考えは基本的には変わっていない。多様な指向が重層的に折り重なるさまを、さまざま論文の中でときにはタマネギに喩えたり、ときにはキャベツに喩えたりしてきたが、現在では時系列を表現しやすいという便宜的な理由から、地層が下か

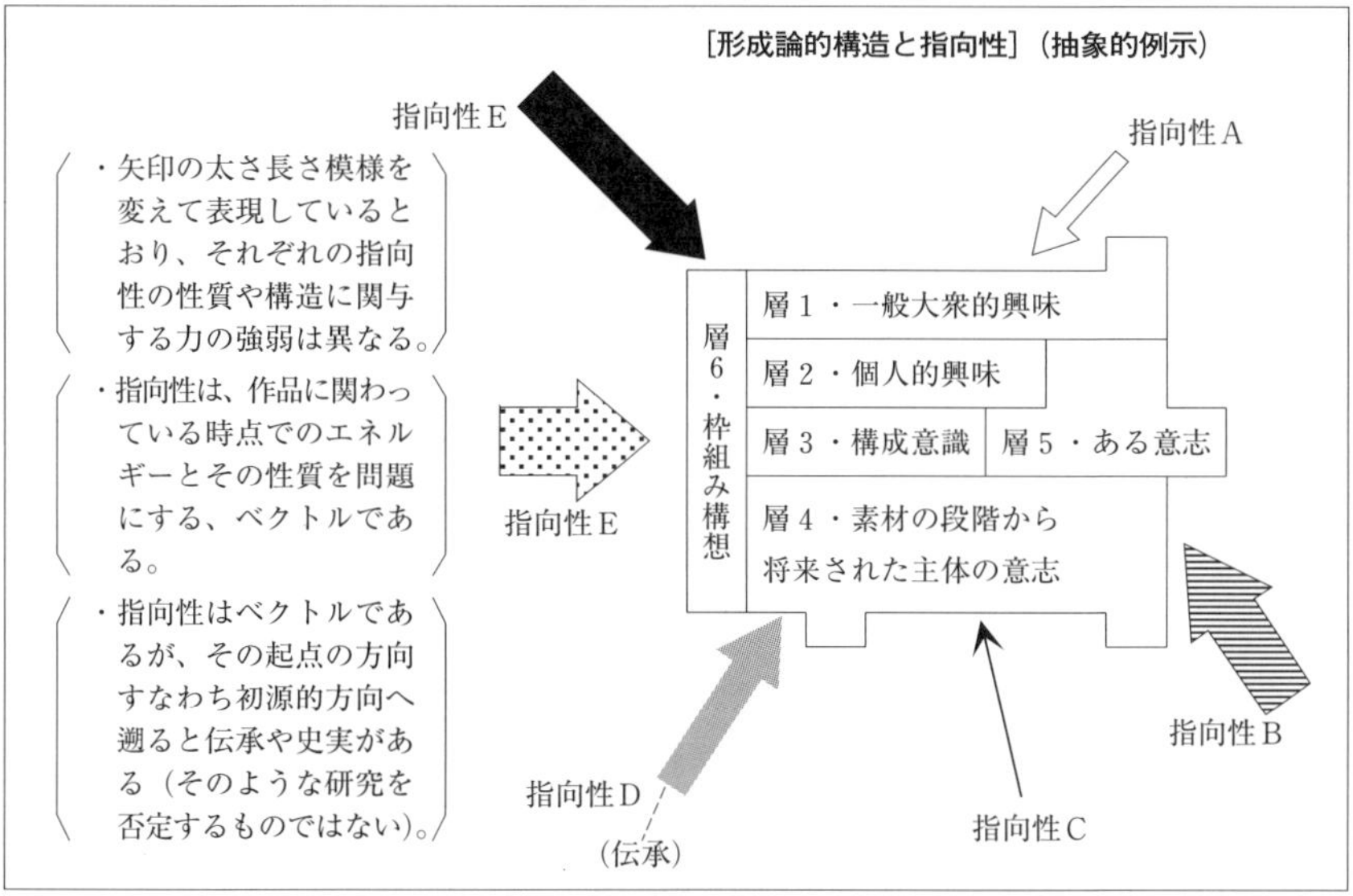

【図4】　野中（1988）で図示した指向と構造の概念

ら上に積み上がる図を、前著以降は採用している(8)（ただし、論者のイメージに近いのは、いまだにタマネギやキャベツのほうである。構造体がタテ・ヨコ・ナナメに依存しあい支えあっているさまが表現できるからである）。

（8）**【図4】**にあるように、一九八八年のころは論者も「指向性」という語を用いていた。「〜性」を末尾に付すのは、「〜のようなもの」とぼかす意図によるもので、できるだけ固定化・実体化せずに幅のあるものであることを表現するためであった。しかし、前著『保元物語の成立』以降は「性」を外し、「指向」と表現することにした。ただし、指向を重視すべきことや、そう考えるに至った問題意識は当時も今も変わっていない。また、「志向性」と表記すると表現主体の〝意志〟を固定化し〝作者化（実体化）〟してしまうので「指」を用いている。

九　テクスト論の功罪

書誌学・文献学に訓詁註釈や作者論などを含めて、実体論と呼ぶことにしよう。それらは歴史学の方法に近く、時代・作者・書物の側から物語研究するものである。これにたいして、実体から引き離してテクストを〝読む〟側から迫るのがテクスト論である。それぞれに問題点もあり、利点もある。現在の文学研究は、テクスト論が隆盛を極めている。しかし、それには功罪があるようだ。まず〈罪〉のほうから述べる。

ロシア・フォルマリズムの影響を受け記号論に傾斜したテクスト論は、作者や語り手の意図などということをそもそも意識しない。いかに新たな〝読み〟を開拓するかに力点が置かれ、テクストにたいするさまざまな挑戦が行われてきた。ところが、それがゆきすぎると、ただテクストに〈光と闇〉〈男と女〉〈火と水〉のような記号を当てはめてそれで満足するような批評が目立つことになる。しばしば批判されてきたことでもあるが、それはもはや〝読みの大量生産と大量消費〟であって空疎なものでしかない。〝小説は書かれた瞬間に作者の手を離れる〟とは一方の真実であろうが、**作者も時代相も完全に無視した〝意味〟を発掘することに、どのような意義があるのだろうか。**

そのように批判しつつも、論者は現在、テクスト論の側に立っている。野中（二〇一四b）「〝読み〟の力とは何か」、野中（二〇一六）「〝読み〟の力の重要性再説」との副題をもつ節を設けたことに象徴的に表れているように、である。その〝読み〟がテクストの成り立ちを解明する手がかりになることを、信じて疑わないからである。**テクスト論の最大の利点は、実体論が作者の側からしか分析できなかったこと以外の、〝意図せざる意図〟〝無意識の意識〟など多くの情報をテクストから抽出することに成功したところである。**それは、実体論の側からは分析しえないものであった。

実体の側からテクストをみるというのは、たとえば夏目漱石の『坊つちゃん』は当時の松山中学校の実在の校長・教頭・同僚がモデルとなって書かれているとか、熊本の小天《おあま》温泉の前田別邸に行った経験があったからこそ『草枕』の那古井の宿の風呂場が表現できたとか、朝日新聞の社員になったから『虞美人草』には特別な表現意識がみられるとか、修善寺の大患を経験したから『彼岸過迄』に気負いに似た姿勢が窺えるなどというものである。実体の側からテクストを分析するだけでは、読み取れるのはせいぜい右の類で、ほかに読み取るべき多くの情報を漏らした〝貧弱なテクスト観〟であった。

第六節「氷山の一角としてのテクスト」で述べたように、テクストの表現を支える指向は幅の広いもので、この時代のこの地域のこの家のこのようなDNAをもった個人からしか生じえない限定的な指向もあれば、全共闘世代のほとんどが同じ価値観を共有したような指向（共通認識）もある。実体論の側からテクストに迫ろうとすると、事実としてわかっていることはごくわずかなので多くの重要な情報を漏らしてしまうのだが、**テクスト論は、個人に還元することのできない〈時代の言葉〉〈環境の言葉〉の抽出をテクストの側から可能にした**のである。〈時代の言葉〉とは、大正期のデモクラシー、高度経済成長、失われた一〇年のような社会的風潮のことである。〈環境の言葉〉とは、どの個人にも時代にもかかわらず僧侶なら同じような来世観をもっているとか、かつての女性の多くが男性優位の社会にたいする理不尽さを感じていたとか、奈良・吉野を中心とした大和国周辺は京の中央政権を相対化するまなざしを平安期から幕末までもっていた、などというものである。テクストから読み解くことのできる〈時代の言葉〉〈環境の言葉〉を、同時代資料によって裏づけてゆくことができれば、テクスト論の側からの〝読み〟の安定化を史資料によって図ることになる。そこに着眼すると、テクストを支える指向が、個人のものなのか社会的共通認識なのかを区別することなく論じることができる。(9)

（9）最後まで個人と社会とを区別せずに終わるべきだと述べているのではない。前著『保元物語の成立』で、『保元物語』は原型成立から一世紀近く比叡山周辺（天台宗の僧坊）で管理され、鎌倉後期に物語が流布して社会的な存在となり、享受者のニーズが物語に逆流してくることを指摘したが、分析が進めば、個人的・限定的なメッセージの発信と社会的な風潮との区別もついてくる。本書第十九章も、時代相を論じたところと、それらを大江匡房や藤原敦光に結びつけたところがある。

ただし、従来型テクスト論の陥穽は、研究方法の確立に拘泥しすぎた点にある。つまり、実体を切り離すことに注力しすぎたのである。たしかに、いったんはその立ち位置に立たねば、虚心にテクストを読む姿勢が生まれえなかったのだろう。しかし、**最後まで実体を切り離したままでは、〝読み〟そのものが安定しない**のも事実である（的外れな〝読み〟や恣意的な〝読み〟に陥ってしまう恐れがある）。

十　本書にとっての海面下の氷山――野中（二〇一三b）とは何か――

第七節「氷山の一角としてのテクスト」の問題意識に戻る。本書にとっても、海面下の氷山がある。本書の中でしばしば引用してきた「野中（二〇一三b）」である。この『陸奥話記』論を根底から支えている拙稿である。本書第九、十、十六、十八、十九の章で引用しているほどなのだが、それにもかかわらず一書にまとめていないことの不都合があるので、その内容を略述しておく。その標題は「河内源氏の台頭と石清水八幡宮――『陸奥話記』『後三年記』成立前後の時代背景――」である。この論の説得力をさらに後ろから支援しているのが、「中世の胎動と宗教多極化政策――仏法偏重から仏法・神祇均衡へ――」（野中（二〇一四a））なのだが、ここでは前者を中心に簡単に紹介しておく。

後三条天皇の天皇親政策とともに、一〇六九年ごろから皇祖神たる石清水八幡宮のさらなる格上げが始動した。摂関家ではない新たな中心たるべき院庁の求心力強化のためにも、また暴徒化する山法師・寺法師の強訴対策のためにも、王権側（天皇・上皇）が武力を具える必要があった。一方で源氏の側も、公権力（帝・院）や神威（石清水八幡宮）を背景にして〈正当性を得た武力〉になろうとしていた。この時期は延暦寺・園城寺の悪僧たちによる騒動が激しく、朝廷も手を焼いていた。日吉山王の**神威**と悪僧の**武力**を併せ持った厄介さに対抗するには、もう一方の**武力**として台頭し始めていた清和源氏に**神威**を付与する必要があった。それが、**源氏と八幡神との融合政策**であったと考えられる。その政策は白河朝でも継承され、承保二年（一〇七五）～永保三年（一〇八三）の九年間、石清水・賀茂の〈セット行幸〉が盛期を迎えた（ここで賀茂が出るのは比叡山はずしの意味がある）。これによって、石清水のさらなる格上げをはかったのである。その九年間の中でも源氏盛期のピークは、園城寺僧徒の襲撃に備えて源義家・義綱兄弟が白河帝の護衛を務めた永保元年（一〇八一）のことである。

ところがしかし、その時流に乗って、想定以上に源氏や石清水神人《じにん》が台頭しすぎた。それ以前にも、延暦寺が力を持ちすぎれば園城寺を重んじ、寺院が増長すれば神社に肩入れするというようなバランス感覚的政策が一〇三〇年代から始まっていた。そのような下地ゆえに、源氏が急速に成りあがりすぎればすぐに頭を抑え付けられたのである。その転機は、一〇八三年ごろである。

一〇七五～八三年ごろの源氏の盛期には前九年合戦を美化するエネルギーが社会に横溢していたが、一〇八八年以降九〇年代にかけては源氏の評価が急落し、前九年合戦を批判的に捉え直すようになったものと推測される。このように前九年合戦以降の一一世紀後半は、源頼義・義家父子をめぐる熱気と冷気の交錯（浮沈）があった。それが、『陸奥話記』形成期の時代環境である。テクストが双方からの圧力を受けながら形成されると、必然的に重層化する。それが、本書の全体にわたって述べようとしている、『陸奥話記』の動態的重層構造の本質である。

『陸奥話記の成立』『後三年記の成立』『保元物語の成立』を通じて一貫している主張は、〝軍記はいくさの実相を語り残すために書かれるなどということはなく、それぞれの**戦後認識を反映したものだ**〟ということである[10]。本章の標題「**『陸奥話記』は史料として使えるか**」という問いにたいする回答は、〝**前九年合戦（一〇五一～六二）の史料としては一部しか信用できないが、合戦後の時代相（一〇六三～一一二〇年代）を映した史料としては価値がある**〟ということになる。実体的に言えば、合戦後、二、三〇年あるいは四、五〇年と経過する中で、その合戦の勝利者たちが自分たちの正当化を図ったり、あるいは敗者の縁者たちが為政者を批判したりする空気が、物語に反映しているのである。

したがって、『陸奥話記』が前九年合戦の、『後三年記』が後三年合戦の、『保元物語』が保元合戦の実相を伝えているなどということはありえない。

（10）　これに当てはまらないのが、室町軍記、戦国軍記の戦場記である。これらの中には、小弓《おゆみ》御所足利義明の死後十九日目に書かれた『小弓御所様御討死軍物語』など戦後すぐに記されたものも少なくない〔野中（一九九八）〕。また、『太平記』（とくに第二部・第三部）についても類似の傾向があり、和田琢磨は近年、『太平記』を南北朝期における〈現代文学〉として見直すことを提唱している。

十一　氷山をふまえた『陸奥話記』観――世論誘導のための韜晦――

『陸奥話記』の重層構造をどのように読み解くかという問題は、一一世紀のこの時代社会をどう捉えるかということと連動している。中世の胎動期とも呼ぶべきこの時代を、論者は、オオヤケとワタクシのせめぎ合う時代、ないしはワタクシがあまりにも横溢し一般化しすぎて、いずれにオオヤケの公認証書を与えるべきかどうかが不分明になった時代だとみている。オオヤケが誰かに大義名分を与えるか否かの線引きが、自明のものではなくなったのである。のちの寄郡（ヨセゴオリ・ヨリゴオリ）の出現に象徴的に見られるように、オオヤケとワタクシが折り合いをつけねばならない時代に突入していったのである。土地や経済の問題だけではなく、一一世紀の社会全体が、その問題に苦しんでいたようだ。

小学生向けの歴史年表で中世を「武士の時代」などと称しているが、その本質は武士という〝人種〟の登場にある（これは結果論からの見方）のではなく、オオヤケのオオヤケたるゆえんがあいまいになり（院宮王臣家による政治の私物化など）、相対的にワタクシ同士の正当性をめぐる衝突が頻発するようになり、〈軍事力をもってしか統治を成しえない社会〉を導いたのだと把握し直す必要がある。

この時代、律令制的な階層秩序の解体再構築という社会現象も顕著になっていた。『源氏物語』の明石入道の価値観に見られるように、京官としての栄達に限界がみえるようだったら受領として地方に下向し、経済的な豊かさを追求して子孫に家門の栄達を託すなどという考えかたが一般化していたのである。常陸宮家の姫として後見人もいないまま零落し続ける末摘花と、大宰大弐の妻となって裕福な生活を選んだその叔母との対照性にも、明石入道の選択にみられたのと類似の時代相が反映している。また、出羽国山北の「俘囚」と呼ばれた吉彦秀武の一族が、同じ俘囚とはいっても「真人」姓をもち都から下向してきた中級官人清原氏と何重にも婚姻関係を結んでいたところからみても、階層性や身分秩序は大きく流動化していたことが窺える。

このように、**オオヤケの正当性が危うくなり、階層秩序の流動化が顕著になっていた中世の胎動期にあっては、世論というものが大きな影響力をもっていた**と考えられる。なぜならば、**オオヤケや上流階級が不安定であれば、相対的に世論の介入度が大きくなる**からだ。野中（二〇一三b）で指摘したように、一一世紀末に、源義家に対して「諸国百姓」が「田畠公験」を「好みて寄する」という状況が到来している〔『百練抄』寛治五年（一〇九一）六月十二日条〕。これは、義家に対するオオヤケの処遇に、世論が反発したものらしい。寄進の動きはオオヤケがいくら禁止してもやまなかったらしく、それから一一か月後には、義家の構立した「諸国庄園」を「停止」せよとの命令が下っている〔『後二条師通記』寛治六年（一〇九二）五月十二日条〕。同じ一一世紀に『新猿楽記』が成立したことや、永長の大田楽（一〇九六）のような社会現象がみられるようになったこと、『今昔』に「門前市ヲ成ス」という表現が頻出するようになったことも、人の集散や市井の動向を見つめるまなざしの生起という点において、ここでいう世論の台頭と通底する。

一一世紀にとくに顕著になっていた荘園整理の動きにしても、それを保守しようとするワタクシ側と収公しようとするオオヤケ側とのせめぎ合いと見るべきで、その判定は〝土地所有権の由来の正当性〟によってなされるしかなく、しかも整理令の多くは〝～期以降の荘園が対象〟などと時期を区切らねばならぬ性質のもので、**所有が長期に及べば正当化されるような側面さえあった。**正当化される以前の荘園側は、立場が弱い。土地所有権や徴税権の争論で、かりに訴状をもって自らの正当性を主張したとしても先方からも同様のものが提出され、水掛け論になるか、理不尽な裁判（偏った判断を下しかねないオオヤケゆえ）に委ねるしかない時代になっている。**そこで利用されたのが、物語だったのではないだろうか。**世論が重要だということになれば、誰かが世論を誘導することを考え始める。

その際、物語の表現が〝誘導〟であることが露呈すれば、世論はかえって離れてゆく。**誘導するには、表現主体が自らの姿を韜晦し、世論誘導のための物語であることをけっして覚られないように周到に表現を凝らす**だろう。ましてや、そのメッセージの発信源が俘囚の清原氏や平泉藤原氏だということになれば、ますます世論は離れてゆく。『陸奥話記』や『後三年記』が表現主体の居場所を韜晦しつつ間接的にメッセージを伝えようとしているのは、俘囚としてのコンプレックスによるものだろう。それが、『陸奥話記』における源頼義像の矛盾や分裂（部下に忠節を尽くされる主君、部下に慈愛を注ぐ主君でありながらいくさの正当性は付与されない）とみえる現象だったのだ。だからこそ、表現主体の韜晦の隠れ蓑として、頼義像を美化したり家臣から忠節を尽くされたりするという**人物造型的な側面での源氏優遇については容認した**のだとみられる。

菅原道真ら平安貴族の辞表（三顧の礼を模した形式的なもの）のように自らの態度を美化（偽装）するために虚飾に満ちた文章を草する文化的慣習（本音を書かない）が一方にあり、もう一方で『源氏物語』『栄花物語』のように物語が社会的な影響力――世論を動かすほどの――をもっていることをまざまざと見せつけられた。それらが融合しそうな時代相に『陸奥話記』『後三年記』は立脚している。同時代に生きた大江匡房は、自家の系図を捏造したり、八幡信仰称揚のために『筥崎宮記』などを著作したりしている〔吉原浩人（一九九〇、二〇一二）〕。このような文化的背景も押さえておかなければ、『陸奥話記』『後三年記』の作為、捏造、糊塗、韜晦、偽装は見えてこない。

十二　拙著三書の相関関係

本書を含めて、「成立」と名の付く拙著を三冊続けて上梓させていただいた。『後三年記の成立』（二〇一四）、『保元物語の成立』（二〇一六）、『陸奥話記の成立』（二〇一七）である。この三書は、論者の脳裏において、互いに密接な関係がある。前節まで論者のテクストへの向き合いかたや虚構についての考えを述べたので、それに関連して、ここで三書の関係について説明しておきたい。この章の冒頭で述べた、論者の思考回路を説明する部分である。

博士学位論文の刊行を優先するという考えから『後三年記の成立』（二〇一四）や『保元物語の成立』（二〇一六）を先に上梓することにしたが、発想上は本書『陸奥話記の成立』のほうが先を走っていた。**一一世紀の時代相とテクストとの相関という物の見方が有効である**という確信を『陸奥話記』研究で得ていたからこそ『後三年記の成立』を上梓することができたのであるし、『陸奥話記』研究で**動態的重層構造としての物語観が真を突いたものである**との感触を得たからこそ『保元物語の成立』の刊行に漕ぎつけたのである。つまり本書は、成立年次論の内実において『後三年記』論とダイレクトに関係し、研究上の方法論において『保元』研究を後押ししているというわけである。『保元物語の成立』の場合は本書における〈櫛の歯接合〉論のような裏づけがないため、職人の勘のような長年の経験に頼らざるをえない、テクストの構造化であった。

そこで本書執筆過程についての種明かしだが、本書の全二十章のうち最初に芽生えたのは、「『陸奥話記』の表現構造論」（第三部）である。指向を構造化してゆく中で親源氏の層と反源氏の層とが混在していることに気づき、それぞれが『扶桑略記』と『今昔』前九年話に由来するものである（そして〈櫛の歯接合〉したものが『陸奥話記』である）という『陸奥話記』の成立論」（第二部）ができたのである。そのように『陸奥話記』や『扶桑略記』の虚構性と成り立ちが見えてきたからこそ、その表層をはがした「前九年合戦の実体解明論」（第一部）に踏み込むことができた。つまり、本書での並び順と違って、論者の発想順としては第三部→第二部→第一部と進んだのである。結局は、〝読み〟が大切なのであり、虚構（指向）を見抜くことが先、実体解明することがあと、なのである。人間が発する言説というものがいかに虚構や作為に満ちているかに、無自覚であってはならないということだ。

前著『保元物語の成立』四〇八頁で、「学部で文学研究の〝読み〟を学び、大学院で人文系諸学に進めば、どれほど研究が深化するだろうかと思うほどである」などと述べたが、**すべての言説に主観や偏向が混じる怖さを知らなければ、その上に立脚した歴史像など砂上の楼閣に過ぎない**。人間は言葉に依存して思考する。たとえば二、三十人程度の暴走族的な集団による河川敷での乱闘を誰かが「合戦」と呼んでしまえば、われわれの想念の中でその事実が肥大化し、いずれは歴史上の〝立派な事件〟に昇格してしまう。ほんとうは、前九年合戦や後三年合戦が事実としてどれほど大きなものであったのか、そのことにさえ懐疑的であるべきだということだ〔野中（二〇一三ａ）〕。戦争そのものよりも、戦後認識によって屈折し肥大化してしまったイメージというものも多分にある。言葉に騙されていないか、表現の呪縛に囚われていないか——そのような言説の危うさに気づくことが、じつは研究のスタートラインなのである。近年の前九年合戦研究の動向で言えば——『扶桑略記』に騙されてきたのはやむをえないとしても——今でも肝心なところで『陸奥話記』に依拠しながら合戦の経過について論述してしまっている書が大半を占める[11]。

（11）歴史学者では、樋口知志（二〇一一）のみ『陸奥話記』の虚構性に気づいてそれを遠ざけつつ、しかも『降虜移遣太政官符』を積極的に採用するという本書に近い立ち位置から前九年合戦像を構築しえている。

十三　おわりに――笠栄治《りゅうえいじ》の再評価――

論者は〝論の人〟と呼ばれることが多い。書誌学・文献学や訓詁註釈ではなく、テクスト論の側の研究者だという評価だろう。しかし、本人はそのようには自覚していない。恩師梶原正昭は『将門記』『陸奥話記』『平家物語』『義経記』と多くの注釈書を残した研究者であったし、古事談研究会〔『後三年記の成立』「あとがき」で紹介した桜井光昭主宰の国語学サロンの後身〕では来る日も来る日も『類聚名義抄』『三巻本色葉字類抄』『十巻本伊呂波字類抄』『日葡辞書』などと格闘する日々を過ごしてきたし、東洋文学研究会〔本書「あとがき」の柳瀬喜代志《きよし》主宰の会〕では、「先行研究の一つの誤った注を修正するだけでも大きな価値がある」との教えのもとに漢文を読んでいた。しかし同時に、当時の研究のうねりとして、物語研究会の動向に間接的な影響も受けてきたし、大学院に入学すれば先輩方からまず「バフチンは読んだか」「バルトはどうか」と合言葉のように聞かれる時代でもあった。端的に言えば、論者の経歴は、〈訓詁註釈生まれ、テクスト論育ち〉ということになろうか〔訓詁註釈をも軽んじないからこそ、『後三年記詳注』もまとめたのである〕。

野中（二〇一四b）で、文学も歴史学も民俗学も思想史学も美術史学もその境界をなくし、メタ歴史学〔動態性を顧慮した人文学〕として統合してゆかねばならない旨の発言をした。文学研究の中ですら、〝文献学の人〟や〝テクスト論の人〟などと色分けされている。こんなことが、よかろうはずはない。これについて論者は、大学院生などに「山の頂上に登るのに、いくつもの登山路がある。そのどれもが意味のあるものである」と伝えている。これは、仏教がなぜいくつもの宗派に分かれているのかという問いにたいする答えとして、よく使われる比喩である。この機会に、〝論の人〟と呼ばれる論者の立場から〝文献学の人〟である笠栄治を『陸奥話記』『後三年記』研究の先駆者として再評価しておきたい。

笠栄治の仕事の多くは、『陸奥話記校本とその研究』（桜楓社、一九六六）、『平治物語研究　校本編』（桜楓社、一九八二）で知られるように、文献学的な調査に費やされていた。よって、笠の論文は少ない。しかし、数少ない論文の中に、広汎な異本調査、緻密な対校によって得られた堅実な見通しが凝縮的に反映されている。

『後三年記』の成立年次についての新説は、論者の専売特許だと思われているかもしれないが、そうではない。誰もが一三四七年成立説を疑わなかった時代に、笠だけは日本古典文学大辞典（岩波書店、一九八二）で、「～とする説もある」などと旧説と一線を画した解説を書いている。笠栄治は直感的に旧説への疑念を感じ、留保の必要性を表明したのである。当時一般的だった『奥州後三年記』という名称についても、「奥州」を冠する違和感から『後三年記』と呼ぶ論文を最初に発表したのも、笠であった（笠栄治（一九六八））。

『陸奥話記』についても、前半部と後半部の異質性を笠は先に見抜いていたし、前九年合戦直後の成立ではなかろうことも（原型成立後の変容を経ているであろうことも）、笠は察していた。全国の文庫から諸本を取り寄せ、校本を作成し、諸本の分類や展開を考えてきた笠が示唆した結論と、〝読み〟から入って指向を分析し同層・異層を認定してそれを構造化した論者の結論とが、一致したのである。『陸奥話記』についても『後三年記』についても、その肝心なところは笠栄治によってすでに示されていたのである。「山の頂上」に至る「いくつもの登山路がある」のだ。(12)

(12)　この機会に『陸奥話記』研究で、笠栄治以外に本書の先を走っていた研究を紹介しておく。前半部の阿久利川事件の前後に源頼義寄りの認識とは考えられない謀略性を嗅ぎ取った先行研究に、三宅長兵衛（一九五九）、庄司浩（一九七七）、戸川点（一九九九）、高山利弘（二〇〇〇）、佐倉由泰（二〇〇三）などがあった（文献名は第八章末尾を参照）。前半部と後半部の異質性は、笠栄治以外に安部元雄（一九六四）によっても指摘されていた。『陸奥話記』より『扶桑略記』が先出だとの考えは、笠栄治のほかに梶原正昭（一九八二）によっても示されていた。さらには、『陸奥話記』に私戦性の匂いがするとか清原武則が前景化されているという重要な点についても、安藤淑江（二〇一一、二〇一二）が早くに言及していた。佐倉由泰（二〇〇三）に至っては、『陸奥話記』が玉虫色というべきか幻惑的な「鎮定記」であること、その構造が複層的（重層的）であること、原型が一〇七〇年ごろの成立であること、大江匡房が作者であることなど、本書で力説しているもっとも肝要なところをすでに看破していた。本書の意義は、それら先行研究で個別に指摘されてきたことを総合（構造化）し、〈櫛の歯接合〉によって解決した点でしかない。

なお、笠栄治の最後の仕事である『後三年記校本とその研究』（桜楓社、一九九二）が病気のため未完に終わり、その稿本（文部省の科研費の交付を受けていたためにその報告用として暫定的にまとめられた書）がただ一冊、国文学研究資料館に所蔵されていることを付言しておく（この存在は小口雅史の教示による）。笠栄治は、平成十八年（二〇〇六）十月六日、七四歳であちらの世界に旅立った。

文　献

安藤淑江（二〇一一）「征夷の物語としての『陸奥話記』――頼義の「将軍」呼称をめぐって――」「名古屋芸術大学研究紀要」32号

安藤淑江（二〇一二）「『陸奥話記』の清原武則」「名古屋芸術大学研究紀要」33号

安部元雄（一九六四）「『陸奥話記』の構成」「茨城キリスト教短大紀要」4号

大津雄一（二〇〇五）『軍記と王権のイデオロギー』東京：翰林書房

梶原正昭（一九八二）「解説」『陸奥話記』東京：現代思潮社

梶原正昭（一九九七）『鹿の谷事件：平家物語鑑賞』東京：武蔵野書院

佐倉由泰（二〇〇三）「『陸奥話記』とはいかなる「鎮定記」か」「東北大学文学研究科研究年報」53号

野中哲照（一九八八）「『保元物語』合戦部の構造」「古典遺産」39号

野中哲照（一九九七）「〈構想〉の発生」「国文学研究」122集
野中哲照（一九九八）「歴史文学の系譜と展開」『軍記文学の系譜と展開』東京：汲古書院
野中哲照（二〇〇四）「虚構とは何か――認知科学からの照射――」「国文学研究」142集
野中哲照（二〇一三a）「もうひとつの後三年合戦像――公戦・私戦判定をめぐる軋轢から――」「古典遺産」62号
野中哲照（二〇一三b）「河内源氏の台頭と石清水八幡宮――『陸奥話記』『後三年記』成立前後の時代背景――」「鹿児島国際大学国際文化学部論集」14号
野中哲照（二〇一四a）「中世の胎動と宗教多極化政策――仏法偏重から仏法・神祇均衡へ――」「古典遺産」63号
野中哲照（二〇一四b）「『後三年記』は史料として使えるか」『後三年記の成立』東京：汲古書院
野中哲照（二〇一六）「『保元物語』は史料として使えるか」『保元物語の成立』東京：汲古書院
樋口知志（二〇一一）『前九年・後三年合戦と奥州藤原氏』東京：高志書院
吉原浩人（一九九〇）「『筥崎宮記』成立の背景」「和漢比較文学」6号
吉原浩人（二〇一二）「院政期の思想――江家における累葉儒家意識と系譜の捏造――」『日本思想史講座1　古代』東京：ぺりかん社
笠　栄治（一九六六）『陸奥話記校本とその研究』東京：桜楓社
笠　栄治（一九六八）「後三年記の研究　上」「長崎大学教養部紀要」9号
笠　栄治（一九八一）『平治物語研究　校本編』東京：桜楓社

付録　『陸奥話記』の〈櫛の歯接合〉論のための三書対照表

〔凡例〕

1、この表は、二本の櫛の歯を向かい合わせるようにして接合して成ったのが『陸奥話記』であることを示すためのものである。

2、一般的な対照表は上段から下段に向けて古態本→後出本の順に並べることが多いが、右の目的のため、ここでは上段に一方の櫛の歯である『扶桑略記』を、下段にもう一方の櫛の歯である『今昔』前九年話を配し、それらを接合した『陸奥話記』を中段に置いた。

3、『扶桑略記』およびその影響を受けたとみられる『陸奥話記』の部分に薄いアミカケを、『今昔』前九年話およびその影響を受けたとみられる『陸奥話記』の部分にやや濃いアミカケを施した。中段で濃いアミカケを施したところは、三書の共通部分である。中段の白地部分は『陸奥話記』独自の部分である。罫囲みは第三次『陸奥話記』段階でのシモフリ的補入の可能性がある部分（四〇一～四〇五頁参照）。

4、『陸奥話記』原文の割注は、ここでは（括弧）に入れて示した。

5、三書の底本や訓法については、vi～vii頁の凡例と同様である。

小学館本の章段	〔1〕安倍頼良、陸奥国に横行	
番号	1	2
『扶桑略記』（薄いアミカケ）		
『陸奥話記』（濃いアミカケは上下共通、白地は独自）	六箇郡の司に、安倍頼良といふ者有り。是れ同じく忠良が子なり。父祖の忠頼は、東夷の酋長なり。	威名は大いに振ひ、部落は皆服せり。六郡に横行し、人民を劫略す。子孫尤も滋蔓し、漸く衣川の外に出づ。賦貢を輸さず、徭役を勤むること無し。代々驕奢なるも、誰人も敢て之を制すること能はず。
『今昔』前九年話（やや濃いアミカケ）	今昔、後冷泉院ノ御時ニ、奥六郡ノ内ニ安陪頼良ト云者有ケリ。其父ヲバ忠良トナム云ケル。父祖世々ヲ相継テ酋ノ長也ケリ。	威勢大ニシテ、此ニ不随者無シ。其ノ類伴広クシテ、漸ク衣河ノ外ニ出ヅ。公事ヲ不勤ル、代々ノ国司此レヲ制スル事不能ハ。
本書でのおもな言及頁	235, 357, 394, 401	235, 357, 360, 364, 385, 387, 388, 390, 394, 401

〔1〕安倍頼良、陸奥国に横行	〔2〕朝廷、源頼義を追討将軍に選ぶ	
3	4	5
永承の比、大守藤原朝臣登任、数千の兵を発して之を攻む。出羽秋田城介平朝臣重成を前鋒と為し、大守は夫士を率ゐて後為り。頼良は諸部の俘囚を以ゐて之を拒ぎ、大いに鬼切部に戦ふ。大守の軍敗績し、死する者甚だ多し。	是に於て朝廷議有りて追討将軍を択ぶ。衆議の帰する所、独り源朝臣頼義に在り。	頼義なる者は河内守頼信朝臣の子なり。性沈毅にして武略多し。最も将帥の器為り。長元の間、平忠常、坂東の奸雄と為りて、暴逆を事と為せり。頼信朝臣、追討使と為りて、平忠常を討つ。幷びに嫡子、軍旅に在るの間、勇決は群を抜き、才気は世を被ふ。坂東の武士、属せんことを楽ふ者多し。素より小一条院の判官代と為れり。院は畋猟を好くすれども、野中に趣く所の麋鹿狐兎は常に頼義の為に獲らる。好みて弱弓を持てども、発する所の矢は羽を飲まざること莫し。縦ひ猛獣と雖も、弦に応じて必ず斃る。其の射芸の巧、人に軼ぎたること斯くの如し。上野守平直方朝臣、其の騎射に感じて、窃かに相語りて曰く、「僕不肖なりと雖も、苟も名将の後胤為り。偏に武芸を貴ぶ。而れども未だ嘗て控弦の巧の、卿の如く能くする者を見ず。請ふ、一女を以て箕箒の妾と為んことを」。則ち彼の女
而ル間、永承ノ比、国司藤原登任ト云フ人、多ノ兵ヲ発シテ、此レヲ責ト云ヘドモ、頼良諸ノ曹ヲ以テ防キ合戦フニ、国司ノ兵討返サレテ、死ヌル者ノ多シ。	公此ノ事ヲ聞食テ、速ニ頼良ヲ可討挙キ宣旨ヲ被下ヌ。源頼義朝臣ニ仰テ、此レヲ遣ス。	（義家・義綱の名は次項6に出る。）
235, 397, 401, 471, 472, 475	235, 385, 387, 388, 401	30, 31, 235, 277, 306, 385, 387〜394, 401, 405, 406, 409, 410, 433, 434, 457, 492, 495, 515〜517

〔4〕阿久利川事件起こり、頼時再び離反		〔3〕頼義、着任し、安倍頼良、降伏		
9	8	7	6	
而して国府に帰るの道、阿久利河の辺りに、夜に人有りて窃かに相語る、「権守藤原朝臣説貞が子光貞・元貞等、野宿して人馬を殺傷せられたり」と。将軍、光貞を召して嫌疑の人を問ふ。答へて曰く、「頼時の長男貞任、先年を以て光貞の妹を娉せんと欲す。而れども其の家族を賤	任終るの年、府務を行はんが為に、鎮守府に入り、数十日経回するの間、頼時首を傾けて給仕し、駿馬金宝の類、悉く幕下に献じ、兼ねて士卒に給ふ。	境に入り任に着くの初め、俄に天下の大赦有り。頼良大いに喜び、名を改めて頼時と称し、（大守の名に同じきこと、禁に有るが故なり。）身を委ねて帰服す。境内は両たび清く、一任事無し。	拝して陸奥守、兼ねて鎮守府将軍と為し、頼良を討たしむ。天下素より才能を知り、其の採択に服せり。	を納れて妻と為し、三男二女を生ましむ。長子義家、仲子義綱等なり。判官代の労に因りて、相模守と為る。俗武勇を好めば、民多く帰服す。頼義朝臣の威風、大いに行はれ、拒捍の類、皆奴僕の如くなり。而して士を愛し施すことを好めば、会坂以東の弓馬の士、大半は門客と為れり。任終りて上洛し、数年の間を経て、忽ちに朝選に応じて征伐将帥の任を専にす。
然テ、守、館ニ返ル道ニ、阿久利河ノ辺ニ野宿シタルニ、権守藤原説貞ガ子共光貞・元貞等ガ宿ヲ射ル。人馬少々被射殺ヌ。此レ誰ガ所為ト不知。夜明テ、守此ノ事ヲ聞テ、光貞ヲ召テ、嫌疑人ヲ問フ。光貞答テ云ク、「先年ニ頼時ガ男貞任、「光貞ガ妹ヲ妻ニセム」	任畢ノ年、守事ヲ行ハムガ為ニ、鎮守府ニ入テ数十日有ル間、頼時首ヲ傾テ給仕スル事無限リ。亦、駿馬ニ金等ノ宝ヲ与フ。	而ル間、俄ニ天下大赦有テ、頼良被免ヌレバ、頼良大キニ喜テ、名ヲ頼時ト改ム。亦且ハ守ノ同名ナル禁忌ノ故也。然テ頼時守ニ随ヌレバ、一任ノ間事無シ。	頼義鎮守府ノ将軍ニ任ジテ、太郎義家・二郎義綱并ニ多ノ兵ヲ相具シテ、頼良ヲ討ムガ為ニ、既ニ陸奥国ニ下ヌ。	
232, 233, 381, 474	45, 51, 233, 389, 390, 394, 404, 443, 474	233, 358, 389, 390, 394, 404, 406	152, 233, 394, 517	

〔5〕将軍頼義、軍勢をさし向ける		〔4〕阿久利川事件起こり、頼時再び離反	
12	11	10	9
時に頼時の聟の、散位藤原朝臣経清・平永衡等、皆舅に叛き、私兵を以ゐて将軍に従ふ。	将軍弥よ嗔り、大いに軍兵を発す。坂東の猛士、雲のごとくに集ひ雨のごとくに来れり。歩騎は数万ありて、輜人戦具は重畳して野を蔽ふ。国内震懼し、響のごとくに応ぜざるは莫し。	頼時、其の子姪に語りて曰く、「人倫の世に在るは、皆妻子の為なり。貞任は愚かしと雖も、父子の愛、棄て忘るること能はず。一旦誅に伏せば、吾何ぞ忍ばんや。如かじ、関を閉ぢて聴かざるには。其れ来りて我を攻めんか、吾が衆も亦拒ぎ戦ふに足れり。未だ以て憂と為さず。縦ひ戦ひ利あらずとも、吾が儕等しく死せんこと亦可ならざらんや」と。其の左右、皆曰く、「公の言は是なり。請ふ、一丸の泥を以て衣川関を封ぜんことを。誰か敢て破る者有らんや」と。遂に道を閉ぢて通ぜず。	しとして之を許さず。貞任深く恥と為す。之を推すに、貞任の為し所ならん。此の外に他の仇無し」と。爰に将軍怒りて貞任を召して、之を罪せんと欲す。
頼時ガ聟散位藤原経清・平永衡等モ皆舅ヲ背テ守ニ随フ。	然レバ守弥ヨ嗔テ、大キニ兵ヲ発テ責メ来ルニ、国ノ内騒動シテ、不靡ト云事ナシ。	頼時、貞任ニ語テ云ク、「人ノ世ニ有ル事ハ皆妻子ノ為也。貞任我ガ子也。棄ム事難有シ。被殺ヲ見テ、我レ世ニ不可有ル。不如、門ヲ閉テ其ノ言ヲ不聞。何況ヤ、守任既ニ満タリ。上ラム日近シ。其ノ心嗔ルトモ、自来リ責メム事不能。我レ亦防キ戦ハムニ足レリ。汝不可歎」ト云テ、衣河ノ関ヲ固メ、道ヲ閉テ、人ヲ不通サ。	ト云キ。而ルニ貞任ガ家賤ケレバ不用リツ。貞任深ク此ヲ恥トス。此レヲ推スルニ、定メテ貞任ガ所為ナラム。此ノ外ニ更ニ他ノ敵無シ」ト。爰ニ守、「此レ、光貞ヲ射ニハ非ズ。我レヲ射ル也」ト大キニ嗔テ、貞任ヲ召テ罪セムト為ルニ、
233, 479	404, 474	89, 124, 232, 233, 358, 404, 444, 474	

〔6〕永衡殺害に恐れ、経清離反す

14	13
是に於て経清等、怖れて自ら安んぜず。窃かに其の客に語りて曰く、「前車の覆るは後車の鑑なり。韓彭誅せられて黥布寒心す。今十郎已に歿す、（永衡、字は伊具十郎。）吾又知らず、何れの日にか死せんことを。之を為すこと如何」と。客曰く、「公赤心を露して、将軍に事へんと欲すとも、将軍は必ず公を意はん。若かじ、讒口未だ開かざるの前に、叛き	軍を引きて漸く進み、将に衣川に到らんとするの間、永衡、銀の冑を被る。人有り、将軍に説きて曰く、「永衡は前司の登任朝臣の郎従と為りて、当国に下向し、厚く養頤を被り、勢は一郡を領せり。而れども頼時の女を娉してより以後、大守に弐あり。合戦の時、頼時に与し旧主に属せず。不忠不義の者なり。今外に帰服を示すと雖も、而も内に奸謀を挟みて、恐らくは陰かに使ひを通はして軍士の動静・謀略の出づる所を告げ示すかと。又着る所の冑の、群と同じからざるは、是必ず合戦の時に軍兵をして己を射ざらしめんと欲するなり。黄巾・赤眉は豈軍を別つの故にあらずや。如かじ、早に之を斬り其の内応を断たんには」と。将軍、以て然りと為す。則ち兵を勒して永衡及び其の随兵中の腹心を委ねし者の四人を収めしめ、責るに其の罪を以てし立ろに之を斬る。
経清此レヲ見テ、恐ヂ畏テ、親シキ者ニ蜜語テ云ク、「我レ亦何死ナムト為ラム」ト。答テ云ク、「君極ク守ニ仕フトモ、必讒言有ラム。疑ヒ無ク被殺ナム。只早ク逃テ安大夫ニ随ヘ」ト。経清此レヲ信ジテ、「去ナム」ト思テ、謀ノ言ヲ以テ軍等ニ云ク、「頼時ガ軍間道ヨリ出テ、国府ヲ責テ守ノ北ノ方ヲ取ラムトス」。此レヲ聞テ、守軍等	而ルニ、永衡、銀ノ冑ヲ着テ軍ニ有リ。人有テ守ニ告テ云ク、「永衡ハ頼時ガ聟トシテ外ニハ随フト云ヘドモ、内ニハ謀ノ心有リ。定メテ蜜ニ使ヲ通ハシテ、御方ノ軍ノ有様ヲ告ムト為ル也。亦着タル所ノ冑、群ト不同ラ。此レ必ズ合戦ノ験也」トテ、守此レヲ聞テ、永衡幷ニ其ノ類四人ヲ捕ヘテ、其ノ頭ヲ斬ツ。
233, 275, 358, 381, 404, 407, 479, 480, 511	233, 358, 479

	〔8〕新国司着任せず、頼義が再任される	〔7〕金為時、援軍なく敗戦、経清逃亡す		〔6〕永衡殺害に恐れ、経清離反す
	17	16	15	14
九月二日、鎮守府将軍源頼義、俘囚阿部頼時と合戦の間、頼時流矢の中る所	（天喜五年八月）十日、前陸奥守源頼義、俘囚安倍頼時を襲討するの間、官符を東山・東海両道諸国に給はせ、兵糧を運び充たすべきの事、公卿定め申す。又官使太政官の史生紀成任・左弁官の史生惟宗資行等を下し遣す。（後文36も参照。）			
天喜五年秋九月、国解を進りて頼時を誅伐するの状を言上して称く、「臣、金為	今年、朝廷、新司を補すと雖も、合戦の告を聞き、辞退して任に赴かず。之に因りて更めて重ねて頼義朝臣を任じ、猶征伐を遂げしむ。今年、騒動して、国内飢饉せり。糧食給らず、大衆一たび散じたり。忽ち再会に逮びて、謀を出だすの間、漸く年序を送る。（後文36も参照。）	是に於て、経清等、大軍の擾乱するの間に属して、私兵八百余人を将ゐて頼時に走る。	而して気仙の郡司金為時等を遣して、頼時を攻めしむ。頼時、舎弟の僧良昭等を以て之を拒がしむ。為時頗る利有りと雖も、而るに後援無きに依りて一戦して退けり。	走りて安大夫に従はんには。独り忠功を為すの時、躋を噬ふも何ぞ逮ばん」と。経清曰く、「善し」と。則ち流言を搆へて、軍中を驚かして曰く、「頼時、軽騎を遣はし、間道より出でて、将に国府を攻めて将軍の妻子を取らんとす云々」と。将軍の麾下・内客は皆、妻子は国府に在り。多く将軍に勧めて国府に帰らしめんとす。将軍、衆の勧めに因りて、自ら驍騎数千人を将ゐ、日夕に馳せ還れり。
然バ頼義国解ヲ以テ申ス、「金ノ為時并ニ下野守興重等ヲ以テ、奥ノ地ノ曹	而ル間、頼義一任畢ヌレバ、新司高階経重ヲ被補ルト云ヘドモ、合戦ノ由ヲ聞テ、辞退シテ不下ラ。此ニ依テ重テ頼義ヲ被補ル。此レ頼時ヲ令討ムガ為也。	而ルニ経清、軍ノ乱レ騒グ隙ニ、私ノ兵八百余人ヲ具シテ、頼時ニ随ヌ。		発リ騒グ。
	103, 184, 203, 270, 349, 393, 491, 504	233, 381, 479, 480, 511	48, 233, 277, 306〜308, 381, 408, 479, 480, 511	

<table>
<tr><th>〔9〕天喜五年九月の国解、頼時討伐を報ず</th><th colspan="2">〔10〕将軍、黄海で敗北、八幡太郎義家奮闘す</th></tr>
<tr><th>18</th><th>19</th><th>20</th></tr>
<tr><td>と為り、鳥海柵に還りて死に了んぬ。但し余党は未だ服せず。仍て、重ねて国解を進らせ、官符を賜りて諸国の兵士を徴発し、兼ねて兵糧を納れ、悉く余党を誅せんことを請ふ。</td><td>十一月、将軍頼義、兵千三百余人を率ゐ、貞任等を討たんと欲す。爰に貞任等は精兵四千余人を引率して拒み戦ふ。時に風雪甚だ励しく、道路艱難たり。官軍食無く、人馬共に疲る。賊徒は新羈の馬を馳せ、疲足の軍に敵す。官軍大いに敗れ、死する者数百人なり。</td><td>将軍の長男義家、驍勇倫を絶し、騎射神のごとし。大鏃箭を以て、頻りに賊の師を射る。矢は空しく発せず、中る所は必ず斃る。夷人靡き走り、敢て当</td></tr>
<tr><td>時・下毛野興重等をして奥地の俘囚に甘説せしめ、官軍に与せしむ。是に於て、鉋屋・仁土呂志・宇曾利、三郡の夷人を合して、安倍富忠を首と為して、兵を発し為時に従はんとす。而して頼時、其の計を聞きて、自ら往きて利害を陳べんとするも、衆は二千人に過ぎず。富忠、伏兵を設けて之を嶮岨に撃ち、大いに戦ふこと二日。頼時流矢の中る所と為り、鳥海柵に還りて死せり。但し余党は未だ服せず。請ふ、官符を賜りて諸国の兵士を徴発し、兼ねて兵糧を納れ、悉く余類を誅せんことを。官符を賜ふに随つて兵糧を召し、軍兵を発せん」と。</td><td>但し群卿の議同じくせず、未だ勲賞を行はざるの間に、同年十一月に、将軍、兵千八百余人を率ゐて、貞任等を討たんと欲す。貞任等は精兵四千余人を率ゐて、金為行の河崎柵を以て営と為して、黄海に拒ぎ戦ふ。時に、風雪甚だ励しく、道路艱難たり。官軍食無く、人馬共に疲る。賊類は新羈の馬を馳せ、疲足の軍に敵す。唯に客主の勢の異なるのみに非ず、又寡衆の力の別なること有り。官軍大いに敗れ、死する者数百人なり。</td><td>将軍の長男義家、驍勇倫を絶し、騎射神の如し。白刃を冒し重囲を突き、賊の左右に出づ。大鏃箭を以て、頻りに賊の師を射る。矢は空しく発せず、中る所は必</td></tr>
<tr><td>ヲ語テ、御方ノ軍ニ寄セテ、頼時ヲ可討シ」ト。即公、其ノ由ノ宣旨ヲ被下タレバ、鉋屋・仁土呂志・宇曾利ノ三郡ノ曹、安陪富忠ヲ首トシテ、多ノ兵ヲ以テ頼時ヲ責ル間、頼時力ヲ発防キ戦事二日、頼時遂ニ流矢ニ当テ、鳥ノ海ノ楯ニシテ死ヌ。</td><td>其ノ後、守三千百余人ノ軍ヲ具シテ、貞任等ヲ討ムトス。貞任等四千余人ノ兵ヲ具シテ防キ戦フニ、守ノ軍破レテ死ル者多シ。</td><td>守ノ男義家、猛キ事人ニ勝レ、射ル箭不空、敵等ノ射ル箭□無シ。夷靡キ走テ敢テ向フ者無シ。此レヲ八幡太郎ト云フ。</td></tr>
<tr><td>30, 46, 106, 203, 214, 227, 296, 371, 382, 491, 504</td><td colspan="2">14, 80, 81, 106, 209, 218～223, 228, 231, 247, 248, 305, 343, 380, 381, 393, 401, 404, 474, 484, 491, 495, 503, 504, 520</td></tr>
</table>

	〔10〕将軍、黄海で敗北、八幡太郎義家奮闘す			
20	21	22	23	24
る者無し。	将軍の従兵、或いは以て散走し、或いは以て死傷す。残る所は纔に六騎有るのみ。賊衆二百余騎、左右の翼を張りて、囲み攻む。矢を飛ばすこと雨ふるが如し。		爰に、義家頻りに魁帥を射殺す。賊類、神と謂ふ。漸く引き退けり。	
ず斃る。雷のごとく奔り風のごとく飛びて、神武命世なり。夷人靡き走り、敢て当る者無し。夷人号を立てて八幡太郎と曰ふ。漢の飛将軍の号、年を同じくして語る可からず。	将軍の従兵、或いは以て散走し、或いは以て死傷す。残る所は纔に六騎有るのみ。長男義家・修理少進藤原景通・大宅光任・清原貞広・藤原範季・同じく則明等なり。賊衆二百余騎、左右の翼を張りて囲み攻む。矢を飛ばすこと雨ふるが如し。	将軍の馬、流矢に中りて斃る。景通馬を得て之を扶く。義家の馬も又矢に中りて死す。則明賊の馬を奪ひて之を援く。此の如くするの間、殆ど脱すること得叵し。	而るに義家頻りに魁帥を射殺す。又光任等、数騎殊死して戦ふ。賊類神なりと為して、漸く引き退けり。	是の時、官軍の中に散位佐伯経範といふ者有り。相模国の人なり。将軍厚く之を遇す。軍敗るるの時、囲み已に解け、纔に出づれども将軍の処を知らず。散卒に問ふ。散卒答へて曰く、「将軍賊の為に囲まれ、従兵も数騎に過ぎず。之を推すに脱れ叵し」と。経範が曰く、「我将軍に事へて已に三十年を経たり。老僕の年、已に耳順に及び、将軍の歯、又懸車に逼れり。今覆滅の時に当りて、何ぞ命を同じくせざらんや。地下に相従ふは是吾が
	而ル間、守ノ兵、或ハ逃ゲ或ハ死ヌ。纔ニ残ル所六騎也。男義家・修理少進藤原景道・大宅ノ光任・清原貞廉・藤原範季、同キ則明等也。敵ハ二百余騎也。左右ヨリ囲ミ責テ、飛矢雨ノ如シ。	守ノ乗馬矢ニ当テ斃ヌ。景道馬ヲ得テ此レヲ与フ。義家ガ馬亦矢ニ当テ死ヌ。則明敵ノ馬ヲ奪テ此レヲ乗セツ。如此ク為ル間、殆難脱シ。	而ルニ、義家頻ニ敵ノ兵ヲ射殺ス。亦、光任等死ニ死テ戦フニ、敵漸ク引テ退ヌ。	其ノ時ニ、守ノ郎等散位佐伯ノ経範ハ相模国ノ人也。守専ニ此ヲ憑メリ。軍ノ破レケル時ニ、経範囲ミ漏サレテ、纔ニ出テ、守ノ行ケル方ヲ不知ラ。散タル者ニ問ニ、答テ云ク、「守ハ敵ノ為ニ囲マレテ、従兵不幾。此レヲ思フニ定メテ脱レム事難シ」ト。経範ガ云ク、「我レ守ニ仕ヘテ此年既ニ老ニ至ル。守亦若キ程ニ不在ラ。今限ノ剋ニ及テ何ゾ同ク不死ラム」ト。其随兵両三騎亦云ク、「君既ニ守ト共ニ死ナム
218〜223, 231, 382, 404, 491, 504, 520	121, 171, 218〜223, 231, 276, 325, 455, 491, 504, 520	218〜223, 230, 231	218〜223, 231, 296, 325, 455, 491, 504, 520	224, 229, 231, 321, 404

〔11〕将軍の家臣、経範・景季らの忠節			〔12〕藤原茂頼、俄かに出家して主の屍を探す
	25	26	27
志なり」と。還りて賊の囲みの中に入る。其の随兵の両三騎、又曰く、「公既に将軍と命を同じくし節に死す。吾等、豈独り生くることを得んや。陪臣と云ふと雖も、節を慕ふこと是一なり」と。共に賊陣に入りて、戦ふこと甚だ捷し。則ち十余人を殺す。而して殺死すること林の如くして、皆賊の前に歿しぬ。	藤原景季といふ者は景通の長子なり。年は二十余、性、言語少なく、騎射を善くす。合戦の時、死を視ること帰するが如くす。馳せて賊陣に入り、梟帥を殺して出づ。此の如くすること七、八度にして、馬蹶きて賊の為に得らる。賊徒、其の武勇を惜しむと雖も、而して将軍の親兵為ることを悪みて、遂に之を斬る。	散位和気致輔・紀為清等、皆万死に入りて一生を顧みず。悉く将軍の為に命を棄つ。其の士の死力を得ること、皆此の類なり。	又藤原茂頼といふ者、将軍の腹心なり。驍勇にして善く戦ふ。軍敗るるの後、数日将軍の往く所を知らず。謂く、「已に賊に没す」と。悲泣して曰く、「吾、彼の骸骨を求めて、方に之を葬斂せん。但し兵革の衝く所、自づから僧侶に非れば、入りて求むること能はざらん。方に鬢髪を剃りて遺骸を拾ふのみ」と。則ち忽ちに出家して僧と為り、戦場を指して行く。
トテ敵ノ陣ニ入ヌ。我等豈独リ生カム」ト云テ、共ニ敵ノ陣ニ入テ戦フニ、十余人ヲ射殺シテ、其等モ敵ノ前ニシテ被殺ヌ。	亦、藤原景季ハ景道ガ子也。年二十余ニシテ敵ノ陣ニ馳入テ、敵等ヲ射殺シテ返ル事七八度也。遂ニ敵ノ陣ニシテ馬倒レヌ。敵等景季ガ武勇ヲ見テ惜ムト云ヘドモ、守ノ親兵タルニ依テ殺シツ。	此様ニ為ル間、守ノ親キ郎等共、皆力ヲ発シテ戦フト云ヘドモ、敵ノ為ニ被殺者其員有リ。	亦、藤原茂頼ハ守ノ親キ者也。軍破レテ後、数日守ノ行所ヲ不知。「既ニ敵ノ為ニ被討ニケリ」ト思テ、泣々、「我レ彼骸骨ヲ求テ葬セム。但シ軍ノ中ニハ僧ニ非ズハ難入」ト云テ、忽ニ髪ヲ剃テ僧ト成テ、戦ノ庭ヲ指テ行ク。道ニ守ニ値ヌレバ、且ハ喜ビ、且ハ悲ムデ、守ト共ニ返ヌ。
	224～229, 231, 404	224～229, 231	224～229, 231

	〔13〕平国妙、生虜となる	〔14〕天喜五年十二月の国解、援無きを訴える			
27	28	29	30	31	32
		十二月、鎮守府将軍頼義、言上す。「諸国の兵糧・兵士、徴発の名有りと雖も、到来の実無し。当国の人民、悉く他国に赴き兵役に従はず。先に出羽国に移送するの処、守の源兼長、敢て糺越の心無し。裁許を蒙るに非ざれば、何ぞ討撃を遂げん。已上」。	同月（十二月）廿五日、陸奥守藤原良経、兵部大輔に遷任せり。源頼義、更に陸奥守に補せられ、重任の宣旨有り。	又源兼長の任を止めて、源斉頼を以て出羽守と為して、相共に貞任等を撃たしむ。	其の後、諸国の軍兵・兵糧も、頻りに官符を賜ると雖も、彼の国に到らず。斉頼亦不次の恩賞を蒙り乍ら、全く征伐の心無し。
道に将軍に遇ふ。且つ悦び且つ悲しみ、相従ひて逃れ来れり。出家劇しきに似ると雖も、忠節は猶感ずるに足れり。	又散位平国妙といふ者は、出羽国の人なり。驍勇にして善く戦ひ、常に寡を以て衆を敗る。未だ嘗て敗北せず、俗号して云ひて曰く、「平不負」と。（字を平大夫と曰ふ。故に能を加へて「不負」と云ふ。）将軍、之を招き、前師為らしむ。而れども馬仆れて賊の為に擒へらる。賊帥の経清は国妙の外甥なり。故を以て免ることを得たり。武士猶以て恥と為すなり。	同年十二月の国解に曰く、「諸国の兵糧・兵士、徴発の名有りと雖も、到来の実無し。当国の人民、悉く他国に越えて兵役に従はず。先に出羽国に移送するの処、守の源朝臣兼長、敢て糺越の心無し。裁許を蒙るに非ざれば、何ぞ討撃を遂げん云々」と。		是に於て、朝家、兼長朝臣の任を止めて、源朝臣斉頼を以て出羽守と為して、共に貞任を撃たしむ。	而るに斉頼不次の恩賞を蒙り乍ら、全く征伐の心無し。諸国の軍兵・兵糧も、又以て来らず。此の如きの間、重ねて攻むること能はず。
	224〜229, 277, 306, 307, 407, 408, 471, 472, 485	70, 106, 203, 214, 242, 244, 252, 253, 257, 270, 281, 283, 471, 472, 476, 477, 491, 503, 504	252, 253, 257	70, 106, 242, 244, 252, 253, 257, 270, 281, 283, 471, 472, 477, 491, 504	70, 202, 203, 242, 243, 252, 253, 255〜257, 270, 281, 283, 471, 472, 476, 477, 491, 504

	〔15〕貞任等の横行に、将軍、清原武則を頼む			〔16〕頼義、陸奥の国人の信望を得る	〔17〕武則来援し、頼義、吉例の営岡に陣立す	
	33	34	35	36	37	38
	然る間、貞任等、恣に人民を劫略す。		（後文38にあり。）	康平五年壬寅、春の月、高階経重、陸奥守と為す。源頼義の任終るに依てなり。経重、進発し下向す。人民、皆前の司の指揮に随ふ。経重、帰洛す。	諸国の軍兵等、頻りに官符を賜ると雖も、当国に越え来らず。	仍て、将軍源朝臣頼義、屢甘言を以て出羽山北俘囚主清原真人光頼・舎弟武則等を相語らひて、官軍に与力せしめんとす。常に贈るに奇珍を以てす。光
『奥州合戦記』に曰く	貞任等、益諸郡に横行し、人民を劫略す。	経清、数百の甲士を率ゐて衣川関を出で、使ひを諸郡に放ちて、官物を徴し納む。命じて曰く、「白符を用ふ可し、赤符を用ふ可らず」と。（白符とは経清の私の徴符なり。印を捺さず。故に白符と云ふ。赤符とは国符なり。国印有り。故に赤符と云ふなり。）将軍之を制すること能はず。	而れども常に甘言を以て、出羽山北の俘囚の主、清原真人光頼・舎弟武則等に説きて、官軍に与力せしめんとす。光頼等、猶預して未だ決せず。将軍、常に贈るに奇珍を以てす。光頼・武則等、漸く以て許諾す。	康平五年の春、頼義朝臣の任終るに依りて、更めて高階朝臣経重を拝して陸奥国の守と為す。鞭を揚げて進発す。境に入り任に着くの後、何も無くして帰洛す。是国内の人民、皆前の司の指撝に随ふが故なり。		（前文35にあり。）
	而ル間、貞任等弥ヨ威ヲ振テ、諸ノ郡ニ行、民ヲ仕フ。	経清ハ多ノ兵ヲ具シテ、衣河ノ関ニ出テ、使ヲ郡ニ放テ、官物ヲ徴リ納メテ云ク、「白符ヲ可用。赤符ヲ不可用」ト。白符ト云ハ経清ガ私ノ徴符也。印ヲ不押バ白符ト云フ。赤符ト云ハ国司ノ符也。国印有ルガ故ニ赤符ト云也。守此レヲ制止スルニ不能。	然テ守、常ニ出羽国ノ山北ノ夷ノ主清原光頼并ニ弟武則等ニ可与力キ由ヲ勧ム。光頼等此ヲ思繚フ間、守常々珍ク微妙キ物共ヲ送テ、懃ニ語フ時ニ、光頼・武則等、其ノ心漸ク蕩テ、力ヲ可加キ由ヲ請。	（前文17にあり。）		
	77, 252〜254, 256, 257, 270, 283, 358, 363, 365, 483, 504	51, 77, 252〜257, 282, 283, 358, 363, 407, 479, 483	132, 184, 185, 252〜257, 441, 468, 471	25, 101, 107, 184, 195, 252〜254, 256, 257, 260, 270, 283, 348, 350, 382, 393, 504	202, 255, 256, 270, 280, 281, 283, 284, 505, 506	132, 184, 285, 256, 280, 281, 283, 284, 471, 505

	〔17〕武則来援し、頼義、吉例の営岡に陣立す		
	39	40	
頼・武則等、漸く以て許諾す。	康平五年七月、武則、子弟を率ゐて万余人の兵を発し、当国に越え来りて、栗原郡営岡に到る。是に於て、将軍大いに喜び、三千余人の軍を率ゐて、七月廿六日に発向し、八月九日、彼の営岡に到る。送るに心懐を陳べ、涙を拭ひて悲喜す。	十六日、七陣の押領使を定む。	
	朝議、紛紜せるの間、頼義朝臣、頻りに兵を光頼幷びに舎弟武則等に求む。是に於て、武則、同年の秋七月を以て、子弟と万余人の兵を率ゐて陸奥国に越え来り。将軍大いに喜び、三千余人を率ゐて、七月二十六日を以て国を発す。八月九日、栗原郡営岡に到る。（昔、田村麻呂将軍、蝦夷を征するの日、此に於て軍士を支へ整ふ。其れ自り以来、号して営と曰ふ。塹の迹猶存せり。）武則真人、先づ此の処に軍だちす。邂逅に相遇ひて、互ひに心懐を陳ぶ。各以て涙を拭ひ、悲喜交至る。	同じ十六日、諸陣の押領使を定む。清原武貞を一陣と為す。（武則の子なり。）橘貞頼を二陣と為す。（武則の甥なり。字は逆志方太郎。）吉彦秀武を三陣と為す。（武則の甥にして、又婿なり。字は荒川太郎。）橘頼貞を四陣と為す。（貞頼の弟なり。字は新方次郎。）頼義朝臣を五陣と為す。五陣の中、又三陣に分つ。（一陣は将軍、一陣は武則真人、一陣は国内の官人等なり。）吉美侯武忠を六陣と為す。（字は班目四郎。）清原武道を七陣と為す。（字は貝沢三郎。）	是に於て、武則、遥かに皇城を拝し、天地に誓ひて言く、「臣既に子弟を発し、将軍の命に応ず。志は節を立つるに在り
	其後、守頻ニ光頼・武則等ニ兵ヲ乞フ。然レバ武則、子弟幷ニ万余人ノ兵ヲ発シテ、陸奥国ニ越来テ、守ニ来ル由ヲ告グ。守大キニ喜テ、三千余人ノ兵ヲ具シテ行キ向フ。栗原ノ郡ノ営岡ニシテ、守武則ニ会フ。互ニ思フ所ヲ陳ブ。	次ニ諸陣ノ押領使ヲ定ム。各武則ガ子幷ニ類也。	武則遥ニ王城ヲ拝シテ誓ヲ立テ云ク、「我レ既ニ子弟類伴ヲ発シテ、将軍ノ命ニ随フ。死ナム事ヲ不顧リ。願クハ
	14, 80, 81, 184, 185, 219, 227, 228, 254, 280, 284, 305, 380, 381, 393, 401, 407, 441, 457, 458, 468, 484, 495, 505	276, 281, 284, 319, 344, 345, 407, 457, 458	

〔19〕小松の柵の合戦		〔18〕武則、忠節を誓う。八幡神の吉兆	
44	43	42	41
	翌日、同じき郡の萩馬場に到り、彼此合戦す。	武則、松山に赴く。道、磐井郡中山の大風沢に次る。	
将軍、武則に命じて曰く、「明日の議、俄に乖いて、当時の戦ひ、已に発せり。但兵は機を待ちて発するのみ。必ずしも日時を撰ばず。故に宋の武帝は往亡を避けず、而して功あり。好く兵機を見、早晩に随ふべし」と。武則曰く、「官軍の怒み、猶水火の如し。其の鋒は当るべからず。兵を用ゐるの機は、此の時に過ぎじ」と。則ち騎兵を以て要害を囲み、歩卒を以て城柵を攻めしむ。	翌日、同じき郡の萩馬場に到る。小松柵を去ること五町有余なり。件の柵は、是れ宗任の叔父僧良昭が柵なり。日次宜しからず、幷びに晩景に及ぶに依りて、攻撃の心無し。而るに武貞・頼貞等、先づ地勢を見むが為に、近づき到るの間、歩兵火を放つて柵外の宿盧を焼く。是に於て、城内奮呼し、矢石乱発す。官軍合応し、争ひて先登を求む。	則ち松山道に赴き、磐井郡中山の大風沢に次る。	て、身を殺すことを顧みず。若し苟も死せずば、必ず空しく生きじ。八幡三所、臣が中丹を照したまへ。若し身命を惜しみて死力を致さずば、必ず神鏑に中りて先づ死せん」と。合軍、臂を攘ひて、一時に激怒す。今日鳩有り、軍上に翔る。将軍以下、悉く之を拝す。
爰ニ守、武則ニ云ク、「合戦明日ト思フト云ヘドモ、自然ラ事乱ニタリ。日ヲ不可撰」ト。武則、「然也」ト云フ。	次ノ日、其ノ郡ノ萩ノ馬場ニ至ル。宗任ガ叔父僧良照ガ小松ノ楯ヲ去ル事五町余也。日次不宜、幷日晩タルニ依テ責ル事無シ。武則ガ子共、彼ノ方ノ軍ノ勢ヲ見ムガ為ニ近至ル間、歩兵等楯ノ外ノ宿屋ヲ焼ク。其時ニ城ノ内騒ギ呼テ、石ヲ以テ此レヲ打ツ。	即チ松山ノ道ニ趣テ、盤井ノ郡、中山ノ大風沢ニ宿ル。	八幡三所、我ガ丹誠ヲ照シ給ヘ。我レ更ニ命ヲ不惜」ト。若干ノ軍此ノ言ヲ聞テ、皆一時ニ励心ヲ発ス。其ノ時ニ、鳩、軍ノ上ニ翔ル。守以下悉ク此ヲ礼ス。
281, 299, 322, 356, 369, 383, 404	126, 276, 284, 299, 322, 343～345, 356, 369, 370	284	281, 315, 356, 404

	〔20〕官軍、小松の柵を攻めて、賊兵を撃つ		
48	47	46	45
其の後、霖雨に遭ひて、徒に数日を送る。糧食は已に尽き、軍中は飢え乏し。	賊徒六十余人を射斃す。疵を被けて逃る者は、其の数を知らず。賊衆、城を捨て逃げ走る。則ち火を放ちて、其の柵を焼き了んぬ。官軍の死する者は十三人、疵を被る者は百五十人なり。		
士卒を休し、干戈を整へ、追ひ攻撃せず。又霖雨に遭ひて、徒に数日を送る。糧は尽き、軍中は飢ゑ乏し。	賊衆、城を捨て逃げ走る。則ち火を放ちて柵を焼き了んぬ。射斃す所の賊徒は、六十余人、疵を被けて逃るる者は、其の員を知らず。官軍の死する者は十三人、疵を被る者は百五十人なり。	又、七陣の陣頭の武道、要害を支ふる処、宗任の精兵三十余騎、游兵と為りて襲ひ来る。武道、迎へ戦ひ、殺傷し殆ど尽く。	件の柵、東南には深流の碧潭を帯び、西北には壁立の青巌を負ふ。歩騎共に泥む。然れども兵士深江是則・大伴員季等、敢死の者二十余人を引率して、剣を以て岸を鑿ち、鉾を杖きて巌を登る。柵下を斬り壊つて、城内に乱入し、刃を合せて攻撃す。城中擾乱し、賊衆潰敗す。宗任、八百余騎を将ゐて、城外に攻め戦ふ。前陣頗る疲れて、之を敗ること能はず。茲に因りて五陣の軍士平真平・菅原行基・源真清・刑部千富・大原信助・清原貞廉・藤原兼成・橘孝忠・源親季・藤原朝臣時経・丸子宿禰弘政・藤原光貞・佐伯元方・平経貞・紀季武・安倍師方等を召し、合せ加へて之を攻めしむ。皆是将軍の麾下、坂東の精兵なり。万死に入りて一生を忘れ、遂に宗任の軍を敗る。
守、兵等ヲ汰ヘムガ為不責討。亦霖雨ノ間、十八日ヲ経タリ。其間、兵等糧尽テ食物無シ。（『陸』では「十八日」は後文51に出る。）	軍、城ヲ棄テ逃ヌレバ、即チ其ノ楯ヲ焼ツ。		而ニ深江ノ是則・大伴ノ員秀ト云者、猛キ者二十余人ヲ具シテ、剣ヲ以テ峰ヲ堀リ、鉾ヲ突キ巌ニ登テ、楯ノ下ヲ斬壊テ、城ノ内ニ乱レ入テ、剣ヲ合セテ互ニ打合ヌ。城ノ内乱テ人皆迷フ。宗任八百余騎ノ兵ヲ具シテ、城ノ外ニシテ合戦フト云ヘドモ、守数ノ猛キ兵等ヲ加ヘ遣テ、合戦フ時ニ、宗任ガ軍被破ヌ。
185, 284, 356	284, 299, 344, 356, 368, 370, 383	276, 277, 284, 299, 306, 307, 347, 356, 383, 408	281, 299, 318, 347, 356, 358, 370, 383, 404, 408

〔22〕貞任の猛攻を斥け、官軍勝利す		〔21〕官軍、長雨と兵糧の欠乏に苦しむ	
52	51	50	49
	漸く十八箇日を経る。営中に残留せし者、僅に六千五百余人なり。爰に貞任等、官軍、兵糧を求めんが為に四方に散乱すと伝へ聞く。九月五日、精兵八千余人を引率して、地を動かして襲ひ来たる。玄甲は雲の如く、白刃は日に耀く。	各、兵士を遣はし、稲等を苅らしめ、軍糧を給ひし間、	
是に於て、武則真人進みて将軍を賀して曰く、「貞任謀を失へり。将に賊の首を梟せんとす」と。将軍曰く、「官軍分散し、孤営に兵少なしと聞きて、忽ちに大衆を将ゐて来り襲ふ、是必ず勝つことを謀らん。而るに子は『謀を失へり』と云ふ、其の意は如何」と。武則曰く、「官軍は客兵と為りて、糧食は常に乏し。一旦に鋒を争ひて雄雌を決せんと欲す。而るに賊衆若し嶮を守りて進み戦はざれば、	此の如くするの間、十八箇日を経る。営中に留まる者六千五百余人なり。貞任等、此の由を風に聞きて、其の衆に語りて曰く、「聞くが如くば、官軍の食乏しく、四方に糧を求めて、兵士四散し、営中数千に過ぎずと云々。吾、大衆を以て襲ひ撃たば、必ず之を敗らん」と。則ち九月五日を以て、精兵八千余人を率ゐて、地を動かして襲ひ来る。玄甲は雲の如く、白刃は日に耀く。	又、磐井郡仲村の地に入らしむ。陣を去ること四十余里なり。耕作の田畠・民戸は頗る饒なり。則ち兵士三千余人を遣はして、稲禾等を刈らしめ、将に軍糧に給せんとす。	磐井以南の郡々、宗任の誨へに依つて、官軍の輜重・往反の人物を遮り奪ふ。件の奸類を追捕せんが為に、兵士千余人を分ちて栗原郡に遣はす。
	貞任等此ノ由ヲ漏リ聞テ、隙ヲ伺テ多ノ兵ヲ卒シテ責来ル。	守多ノ兵等ヲ所々遣テ、糧ヲ令求ル間	
277, 278, 284, 306, 307, 326, 327, 356	185, 186, 284, 356	186, 284, 343, 344, 356, 365, 408	186, 277, 284, 306〜308, 356, 365

〔22〕貞任の猛攻を斥け、官軍勝利す

52	53	54	55
	両陣相対し、鋒を交え大戦す。		貞任等、敗北し、磐井河に到る。或いは高岸より堕ち、或いは深淵に溺る。河辺に於て射殺する賊衆は百余人、奪ひ取る馬は三百余疋なり。
客兵は常に疲れて久しく攻むること能はず。或いは逃散する者有らば、還りて彼の為に討たれん。僕、常に之を以て恐れと為す。而るに今、貞任等進み来りて戦はんと欲す、是天の将軍に福するなり。又賊の気、黒くして楼の如し、是軍敗るるの兆なり。官軍必ず勝つことを得ん」と。将軍曰く、「子の言は是なり。吾又之を知る」と。時に将軍、武則に命じて曰く、「昔、勾践、范蠡の謀を用ゐて、会稽の恥を雪ぐを得たり。今、老臣、武則の忠に因つて、朝威の厳を露さんと欲す。今日の戦に於て、身命を惜しむこと莫れ」と。武則曰く、「今、将軍の為に命を棄てんこと、軽きこと鴻毛の如し。寧ろ賊に向ひて死すと雖も、敵に背けて生くることを得じ」と。是に於て、将軍、陣を置くこと、常山の蛇勢の如し。士卒、奮ひ呼び、声は天地を動す。	両陣相対し、大いに戦ふ。午より酉に至る。	義家・義綱等、虎のごとくに視、鷹のごとくに揚る。将を斬り旗を抜く。貞任等、遂に以て敗北す。官軍、勝に乗じて北るを追ふ。	賊衆、磐井河に到り、迷ひて或いは津を失ふ。或いは高岸より墜ち、或いは深淵に溺る。暴虎憑河の類は、襲ひ撃ちて之を殺す。戦場より河辺に至るまで、射殺
		而ルニ、守并ニ義家・義綱・武則等、多ノ軍ヲ勧メテ、力ヲ発シ命ヲ棄テ合戦フニ、貞任等負テ逃ヌ。守并ニ武則等軍ト共ニ責メ追フ程ニ、	
	280, 283, 284, 342, 356, 365, 491, 505, 506	281, 318, 324, 345, 356, 358, 365, 383, 517	280, 283, 284, 344, 356, 358, 365, 491, 505, 506

	〔23〕武則、敗兵を追撃し、将軍、傷病兵を見舞う				〔24〕六日、衣川の関攻撃
	56	57	58	59	60
	武則等、精兵八百余人を以て暗夜に貞任等を尋ね追ふ。			遂に高梨宿幷に石坂柵を棄てて衣河関に逃げ入る。三十余町の程、斃亡せる人馬、宛も乱麻の如し。	六日、衣河に攻め入り、
する所の賊衆は百余人、奪ひ取る所の馬は三百余匹なり。	将軍、武則に語りて曰く、「深夜暗しと雖も、賊気を慰めず、必ず追ひ攻む可し。今夜、賊を縦うせば、明日、必ず振はん」と。武則、精兵八百余人を以て暗夜に尋ね追ふ。	将軍、営に還り、且つ士卒を饗し、且つ甲兵を整ふ。親ら軍中を廻り疵傷者を療す。戦士感激し、皆言ふ、「意は恩の為に使はれ、命は義に依つて軽し。今将軍の為に死すと雖も恨みず。彼の鬚を焼き膿を嗜りしも、何ぞ之に加ふるを得ん」と。	而して武則、籌策を運らし、敢死の者五十人を分ち、偸かに西山より貞任の軍中に入り、俄に火を挙げしむ。其の火光を見て、三方より声を揚げて攻撃す。貞任等、不意に出でて、営中擾乱す。賊衆駭き騒ぎ、自ら互ひに撃ち戦ひ、死傷甚だ多し。	遂に高梨宿幷びに石坂柵を棄てて、逃げて衣河関に入る。歩騎迷惑して、巌に放たれて谷に墜つ。三十余町の程、斃亡せる人馬、宛も乱麻の如し。肝胆地に塗れ、膏膩野を潤す。	同六日午の時、将軍、高梨宿に到る。即日に衣河関を攻めんと欲す。件の関は、素より隘路嶮岨にして、崤函の固きに過
				貞任ガ高梨ノ宿幷ニ石坂ノ楯ニ追ヒ着テ合戦フニ、貞任ガ軍亦破レテ、其ノ楯ヲ棄テ、貞任衣河ノ関ニ逃入ル。	即チ衣河ヲ責ム。此ノ関、本ヨリ極テ嶮キガ上ニ、
	280, 283, 284, 323, 324, 344, 356, 491, 505, 506	277, 284, 306, 307, 334, 356, 452	277, 284, 306, 307, 324, 327, 343, 344, 356, 408	284, 324, 343, 356, 360	124, 284, 324, 342, 356, 360, 402

〔24〕六日、衣川の関攻撃

62	61	60
重々の柵を焼き了んぬ。殺傷せる者、七十余人なり。		
武則、馬より下りて岸辺を廻り見て、兵士久清を召し命じて曰く、「両岸に曲木有りて、枝条河面を覆へり。汝は軽捷にして飛超を好くすれば、彼の岸に伝ひ渡り、偸かに賊営に入りて、方に其の類を焼け。賊其の営に火の起るを見ば、合軍驚き走らん。吾必ず関を破らん」と。久清云く、「死生命に随はん」と。則ち猨猴の跳梁するが如くして、彼の岸の曲木に着き、縄を牽き葛を纏ひて、三十余人を率く。兵士、同じく越え渡ることを得たり。偸かに藤原業近の柵に到り、俄に火を放つて焼く。（業近、字は大藤内。宗任の腹心なり。）貞任等、業近の柵の焼亡するを見て、大いに駭き遁げ奔る。遂に関を拒がず、鳥海柵を保たんとす。而して久清等の為に殺傷せらるる者、七十余人なり。	弥く樹を斬りて渓を塞ぎ、岸を崩して路を断つ。加ふるに霖雨の晴るること無く、河水の洪隘するを以てす。然れども三人の押領使之を攻む。武貞は関の道を攻め、頼貞は上津衣川の道を攻め、武則は関の下道を攻む。未の時より戌の時に迄まで、攻撃するの間、官軍の死する者九人、疵を被る者八十余人なり。	ぎたり。一人嶮に距げば、万夫も進むことを得ず。
武則、馬ヨリ下テ、岸ノ辺ヲ廻リ見テ、久清ト云兵ヲ召テ云ク、「両岸ニ曲タル木有リ。其枝、河ノ面ニ覆ヘリ。汝ヂ身軽クシテ飛ビ超ル事ヲ好ム。彼ノ岸ニ伝ヒ渡テ、蜜ニ敵ノ方ニ超入テ、其ノ楯ノ木ニ火ヲ付ヨ。敵其ノ火ヲ驚カムトス。其ノ時ニ我必ズ関ヲ破ラム」ト。久清武則ガ命ニ随テ、猿ノ如ク彼岸ノ曲レル□ニ着テ縄ヲ付テ、三十余人ノ兵此ノ縄ニ着テ超ヘ渡ヌ。蜜ニ藤原業道ガ楯ニ至テ、火ヲ放テ焼ク。貞任等此ヲ見テ驚キ、不戦シテ引テ逃テ、鳥ノ海ノ楯ニ着ヌ。	弥ヲ樹道ヲ塞ゲリ。守三人ノ押領使ヲ分テ此レヲ責メ令戦ム。	
124, 274, 275, 284, 301, 316, 324, 344, 345, 348, 356, 407	281, 321, 342, 344〜346, 360, 400, 402, 404	

〔26〕将軍、鳥海の柵に入城。武則を労う			〔25〕捕虜から賊軍の死者を聞き出す
66	65	64	63
		十一日、鳥海柵を襲ふ。宗任等、城を棄てて逃げ走り、厨川柵を保つ。	
将軍、武則に語つて曰く、「頃年、鳥海柵の名を聞きて、其の体を見ること能はず。今日、卿の忠節に因りて、初めて之に入るを得たり。卿、予が顔色を見ること如何」と。武則曰く、「足下多く宜しく王室の為に節を立つべし。風に櫛り雨に沐ひ、甲冑に蟣虱生ず。軍旅の役に苦しむこと、已に十余年なり。天地、其の忠を助け、軍士、其の志に感ず。是を以て、賊衆潰え走ること、積水を決する如	将軍、鳥海柵に入りて、暫く士卒を休む。柵中の一屋に醇酒数十瓶あり。士卒争ひて之を飲まんと欲す。将軍之を制止す。「恐らくは、賊類、毒酒を設けて疲頓の軍を欺くならん」と。而るに雑人の中の一両人、之を飲むも害無し。而る後、軍を合つて之を飲む。皆「万歳」と呼ふ。	同十一日の鶏鳴に、鳥海柵を襲ふ。行程は十余里なり。官軍の未だ到らざるの前に、宗任・経清等、城を棄てて走り、厨川柵を保つ。	同七日、関を破り胆沢郡白鳥村に到る。大麻生野及び瀬原の二柵を攻めて之を抜き、生虜一人を得たり。申して云ふ、「度々の合戦の場に、賊帥死する者は数十人なり。所謂、散位平孝忠・金師道・安倍時任・同貞行・金依方等なり。皆是貞任・宗任の一族にして、驍勇驃捍の精兵なり云々」と。
	守、鳥ノ海ノ楯ニ入テ暫ク兵ヲ休ル間、一ノ屋ニ多クノ酒有リ。歩兵等此レヲ見テ喜テ、急テ飲ナムトス。守制シテ云ク、「此レ必ズ毒酒ナラム。不可飲」ト。而ルニ、雑人ノ中ニ一両蛮ニ此ヲ飲ムニ、害無シ。然レバ軍挙テ此レヲ飲ツ。	守幷ニ武則、此ノ楯ヲ落シテ後、鳥ノ海ノ楯ヲ責ム。軍未ダ不来前ニ、宗任・経清等、城ヲ棄テ逃テ、厨河ノ楯ニ遷ヌ。	
44, 121, 257, 277, 284, 306, 307, 330, 346, 356, 360, 371, 372, 488	268, 281, 330, 346, 356, 372	121, 282, 284, 302, 330, 342, 343, 345, 356, 372, 479	276, 277, 284, 306, 307, 325, 340, 342, 343, 345, 356, 408, 454, 455

		〔26〕将軍、鳥海の柵に入城。武則を労う	
69	68	67	66
	十五日酉の剋、厨川柵に到着す。	射殺する賊徒三十二人。疵を被りて逃る者はその員を知らず。	
件の柵、西北は大沢、二面は河を阻つ。河岸は三丈有余、壁立して途無し。其の内に柵を築き、自ら固くす。柵の上に楼櫓を構へて、鋭卒之に居る。河と柵との間、亦隍を掘る。隍の底に倒に刃を立て、地の上に鉄刃を蒔く。遠き者をば弩を発して之を射、近き者をば石を投げて之を打つ。適柵の下に到る者をば沸湯を建てて之に沃ぎ、利刃を振ひて之を殺す。	同十四日、厨川柵に向ふ。十五日酉の剋に、厨川・嫗戸の二柵に到着す。相去ること七、八町許りなり。陣を結び翼を張り、終夜之を守る。	即ち正任が居る所の、和我郡黒沢尻柵を襲ひて之を抜く。射殺する所の賊徒三十二人、疵を被りて逃る者は其の員を知らず。又鶴脛・比与鳥の二柵、同じく之を破る。	し。愚臣、鞭を擁して相従ふのみ。何の殊功か有らん。但将軍の形容を見るに、白髪返つて半ば黒し。若し厨川柵を破り貞任の首を得ば、鬢髪悉く黒く、形容肥満せん」と。将軍曰く、「卿、子姪を率ゐて大軍を発し、堅きを被り鋭を執り、自ら矢石に当り、陣を破り城を抜くこと、宛も円石を転すが如し。之に因りて、予が節を遂ぐることを得たり。卿、功を譲ること無かれ。但白髪返つて黒きことは、予が意も之を然りとす」と。武則拝謝す。
	次ニ厨河・嫗戸二ノ楯ニ至リ囲テ、陣ヲ張テ終夜護ル。	然テ、武則、正任ガ黒沢尻楯、亦鶴脛・比与鳥ノ楯等同ジク落シテ、	
277, 284, 306, 356, 360, 374, 403, 453, 492	121, 122, 284, 302, 340, 342〜344, 356, 488	127, 185, 282, 284, 301, 302, 330, 344, 356	

〔27〕最後の拠点厨川・嫗戸焼け落ちる

70	71	72	73
	十六日卯の時、攻め戦ふ。終日通夜積弩乱発し、矢石雨ふるが如し。官軍の死する者、数百人なり。	十七日、将軍、士卒に令して曰く、「各村落に入り、屋舎を壊ち運び、之を城の辺に塡めよ。又人毎に萱草を苅り、之を河岸に積め」と。壊ち運び苅り積むこと、須臾にして山の如し。	将軍、馬より下りて、遥かに皇城を拝し誓つて曰く「昔、漢の徳未だ衰へず、飛泉忽ちに校尉の節に応ず。今、天の威猶ほ新なり。大風老進の忠を助くべし。伏して乞ふ、八幡三所、火を吹きて彼の柵を焼き亡すことを」と。則ち、自ら火を把りて神火と称して之を投ず。是の時に鳩有り、軍陣の上を翔る。将軍再拝す。暴風忽ちに起り、煙焰飛ぶが如し。楼櫓屋舎、一時に火起る。城中の男女、数千人同音に悲泣す。或いは身碧潭に投じ、或いは首白刃に倒る。
官軍到着の時、楼上の兵、官軍を招きて曰く、「戦ひ来れ」と。稚き女数十人、楼に登りて歌を唱ふ。将軍之を悪む。	十六日の卯の時自り、攻め戦ふ。終日通夜積弩乱発し、矢石雨ふるが如し。城中固く守り、之を抜かれず。官軍の死する者、数百人なり。	十七日未の時、将軍、士卒に命じて曰く、「各村落に入り、屋舎を壊ち運び、之を城の隍に塡めよ。又人毎に萱草を刈り、之を河岸に積め」と。是に於て壊ち運び刈り積むこと、須臾にして山の如し。	将軍、馬より下りて、遥かに皇城を拝し誓つて言く、「昔、漢の徳未だ衰へず、飛泉忽ちに校尉の節に応ず。今、天の威惟れ新なり、大風老臣の忠を助くべし。伏して乞ふ、八幡三所、風を出して火を吹きて彼の柵を焼くことを」と。則ち自ら火を把りて神火と称して之を投ず。是の時に鳩有り、軍陣の上を翔る。将軍再拝す。暴風忽ちに起り、煙焰飛ぶが如し。是に先んじて官軍の射る所の矢、柵面・楼頭に立つこと、猶蓑の毛の如し。飛焰風に随つて、矢の羽に着く。楼櫓屋舎、一時に火起る。城中の男女、数千人同音に悲泣す。賊徒潰乱し、或いは身を碧潭に投じ、或いは首を白刃に刎ぬ。官軍水を渡りて攻め戦ふ。
明ル卯ノ時ヨリ、終日終夜合戦フ。			爰ニ守、馬ヨリ下テ、遥ニ王城ヲ礼シテ、自ラ火ヲ取テ誓テ、「此レ神火也」ト云テ、此ヲ投グ。其ノ時ニ鳩出来テ、陣ノ上ニ翔ル。守此ヲ見テ、泣々此レヲ礼ス。其ノ時ニ、忽ニ暴キ風起テ、城ノ内ノ屋共一時ニ焼ヌ。城ノ内ノ男女数千人音ヲ同クシテ、泣キ叫ブ。敵ノ軍、或ハ身ヲ淵ニ投ゲ、或ハ敵ニ向テ伏ス。守ノ軍水ヲ渡テ責メ囲テ戦フ。
277, 284, 306, 307, 350, 451	121, 284, 342, 344, 356	280, 283～285, 304, 342, 356, 374, 491, 505, 506	277, 284, 304, 347, 356, 374, 384

〔27〕最後の拠点厨川・嫗戸焼け落ちる	〔28〕経清捕らえられ、鈍刀で処刑さる	〔29〕貞任、捕らえられ、将軍の眼前で絶命す	
74	75	76	77
	（経清の名のみは後文77に出る）	官軍、鉾を以て貞任を刺す。大楯に載せて、六人して之を舁き、将に将軍の前に到らんとす。其の長は六尺余有、腰囲は七尺四寸。	貞任・経清・重任等、一々生首を斬る。
是の時、賊中の敢死の者、数百人、甲を被て刃を振ひ、囲みを突いて出づ。死せんことを必して生きんとする心莫し。官軍、傷つき死する者多し。武則、軍士に告げて曰く、「囲みを開きて賊衆を出すべし」と。軍士、囲みを開く。賊徒忽ちに逃げんとする心を起し、戦はずして走る。官軍、横撃して悉く之を殺せり。	是に於て、経清を生け虜る。将軍召して見て、責めて曰く、「汝が先祖は、相伝へて予が家僕為り。而るに年来、朝威を忽緒し、旧主を蔑如す。大逆にして無道なり。今日、白符を用ゐるを得るや否や」と。経清、首を伏して言ふこと能はず。将軍深く之を悪む。故に鈍刀を以て漸くに其の首を斬る。是れ経清の痛苦を久しからしめんと欲してなり。	貞任、剣を抜きて官軍を斬り、官軍、鉾を以て之を刺す。大楯に載せて、六人して之を将軍の前に舁く。其の長は六尺有余、腰囲は七尺四寸。容貌は魁偉にして、皮膚は肥白なり。将軍、罪を責め、貞任、一面して死せり。	又、弟の重任を斬る。（字は北浦六郎なり。）但し宗任は自ら深泥に投じて逃れ脱げて已に了んぬ。貞任が子の童、年十三歳。名は千世童子と曰ふ。容貌は美麗なり。甲を被て柵の外に出でて、能く戦ふ。驍勇、祖の風有
敵ノ軍ハ身ヲ棄テ、剣ヲ振テ、囲ヲ破テ出ムトス。武則、兵等ニ告テ云ク、「道ヲ開テ敵等ヲ可出シ」ト。然レバ兵等囲ヲ開ク。敵等不戦シテ逃グ。守ノ軍此ヲ追テ悉ク殺シツ。	亦、経清ヲ捕ヘツ。守、経清ヲ召テ仰セテ云ク、「汝ヂ我ガ相伝ノ従也。而ルニ年来我レヲ蔑ニシ、朝ノ威ヲ軽メテ、其ノ罪最モ重シ。今日白符ヲ用ル事ヲ得ムヤ否ヤ」ト。経清首ヲ伏テ云事無シ。守鈍刀ヲ以テ漸ク経清ガ頭ヲ斬ツ。	貞任ハ剣ヲ抜テ軍ヲ斬ル。軍ハ鉾ヲ以テ貞任ヲ刺シツ。然テ、大ナル楯ニ載テ、六人シテ掻テ守ノ前ニ置ク。其ノ長ケ六尺余、腰ノ囲七尺四寸、形チ器量メシクテ色白シ。年四十四也。守貞任ヲ見テ喜テ其ノ頸ヲ斬ツ。	亦弟重任ガ頸ヲ斬ツ。但シ宗任ハ深キ泥ニ落入テ逃ゲ脱ヌ。貞任ガ子ノ童ハ年十三、名ヲ千世童子ト云。形チ端正也。楯ノ外ニ出テ吉ク戦フ。守、此ヲ哀ムデ宥ムト思フ。武
258, 281, 328, 356, 372, 404, 445, 446	269, 281, 282, 356, 447, 479, 484, 511	135, 136, 269, 284, 332	136, 269, 284, 305, 407, 449, 479

	〔30〕将軍、武則の勧めで千世童子を斬る	〔31〕将軍、美女を兵に与え、則任の妻、入水す		〔32〕安倍一族の帰降		後文87と対応	
	78	79	80	81	82	83	84
					又数日を経て、宗任等九人帰降す。	合戦の際、義家、甲士を射る毎に、皆、弦に応じて死せり。後日、武則、義家に語りて曰く、「僕、君が弓勢を試みんと欲す、如何」と。爰に、武則、堅甲三領を重畳して、樹の枝に懸け、恣に之を射せしむ。義家一たび発てば、甲三領を貫く。武則大いに驚きて曰く、「是れ神明の変化なり。豈凡夫の堪ふる所ならんや」と。	十二月十七日の国解に言く、「斬獲の賊、安倍貞任等十人。帰降の者、安倍
	り。将軍憐みて之を宥さんと欲す。武則進みて曰く、「将軍、小義を思ひて巨害を忘るること莫れ」と。将軍、頷きて遂に之を斬る。（貞任、年三十四にて死去す。）	城中の美女数十人、皆綾羅を衣て、悉く金翠を妝ふ。烟に交つて悲泣す。之を出だし、各軍士に賜ふ。	但し柵破るるの時、則任の妻、独り三歳の男を抱き夫に語りて言ふ、「君将に歿せんとす。妾は独り生くるを得じ。請ふ、君が前に先に死なん」と。則ち乍ち児を抱きて、自ら深淵に投じて死す。烈女と謂ふべきなり。	其の後、幾もあらずして、貞任の伯父安倍為元、（字は赤村介。）貞任の弟の家任、帰降す。	又数日を経て、宗任等九人帰降す。	（後文87にあり。）	同十二月十七日の国解に曰く、「斬獲の賊徒、安倍貞任・同重任・藤原経清・散
	則、此ヲ制シテ其ノ頸ヲ令斬ツ。		楯ノ破ル時、貞任ガ妻、三歳ノ子ヲ抱テ、夫ニ語テ云ク、「君既ニ被殺ナムトス。我レ独リ不可生。君ガ見ル時ニ死ナム」ト云テ、子ヲ乍抱ラ深キ淵ニ身ヲ投テ死ヌ。	其後幾ヲ不経シテ、貞任ガ伯父安陪為元、貞任ガ弟家任降シテ出来ル。	亦数日ヲ経テ宗任等九人降シテ出来ル。		其後、国解ヲ奉テ、頸ヲ斬レル者幷ニ降ニ帰セル者申シ上グ。
	136, 281, 325, 328, 332, 356, 404, 407	277, 284, 306, 307, 451	133, 281, 316, 356	381, 356, 407, 477	284, 449, 477	275, 283, 284, 286, 477, 491, 520	

〔33〕十二月十七日国解、戦勝を報ず		〔34〕六年五月、正任降伏す	〔35〕武則、義家の弓勢を試み、驚嘆す		
84	85	86	87	88	89
宗任等十一人。此の外、貞任が家族に遺類有ること無し。已上」と。	(『奥州合戦記』ここまで)		(前文83にあり。)		康平六年癸卯二月十六日、鎮守府将軍前陸奥守源頼義、俘囚安倍貞任・同じく重任・散位藤井〔藤原〕経清等三人
位平孝忠・藤原重久・散位物部維正・藤原経光・同正綱・同正元なり。帰降の者、安倍宗任・弟家任・則任(出家して帰降す)・散位安倍為元・金為行・同則行・同経永・藤原業近・同頼久・同遠久等なり。此の外、貞任の家族に遺類有ること無し。	但し正任一人、未だ出で来らず云々」と。	僧良昭は、亡げて出羽国に至り、守の源斉頼の為に擒にせらる。正任は初めは出羽の光頼の子、字は大鳥山太郎頼遠の許に隠る。後に宗任帰降の由を聞きて又出で来り了んぬ。	合戦の際、義家、甲士を射る毎に、皆弦に応じて死せり。後日、武則、義家に語りて曰く、「僕、君が弓勢を試みんと欲す、如何」と。義家曰く、「善し」と。是に於て、武則、堅甲三領を重ねて、之を樹の枝に懸け、義家をして一たび発たしむれば、甲三領を貫く。武則大いに驚きて曰く、「是れ神明の変化なり。豈凡人の堪ふる所ならんや」と。宜しく武士の為に帰伏せらるること、此の如くなるべし。	義綱の驍勇・騎射も又其の兄に亜ぐ。	同六年二月十六日、貞任・経清・重任の首三級を献ず。京都、壮観と為す。車は轂を撃ち、人は肩を摩す。(子細、別紙
					次ノ年、貞任・経清・重任ガ頸三ツ奉ル。京ニ入ル日、京中ノ上中下ノ人此ヲ見隍ル事無限リ。
134, 274, 275, 284, 340, 407, 477, 505	131, 277, 306, 307, 340, 370, 471, 472, 474, 477, 478, 488	131, 277, 305, 340, 370, 408, 471, 472, 477, 478, 488	280, 281, 325, 333, 404, 477, 505, 506, 520	277, 304, 305, 307, 325, 517	152, 271, 340, 407, 479, 480, 489, 491, 501, 505

〔36〕貞任らの首級、京に入る

	90	91	92	93
の首を梟し、京師に伝ふ。（後文91も参照。）	（後文93にあり。）	検非違使等、東河に向かひて受け取る。其の首を西の獄門に繋ぐ。	見物の輩、貴賤雲のごとし。	是より先、頸を献ずる使者、近江国甲香郡に到り、筥を開き首を出して、其の髻を洗ひ梳らしむ。件の担夫なる者は、貞任の従者の降人なり。櫛無きの由を称す。使者傔仗季俊曰く、「汝等、私に用ゐる櫛有らん。其れを以て之を梳るべし」と。担夫、則ち私の櫛を出して之を梳る。涙を垂れ嗚咽して曰く、「吾が主、存生の時、之を仰ぐこと高天の如し。豈図らんや、吾が垢櫛を以て、忝くも其の髪を梳らんとは」と。
に注したり。）	是より先、首を献ずる使者、近江国甲賀郡に到り、筥を開き首を出して、其の髻を洗ひ梳らしむ。件の担夫なる者は、貞任の従者の降人なり。櫛無きの由を称す。使者曰く、「汝等、私に用ゐる櫛有らん。其れを以て之を梳るべし」と。担夫、則ち櫛を出して之を梳る。涙を垂れ嗚咽して曰く、「吾が主、存生の時、之を仰ぐこと高天の如し。豈図らんや、吾が垢櫛を以て、忝くも其の髪を梳らんとは」と。悲哀して忍びず。衆人、皆涙を落す。担夫と雖も、忠義は人を感ぜしむるに足れる者なり。			（前文90にあり。）
	首ヲ持上ル間、使、近江国、甲賀郡ニシテ、筥ヲ開テ首ヲ出シテ、其ノ髻ヲ令洗ム。筥ヲ持ル夫ハ貞任ガ従降人也。櫛無キ由ヲ云フ。使ノ云ク、「汝等ガ私ノ櫛ヲ以テ可梳ル」ト。夫然レバ私ノ櫛ヲ以テ泣々梳ル。	首ヲ持入ル日、公、検非違使等ヲ河原ニ遣シテ、此レヲ請取ル。		（前文90にあり。）
	271, 316	305	305	491

〔39〕自序	〔38〕評	〔37〕勲功の武臣への行賞	
96	95	94	
		廿七日、勧賞を行はる。頼義を正四位下に叙し伊予守に任ず。一男義家を従五位下に叙し出羽守に任ず。二男義綱を左衛門少尉に任ず。従五位下清原武則を従五位上に叙し鎮守府将軍に任ず。首を献ずる使藤原季俊を左馬允に任ず。	悲哀して忍びず。衆人、皆以て涙を落す。
今、国解の文を抄し、衆口の話を拾ひ、之を一巻に注す。少生は但し千里の外なるを以て、定めて多く之を紕繆せん。実を知る者之を正さんのみ。	戎狄強大にして、中国、制すること能はず。故に漢の高祖、平城の囲みに困しみ、呂后、不遜の詞を忍ぶ。我が朝、上古に屢大軍を発し、国用多く費すと雖も、戎大いなる敗れ無し。坂面伝母礼麻呂、降を請ひて、普く六郡の諸戎を服し、独り万代の嘉名を施す。即ち是れ北天の化現にして、希代の名将なり。其の後、二百余歳、或いは猛将、一戦の功を立て、或いは謀臣、六奇の計を吐く。而るに唯一部一落を服するのみにして、未だ嘗て兵威を耀かし遍く諸戎を誅すること有らず。而れども頼義朝臣は、自ら矢石に当り、戎人の鋒を摧く。豈名世の殊功に非ずや。彼の郅支単于を斬り南越王の首を梟せしも、何を以てか之に加へんや。	同二十五日、除目の間、勲功を賞し、頼義朝臣を拝して正四位下伊与守と為す。太郎義家を従五位下出羽守と為す。次郎義綱を右衛門尉と為す。武則を従五位下鎮守府将軍と為す。首を献ずる使者藤原季俊を右馬允と為す。物部長頼を陸奥大目と為す。勲賞の新たなる、天下栄と為せり。	
		其後、除目ヲ被行ル次ニ功ヲ賞セラレ、頼義朝臣ハ正四位下ニ叙シテ、出羽守ニ任ズ。二郎義綱ハ左衛門尉ニ任ズ。武則ハ従五位下ニ叙テ、鎮守府ノ将軍ニ任ズ。首ヲ奉ル使藤原秀俊ハ左馬允ニ任ズ。物部長頼ハ陸奥大目ニ任ズ。如此賞ノ新タナル事ヲ見テ、世ノ人皆讃メ喜ビケリトナム語リ伝ヘタルトヤ。	
277, 305, 399, 410, 492, 493, 515, 516	277, 305, 386〜388, 399, 401, 406, 409, 410, 433, 434, 457, 492, 493, 495, 515, 516	271, 340, 471, 491, 501, 505, 517	

初出一覧

前九年合戦の実体解明論

第一章　前九年合戦における源頼義の資格
↓新稿

第二章　安倍頼時追討の真相――永承六年～天喜五年の状況復元――
↓安倍頼時追討の真相――永承六年～天喜五年の状況復元――（「國學院雑誌」117巻7号、二〇一六・七）

第三章　前九年合戦の交戦期間への疑念――前九年合戦は一二年間か――
↓新稿

第四章　『今昔』前九年話・『陸奥話記』の高階経重問題――史料的価値の逆転――
↓『陸奥話記』の高階経重問題（「國學院雑誌」117巻2号、二〇一六・二）
※ただし旧稿を大幅に修訂。

第五章　康平七年『降虜移遣太政官符』から窺う前九年合戦の実像
↓新稿

第六章　康平七年『頼義奏状』『義家奏状』の虚実
――『陸奥話記』形成期における源氏寄りプロパガンダの存在――
↓『陸奥話記』形成期における源氏寄りプロパガンダの存在――康平七年『頼義奏状』『義家奏状』の虚実――

（「日本文学論究」75輯、二〇一六・三）

『陸奥話記』の成立論

第七章　『陸奥話記』前半部の後次性――『扶桑略記』から照射する『陸奥話記』のいびつさ――
↓『陸奥話記』の原型としての『奥州合戦記』（「鹿児島国際大学国際文化学部論集」15巻4号、二〇一五・三）
※ただし旧稿を大幅に修訂。

第八章　『陸奥話記』前半部の形成――黄海合戦譚の重層構造を手がかりにして――
↓新稿

第九章　前九年合戦の〈一二年一体化〉――『扶桑略記』から『陸奥話記』への階梯――
↓新稿

第十章　共通原話からの二方向の分化と収束――〈櫛の歯接合〉論の前提として――
↓『陸奥話記』と『今昔物語集』前九年話の先後関係
（「鹿児島国際大学大学院学術論集」6集、二〇一四・一一）
※ただし旧稿を大幅に修訂。

第十一章　『陸奥話記』の成立――〈櫛の歯接合〉論の提示――
↓新稿

『陸奥話記』の表現構造論

第十二章　『陸奥話記』成立の根本三指向
↓新稿

第十三章　『陸奥話記』の歴史叙述化――《リアリティ演出指向》《整合性付与指向》等による――

第十四章　『陸奥話記』の物語化――《境界性明瞭化指向》《間隙補塡指向》《衣川以南増幅指向》等による――
↓新稿
↓『陸奥話記』形成の最終段階――その前景化と韜晦の方法をめぐって――
（「國學院大學紀要」54号、二〇一六・一）
※第十四章と第十五章に分割。大幅に修訂。

総括的な論

第十五章　『陸奥話記』成立の第二次と第三次――《反源氏指向》から《韜晦最優先指向》へ――
↓『陸奥話記』と『今昔物語集』前九年話の先後関係
（「鹿児島国際大学大学院学術論集」6集、二〇一四・一二）
↓『陸奥話記』形成の最終段階――その前景化と韜晦の方法をめぐって――
（「國學院大學紀要」54号、二〇一六・一）

第十六章　『後三年記』成立の第一次と第二次――漢文体から漢文訓読文体へ――
↓新稿

第十七章　前九年合戦の物語と『後三年記』の影響関係
↓『奥州後三年記』における〈前九年アナロジー〉
（「鹿児島短期大学研究紀要」61巻1号、一九九七・三）
※ただし、旧稿を大幅に修訂。

第十八章　『陸奥話記』『後三年記』の成立圏――出羽国問題・経清問題を切り口として――
↓新稿

第十九章　前九年合戦の物語の流動と展開

第二十章　『陸奥話記』は史料として使えるか――指向主義の始動――
↓新稿

付録　『陸奥話記』の〈櫛の歯接合〉論のための三書対照表
↓新稿

↓『陸奥話記』の形成過程論のための前提――『扶桑略記』『今昔物語集』との関わりから――
（「鹿児島国際大学国際文化学部論集」15巻3号、二〇一四・一二）

あとがき

五十に手が届くようになったころ、ようやく物が見えるようになった。と言っても、たいしたことはない。今でも学内の平家物語研究会で学部生・大学院生から「先生、ここの読みは違うのではないですか」などと言われて軌道修正することが日常茶飯事であるし、市井の歴史学者や郷土史家に思いがけない知見を頂戴することも山ほどある。ゆえに、相手に分け隔てなく頭《こうべ》を垂れて教えを乞うことにしている。個々の読みは未熟であるし知識も足りないのだが、ここでいう〝物が見える〟とは、全体としてのものの見方がつながったような感覚をもてるようになったということである。

それは、〈後三年トラウマ〉の構想を練っていたころのことである。征夷大将軍職（全国の地頭職を一手に掌握する全権を帝から委任された存在。それが一一九二年に実際に実現したかどうかについては異論がある）を成立させるためには、京から離れた鎌倉の地に幕府を開くという発想が必要とされ、そのためにはさして脅威でもなかった平泉藤原氏を仮想敵国と設定して鎌倉を征夷のためのベースキャンプのように位置づける必要があった。そして、一三〇年前の前九年合戦のころの征夷像を再現するかのような虚構を『吾妻鏡』内で施すことによって前九年合戦像の公戦化（汚れた頼義像の復権）も、源頼朝の征夷の正当化も同時に行っている。それほどに公的正当性を希求する心理が当時の武士たちにあった。それは、後三年合戦が私戦と認定され源義家が社会的に冷遇された歴史に院政期の武士たちが懲りたからであった。そのネガティヴな社会心理を、〈後三年トラウマ〉と名づけたのである。その論は端的に言えば、当時の武士の心理に伏在する〈後三年トラウマ〉→公権化・正当化の希求→任征夷大将軍の願望→そのための仮想敵国の設定と在鎌倉の幕府の成立↓『吾妻鏡』の虚構の成立が一本の線でつながると結論づけたものであった（野中「中世の黎明と〈後三年トラウマ〉」「軍記と語り物」47号、二〇一一年）。これは、本書第二十章で述べた、〈表《ひょう》・指《し》・時《じ》串刺し論〉に相当する。テクスト（右の場合は『吾妻鏡』）の表現を支える虚構と、当時の武士たちの〈後三年トラウマ〉という時代認識や世相のような社会的風潮とを串刺しにするように連動させて認識できるようになったということである。

そのような見え方が拓けて以来、自らの研究のありように相当の使命感を抱くようになった。その使命感とは、先行作品と後出作品を比較しあって表層的・短絡的な文学史を描くようなこと（作品解題を時代順に並べて事足れるとするような文学史）は終わらせなければならない、というものである。テクストが氷山の一角である以上、海面下の氷山の変容を論じること無しに、テクストの変容を語ることなどできない。そして、海面下の氷山が変容するものであるがゆえに、物語も宿命的に重層化するということも、記し残してゆかねばならないと考えるようになった。

さて、第二十章で笠栄治氏の研究を再評価する旨を述べたが、ほかにも『陸奥話記』研究がここまでたどりつくために指針を示してくださった恩人お二方に、改めて謝意を述べさせていただきたい。お一人は、もちろん梶原正昭先生である。『将門記』についてもそうだが、『陸奥話記』についても当時誰も見向きもしなかった頃から着眼され、注釈書を残してくださった。そのパイオニア精神がなかったら、その後の『陸奥話記』研究の進展はなかっただろう。そして、もうお一人は、同じ早稲田大学教育学部の柳瀬《やなせ》喜代志《きよし》先生（漢文学、中国文学）である。お年は梶原先生のほうが十二歳も上であったが、梶原先生は柳瀬先生をとても大切にされ、盟友のような関係であった。梶原先生の『陸奥話記』（現代思潮社、一九八二）に収められた「『陸奥話記』典語故事一覧」（本書第十五章でも活用させていただいた）は、柳瀬先生のご尽力によるものである。柳瀬先生は『陸奥話記』でも論文をいくつか残され、『陸奥話記』の国解に虚構が混じっていることや、「千里の外」が偽装であるとかなり早い段階で看破されていた。

学部の三年生の終わりごろ、漢文学を学ぶ必要を感じ、柳瀬先生の東洋文学研究会に入会させていただいた。当時は『白居易集』を読んでいた。合宿で檜原村の貸し切り民家に行き、薪割や炊飯の仕方など教えていただいたのも、よい思い出である。柳瀬先生は福岡県の朝倉市のご出身で、同郷のわたくしに目を掛けてくださっていた。柳瀬先生のお言葉でいちばん印象に残っているのは、「研究書は買わなくてもいいから、テクストを買いなさい」というものであった。その真意は、〝学界の動向よりもテクストとまずは向き合いなさい〟というものであったろうと思う。いずれ詳しく述べる機会を別に持ちたいと考えているが、これは研究者姿勢の根幹にかかわる金言である。その教えに従って、学部の三年生ごろから修士課程・博士課程へと進む間に、日本古典文学大系（旧）・日本古典文学全集（旧）・日本古典集成、それに正・続・続々の群書類従を揃え、片っ端から読みあさる数年間を過ごした。しかしさすがに研究書も買わないわけにはいかなかったので、わたくしの学生時代の下宿は狭い部屋に書架が十本近く立つことになり、訪れた人から「図書館のようだね」と言われるようになった。もちろん経済的には困窮をきわめたが、現在のわたくしの研究の基礎になっている知識や視界や姿勢は、柳瀬先生のお導きによるものだったとも言える。今ではわたくしも院生に「横（学界の趨勢）を見るな、前（研究対象）を見よ」と言うようになったが、それは梶原先生にも共通する考えかたで、だからこそ両先生は盟友のような関係でいられたのだろうと思う。真理を探究する使命感を、両先生ともお持ちだったということである。

そして、わたくしが教育学部国語国文学科の助手を拝命した時、柳瀬先生がお祝にとマックスウェバーの『職業としての学問』（岩波文庫）を贈ってくださった。そこにも、研究を職業として生きてゆく者への指針が書かれていた。本書をまとめる間、同書をずっと机上に置いて、その表紙を眺めながら作業を進めたのであった。あちらの世界の梶原先生にも柳瀬先生にも、「先生方が土台を作ってくださったお陰で『陸奥話記』研究はここまで来ましたよ」とお伝え申し上げたい。

その東洋文学研究会では、もう一つの大きな出会いがあった。先輩に、吉原浩人先生がいらっしゃったのであった。

吉原先生は今昔の会の先輩でもあったので、二重の意味での先輩となった。本書第二十章で述べた「野中（二〇一三b）」に示唆を与えてくださった研究者である。今でも大江匡房を漢学者や故実家としてしか見ない研究者が多い中で、かなり前から匡房の策謀家的な側面を指摘されていたのであった。吉原先生の〈八幡宗廟化論〉に大きな感化を受け、吉原先生のご論文ばかりをむさぼり読む時期もあった。一方ではそれが〈後三年トラウマ〉論につながり、もう一方で野中（二〇一三b）や本書につながったというわけである。吉原先生との出会いがなかったら、現在のようなわたくしの研究も成り立ちえなかったことだろう。

さまざまな学恩に恵まれたからこそ、ようやく物が見え始めてきた。相次ぐ著書の刊行に、〝あなたは生き急いでいる〟などと言われるようになったが、育ててくださった先生方の恩に報いるためにも、さらには次代の礎となるためにも、成さねばならぬことはたくさんある。自分に残された時間で何をなすべきか、そのことはつねに考えていたい。

本書は、國學院大學出版助成（乙）によって刊行されるものである。恵まれた研究環境を与えてくださったばかりか、このような助成金まで授けてくださった國學院大學に、深甚の謝意を表したい。そして、わたくしの研究に理解を示してくださる汲古書院の三井久人社長、辣腕編集者として本書の刊行を支えてくださった飯塚美和子氏には、ひとかたならずお世話になった。篤く御礼申し上げたい。

平成二十八年十一月二十八日

柳瀬喜代志先生の御命日に

野中哲照

索　引

凡　例

本書の記載事項（「はしがき」「目次」「凡例」「三書対照表」「初出一覧」を除く）のうち、Ⅰ史資料名、Ⅱ争乱・事件名、Ⅲ『陸奥話記』の章段略称、Ⅳ『後三年記』の章段名、Ⅴ主要な術語、Ⅵ研究者名、Ⅶ図表等一覧について、それぞれ主なものを適宜配列した。人名や地名はⅡ・Ⅲ・Ⅴに含まれていて重複感があるので、人名索引・地名索引は付さなかった。読み方は通行のものに従った。

Ⅰでは、近現代の研究書は除外し、前近代の史資料に限定した。『陸奥話記』（不特定本）という語は本書の全編にわたって出てくるので、特例として採らなかった。また、各章末の〔文献〕リストに含まれている史資料名についても除外した。

Ⅱでは、争乱・事件名をおおむね年代順に収録し、前九年合戦については三層、後三年合戦については二層の階層をそれぞれ設け、その下部に小規模の争乱・事件の名称を収めた。

Ⅲでは、『陸奥話記』内部の大小さまざまな章段や部分の略称を収めた。これについても、一部に階層を設けたところがある。569～594頁の付録「『陸奥話記』の〈櫛の歯接合〉論のための三書対照表」と合わせてご活用いただきたい。

Ⅳでは、『後三年記』全36章段の出現箇所を採った。

Ⅴでは、任意の主要な術語を採った。配列も任意である。

Ⅵでは、研究者名を採り、五十音順に配列した。

Ⅶでは、本書に収録した30点の表、４点の図、２点の地図の所在を明らかにした。これ以外に、各章の扉裏に20点の論理図解があるが、それらはここに収めなかった。

Ｉ　史資料名

あ行

か行

さ行

た行

な行

は行

ま行

や行

ら行

わ行

Ⅱ　争乱・事件名（年代順）

Ⅲ　『陸奥話記』の章段略称

569～594頁の「三書対照表」と合わせて活用されたい。

Ⅳ　『後三年記』の章段名

V　主要な術語（配列は任意）

Ⅵ 研究者名

ら行

わ行

Ⅶ　図表等一覧

1　表 一 覧

2　図　一　覧

3　地図一覧